KB219484

경계인

경계인

김민현
장편소설

스윙테일

차례

12월 19일 화요일, D-6

1

"담배 한 대 피우겠나?"

"아니요. 저는 비흡연자입니다."

"그런가. 어차피 이제 폐암으로 죽을 일도 없을 테니 배워보는 것
도 좋을 텐데."

어둡고 습기 찬 공간에 흰 연기가 훅 피어올랐다. 직육면체의 공간
은 과거 샤워장으로 사용된 듯 타일과 수도시설이 갖추어져 있었다.
그러나 오래전에 버려졌는지 이끼와 곰팡이로 가득했고, 전구가 있
어야 할 자리에는 전선만이 흉물스럽게 드러나 있었다.

퍼져나가는 연기 아래, 담배 한 개비를 손에 든 남자가 서 있었다.
품이 크고 오래된 검은 정장 재킷을 걸친 중년 남자였다. 환풍기 구
멍을 통해 미량의 빛이 들어와 사물을 분간할 수는 있었지만, 빛보다
는 어둠이 지배적인 공간이었다. 그럼에도 중년 남자는 검은 선글라
스로 얼굴의 절반을 가리고 있었다.

남자의 이름은 우진. 요즘 이승의 은퇴 연령대는 60세쯤 되는 듯
하나, 우진은 그보다 열 배는 더 오랜 시간 동안 쉬지 않고 저승사자
로 일하고 있다. 앞으로도 얼마나 더 일해야 하는지 알 수 없다. 저승
사자는 늙지도 죽지도 않는 터라, 본인이 원하지 않으면 은퇴라는 것
이 없다.

우진은 오랜만에 이승의 망자를 '수거'하러 나왔다. 수거란 병원이
나 요양원 등 저승사자가 상주하는 장소가 아닌, 다른 곳에서 사망한
자의 영혼을 저승으로 데려오는 일을 말한다. 이런 표현이 비인간적
이라며 불편함을 느끼는 신입 저승사자도 있는 듯하나, 그들도 몇 년

지나면 수거라는 말을 거리낌없이 사용하게 된다. 입에 붙는 다른 단어가 딱히 없다.

오늘의 수거 대상이 선글라스에 비치고 있었다. 20대 후반의 남자 귀신으로 넥타이에 베스트까지 완전히 갖춘 깔끔한 진회색 정장을 입었다. 담배 연기가 코앞을 오가는데도 인상 한 번 찌푸리지 않고 우진을 바라보는 중이다. 부담스러울 만큼 정중한 시선으로.

다들 죽음이 슬픈 것이라고만 생각하나, 우진이 저승사자로 일하며 지켜본 바로는 꼭 그렇지만은 않다. 죽은 자가 만족하는 죽음도 있다.

저승에서 망자들을 대상으로 진행한 설문조사에 따르면, 가장 만족스러운 죽음을 맞이하는 사람은 세상에서 이룰 것을 다 이루고 고령이 된 뒤 6개월 전부터 거동이 불편해지다 1개월 전부터 병원에 들어가 눕는 이들이라고 한다.

죽음을 받아들이고 준비할 시간이 있는 경우가 망자와 주변 사람들은 물론 저승사자에게도 바람직하다. 이런 망자들은 저승사자가 눈앞에 나타나도 당황하지 않고 흔쾌히 명도(冥途)로 향한다. 저승사자들의 업무 경감에 큰 기여를 하는 망자들이다.

급사, 돌연사. 이런 죽음이 가장 골치 아프다. 살 만큼 살다가 잠들 듯 평온히 죽은 사람마저 예상치 못한 죽음이라면 종종 한을 품곤 하는데, 젊은 나이에 갑자기 죽은 경우라면 말할 것도 없다. 급사한 이들은 자신의 시신을 보고도 진짜인지 꿈인지 구분하지 못한다. 그런 영혼을 붙잡고 이건 꿈이 아니라고, 당신은 죽었고 이제 저승으로 가야 한다고 설명해주는 일은 여간 힘든 게 아니다.

불과 십여 년 전만 해도 가족들에게 인사하기 전에는 저승에 못 간다고 하는 경우가 대부분이었는데, 이즈음에는 컴퓨터나 휴대폰을 초기화하기 전에는 절대 못 간다고 떼를 쓰는 이들도 늘어나고 있다. 이럴 때는 컴퓨터 OS나 휴대폰 제조사가 요즘 얼마나 보안에 신경을 쓰고 있는지 보도된 언론 자료를 보여주며, 비밀번호를 모를 경우 영영 열어볼 수 없을 것이라고 설득한다. 그럼 절반은 납득한다.

가족들이 복구업체에 맡기면 어떡할 거냐고 주장하는 이들에게는 대부분의 유족들은 고인의 유품을 소중히 간직하려고 하지 복구업체에 맡겨서까지 내용을 보려고 하는 일은 극히 드물다는 통계를 보여준다. 그럼 남은 절반의 절반은 납득한다.

그래도 우리 가족은 복구업체에 맡겨서라도 내용을 볼 것이라고 주장하는 이들에게는 그러기에 평소 행실을 바르게 하지 그랬냐고, 그렇게까지 신뢰가 없는 삶을 살아왔고 공개되면 민망할 것을 보관해온 거라면 염라대왕 앞에서 늘어놓을 변명부터 생각하는 편이 나을 거라고 호통친다. 그럼 납득하지는 못해도 태반이 찍소리 못하고 따라온다.

간혹 비밀번호를 걸어놓지 않았다고 이제 어떡하냐고 징징거리는 이들도 있다. 이럴 땐, 생전에 그렇게 보안의식 없이 살았으니 어쩔 수 없는 거 아니냐고 하면 그건 그렇다고 고개를 끄덕이며 얌전히 따라온다. 전자기기에 비밀번호를 걸어놓지 않는 이들은 보통 물에 물 탄 듯 술에 술 탄 듯한 성격이 많아서 상대하기가 어렵지 않다.

통계는 없다. 우진의 경험이다.

우진은 베테랑 저승사자다. 예상치 못한 죽음을 맞은 이들을 설득해서 저승으로 데려갈 수 있는 온갖 자료와 경험을 가지고 있다. 우진이 일대일로 붙어서 이야기를 하면, 대부분 죽음을 받아들이고 순순히 저승으로 따라온다. 하지만 무슨 말을 하든 순순히 따라오지 않는 사람도 간혹 있다. 지금처럼 말이다.

"저기요, 저는 제 휴대폰을 다른 사람들이 보든 말든 전혀 상관없습니다. 제가 알고 싶은 것은 제가 죽은 이유라고요."

귀신의 이름은 주현. 곤란할 때마다 적당히 너스레를 떨어 상황을 넘기는 것은 우진의 특기다. 휴대폰이라는 신종 전자기기의 등장으로 저승사자들의 업무가 얼마나 증가했는지 푸념을 늘어놓으며 대화의 주도권을 끌어와보려고 했지만, 주현은 귀담아듣지 않는 듯했다. 하기야 아무리 휴대폰을 손에서 떼어놓기 어려울 나이라지만, 우진이 보아도 지금 주현은 휴대폰의 행방 따위를 신경 쓸 여지가 없을 듯했다.

주현의 발아래에는 자신의 시신이 있었다. 주현은 어이없게 죽은 귀신치고는 시신을 보자마자 빠르게 자신이 죽었다는 것을 받아들인 듯했다. 그럴 만도 하다. 주현의 시신은 만약 살아 있다고 한다면 더 당혹스러울 상태였기 때문이다.

주현의 몸은 조각조각 토막난 채 비닐봉투에 담겨 있었다. 우진은 대화가 길어질 것을 예감하며 한숨을 푹 내쉬었다. 우진도 주현의 마음을 이해할 수 있었다. 하루아침에 토막살인을 당한 건강한 20대 청년에게 이대로 다 잊고 저승에 가자는 것은 무리한 제안일 것이다. 급사한 귀신 중에도 살인 피해자는 자신의 죽음을 받아들이기 가장 어려워한다. 주현의 사망 소식이 접수되자마자 다른 저승사자들이 가기 싫다는 눈치를 팍팍 내서 별수 없이 베테랑 저승사자인 우진이 직접 나서야 했을 정도니 말할 것도 없다.

"뭐, 자연사 아닐까. 이 정도면 호상이네."

"팔과 다리가 서로 다른 봉투에 담겨 있는데 자연사라고요?"

"다소 특이한 장례법 같은 것일 수도 있지. 거 왜 고대 이집트에서는 장례를 치르며 죽은 사람의 뇌나 내장을 빼내기도 했다지 않나. 혹시 부모님 종교가?"

"두 분 다 천주교입니다!"

줄곧 평정을 유지하던 주현의 목소리가 커졌다. 상대방은 어른이고, 주현의 현 상황을 알려줄 수 있는 유일한 사람이라고 생각해서 최대한 참아보려고 했지만, 헛소리를 듣고 있을 시간은 없었다.

그러나 우진은 여전히 침착했다.

"어쨌든 범죄일 수도 있지만 아닐 가능성도 열어두자는 소리야. 혹시 죽음에 이르기까지의 기억은 있는가?"

주현은 기억을 더듬어봤다. 퇴근 후 차를 타고 집으로 향하다 빨간불에 걸려 멈춰 선 기억이 마지막이었다. 정신을 차려보니 처음 보는 샤워장 안이었다.

샤워장에는 수도꼭지가 빠진 수도관들이 허리 정도의 높이에 일정한 간격으로 박혀 있었다. 아직 수도가 끊기지는 않은 듯 가장 구석에 유일하게 달린 수도꼭지에서 거센 수압으로 물이 쏟아져 나오고 있었다. 하수구가 감당하지 못해 주변에는 물이 흥건히 고여 있었다.

주현의 몸은 물이 쏟아지는 수도꼭지 맞은편 벽 쪽에, 김장봉투 같은 투명한 비닐봉지 세 개에 나뉘어 담겨 있었다. 봉지 안에 핏물이 거의 고여 있지 않은 것을 보니 아마 피 빼기 작업을 끝낸 뒤 담아둔 것 같았다.

왜 이렇게 됐는지 전혀 기억나지 않는다. 그러나 돌연 나타나 자신을 저승사자라고 주장하는 선글라스 낀 중년 남자가 제기한 의문에도 불구하고 이 상황이 범죄가 아닐 가능성은 희박해 보였다.

"기억은 없지만 이건 범죄입니다. 전 살해당했어요!"

"기억하지도 못하면서 잘도 단언하는군. 좋아. 자네가 범죄 피해자라 치지. 그럼 이제 뭘 어떻게 하고 싶은가? 범인에게 천벌이라도 내리고 싶은가?"

"당연한 것 아닙니까! 이대로 범인을 내버려두고 저승에 어떻게 갑니까?"

"모르긴 몰라도 자네가 과거에 큰 죄를 지었고, 그에 대한 천벌이 이런 죽음일 수도 있지 않나? 그럼 얌전히 죽음을 받아들이는 편이 나을걸. 저승에서의 처벌이 그나마 가벼워질 게야."

"저는 죄를 지은 적 없습니다!"

"정말 그런가?"

우진이 던진 질문에 주현은 격해지던 감정을 참으며 자신의 삶을 돌아보았다. 순진무구하게 살아오지는 않았다. 그러나 평범한 한국인의 평균적인 삶을 살아왔다고 자부한다. 이런 죽음을 맞이해야 할 정도로 크나큰 죄를 지은 기억은 없다.

우진은 피우던 담배를 바닥에 버리고 구두로 비비며 말했다.

"죽고 나면 생전의 기억이 점점 옅어진다네. 죽기 전 일이 기억나지 않는 건 당연한 일이야. 죽음으로부터 시간상 가까운 기억부터 사라져가거든. 어쩌면 자네는 죄를 지었는데 기억하지 못하는 것일 수도 있어. 기억하지 못하는 죄라도 죄는 죄지. 죄를 지었으면서도 저승에 순순히 가지 않는다면 정말 큰 처벌을 받게 될 거라네. 그래도 좋은가?"

반쯤 농담 섞인 말투로 말하던 우진의 목소리가 사뭇 진지해지자 주현도 겁이 났다.

우진에게 날짜를 묻자 12월 19일이라는 대답이 돌아왔다. 그렇다면 사라진 기억은 대략 하루 정도인 듯했다. 주현은 머릿속에 남아있는 기억들을 차분히 되짚어봤다. 결론은 '나는 잘못한 것이 없다'였다. 이런 죽음을 천벌로 기꺼이 맞이해야 할 정도로 나쁜 짓을 한 기억은 없었다. 평범하고 무난한 삶이 주현의 목표였고, 그렇게 살아왔다고 자부한다.

"저는 평범하게 살아왔습니다. 왜 이렇게 죽어야 하는지도 모르겠고, 왜 이대로 죽음을 받아들여야 하는 건지도 모르겠습니다. 누가 이런 짓을 한 건지는 모르겠지만 이대로라면 부모님이 제 시신도 찾지 못할 수 있습니다. 그런데 제가 어떻게 저승에 가겠습니까."

"누가 자네를 죽였는지 알아야만 저승에 갈 수 있다는 건가?"

"네, 기왕이면 살인범이 처벌되는 모습도 제 눈으로 보고 싶습니다."

하소연하듯 말하는 주현을 우진은 차분하게 타일렀다.

"이승에 남아봐야 귀신이 할 수 있는 일은 많지 않다네. 귀신은 이승의 사물을 만질 수도 없고 산 자들 앞에 모습을 드러내거나 의사를 전할 수도 없어. 이승의 공포영화와는 달리 사람을 놀라게 하며 혼쭐을 내주는 일도 못해. 심지어 자네가 죽은 이 장소에서 멀리 벗어나는 것도 할 수 없네. 이런 상황에서 자네가 이승에 남아봐야 살인범을 찾을 수는 없겠지."

"그래도 이대로는 못 갑니다!"

주현의 거친 목소리가 샤워장의 타일을 타고 울렸다.

"다른 것도 아니고 죽고 사는 문제입니다! 지갑을 소매치기당한 거라면 몰라도 목숨을 빼앗겼는데 어떻게 잊고 넘어갈 수 있단 말입니까?"

"그렇다고 자네가 귀신의 몸으로 이승에 남아봐야 아무 방법이 없다니까. 현실적으로 생각하게."

"방법은 나중에 생각할 일입니다! 하루아침에 이유도 모르고 살해당했는데 그러려니 하고 얌전히 저승에 가는 사람이 있겠습니까? 현실적으로요!"

우진은 대화가 길어질수록 주현의 분노가 깊어지는 것을 느꼈다.

이대로는 위험하다.

아직까지는 토막살인을 당해 죽은 귀신치고는 보기 드물게 침착하고 이성적이다. 귀신은 생전 성격을 그대로 가지고 있으니, 아마 주현은 어지간한 일이 벌어져도 동요하지 않는 타입이었을 것이다.

하지만 이것도 길지 않다. 이승에 오래 머물수록 기억을 잃고, 그와 함께 성격도 잃어간다. 그전에 저승으로 데려가야 한다. 이대로 지체된다면 인간의 자아를 잃고 분노로만 가득 찬 악귀가 되어 세상을 떠돌아다니게 된다.

"그럼 이렇게 하는 것은 어떤가? 만약 자네가 지금 순순히 저승에 가기로 약속한다면, 그전에 부모님이나 경찰관의 꿈속에 나타날 수 있게 해주지. 아마 자네가 정말로 누군가에게 살해당한 거라면 살인범은 시신을 감추기 위해 훼손한 것이겠지. 지금 여기도 다른 사람들의 눈에 쉽게 드러나지 않을 장소라서 고른 걸 거야. 이대로라면 사건은 미궁에 빠질 우려가 커. 하지만 자네가 부모님이나 경찰관의 꿈에 나타나 사건에 대한 힌트를 준다면 수사가 진행될 테고 범인을 검거하는 데에도 도움이 되지 않겠나?"

우진은 산 사람의 꿈에 들어갈 수 있는 쿠폰은 원래 30만 원에 판매하고 있지만, 만약 지금 저승에 가겠다고 약속한다면 직원용으로 나온 무료 쿠폰을 특별히 선물해주겠다고 했다.

물론 거짓말이다. 귀신이 산 사람의 꿈에 들어가 대화를 나눌 방법이 있는 것은 사실이지만, 별도로 쿠폰을 판매하고 있지는 않다. 공짜를 이길 수 있는 유혹은 없다. '내 말을 잘 듣는다면 혜택을 줄게'라고 말하는 것보다 '내 말을 잘 듣는다면 원래 유료인 혜택을 무료로 해줄게'라고 말하는 것이 훨씬 효과적이다.

주현도 마찬가지였다. 경계심으로 가득 차 있던 부정적인 눈빛이 '무료 쿠폰'이라는 말에 한결 누그러졌다. 우진은 기회를 놓치지 않고 주현을 차분히 설득했다.

"설령 이승에서 살인범이 처벌받지 않는다 하더라도, 추후 저승에서 저승의 사법 시스템에 따라 벌을 받게 될 거라네. 자네가 정말 무난한 인생을 살아왔다면 저승에서도 무난한 대접을 받게 되겠지. 하지만 이제 와서 죄를 짓는다면 무난히 살아오기 위해 기울였던 노력이 무색하게 저승에서 큰 처벌을 받게 될 거야. 살인범 때문에 이승에서의 삶이 망가진 것은 안된 일이지만, 저승에서의 삶까지 망칠 이유는 없지 않겠나?"

우진의 말에는 일리가 있었다. 이승에서 쌓아온 노력을 저승에서 덧없이 무너뜨릴 수는 없다. 우진이 제안한 타협안이 영 불합리한 것도 아니었다. 도로 되살아날 수도 없고 자신의 손으로 벌을 내릴 수도 없다면, 범인이 이승의 법원에서 죄에 맞는 벌을 받도록 하는 것이 가장 좋은 결말이었다. 현재 위치와 범인의 인상착의를 부모님이나 경찰에게 구체적으로 알려줄 수 있다면 수사에 도움이 될 것이다.

꿈으로 전한 말을 산 사람들이 얼마나 믿어줄지는 모르겠지만 아무런 힌트도 없이 수사하는 것보다는 나을 것이다.

우진은 담뱃갑에서 담배 한 개비를 꺼내 입에 물며 말했다.

"내가 담배를 다 피울 때까지 마음을 정하게. 그때까지 답을 내리지 못하면 강제로 데려가겠네."

"혹시 제가 제안을 거절하면 어떻게 됩니까?"

"뭐, 그때도 강제로 저승에 데려갈 수밖에 없겠지."

"그렇다면 제가 선택할 수 있는 답변은 하나뿐이로군요."

"이야기가 그렇게 되나?"

우진은 미처 예상치 못했다는 듯 천연덕스럽게 되물었다. 그러나 사실상 원하는 답을 내놓으라는 협박이나 마찬가지였다. 하지만 협박은 필요 없다. 주현은 이미 마음을 정했다.

"제안하신 대로 하겠습니다. 하지만 조건이 있습니다."

우진은 놀랐다. 주현이 이렇게까지 빠르고 시원스럽게 마음을 정할 것이라고는 예상하지 못했다. 그러나 우진은 이런 속마음을 선글라스 뒤에 감춘 채 태연한 목소리로 물었다.

"무슨 조건인가?"

"저승 돈은 어떻게 버는지 모르겠지만 어떻게든 벌어서 마련할 테니 쿠폰을 한 장 더 주셨으면 합니다. 범인을 잡으려면 부모님보다는 경찰의 꿈속에서 정보를 전하는 것이 효과적일 텐데, 그렇다고 부모님을 뵙고 가지 않을 수는 없습니다."

말은 이렇게 했지만 내심 주현도 이미 죽었는데 부모님을 뵙는 것이 무슨 의미가 있나 싶기는 했다. 하지만 가족과의 작별 인사는 마땅히 해야 하는 일일 것이다. 의미가 있든 없든 해야 하는 일은 해두는 편이 뒤탈이 없고 후회가 없다. 주현의 조건을 들은 우진은 흔쾌히 말했다.

"그 정도는 해줄 수 있지."

꿈을 방문할 수 있는 쿠폰은 원래 공짜다. 악귀 직행 코스를 밟을 뻔한 귀신을 얌전히 저승으로 데려갈 수 있다면 두 장이든 세 장이든 얼마든지 줄 수 있다. 주현의 조건은 하나 더 있었다.

"그리고 저승에 가기 전에 제게 잠시만 시간을 주십시오."

"왜지?"

"저는 이 장소가 어디고 살인범이 누군지도 모르는 상황입니다. 경찰에 조금이라도 더 많은 정보를 정확히 전하려면 알아볼 시간이 필요합니다."

우진은 다시 한번 놀랐다. 하루아침에 죽어 귀신이 되었지만 차분하게 대처하는 사람은 종종 만난다. 그러나 토막살인당한 자신의 시신 옆에 서서 담담하게 거래를 걸어오는 사람은 처음 보았다. 패닉에 빠져도 이상하지 않을 상황에 도리어 자신의 요구사항을 명확하게 밝히는 모습이 당돌해 보였다. 자기연민에 빠지거나 닥치는 대로 분노를 쏟아내는 상황이라면 모를까, 이 정도로 이성적으로 행동한다면 좀더 놔두어도 당장 악귀화할 것 같지는 않아서 요청을 받아들이기로 했다.

"좋을 대로 하게. 하지만 너무 많은 시간을 줄 수는 없고, 내가 정보 수집을 도와줄 수도 없어. 저승에 속한 자는 이승의 일에 간섭할 수 없거든."

주현은 내심 우진이 조건을 거절하면 어쩌나 걱정했다. 그러나 다행스럽게도 우진은 꽉 막힌 타입은 아닌 듯했다. 주현은 고맙다고 인사하고 주변을 면밀하게 둘러보기 시작했다. 가장 먼저 살펴본 것은 자신의 시신이었다.

시신은 투명한 비닐봉투 세 개에 나뉘어 담겨 있었다. 봉투 안은 습기가 차 있어서 머리와 팔, 몸통, 다리로 나뉘어 담겨 있다는 것 말고는 많은 정보를 얻을 수 없었다. 주현은 눈을 감은 자신의 얼굴을 본 순간, 저도 모르게 팔을 뻗어 매만지려 했지만 손은 허공만을 스쳤다. 귀신은 이승의 사물을 만질 수 없다는 말이 사실인 것 같았다. 만질 수 없어서 다행이었다. 만져졌다면 감정이 북받쳐 올랐을 것이다. 얼굴을 허무하게 통과하는 손을 보니 이 상황이 꿈처럼 느껴져서 간신히 이성을 유지할 수 있었다.

주현은 시신에서 눈을 떼고 주변을 살펴보았다. 바닥에 물이 흥건했고, 지금도 물이 바닥을 씻어내는 중이라 주현의 혈흔은 대부분 사라졌을 듯했다. 그래도 어쩌면 샤워장 구석이나 하수도에는 아직 흔적이 남아 있을지도 모른다. 시신이 아무도 모르는 곳으로 옮겨진다 해도 경찰이 이 장소에 와서 조사를 해준다면 주현이 여기서 죽었다는 것을 알아낼 수 있을지도 모르니, 샤워장의 정확한 위치를 알아내는 것이 가장 중요했다.

샤워장 가장 안쪽에는 환풍기가 달려 있었다. 돌지 않는 환풍기에는 먼지와 거미줄이 덮여 있었다. 환풍기 틈새를 통해 바깥의 빛이 들어오고 있었지만 점차 빛이 약해지고 있었다. 곧 완전히 사라질 듯했다.

환풍기를 통해 바깥을 살펴보려 했지만 뒤꿈치를 들어도 키가 닿지 않았다. 영화 속에서 보던 것처럼 다리 없이 떠다니는 귀신의 이미지는 사실이 아닌 듯했다. 실제 귀신이 날든 걷든 크게 상관은 없지만, 지금 이 순간만큼은 하늘을 날 수 있다면 좋을 것 같았다.

"귀신이 되었다 해도 하늘을 날 수는 없는 모양이로군요."

아쉬운 목소리로 말하는 주현에게 우진이 대꾸했다.

"훈련을 거치면 날 수도 있네. 나 정도 되면 날아서 뉴욕까지도 갈수 있지. 귀신은 육신이 없기 때문에 육신이 통상적으로 받는 제한에 지배받지 않아. 하지만 그러다 보니 정신에 더 크게 영향을 받게 돼. 평생 '사람은 땅을 걸으며 산다'는 생각에 사로잡혀 살아온 자가 죽었다고 해서 곧바로 고정관념을 벗을 수는 없으니까."

무슨 말인지 알 것 같았다. 주현도 죽었다고는 하지만 보고 느끼는 것이 평상시와 크게 다르지 않았다. 땅에 발이 붙어 있는 것이 익숙하고 편안했다.

주현은 바깥을 살펴보는 것을 포기하고 샤워장 문을 열어 주변 상황을 확인해보려고 했다. 그러나 역시 손은 문고리를 붙잡지 못하고 허공만 스쳤다. 그럼 그냥 문을 통과해 나갈 수 있는 것이 아닌가 싶어서 문으로 손을 뻗어보았는데 그건 안 됐다. 문 안쪽으로 손이 쑥 들어가기는 했지만 문 너머에 벽이 있는 듯 어느 순간부터 더 나아가지 않았다.

"저는 이 샤워장에서 나가지 못하는 겁니까?"

"말했다시피 귀신은 죽은 곳에서 일정 범위 이상 나가지 못해. 귀신마다 범위는 다른데 아마 자네는 샤워장으로 정해져 있나 보군."

"그럼 이곳이 어딘지 선생님께서 알려주시겠습니까?"

"나는 이승의 일에 간섭할 수 없다니까."

"정확한 위치를 알려주지 못한다면 어떻게 경찰이 이곳을 찾아내겠습니까?"

"경찰이 수사를 진행하다 보면 이 근처까지 올 수도 있지 않겠나?"

"이 근처까지 오지 못한다면요?"

우진은 아무 답도 하지 않았다. 그럼 어쩔 수 없다는 의미인 듯했다. 주현은 화가 치밀어올랐다.

"그럼 선생님의 제안은 아무 의미 없는 것 아닙니까? 애초에 꿈으로 전한 정보를 경찰이 믿어줄지도 의문인데, 심지어 정보가 두루뭉술하고 애매한 것이어서는 수사에 도움이 될 리 없지 않습니까!"

격해진 주현의 목소리를 우진의 차분한 목소리가 눌렀다.

"조용히 하게."

"지금 제가 조용히 하게 생겼습니까?"

"누가 오는 것 같으니 잠깐만 조용히 해보란 게야."

주현은 입을 다물었다. 우진의 말대로 누군가가 샤워장으로 다가오고 있었다. 신발이 흙에 끌리는 소리가 점점 가까워지더니 뒤이어 열쇠를 꺼내 문고리에 넣는 소리가 들렸다. 쇠문이 철컹거리자 주현의 전신이 뻣뻣하게 굳었다. 그런 주현의 어깨에 우진이 손을 얹었다.

"침착하게. 상대방은 자네를 볼 수 없고 소리를 들을 수도 없어. 화를 내고 주먹을 휘두른다 해도 아무 의미 없는 일이야. 지금은 냉정하게 상황을 지켜보아야 할 때야. 분노하면 보이지 않는 것을 보게 되고 보아야 할 것을 보지 못하게 되는 법이지."

우진의 손에서 전해지는 묵직함이 끓어오르려던 주현의 감정을 억눌렀다. 주현은 이를 악물며 문을 노려보았다. 저 문을 통해 누가 들어와서 무슨 일을 하는지 전부 지켜보고 기억할 것이다. 내 손으로 범죄자를 처단할 수 없다면 어떻게든 법의 심판을 받게 해야 한다. 사소한 정보 하나도 놓쳐서는 안 된다.

잠시 후 문이 열리고 한 남자가 들어왔다.

남자는 들어오자마자 샤워장 안을 둘러보았다. 남자의 고개가 자신이 있는 방향을 향했을 때 눈이 마주친 듯하여 주현은 반사적으로 몸을 들썩였다. 그러나 우진의 말대로 산 자에게는 주현이 보이지 않는 것인지, 남자는 곧장 샤워장 안쪽으로 들어갔다.

키는 160센티미터 후반에서 170센티미터 초반, 체격은 왜소한 편이었다. 머리에는 검은색 야구모자를 썼다. 야구모자에는 어떤 무늬도 없었다. 검은색 일회용 마스크로 얼굴 절반 이상을 가려 눈밖에 보이지 않았다. 쌍꺼풀이 짙은 눈은 양옆으로 길게 찢어져 있었다. 주현의 기억 속에서는 찾아볼 수 없는 눈이었다.

남자는 종아리 절반까지 올라오는 검은 장화를 신고 물 빠진 청바지를 입었다. 청바지에는 브랜드 표시가 없었다. 특징을 잡기 어려운 외양이었다. 헤어스타일도 모자에 눌려 보이지 않았고 귀를 뚫지도 않았으며 눈에 보이는 문신도 없었다. 그러나 단 하나, 특이한 부분이 있었다. 목까지 지퍼를 올려 입은 남색 점퍼의 가슴 쪽에 노란 자수가 있었다.

흥인철강.

회사 이름이었다. 남자는 라텍스 재질의 흰 장갑을 낀 손으로 물이 쏟아져 나오던 수도꼭지를 잠갔다. 그리고 어떤 동요나 망설임도 없이 시신이 담긴 봉투를 들고 밖으로 옮기기 시작했다. 처음에는 양손에 머리와 팔, 다리가 담긴 봉투 두 개를 들고 나갔다. 남자가 샤워장 밖으로 나갈 때 주현은 자신도 모르게 그 뒤를 따랐다. 그러나 주현은 활짝 열린 문조차 통과할 수 없었다. 보이지 않는 벽이 있는 듯했다.

그래도 바깥 모습은 볼 수 있었다. 산속이었다. 샤워장 밖에는 눈이 쌓인 넓은 운동장이 있었고 그 맞은편에 학교 건물 같기도 하고 회사 연수원 같기도 한 거대한 흰색 건물이 보였다. 건물은 페인트가 떨어져 나가고 유리창이 깨져 있는 등 폐허나 다름없는 모습이었다. 텅 빈 운동장에는 멀리 농구대 하나가 보일 뿐이었다. 농구대도 링은 떨어져 나가고 기둥만이 우뚝 선 볼품없는 모습이었다. 해가 넘어가며 주변은 급속도로 어두워지고 있었기에 자세히 볼 수는 없었지만, 샤워장 상태를 보나 주변 건물 상태를 보나 오래전에 버려져 인적이 끊긴 공간이라는 것은 분명해 보였다.

봉투를 들고 나간 남자는 샤워장 문가에서 보이지 않는 사각지대로 사라졌다가 잠시 후 빈손으로 돌아왔다. 그리고 마지막으로 남은 봉투 하나를 손에 들고, 철문을 닫고, 문을 잠그고, 어디론가 떠나갔다. 잠시 후 트럭으로 추정되는 엔진 소리가 어렴풋이 들려오더니 차츰 멀어졌다.

조용해졌다. 물소리가 끊긴 샤워장 안에는 정적만이 남았다. 이제 희미하게 들어오던 빛도 사라졌다. 주변은 완전한 어둠이었다. 그러나 검은 양복을 입고 선글라스를 낀 중년 남자의 모습만은 어둠 속에서도 똑똑히 보였다.

침묵을 깨고 우진이 물었다.

"뭔가 짚이는 게 있는가?"

"아뇨. 없습니다."

처음 보는 남자였다. '홍인철강'이라는 회사명도 처음 듣는다. 주현의 키는 180센티미터에 가까웠고, 대학 시절 내내 복싱을 배워 몸도 좋은 편이었다. 정면으로 붙었다면 저런 작고 빈약한 체구의 남자에게 질 것 같지 않았다. 공범이 있는 건가? 급습당한 건가? 아니면 우연한 사고였나? 온갖 상상이 떠올랐다.

그러나 아무리 머리를 굴려보아도 죽기 직전의 상황이 기억나지 않았다. 지워져서 희미해진 것이 아니라, 애초에 머릿속에 기억으로 남지 않은 듯했다. 그래서 더 미칠 것 같았다. 간신히 사건을 조사할 시간을 얻었는데 변변한 정보를 얻지 못했다. 범인의 얼굴도 제대로 보지 못했고, 짚이는 사람도 없었다. 조금만, 조금만 더 이승에 머물고 싶었다. 딱 한 발자국만 나가면 범인을 알 수 있을 것 같았다. 도저히 이대로 저승에 갈 수는 없었다. 주현은 우진에게 매달리듯 물었다.

"선생님. 어떻게, 어떻게 방법이 없겠습니까? 샤워장에서 나가게 해주십시오. 지금이라도 달려가면 아까 그 남자가 어디로 갔는지 따라갈 수 있을지 모릅니다. 어쩌면 마스크를 벗었을지도 모르고, 제 시신을 어디에 버리는지 알 수 있을지도 모르고, 아니, 하다못해 차 번호판이라도, 기종이라도 확인할 수 있을지 모릅니다. 이대로, 어떻게 이대로 저승에 가란 말입니까? 범인이 바로 저 앞에 있지 않습니까. 잠깐만, 단 1분만이라도 바깥에 나가게 해주세요."

주현은 절실한 목소리로 빌었지만 우진의 입은 굳게 다물어져 있었다. 명치 부근에 조금씩 쌓여가던 묵직한 감정이 끝내 입 밖으로 터져 나왔다.

"경찰에 정보를 전할 수 있도록 도와주겠다고 하신 건 선생님 아니십니까! 이대로는 못 갑니다! 저는 범인이 감옥에 들어가는 모습을 보기 전에는 절대 저승에 가지 않겠습니다! 나중에 저승에서 무슨 벌을 받든 상관없습니다. 세상 끝나는 날까지 지옥 불에 타들어가는 한이 있더라도, 저는 범인이 하늘 아래 멀쩡히 돌아다니는 꼴은 못 봅니다!"

"이미 늦었네."

"늦다니요! 그런 말로 막으려 하지 마십시오!"

"아니. 정말 늦었어. 상대는 차에 타고 있네. 지금 자네가 저 문밖으로 나가 전력으로 달린다 하더라도 따라잡을 수 없을 게야. 아직 자네는 인간의 상식에 얽매여 있기 때문에 일반적인 인간의 능력에서 벗어나는 일은 할 수 없어."

분노. 절망. 억울함. 주현은 이성의 제어 따위는 받지 않는 순수한 감정들이 온몸을 뒤덮어가는 것을 느꼈다. 그런 주현의 어깨에 다시 우진은 손을 올렸다. 어깨에서 느껴지는 묵직한 무게가 잠시 감정을 가라앉혀주었다. 우진은 말했다.

"사실 자네가 샤워장 밖으로 나갈 수 없다는 말은 거짓말이네. 만약 그렇다면 내가 자네를 저승으로도 데려가지 못할 것 아닌가. 저승사자와 동행하거나 저승의 허가가 있다면 귀신은 공간의 제약에서 벗어나네."

"그렇다면……."

"하지만 나는 이승의 일에 간섭할 수 없어. 지금까지 자네가 허용된 공간에 머물며 스스로 알게 된 사실이면 모를까, 내가 나서서 자네에게 추가적인 정보를 얻게 하고 자네가 그것을 이승의 인간들에게 전하게 된다면 내게도 페널티가 오지. 나는 자네를 위해 어떤 페널티도 감수할 의향이 없다네."

"부탁입니다, 선생님. 단 한 번만 도와주십시오."

주현은 우진 앞에 무릎을 꿇었다. 땅에 머리를 박으라면 박고 신발을 핥으라면 핥을 수 있을 것 같았다. 그만큼 절박했다.

우진도 주현의 심정을 모르지 않았다. 수백 년간 저승사자로 일하

26

며 헤아릴 수 없이 많은 망자를 보았다. 그들 중에는 주현보다 더 안쓰러운 상황에서 간청해온 이들도 많았다. 그러나 우진은 원칙대로 문제를 해결해나가는 편이다. 망자는 크든 작든 어딘가 동정을 살 만한 부분이 있다. 동정심을 못 이겨 예외를 하나둘 적용해주다 보면 한이 없다. 모든 이에게 예외를 적용해줄 수 없다면 차라리 모든 이에게 예외를 적용해주지 않는 편이 낫다.

그러나 저승도 원칙만으로 굴러갈 수는 없다. 가끔 모른 척 융통성을 발휘하기도 한다. 다만, 융통성은 단순한 변덕만으로 발휘되지는 않는다. 융통성을 발휘해주는 대가로 확실한 반대급부가 돌아와야 한다.

우진은 눈앞의 귀신에게 예외를 적용시켜주었을 때와 원칙대로 행동했을 때 얻을 수 있는 이익을 각각 머릿속의 저울 위에 올려보았다. 이리저리 움직이던 바늘이 차츰 한쪽으로 기울어졌다. 한순간, 머릿속에 복잡한 생각이 오갔지만 우진은 무표정을 유지한 채 여유로운 시선으로 주현을 내려다보면서 말했다.

"실은 자네가 이곳에서 나가 범인을 찾을 방법이 단 하나 있네."

"어떤 방법입니까?"

"몇 가지 제한 사항이 따를 텐데, 어떤 사항이든 철저히 준수할 수 있겠나? 만약 하나라도 위반하면 그 뒤에 자네가 지옥에서 무슨 꼴을 당할지 나도 몰라."

"물론입니다. 저를 도와주신다면 어떤 규칙이든 따르겠습니다."

"뭐, 그놈의 스케줄을 확인해봐야 하는 일이지만. 그놈이 바쁘다고 하면 쓸 수 없는 방법이야. 그때는 그냥 저승에 갈 수밖에 없네. 아직 확실하게 해주겠다는 게 아니라, 일단 자네를 생각해서 그놈에게 제안은 해보겠다는 소리야."

"네, 네. 알겠습니다."

그놈이 누군지는 알 수 없었지만 주현은 닥치는 대로 고개를 끄덕였다.

우진은 재킷 주머니에서 흠집투성이인 휴대폰을 꺼내더니 어디론가 전화를 걸었다.

"어. 그래. 나다. 자네 요즘 시간 되나? 뭐긴 뭐야. 일 좀 부탁하려고 하는 거지."

친근한 듯 타박하는 듯, 동등한 듯 하대하는 듯 알 수 없는 말투로 우진은 전화 너머의 상대방과 대화를 계속했다.

"뭐? 시험? 기말고사라고? 그게 언제 끝나는데? 아, 내일…… 오전인가? 그럼 괜찮을 것 같군. 어차피 이쪽에서도 절차가 필요하니 그때쯤이면 딱 좋아. 일주일 비워두게. 그나저나 네놈이 뭔 시험을 보나? 그딴 거 대충 쳐. 뭐? 네가?"

우진은 뭐가 그리 웃긴지 큰 소리로 배를 잡고 웃었다. 유쾌한 웃음이 아니라 시원스러운 비웃음이었다. 상대방은 화가 난 듯했지만 다행히 이야기는 잘 마무리된 모양이었다. 통화 종료 버튼을 신중히 누른 우진은 휴대폰을 도로 주머니에 넣으며 주현에게 말했다.

"좋아! 가자!"

우진의 호탕한 목소리에 주현은 돌연 날이 밝아온 듯한 환한 빛을 보았다.

눈앞이 환해진 것은 범인을 눈앞에서 놓쳐야 했던 답답하고 암담한 상황이 해결될 기미가 보여서가 아니었다. 말 그대로 돌연 대낮같은 LED 조명 빛이 주현의 눈앞을 비췄기 때문이다. 귀신이 되어도 눈은 부신 모양이었다. 한참 동안 인상을 찌푸린 채 눈을 뜨지 못하다 간신히 앞을 보니 사무실 풍경이 펼쳐져 있었다.

요즘은 잘 쓰지 않는 석면 천장, 한쪽 벽면을 빼곡히 채운 철제 캐비닛, 회색인지 녹색인지 모를 철제 책상들, 책상 위에 놓인 구형 LCD 모니터와 그 주변에 높이 쌓인 서류들. 그리고 모니터를 무심한 표정으로 바라보며 키보드를 두드리는 직원들……. 익숙한 듯 낯선 풍경이었다.

주현이 근무하던 회사는 대기업에 속했고, 요즘 트렌드에 맞게 개방적이고 깔끔한 분위기로 꾸며져 있었다. 물론 모니터를 바라보는 직원들의 표정은 주현이 회사에서 늘 보아오던 것과 다르지 않았으나, 이곳은 예전 시대의 사무실, 아니 그보다는 리모델링할 예산 같은 것은 꿈도 꾸지 못한 채 오래전 것을 그대로 물려받아 사용할 뿐인 관공서 사무실을 연상케 했다.

그래도 꽤 넓은 사무실이었다. 짝을 맞춰 놓은 열 개 내외의 책상 위마다 부서 이름이 적힌 패널이 천장에 매달려 있었다. 훑어보니 '통제과'가 1과부터 9과까지, '지원과'가 1과부터 4과까지 한 사무실을 쓰고 있었다. 공석을 감안하더라도, 적어도 100명 가까운 직원들이 이곳에서 근무하는 듯했다.

직원들은 갑자기 나타난 우진과 주현에게는 눈길도 주지 않고 자기 할 일만 했다. 오직 '통제3과'라고 적힌 곳의 가장 안쪽 책상에 앉아 있던 남자만이 벌떡 일어나 우진을 맞았다. 두꺼운 안경을 쓴 40대의 남자였다. 그의 자리에 세워진 파티션에는 '과장 이석원'이라는 명찰이 붙어 있었다.

"아이고, 부장님, 노고가 많으십니다. 어떻게 됐습니까?"

우진은 대답 대신 뒤에 선 주현을 슬쩍 바라보았다. 석원은 아부하듯 넉살 좋게 말했다.

"역시 부장님이십니다. 이렇게 빨리, 이렇게 멀쩡한 상태로 '사고귀신'을 데려오다니요. 과연 베테랑 중의 베테랑, 엘리트 중의 엘리트! 존경합니다!"

"됐고, 통제과 과장회의 소집한다. 애들 데리고 회의실로 와."

"지, 지금요? 혹시 회의 안건이 뭔지……."

"비자 심사."

"네? 아, 알겠습니다."

우진은 주현에게 턱짓으로 저쪽에 적당히 앉아 있으라고 한 뒤, 사무실 가장 안쪽에 있는 문을 열고 들어갔다. 석원은 떨떠름한 표정으로 사무실을 돌며 통제과 과장들에게 손짓했다. 조용했던 사무실이 잠시 소란스러워졌다.

주현은 우진이 말한 '저쪽'에 적당히 앉았다. 사무실 중앙에 있는 공간이었다. 긴 탁자 주변을 소파, 등받이 있는 의자, 등받이 없는 의자 등 통일성 없는 의자들이 둘러싸고 있었다. 탁자 위에는 종이컵과 티백 차, 커피믹스가 담긴 바구니가 놓여 있었다.

이곳은 저승일까. 우진은 아무 설명도 하지 않았지만 아마 그런 것 같았다. 커피믹스 포장지에 적힌 '심맥'이라는 브랜드는 살아생전 본

적이 없다. 서글펐다. 주현은 평소 이런 죽음을 맞을 것이라고는 생각해본 적이 없었다.

주현의 시신을 가져간 남자는 정말 살인범일까. 그렇게 왜소해 보이는 남자가 자신보다 10센티미터는 키가 크고 체구가 큰 남자를 쉽게 죽일 수 있었을까. 물론 언뜻 키가 작고 체구가 작아 보여도 꾸준히 운동을 해온 단단한 몸일 수도 있다. 급소를 정확히 때렸거나 흉기를 사용했을 수도 있다. 공범이 있을 가능성도 있다.

어제저녁 주현은 운전 중이었으니, 어쩌면 교통사고가 있었을지도 모른다. 남자가 운전하던 차와 주현이 운전하던 차가 충돌해 주현이 사망하고, 남자가 처벌을 피하기 위해 시신을 몰래 빼돌려 처리한 케이스일 수도 있었다.

물론 이건 희박한 가능성이다. 주현은 퇴근 시간에 서울 시내를 운전하고 있었다. 운전 중에 사고가 났을 수는 있겠지만, 수많은 운전자들의 눈을 피해 시신을 빼돌릴 수는 없다. 설령 주현이 인적 드문 길로 차를 몰았다 하더라도 블랙박스가 사고 장면을 기록했을 테니 시신을 빼돌리는 대담한 짓을 해봐야 전부 증거가 남았을 것이다.

그래, 블랙박스! 차에는 블랙박스가 있었다. 그걸 보면 빨간불에 멈춰 섰던 순간 이후의 행적을 알 수 있을 것이다. 살해당한 순간까지는 기록되어 있지 않더라도, 운전하던 때부터 죽기 전까지 무슨 일이 있었는지 기억을 되살리는 데 도움이 될 것이다. 주현의 손이 떨리기 시작했다. 지금 당장이라도 영상을 확인하고 싶었다. 직접 확인해볼 기회가 있을까. 우진이 말한 '범인을 찾을 방법'은 대체 무엇일까.

통제과 과장들은 아마 주현의 처분을 논의하고 있을 것이다. 주현은 초조한 마음으로 회의실을 바라보았다. 회의실에는 큰 창이 있었지만 블라인드가 쳐져 내부가 보이지는 않았다. 제발 긍정적인 결과가 나오길 바랐다.

7시가 가까워 오자 몇몇 직원들이 자리를 정리하고 사무실을 나섰다. 그러나 대다수의 직원들은 여전히 자리를 지키고 있었다. 저승에서도 직장인은 야근의 굴레에서 벗어날 수 없는 모양이다. 푹 가라앉은 사무실 분위기 속에서 기다림이 길어지자 주현은 긴장이 풀렸는지 자신도 모르게 바지 뒷주머니에 손을 넣었다. 늘 휴대폰을 넣어두는 장소다. 혹시나 했지만 역시나 휴대폰은 없었다. 죽은 뒤에도 심심한 순간에는 휴대폰부터 찾는 자신의 모습에 주현은 잠시 무상함을 느꼈다.

그러나 주머니에 아무것도 없는 것은 아니었다. 정장 재킷 속주머니에서 늘 들고 다니던 카드지갑을 발견했다. 면허증 한 장, 신용카드두 장, 체크카드 한 장, 체크카드 뒤에 접어서 넣어둔 비상금 만 원. 내용물도 그대로였다.

혹시 이게 저승 노잣돈이라는 건가. 신용카드가 저승에서도 사용이 될까. 왜 현금을 좀더 많이 들고 다니지 않았을까. 카드 한 장의 편리함만을 추구하던 자신의 생애를 잠시 돌이켜보고 있을 때, 회의실문이 열리며 과장들이 우르르 나왔다. 7시 5분이 막 넘어가고 있었다.

통제3과 과장인 석원이 회의실 문에 서서 주현에게 이리 오라는듯 손짓했다. 주현은 지갑을 도로 주머니에 넣으며 자리에서 일어났다. 회의실에는 스무 명이 앉을 수 있는 타원형의 큰 원탁과 이동식화이트보드가 있었다. 가장 상석에는 우진이 앉아 있었다. 석원은 주현에게 우진의 옆자리에 앉으라고 하고 자신은 주현의 맞은편에 앉았다.

우진은 선글라스를 벗고 의자 등받이에 기댄 채 눈을 감고 있었다. 뭔가 생각에 잠긴 듯했다. 주현은 자신도 모르게 우진의 맨얼굴을 유심히 관찰했다. 눈가 주름과 희끗한 머리 탓인지 어두침침한 샤워장 안에서 보던 것보다 나이가 들어 보였다. 아마도 50대 후반. 저승의 나이가 이승의 나이와 같은지는 모르겠지만 말이다.

우진이 눈을 뜬 것은 몇 분 후 한 남자가 서류철과 노트북을 들고 회의실에 들어왔을 때였다. 30대 중반의 키가 크고 호리호리한 남자였다. 테가 가는 안경을 쓰고 입가에 밝은 미소를 머금고 있는 것이 어딘지 모르게 신뢰가 가는 인상이었다.

"서류는 다 가져왔나?"

"네, 전부 준비됐습니다."

남자의 대답을 들은 우진은 주현을 바라보며 말했다.

"사실 모든 망자들이 죽자마자 저승에 와서 사후 절차를 밟아야 하는 것은 아니네. 상황에 따라서는 일정 기간 이승에 머물 수도 있지."

일반적으로 귀신들은 죽은 뒤 사흘간 이승에 머문다. 장례식까지는 보고 오라는 의미다. 물론 완전히 자유로운 상태는 아니다. 이승에 마련된 합숙소에 모여 엄격한 통제를 받으며 단체 생활을 해야 한다. 프로그램 중간에 외부 활동 시간이 포함되어 있기도 하고, 자신의 장례식을 보며 가족들과 작별인사를 나눌 수도 있다. 이를 통상적으로 G1 비자라고 부른다. 사람은 죽는 순간 저승 소속이 되고, 이승에는 특별 허가를 받아 머무르는 것과 마찬가지니 비자라는 표현을 쓴다.

그러나 가끔 특정 귀신은 일주일간 이승에 머물 수 있는 허가를 받는다. 생전에 도덕적이고 모범적으로 살아왔으며, 귀신이 되어서도 이성과 예의를 잃지 않고 몸가짐이 올바른 자는 본인이 희망하는 경우에 마지막으로 이승을 돌아볼 기회를 갖는다. 담당 저승사자가 위치를 상시 추적하기는 하나, 사사로운 행동까지 통제하지는 않는다. 문제를 일으키지 않는 이상 행동이 자유롭다. 이를 G2 비자라고 한다. 100명이 죽으면 약 열 명은 G2 비자를 발급받을 수 있는 자격을 갖는다.

G3 비자는 G2 비자와 유사하나 기간이 좀더 길다. 이는 매우 엄격한 심사를 통해 특별한 사유가 있는 경우에만 발급된다. 일반적인 귀신은 발급받는 것이 거의 불가능하다고 보면 되며, 우진 선에서 발급해줄 수 있는 비자가 아니라 훨씬 더 높은 곳까지 허가와 결재를 거쳐야 한다.

주현은 G4 비자를 받았다. G4 비자는 사망하자마자 즉각 저승으로 데려와야 하는 귀신에게 발급된다. 깊은 원한을 품은 채 죽어서 악귀가 되어 이승을 떠돌며 문제를 일으킬 가능성이 현저히 높은 귀신이다. 보통 자살자나 범죄 피해자들이 G4 비자의 대상이 된다.

비자 설명을 마친 우진이 주현에게 말했다.

"특별히 자네의 G4 비자를 G2로 바꿔주겠네."

주현은 12월 18일 오후 11시 44분에 죽었다. G2 비자로 바뀌면 사망 시점부터 7일 뒤인 12월 25일 오후 11시 43분까지 이승에 체류할 수 있다. 그것도 거의 통제를 받지 않는 상태로 자유롭게.

주현의 맞은편 의자에 삐딱하게 앉아 있던 석원이 기다렸다는 듯 말했다.

"이게 얼마나 대단한 일인 줄 알아? 부장님이시니까 해줄 수 있는 거야. G4를 G1도 아니라 G2로 바꿔주는 건 5년에 한 번 있을까 말까 하다고. 감사하도록 하게."

"감사합니다."

석원은 마치 자신이 한 듯 생색내는 말투였다. 그래도 주현은 일단 정중하게 고개를 숙였다. 석원은 계속 떠벌떠벌 말했다.

"부장님이 얼마나 대단한 분이신지 아나? 400년간 저승사자로 일하시며 쭉 엘리트 코스만 걸어오신 분이지. 조선시대 때부터 근무지가 한양도성 안쪽을 벗어나신 적이 없거든. 요즘도 법원 판사 중에 경판(京判) 같은 게 있지 않나? 부장님이 바로 그런 분이시란 말이야."

"그만하게."

우진은 점잖은 목소리로 석원의 말을 막았다. 그러나 석원은 입을 가만히 두지 않았다.

"원래 부장님급 경력이면 본청으로 들어가셔야 하는데, 아직도 현업에서 손을 떼지 않는 저승사자의 귀감 같은 분이시지. 이런 분이 친히 이승까지 데리러 나가고 비자까지 바꿔주신다는 게 얼마나 영광인지 알아두란 말이야! 혹시 자네가 이승에서 이상한 짓을 해서 부장님 경력에 누를 끼치기라도 하면……."

"아니, 진행이 안 되니 입 좀 다물라니까!"

우진이 목소리를 높여 쏘아붙인 후에야 석원은 입을 다물었다. 그럼에도 그의 눈빛만큼은 아직 할 말이 더 남아 있다고 말하는 듯했다. 주현은 정중히 고개를 숙이며 말했다.

"알겠습니다. 절대 문제를 일으키지 않고, 범인을 잡을 수 있는 확실한 증거를 찾는 일에만 집중하도록 하겠습니다."

진심으로 고맙다는 목소리로 말하는 주현의 모습을 보며 우진은 피식 웃었다.

"왜 자네에게만 특혜를 주는지 안 궁금한가?"

"저를 좋게 보아주셨기 때문이라고 생각합니다만, 혹시 제가 알아야 하는 다른 이유가 있다면 알려주셨으면 합니다."

"그렇지. 가장 큰 이유는 자네가 이승에서 사건을 조사하고 다녀도 악귀가 될 가능성이 현저히 낮다고 봤기 때문이네. G4 비자를 받았는데 자네처럼 시종일관 침착하게 행동하는 귀신은 보기 드물어. 그래서 기회를 주고 싶었던 거야. 이 말은 곧, 이승에 내려가 자네가 왜 죽었는지 스스로 확인하는 과정에서도 항상 침착함을 유지하고 감정을 조절하며 악귀가 되지 않도록 주의해야 한다는 소릴세. 악귀가 되어서 강제로 끌려온다면 자네의 저승 생활도 녹록지 않을 테고, 나도 부하들을 볼 면목이 없어질 테니."

"네, 항상 유의하겠습니다."

우진은 주현의 감정 흐름이 독특한 것이라고 했다. G4 비자를 받은데다, 심지어 다른 저승사자들도 사인(死因)을 듣자마자 데리러 가기 꺼린 귀신이 기합 바짝 든 신입사원처럼 행동하는 사례는 매우 특이하다는 이야기였다.

주현은 평범함의 범주에서 벗어나는 일을 그다지 좋아하지 않는다. 어릴 때부터 특이하다는 소리를 가끔 들었다. 다른 아이들보다 감정의 변화나 표현이 적어서 그랬던 것 같다. 특이한 게 꼭 나쁜 것만은 아니다. 긍정적인 특이함도 있다. 그러나 어린 주현에게 '특이한 아이'라고 말하는 어른들의 시선은 그다지 긍정적이지만은 않았다. 긍정적인 특이함이 아니라면 평범한 것이 차라리 낫다. 그렇게 생각하게 된 순간부터 주현은 '특이하다'라는 평가에 민감해졌고, 누구보다 평범하게 살아가는 일을 목표로 삼게 되었다. 하지만 이번에는 주현이 가진 특이한 면이 도움이 되었다. 다행이었다.

우진은 주현에게 말했다.

"그래도 자네는 완전히 자유롭게 행동할 수는 없네. 감시자를 붙일 거야. 감시자라 해도 불편하게만 생각하지는 말게. 자네가 이승에서 행동하기 수월하게 도와주는 조력자 역할도 해줄 테니까. 감시자로부터 벗어나려고 하면 저승에 강제 귀환되니 항상 붙어 있도록 하게."

문득 샤워장에서 우진이 누군가와 주고받던 통화 내용이 생각났다. 혹시 그때 전화한 상대방이 바로 '감시자'인 걸까?

"어떤 사람인가요?"

"저승 사람들은 이승 일에 간섭하지 못해. 반대로 이승 사람들은 저승 일에 간섭하지 못하지. 저승 사람도 아니고 이승 사람도 아닌 그 중간쯤에 있는 자라고 생각하면 된다네. 우리는 경계인(境界人)이라고 부르지."

우진은 자세한 건 김 대리에게 물어보라고 했다. 서류를 가져온 키 큰 남자가 김 대리인 것 같았다. 우진은 김 대리에게 절차를 진행하라고 한 뒤 자리에서 일어나 회의실 밖으로 나갔다. 석원도 우진을 따라 나가서 이제 회의실에 남은 건 주현과 김 대리뿐이었다.

김 대리는 자신을 지원2과 대리 김경범이라고 소개했다. 경범은 정중하고 매끄러운 목소리로 주의사항부터 말해주었다.

"이승에 내려가시면 가장 명심하셔야 하는 게, 부장님께서도 이미 말씀하셨지만, 악귀가 되지 않도록 주의하셔야 한다는 겁니다. 악귀가 되면 그 즉시 저승으로 강제 복귀되며 저승에 준비된 처벌 중 가장 가혹한 처벌을 받게 됩니다."

"용암지옥 같은 곳인가요?"

"그 이상이죠."

경범은 씩 웃으며 말을 아꼈다.

주현도 굳이 깊게 파고들지 않았다. 악귀가 될 생각은 없었다. 일주일, 아니, 이미 하루가 지나 6일밖에 남지 않았다. 6일은 범인이 누구인지, 자신이 어떻게 죽었고 어디에 시신이 있는지를 알아내서 경찰에 전하고 부모님께 먼저 가서 죄송하다는 말씀을 드리기에도 짧은 시간이다. 저승의 처벌보다, 이승에서 반드시 해야 할 일을 다 못마치는 게 두려워서라도 악귀가 되는 일은 피해야 했다.

경범은 친절한 목소리로 다음 주의사항을 설명했다.

"그리고 비자 종료 시각보다 단 1분이라도 더 이승에 머문다면 역시 중범죄자로 분류되어 처벌을 받습니다. 종료 전에 담당 저승사자가 찾아가서 안내해드릴 테니, 복귀 시간을 잊어버릴지 모른다는 염려는 안 하셔도 됩니다. 이승에 아쉬움이 남더라도 담당 저승사자의 지시에 차분히 따라주세요. 반대로 볼일이 일찍 끝난다 하더라도 조기 복귀하실 필요는 없습니다. 마침 연말이니 이승에서 마지막 크리스마스를 즐기시다 돌아와도 좋겠지요."

주현이 알겠다고 하자 경범은 서류철에서 종이 몇 장을 꺼내 서명을 하라고 내밀었다. 보험 계약서처럼 읽기 어려울 정도로 자잘한 글자가 빼곡하게 적혀 있었다. 대충 눈으로 훑어보니 비자 변경 신청서와 이승에서의 준수사항에 대한 서약서 같았다. 경범이 구두로 설명한 내용이 대부분이었지만, 다른 귀신들과 분쟁을 일으키지 말 것, 영감이 강한 사람을 만난다 하더라도 장난치지 말 것 등 추가적인 내용들도 있었다. 주현은 경범이 지시한 위치에 서명했다.

서명이 끝나자 경범은 노트북을 켜며 물었다.

"혹시 신분증 가지고 계십니까?"

"아, 면허증은 있습니다."

"네, 그거면 됩니다."

주현이 카드지갑에서 면허증을 꺼내주자 경범은 다시 노트북에 시선을 돌리고 한동안 집중해서 작업했다. 그러다 갑자기 뭔가 떠올랐다는 듯 주현에게 말했다.

"그리고 아까 부장님께서 말씀하신 감시자분 말인데요, 기본적인 비용은 부장님께서 해결하실 겁니다만, 혹시 부수적인 비용이 발생한다면 그건 주현 씨가 저승 노잣돈에서 부담하셔야 합니다. 유류비나 장비 구입비, 입장료 같은 거요. 그리고 이승에서 사용하는 돈도 노잣돈 한도에서 깎이는 거라 나중에 저승에 돌아왔을 때를 생각해서 효율적으로 사용하세요. 노잣돈 한 푼 없는 저승 생활은 꽤나 서글프거든요."

"노잣돈이오?"

주현의 머릿속에 카드지갑 속 만 원짜리 지폐 한 장이 떠올랐다.

"저, 제가 장례도 못 치러서 가지고 있는 노잣돈이 별로 없는데요."

"얼마 가지고 계시죠?"

"만 원밖에 없습니다."

"혹시 신용카드나 체크카드는 없으세요?"

"그건 있습니다."

"그럼 그걸 쓰시면 되죠."

"카드도 되나요?"

"요즘 카드 안 되는 데가 어디 있나요?"

노잣돈이란 결국 생전 평판의 반영이다. 좋은 인생을 살아온 사람일수록 많은 문상객들이 장례식에 찾아오므로 노잣돈도 많아진다. 나쁜 인생을 살아온 사람이라면? 당연히 그 반대다.

예전에는 망자들이 노잣돈을 쓸 일이 딱히 없었다. 그래도 주변 사람들이 아쉬운 마음에 챙겨준 돈이고 평판을 보여주는 것이니, 보상 차원에서 노잣돈으로 살 수 있는 음식이나 옷, 기념품 같은 것을 마련하는 게 어떻겠냐는 제안이 나와서 여러 상품들이 마련되었다.

그러자 종교적 이유나 집안 분위기 때문에 노잣돈을 받지 못한 망자들이나, 어쩌다 보니 장례도 치르지 못하고 저승에 오게 된 망자들이 불만을 가지게 되어 노잣돈의 범위를 점점 확장시켜갔다. 최근에는 금융 정보가 노잣돈의 액수를 정할 때 중요하게 작용한다. 금융권의 평판도 생전의 행실을 통해 얻은 거니까 고려하지 못할 이유가 없다.

"아무리 통장에 돈이 많아도 사기나 탈세처럼 부도덕한 방법으로 번 돈이면 한 푼도 쓸 수 없습니다. 물론 돈이 없더라도 남에게 피해 안 주고 법을 잘 지키며 살아온 사람들이나 부득이하게 경제활동의 기회를 갖지 못한 어린아이와 같은 경우에는 저승에서 5만 원에서 10만 원가량 노잣돈을 지급해주기도 하고요. 무난하게 살아온 사람들은 통장 잔고나 신용카드 결제 한도 정도는 저승에서 사용할 수 있도록 하고 있어요. 물론 대출이 있다면 그 부분은 빠지지만요."

"부자는 저승에서도 부유하다는 소리로군요."

"그렇죠. 불법적으로 돈을 번 사람이라면 모를까, 건전한 방법으로 재산을 모은 사람은 그만큼 성공적으로 인생을 살아온 것이니 저승에서도 대우를 받아야 마땅하지 않겠습니까? 저승의 소비처는 한정적이니 쓸 수 있는 돈이 많다고 해서 눈에 띄게 호화롭게 지낼 수 있는 것은 아닙니다만, G2 비자를 받은 경우에는 이야기가 달라지죠."

생전에 벌어서 모아둔 돈을 쓸 기회가 일주일밖에 남지 않았다면 과연 절약하려는 사람이 얼마나 될까. G2 비자를 받은 사람들은 예외 없이 어떻게든 한 푼이라도 더 많은 돈을 쓰며 마지막 남은 이승 생활을 즐기고 싶어서 안달이 난다.

G2 비자를 발급받을 정도로 생전에 우수하고 모범적으로 살아온 망자들은 저승 입장에서 VIP 고객이나 다름없기 때문에, 그들의 마지막 여행을 만족시키기 위해 이승에 여러 서비스를 제공 중이다. 노잣돈이 아주 많다면 크루즈로 남프랑스 바다를 돌며 엘비스 프레슬리의 디너쇼를 즐길 수도 있고, 로열 설루트를 물처럼 마시며 라스베이거스에서 1억 원이 하룻밤 만에 10만 원이 되는 기적을 체험해볼수도 있다. 물론 노잣돈이 부족한 망자들을 위한 버스와 지하철 같은 대중교통편이나 비즈니스호텔도 완비되어 있다.

"사전에 충고를 했음에도 이승 여행을 너무 즐기다가 저승에 빈손으로 오는 사례가 드물지 않아요. 저승에도 저승의 생활이 있다는 것을 잊지 말고 적절한 소비를 하세요."

말 나온 김에 노잣돈 총액을 확인해서 저승은행으로 옮기는 절차를 밟아주겠다며 경범은 서류 한 장을 더 꺼냈다. 거래하던 은행명과 계좌번호, 신용카드 정보, 소유하던 부동산과 자가용 정보 등을 적는 서류였다. 내용을 채워주자 경범은 노트북에 뭔가를 입력하더니 말했다.

"생각보다 통장 잔액이 많으시네요. 신용등급도 2등급이고. 벌써 취업을 하신 건가요?"

"네, 회사에 다니고 있었습니다."

"이야, 요즘 취업난이 심하다 보니 걱정했는데, 이 정도면 일주일 간 지내시기에는 충분할 거 같네요. 학자금 대출도 없으신 것 같고. 이런 젊은이가 드문데. 아, 그런데 자가용이 있으시네요? K5? 본인 명의인가요?"

"영업직이다 보니 작년에 사게 됐습니다."

"혹시 카드 할부로 사셨습니까?"

"네, 60개월로요."

"카드 할부가 있으면 남은 할부금 액수를 총 재산에서 제하도록 되어 있거든요. 할부도 일종의 빚으로 보니까요. 자동차는 타격이 클 수도 있는데…… 어디 보자."

한참 동안 뭔가를 입력하던 경범이 마침내 입을 열었다.

"주현 씨의 총 노잣돈은 657만 원이네요."

다행히 플러스였다. 경범은 내일 오전에 자신의 자리로 오면 신분 증 겸 노잣돈을 인출할 수 있는 카드를 주겠다고 했다. 신분증에 넣을 얼굴 사진을 경범의 휴대폰으로 찍고 기타 서류 작업 몇 개를 더 하고 나자 비자 신청 절차가 완료되었다. 회의실에서 나와 벽시계를 보니 밤 9시가 가까웠다. 그사이 직원들도 대부분 퇴근했는지 사무 실에는 열 명 남짓 남아 있었다.

주현은 사무실 밖 복도 구석에 있는 직원 휴게실에서 밤을 보내게 되었다. 소파에 누워, 지금껏 대체 얼마나 많은 망자들이 덮었을지 모를 먼지 묻은 담요까지 덮고 있자니 잠이 제대로 올 리 없었다. 잡다 한 생각들 속에 잠을 설치며 아침을 맞이했다.

12월 20일 수요일, D-5

1

주현은 직원들이 출근하는 오전 9시가 지나자마자 사무실로 돌아갔다. 경범은 주현을 보자마자 웃으며 신분증과 작은 책자, 구형 휴대폰을 건넸다. 신분증에는 주현의 얼굴 사진이 있었고, 옆에는 G2라는 큰 글씨와 함께 이승 체류 허가 기간이 새겨져 있었다.

"이승에 내려가면 경우에 따라 신분증을 제시해달라는 경우가 있을 수 있으니 잘 보관하십시오. 재발급도 되기는 하지만 그동안은 이승에 체류할 수 없게 되니 시간이 아깝지 않겠습니까?"

신분증에는 노잣돈을 인출하거나 결제할 수 있는 기능과 교통카드 기능도 있다고 했다. 경범은 자세한 설명을 해주면 좋겠지만 자신도 다른 업무가 있고, 주현도 빨리 이승으로 가고 싶을 테니 일단 안내 책자를 꼼꼼히 읽어보고 그래도 궁금한 게 있으면 휴대폰으로 연락하라고 했다.

이승의 담당 저승사자 휴대폰을 통해 주현의 위치를 상시 추적하니 휴대폰을 몸에서 떼어놓아서는 안 된다고 했다. 휴대폰의 위치와 실제 위치가 조금이라도 다른 게 확인되면, 저승사자에게 사정을 설명해야 하니 시간이 불필요하게 지체될 우려가 있으며, 경우에 따라서는 저승사자의 재량으로 비자가 취소될 수도 있다고 했다.

"사무실을 나가서 엘리베이터를 지나면 또 다른 복도가 나올 거예요. 그 복도를 쭉 걸어가면 부장님 방이 나와요. 그곳으로 가세요."

주현은 경범에게 감사하다는 인사를 한 뒤, 안내받은 곳으로 향했다. 부장 조우진이라는 명판이 걸린 문 앞에 서서 노크를 하자 들어오라는 소리가 들렸다. 문을 열고 들어가니 오래된 책 냄새가 훅 하고 풍겨왔다. 서류가 가득 쌓인 책상에 앉아 있던 우진은 주현과 눈이 마주치자 자리에서 일어났다.

"물건은 다 받았나?"

허리를 굽히며 인사하는 주현에게 우진은 질문부터 던졌다.

"네, 신분증과 휴대폰을 받았습니다."

"이것도 가져가게."

우진은 코르크 마개로 입구가 막힌 작은 유리병을 건네주었다. 병 안에는 알약이 여섯 개 들어 있었다.

"이승에 가면 시간이 지날수록 최근 기억부터 사라져갈 거야. 약을 먹는다 해서 기억이 사라지는 걸 완전히 막을 수는 없지만, 진행 속도를 최대한 늦출 수는 있네. 다른 귀신들처럼 여행 목적으로 이승을 돌아보는 거라면 기억이 다소 사라져도 큰 지장이 없겠지만, 자네의 경우에는 기억이 사라질수록 범인과 관련된 정보를 찾는 것이 어려워질 테고, 그럼 내가 비자를 변경해준 수고도 의미가 없어질 테니 자네에게만 특별히 주는 거라네."

알약 표면에는 숫자가 적혀 있었고 숫자가 커질수록 색이 더 붉어졌다. 시간이 흐를수록 기억이 지워지는 속도도 빨라지니 그에 맞춰 약효가 점점 더 강해지기 때문이라고 했다. 우진은 책상에 놓인 작은 생수병 하나를 주현에게 건네주었다. 주현은 유리병에서 1이라고 적힌 흰색 알약을 꺼내 삼켰다.

유리병에는 성분표가 붙어 있지 않았다. 이승과는 달리 조잡한 패키징이다. 주현은 과연 효과가 있을지 의심스러웠다. 그러나 효과가 미미하다 하더라도 기억을 잃는 속도가 조금이라도 더 늦춰진다면 그것만으로도 약을 먹을 가치가 있다. 죽기 직전의 기억이 떠오르지 않는 것만으로도 미칠 것같이 답답한데, 여기서 더 기억을 잃으면 곤란하다.

반 남은 생수병을 책상 위에 올려놓는 주현에게 우진은 말했다.

"순서를 잘 지켜서 먹게. 약효가 다르기 때문에 잘못 먹으면 부작용이 생길 수 있어."

"어떤 부작용입니까?"

"배탈."

"귀신도 배탈이 납니까?"

"아니면 두통."

우진에게는 적당히 둘러대는 기색이 역력했다. 그러나 주현은 자세히 캐묻는 대신 정중히 허리를 숙였다.

"여러모로 신경 써주셔서 감사합니다."

"고맙다면 돌아오는 날까지 문제를 일으키지 마. 자네를 믿고 보내주는 거니까 신뢰를 배신하지 말게."

"알겠습니다."

사실 우진은 주현을 신뢰하기 때문에 이승으로 보내주는 것이 아니다. 이리저리 저울질을 해본 끝에 손해보지는 않겠다 싶어서 비자를 바꾸어준 것뿐이다.

주현도 눈치는 있다. 우진이 아무 이유 없이 호의를 베푸는 게 아니라는 것을 어렴풋이 느꼈다. 하지만 상관없었다. 도로 이승에 내려가 살인범을 찾을 수만 있다면 어떤 대가든 지불할 수 있었다.

우진은 주현을 향해 빈 손바닥을 내밀었다.

"휴대폰 줘봐."

휴대폰을 건네자 우진은 번호 하나를 입력했다.

"감시자의 전화번호네. 이곳에서 나가는 대로 바로 그 남자를 찾아가서 동행하게."

우진이 전화번호와 함께 입력한 이름은 '수부타'였다. 외국인인 모양이었다.

"어디로 가야 합니까?"

"오늘 오전 11시 30분에 시험이 끝난다더군. 시험이 끝나면 자네휴대폰으로 전화해서 만나라고 말해뒀으니 그전까지 대학 교내에 가있으면 될 거야. 예전에 화학을 전공한다고 말했으니, 아마 시험도 그학과 건물에서 보겠지. 잘 찾아가보게."

"외국인 유학생⋯⋯인가요?"

"외국 출신이기는 한데 유학생은 아니야. 한반도에 온 지 400년은됐으니까. 주민등록도 되어 있는 것 같고. 뭐, 일단 귀화 한국인 정도로 해두지."

"인간이 아닌 겁니까?"

"그래."

이승에 속한 자도 아니고 저승에 속한 자도 아닌 경계 어딘가에 있는 자.

흡혈귀였다.

2

햇빛을 봐도 죽지 않는다, 십자가를 봐도 죽지 않는다, 성수든 마늘이든 말뚝이든 무슨 짓을 하든 죽지 않는다. 그렇다고 완전히 살아 있는 것도 아니다. 이도 저도 아닌 상태로 이승과 저승을 넘나든다. 그게 바로 흡혈귀다.

이승에서는 전설 속 괴물처럼 소문이 알음알음 퍼져 있을 뿐, 흡혈귀가 실존한다는 사실을 아는 사람이 별로 없다. 그러나 저승에서 흡혈귀는 꽤 유명하다. 흡혈귀 주변에는 종종 대량의 사망자가 나온다. 식량을 구하는 과정에서 발생하는 부득이한 결과다. 덕분에 흡혈귀가 움직일 때마다 저승의 업무는 과도하게 늘어나곤 한다.

사람을 죽여 얌전히 피만 마시면 그나마 낫다. 흡혈귀는 피뿐만 아니라 죽은 자의 영혼도 식량으로 삼는다. 이것 때문에 저승이 골머리를 앓는다. 이승의 사망자 수와 저승에 입고되는 영혼의 수가 딱 맞아떨어질 필요까지는 없지만, 흡혈귀가 중간에서 영혼을 가로채 먹어서 큰 차이가 생기면 연말 결산 때 본청으로부터 단단히 깨진다.

한반도에 흡혈귀가 찾아온 것은 병자호란 때다. 한반도의 저승사자들은 전쟁만 끝나면 흡혈귀가 자연스럽게 다시 떠날 거라고 생각했다. 그러나 흡혈귀는 아예 조선에 눌러앉았다. 그리고 수백 년이 지난 지금까지도 떠날 기미가 없다.

"이곳에 있을 만큼은 있어볼 생각이야. 외국에 가서 살려면 귀찮은 일이 많아. 국적도 새로 취득해야 하고, 언어도 새로 배워야 하잖아."

흡혈귀는 아침부터 통화 중이었다. 오전 7시 30분쯤 시작된 통화는 8시가 넘어도 끝나지 않았다. 새벽까지 게임을 하다 잔 터라 눈이 절로 감겼다. 붕 뜬 짧고 검은 머리카락을 흰 베개 속에 파묻은 채 반쯤 잠긴 목소리로 입만 움직였다.

흡혈귀의 이름은 수부타. 저승에서 부르는 이름이다. 현재 이승에서는 성민이라는 이름을 사용 중이다. 흡혈귀들은 오래 살다 보니 수시로 이승의 이름이 바뀐다. 그러나 저승의 사무 시스템은 후진적이기 때문에 바로바로 업데이트되지 않는다. 결국 처음 저승에 등록된 이름이 해당 흡혈귀를 지칭하는 일종의 코드네임처럼 사용된다.

"내가 있는 곳으로 오면 아쉬울 거 없이 해주겠다니까. 피도 얼마든지 마실 수 있어."

아침 댓바람부터 성민에게 전화를 건 이는 미국에 사는 흡혈귀다. 누아다라는 이름으로, 흡혈귀 중에서는 온화한 축에 속하는 성격이며 성민에게도 우호적이다. 우호적이다 못해 보호자라도 되는 듯 시시콜콜 쓸데없는 부분까지 신경 쓰곤 한다.

흡혈귀들 사이에도 세력 다툼이 있다. 영역이 넓으면 넓을수록 더 많은 식량과 부를 축적할 수 있기 때문이다. 성민은 특별한 파벌에 속해 있지 않다. 그렇기에 여기저기서 자신의 파벌에 들어오라고 회유를 받곤 한다. 힘을 빌려주면 파격적인 대우를 해주겠다는 제안과 함께. 그러나 성민은 늘 거절해왔다. 현재도 그럭저럭 목숨을 유지할 정도로는 피를 마실 수 있고, 돈은 넉넉하지 않아도 아쉬울 것 없다.

다른 흡혈귀의 제안이었다면 성민은 늘 그렇듯 바로 전화를 끊었을 것이다. 그러나 누아다의 제안은 쉽게 거절할 수 없었다. 누아다는 단순히 자신의 세력을 키우기 위해 부르는 것이 아니었다.

대답이 없는 성민을 향해 누아다는 단어 하나하나를 강조하며 진지하게 말했다.

"너는 아직 어려. 그리고 흡혈귀가 어떤 존재인지, 어떤 마음가짐으로, 어떻게 행동하며 살아가야 하는지에 대해서도 배우지 못했지. 그러니까 지금 고통스러운 거야. 네게는 제대로 된 교육이 필요해. 시간에 떠밀리지 않고 흡혈귀답게 살아갈 수 있는 방법 말이야."

성민은 800년 전 고비사막 한복판에서 눈을 떴다. 다른 흡혈귀들이 활동하는 영역과 떨어져 있었기 때문에 성민은 혼자 흡혈귀의 능력을 습득하고, 혼자 피를 구해 마시며 수백 년간 살아왔다. 지금도 다른 흡혈귀들과 교류가 많지 않다.

누아다의 눈에 성민은 가엾은 고아처럼 보이는 모양이었다. 아무래도 신경이 쓰이는지 계속 도와주려고 한다. 최근 누아다는 성민에게 계속 자신이 있는 곳으로 오라고 설득했다. 성민은 요즘 사는 것이 부쩍 힘들어지기 시작했다. 예전에는 아무렇지 않게 넘기던 일들을 더 이상 그냥 넘길 수 없게 되었다. 누아다는 그걸 알아챈 모양이다. 표면적으로는 일손이 부족하니 와서 도와달라는 핑계를 대지만, 진짜 목적은 흡혈귀가 어떻게 살아가면 좋을지 알려주려는 것이다. 흡혈귀의 힘을 쓰는 법이나 마음을 관리하는 법 같은 것 말이다.

성민은 누아다가 자신을 진심으로 걱정한다는 것을 알았다. 수천 년을 살아온 흡혈귀가 걱정하며 해주는 조언이니, 괜한 고집 피우지 말고 하라는 대로 하는 편이 좋을지도 모른다는 생각이 들었다. 하지만 결국 성민은 누아다에게 말했다.

"미안. 역시 못 가겠어."

누아다는 성민에게 좀더 생각해보라고 하고 전화를 끊었다. 성민은 휴대폰을 침대 발치로 던지고 이불을 머리끝까지 뒤집어쓰며 다시 잠을 청했다. 10분도 지나지 않아 기상 알람이 울려 강제로 눈을 떠야 했지만 말이다.

오늘은 오전 10시부터 기말시험이 있다. 그 뒤에는 저승에서 귀신 한 명이 온다. 침대에서 기어 나와 거실로 나가자 상자 하나가 테이블 위에 놓여 있었다. 오늘 가지고 다니며 먹을 혈액 팩이다. 이미

한 상자는 차에 실었고 나머지 한 상자만 남은 모양이었다. 열어보니 안에는 아이스팩과 함께 혈액 팩이 가지런히 쌓여 있었다. 혈액 팩은 전부 소 피였다.

"사람 피는 없어?"

혈액 팩을 차에 싣고 돌아온 강인에게 성민은 불만스러운 말투로 물었다. 소 피는 아무리 먹어봐야 힘이 나지 않는다. 배를 채우는 데 효과가 있기 때문에 먹을 뿐이다. 사람 피를 넉넉하게 먹지 못하니 이런 거라도 먹으면서 굶주림을 잊어야 한다.

"지금 바로 가져다드리겠습니다."

강인은 성민의 운전기사로 집사처럼 성민을 모시고 있다. 성민이 하는 말 한마디만 들어도 그 속내를 금방 짐작할 수 있을 만큼 오랫동안 곁에 있었다. 강인은 웃는 얼굴로 답한 뒤 부엌으로 들어갔다. 원래 사람 피는 이틀에 한 팩 정도밖에 먹지 못한다. 혹시 모르니 비축 분을 만들기 위해 그마저도 먹지 않고 참는 날도 있지만, 오늘은 일이 많을 듯하니 먹어두는 편이 좋았다.

강인은 소파에 앉은 성민에게 사람 피가 담긴 팩을 가져다주며 물었다.

"누아다 님과 통화하신 건가요?"

"그래."

"뭐라고 하시던가요?"

성민은 피를 마시며 답했다.

"자기가 있는 곳으로 오면 피를 얼마든지 마시게 해주겠대."

"그거 고마운 제안이네요."

강인은 웃으면서 맞장구를 쳤다. 그러나 강인은 알았다. 성민이 누아다의 제안을 거절했으리라는 것을. 강인에게도 느껴질 만큼 성민은 요즘 부쩍 생각이 많았다. '피를 얼마든지 마시게 해주겠다'는 달콤한 제안 이면에 숨은 이야기까지 신경 썼을 것이다. 흡혈귀는 하루에 약 10리터의 피를 마신다. 과연 합법적이고 평화로운 방법으로 흡혈귀가 얼마든지 마실 수 있을 정도의 사람 피를 구하는 일이 가능할까?

예전에는 성민도 사람들의 목숨을 빼앗고, 사회를 혼란스럽게 하며, 배를 채웠다. 그런데 요즘은 이상하게도 전쟁을 일으키거나 범죄를 저지르는 극단적인 수단으로, 이승과 저승 양쪽에서 손가락질받으면서까지 배를 채우며 살아가는 게 맞는 건가 하는 의문이 들었다.

약간의 굶주림만 참으면 합법적이고 평화로운 방법으로 살아갈 수 있다. 살짝 편법을 써서 의료보험으로 일주일에 네 개 정도의 혈액 팩을 받아오고, 친한 지인들로부터 지정 헌혈을 받는다. 이것만으로도 그럭저럭 일상생활이 가능하다. 가끔 저승에서 떨어지는 일을 도와주면 그 대가로 버려지는 영혼을 먹을 수도 있다. 영혼은 별 맛은 없지만 피보다 효율이 좋고 장기 보관이 가능하기 때문에 편리하다. 이렇게 적당히 목숨만 유지하는 방법으로 언제까지 살 수 있을지는 모르겠지만, 성민은 일단 이렇게 살아보고 싶었다.

오늘도 저승에서 맡긴 일을 해야 했다. 어제 우진에게 들은 바로는 G2 비자를 받은 귀신을 감시하며, 이승에서 지내는 동안 불편함이 없도록 도와주는 일이라고 한다. 갑자기 살해당한 귀신인지라, 허용된 기간 동안 이승에 머물면서 살인범을 찾고 싶어하는 모양이었다. 살인범을 찾으려면 이승 사람들과 접촉해야 할 수도 있으니 그런 부분을 지원해주라고 했다.

그러나 저승에서 이런 간단한 일을 맡길 리 없다. 분명 뭔가 다른 꿍꿍이가 있다.

성민이 저승의 꿍꿍이를 알게 된 것은 집을 떠나 대학교로 향하는 차 안에서였다. 우진이 또다시 전화를 걸어왔다.

3

눈을 뜨니 이순신 장군 동상이 보였다. 광화문 광장이었다. 주현은 마침내 이승에 돌아왔다. 회사 본사가 근처에 있어서 친숙하게 오가던 장소였다. 죽던 그날 저녁에도 이순신 동상 앞을 운전하며 지나갔다. 자주 보다 보니 아무렇지 않게 생각하던 풍경이었지만, 지금 다시보니 알 수 없이 무거운 감정이 울컥 솟구쳤다.

주현은 고개를 돌려 시청 쪽을 바라보며 감정을 다스렸다. 무거운 생각은 최대한 피하고, 이성적으로 사건을 파악해나가야 한다. 생판 모르는 타인이 경험한 사건이라고 생각하면 좀더 수월할지도 모른다.

평일 오전이었지만 많은 인파가 있었다. 횡단보도를 건너는 사람, 일인시위를 하는 사람, 서명을 받는 사람, 아이의 손을 잡고 웃으며 광장을 걷는 사람, 경찰 조끼를 입고 있는 사람…… 늘 보던 모습이었다. 하지만 완연히 다른 부분이 있었다. 세피아 필터를 낀 듯 전체적으로 어딘가 물 빠진 색감이었다. 선명하게 보이는 것은 주현 본인과 이순신 동상 앞에서 사진을 찍는 두 명의 노인뿐이었다.

"학생, 우리 사진 한 장만 찍어주시겠습니까?"

휴대폰으로 할머니의 모습을 연신 찍던 할아버지가 주현과 눈이 마주치자 서둘러 손짓했다. 중절모를 쓴 할아버지는 만면에 아주 기분 좋은 미소를 띠고 있었다. 할아버지는 할머니 어깨를 강하게 끌어안으며 이순신 동상 앞에 섰고, 주현은 할아버지로부터 건네받은 휴대폰으로 두 사람의 사진을 찍어주었다.

두 노인은 부부로, 같이 차를 타고 가다 교통사고가 크게 나는 바람에 병원에서 열두 시간 차이로 사망했다고 했다. 어제 장례를 치른 두 사람은 모두 G2 비자를 받았는데 남은 나흘 동안 이승의 유명 관광지를 둘러보고 다닐 예정이라고 했다. 살아 있을 때는 생계에 치여 부부가 오붓하게 여행할 엄두도 못 냈는데, 힘들어도 다른 사람에게 폐 안 끼치고 자식들에게 떳떳하게 살자며 서로 다독이다 보니 죽은 뒤에 복을 받았다면서 부부는 웃었다.

주현은 부부와 헤어진 후 광화문역 쪽으로 발걸음을 옮겼다. 들은 대로 G2 비자를 받아 이승에 남은 귀신들은 상위 10퍼센트에 속할 만큼 성실하고 깨끗하게 살아온 모양이었다. 그와 달리 주현은 평범했다. 나쁘게 살아온 것은 아니지만 착하게 살지도 않았다. 주현이 G2 비자로 변경된 것은 확실히 특혜라고 불릴 만한 일이다.

우진의 꿍꿍이는 대체 무엇일까. 다시 궁금해졌지만 애써 생각을 지웠다. 혼자 생각한다 해서 답이 나올 문제가 아니기 때문이다. 생각을 줄이고 지금 해야 할 일에만 집중하기로 했다. 시간은 부족하고 할 일은 많았으니까.

광화문역 지하통로로 들어가자 개찰구가 보였다. 그중에는 꽃무릇을 형상화한 보라색 문양이 새겨진 개찰구가 있었다. 경범에게 받은 안내 책자 표지에 그려진 문양과 동일했다.

안내 책자에 따르면, 이것은 저승을 상징하는 문양으로 귀신은 이승에서 이 문양이 있는 사물에만 접촉할 수 있다고 했다. 지하철에서도 귀신은 반드시 꽃무릇 문양이 있는 개찰구를 이용해야 했다. 이용 요금은 이승의 지하철 요금과 동일하며, 만약 무임승차한다면 이승과 동일한 액수의 벌금이 부과된다고 한다.

이승 사람들도 꽃무릇 문양이 있는 개찰구를 이용하는 것을 보니 아마 그들 눈에는 평범한 개찰구로 보이는 모양이었다. 주현은 교통카드를 찍고 개찰구 안쪽으로 들어갔다.

주현은 플랫폼으로 내려가 지하철을 기다렸다. 저승 지하철은 이용객이 적다 보니 세 량밖에 운행되지 않으므로 승차 위치에 주의하라고 책자에 적혀 있었다. 1-3번 자리에 서서 이승 지하철을 한 대 보내고 나자 바로 뒤에 꼬리를 물듯 꽃무릇 문양이 새겨진 보라색 저승 지하철이 들어왔다.

주현이 탄 칸에는 주현을 포함해 탑승자가 셋밖에 없었다. 이렇게까지 이용객이 적은데 지하철을 운영하다니. 문득 G2 비자를 발급받은 자들은 저승의 VIP나 마찬가지라는 이야기가 떠올랐다.

지하철 내부는 이승 지하철과 다르지 않았다. 광고판에 '세상을 바꿀 노트북 성삼전자', '마음의 힘이 되는 보험 보교생명' 등과 같이 익숙하지만 낯선 업체명들이 적혀 있다는 것 정도가 유일한 차이점이었다. 광고판을 텅 비워두면 심심하니 보기에 재밌으라고 꾸며둔 패러디일까. 아니면 저승에서 정말 운영 중인 업체들일까. 저승이라고는 올드한 사무실밖에 가보지 못한 주현으로서는 알 수 없는 노릇이었다. 노트북은 그렇다 치더라도 저승에서 대체 왜 생명보험이 필요한 걸까?

좌석에 앉아 마음이 좀 안정되자마자 주현은 휴대폰을 꺼내 들었다. 휴대폰에는 이승에서 보던 익숙한 앱과 처음 보는 낯선 앱들이 깔려 있었다. 보라색 테두리가 쳐진 앱들이 저승용인 듯했다.

주현은 가장 먼저 이승 인터넷에 접속했다. 포털 사이트에서 '사망'과 '실종' 같은 키워드로 검색해보았지만 자신의 사건처럼 보이는 기사는 발견되지 않았다. 성인 남자가 하루 정도 종적을 감추었다고 해도 세상은 심각하게 받아들이지 않는 모양이었다.

과연 실종신고는 들어갔을까. 혹시나 해서 가장 친한 회사 동료의 SNS에 가보기로 했다. 그러나 SNS에 접속하자마자 화면에 팝업이 떴다.

현재 세이프티 모드 3단계로 접속이 제한된 사이트입니다. 자세한 안내는 이승 여행 가이드북 37페이지를 확인해주세요.

책자 37페이지를 펼치자 이런 글이 적혀 있었다.

생전에 사용하던 메일이나 SNS는 급격한 감정 변화를 불러오거나 이승에 대한 집착을 강화할 수 있으므로 세이프티 모드 3단계가 발동되어 전체 접속이 제한됩니다. 세이프티 모드의 단계를 변경하기 위해서는 담당 저승사자의 허가가 필요합니다.

망자를 위한 일종의 키즈 모드인 셈이었다. 확실히 자신을 그리워하는 가족이나 연인의 SNS를 본다면 통곡하지 않고 버틸 수 있는 망자는 드물 것이다. 세이프티 모드 3단계는 가장 강력한 차단 등급이었다. 주현이 G4 비자 출신이라는 사실이 영향을 미쳤을 것이다.

같은 페이지 가장 아래쪽에는 TIP이라는 글자와 함께 다소 둥글둥글한 글씨체로 '꼭 확인하고 싶은 메일이나 SNS가 있다면 담당 저승사자에게 부탁해봅시다. 담당 저승사자의 검토 후 큰 문제가 없는 내용이라면 출력물로 확인할 수도 있습니다'라는 내용도 적혀 있었다. 아직까지는 그렇게까지 해서 확인하고 싶은 SNS는 없지만 나중에 필요하면 이용해보는 것도 좋을 것 같았다. 주현의 휴대폰에는 '담당 저승사자 유민아'라는 이름으로 저장된 연락처가 있었다. 아마 이쪽으로 연락하면 될 것이다.

다음으로 검색한 내용은 '홍인철강'이다. 포털 사이트와 연동된 지도 앱 검색 결과를 보니 생각보다 여러 곳에 동일한 상호의 업체들이 있었다. 서울 안에 세 곳, 서울 밖에 다섯 곳. 상호와 위치만 나오고 별다른 정보가 없는 것을 보니 작은 철공소나 주물공장들인 모양이다. 이중 어딘가에 노란 자수로 상호를 새긴 남색 점퍼를 입고 일을 하는 업체가 있을 것이다. 샤워장에서 보았던 남자가 점퍼만을 어디선가 구해 입었을 가능성도 없지는 않으나, 일단 그런 가능성은 배제하고 이 업체들부터 돌아보는 편이 좋을 것 같았다.

지도 앱을 보면서 업체들을 가장 빠르게 돌아볼 수 있는 동선을 짜다 보니 어느새 환승역에 도착해 있었다. 환승역에 내려 지하철을 한 번 갈아타고 버스로 다시 갈아탄 뒤에야 목적지인 대학교 캠퍼스 내에 도착할 수 있었다.

버스에서 내린 시간은 오전 10시 52분. 시험이 끝날 때까지 30여 분이 남아서 화학부 건물 근처를 슬슬 돌아다녔다. 15분쯤 지났을까, 교정을 걷던 주현에게 한 남자가 다가왔다. 남자는 주현과 비슷한 연령대로, 키가 190센티미터는 되어 보일 정도로 크고 체격도 좋아서 멀리서도 눈에 띄는 외모였다. 노타이에 깔끔한 검은색 정장을 입은 모습이 마치 모델처럼 보였다. 그러나 주현의 눈에는 그런 외양보다 빛바랜 세계 속에서 선명한 색채로 빛나고 있다는 점이 더 먼저 들어왔다.

"혹시 주현 씨 되십니까?"

처음에는 G2 비자를 받아 관광 중인 귀신이 인사 차 말을 거나 싶었다. 그러나 남자는 첫마디부터 주현의 이름을 정확히 맞혔다. 주현은 조심스럽게 답했다.

"네, 그렇습니다."

"역시 그랬군요. 처음 보는 귀신이 근처를 돌아다녀서 혹시나 싶어 말을 걸어보았습니다. 안 그래도 곧 연락드리려고 했는데 이렇게 만나뵙는군요."

"수부타 님……이신가요?"

"아뇨. 저는 그분의 운전사입니다. 김강인이라고 합니다."

강인은 주인님이 시험을 곧 마치고 나올 테니 차에서 기다리자고 했다. 그러고는 주현을 주차장에 있는 검은색의 대형 SUV로 안내했다. 수억 원대는 될 듯한 외제차였다. 자동차 앞 유리에는 꽃무릇 문양의 투명 스티커가 붙어 있었다. 귀신도 탈 수 있다는 의미였다.

주현은 강인의 안내에 따라 운전석 뒷자리에 앉았다. 자리에 앉자 의자 시트가 몸을 푹 감쌌다. 살아서도 못 타본 차를 죽어서 탈 줄이야. 수백 년을 산 흡혈귀라고 하더니 벌어놓은 돈이 꽤 있는 모양이었다. 운전석에 오른 강인은 안전벨트를 매며 말했다.

"죄송하지만 주인님을 만나면 수부타라고는 부르지 말아주십시오. 별로 좋아하지 않는 이름이거든요. 뭐, 정확히 말하자면 이름이 싫다기보다 그렇게 불러대는 저승 사람들을 싫어하는 겁니다만."

"알겠습니다. 그럼 어떤 이름으로 불러드리면 좋을까요?"

"글쎄요. 이름이 워낙 여러 개셔서. 그 이름만 아니면 어떻게 부르든 크게 신경 쓰지 않으십니다만, 현재 이승에서는 최성민이라는 이름으로 부르는 사람들이 가장 많으니 그렇게 불러주시는 편이 혼동이 적지 않을까 싶네요."

차에 탄 지 얼마 지나지 않아 강인의 휴대폰이 울렸다. 시험이 끝났다는 연락인 듯했다. 강인은 주현 씨와 만났으니 바로 차로 오라고 했다. 잠시 후 한 남자가 주차장으로 왔다.

남자는 평범한 대학생처럼 보였다. 세미 정장 차림에 검은색 백팩을 한쪽 어깨에 걸치고 품에는 파란 표지의 두꺼운 책과 두툼한 종이 뭉치가 든 서류봉투를 안고 있었다. 책 표지에 chemical이란 단어가 있는 것을 보니 방금 시험 본 과목의 원서 같았다.

남자가 차에 타자 강인이 인사를 건넸다.

"수고하셨습니다."

"응, 고마워. 아, 주현 씨, 안녕하세요."

수백 년을 산 흡혈귀인데다가 운전사 딸린 외제차를 타고 학교에 다닌다는 점만 보고 드라마에 나오는 재벌 2세 같은 거만한 태도의 누군가가 찾아오는 것이 아닐까 싶었는데, 예상과 달리 친근한 인상의 학생이 나타났다.

다행이었다. 주현은 저승으로 갈 때까지 '감시자' 옆에 붙어 있어야 한다. 감시자가 거만하거나 공격적인 태도를 보인다면 할 수 있는 일도 위축되어 못 할 텐데, 감시자의 첫인상은 나쁘지 않았다. 오히려 말투나 외모가 꽤 호감형에 가까웠다.

"처음 뵙겠습니다. 시험이 끝나 피곤하실 텐데 시간을 내어주셔서 감사합니다."

"아니에요. 좀 갑작스럽기는 했는데 곧 방학이니 아르바이트를 하는 것도 나쁘지는 않죠. 그리고 너무 정중하게 행동하지 않으셔도 돼요. 편하게 대해주세요."

"네. 그렇게 하겠습니다."

주현은 그렇게 말했지만 쉽게 경직된 태도를 풀 수 없었다. 평소 주현은 이렇게까지 말투나 행동이 딱딱하지 않았다. 부드럽고 다정한 성격이라고는 말할 수 없었지만, 상대방이 편하게 대해도 된다고 나서서 말할 정도로 각 잡힌 태도를 취하지는 않았다.

흡혈귀는 초면이었다. 흡혈귀를 상대할 때는 어떤 식으로 행동하는 것이 예의인지 배운 적도 없다. 저승 소속이 되었다는 점만으로도 낯설고 긴장되는데, 흡혈귀와 친분까지 다져야 하니 말 하나 행동 하나가 신경 쓰일 수밖에 없었다. 하지만 성민은 주현의 마음을 아는지 모르는지 표정도 말투도 편해 보였다. 성민은 휴대폰으로 일정표를 확인하며 주현에게 말했다.

"그리고 미리 말씀드릴 게 있어요. 듣자 하니 25일까지 이승에 계시는 것 같던데 24일 저녁에는 제가 다른 일정이 있어서 함께 있어드릴 수가 없어요. 거의 반년 전부터 잡아놓은 약속이니 양해해주세요."

"아, 크리스마스이브니까요."

"그렇죠. 꽤 비싼 호텔을 예약해둬서 여자친구가 엄청 기대하고 있는데 이제 와서 늙어빠진 아저씨가 부탁한 일 때문에 못 간다고 어떻게 말하겠어요."

"그런데 그 아저씨…… 부장님께서 제게 감시자님과 항상 붙어 있어야 한다고 하던데요."

주현은 혹시 문제가 생기지는 않을까 긴장하며 말했다. 그러나 성민은 가벼운 말투로 답했다.

"말 안 하면 모르겠죠. 주현 씨도 혼자 서울 관광이라도 다니세요. 귀신이 되면 크리스마스이브에 명동에서 사람들과 한 번도 부딪히지 않고 돌아다닐 수 있거든요. 그런 걸 언제 경험해보겠어요? 저승 가이드북에도 추천 코스로 실려 있는 걸로 아는데."

슬쩍 펴서 찾아보니 정말 12월 추천 이승 관광 코스로 실려 있었다. 크리스마스이브에 한 번쯤 명동에 가보고 싶었지만 인파에 치일 것 같아 포기했던 사람에게 추천한다고, 저승사자들이 산타 분장을 하고 추첨을 통해 5성급 저승 호텔 숙박권, 1일 추가 체류권 등을 주기도 하니 꼭 한번 가보라고 적혀 있었다.

"제가 24일 저녁에 빠지는 걸 저승에 입 다물어주시면 유류비는 안 받을게요."

예전에 차를 살 때 언젠가 이런 차를 타는 날이 올까 싶어 슬쩍 찾아봤던 같은 제조사 유사 차종의 연비를 떠올리자마자, 주현은 절로 알겠다고 고개가 끄덕여졌다.

"그때를 빼면 옆에 붙어 있을 거예요. 이승에서 알아보고 싶은 게 있으시다던데, 그것도 도와드릴게요. 흠, 죽은 원인을 알고 싶어한다고 들었는데 맞나요?"

주현은 기다렸다는 듯이 자신이 왜 이승에 남게 되었는지, 무엇을 알고 싶은지 이야기했다. 일단 자동차 블랙박스를 확인해보고 싶고, 흥인철강이라는 상호를 쓰는 철공소나 주물공장 중 남색 회사 점퍼를 입는 곳을 알고 싶다고 했다. 그리고 경찰이 자신의 사건을 조사 중인지도 궁금하다고 했다.

　이야기를 들으며 성민은 의자 옆 냉장고를 열었다. 와인병이 나올 줄 알았는데 빨간 액체가 든 비닐 팩이 나왔다. 빨대를 꽂아 마시는 태도나 표정이 평온하고 자연스러워 홍삼이라도 마시는 줄 알았는데 이야기를 끝내고 천천히 다시 보니 아무리 봐도 홍삼은 아닌 듯했다.

　사람 피인 걸까.

　하지만 물어볼 타이밍은 지난 지 오래였다.

　성민은 정체를 알 수 없는 빨간 액체를 마시며 말했다.

　"저와 함께 직접 돌아다니며 조사하면 돈은 안 들겠지만 시간이 걸리고, 대신 조사해줄 사람을 쓰면 돈은 들지만 시간이 단축되는데 어떻게 하시겠어요?"

　"일단 금액 먼저 들을 수 있을까요?"

　주현은 조마조마한 마음으로 물었다. 죽어서도 돈 걱정을 하게 될 줄은 몰랐다. 성민은 가방에서 수첩을 꺼내더니 항목과 금액을 적으며 말했다.

　"홍인철강을 조사하는 건 120만 원에 반나절은 걸릴 거 같네요. 경찰 조사는 4천 원, 두세 시간이면 충분하지 않을까 싶고요. 블랙박스는 차가 있는 위치를 아시면 10만 원, 모르시면 차를 찾을 때까지 돌아봐야 할 테니 상한이 없죠."

　지금은 예상 금액일 뿐이고, 매일 저녁 그날 쓴 돈을 계산해서 성민이 발행한 영수증을 저승에 보내면 주현의 저승 계좌에서 자동 결제되는 시스템이라고 했다. 부가가치세는 별도라는 친절한 설명까지 덧붙여주었다.

　성민이 찢어 준 종이 위 숫자를 유심히 들여다보더니 주현이 말했다.

"경찰 수사 상황을 알아보는 건 저렴하네요?"

"네, 커피 한 잔 정도 사주시면 될 거예요. 경찰 인맥이 좋은 기자를 알거든요. 형사 사건 전문 기자라 사건이 기사로 쓸 만하다 싶으면 돈도 안 받고 오히려 제보 사례로 커피를 사줄지도 몰라요. 아, 혹시 사건이 기사화되는 게 싫으시다면 다른 사람한테 부탁할 수도 있어요. 비용은 좀더 오를 수도 있겠지만요."

순간 주현은 고민이 됐다. 범죄 사건이 기사화되는 순간 지지부진하던 경찰 수사가 급속히 진행되는 경우가 드물지 않았다. 제보자도 늘어나고, 사회적 관심이 쏠리면 경찰들도 더 신경 써서 볼 수밖에 없었다. 주현의 사건이 기사화되면 수사를 촉진하는 데 도움이 될 것 같기는 했다. 하지만 평범하게 사는 것을 목표로 삼아왔는데 자신의 얼굴과 이름이 공공연히 세상에 알려져도 된다고 결정하는 일은 쉬운 선택이 아니었다.

주현은 망설인 끝에 마음을 정했다.

"상관없습니다."

토막살인은 기자들이 좋아하는 소재이니 기사화를 피하는 것이 더 어려울 것이다. 어차피 기사화될 사건이라면 주현에게 커피 한 잔이라도 사줄 수 있는 기자에게 정보를 주는 것도 나쁘지 않아 보였다. 주현이 기자에게 부탁해달라고 하자 성민은 바로 연락해보겠다고 했다.

주현은 다른 항목들에 대해서도 침착하게 입장을 정리해 말했다. 무척 침착한 태도였다.

"홍인철강은 지방에 있는 곳까지 직접 돌아다니려면 시간이 많이 걸릴 테니 돈이 들더라도 조사를 부탁하고 싶습니다. 자동차 위치는 정확히 기억나지 않아서…… 직접 돌아보며 찾는 걸로 하죠."

"좋아요. 차가 있을 만한 위치를 알려주시면 거기부터 가보는 걸로 해요."

"그날 집에 귀가했다면 1층 주차장에 세워두었을 겁니다."

"집 위치는요?"

"아현역 근처입니다."

주차장에 오랫동안 머물러 있던 차가 드디어 움직이기 시작했다. 움직이는 차 안에서 성민은 기자에게 전화를 걸었다.

4

윤진이 성민의 전화를 받은 곳은 밥집이었다. 6천 원에 김치찌개와 생선구이 백반을 먹을 수 있는 좋은 집이다. 대신 자리가 좁고 분위기가 어수선해 빠르게 먹고 나가야 한다. 특히 붐비는 점심시간에 온 1인 손님은 은근한 눈치를 받기도 한다. 윤진도 은근한 눈치를 받으며 혼자서 밥을 먹고 있었다. 그때 테이블 위에 올려둔 휴대폰에 전화가 걸려왔다.

최성민.

발신자 이름을 보자마자 심장이 덜컥 내려앉았다. 윤진은 허겁지겁 입안의 뜨거운 두부를 억지로 삼킨 뒤 컵에 담긴 냉수로 입을 헹궜다.

"여보세요?"

전화 받기 전의 분주함 따위는 없었다는 듯 윤진은 차분하게 전화를 받았다. 웨이브를 넣은 단발머리도 괜히 한번 여유로운 손길로 쓸어 넘겼다. 전화 너머로 보이지는 않을 테지만.

성민은 흡혈귀다. 윤진은 그 사실을 아는 몇 안 되는 사람이다. 두렵지는 않다. 오히려 좋아한다. 친구로서 좋아하는 것이 아니다. 이성으로 좋아한다.

윤진은 태어났을 때부터 성민과 알고 지냈다. 성민이 흡혈귀라는 사실을 알았을 때는 그가 자신에게 해를 끼칠 만한 존재가 아니라는 믿음을 가진 뒤였다. 그리고 이미 성민을 마음속 깊이 좋아하게 된 뒤였다. 용기를 내어 여러 번 고백했지만, 고백할 때마다 거절당했다. 거절당할 때마다 마음고생이 심하다 보니 요즘은 포기하기 위해 마음 정리에 들어선 단계다.

그러나 휴대폰에 이름이 뜰 때마다 여전히 가슴이 두근거린다. 오랜만에 걸려온 전화라 더욱 그랬다.

성민을 마지막으로 본 건 장례식장 안이었다. 두 달 전 성민의 오랜 친구가 죽었다. 40년 이상 알고 지내온 친구였다. 성민이 흡혈귀라는 것을 알았지만 모든 것을 이해하고 지지해주던 친구로, 성민의 뒤를 따라다니는 동네 꼬마였던 윤진도 세심하게 챙겨주던 좋은 사람이었다. 친구의 생전 직업은 세종일보 기자다. 윤진이 기자의 꿈을 꾸게 된 계기가 되어준 존경하는 선배이기도 했다.

요즘 세상에는 팔구십 세까지 사는 경우도 흔하다던데, 60대의 나이로 죽었으니 이른 죽음이라고 해도 무리는 없을 것이다. 순식간에 병세가 악화되어 명을 달리한 거라 갑작스럽기도 했다. 부고를 들은 윤진은 크게 놀라 서둘러 장례식장에 갔다.

첫날이었지만 장례식장에는 수많은 화환과 수백 명은 되어 보이는 문상객들이 모여 있었다. 이름만 들으면 알아주는 대형 신문사인 세종일보에서 기자가 올라갈 수 있는 가장 높은 자리까지 올라갔고, 여러 사회활동도 하다 명을 달리했기에 생전에 알고 지낸 사람들의 수가 상상 이상이었다.

윤진은 현재 사실상 프리랜서 기자로 지내는 중이지만, 반년 전까지는 세종일보 소속 기자였다. 장례식장에는 옛 직장 동료와 선후배가 가득해서 한 명씩 인사를 하고 대화를 나누다 보니 정신이 하나도 없었다. 하지만 그 와중에 윤진은 계속 성민을 찾았다. 성민도 친구의 부고를 들었을 것이다. 그리고 아마, 그 어떤 문상객보다 깊은 슬픔에 잠겨 있을 것이다. 한마디라도 좋으니 위로를 해주어야 할 것 같았다.

성민은 밤 10시가 넘어 문상객들이 대부분 빠진 뒤 장례식장을 찾았다. 동료 기자들과 늦게까지 남아 있던 윤진은 상주와 인사를 끝낸 성민과 만났다. 윤진의 예상대로 성민은 슬픔에 빠져 있었다. 겉으로 티는 내지 않았지만 윤진은 알 수 있었다. 윤진은 성민을 위로하고 싶었다. 하지만 윤진은 마음과는 달리 제대로 된 위로를 건네지 못했다. 무어라 말해야 좋을지 알 수 없었기 때문이다. 성민은 30분도 되지 않아 장례식장을 떠났다. 그때부터 성민과 연락이 끊겼다.

지난주쯤 강인에게 연락해 성민의 상태를 묻자, 여전히 힘들어하는 듯하다는 답변이 돌아왔다. 대학에 나가고 게임을 하며 평범하게 지내는 듯하지만, 친구가 죽은 날부터 고민이 부쩍 늘어난 기색이라고 했다. 잠이 늘어나고 생각에 잠겨 멍하니 보내는 시간이 많아졌고, 꼭 필요한 상황이 아니면 외출도 거의 하지 않는다고 했다.

성민은 윤진에게 우리는 가족 같은 사이라고 말하곤 하지만, 윤진은 두 사람이 정말로 피가 섞인 가족 같은 *끈끈하고* 가까운 관계가 될 수 없다는 것을 안다. 가족이라면 힘들어할 때 다가가 위로해줄 수 있지만, 윤진은 그럴 수 없었으니까. 결국 윤진은 성민의 슬픔이 옅어져서 다시 다가오기만을 조용히 기다리고 있었다. 그런데 오늘 성민에게서 연락이 왔다. 윤진의 손이 떨리는 것을 아는지 모르는지 성민은 전화 너머에서 느긋한 목소리로 말했다.

"어, 난데. 혹시 지금 시간 괜찮아?"

윤진의 기억 속에 있는 평범한 목소리였다. 우울감에 빠진 기색은 느껴지지 않았다.

"응. 별일 없어."

사실 여유로운 상황은 아니었지만, 입이 저절로 움직여 답했다. 성민은 잘됐다는 듯 말했다.

"실은 부탁할 일이 하나 있어. 경찰 쪽에 하나만 확인해줄 수 있을까? 간단한 건데."

역시 일 때문이었다. 예상했었다. 얼굴을 보고 싶다거나 맛있는 걸 먹으러 가자고 하지는 않을 거라는 사실을. 그래도 맥이 빠졌다. 물론 성민이 일을 하고 돌아다니며 우울감에서 벗어날 수 있다면 나쁠 건 없어 보였다. 도와줄 수 있는 일이 있다면 도와주고 싶었다.

"무슨 일인데?"

"실종 사건 하나가 접수되었는지 확인해줘."

성민의 말대로 어렵지 않은 일이었다. 전화를 끊은 뒤 윤진은 바로 자리에서 일어나 식당 화장실로 갔다. 거울 앞에서 적당히 머리를 매만지고 립스틱을 덧발랐다. 칸만 나눠진 남녀공용 화장실이어서 들어오던 남자가 윤진을 보고 멋쩍어했지만 전혀 신경 쓰지 않았다.

윤진은 곧장 경찰청으로 향했다. 식당은 경찰청 바로 옆에 있는 단골집이었기 때문에, 모퉁이를 몇 개 돌자마자 익숙한 건물이 보였다. 외부 흡연 장소로 가서 슬쩍 눈치를 보자 예상대로 점심 식사를 마치고 들어가기 전에 담배를 피우는 경찰들이 우글댔다. 얼굴을 하나둘 점검하던 중 낯익은 얼굴을 찾았다. 형사과 이영우 경감이다.

윤진은 만면에 미소를 띤 채 그에게 다가갔다.

"안녕하세요, 형사님! 식사 맛있게 하셨나요?"

"오, 김 기자."

윤진은 영우 앞에 서서 어느 집은 부대찌개를 1인분만 팔아서 좋은데 맛이 별로라는 둥 어느 집은 맛은 괜찮은데 종업원이 불친절하다는 둥 잡담을 늘어놓았다. 윤진은 흡연을 하지 않아서 담배 연기가 독하게 느껴질 법도 했지만 얼굴에서는 단 한순간도 미소가 사라지지 않았다.

그가 담배를 거의 다 피워갈 때쯤 윤진은 슬쩍 운을 뗐다.

"형사님, 사실 진행 상황이 궁금한 사건이 하나 있는데요."

"안 그래도 언제 본론 들어가나 했네. 뭔데?"

"실종 사건이에요."

실종된 지 이틀밖에 지나지 않았고 성인 남자라서 신고 자체가 들어오지 않았을지도 모르니 일단 접수 여부만이라도 알려달라고 하자 영우는 알겠다고 했다. 윤진은 피해자의 이름과 나이, 주민등록번호를 그에게 건넸다.

윤진은 경찰청 근처 프랜차이즈 카페로 이동해, 구석에 앉아 샷 추가한 아메리카노를 마시며 기사를 썼다. 요즘 취재 중인 복지시설 원장의 성추행 의혹에 관한 기사였다. 어제 거의 다 써둔 상태라 서너 시간만 더 만지면 보낼 수 있을 것 같았다.

　윤진은 현재 '오늘뉴스'라는 이름의 인터넷 언론에 소속되어 있다. 하지만 월급은 물론 취재비용도 받지 않는다. 기사를 써서 보내고 게재가 결정되면 일정 금액을 받고, 게재된 기사의 클릭수에 따라 다시 일정 금액을 받는다. 굳이 오늘뉴스에 기사를 보낼 필요도 없다. 기사를 받아주는 다른 언론사가 있다면 그곳에 보내도 상관없다. 기자 출입증을 받으려면 신원이 확인되어야 하고, 쓴 기사를 실어줄 매체도 필요하기는 하니 일단 적을 두고는 있지만 사실상 프리랜서 기자와 다를 바 없다.

　윤진이 대형 신문사인 세종일보 사회부를 그만두고 나올 때 다들 걱정하며 이직 자리가 정해진 거냐고 물었다. 정해지지 않았다고 하자 건강이 안 좋으냐고 물었다. 그것도 아니라고 하자 혹시 인간관계에 문제가 있냐고 물었다. 전혀 문제가 없다고 하자 그럼 대체 왜 그만두는 거냐고들 물었다. 그러나 윤진은 쉽사리 솔직하게 이유를 말할 수 없었다.

　회사를 그만둔 이유는 '끓어올라서'다.

　평소와 다름없이 일어나 출근을 위해 차를 타러 주차장에 내려가는데 갑자기 심장이 뛰며 명치에서 뜨거운 뭔가가 확 끓어올랐고, 그날로 바로 사직서를 제출했다. 충동적인 결정 같았지만 사직서를 내고 나올 때 자신이 오래전부터 퇴사를 원해왔다는 사실을 자각했다.

　기자라는 직업을 그만두고 싶지는 않았다. 다만 쓰고 싶은 기사를 쓰고 싶을 때 쓰고 싶은 만큼 쓰고 싶었다. 친한 지인들에게 조심스럽게 심정을 말하자 네가 배때기가 부른 모양이라는 반응이 돌아왔다. 정말 배때기가 불렀는지도 모른다. 대학 졸업 후 10년간 신문사에서 일했으니 모아둔 돈도 적지 않았고, 오피스텔 대출금도 1년 전 다 갚았다. 결혼도 예정에 없고 보험도 들어놔서 돌연 큰돈이 들어갈 일도 없다. 몇 년은 놀아도 돈이 궁하지 않을 상황이라 배부른 꿈을 꾸게 된 것일 수도 있다. 그렇게 5개월이 지난 지금은 전반적으로 만족한다. 물론 수입을 제외하고 말이다. 일단 1, 2년은 더 이렇게 살아볼 작정이다. 뒷일은 그때 가서 생각해보려고 한다.

1시 40분, 윤진의 휴대폰이 울렸다. 이영우 형사였다.

전화를 받자 영우는 인사도 없이 이야기를 시작했다.

"어, 난데, 이름이 박주현이랬지? 91년 11월 4일생."

"맞아요."

"이틀 전 실종된 게 사실인가?"

"네."

"경과가 어떻게 되지?"

어쩌다 주현이라는 남자가 실종되었는지 성민으로부터 대략 이야기를 들어두기는 했다. 이틀 전 저녁 퇴근길에 차를 타고 가다 사라졌다고 했다. 답해줄까 하다가 느낌이 이상해 입을 다물었다. 실종신고가 들어와 있다면 굳이 경과를 물어볼 리 없고, 실종신고가 들어와 있지 않다면 굳이 경과를 궁금해할 리 없다. 평소와 달리 톤이 높아진 듯한 영우의 말투도 거슬렸다.

"음, 왜 그러시죠?"

"현재 실종신고 들어온 건 없네."

"그 말씀은…… 혹시 다른 내용으로 신고 들어온 건 있다는 소리인가요?"

미묘한 뉘앙스를 눈치 빠르게 포착한 윤진이 물었다.

"신고가 들어왔다기보다 참고인으로 내사 중이던 게 하나 있기는 하군."

"내사요? 무슨 사건이죠?"

"뭐, 내사 단계니까 별건 아니야. 업무가 있어서 이만 끊겠네."

영우의 목소리가 도망가듯 멀어져갔다. 윤진은 전화를 끊자마자 서둘러 노트북을 정리하기 시작했다.

영우는 윤진이 세종일보에 있던 시절부터 요즘 세상에 몇 안 되는 발로 뛰는 기자라며 윤진을 좋게 봐주던 형사 중 한 명이었다. 그런 그가 '실종 사건은 접수되지 않았지만 다른 사건과 연관되어 있는 것 같다'는 눈치를 준 것은, '사건에 대해 뭔가 아는 게 있으면 털어놓고, 없으면 좀더 조사하고 다시 오라'는 말을 돌려 한 것이나 마찬가지다.

참고인으로 내사 중이던 사람이 돌연 실종됐다면 용의자로 바뀌어 수사가 시작될 가능성이 높다. 경찰의 수사가 시작되면 다른 기자들이 사건을 눈치채고 먼저 보도할 수도 있었다. 무슨 사건인지는 몰라도 단독 보도를 뺏기지 않으려면 경찰보다 빨리 움직여야 했다. 윤진은 카페를 나서며 바로 성민에게 전화를 걸었다.

5

차를 타고 이동하는 동안 주현은 등받이에 제대로 기대지도 못한 채 꼿꼿이 앉아 있었다. 성민도 그 심정을 이해했다. 며칠 전까지만 해도 평범하게 살던 인간이 죽어서 귀신이 되었다면 머릿속이 복잡할 것이다. 편하게 있으라고 해서 정말 편하게 있을 수는 없다.

성민은 이 귀신과 그다지 친해지고 싶은 마음이 없었다. 오전에 우진과 통화를 할 때 성민은 자신이 감시해야 하는 귀신에 대한 몇 가지 의혹과 주의사항을 들었다. 듣자 하니 주현은 평범한 살인 피해자와는 조금 다른 사연이 있는 듯했다. 괜히 저승에서 비자까지 바꿔가며 주현의 비위를 맞춰주는 게 아니었다. 억지로 데려가려 했다가는 문제가 터질 위험도가 높은 귀신이었다.

역시나 그냥 옆에서 지켜보기만 하면 되는 쉬운 일은 아닌 모양이다. 물론 단순히 찝찝한 면이 많은 귀신이라는 이유로 주현과 친해지고 싶지 않은 것은 아니었다. 가까운 사이가 되어봤자 의미가 없다. 어차피 며칠 뒤면 다시 저승에 갈 귀신이 아닌가.

성민은 저승을 자유롭게 넘나들 수 있지만, 저승의 모든 구역을 갈 수 있는 것은 아니다. 죽은 자가 사후 절차를 밟는 저승 구역은 가지 못한다. 그곳은 끝없는 벽으로 둘러싸여 있으며, 유일한 문은 경비원들이 삼엄하게 지키고 있다. 그리고 그 문 너머로 떠나간 영혼은 다시는 돌아오지 않는다. 주현은 며칠 뒤에 저승으로 가게 될 것이고, 문 너머의 세상으로 떠날 것이다. 며칠 알고 지냈다가 영원히 헤어질 사람과 친해지고 싶지는 않았다.

그러나 주현이 이렇게까지 긴장하고 있으면 이야기가 달라진다. 며칠은 함께 지내야 하는데 어느 정도는 편하게 대화가 되어야 한다. 성민은 주현의 긴장을 풀어주기 위해 이런저런 질문을 했다. 본가는 어딘지, 부모님은 생존해 계시는지, 학교는 어디를 나왔고 전공은 뭔지 따위였다.

오지랖 넓은 부장님이 신입사원에게나 던질 법한 질문들이었지만 주현은 잘 받아주었다. 주현은 표정 변화가 적어 무척 차가워 보이는 인상이었다. 딱딱하게 규율 잡힌 회사에서나 입을 법한 정장 차림이라서 말을 걸기가 더 어려웠다. 그러나 정작 말을 거니 대화가 어렵지 않게 이어져갔다. 회사에서 영업부서에 근무했다던데, 거기서 배운 대화 스킬이 아닐까 싶었다.

대화를 나누다 보니 주현도 서서히 긴장이 풀린 듯했다. 일방적으로 대답만 하다가 성민에게도 질문을 던지기 시작했기 때문이다.

"혹시 그거 사람 피입니까?"

주현은 성민이 냉장고에서 꺼내 먹던 혈액 팩을 가리키며 물었다. 성민은 대수롭지 않다는 듯 고개를 저었다.

"아뇨. 이건 소 피예요. 뭐, 굳히기 전 선지 같은 거죠."

"꼭 사람 피를 먹을 필요는 없는 거군요."

"사람 피를 먹어야 기운이 나긴 하지만 구하는 게 쉽지 않으니까요. 동물 피는 영양분도 맛도 없지만 배는 차니 배고픔을 잊으려고 먹는 거예요. 음, 세상이 멸망하고 혼자 살아남았다 쳐요. 먹을 것이 없어서 사흘간 굶으며 돌아다니다가 우연히 마트를 발견했는데, 그 안에 개 사료밖에 없다면, 사람이 먹을 음식이 아니란 걸 알지만 일단 살려고 먹지 않겠어요? 그런 상황인 거죠."

"사람 피는 뭔가 다른 성분이 있나 보네요."

"네, 사람 피하고 다른 동물들의 피가 구체적으로 뭐가 달라서 몸에 작용하는 효과가 다른 건지 알아볼 수 있을까 싶어서 생화학을 전공으로 선택했는데, 아직 잘 모르겠어요. 사람 피뿐만 아니라 사람 영혼을 먹어도 효과가 비슷하니, 과학으로는 애초에 파악할 수 없는 영역일지도 모르죠."

"영혼도 먹나요?"

"아, 그래도 아무 영혼이나 먹지는 않아요. 저승 사람들이 시끄럽게 구니까. 걱정 마세요."

겁먹을지 모른다고 생각했는지 성민은 서둘러 주현을 안심시켰다.

"어쨌든 저도 참 살기 힘들어요. 사람 피를 먹으면 이승에서 난리 치고 영혼을 먹으면 저승에서 난리 친다니까요. 이렇게 태어나고 싶어서 태어난 것도 아닌데."

성민은 자신도 모르게 주현에게 하소연했다. 요즘 성민의 가장 큰 고민거리였기 때문이다. 흡혈귀는 살아가려면 이승이든 저승이든 어느 쪽에 반드시 피해를 주게 된다. 그러나 흡혈귀는 이승 소속도 저승 소속도 아니다 보니 어느 쪽에서도 흡혈귀를 위해 피해를 감수하려 하지 않는다. 어디를 가든 흡혈귀는 민폐 취급을 받는다. 그저 태어난 대로 살아가는 것뿐인데 말이다.

물론 상세한 고민까지 주현에게 털어놓지는 않았다. 일로 만난 사이라면 사생활 공유는 이 정도에서 멈춰야 한다. 이런저런 대화를 나누며 가다 보니 어느새 목적지가 가까워졌다. 주현의 자췻집은 북아현동에 있었다.

타고 온 차는 강인에게 맡기고 성민과 주현 두 사람만 아현역 근처에서 내려 걸어 들어가기로 했다. 익숙한 골목을 따라 올라가자 낯익은 회색 건물이 눈에 들어왔다. 주현의 자췻집은 1층이 주차장으로 된 필로티 구조의 5층 원룸 건물로, 건물 규모와 방 크기가 주변의 다른 원룸들에 비해 큰 편이었다.

주현의 걸음이 눈에 띄게 빨라졌다. 그러나 건물 앞에 도착해 텅 빈 1층 주차장을 보자 기운이 빠졌다.

"차가 없다는 것은 제가 그날 집에 돌아오지 않았다는 소리일까요?"

"그럴 수도 있고 귀가 후 다시 나간 것일 수도 있겠죠. 음, 그날 약속은 없었나요?"

"네, 퇴근 후 아무것도 잡혀 있지 않았습니다."

성민은 혹시 주변에 차를 세워뒀을 수도 있으니 한번 찾아보자며 차종을 물어보았다. 주현이 흰색 K5라고 하자 성민은 고개를 끄덕인 뒤 하늘을 향해 휘파람을 불었다. 그러자 어디선가 까마귀 한 마리가 날아와 주차장에 내려앉았다. 성민은 까마귀에게 차종과 번호를 알려주며 근처에 있나 찾아보라고 했다. 까마귀는 말을 알아듣는다는 듯 작게 운 뒤 날개를 퍼덕여 하늘로 날아올랐다.

"제가 돌보는 까마귀예요. 저처럼 어디에도 속하지 못하는 경계수(境界獸)죠. 경계수는 혼자 살아가기도 하지만, 외로움 때문에 무리를 지으려는 녀석들도 있어요. 하르도 계속 제 주변을 맴돌더니 100년 전 아예 눌러앉았죠."

말을 알아듣는 까마귀도 신기했지만, 주현의 머릿속에는 이것도 별도 요금이 청구되는 걸까 싶은 불안이 더 크게 자리 잡았다. 돈 내라는 말은 안 했으니, 주현은 일단 가만히 있어보기로 했다.

"그럼 하르가 동네를 돌아볼 동안 집으로 들어가볼까요?"

증거가 될 만한 것이 있을지도 모른다며 성민이 제안했다. 주현도 집에 가보고 싶었다. 하지만 열쇠가 없었다. 주현은 문을 통과할 수 있으니 상관없었지만 성민은 들어갈 수 없을 것 같았다. 그런 우려를 전하자 성민은 고개를 저으며 말했다.

"괜찮아요. 저도 들어갈 수 있어요."

현재 성민도 귀신과 비슷한 상태라고 했다. 그제야 처음보다 다소 선명해진 성민의 모습이 주현의 눈에 들어왔다.

이승과 저승은 같은 공간에 겹쳐져 있다. 이승의 영역에 있을 때는 이승의 물건들이 선명하게 보이고 저승의 물건들은 색이 바랜 듯 보이나, 저승의 영역으로 넘어가면 역전된다. 이승의 영역으로 더 깊게 넘어가면 저승에 속한 것들은 흐릿해지다가 완전히 지워지며, 저승은 그 반대다.

갓 태어난 아이가 배우지 않고도 눈을 감고 뜨는 것처럼 흡혈귀라면 누구나 자연스럽게 이승과 저승을 오갈 수 있다. 보통 성민은 이승과 저승의 경계선 위에 선 채 이승에 한 발짝 들어와 있는 듯한 느낌으로 살아간다. 하지만 이승에서 모습을 감춰야 할 때는 저승으로 슬쩍 넘어온다. 실종자 집 주변을 낯선 사람이 와서 둘러보는 것이 자칫 CCTV에 찍히기라도 하면 귀찮은 일이 생길지도 모르기에, 성민은 골목에 들어설 때쯤 자신의 모습을 감추어놓았다.

주현의 방은 302호였다. 화장실과 주방이 있는 평범한 풀옵션 원룸이었다. 크기는 여덟 평으로 넉넉하다고는 할 수 없지만 그럭저럭 혼자 살 만했다. 잠겨 있는 문을 통과한 성민은 방을 휘 둘러보더니 말했다.

"방이 난리도 아니네요."

주현의 방은 엉망이었다. 책상 서랍이 전부 열려 내용물이 바닥에 굴러다녔고, 옷들이 침대 위에 널려 있었다. 방을 본 주현은 당황했다.

"아닙니다. 평소엔 이렇지 않아요."

"부끄러워하실 필요 없어요. 자취하는 제 친구들 방도 다 이러니까요."

"아니, 정말입니다. 회사를 다니다 보니 매일 치울 수는 없어서 깨끗한 편은 아니지만 이렇게까지 어지르는 일도 없어요. 게다가 지난 일요일에는 어머니가 오신다고 하셔서 대청소까지 했는걸요."

주현의 어머니는 격주마다 본인이 만든 반찬들을 전해주러 오곤 했다. 지난 일요일, 즉 사흘 전에도 찾아왔다. 덕분에 월요일 아침 출근할 때까지만 해도 방은 깨끗했다. 아마 방이 이 지경이 된 것은 출근 후일 것이다.

주현의 이야기를 들은 성민은 열린 서랍 안을 살펴보며 말했다.

"누군가가 몰래 들어와 어질렀거나, 주현 씨가 퇴근 후 방을 이렇게 만들고 떠났지만 기억에 남아 있지 않은 상황이라고 봐야겠네요."

주현은 침대에 걸터앉아 머리를 감싸안았다. 주현의 자췻집은 도어락이 아니라 열쇠로 문을 여는 형식이다. 열쇠를 항상 들고 다녀야 하니 귀찮았지만, 주인이 도어락을 달아주지도 않고 몇 년 살고 떠날 월셋집에 내 돈 내고 도어락을 달기도 뭐해서 그냥 열쇠를 썼다. 세입자인 주현이나 보조키를 가진 집주인이 아니면 방에 들어올 수 없다. 만약 집주인이 들어왔다면 방을 이렇게까지 어지르고 갔을 리 없다. 열쇠도 없는 다른 제3자가 방에 들어와서 이랬을 가능성은 희박하다.

"저는 월요일 퇴근 후 집에 돌아와서 방을 어지른 뒤 떠났다가 살해당한 걸까요?"

"그럴 수도 있죠. 방이 엉망이 된 건 주현 씨가 방에서 뭔가를 급하게 찾았다거나 어딘가로 떠나기 위해 짐을 쌌다거나……."

주현은 머릿속으로 월요일의 행적을 상상해봤다. 저녁에 돌아와 방을 어지럽힌 뒤 급하게 떠나는 자신의 모습을. 하지만 딱 하고 와

닿는 기억이 없었다.

"전혀 기억이 나지 않습니다."

"건물에 CCTV는 있죠? 확인해볼 방법을 찾아야겠네요. 그걸 보면 주현 씨가 월요일 퇴근 후 집에 들렀는지, 아니면 단순히 도둑이 들었던 건지 확실하게 알 수 있겠죠. 그래도 일단 방에 없어진 물건이 있는지 둘러볼까요?"

성민은 저승 쪽에 있더라도 귀신들과 달리 이승의 물건을 만질 수 있다. 손에 든 이승의 물건을 저승으로 이동시켜서 이승에서는 보이지 않게 할 수도 있다. 저승의 물건을 이승으로 가져오는 건 안 되는데, 이승의 물건을 저승으로 가져가는 것은 가능하다. 이유는 모르겠다. 이승 사람은 저승으로 가나 저승 사람은 이승으로 오지 못하는 것을 보면, 아마 이승과 저승의 관계 자체가 일방통행으로 되어 있는 게 아닌가 싶다.

성민이 주현 대신 옷장이나 서랍을 열어주었다. 성민은 저승 쪽에 있으므로 흔적이 남지는 않지만, 경찰이 확인하기 전까지는 현장을 최대한 보존해야 했기 때문에 신중하게 물건을 움직였다가 제자리에 돌려놓았다.

노트북이나 휴대용 게임기처럼 돈이 될 만한 물건들이 전부 그대로 있는 것을 보니 도둑이 든 것 같지는 않았다. 하지만 사라진 것들도 있었다. 주로 자잘한 물건들이었다. 작년 겨울에 사서 잘 쓰던 목도리나 지난여름에 편하게 입던 티셔츠, 건전지가 떨어져 보관하던 카시오 시계 같은 것들 말이다.

여행을 가려고 짐을 쌌다고 하기에는 여행에서 필요하지 않을 법한 물건들도 많이 사라져 있었고, 버렸다고 하기에는 자주 쓰던 물건들도 사라져 있었으며, 누군가에게 줬다고 하기에는 낡고 오래된 물건들도 사라져 있었다. 어떤 이유에서 사라진 건지도 알 수 없었고, 정말 어제 사라진 게 맞는지도 알 수 없었다.

뭐가 사라진 건지 확인하면 누가 방을 헤집어놓은 건지도 알 수 있을 줄 알았는데, 그다지 도움이 되지 않았다. 주인에게 연락해 CCTV를 살펴보는 편이 나을 듯했다. 그런데 전반적으로 자잘한 물건들만 사라진 와중에 단 하나, 특이한 물건이 사라져 있었다.

"이 쇼핑백이 왜 여기 있는지 모르겠네요."

주현은 침대 위에 놓인 주황색 에르메스 쇼핑백을 들어올렸다. 쇼핑백 안은 텅 비어 있었다.

"뭐가 들어 있었나요?"

"전 여자친구에게 받은 넥타이입니다."

3개월 전, 여자친구와 헤어지며 그동안 받았던 선물을 전부 돌려줬다. 하지만 딱 하나 돌려주지 못한 것이 있었는데 바로 이 넥타이였다. 돌려주고 싶지 않아서가 아니라, 방 안 어디에 두었는지 찾을 수가 없어서 돌려주지 못했다. 명품 브랜드 넥타이라서 중요한 날 착용해야겠다는 생각에 쇼핑백에서 꺼내지도 않고 놔뒀는데, 그대로 방 안에서 분실했다. 그런데 지금, 넥타이가 든 상자는 사라지고 쇼핑백만 덩그러니 남아 있었다.

"없어진 물건 중 그나마 가치 있는 건 이 넥타이뿐이네요. 하지만 노트북처럼 돈으로 바꿀 만한 다른 물건들은 그대로 남아 있는데 넥타이만 사라졌다는 건 누군가가 넥타이를 찾으려고 방을 헤집어놓고 갔다는 이야기로 볼 수도 있겠는데요? 이 방에 넥타이가 있다는 걸 아는 사람은 누구죠?"

"저와 전 여자친구······ 정도입니다. 회사에 하고 간 일도 없고 다른 사람에게 자랑한 일도 없어요. 선물받은 그날 잘 보관한다고 방 어딘가에 두었다가 그대로 잊고 있었으니까요."

"전 여자친구 분은 지금 어디 있죠?"

"모르겠습니다."

주현은 표정이 차가운 편이었지만 성민이 말을 걸면 정중하고 친절하게 대답해줬다. 그러나 전 여자친구에 대해 묻자 갑자기 쌀쌀한 말투로 변했다.

"냉정하시네요. 좋게 헤어진 건 아니신가 봐요?"

"그렇죠."

"어느 한쪽이 바람이라도 피웠나요?"

주현은 대답하지 않았다. 그 여자 일은 다시 떠올리기도 싫었기 때문이다. 하지만 성민의 다음 말을 듣자 대답하지 않을 수 없었다.

"저는 자주 저승에서 일을 부탁받아요. 일종의 외주죠. 저승 사람들은 이승의 일에 간섭할 수 없는 것이 원칙이지만, 망자들을 원활하게 저승으로 인도하려면 간혹 이승에서 정보를 얻거나 사람들과 대화를 해야 하는 일이 생기거든요. 그때 저 같은 경계인들이 필요하죠. 그래서 저는 망자들의 사연을 자주 접하게 되는데요, 젊은 사람이 살해당했다면 치정 문제인 경우가 적지 않아요. 살해당하기 석 달 전에 안 좋게 헤어진 애인이 있었다면 그쪽을 의심해볼 필요가 있죠."

일리 있는 이야기다. 주현은 자신이 죽어 마땅할 만큼 나쁜 일을 한 적은 없다고 생각한다. 남에게 도움을 주지는 못할지언정 민폐를 끼치며 살아오지도 않았다. 그러나 모든 사람과 이상적인 관계를 맺어온 것은 아니다. 가장 최근에 어긋난 관계는 전 여자친구다.

6

전 여자친구의 이름은 한소영, 지난해 5월 소개팅으로 만났다.

소영은 항공운항과를 졸업한 뒤 승무원을 준비하는 중이라고 했다. 주현은 처음부터 마음에 들었다. 아르바이트로 피팅모델을 할 만큼 예쁜 외모가 호감에서 큰 비중을 차지한 것은 사실이다. 하지만 단순히 예뻤기 때문만은 아니다. 유머 코드가 맞고 재치 있어서 함께 있으면 시간 가는 줄 몰랐다. 처음 만난 날 다섯 시간 넘게 쉬지 않고 대화했고, 소영도 서로 잘 맞는다고 느꼈는지 그날 바로 사귀기로 했다. 그리고 올해 여름까지 1년 넘는 기간 동안 싸움 한 번 없이 잘 사귀었다.

문제가 생긴 것은 8월쯤이었다. 여름휴가로 같이 제주도를 가기로 했다. 공항에서 비행기 탑승권을 발권하려고 하자 직원이 신분증을 보여달라고 했다. 보통 신분증을 건네줄 때는 신원이 표시된 부분을 위로 해서 주는 것이 일반적이다. 그러나 소영은 굳이 주민등록증을 뒤집어서 직원의 손에 건네주었다. 특이하다 싶었지만 대수롭지 않게 넘겼다.

그러나 발권을 끝낸 직원이 탑승 방법을 알려주기 위해 탑승권을 데스크 위에 올려놓았을 때 주현은 그 이유를 알게 되었다. 탑승권에는 다른 사람의 이름이 적혀 있었다.

김지수였던가. 그런 이름이었다. 모르는 사람의 이름이 적혀 있으니 주현은 직원에게 탑승권을 잘못 뽑아주신 것 같다고 말했다. 그런데 직원은 물론 소영도 당황했다. 직원은 탑승권 밑에 놓아둔 주민등록증을 다시 확인하려고 했다. 그러자 소영은 직원의 손을 붙잡으며 막더니 두 사람의 탑승권과 주민등록증을 빼앗듯 가져갔다. 아무 일도 아니라고, 제대로 나왔다고 직원에게 말하며 자리를 떠나는 소영의 뒤를 주현은 서둘러 쫓아갔다.

소영을 붙잡고 이게 어떻게 된 일이냐고, 왜 이름이 다르냐고 물었다. 그러자 소영은 한소영이라는 이름은 사실 피팅모델을 하며 쓰던 가명이라고, 소개팅 주선자가 본명인 줄 알고 그렇게 소개해줬는데, 원래 이름을 말할 타이밍을 놓치는 바람에 지금까지 말을 못 하고 있었다고 변명했다.

1년 넘게 속아온 것 같아서 화가 났지만, 함께 휴가를 보내려던 와중에 공항에서 싸우기도 뭐해서 일단 그냥 넘어가기로 했다. 의도적으로 속인 건 아닐 거라고, 가명을 사용하는 게 도덕적으로 큰 문제가 되는 것도 아니라고, 그렇게 생각하기로 했다.

그러나 그 뒤에도 계속 마음에 걸리는 일이 이어졌다. 소영이 제주도 여행을 제안했기 때문에 필요한 예약도 전부 소영이 했다. 그러다 보니 비행기를 탈 때뿐만 아니라 렌터카를 빌릴 때나 호텔에 들어갈 때도 수시로 신분증을 제시해야 했다. 그때마다 소영은 주민등록증을 뒤집거나 손바닥으로 가리며 주현에게 보이지 않도록 했다.

이름이 가명이라는 것을 밝혔으니 이제는 신분증을 숨길 이유도 없는데 왜 저러나 싶었다.

'뭔가 다른 걸 숨기고 있는 것이 아닐까.'

그런 생각이 한번 들자 걷잡을 수 없었다. 참다못한 주현은 카페에서 주민등록증을 보여달라고 했다. 네 행동이 뭔가 수상하니 주민등록증을 한번 봐야겠다고 티를 낸 것은 아니다. 주민등록증을 보고 싶다는 이야기를 자연스럽게 꺼낼 수 있도록 대화를 나누었다. 그러나 주현이 왜 그런 말을 꺼냈는지 소영도 눈치챘을 것이다. 소영은 신분증 사진이 못 나와서 절대 애인에게는 보여줄 수 없다며 딱 잡아뗐다.

억지로 보여달라고 하면 막 시작된 휴가가 싸움으로 끝날 것 같아서 그 자리에서는 적당히 포기했다. 그리고 그날 저녁 호텔로 돌아와, 소영이 씻으러 들어간 사이에 주현은 소영의 지갑을 찾아 몰래 열었다. 이렇게까지 해야 하나 싶기는 했다. 그러나 흔들리는 믿음을 진정시키려면 눈으로 확인하는 수밖에 없었다.

별거 없을 것이다. 이름이 김지수로 되어 있는 것 말고는 그냥 평범한 주민등록증일 것이다. 별거 없는 줄 알지만 별거 없다는 것을 확인하기 위해서 직접 보고 싶었다. 그러나 지갑을 연 순간, 믿음은 한층 더 거세게 흔들리기 시작했다. 소영의 지갑 안에는 주민등록증이 없었다.

오늘 소영이 마지막으로 주민등록증을 사용한 것은 호텔에 체크인을 할 때였다. 주현은 그때 주민등록증을 지갑에 넣는 소영을 분명히 보았다. 혹시 지갑에서 빠진 건가 싶어 핸드백 안까지 뒤져보았지만, 역시 보이지 않았다. 지갑은 카드가 빠질 수 있는 구조도 아니었고, 다른 카드들은 전부 그대로 있는데 주민등록증만 지갑에서 빠진다는 것 자체가 말이 안 되는 가정이었다. 일부러 주민등록증을 빼서 어딘가에 두었다고 보는 게 타당했다.

주민등록증을 왜 따로 빼놓았을까.

지갑과 핸드백을 도로 자리에 놓고 침대에 앉아 소영이 나오길 기다렸다. 잠시 후 샤워를 마치고 나온 소영은 화장대에 앉아 파우치에서 화장품을 꺼내 얼굴에 바르기 시작했다. 주현은 휴대폰을 하는 척하며 소영의 뒷모습을 바라보았다. 그때 파우치 안에 카드가 한 장들어 있는 것을 발견했다. 화장품에 반쯤 가려져 있어서 어떤 카드인지 정확히 확인할 수는 없었지만, 물 빠진 듯한 촌스러운 살구색 카드라는 것은 확실했다.

소영은 씻으러 갈 때도 파우치를 손에 들고 갔었다. 왜 아무리 찾아도 주민등록증이 보이지 않았는지 이제 알 것 같았다. 샤워할 때 주민등록증을 들고 가는 사람이 대체 어디 있는가. 주현은 원래 남의 물건에 함부로 손을 대는 사람이 아니다. 씻으러 들어갔을 때 주현이 지갑을 뒤질지도 모른다는 낮은 가능성조차 철저히 대비해둘 정도로 소영은 주현에게 주민등록증을 보여주기 싫다는 소리였다.

주현은 소영이 본명 말고도 다른 무엇인가를 자신에게 숨기려 한다는 것을 눈치챘다. 하지만 주현은 소영을 바로 추궁하지 않았다. 잘못된 의심일지도 몰랐다. 휴가를 망치고 싶지도 않았고, 소영과의 관계를 깨고 싶은 생각도 없었다.

그런데 생각해보니 주현은 소영에 대해 아는 게 별로 없었다. 부모님과 같이 산다고는 했는데, 노원구 쪽이라는 것 말고는 집이 어딘지 정확히 말해준 적이 없다. 몇 번인가 차로 집에까지 데려다주겠다고 했지만 그때마다 지하철을 타고 가겠다며 거절했다. 지하철이 끊긴 시간에는 차라리 주현의 자췻집에서 자고 가겠다고 하곤 했다.

부모님이 걱정하지 않으시냐고 물어보면 전화로 외박 허락을 받았다고는 했지만, 정작 부모님과 통화나 문자를 하는 모습은 사귀는 동안 단 한 번도 본 적이 없었다. 분명히 형제가 없다고 했었는데 언젠가는 또 남동생 이야기를 꺼냈다. 지난번에 외동이라고 하지 않았느냐고 묻자 어릴 때부터 자주 집에 오는 친한 사촌동생을 말한 거라고 얼버무렸다.

어느 대학을 나왔는지도 정확히 몰랐다. 경기도에 있는 대학을 나왔다고는 들었는데, 별로 좋은 대학은 아니라며 정확한 이름은 말해주지 않았다. 대학 시절 추억이나 친구들에 대한 이야기도 한 적이 없다. 대학뿐만 아니라 중고등학교 시절 친구도 없는 것 같았다. 소영이 연락하고 지내는 사람들은 대부분 일로 만난 사이였다.

그때까지만 해도 주현은 여자친구가 감추고 싶어하는 부분은 굳이 캐물을 필요가 없다고 생각했다. 연인 사이라 해도 모든 것을 알 필요는 없다. 오히려 연인 앞에서는 좋은 모습만 보여주고 싶을 테니 다른 사람들보다 감추는 부분이 더 늘어날 수도 있다. 결혼 이야기가 오간다면 달라질 수도 있겠지만, 그런 단계도 아니었다.

하지만 제주도에 다녀온 뒤부터 이제껏 모른 척 넘겨오던 소영의 비밀스러운 모습들이 하나둘 떠오르더니 동시에 머릿속을 덮쳐왔다. 순간순간 넘길 때는 인지하지 못했지만 전부 모아놓고 보니 자신은 소영에 대해 아무것도 알지 못한다는 결론에 도달했다.

서울에 돌아온 주현은 남은 휴가 기간 동안 본가에 머물렀다. 만나자는 소영의 연락이 있었지만, 부모님 핑계를 대고 계속 방 안에 혼자 머물며 생각을 정리했다. 그때 소영의 SNS에 제주도에서 찍은 사진이 올라와 보러 들어갔다. 소영은 피팅모델 일을 해서인지 팬이 어느 정도 있어서, 올라온 지 얼마 되지 않은 사진에도 많은 댓글이 달려 있었다. 댓글을 쭉 읽다 보니 아는 이름이 보였다.

신희선. 예전에 소영이 일하던 A&K라는 이름의 온라인 쇼핑몰 사장이었다. 주현은 희선의 얼굴은 알지 못했지만 이름은 알았다. 소영이 간간이 희선에 대한 이야기를 해주었기 때문이다. 자신이 처음 피팅모델 일을 시작할 수 있도록 도와주고, 어렵고 힘든 일이 있을 때마다 많은 조언을 해주는 좋은 언니라고 했다.

주현과 소영을 이어준 사람도 어떻게 보면 희선이라고 볼 수 있다. 주현에게 소영과의 소개팅을 주선한 사람은 대학 동기였다. 동기 모임이 아니면 따로 연락하지 않을 정도로 그다지 친한 사이는 아니었는데, 어디서 최근 주현의 연애가 깨졌다는 소식을 들었는지 소개팅을 해볼 생각이 없냐고 연락해왔다. 자신이 온라인 쇼핑몰 사장과 사귀는 중인데, 지금 그 쇼핑몰에서 일하는 피팅모델이 남자친구를 찾는 중이라고 했다. 그렇게 만난 사람이 소영이었고, 그때 동기가 사귀던 온라인 쇼핑몰 사장이 바로 희선이다.

그즈음 소영은 A&K와 일하지 않았다. 이유는 모른다. 물어본 적이 없다. 그래도 사이가 틀어진 것은 아닌지 희선은 소영의 게시물에 잘 다녀왔느냐고, 바다가 예뻐 보인다며 친근한 댓글을 달아두었다.

아직도 대학 동기와 사귀는 중인가 싶어서 희선의 SNS에 가보니 사적인 이야기나 사진은 없고, 쇼핑몰에서 파는 옷 사진과 피팅모델의 B컷 사진 등 업무 관련 게시물만 있었다. 사진들을 멍하니 살펴보던 중 숙대입구역 근처에 A&K의 오프라인 매장을 열었다는 글을 봤다. 숙대입구역이면 주현의 자췻집에서 별로 멀지 않았다. 여기 가면 희선을 만날 수 있을지도 모른다는 생각이 들었다. 다른 사람이 보는 소영은 어떤 사람인지 알고 싶었다.

휴가가 끝난 다음 날, 주현은 퇴근길에 숙대입구역 방향으로 차를 몰았다. 제법 넓은 매장은 옷을 구경하는 젊은 여성들로 가득 차 있었다. 옷을 보는 척하며 직원들의 얼굴을 살폈지만 사장으로 보이는 듯한 인물은 없었다. 미리 약속을 잡고 온 것도 아니니 어쩔 수 없었다. 그냥 옷이나 사서 돌아가야겠다 싶어서 무난해 보이는 흰색 여름용 카디건을 하나 골랐다. 마침 다음 주가 여동생 생일이니 그때 주면 좋을 것 같았다.

주현은 결제를 하고 선물 포장을 부탁했다. 상자에 옷을 접어 넣던 여자가 주현의 얼굴을 힐끗거리다 물었다.

"혹시 한소영 씨 남자친구 분 아니세요?"

직원은 단발머리를 한 20대 중반의 여성이었다. 초면인데 어떻게 아는가 싶었지만 그냥 고개를 끄덕였다.

"소영 씨에게 드리는 선물인가요?"

"아뇨. 여동생에게 주려고요. 조만간 생일이거든요."

"여동생과 많이 친하신가 보네요."

"어릴 때는 많이 싸웠는데 어른이 되니 그래도 가족밖에 없다 싶더라고요."

"오늘 소영 씨는 함께 안 오셨어요?"

"네, 퇴근길에 들른 거라 혼자 왔습니다."

직원은 느릿느릿 포장하며 주현에게 이런저런 말을 건넸지만 이상하게 표정은 그리 밝지 않았다. 저녁까지 일하려니 웃을 기운도 없이 피곤한가 보다 하고 넘기려 했다. 하지만 어쩐지 영업용이라기보다 뭔가 탐색하는 듯한 느낌이었다.

그런데 일주일 후 갑자기 주현의 SNS로 메시지가 도착했다. 그 사람은 자신의 이름은 예빈이며, A&K 매장에서 만났던 직원이라고 소개했다.

소영 씨에 대해 드릴 말씀이 있으니 잠깐만 시간을 내주실 수 있나요?

만약 한 달 전 이런 연락을 받았다면 아마 무시했을지도 모른다. 그러나 제주도를 다녀온 뒤 소영에 대한 의문이 커진 상태였고, 매장에서 본 직원의 표정이나 시선도 마음에 걸렸기 때문에 주현은 만나자고 답신했다. 물론 이 사실은 소영에게 비밀로 했다.

일요일 오후에 약속한 카페로 나가니 예빈 옆에는 주현 또래로 보이는 남자가 한 명 앉아 있었다. 남자도 쇼핑몰에서 일하는 직원으로 이름은 승훈이고, 예빈과는 사귀는 사이라고 했다.

승훈은 주현에게 말했다.

"잘 사귀고 계시는 분께 이런 말씀을 드려도 되나 저희도 고민이 많았습니다. 괜히 남의 일에 끼어들었다가 애인 험담한다고 멱살 잡히는 거 아닌가 싶어서요. 하지만 제 여자친구도 오빠가 있는데, 자기 오빠가 아무것도 모르고 그런 여자와 사귀고 있다면 속이 뒤집힐 거 같다고 하고, 저도 같은 남자로서 내버려둘 수가 없어서 연락드리게 되었습니다."

소영은 A&K가 처음 생겼을 때부터 피팅모델로 일했다. 주현을 불러낸 직원 두 명도 쇼핑몰 규모가 막 커지기 시작한 초창기부터 일해왔기 때문에 소영을 잘 알았다. 사적으로 친하지는 않아도 일로서는 가까운 사이였다. 촬영이 끝나면 같이 커피를 마시기도 하고, 회식도 같이 가곤 했다. 그래서 예빈은 주현을 만나자마자 소영의 남자친구라는 것을 알 수 있었다. 소영이 종종 사진을 보여주었기 때문이다.

일이 터진 것은 올해 초였다. 회사 사무실에 갑자기 한 남자가 난입했다. 남자는 화분을 걷어차고 집기를 집어던지며 난동을 부렸다. 대체 왜 그러시냐고 물어봐도 남자는 극도의 흥분 상태로 자신은 이 회사 투자자이며, 돈을 돌려받아야겠으니 당장 여기 사장을 불러오라는 말밖에 하지 않았다. 하지만 공교롭게도 희선은 신년 휴가를 받아서 사무실에 없었기 때문에 상황이 길어졌고, 결국 경찰을 부르게 됐다.

그때 사무실에 남자 직원은 승훈 한 명뿐이었다. 사무실을 난장판으로 만들며 고함을 질러대는 남자를 내버려둘 수는 없었기 때문에 경찰이 오기 전까지 승훈이 나서서 남자를 제지했다. 그런데 몸부림치는 남자를 붙잡고 말리던 중 남자 몸에 상처가 나게 되었고, 남자가 쌍방 폭행이라고 주장해서 승훈도 같이 경찰서로 가게 되었다. 여자친구인 예빈도 승훈을 혼자 보낼 수 없어서 함께 따라갔다.

"큰 상처도 아니었고, 사무실에서 난동 부리던 사람 붙들려다 난 상처여서 이게 왜 폭행인가 싶었지만 경찰 말로는 그래도 일단 가서 조서는 써야 한다더라고요. 상황을 지켜본 직원들도 저를 감싸주고 해서 결과적으로 저는 기소도 안 됐습니다만, 아무튼 난생처음 경찰서에 가게 되었으니 그 순간에는 정말 다리가 덜덜 떨리더군요."

흥분해 있던 남자도 경찰서에 가니 기가 죽으며 제정신을 찾은 듯했다. 경찰이 남자에게 왜 사무실에 침입했느냐고 묻자 그는 하소연이라도 하듯 사연을 말했다.

"그 남자는 소영 씨가 자신의 애인이라고 했습니다. 내 애인이 바람피워서 연락을 끊고 잠적했는데, 애인 꼬드김에 넘어가 쇼핑몰에 큰돈을 투자했기 때문에, 그 돈이라도 되찾지 않으면 분이 풀리지 않을 거 같아서 찾아왔다고요."

이야기를 듣기만 하던 주현은 승훈의 말을 끊었다. 예상치 못한 이야기에 자신도 모르게 입이 열렸다.

"소영이가 저 말고 다른 애인이 있었다고요? 양다리를 걸쳤단 소리예요?"

"그렇습니다. 그런데 정상적인 관계가 아니었어요. 대놓고 말하자면 사기꾼이었죠."

경찰서에서 조사를 받던 남자는 일이 이렇게 된 이상 소영의 사회생활이라도 막아야겠다 싶었던 건지 승훈과 예빈에게 들으라는 듯 자신이 왜 그런 짓을 했는지 구구절절 이야기했다.

남자는 중소 IT 기업을 운영하고 있었고, 마흔이 넘었지만 아직 미혼이었다. 2년 전에 우연히 간 클럽에서 소영을 만나게 됐다. 보기 드물게 예쁘고 말도 잘 통해서 데이트를 신청했는데 소영이 받아주었다. 만나면 만날수록 푹 빠져서 진심으로 사랑하게 되었다.

소영도 몇 번이나 남자에게 사랑한다고 말했다. 남자는 그 말을 믿고 진지하게 미래 계획까지 세웠다. 청혼을 하자 소영은 결혼을 하려면 직업이 있어야 할 것 같다며 피팅모델 일을 하고 싶다고 했다. 잘 어울릴 것 같다며 준비해보라고 하자, 소영은 쇼핑몰을 준비하는 지인이 자신을 피팅모델로 써주겠다고 했는데 돈이 부족해서 지금 개업을 못 하고 있다고 넌지시 운을 띄웠다. 남자는 지인에게 갖다주라고 투자금조로 천만 원을 건넸다.

A&K를 열고 피팅모델 일을 시작한 뒤에도 소영은 이런저런 핑계로 결혼을 피했다. 그러면서도 월셋집 계약 기간이 끝나니 전세로 옮기고 싶다며 돈을 가져가기도 하고, 가방을 가지고 싶다거나 여행을 다녀오고 싶다면서 돈을 가져가기도 했다.

이런저런 핑계로 소영에게 준 돈만 해도 수천만 원은 됐다. 하지만 어차피 결혼할 사이라고 생각해서 아깝게 느껴지지는 않았다. 그런데 6개월 전부터 소영의 연락이 줄어들더니 몇 주 전 휴대폰 번호도 바꾸고 잠적했다. A&K에서 일은 계속하는 듯해서 소영과 만나고 싶다고 몇 번이나 전화를 했지만 무시당했다.

소영의 SNS에는 다른 남자가 생긴 듯한 사진이 계속 올라왔다. 불안한 마음에 별수 없이 흥신소를 통해 소영의 행방을 알아냈다. 어떻게 된 일이냐고 따지자 소영은 다른 남자가 생겨서 연락을 끊었다고 실토했다. 그럼 결혼 핑계로 가져간 돈이라도 돌려달라고 했지만 소영은 다 써서 한 푼도 남아 있지 않다고 했다.

조사해보니 실제로 소영은 돈이 거의 없었다. 통장 잔액도 몇십만 원 수준이었고, 전세로 들어갔다는 집도 알고 보니 보증금 300만 원짜리 월셋집이었다. 그나마 찾을 수 있는 돈이 A&K가 개업할 때 줬던 천만 원이라고 생각되어 그거라도 회수하려고 찾아온 것이었다.

"남자는 사장님과 소영 씨를 사기죄로 고소하겠다고 했지만, 돈을 받은 건 소영 씨고 투자 계약서 같은 것도 쓰지 않았어요. 사장님은 아무것도 모른 채 소영 씨가 준 돈을 받은 것뿐이라 억울한 상황이죠. 사장님이 상담한 변호사도 별일 없을 거라고 했고, 실제로 사장님이나 회사에는 큰 타격이 없었어요. 하지만 내부적으로는 난리가 날 수밖에요."

회사로 소영을 불러 자세한 사정을 알아보았다. 소영은 울면서 남자가 한 말이 사실이라고 실토했다. 소영에게 왜 그런 일을 한 거냐고 따지는 과정에서 여러 사실을 알게 되었다. 소영이 지금껏 직원들에게 자신에 대해 한 말이 대부분 거짓이라는 점이었다.

"이름도 한소영이 아니라 김지수였고, 나이도 스물여섯이라더니 서른이었어요. 대학을 나오기는커녕 10대 때 가출해서 고등학교도 제대로 졸업하지 못했고, 알바를 하면서 살았대요. 말은 알바라지만 돈 많은 남자에게 빌붙으며 살았겠죠. 남자한테 수천만 원을 뜯어내고도 태연한 걸 보니 한두 번 해본 솜씨가 아니에요.”

승훈은 소영에게 메인모델이 혼인 빙자 사기꾼이라는 것이 알려지면 큰 타격이 있을 테니, 앞으로는 함께하지 못할 것 같다고 했다. 그리고 만약 이 일이 불거져 A&K에 피해가 생기면 피해보상을 청구할 거라고도 했다. 소영은 무슨 말을 듣든 울면서 고개만 끄덕였다.

너무 심하게 우니 뭔가 사정이 있었던 것은 아닌가 싶어서 승훈은 안타까운 마음도 들었다. 그래서 혹시 지금 사귀는 남자친구에게도 돈을 뜯어내는 중이냐고, 만약 그렇다면 일이 더 커지기 전에 그만두라고 조언했다. 그러자 소영은 처음으로 단호하게 고개를 저었다. 지금 남자친구와는 남들처럼 평범하게 사귀고 있다며.

그러더니 소영은 승훈에게 경고했다. 자신의 본명이나 나이, 그리고 이번 문제를 남자친구에게 알리지 말아달라고, 혹시 그가 알게 된다면 자신은 죽어버릴지도 모른다고 했다. 지금 남자친구는 자신의 인생을 바꿔줄 운명의 남자라면서. 그런 말을 하는 소영의 얼굴에는 언제 울었냐는 듯 눈물이 말라 있었다.

승훈을 바라보는 소영의 눈빛에선 섬뜩함마저 느껴졌다. 승훈은 알겠다고 하고 서둘러 소영을 돌려보냈다. 경고가 아니었더라도 승훈은 굳이 소영의 현재 남자친구를 만나 소영이 어떤 사람인지 떠벌릴 오지랖 넓은 사람은 아니었다. 하지만 며칠 전 예빈이 매장에서 소영의 남자친구를 만났다고 했다. 평범한 가정에서 사랑받으며 자란 사람 같았는데 모른 척 소영과 사귀게 해도 될지 모르겠다고, 남 일에 끼어든다고 욕 좀 먹는 한이 있더라도 사실을 밝히고 계속 소영과 사귈지 말지 결정할 기회를 주는 게 어떠냐는 예빈의 말에 승훈도 동의해서 이 자리를 마련하게 되었다.

이야기를 들은 주현은 머릿속이 멍해졌다. 마음 같아서는 두 사람이 없는 말을 지어내서 소영을 험담하는 것이라 믿고 싶었다. 주현이 본 소영은 평범한 대화에 웃고 울 수 있는 지극히 평범한 사람이었다. 주현에게 돈을 달라고 한 적도 없고, 오히려 가끔 아르바이트비를 모아 샀다며 값비싼 선물을 건네주기도 했다. 다른 남자가 있는 기색도 없었다.

하지만 터무니없는 거짓말이라고 일축하기에는 짚이는 부분도 있었다. 지금까지 소영이 주현에게 감춘 수많은 비밀들. 주현은 그 끝에 있는 진실이 이것일지도 모른다는 생각이 들었다.

7

"두 사람에게는 말해줘서 고맙다고, 앞으로 어떻게 할지는 천천히 생각해보겠다고 말한 뒤 헤어졌죠. 하지만 답은 정해져 있었어요. 며칠 뒤 소영을 만나 헤어지자고 했죠."

"순순히 헤어져줬나요?"

긴 이야기를 잠자코 듣고 있던 성민이 물었다. 성민은 다리가 아픈지 어느새 책상 위에 걸터앉아 있었다.

"아뇨. 사실 저는 어떤 사람인지도 제대로 알아보지 않은 채 만나자마자 사귀기로 한 제 잘못도 있다고 생각해서, 소영이 지금껏 한 거짓말이나 비밀을 다 덮어주고 다른 핑계를 대며 조용히 헤어지려고 했어요. 그런데 소영이 절대 그럴 수 없다며 죽자 살자 달려들어서 결국 구질구질한 진흙탕 싸움을 크게 하게 되었죠. 한때 사귀었던 사람이니 좋은 기억만 남기고 싶었는데, 헤어지는 과정에서 진이 다 빠져서 결국 안 좋은 기억으로 남았습니다."

"진흙탕 싸움이오?"

"떠올리고 싶지 않을 만큼 끔찍했습니다. 솔직히 말하자면 반쯤 미치광이와 싸우는 느낌이었어요. 그렇게 집착이 심한 사람인 줄 몰랐는데, 인격이 변한 것처럼 행동하더군요. 헤어지면 자살하겠다고 말할 정도였죠."

"그런데 혹시 정말 자살이라도 한 건…… 아니겠죠?"

"사실 저도 그 부분이 좀 불안해서 연락이 끊긴 뒤 한 달인가 지나 소영의 SNS에 들어가봤는데 멀쩡하게 잘 살더라고요. 피팅모델 일도 계속하고, 맛있는 것도 먹으러 다니고……."

"그건 다행이네요."

귀신에게 체온이 있을 리 없는데 괜히 몸에 열이 오르는 듯해서 주현은 두어 번 손부채질을 했다. 전 여자친구에 관한 일은 떠올리기만 해도 마음이 불안해진다. 헤어지는 과정에서 받은 스트레스가 여전히 트라우마로 남아 있는 모양이었다.

하지만 소영의 존재를 외면할 수만은 없었다. 주현의 죽음은 성민의 말대로 치정 문제일 수 있다.

"헤어지자고 했을 때 소영의 태도를 떠올리면 사람 한 명 죽여도 이상하지 않기는 합니다. 울고, 화내고, 웃고, 별 모습을 다 보이다가 결국에는 저를 엄청나게 저주하고 떠나갔거든요. 바로 안 죽이고 석 달이나 지난 다음에 죽인 것이 좀 이상하긴 합니다만, 뭐, 저를 죽인 사람이 소영이라고 한다면 저는 그러려니 하고 저승에 갈 것 같네

요."

주현의 말을 들은 성민은 갑자기 작게 피식거리며 웃었다.

"왜 웃으시죠?"

"죄송해요. 남 이야기를 하는 게 아닌가 싶을 정도로 차분하셔서
요."

"속으로는 꽤 떨면서 말했는데요."

"그럼 속마음을 잘 숨기시는 편인가 보네요."

주현은 굳이 속마음을 숨길 생각은 없었다. 하지만 감정 표현이 크
지 않다는 이야기는 예전부터 많이 들어왔다. 아무리 지켜봐도 기뻐
하는 건지, 슬퍼하는 건지 잘 모르겠다는 이야기였다. 주현은 그런 말
을 들을 때마다 태어나길 이렇게 태어났는데 어떻게 하라는 건지 모
르겠다는 생각이 들어 난감해졌다.

성민은 웃음을 멈추며 반쯤 걸터앉아 있던 책상에서 내려왔다.

"일단 소영 씨는 유력한 용의자로 해두죠. 행방을 찾아볼까요?"

성민은 주현에게 그렇게 물으면서도, 내심 그가 거절하지 않을까
싶기도 했다. 그러나 주현은 바로 제안을 받아들였다.

"비용은 어떻게 되죠?"

성민은 잠시 생각에 잠겼다가 말했다.

"이번에는 공짜로 해드릴게요."

"서비스인가요?"

"그런 셈이죠. 운이 좋으시네요."

주현은 항목마다 가격을 달아놓고 설명해주던 성민이 왜 갑자기
공짜로 해주겠다고 하는 것인지 의아해했다. 의도 없는 호의는 없으
니 말이다. 하지만 거절할 마음은 없었다. 주현의 예산은 한정되어 있

었으니까.

그때 성민의 휴대폰 진동이 울렸다. 성민은 발신자를 확인하더니 받지 않고 바로 주머니에 넣었다.

"경찰 수사 상황을 조사해달라고 부탁해두었던 기자예요. 연락 오는 거 보니 뭔가 알아냈나 보네요. 이곳에서 이승 휴대폰으로 통화하면 문밖으로 목소리가 새어 나갈지도 모르니 나가죠. 슬슬 배도 고파지고 있고요."

주현은 엉망이 된 방을 제대로 치우지도 못한 채 떠나야 해서 마음이 무거웠다. 아마 앞으로 이 방에 돌아올 일은 영원히 없을 것 같다는 느낌이 들었다. 추억이 담긴 물건들도, 어머니가 해주신 반찬도 고스란히 남겨두고 멀리 떠나야 한다는 것이 가슴 아팠지만, 어쩔 수 없었다.

아쉬움에 젖어 있기엔 해야 할 일이 아직 너무 많았다.

밖에 나가자 검은 까마귀가 날개를 푸드덕거리며 다가왔다. 하르였다. 하르는 별다른 울음소리도 내지 않고 잠시 성민의 어깨 위에 앉아 있다가 바로 떠나갔다. 그러나 성민과는 대화가 끝난 모양이었다.

"근처에 주현 씨 차는 없다고 하네요."

주현의 어깨가 축 처졌다. 블랙박스를 봐야 기억의 공백이 메워질 텐데 차의 행방이 묘연하다. 집 주변에 없다면 서울 전체, 어쩌면 경기도권까지 뒤져야 할지도 모른다. 답답한 마음으로 성민의 뒤를 따라 걷던 주현이 조심스레 물었다.

"소영이 대신 차를 공짜로 찾아주시면 안 됩니까?"

"음, 그건 좀 어려워요. 사람이랑 사물은 찾는 방법이 전혀 다르거든요. 사물 쪽이 훨씬 더 까다로워서 공짜로 해드리면 수지가 안 맞아요. 그래도 예상되는 범위를 지정해주시면 하르에게 부탁해 찾아 보게 할게요."

성민은 말을 끝내며 휴대폰을 꺼내 기자에게 전화를 걸었다. 통화가 연결되자마자 바깥으로 까랑까랑한 여자의 음성이 새어 나왔다. 왜 전화를 받지 않았냐며 화를 내는 듯했다. 어찌나 목소리가 컸던지 몇 걸음 떨어져 서 있는 주현에게까지 들렸다. 성민은 사정이 있었다고 달래며 한동안 통화했다.

전화를 끊은 성민은 주현에게 말했다.

"기자가 지금 바로 이쪽으로 오겠다고 하네요. 하고 싶은 말이 있다면서. 택시로 10분 거리에 있다고 하니, 일단 차에 돌아가서 기다릴까요?"

성민은 강인에게 연락해 차를 불렀다. 차에 탄 성민이 피 한 팩을 쭉 마시고 난 뒤 얼마 지나지 않아 한 여자가 조수석에 올라탔다. 마치 자신의 차에 타는 듯 거침없어 보였다. 여자가 잠시 숨을 고르는 동안 웨이브 진 단발머리가 흔들렸다. 주현의 눈에 여자는 몸 전체가 색이 바랜 듯 보였다. 이승에 속한 인간이라는 소리다.

여자는 주현과는 눈도 마주치지 않고 바로 뒷좌석의 성민을 향해 외쳤다.

"왜 갑자기 주현이라는 사람의 실종 사건에 대해 알아 오라는 거야?"

"사정이 있어서."

"그러니까 그 사정이 뭐냐고!"

차에 타자마자 이유를 캐묻는 여자에게 성민은 진정하라는 듯 손짓했다.

"일단 조사한 것부터 말해줘. 경찰에 실종 사건이 접수되어 있대?"

여자는 가볍게 심호흡을 하더니 한결 차분해진 목소리로 답했다.

"아니. 대신 다른 사건하고 얽혀 있는 것 같아."

"다른 사건?"

"나도 뭔지는 아직 모르겠어. 실종신고는 들어와 있지 않지만, 대신 참고인으로 내사 중인 다른 사건이 있대. 네가 나한테 아무 이유도 없이 알아보라고 한 건 아닐 거 아냐! 경찰이 내사 중이라는 다른 사건이 뭔지 짐작 가는 게 있지 않아?"

여자는 성민을 빤히 바라보았다. 분명 성민이 뭔가를 알고 있을 거라는 확신에 가득 찬 눈빛이었다. 그러나 성민은 고개를 저었다.

"아니. 전혀 모르겠는데."

성민은 옆 좌석의 주현을 바라보며 물었다.

"혹시 주현 씨는 아세요?"

주현은 아무 말도 하지 않았다. 굳은 얼굴로 미동도 없이 정면만을 보고 있었다. 그러나 떨리는 손만은 가슴속 불안을 감추지 못했다.

성민과 만난 뒤 주현은 속마음을 겉으로 잘 드러내지 않았다. 표정 변화도 거의 없고 자신의 이야기를 하면서도 다른 사람의 이야기를 하는 것처럼 무미건조하게 말했다. 그런데 바로 지금, 성민은 처음으로 주현의 감정을 느낄 수 있었다. 참고인. 내사. 윤진의 입에서 그런 단어가 나올 때마다 주현의 몸이 떨렸다. 성민은 주현을 향해 몸을 기울이며 속삭였다.

"잘 생각해보세요. 저승은 기억나지 않는다고 해서 벌을 내리지 않는 곳이 아니에요. 지은 죄를 정확히 찾아내 그에 맞는 벌을 내리죠. 하지만 저는 저승 사람이 아니니까 안심하세요. 솔직하게 말씀해주시면 최대한 감형 방법을 찾아드릴게요.”

주현은 성민을 바라보았다. 손은 떨고 있었지만 눈빛만은 어떤 감정도 드러내지 않았다.

“저는 아무것도 잘못한 게 없습니다.”

평정을 가장하며 말하는 주현을 성민은 다시 한번 찔러보았다.

“윤리적으로요? 아니면 심정적으로요?”

“둘 다입니다! 저는 그냥 평범하게 살아왔어요!”

주현의 호소를 들은 성민은 기울였던 몸을 돌리며 생각에 잠겼다. ‘정말 평범하게 살아왔을까.’ 적어도 오전에 성민에게 전화를 해온 우진은 그렇게 생각하지 않는 듯했다.

조수석에 앉은 기자가 성민에게 물었다.

“잠깐. 이거 혹시 저승에서 받은 일이야? 주현 씨 죽었어? 지금 저쪽에 앉아 있고?”

기자의 손가락은 정확히 주현이 앉은 쪽을 가리키고 있었다. 성민이 고개를 끄덕이자 기자는 갑자기 만면에 웃음을 띠더니 주현이 있는 방향으로 대뜸 오른손을 내밀었다.

“안녕하세요. 김윤진 기자라고 합니다. 악수는 적당히 제 손 보고 해주시고요. 네, 감사합니다. 이렇게 만난 것도 인연인데 저승 커피라도 한잔 사드릴까요?”

보이나? 보이지 않을 것이다. 윤진은 주현이 악수를 하기도 전에 손을 거둬들였으니까. 그러나 주현이 있는 방향을 바라보는 윤진의 눈동자는 사흘 굶은 끝에 마침내 토끼를 발견한 여우처럼 반짝였다. 주현은 자신도 모르게 몸을 움츠리며 창밖으로 시선을 돌렸다.

8

주현이 다니던 대학은 신촌에 있었다. 자취하던 북아현동도 신촌에서 그리 멀지 않은 곳에 있었기 때문에 최근까지도 휴일에는 자주 신촌을 돌아다녔다. 사실상 20대의 대부분을 신촌에서 보냈다고 해도 과언이 아니었다. 그런데 신촌에 올 때마다 의아하게 생각되던 건물이 하나 있었다.

역에서 그리 멀지도 않은데다 대로변이라는 좋은 위치에 있는데도, 3층과 4층이 항상 텅 비어 있는 건물이었다. 건물 1층에는 화장품 가게가 있었고, 2층에는 미용실이 있었다. 화장품 가게와 미용실은 오랫동안 한자리에서 성업 중이었다. 임대를 준다면 어렵지 않게 나갈 법한 건물 같아 보였는데, 이상하게 3층과 4층은 주현이 대학을 입학하기 전부터 지금까지 쭉 공실이었다.

신촌을 오가다 보면 눈에 들어올 수밖에 없어서 가끔 신경이 쓰였다. 물론 주현이 소유한 건물도 아니니 심각하게 생각하지는 않았다. 공실이 있는 건물을 장기간 내버려둘 정도의 건물주라면 어마어마한 부자겠지, 하는 추측을 했을 뿐이었다.

주현은 죽은 뒤에야 공실의 비밀을 알았다. 차에 탄 윤진은 강인에게 가까운 카페로 데려가달라고 했고, 강인은 신촌 쪽으로 차를 몰았다. 그리고 차는 바로 공실이 있던 그 건물 앞에 멈춰 섰다. 3층과 4층에서는 밝은 빛이 새어 나오고 있었다. 아주 선명한 색깔의 간판도 보였다. 목란다방 신촌점.

"저승 카페예요."

성민은 이곳이 저승사자와 G2 비자를 받은 귀신들을 위한 카페라고 설명했다.

"스벅타스 같은 이름이 아니네요."

무심결에 주현이 내뱉은 중얼거림을 들은 성민은 재미있다는 듯 웃었다.

주현이 목란다방에 발을 들여놓자 띄엄띄엄 앉아 노트북을 보거나 책을 읽는 사람들이 눈에 들어왔다. 일에 찌든 몸을 음료 한잔으로 달래는 평범한 회사원들로 보였다. 그러나 성민 말로는 그들 모두가 저승사자라고 했다.

이승에 있는 많은 저승 시설은 G2 비자를 받은 망자뿐만이 아니라 이처럼 이승에 머물며 망자의 저승 송환을 담당하는 저승사자들의 복지를 위한 시설이기도 하다. 주로 이승의 공실을 빌리거나 매매해서 운영한다. 저승에서는 이승에 간섭하면 안 되기 때문에 원래라면 건물 임대차나 매매도 하면 안 되지만, 이승에서 근무하는 저승사자들의 업무 지원 목적이라면 특별히 허가된다. 물론 이승과 저승의 법망 사이를 교묘히 빠져나가는 아슬아슬한 편법을 사용하고는 있지만 말이다.

성민은 주문한 아메리카노 두 잔을 받아와 테이블 위에 올려놓았다. 커피를 만드는 점원도 저승 사람이고, 커피 원두도 저승에서 가져온 것이라고 했다. 그러나 커피의 맛과 향은 주현이 살아 있을 때 마시던 것과 전혀 차이가 없었다. 익숙한 신촌 거리를 내려다보며 익숙한 맛의 커피를 마시니 자신이 죽었다는 실감이 전혀 나지 않았다. 그러나 분명 지금의 주현은 다른 세계에 있다.

윤진은 제보에 대한 답례로 주현에게 커피를 사주었지만 정작 자신의 몫은 없었다. 윤진의 눈에는 빛도 들어오지 않는 텅 빈 공간에 테이블 하나와 의자 두 개만 놓인 듯 보인다고 했다. 그것이 '살아 있는 사람'의 정상적인 시야다.

윤진은 말했다.

"예전에도 성민이의 부탁으로 저승에 계신 분들과 함께 일한 적이 있어요. 저승 분들은 이승의 정보를 얻을 수 있어서 좋고, 저는 기삿거리를 얻을 수 있어서 좋고. 서로 도움이 되는 관계를 맺어왔죠. 주현 씨와도 그런 사이가 되면 좋겠네요."

성민처럼 이승과 저승의 경계를 마음대로 넘나들 수 있는 존재는 극히 드물다. 그러나 저승을 단순히 '인식'하는 사람은 흔하지는 않아도 드물다고는 할 수 없다. 평범한 사람이라 하더라도 저승과 깊게 연관된 공간에 닿은 순간 '분위기가 좋지 않다', '소름이 끼친다'와 같은 기분을 느낄 수 있다. 간혹 매우 영감이 강한 사람은 저승의 존재와 접촉해 소통하기도 한다.

상황에 따라서는 저승도 그런 사람들을 활용하여 간접적으로 이승에 영향을 미치기도 한다. 저승 카페에 살아 있는 사람을 위한 탁자가 마련되어 있는 것도 그런 이유에서다.

윤진은 영감이 없는 평범한 사람이다. 그러나 저승의 존재는 일찌감치 알았다. 어릴 때부터 성민과 교류하며 지내다 보니 자연스럽게 죽은 뒤에도 세계가 있고, 그 세계는 생각보다 가까운 곳에 있다는 것을 알게 되었다.

"제 가장 큰 장점은 성민이와 달리 공짜로 도와드린다는 점이죠. 물론 섣불리 기사를 쓰지도 않을 거예요. 저는 단순한 특종이 아니라, 다른 기자들은 아무리 노력해도 절대 쓸 수 없는 기사를 쓰고 싶거든요."

이미 주현은 마음을 정한 상태였다. 주현은 자신이 왜 죽었는지 알기 위해 이승으로 돌아왔다. 하지만 죽음의 진상을 알아내더라도 이승에 전할 방법이 문제다. 원래는 부모님이나 경찰의 꿈속으로 들어가려 했다. 하지만 그들이 꿈을 곧이곧대로 믿으리라는 보장이 없지 않은가? 가능하다면 기사로 알리는 편이 훨씬 효과적일 터였다.

"귀신의 하소연보다는 기자의 펜이 더 무게가 있겠지요."

제대로 손발이 맞기만 한다면 나쁘지 않은 거래다. 주현은 범인을 잡는 데 도움을 받을 수 있고, 윤진은 다른 기자들은 결코 쓰지 못할 특종을 잡을 수 있다.

"주현 씨만큼 말이 잘 통하는 저승 분은 처음 만나네요."

성민을 통해 주현의 의사를 들은 윤진은 만족스러운 표정을 지어 보였다. 윤진은 가방에서 수첩과 볼펜을 꺼내 테이블 위에 올려놓았다. 수첩과 볼펜에는 꽃무릇 모양 스티커가 붙어 있었다.

"여기 적으면 저도 볼 수 있어요. 지금처럼 성민이를 통해 들어도 되지만, 간단한 답변은 직접 하시는 편이 나을 테니 필요하면 사용해 주세요. 아, 주변에 다른 사람이 없을 때만 쓰셔야 해요. 저 같은 이승 사람들 눈에는 볼펜이 멋대로 떠서 움직이는 것처럼 보이니까요. 안 쓸 땐 성민이에게 맡겨두시면 되고요."

주현은 볼펜을 들고 수첩 위에 잘 부탁한다는 말을 적었다. 윤진의 얼굴에는 만족스러운 미소가 떠올랐다.

협력하기로 한 이상 정보 공유부터 시작해야 했다. 성민은 주현이 들려준 이야기들을 윤진에게 전했다. 월요일 저녁에 차를 타고 가던 것이 마지막 기억이고, 산속 샤워장 같은 곳에서 살해당한 뒤 시신은 그대로 근처 어딘가에 버려진 것 같다고, 아직 확실한 용의자는 없지만 헤어진 전 여자친구가 의심된다는 이야기 등이었다.

가만히 귀 기울여 듣던 윤진이 말했다.

"사정은 잘 알았어요. 25일까지 머무신다니 시간이 촉박하긴 한데, 그 안에 관련 정보를 최대한 많이 모을 수 있도록 도와드릴게요. 살인범을 잡는다면 더 좋겠지만요. 가장 먼저 할 일은 사망 당일 주현 씨의 행적 조사와 용의자 리스트를 만드는 일이겠네요."

해야 할 일을 수첩에 적어 내려가는 윤진에게 성민이 말했다.

"나랑 주현 씨는 자동차가 어디 있는지 찾아볼 테니까 너는 집주인을 만나서 CCTV를 조사해줘. CCTV와 블랙박스를 이어서 보면 당일 행적은 알 수 있겠지. 다음은 용의자 리스트를 만드는 일인가? 주현 씨, 혹시 원한을 살 만한 사람이 있는지 다시 한번 생각해보시겠어요?"

주현은 생각에 잠겼다. 수첩에 가장 먼저 적은 것은 전 여자친구의 이름이었다. 그러나 그 뒤로는 떠오르는 사람이 없었다.

"원한 관계가 아니어도 좋아요. 평소 신경 쓰였던 사람 누구 없나요? 회사에서 짜증 나게 굴던 상사라든지, 동네에서 자주 보이던 양아치 같은 사람요."

성민의 말에 주현은 곰곰이 생각하다 말했다.

"신경 쓰이는 사람이라면 한 명 있기는 하네요."

"누구죠?"

"그런데 그 사람은 저를 죽일 사람은 아닙니다. 게다가 제집이나 연락처도 모르고요."

"그래도 일단 말해주세요."

주현은 피식 웃었다.

"옛날에 아르바이트하던 패밀리 레스토랑의 매니저입니다."

주현이 자신도 모르게 웃은 이유는 매니저야말로 짜증 나게 굴던 상사였으며, 어느 동네에나 있을 법한 양아치였기 때문이다. 주현은 수첩에 김정규라는 이름을 적었다.

아르바이트를 한 것은 한 번뿐이다. 군대를 다녀온 뒤 복학하기 전까지 몇 개월 시간이 비었다. 선배들은 그동안 유럽 여행이라도 다녀오라고 했다. 졸업을 하고 취직하게 되면 한 달 이상 여행을 하는 것은 꿈같은 일이 될 거라는 이유에서였다.

주현은 평소 유럽에 대한 동경이나 장기 여행에 대한 설렘도 별로 없었다. 그러나 지금 이 순간만 할 수 있는 일은 해두는 편이 좋다는 것에 공감했기에 조언대로 유럽 여행을 가기로 했다. 부모님이 보태준다고 하셨지만, 아무래도 아르바이트로 직접 돈을 마련하고 싶었다.

이곳저곳 이력서를 돌리다 집 근처 쇼핑몰에 있는 패밀리 레스토랑에서 일을 하게 됐다. 비슷한 또래의 동네 친구들과 함께 일했기 때문에 몸은 고됐지만 재밌었다. 쉬는 시간에는 휴게실에서 시답잖은 대화를 나누기도 하고, 일을 마치면 같이 술을 마시러 가기도 했다. 시급도 괜찮은 편이었다.

하지만 오래하지는 못했다. 원래 목표는 4개월이었는데, 절반 정도 채우고 그만두었다. 매니저 중 한 명이 영 마음에 안 들었기 때문이다. 매니저는 총 셋이었는데 그중 하나가 정규였다. 서른 가까이 된 남자로 5년 넘게 아르바이트를 하다가 점장 눈에 들어 매니저가 되었다. 좋은 면만 본다면 호탕하고 유쾌한 남자였고, 나쁜 면만 본다면 무례하고 허세에 찌든 남자였다.

"저와는 맞지 않았습니다. 특히 할 말 못 할 말을 가리지 못하고, 상대방이 불쾌할 만한 이야기를 농담이라면서 하는 면이 마음에 들지 않았죠. 밤늦게 술에 취해 오토바이를 탔다거나 학창 시절에 동급생을 때린 이야기를 늘어놓으면서 뭐가 문제인지도 모르는 사람이었어요. 여자 아르바이트생이 들어올 때마다 찝쩍거리면서 남자 아르바이트생에게는 트집을 잡고 언성을 높였죠."

정규는 남자 아르바이트생들을 자신의 부하 또는 적으로 나누어 다루는 듯했다. 고분고분한 남자 아르바이트생들에겐 개인적인 허드렛일을 시키고, 그렇지 않은 남자 아르바이트생들은 뒤에서 험담을 하고 고된 시프트를 짜서 빨리 그만두게 했다.

"저도 꽤 미움을 받았습니다."

"고분고분한 성격은 아니셨나 보네요?"

"글쎄요. 저는 저 나름대로 매니저가 시키는 일은 군소리 없이 충실히 해냈다고 생각합니다. 저의 경우는 성격 문제라기보다 전반적인 면에서 매니저의 입맛에 안 맞았던 것 같습니다."

주현은 아르바이트를 시작한 직후부터 정규에게 미움을 받았다. 처음에는 미움받는 줄도 모르고 있었다. 정규가 걸핏하면 화를 내고 트집을 잡았지만, 주현은 처음 일을 해보는 거라 미숙하기 때문이라고 생각해 크게 마음에 두지 않았다. 피자 도우를 나눌 때 눈대중으로 대충 나누지 말라고 해서 저울로 재며 나눴는데, 그렇게 하면 어느 세월에 다 하냐고 혼내며 저울을 치워버리고, 저울 없이 최대한 균일하게 나눠놨더니 저울을 가져와서 재며 각각 무게가 다르지 않냐고 혼을 내도 사회는 다 이런 거구나, 하고 넘겼다.

하지만 일을 시작한 뒤 3주가 지났을 때, 정규가 없던 술자리에서 다른 매니저가 말했다.

"김 매니저 때문에 힘들지? 김 매니저가 그렇게 대하는데 항상 웃으며 넘기다니, 주현 씨는 정말 성격이 좋은 거 같아. 웬만하면 한 귀로 흘리고, 어렵거나 모르는 일이 있으면 나한테 상담해."

정규가 괜한 트집을 잡으며 화를 내는데도 주현은 죄송하다고만 하고 덤덤히 넘기니, 다른 매니저나 아르바이트생들에게는 주현이 성격 좋은 사람이라는 인상이 박힌 듯했다. 그러나 주현은 알지 못했을 뿐이다. 자신에게 향하던 정규의 악의를.

매니저는 소주가 쓴 것인지 정규가 싫은 것인지 인상을 있는 대로 찌푸리며 말했다.

"김 매니저는 좀 괜찮은 아르바이트생이 들어왔다 싶으면 괴롭혀서 나가게 하기 일쑤라 우리도 골치 아프다니까. 아무리 생각해도 관둬야 하는 건 김 매니저 같은데, 점장님한테는 싹싹하게 잘하니 우리 선에서는 어쩔 수가 없어."

매니저의 말에 같은 술자리에 있던 아르바이트생이 맞장구쳤다.

"자기과시가 심한 성격 같아요. 점장님 안 계실 때마다 팔에 뱀 문신한 거 주변에 자랑해대는 거 보세요. 정말 같잖아서. 자신보다 더 나은 사람이 주변에 있으면 참지를 못하는 성격이에요. 특히 학벌 좋은 아르바이트생들이 오면 더 트집을 잡아요. 자기 손끝으로 명문대생을 부려먹는 일에 자부심이라도 느끼는 건지."

정규는 제주도 출신이었다. 제주도에서 고등학교를 다니다 큰 사고를 쳐서 학교를 그만두게 되었고, 검정고시를 친 뒤 고향을 도망치듯 떠나 육지에 있는 전문대로 진학했다고 했다. 그조차 제대로 졸업하지 못한 채 이런저런 아르바이트를 전전하다 패밀리 레스토랑에 눌러앉은 것이었다.

주현은 소위 SKY라 불리는 대단한 대학에 다니던 것도 아니었는데, 정규의 기준으로는 눈꼴시게 생각되었던 모양이다. 다른 매니저들은 인상 좋고, 성격 좋고, 시간대만 맞으면 학벌은 그다지 중요하게 생각하지 않고 아르바이트생을 뽑는다. 그러나 정규의 기준을 넘는 대학에 다니는 아르바이트생들은 정규의 괴롭힘에 얼마 안 가 그만두기 일쑤였다. 그 기준 이상의 대학을 다니면서도 정규의 괴롭힘을 버티며 한 달 넘게 일한 케이스는 주현 외에 몇 되지 않는다고 했다.

정규의 기준은 학벌뿐만이 아니었다. 키나 외모와 같은 외형적인 면에서도 기준을 넘으면 괴롭혔고, 부모님 재산이 기준을 넘어도, 심지어 아르바이트생들 사이에서의 평판이 기준을 넘어도 괴롭혔다. 마치 열등감의 덩어리 같은 사람이었다.

이야기를 듣던 성민이 문득 생각난 듯 중얼거렸다.

"이름이 뭐더라, 그리스신화에 침대에 누웠을 때 다리가 길면 자르고 짧으면 늘리는 강도가 한 명 있었던 것 같은데."

"프로크루스테스."

대답한 것은 윤진이었다. 성민은 프로크, 프로크 하고 몇 번 중얼거리더니 말을 돌렸다.

"음, 그런 사람이었던 모양이네요."

"네, 그렇죠. 늘리지는 않고 자르기만 하지만."

"그런 사람이 어떻게 오래 버티고, 매니저까지 된 거죠? 평판이 안 좋았을 텐데."

"이런 일을 당하는 건 항상 남자 아르바이트생들뿐이었거든요."

정규는 윗사람과 여자 아르바이트생에게는 나쁘지 않게 행동했다.

여자 아르바이트생들에게는 목소리를 높이는 일도 없고, 장난기 있게 농담을 던지며 웃음을 유발하기도 했다. 그리고 어느 정도 친해지고 나면 밥이나 술을 사주겠다며 데리고 나갔다.

사실 같은 여자 아르바이트생이라고 해도 외모에 따라 친절도가 달라지는 것이 질이 나빴다. 예쁜 여자 아르바이트생에게는 손님 없는 시간 홀 서빙을 맡긴 뒤 일이 없을 때마다 옆에 붙어서 시시덕대고, 외모가 별로인 여자 아르바이트생에게는 바쁜 시간 주방 설거지를 맡겨서 제대로 앉지도 못하게 했다. 그래도 전체적으로 큰 트러블은 없었다.

"어쨌든 여자 아르바이트생들과는 문제가 많지 않았으니, 채용 담당 매니저도 여자 아르바이트생 위주로 뽑고, 남자 아르바이트생들은 꼭 필요한 최소한의 숫자만 채웠죠. 남자 아르바이트생들도 괜한 트러블을 만들기는 싫으니 표면적으로는 고분고분하게 굴었고요. 그런 이야기를 나누게 된 것도 남자들 서너 명만 모인 작은 술자리였기 때문이지, 만약 사람 수가 많았다면 화제에 오르지도 않았을 겁니다."

집단 내에서 실질적으로 피해를 입는 사람이 몇 되지 않으니 조용히 묻혔다. 그러나 피해 당사자인 주현에게는 중요한 문제였다. 주현이 어떤 식으로 행동하든 정규는 트집을 잡았고, 주현이 얼마나 일을 못하는 아르바이트생인지 말을 퍼트렸다. 차라리 정규의 행동이 사적인 감정이 섞인 생트집이라는 것을 몰랐다면 그럭저럭 더 버텼을 것 같기도 한데, 알게 된 이상 참기 어려웠다.

새 아르바이트를 찾기에도 애매한 시기였고, 정규 한 명만 빼면 다른 매니저나 아르바이트생들은 마음에 들었기 때문에 바로 관두지는 않았다. 두 달 꼬박 일해 유럽 왕복 비행기표 값을 벌었을 때쯤 그만

두려고 했다.

그런데 어느 날 점장이 주현을 불러 네가 주방 청소를 맡은 뒤부터 청결 상태가 영 마음에 들지 않는다고, 좀더 신경 쓰라는 이야기를 했다. 주현은 주방 청소를 맡게 된 이후 전임 아르바이트생보다 더 꼼꼼했으면 했지, 대충한 적은 결코 없었다. 아무도 청소하지 않던 찬장 틈새 기름때까지 손수 닦아냈을 정도다. 구체적으로 어느 부분이 마음에 안 드시냐고 물어보자 점장은 제대로 답을 하지 못했다. 김 매니저가 그렇다고 말하기에 좀더 조심하라는 의미로 말한 것뿐이라며.

주현은 화가 났다. 불만이 있으면 직접 말할 것이지 점장한테까지 험담하는 게 이해되지 않았다. 바로 정규를 찾아가 혹시 청소에 미흡한 부분이 있다면 개선할 테니 말해달라고 했다. 이야기를 들어보고 정말 문제가 있다면 고칠 생각이었다. 그러나 정규는 어디서 따박따박 따지냐며 삿대질을 하고 화를 냈다.

아, 역시 이번에도 그냥 트집을 잡았을 뿐이구나 싶었다. 항상 얌전히 수긍하던 주현이 따지러 온 게 마음에 들지 않았는지 정규는 평소보다 더 크게 화를 냈다. 팔을 걷어붙여 뱀 문신이 드러나게 한 뒤 휴게실의 철제 의자를 발로 걷어차며 악을 써댔다. 정규는 주현이 겁에 질리길 바랐을 것이다. 그러나 주현은 그다지 두렵지 않았다. 정말 하찮은 사람이구나 싶었을 뿐이다.

성민을 통해 이야기를 전해 듣던 윤진이 입을 열었다.

"확실히 그런 사람과 잠깐이라도 알고 지냈다면 기분이 나빴을 것 같네요. 근데 몇 년 전 아닌가요? 게다가 두 달 정도고요. 말씀하신 대로 주현 씨를 죽인 범인일 가능성은 낮을 것 같은데요. 그런데 어떤 부분이 신경 쓰여서 이름을 적으신 거죠?"

"실은 올해 잠깐 만났습니다."

재회라는 단어가 주는 아련한 느낌을 떠올려보면 그 사람에게 그런 단어를 쓰고 싶지는 않지만, 어쨌든 주현은 정규와 생각지도 못한 장소에서 재회하게 되었다. 올해 여름, 소영과 함께 떠난 제주도 여행에서였다.

9

밤에 소영이 야식을 먹고 싶다고 했다. 자정이 넘은 시간인데다, 호텔이 바다 근처 외진 곳에 있어서 주변에 마땅히 먹을 만한 데가 없어 보였다. 지하 1층에 24시간 편의점이 있으니 맥주라도 사 와서 마시는 게 어떻겠냐고 제안했다. 그러자 소영은 아까 낮에 보니 해변 근처에도 편의점이 있던데 거기서 맥주를 사서 바닷가에서 마시자고 했다. 그것도 나쁠 건 없다는 생각이 들었다.

해변에 있는 음식점들은 전부 문을 닫았지만 편의점만 밝게 빛나고 있었다. 맥주 몇 캔과 과자를 사서 바다로 나갔다. 백사장에 앉아 잔잔한 음악을 틀고 파도 소리를 들으며 맥주를 마시니 기분이 좋아졌다.

그렇게 시간을 보내던 중 돌연 누군가가 시비를 걸어왔다.

"술 취한 남자였습니다. 누구 허락받고 여기서 술을 마시냐면서 제 머리를 툭툭 치더라고요. 차림새나 말투가 누가 봐도 동네 건달 같았고, 술까지 취해 있는지라 그냥 적당히 자리를 피하려고 했는데, 팔에 있는 문신이 눈에 익었죠."

정규는 여름에도 긴팔 와이셔츠를 입었다. 팔에 문신이 있어서 점장이 항상 가리라고 했다고 한다. 하지만 휴게실에서나 회식 자리에서 술을 마실 때, 정규는 항상 보란 듯이 소매를 걷고 팔에 있는 화려한 뱀 문신을 주변에 보여주었다. 레터링 타투는 간간이 보였지만, 팔 전체를 이레즈미로 덮고, 틈만 나면 주변에 보여주고 싶어하는 사람은 처음 만났기 때문에 인상에 남았다.

"예전에 폭력조직 같은 데 있었던 게 아닌가 싶었는데, 다른 매니저 말로는 아니라고 합니다. 패밀리 레스토랑에서 처음 일을 시작할 때는 멀끔했는데, 그 후 틈틈이 새긴 거라고 하더군요."

문신은 개인 취향이니 이렇다 저렇다 말할 건 없다. 소영도 허벅지 쪽에 장미 문신이 있었다. 주현은 단순히 몸에 문신이 있다는 이유만으로 사람을 평가하지는 않는다. 하지만 의미가 담기지 않은 문신이란 없다. 그리고 때론 매우 같잖은 의미로 문신을 새기는 사람도 있다.

"저런 문신을 갑자기 보여주면 상대방은 순간적으로 놀랄 거 아냐. 그걸 보고 즐기는 것 같아. 상대방의 기선을 제압해서 자기 아래로 두려는 거지."

정규와 오래 같이 일한 다른 매니저는 그렇게 분석했다. 주현이 봐도 그랬다. 정규의 팔에 있는 문신은, 자신이 침대 위에 올린 행상인의 다리 길이를 재는 동안, 행상인이 섣불리 밧줄을 끊고 자신에게 덤벼들지 못하게 하는 용도인 듯했다. 효과가 얼마나 있었을까?

"어쨌든 제게는 효과가 있긴 했습니다. 문신을 볼 때마다 피하게 되더라고요. 무서워서라기보다, 엮여봐야 인생에 좋을 거 하나 없을 사람이라는 걸 자각시켜줬거든요."

다른 사람을 자신보다 낮은 위치로 밀어넣기 위해 문신을 했다는 것도, 그런 걸 이용하지 않고서는 다른 사람의 위에 올라갈 자신이 없다는 것도, 전부 마음에 들지 않았다. 그래서 피했다. 아르바이트를 그만둔 후 문신의 형태도 기억에서 지워졌다.

그러나 제주도 바닷가에서 시비를 걸어온 남자의 팔을 본 순간, 잊은 줄 알았던 그림이 눈앞을 덮어갔다. 남자의 팔에 그려진 뱀의 형태를 따라 시선이 점점 위로 올라갔다. 어깨를 지나, 턱을 지나, 눈이 마주쳤다. 정규였다. 틀림없었다.

정규도 주현을 알아본 듯했다.

"야, 너 오랜만이다?"

소름이 끼쳤다. 원래 제주도 출신이라는 것은 알고 있었다. 그런데 왜, 지금, 이 넓은 제주도 바로 이곳에서 만나게 된 건지는 알 수 없었다.

"여행 왔냐? 여자친구 끼고, 술 마시고, 팔자 좋네."

주현은 적당히 상대하고 자리를 피하려고 했다. 그러나 정규는 끈덕지게 달라붙으며 시비를 걸었다.

"저한테 빈정대거나 욕을 하는 건 참을 수 있었습니다. 원래 그런 사람이라는 걸 알고 있었으니, 그냥 네, 네 하거나 못 들은 척하고 넘기려고 했죠. 그런데 여자친구의 몸에 손을 대는데 그 상황에서도 참고 있을 수만은 없지 않습니까?"

정규가 주현을 따라 자리에서 일어나는 소영의 팔을 붙잡았다. 소영이 무서워하니, 주현도 놀라서 정규의 손을 소영의 팔에서 강제로 떼어냈다. 그러자 정규는 갑자기 삿대질을 하며 욕을 퍼붓더니 주현의 멱살을 잡았다.

주현도 화가 났다. 아르바이트를 할 때야 주현도 어렸고, 상대방은 윗사람이었기 때문에 참아줬던 거지, 시간이 얼마나 지났는데 아직도 아래로 보고 있는 건가 싶었다. 주현은 멱살을 잡은 정규의 손을 뿌리치며 같이 목소리를 높였다.

소영의 수상한 태도 때문에 안 그래도 여행 내내 기분이 껄끄럽던 상태였다. 그런 상황에 다시는 만나고 싶지 않던 남자까지 만나 욕을 들어먹으니, 억눌러오던 감정이 걷잡을 수 없이 터진 듯했다. 주현은 예전부터 정규에게 쌓아두었던 말을 쏟아냈다.

허세와 열등감에 찌든 채 약자에게 강하고 강자에게 약한 게 얼마나 같잖게 보이는지에 대한 이야기였다. 물론 이렇게 논리 정연하게 말하지는 않았다. 입에서 튀어나오는 대로 내뱉었기 때문에 정확히 무슨 말을 했는지는 기억나지 않는다.

소영은 정규와 싸우는 주현을 보고 무서웠던지 그냥 가자며 팔을 끌었다. 주현도 이런 자를 상대로 감정 소모를 하는 것조차 아까워서 진정하고 소영과 함께 떠나려 했다. 그러나 정규는 계속 주현을 따라오며 조롱했다. 그러다 보니 싸움은 자리를 옮기면서도 끝나지 않았다.

바다를 떠나, 주차장과 편의점을 지나, 호텔까지 걸어오는 길은 불빛도 없이 어두웠다. 흥분해서 고성을 지르는 정규와 인적 드문 길을 함께 걷고 싶지는 않았다.

"그래서 그냥 도망가기로 했습니다."

"도망가셨다고요?"

"네, 술 취해서 흥분한 사람과 으슥한 길을 무슨 일이 생길 줄 알고 함께 걷나요. 아무 일도 생기지 않는다 하더라도, 그대로 호텔까지 달고 갈 수도 없지 않습니까?"

주현은 타이밍을 봐서 소영의 손을 잡고 호텔 방향으로 달려갔다. 소영은 놀라서인지 제대로 뛰지 못했지만, 다행히 정규는 좀 따라오는 듯하더니 멈추었다. 주현은 호텔 로비의 경비원에게 팔에 문신한 남자가 시비를 걸었다고, 혹시 호텔 안으로 들어온다면 경찰에 신고해달라고 말한 뒤 방으로 올라갔다.

"그 뒤에는 어떻게 됐는지 모릅니다. 다음 날 서울로 돌아왔거든요. 체크아웃할 때 별다른 말이 없었으니, 아마 호텔까지는 따라오지 않은 것 같습니다. 애초에 시비를 받아주지 말았어야 했는데."

성민을 통해 주현의 이야기를 전해 들은 윤진은 곰곰이 생각하며 말했다.

"정규에게도 살해 동기는 있었겠네요. 하지만 이런 양아치가 사람들과 시비 걸고 싸우는 건 다반사일 텐데, 잠깐 스쳐 지나간 주현 씨를 서울까지 따라와 찾아서 죽일 필요가 있을까요?"

"네, 저도 그렇게 생각합니다."

주현은 평범하게 살아가는 게 목표였기 때문에 죽고 죽일 정도의 원한을 쌓아온 사람이 없다. 그나마 최근에 크게 싸웠던 사람이 정규였기 때문에 언급한 것뿐이다.

혹시 정규와 싸운 곳이 서울이고, 서로 어디 사는지 아는 상황이었다면, 정규가 그때 일로 원한을 품고 일을 저질렀다고 볼 수도 있다. 하지만 두 사람이 싸운 곳은 제주도였고 서로 어디 사는지도 모른다. 정규가 주현의 현재 주소와 전화번호를 집요하게 알아내 일을 저질렀을 정도로 깊은 원한을 가지고 있을 것 같지는 않았다.

"수첩에 처음 적었던 한소영이라는 사람, 전 여자친구 맞죠? 이분은 왜 의심하시는 거죠?"

성민이 주현을 대신해 윤진에게 말해주었다. 주현에게 자신의 정체를 속인 채 접근했고, 사귀는 동안 다른 남자와 양다리를 걸치며 그에게 돈을 뜯어냈다, 그리고 헤어진 뒤 주현에게 심한 집착을 보였다는 이야기 말이다.

심한 집착이라, 윤진이 중얼거리며 고개를 갸웃거렸다.

"대체 어떻게 헤어졌는데요? 집착이 심했다는 게 구체적으로 어느 정도였나요?"

주현은 대답을 망설였다. 별로 떠올리고 싶지 않은 기억이었다. 하지만 현재로서는 소영이 가장 의심되는 사람인 이상, 좀더 정보를 공유할 필요가 있을 것 같았다.

"저는 지금까지 사귄 여자들과 최대한 좋게 헤어지려고 노력해왔습니다. 물론 사랑은커녕 정조차 사라진 경우가 많았지만, 그래도 한때 좋은 관계였으니까요. 여자 쪽에서 이별을 원하지 않았던 적도 있었지만 그래봤자 한두 달 뒤에 밤에 술 먹고 전화 거는 정도였지, 대부분 무난히 정리됐어요."

소영과도 그렇게 헤어지고 싶었다. 헤어지는 과정에서 크든 작든 감정 소모가 있고, 헤어지지 말걸 그랬다고 후회하는 기간도 있고, 문득 추억이 떠올라 전화를 걸고 싶어지는 밤도 있지만, 몇 개월 지나면 그런 사람도 있었지 하고 좋은 기억만 있는 관계로 남고 싶었다. 그러나 그렇게 하지 못했다.

"아는 변호사에게 스토킹으로 고소할 수 있냐고 진지하게 상담까지 받았을 정도입니다."

소영의 집착은 끈질겼다. 불시에 회사로 찾아오거나 늦은 밤 집으로 들이닥치는 것은 물론, 주현의 친구들에게까지 수십 통씩 전화를 해댔다. 그중 가장 끔찍했던 건 새벽에 문득 잠에서 깨었을 때 소영이 눈앞에 앉아 있던 날이었다.

가위에 눌려 헛것이라도 보는 줄 알았다. 하지만 현실이었다. 소영은 바닥에 무릎을 꿇고 앉아 두 손을 가지런히 모은 채 침대에 누워자는 주현을 내려다보고 있었다. 그리고 입으로는 뭔가 알 수 없는 주문 같은 것을 중얼거렸다.

"제 원룸은 도어락이 아니라 열쇠로 열게 되어 있습니다. 열쇠는 저와 집주인밖에 없죠. 그런데 들어온 겁니다. 저도 모르게 열쇠를 복사해뒀더군요."

주현은 소스라치게 놀라 고함을 지르며 당장 나가라고 했다. 소영은 울면서 매달렸지만, 운다 해도 적당히 봐줄 수 있는 상황이 아니었다. 경찰에 신고하겠다고 하며 강제로 끌어내고 복사한 열쇠를 빼앗았다. 집에서 내쫓은 뒤에도 도저히 잠을 잘 수 없어서, 차를 타고 본가로 돌아가 몇 주를 그곳에 머물렀다. 마침 그날 발견된 것뿐이지 그전에도 여러 번 숨어들었을지 모른다고 생각하니 도저히 집에 있을 수가 없었다.

살아 있는 사람에게 공포를 느낀 것은 그때가 처음이었다. 집 밖에서도, 집 안에서도 안전하지 않다고 느꼈다. 소영이 과연 열쇠를 하나만 복사했을까. 혹시 소영이 열쇠를 더 가지고 있다면, 언제든지 주현의 집으로 숨어들 수 있다. 그런 상상을 하자 정말 잠을 이루지 못할 만큼 공포스러웠다. 불안한 마음에 자췻집 열쇠를 아예 다른 것으로 바꿔버렸지만, 그래도 걱정이 가시질 않아 아예 본가에 들어갈까 하는 고민까지 진지하게 해보았다.

소영의 연락이 완전히 끊기고, SNS에 다시 평범한 일상 글이 올라오는 것을 확인한 후에야 주현은 자췃집으로 돌아갔다. 그럼에도 한동안은 집에 있을 때 꼭 안전걸쇠를 걸었다. 죽기 얼마 전까지도 복도에서 여자 목소리나 하이힐 소리가 들리는 듯하면 심장이 두근거렸을 정도다.

하지만 시간이 3개월이나 흘렀다. 이제 와서 새삼 소영이 주현을 살해할 가능성은 극히 적었다. 다만, 후보에서 지울 수는 없었다. 소영이 몰래 주현의 집에 숨어든 날, 주현은 태어난 이래 손에 꼽을 만한 공포를 느꼈다. 옆에서 괴기스럽게 주문을 외우던 낮은 목소리가 지금도 생생히 떠오른다. 주현은 고개를 저으며 말했다.

"그때 경찰에 신고할걸 그랬나 봅니다. 소영이가 정말 범인이라면, 그때 신고했다면 죽지 않았을지도 모르죠."

그래도 한때 좋은 마음으로 사귀었는데 어떻게 끝을 보겠나 싶은 마음과, 경찰에 신고해서 괜히 일을 키우고 싶지는 않다는 생각 때문에 참았다. 하지만 역시 신고해야 했을지도 모른다. 소영에게는 확실히 정상적이지 않은 면이 있었다.

성민도 고개를 끄덕였다.

"동감해요. 자칫 큰일을 당할 수도 있었으니까요. 주거침입만으로도 명백한 범죄라고요! 주문을 외웠다니, 저주 같은 걸 내렸던 거라면 어떡해요?"

"일단 침대 머리맡에 어머니가 놓아두신 성모상이 있긴 합니다만."

"그런 걸로 저주를 막을 수 있을까요?"

"받침대를 잘 보면 십자가 표시도 있는데요."

주현의 설명에 성민이 소리내어 웃었다.

"공장제 성모상 받침대에 있는 십자가로 저주를 막을 확률보다, 그런 걸 믿는 노력이 가상해서 저주가 슬쩍 눈감아주고 떠날 확률이 차라리 더 높을걸요?"

흡혈귀가 말하니 설득력이 있었다.

윤진은 성민이 주현과 대화를 나누는 동안 손에 든 빨간 표지의 수첩에 뭔가를 계속 적었다. 성민으로부터 전해 들은 주현의 이야기를 정리하는 듯했다. 펜을 놓고 윤진이 고개를 들었다. 대화의 절반은 듣지 못했지만, 대충 무슨 이야기가 오간 것인지는 파악할 수 있었다. 여전히 웃음기를 지우지 못한 성민에게 윤진이 말했다.

"흐음. 정말 저주가 있는지는 모르겠지만, 굳이 얼굴 보고 내릴 필요가 있었을까? 그게 아니라 집 안까지 들어가야 할 이유가 있었겠지."

"덮치려고 들어갔다가 성모상을 보고 반성해서 눈물의 기도를 올리는 중이었던 걸까?"

"그럴 수도 있어."

윤진과 성민의 태연한 대화를 참지 못하고 주현이 끼어들었다.

"그럴 수 있을 리가요! 저주라고 단정할 수는 없지만, 기도는 절대 아닙니다. 애초에 종교도 없는 사람이었고요."

"그럼 덮치려고 들어갔다는 부분까지는 부정하지 않으시는 거네요?"

"제가 그런 마음속까지 어떻게 알겠습니까?"

윤진은 손에 든 수첩을 탁 하고 닫으며 화제를 바꿨다.

"소영 씨가 위험한 사람이었다는 건 충분히 이해했어요. 자, 이제 소영 씨의 행방부터 찾아봐야겠네요."

다행히 성민이 생각해둔 방법이 있는 듯했다.

"소영 씨를 찾는 건 기찬이에게 맡길까 싶어. 아까 말한 대로 너는 주현 씨 집주인과 만나서 CCTV를 확인해줘."

"기찬이는 비싸지 않아?"

"지난번에 나한테 도움받은 게 있어서 한 번은 공짜로 도와주기로 했어."

"좋아. 시간이 없으니 일은 나눠서 하는 게 좋겠지."

윤진은 고개를 끄덕이며 주현에게서 집주인의 연락처를 얻은 뒤 자리에서 일어났다.

각자 조사를 마치고 저녁에 성민의 집에서 만나기로 했다.

10

카페를 나온 뒤 윤진은 지하철역으로 향했고 성민과 주현은 다시 차에 탔다. 성민은 강인에게 홍대로 가달라고 했다. 아마 그곳에 기찬이라는 사람이 있는 모양이었다. 지하철 한 정거장 거리라 몇 분 안되어 도착할 것 같았다.

주현이 줄곧 궁금했다는 듯 성민에게 물었다.

"기자님과는 어떻게 아는 사이신가요?"

"중학교 때 알게 된 후배의 조카예요. 참, 처음 중학교에 다닐 때요."

성민은 중학교를 두 번 나왔다. 먼저 1960년대에 한 번, 시간이 흘러 세기가 바뀐 뒤 2000년대 초반에 다른 이름과 주민등록으로 다시 한 번 졸업했다.

윤진의 삼촌은 성민이 1960년대에 중학교를 다닐 때 만난 한 학년 후배였다. 사는 동네도 같다 보니 성민은 윤진의 삼촌과 금세 가까워졌다. 곧 윤진의 어머니와도 안면을 트게 되었고, 성민은 자연스럽게 아기였던 윤진까지 만나게 되었다.

"윤진이가 여섯 살 때 제가 흡혈귀라는 걸 들켰어요. 지금도 그렇지만 그때는 호기심이 왕성한 꼬마라서, 제가 인간이 아니라는 걸 알게 된 다음부터 시도 때도 없이 들러붙기 시작했죠. 그게 지금까지 이어진 거예요."

윤진은 성민을 통해 기삿거리를 얻고, 성민도 윤진을 통해 필요한 것들을 얻는다. 가령 주기적인 지정 헌혈 같은 것 말이다. 서로 상부상조하는 좋은 관계다.

물론 윤진은 성민이 줄 수 있는 것보다 더 큰 무언가를 바라는 것 같기는 하다. 윤진이 계속해서 주위를 맴도는 이유가 단순히 흡혈귀에 대한 호기심 때문만은 아니라는 걸 성민도 안다. 하지만 갓난아기 때부터 보아온 후배의 조카와 사귈 수는 없다. 성민은 인생의 절반을 유교 국가에서 살아왔다. 어쨌든 윤진은 성민에게 가족 같은 존재이며, 신뢰하고 일을 맡길 수 있는 동료이기도 하다.

"딜레마라고 해야 할지, 인간이 제 존재를 알면 알수록 귀찮은 일이 늘어나는데, 인간이 제 존재를 몰라도 또 귀찮은 일이 늘어난단 말이죠. 주변에 절대 떠벌리지 않을 만큼 입이 무거우면서, 무슨 일이 있을 때 저를 적극적으로 도와줄 수 있는 능력 있는 사람이 많았으면 좋겠어요. 이기적인 생각이지만요. 어쨌든 윤진이는 제가 원하는 대로 잘 커줬어요. 제가 키운 건 아니지만."

성민의 까다로운 구미에 맞는 사람은 많지 않다. 그렇다고 아주 없는 것은 아니다. 기찬도 윤진과 마찬가지로 성민이 흡혈귀라는 것은 알지만 주변에 떠벌리고 다니지 않으며, 성민의 일을 도와줄 만한 능력도 있다. 윤진과 달리 거액의 돈을 내야 움직인다는 게 문제지만.

강인이 차를 멈춘 곳은 홍대 정문 근처였다. 기찬의 가게는 골목 안쪽에 있지만, 큰길에서 내려서 걸어가기로 했다. 평일이었지만 오후가 되면서 홍대 골목에는 사람들이 늘어나고 있었다. 놀이터를 지나 골목으로 들어가니 주택가가 나오며 거리도 한산해졌다. 그러나 여느 홍대 거리가 그렇듯 언뜻 주택가로 보인다 해도 군데군데 상점이 잠식해나가고 있었다.

성민은 단독주택 마당의 지하 공간을 개조해 만든 듯한 상점 앞에 멈췄다. 간판에는 'bramhaand'라고 적혀 있었다. 브람한드라고 읽는 걸까. 주현은 뜻 모를 단어를 중얼거려보았다. 통유리로 된 상점 입구에는 천과 구슬을 엮어 만든 커다란 코끼리 문양 태피스트리가 걸려 있었다. 평범한 코끼리는 아니었다. 머리는 코끼리였지만 팔다리는 사람이었다.

문 앞 입간판에는 펜으로 이런 단어들이 적혀 있었다.

카레. 사주. 타로. 요가. 컴퓨터 및 휴대폰 수리.

대체 뭐하자는 가게인지 알 수 없었다.

입구는 태피스트리로 막혀 있었고, 벽돌 벽에 뚫린 큰 창문에도 갈색 커튼이 걸려 있어서 안이 들여다보이지 않았다. 애초에 지금 영업을 하고 있는지도 의문이었다. 망설이는 주현과 달리 성민은 아무렇지도 않게 가게 입구 유리문을 열고 들어갔다. 주현도 그 뒤를 따라 들어갔다.

가게 안에는 낯선 음악이 흐르고 있었다. 동양풍의 신비로운 멜로 디 안에서 누군가가 노래를 흥얼거리고 있었다. 한국어도 아니고 영어도 아닌 제3의 언어였지만, 직감적으로 인도 노래가 아닌가 싶었다. 그도 그럴 것이 가게 안은 온통 인도투성이였기 때문이다.

나무로 만든 마루 위에 나무로 만든 테이블들이 있었고, 그 위에는 나무로 만든 타지마할과 나무로 만든 향로와 나무로 만든 코끼리가 놓여 있었다. 어두운 조명 아래로 향로에서 피어오르는 흰 연기가 자욱했지만, 코끝에서 느껴지는 건 꽃향기가 아닌 짙은 카레 냄새였다.

가게 안에 손님이라곤 보이지 않았다. 세상에 존재하는 모든 색을 전부 사용한 듯한 화려한 사리를 두른 여자 한 명이 가장 안쪽 카운터에 인도 국기를 배경으로 서 있었을 뿐이었다.

갈색 피부의 여자는 크고 검은 눈을 지녔다. 그대로 바라나시의 거리에 떨어뜨려놓아도 위화감 없이 융화될 듯한 여자였다. 여자는 직원인 듯 보였지만 친절하게 맞아주는 기색이 없었다. 뚱한 얼굴로 성민을 힐끗 바라볼 뿐이었다.

성민은 카운터 옆 문을 가리키며 말했다.

"사장님 계시죠?"

여자는 말없이 고개를 끄덕였다. 성민도 굳이 더 묻지 않고 카운터 옆 문으로 향했다. 문 안으로 긴 통로가 보였고 양옆으로 나무 찬장이 있었다. 찬장 위에는 음식점에서 쓸 법한 그릇과 조미료들이 놓여 있었는데 위생 상태는 그리 좋아 보이지 않았다. 통로 왼쪽으로는 주방장 없이 텅 빈 주방이 보였고 그 맞은편으로 다시 문이 나왔다.

맞은편 문을 열고 들어가자 매끈한 마루가 펼쳐진 넓은 방이 보였다. 한쪽 벽이 전부 거울로 뒤덮인 방에는 잔잔한 피아노곡이 흐르고 있었다. 그리고 한 남자가 있었다. 머리를 전부 민 남자는 상의를 벗은 채 거울 앞에서 가부좌를 틀고 앉아 있었다.

"바홀라."

성민이 부르자 남자는 천천히 눈을 떴다. 소처럼 크고 짙은 눈이었다.

"사마르. 오실 줄 알았습니다."

피부가 진한 갈색인데다 인상이 진해서 외국인이 아닐까 싶었는데 생각보다 유창한 한국어가 흘러나왔다. 남자는 자리에서 일어나 두 팔을 벌리며 다가왔다. 인도 전통 의상 같은 펑퍼짐한 바지를 입고 팔에는 휘황찬란한 금팔찌를 여러 개 하고 있었다.

"사마르가 무슨 뜻이죠?"

주현은 성민의 귀에 대고 작은 목소리로 물었다. 어차피 남자에게는 주현의 목소리가 들리지 않을 테지만, 비밀스러운 이야기를 할 때 목소리를 낮추는 것은 인간의 습성이니까.

"저 녀석이 멋대로 지어 부르는 제 인도 이름이에요. 보시는 대로 엄청난 인도 마니아라서 모든 것을 인도화하죠. 토종 한국인이면서 자기를 인도 사람이라고 생각하고 있어요."

본명은 김기찬이지만, 바홀라라는 인도 이름으로 부르지 않으면 화를 낸다고 했다. 기찬은 원래 평범한 한국인이었다. 그러나 대학생 때 방학을 맞아 인도 여행을 갔다가 더위를 먹은 건지 카레를 잘못 먹은 건지 돌연 인도인이 되는 것을 목표로 살아가기 시작했다.

"토종 한국인이 아닙니다. 우리 가문 시조인 김수로왕은 인도 출신

부인을 맞이했으니 제 몸에는 인도인의 피가 흐르고 있지요."

기찬은 고개를 흔들며 성민의 말을 반박했다. 성민은 미묘한 미소로 그러냐며 고개를 끄덕일 뿐이었다.

주현이 보았을 때 기찬은 인도인이라기보다 페르시아인을 닮은 것 같았다. 물론 어느 쪽도 주현이 직접 만나본 적은 없다. 정확히 말하자면 한 전쟁영화에서 페르시아 황제 역할을 했던 배우와 닮았다는 소리다. 상체에 탄탄한 근육이 잡혀 있어서 그런 느낌이 드는 것일지도 모른다.

기찬은 성민이 혼자 오지 않았다는 점을 눈치챈 듯했다.

"이번에는 저승에서 무슨 일을 받으셨죠?"

"이미 알지 않아? 타로를 보잖아."

"타로는 저승의 일까지 알려주지는 않지요."

기찬은 음악을 끈 뒤 방석 대신 요가매트를 바닥에 펼치고 앉으라고 했다. 성민은 여전히 미묘한 미소를 지은 채 기찬이 가리키는 곳에 앉았다. 주현도 성민의 옆에 앉았다. 기찬은 원래 앉았던 자리에 다시 가부좌를 틀고 앉았다. 그러곤 타로카드를 자신의 앞에 내려놓았다.

"찾고 싶은 사람이 있어. 내가 아니라 나와 함께 온 귀신이."

"15만 루피입니다."

"지난번에 한 번 공짜로 도와주기로 했잖아."

"언제요?"

"비슈누(Vishnu: 힌두교의 세 주신主神 중 하나) 상 구해줬을 때."

"아, 그랬었죠. 단야와드."

기찬은 이제 생각났다는 듯 고맙다고 말하며 타로카드를 섞기 시작했다.

"한 장 골라보시죠."

주현은 그게 성민에게 하는 말이라고 생각했다. 그러나 기찬의 눈은 주현이 있는 방향을 정확히 바라보고 있었다. 마치 주현의 존재가 보이는 듯했다. 주현은 망설이며 바닥에 있는 타로카드 중 한 장을 가리켰다. 성민이 주현 대신 손가락으로 짚어내자, 기찬은 그 카드를 천천히 뒤집었다. 카드에는 탑이 그려져 있었다.

기찬은 말했다.

"젊은 나이에 안타깝게 목숨을 잃었군요. 예상치 못한 사고나 사건으로요."

기찬은 다시 카드를 골라보라고 했다. 카드에는 수레바퀴가 그려져 있었다.

"업보 속에 있네요. 어쩌면 우연한 불행이 아니었을지도 몰라요."

주현의 안색이 안 좋아졌다. 기찬이 마지막 카드를 골라보라고 했지만 쉽게 손을 움직이지 못했다. 한참 후에 고른 카드에는 남자가 거꾸로 매달려 있었다.

"그래도 고난 끝에는 좋은 결과가 있을지도 모르니 노력해보세요."

주현은 미간을 찌푸린 채 아무 말도 하지 않았다. 왜 부탁하지도 않았는데 굳이 타로점을 봐주는 것인지 알 수 없었다. 성민이 그 기색을 눈치채고서 기찬에게 말했다.

"점을 봐달라는 게 아니라 사람을 찾아달라니까."

"옆에 계신 분과 관계된 사람을 찾고 싶으신 것 아닌가요? 진짜 의뢰인이 어떤 분인지는 제가 알고 있어야죠. 그래야 더 정확한 결과를 얻을 수 있어요."

성민은 한숨을 푹 내쉰 뒤 기찬에게 정보를 주었다. 주현이 어떤 사람이고 찾고 싶은 사람이 누구인지. 단순히 두 사람의 관계뿐만 아니라 주현의 주민등록번호와 소영의 휴대폰 번호까지, 줄 수 있는 모든 정보를 주었다. 이야기를 들은 기찬은 남녀 한 쌍이 그려진 타로카드를 만지작거리며 말했다.

"과거의 연인을 자신을 죽인 살인범으로 의심하게 되다니 안타까운 상황이네요. 세상의 모든 불행은 사랑이 영원할 수 없다는 점에서 나오는 것이 아닐까요."

"모든 사랑이 영원해도 세상은 불행해질걸."

"흡혈귀는 낭만이라는 단어를 알지 못하는 건가요?"

"세상의 이치를 논할 시간이 있다면 한시라도 빨리 사람을 찾아줬으면 좋겠는데. 언제까지 해줄 수 있어?"

기찬은 확인해보고 오겠다고 말하며 타로카드를 정리했다. 방 한쪽에 있는 문으로 기찬이 사라지자 주현은 성민에게 물었다.

"좀 전에 본 타로는 뭐죠?"

"아, 취미 같은 거예요."

"취미라고요?"

"2년 전부터 갑자기 점술에 꽂히더니 사주와 관상은 물론이고 별자리에서 타로까지 온갖 걸 배우더라고요. 뭐, 그래 봐야 일반인이 혼자 배워서 하는 수준이에요."

기찬이 머릿속에 그리는 자신의 모습은 오랜 수행을 거쳐 깨달음을 얻은 인도의 예언자 정도 되는 듯하지만, 현실은 인터넷으로 타로 관련 정보를 몇 번 검색해본 일반인이나 다름없다고 했다. 성민은 재미 삼아 듣고 흘려보내라고 했지만 주현의 표정은 좋지 않았다. 주현은 다소 투박한 말투로 말했다.

"전문가도 아니면서 왜 다 아는 것처럼 말하는지 모르겠습니다."

"불편하셨다면 제가 대신 사과드릴게요."

"아니요. 사과하실 필요까지는……."

"원래 무례한 놈이에요. 자기가 좋아하는 것만 하고 살다 보니 상대방이 어떻게 생각할지는 염두에 두지 않아요. 저는 그러려니 하고 넘기지만 사람에 따라서는 저런 성격이 불편할 수도 있겠죠. 주현 씨를 여기 데려온 사람은 저니까, 제가 대신 사과할게요."

주현은 넌지시 물어보았다.

"대체 어떤 방법으로 사람을 찾는 거죠? 정말 점술 같은 건 아니겠죠?"

"여긴 평범한 흥신소예요."

이 가게는 기찬이 좋아하는 것들을 전부 다 쏟아부어 만들었다. 그러다 보니 언뜻 카레집인지 요가센터인지 모를 장소로 보이지만, 실제 하는 일은 일반 흥신소와 다르지 않다. 원하는 사람과 정보를 찾아준다.

"실력은 좋아요. 원래는 비싸서 저도 쉽게 의뢰를 못 해요. 지난번에 외국에 있는 제 지인을 통해 비슈누 상을 구해줬는데 그때 고맙다고 한 번 공짜로 도와주기로 했거든요. 그런데 제가 흥신소를 이용할 일은 별로 없으니까 주현 씨가 쓰세요."

주현은 고맙다고 인사했다. 동시에 미안해졌다. 자신을 생각해서 데려와준 사람에게 화를 냈다. 사과를 해야겠다고 생각할 때 성민이 자리에서 일어나며 주현에게 말했다.

"기찬이에게 개인적으로 할 말이 있는데, 잠깐만 여기서 기다려주시겠어요? 곧 올게요."

주현이 알았다고 하자 성민은 기찬이 들어간 방으로 향했다.

혼자 남은 주현은 생각했다. 업보라는 것이 정확히 종교적으로 무슨 의미인지는 모르겠다. 주현은 힌두교나 불교에 대해서는 잘 모른다. 그러나 인도의 카스트제도가 전생의 업보가 현생의 지위를 결정한다는 생각에서 나왔다는 이야기를 들어본 적이 있었다. 지금 당장 네가 벌을 받지 않더라도 언젠가는 죄에 대한 대가를 치를 것이라는 생각에서 나온 것이 업보라는 개념 아닐까.

기찬은 주현이 업보 속에 있다고 했다. 그것은 마치 주현이 죽은 것이 주현의 잘못 때문이라는 소리처럼 들렸다. 그래서 기분이 나빠졌다. 주현이 생전에 어떤 사람이었는지도 모르면서 왜 알은척하며 말하는 것인지 이해되지 않았다. 하다못해 진짜 점술가도 아니면서.

하지만 기찬의 성격이나 화법이 아무리 특이하다 하더라도 그건 지금 중요한 문제가 아니다. 살인범을 찾는 데 도움이 되는 사람이라면 무슨 소리를 듣든 상관없다.

벽시계는 어느새 오후 5시 10분을 가리키고 있었다. 주현은 초조하게 기찬과 성민이 들어간 방문을 바라보았다.

* * *

성민이 문을 열고 들어간 방 안에는 열기와 소음들이 꿈틀대고 있었다. 철제 선반 위에는 적색과 녹색의 빛이 점멸하는 검은 기계들이 가지런히 놓여 있었고, 천장과 벽에서는 에어컨이 가장 낮은 온도로 돌아가고 있었다. 과아아앙 하는 크고 무거운 울림이 실내에 가득했다. 그러나 에어컨이 아무리 울어도 기계들이 내뿜는 열기로 온도는 쉽사리 내려가지 않았다. 한순간에 명상에 적합한 잔잔한 음악이 흐르던 문밖의 세계와는 다른 곳에 온 듯했다.

성민은 기계들 사이에 있는 기찬을 향해 갔다. 의자에 앉아 눈앞에 있는 모니터들을 바라보는 기찬의 뒷모습이 보였다. 크고 작은 모니터가 열 대는 있었다. 각 모니터에는 서로 다른 화면이 비치고 있었다. 어느 모니터에는 CCTV 화면으로 보이는 영상 여러 개가 돌아가고 있었고, 어느 모니터에는 눈에 보이지도 않는 작은 글씨가 빽빽하게 들어찬 문서 화면이 보이기도 했다.

기찬은 중앙에 놓인 가장 큰 모니터를 보고 있었다. 기찬은 성민이 들어왔다는 것을 눈치챘는지 뒤도 돌아보지 않고 말했다.

"일단 여자의 주민등록번호까지는 찾았어요. 그럼 다 된 거나 마찬가지죠. 다른 나라면 모를까 한국은 일하기 참 쉽다니까요. 주민등록번호 하나로 그 사람의 모든 것을 알 수 있으니까요. 늦어도 내일 중으로는 여자가 어디 있는지 알려드릴 수 있을 것 같아요."

성민은 기찬의 시선이 향한 모니터 화면을 바라보았다. 수천 명은 가볍게 넘을 듯한 사람들의 이름과 주민등록번호, 주소와 기타 정보들이 가지런히 정리된 엑셀 파일이 화면 위에서 흘러 내려가고 있었다.

"그만해."

"네?"

"찾아봐야 안 나오니까 그만두라고."

기찬은 그제야 모니터에서 눈을 떼고 성민을 바라보았다.

"그렇게 말씀하신다는 건…… 혹시 사마르는 벌써 여자가 어디 있는지 알고 계시는 겁니까?"

성민은 고개를 끄덕였다. 무겁고 불편해 보이는 표정이었다.

"죽었어. 그 여자는."

기찬의 미간에 서서히 주름이 잡혔다.

"그걸 아시면서 왜 제게 찾아달라고 하신 거죠?"

"나는 알지만 저쪽은 모르는 거 같아서. 정말 모르는 건지, 모르는 척하는 건지 아직 확실하지 않아서 일단 장단을 맞춰주고 있었지."

기찬은 문을 바라보았다. 문이 닫혀 있다는 것은 알았지만 절로 고개가 돌아갔다.

"저쪽이라면 함께 온 귀신 말씀이십니까?"

"그래."

"지금 이 방엔 없죠?"

"있다면 이런 말도 안 하겠지."

"대체 지금 무슨 일을 하고 계시는 겁니까?"

기찬의 시선이 다시 성민에게 향했다.

* * *

한 달 전 저승에서 연락이 왔다. 지난 400년간 지긋지긋하게 목소리를 들어온 저승사자 조우진의 연락이었다.

우진은 언제나 그렇듯 안부 인사도 없이 대뜸 일부터 던져주었다. 서울 시내에 악귀가 돌아다니니 잡는 걸 도와달라고 했다. 저승사자들이 얼마나 일을 엉터리로 하면 악귀가 또 돌아다니냐며 성민은 화를 냈지만 결국 받아들일 수밖에 없었다. 외주업자의 한계이자 숙명이랄까.

성민은 이승과 저승의 규칙에 얽매이지 않는 존재다. 저승사자가 직접 행동하려면 내규다 허가다 복잡한 절차를 수없이 거쳐야 하는 일들도 성민을 이용하면 간단하게 해결할 수 있다. 저승에서는, 특히 우진은 쓸모없는 영혼 몇 개를 내어주는 대신, 악귀 사건을 별 탈 없이 해결할 수 있다면 남는 장사라고 생각하는 모양이었다.

성민은 별수 없이 우진이 떠넘긴 일을 처리하러 갔다. 악귀 관리 번호는 D17-109T, 별칭은 '홍제동 장미'. 시신의 허벅지에 장미 문신이 있었기 때문에 저승에서는 임시로 그렇게 불렀다. 악귀의 생전 이름은 김지수였고 성별은 여자, 사망 당시 나이는 서른. 10대 때 가출한 후 가족도 친구도 없이 혼자 살다 얼마 전 살해당했고, 악귀가 되었다.

성민에게 연락이 왔을 때에는 이미 악귀화가 심하게 진행된 상태였다. 차라리 다행이었다. 망자가 악귀가 되면 담당 저승사자는 처벌을 받는다. 그러나 악귀를 붙잡아 저승에 데려가면 그나마 처벌이 가벼워지기 때문에 저승사자들도 가급적 악귀를 잘 구슬려보려고 한다. 그러려면 시간이 오래 걸린다. 악귀가 원하는 게 뭔지 파악해야 하기 때문이다.

하지만 악귀화 정도가 심하면 저승의 방침이 바뀐다. 신속히 악귀를 소멸시킬 것. 이 시점이 되면 악귀를 저승에 데려가봐야 통제가 불가능하고, 만약 이승에 피해라도 발생하면 저승사자에게 내려지는 징계가 더 무거워지기 때문이다. 우진은 성민에게 홍제동 장미를 찾아내면 바로 소멸시켜달라고 했다. 그럼 일이 쉽다. 발견 즉시 먹어버리면 되니까.

우진은 악귀의 생애와 사망 원인에 대해 저승사자들이 조사한 자료를 성민에게 넘겨주었다. A4 세 페이지에 불과한, 빈약한 조사 내용이었지만 몇몇 부분은 의미가 있었다. 특히 홍제동 장미를 살해한 것으로 추정되는 유력한 용의자가 언급된 부분이 그랬다.

시신이 발견된 공사장 근처에서 용의자의 것으로 보이는 옷가지가 발견되었다. 피냄새가 나는 듯해서 가보니 피 묻은 채 반쯤 불타버려진 티셔츠가 있었다고 한다. 티셔츠의 주인은 홍제동 장미의 전 남자친구로, 이름은 박주현이었다.

* * *

주현은 성민에게 소영을 찾고 싶다고 했다. 소영이 죽었다는 사실을 정말 모르는 걸까. 모르는 척하는 걸까.

사람의 피를 넉넉하게 마신 흡혈귀는 독심술이나 마인드 컨트롤을 할 수 있다. 이는 흡혈귀가 가진 어떤 능력보다 활용도가 높다. 정치가나 사업가로 크게 성공한 흡혈귀가 많은 이유다. 그러나 명줄을 유지할 정도로만 겨우 피를 먹는 성민으로서는 그런 능력에 힘을 쏠 여력이 없다. 일반 사람들처럼 표정이나 말투를 보며 눈치껏 상대방의 속마음을 파악하는 수밖에 없다.

주현은 침착한 건지, 냉정한 건지, 긴장한 건지 표정이 많지 않았다. 말실수도 좀처럼 하지 않았다. 정말 결백하거나, 스스로 결백하다고 믿거나, 그게 아니라면 철저하게 결백함을 가장하고 있다고 볼 수 있었다.

어찌 됐든 도통 속을 읽을 수가 없으니 골치 아프게 됐다. 헤어진 연인이 한 달 간격으로 죽은 것은 우연이라고 보기 어렵다. 뭔가 내막이 있을 것이다.

　성민은 소영의 사망 사실을 이미 알고 있었기 때문에, 양심상 소영을 찾아주겠다는 명목으로 주현에게 돈을 받을 수가 없었다. 그래서 무료로 찾아주겠다고 말한 뒤 기찬을 찾아왔다. 하지만 정작 기찬을 찾아오니 마음이 조금 달라졌다. 기찬의 능력을 무료로 사용할 수 있는 기회를 이미 죽은 여자를 찾는 일에 허비할 수는 없다. 좀더 제대로 된 일을 맡겨서, 살인 사건을 조사하러 뛰어다니는 기간을 단축하는 편이 좋을 것 같았다. 크리스마스는 안락한 집 안에서 보내고 싶었다.

　"비슈누 상의 보답은 다른 사람을 찾아주는 걸로 받을게."

　"누구를 찾아드릴까요?"

　"예전에 저 귀신과 함께 아르바이트를 했던 매니저야."

　성민은 수첩을 펼쳐 보여주었다.

　그곳에는 주현의 필적으로 김정규라는 이름이 적혀 있었다.

11

　윤진은 주현의 원룸 CCTV를 확인하기 위해 집주인을 찾아갔다. 집주인은 원룸 근처에서 삼겹살집을 운영 중이라고 했다. 주현이 적어준 상호와 약도로 어렵지 않게 큰길에 접한 삼겹살집을 찾을 수 있었다. 5시가 갓 넘은 시간이라 이제 막 문을 연 듯 한산했다.

　이제부터는 상상력과 연기력을 발휘할 시간이다. 솔직하게 기자라고 밝혀도 별문제는 없다. 하지만 조만간 경찰도 주현의 실종을 알고 원룸 CCTV를 확인하러 올 텐데, 기자가 먼저 냄새를 맡고 다녀갔다는 느낌을 주고 싶지는 않았다.

"안녕하세요. 저 그린원룸 세입자인데요. 아트빌 집주인 되시나요?"

그린원룸은 주현이 살던 아트빌과 담 하나를 사이에 두고 붙어 있는 건물이다. 손님이 없는 탓에 의자에 앉아 홈쇼핑을 보며 시간을 보내던 중년 여자가 윤진을 바라보았다.

"무슨 일이세요?"

"실은 월요일에 저희 집에 도둑이 들었거든요."

월요일에 회사에서 돌아오니 집 안이 엉망이었다. 경찰에 신고했지만 피해액이 적어서인지 아직 연락이 없다. 그린원룸 주인에게 부탁해 CCTV를 확인해보니 월요일 저녁에 수상한 남자가 원룸 1층 현관을 황급히 빠져나온 뒤 담을 넘어 아트빌 쪽으로 가는 장면이 찍혀 있었다. 같은 이야기들이 미리 생각해둔 것도 아닌데 윤진의 입에서 술술 흘러나왔다.

"저희 원룸 CCTV에는 뒷모습만 찍히고 얼굴은 나오지 않아서요. 혹시 아트빌 CCTV에 찍혔나 확인해보고 싶은데 가능할까요?"

윤진이 사정을 말하자 중년 여자는 별다른 의심 없이 흔쾌히 허락하고, 앞치마에서 휴대폰을 꺼내 서툰 손놀림으로 앱을 열고 해당 영상을 찾기 시작했다. 윤진은 중년 여자와 함께 식당 테이블 앞에 나란히 앉아 저녁 6시 영상부터 빠르게 돌려보았다. 저녁 7시 20분쯤, 흰색 K5 한 대가 원룸 주차장에 들어왔다. 차에서 내린 사람은 주현이었다. 날이 저문데다 CCTV 화질도 나빠 뚜렷하게 확인할 수는 없었지만, 주현의 표정과 몸동작은 당황한 듯도, 화가 난 듯도 보였고 급한 일이 있는 것처럼 보이기도 했다.

원룸 계단을 통해 사라진 주현은 저녁 7시 50분에 다시 모습을 드러냈다. 시간이 좀 흘렀지만 옷차림은 아까 전과 같이 정장 차림이었고 여전히 서두르는 듯한 태도였다. 달라진 부분은 왼쪽 손에 주황색 상자 하나를 들고 있었다는 점이다. 주현은 차를 타고 어딘가로 떠나갔다.

영상을 계속 보았지만, 더 이상 주현의 모습은 찍혀 있지 않았다.

"승용차에 가려서 아트빌 CCTV에도 제대로 찍히지 않았나 보네요. 어쩔 수 없죠."

윤진은 한껏 아쉽다는 표정을 지은 채 도와줘서 감사하다는 말로 상황을 적당히 마무리했다. 자리에서 일어나 유리문을 나서려고 할 때 가게에 들어오는 한 무리의 남자들과 마주쳤다. 점퍼를 입은 남자들 중심에는 익숙한 얼굴의 한 중년 남자가 서 있었다.

눈이 마주치자 남자는 놀랍다는 듯 윤진에게 알은척해왔다.

"어, 김 기자?"

이영우 형사였다. 윤진은 반사적으로 영업용 미소를 지었다. 그러나 미소를 머금은 입가에는 감출 수 없는 떨림이 보였다.

* * *

영우는 윤진에게 박주현이라는 이름을 들었을 때부터 귀에 익은 느낌을 받았다. 혹시나 싶어서 사무실에 돌아오자마자 사건 자료를 뒤적여보니 역시 예상대로였다. 영우는 주현을 알고 있었다. 만난 적은 없지만 조만간 참고인으로 불러 만날 예정이었다. 아직 확실한 증거를 찾지 못한 상황이라 참고인으로 해둔 것이지, 심증만으로는 용의자나 다름없었다.

2주 전 사건 하나가 들어왔다. 공사가 중단된 채 버려진 건물이 하나 있는데, 그곳에서 여자 시신이 발견되었다고 했다. 현장에 가보니 속옷만 입은 채 전신에 타박상과 자상을 입고 죽은 시신이 있었다. 어렵지 않게 살인 사건임을 짐작할 수 있었다.

죽은 뒤 시간이 몇 주는 흐른 듯 시신은 부패되어 있었다. 그러나 지문은 남아 있었기에 신원 확인은 할 수 있었다. 이름은 김지수로, 올해 서른이 된 여자였다.

부검을 해보니 폭행을 당해 죽었다는 결과가 나왔다. 공사장에 방치된 각목과 벽돌 등으로 수차례 얻어맞은 끝에 사망했다고 한다. 그나마 다행이라면 다행인 것이 상처 대부분이 죽은 후 생긴 것이라는 점이다. 몸에는 칼로 찌른 듯한 상처도 남아 있었는데, 이것도 숨이 끊어진 후 생겼다고 했다. 초반에 머리를 맞은 것이 치명상이었다. 아픔을 느낀 시간은 그리 길지 않았을지도 모른다.

반면 살인자는 꽤 지독한 놈이다. 상대가 죽었음에도 폭행을 멈추지 않았다. 폭행의 목적이 상대방을 죽이는 일이 아니라 분풀이에 있었던 것 같았다. 원한 관계로 인한 살인이 아니었을까.

피해자는 생전 아름다운 외모를 가졌지만, 그 외모를 좋은 쪽으로 사용해온 것 같지는 않았다. 결혼하겠다고 속여 남자에게서 돈을 뜯어냈다가 사기죄로 불구속 기소되어 재판을 받던 상태였다. 기소된 사기 사건 외에도 여기저기서 원한을 사왔을지도 모른다.

공사장 주변에는 CCTV가 없었고, 흉기로 보이는 각목과 벽돌에서 가해자의 흔적이 발견되지도 않았다. 휴대폰과 메신저도 조사해보았지만, 최근 다툼이 있던 사람이나 공사장까지 불러낸 상대도 찾아볼 수 없었다. 별수 없이 피해자에게 원한을 가지고 목숨을 빼앗을 만한 사람이 누구인지 생전 행적을 되짚으며 하나하나 찾아볼 수밖에 없었다.

쉬운 일은 아니었다. 우선 가족들이 비협조적이었다. 시신을 인계해야 하니 유일한 가족으로 확인되는 아버지를 찾아서 연락해봤지만, 알아서 장례를 치르라며 냉랭한 분위기였다. 죽은 전처 딸로 자신과는 피 한 방울 안 섞인 사이고, 어릴 때 가출해서 10년 넘게 얼굴도 못 보고 살았는데 이제 와서 장례를 치를 수는 없다는 이야기였다. 혹시나 싶어서 살인범으로 의심되는 인물이 있느냐고 물어보았지만, 예상대로 전혀 모르겠다는 답변이 돌아왔다.

보통 살인 사건에서는 가족들이 제발 범인을 찾아달라며 불필요한 정보까지 수집해서 전달하는 경우가 많고, 그런 정보가 실제로 범인 검거로 이어지기도 한다. 그러나 이번 사건에서 가족들의 도움은 기대할 수 없을 것 같았다.

피해자의 휴대폰에는 연락처가 몇 개 저장되어 있지 않았다. 최근 연락을 주고받은 사람들 위주로 피해자의 행적을 확인해보았다. 그러나 대부분 일과 관련되어 알던 사이라 사적인 부분까지는 잘 모른다는 답변이 돌아왔다.

SNS에는 팔로워가 많았지만 대부분이 피해자의 팬들이었다. 사진을 보고 댓글을 남기는 수준이었지, 현실에서 친하게 교류하던 친구들은 아니었다. 집착에 가까운 댓글을 지속적으로 남긴 사람들이 몇 있어서 혹시 모르니 일단 인적 사항을 조사해두기로 했다.

막혔던 사건에 돌파구가 보인 것은 지난주 재수색한 현장 주변에서 티셔츠가 발견되었을 때다. 불에 타서 목 주변과 오른쪽 소매만이 남은 파란색 티셔츠였다. 얼마 남지 않은 천 조각 위에는 핏방울로 보이는 붉은 점들이 뚜렷하게 남아 있었다. 조사해보니 예상대로 붉은 점들에서 피해자의 DNA가 검출되었다. 살인범의 티셔츠일 가능성이 매우 높았다.

티셔츠의 주인을 확인하던 중에 문득 피해자의 휴대폰 갤러리를 확인해보아야겠다는 생각이 들었다. 수천 장의 사진들을 하나하나 살펴보던 중 마침내 유사한 티셔츠를 입은 사람을 발견했다. 피해자의 전 남자친구, 박주현이었다.

영우도 피해자가 주현과 헤어졌다는 사실은 휴대폰을 조사해서 알고 있었다. 피해자가 헤어지기 전 주현에게 상당히 집착했다는 사실도 알고 있었다. 하지만 헤어진 지 수개월이 지났고, 약 3개월 전 연락조차 완전히 끊긴 사이로 보였다. 통상적으로 치정 살인은 붙잡으려던 쪽에서 일으키지, 떠나려던 사람이 일으키는 경우는 드물다. 이미 남남이 되었는데 피해자의 최근 행적을 알 것 같지도 않아서 일단 피해자와 최근 교류한 사람들 위주로 조사를 진행하던 참이었다.

그러나 피 묻은 티셔츠가 발견된 이상 이야기가 달라진다. 헤어진 뒤에도 휴대폰 사진을 지우지 않았다는 점에서, 피해자가 주현에 대한 미련을 완전히 버렸다고는 단정할 수 없는 상황이었다. 어쩌면 휴대폰이나 SNS상에 흔적이 남지 않는 방법으로 지속적으로 집착했고, 분노한 주현이 피해자를 살해했을 가능성이 있다.

서둘러 주현을 불러 조사를 시작하려 했다. 그런데 마침 오늘 점심시간에 윤진의 입에서 그 이름이 나왔다. 박주현이라는 사람의 실종 사건이 접수되었는지 확인하고 싶다고 했다. 동명이인이 아닐까 싶었지만 사건 자료를 확인해보니 아니었다. 틀림없는 그 주현이었다.

현재 가해자로 가장 의심되는 사람이 실종되었다니. 영우는 미리 저장해둔 주현의 휴대폰 번호로 서둘러 전화를 걸었다. 그러나 전원이 꺼져 있었다. 주현의 직장으로 전화를 걸어 경찰이라 밝히고 주현이 오늘 출근했느냐고 물었다.

"잘 모르겠는데요."

"아니, 잘 모른다는 게 말이 됩니까?"

"지금 자리에 없기는 한데, 주현 씨는 영업직이라 원래 외근이 잦거든요. 거래처로 바로 출근하는 경우가 많아서 회사에 있는 때가 더 드물어요. 주현 씨 휴대폰 번호를 알려드릴 테니 그쪽으로 연락해보시는 게 어떠십니까?"

"방금 휴대폰으로 전화했는데 전원이 꺼져 있어 회사로 전화를 건 겁니다."

영우의 말에 전화 너머의 직원은 당황한 기색을 드러내더니, 지금 한번 확인해보겠다는 말을 남기고 전화를 끊었다. 영우는 답답한 마음에 담뱃갑을 들었다가 도로 내려놓은 뒤 윤진에게 전화를 걸었다.

윤진은 의욕이 넘치고 실력도 좋은 기자다. 주현에 대해 알아보는 데에는 분명 이유가 있을 것이다. 이번 살인 사건은 이미 일부 매체에 기사화되었다. 살해당한 젊고 아름다운 여자는 자극적인 기사로 꾸미기 좋은 소재다. 기자들은 이런 사건에 득달같이 달려든다. 어쩌면 윤진도 이번 살인 사건을 취재하고 있으며, 영우보다 먼저 주현을 의심하고 있었던 것인지도 모른다.

전화로 윤진에게 주현의 실종에 대해 물어보니 슬쩍 말을 돌렸다. 지금 캐물어봐야 의미가 없을 듯해서, 아는 게 있으면 털어놓으라는 눈치만 준 뒤 그냥 전화를 끊었다. 전화를 끊자마자 바로 전화벨이 울렸다. 받아보니 아까 통화한 주현의 회사 직원이었다. 직원은 떨리는 목소리로 말했다.

"방금 거래처에 전화해보니 어제부터 주현 씨가 오지 않았다고 합니다!"

영우는 자신도 모르게 의자에서 벌떡 일어났다. 실종인가. 잠적인가. 사건이 다시 막혔다. 직원에 따르면 주현은 월요일까지 정상적으로 출근했다고 한다. 그리고 어제, 화요일부터 주현이 거래처에 모습을 드러내지 않았다면 실종 시간은 월요일 퇴근 후일 가능성이 높았다. 윤진도 주현이 이틀 전인 월요일에 실종되었다고 했었다.

영우는 주현의 퇴근 후 행적을 알아보기 위해, 우선 주현의 원룸 CCTV를 확인하기로 했다. 원룸 주인이 운영하는 삼겹살집이 오후 5시에 문을 연다고 하여 찾아갔는데 문을 열자마자 예상치 못한 얼굴과 마주했다. 윤진이었다.

"어떻게 이런 곳에서 다 만나나요! 혹시 저녁 식사하러 오신 건가요?"

윤진은 밝은 미소를 지은 채 친근감 넘치는 목소리로 말을 걸어왔다. 평소와 다름없는 태도였다. 그러나 윤진은 영우가 저녁 식사를 위해 이곳을 찾은 게 아니라는 사실을 알 것이다. 영우 역시 윤진이 우연히 이곳에 들른 것이 아니라는 사실을 안다. 두 사람의 소탈한 웃음 사이로 긴장감이 흘렀다.

"아쉽게도 제가 오늘은 저녁 약속이 있어서요. 나중에 기회 되면 꼭 같이 삼겹살 먹어요. 물론 더치페이로요. 요즘은 무서운 세상이니까."

윤진은 큰 소리로 하하 웃으며 자연스럽게 영우를 지나 밖으로 나갔다. 영우는 윤진을 그냥 보내주기로 했다. 대신 테이블 옆 의자에 엉덩이를 걸치며 주인으로 보이는 중년 여자에게 물었다.

"방금 나간 사람이 제 지인인데요, 여기에 무슨 일로 왔습니까?"

"아이구, 말도 마요. 얼마 전에 집에 도둑이 들었다지 뭐예요. 그런데 범인이 계속 잡히지 않으니 혹시 우리 원룸 CCTV에 찍히지 않았냐며 확인하러 온 거예요."

중년 여자는 요즘은 정말 무서운 세상이라며 혀를 끌끌 찼다. 윤진이 말한 무서운 세상과 중년 여자가 말한 무서운 세상은 다른 의미겠지만, 어쨌든 요즘이 무서운 세상이라는 점에는 영우도 동의하는 바였다. 청탁이나 절도보다 더 무서운 사건이 심심치 않게 일어난다. 동네가 흉흉하면 세도 안 들어온다며 걱정하는 중년 여자에게 때마침 흉흉한 이야기를 꺼내야 하는 것이 미안했지만, 영우는 말하지 않을 수 없었다. 그는 중년 여자에게 경찰 신분증을 보이며 말했다.

"302호에 박주현이라는 남자가 살고 있지요?"

12

기찬의 가게에서 나오자 눈앞에 저녁의 홍대 거리가 펼쳐졌다. 어두운 하늘에서는 눈이 내리고 있었다. 평범한 주택가 사이사이에 숨어 있던 음식점과 주점들이 불을 밝혔고, 한산하던 골목길에도 한껏 꾸민 사람들이 높은 웃음소리를 내며 삼삼오오 걸음을 옮기고 있었다.

홍대는 평소와 다름없이 어두워질수록 생기가 넘쳤다. 눈이 내려서 낭만적이기까지 했다. 익숙한 거리에서 유일하게 달라진 것은 주현뿐이었다. 조만간 다가올 크리스마스를 맞이하는 번화가의 모습이 아름다워 주현은 허탈감이 들었다. 저승에 가면 다시는 이런 모습을 볼 수 없을 것이다. 대체 왜 하루아침에 이런 운명이 되었는지 알 수 없었다.

'업보 속에 있네요. 어쩌면 우연한 불행이 아니었을지도 몰라요.'

우연이 아니라면 필연이라는 소리일까. 나는 정말 죄를 지었을까. 주현은 각양각색의 간판이 빛나는 거리를 흐린 눈으로 바라보며 멍하니 서 있었다. 그런 주현의 옆모습을 지켜보던 성민이 넌지시 물었다.

"오늘은 이만 집으로 갈까요?"

"집이오?"

"네, 저희 집이오. 날도 어두워졌으니까요."

주현은 좀더 조사하고 싶었다. 아직 아무것도 알아내지 못했는데 시간은 턱없이 부족했다. 어디서 무엇을 조사해야 할지 막막했지만, 가만히 앉아 있느니 밤거리를 하염없이 돌아다니는 편이 차라리 더 속 편할 것 같았다. 그런 주현의 마음을 읽은 듯 성민은 말했다.

"귀신도 휴식이 필요해요. 다른 사람들에게 조사를 부탁해놨으니 이만 쉬도록 하죠. 쉬고 나면 머릿속이 정리되며 새로운 발상이 떠오르기 마련이니까요."

주현은 결국 성민의 뜻에 따랐다. 성민의 집은 영등포에 있다고 했다. 홍대에서 합정을 지나 양화대교만 건너면 되는 그리 멀지 않은 거리였지만, 퇴근 시간과 겹친 탓에 7시가 넘어서야 도착할 수 있었다.

4차선 도로에서 골목으로 빠져 완만한 오르막길을 조금 오르더니 차가 멈추었다. 철로 된 큰 대문이 있는 단독주택이었다. 요즘 서울

시내에서 마당 딸린 이층집은 보기 드물다. 부지도 꽤 넓어 보였고 언덕 꼭대기에 있어서 전망도 좋았다. 위치가 외진 것도 아니었다. 바로 아래에 제법 큰 도로가 있었고, 지하철역도 걸어서 갈 수 있었다. 원룸에 살던 주현으로서는 부러울 따름이었다. 차고는 따로 없는지 마당에 차를 세웠다.

집으로 들어가자 시간 여행을 온 듯 고풍스러운 거실이 나왔다. 바닥은 원목으로 되어 있었고, 천장에는 샹들리에풍 조명이 달려 있었다. 80년대를 배경으로 하는 영화를 찍을 때 부잣집 세트장으로 사용하면 좋을 듯한 인테리어였다. 근사하고 멋스럽기는 했지만, 요즘 사람들이 선호하는 디자인은 아니었다.

집주인의 취향에 맞춰 일부러 앤티크하게 꾸민 것 같지는 않았다. 현관 조명은 줄을 당겨서 켜는 방식의 백열등이었고, 창문과 미닫이문에는 구멍에 쇠막대를 꽂아 넣어 잠그는 형식의 걸쇠가 달려 있다. 요즘 구하려 해도 구할 수 없는 설비들을 보아하니, 그저 지어진 지 오래된 집인 듯했다. 성민에게 묻자 역시 그렇다는 대답이 돌아왔다.

"70년대 중반쯤 지었죠. 고장난 곳만 적당히 고치며 살아왔어요. 워낙 튼튼하게 지어서 아직 멀쩡해요. 놀러 온 사람들은 겨울에 외풍이 심하다고들 하던데, 저는 흡혈귀라 기온 변화에 둔감해선지 그럭저럭 살 만하더라고요."

1층에는 성민과 강인의 방이 있고, 주방 겸 식당과 서재도 있다. 손님방은 2층에 있다고 했다. 성민은 삐걱거리는 나무 계단을 올라 주현을 손님방으로 안내해주었다. 2인용 침대와 옷장, 책상, 텔레비전까지 갖출 것은 다 갖춘 넓은 방이었다. 손님이 자주 찾아와 머물기 때문에 관리에 신경을 쓰는 편이라고 했다. 저승 사람들도 제법 찾아오는지 가구와 물건들에는 꽃무릇 스티커가 붙어 있었다.

"짐 풀고 쉬고 계세요. 예전에 선물로 받은 저승 과자가 있을 텐데 가져다드릴게요."

그렇지만 주현에게는 풀 짐이 딱히 없었다. 저승에서 받은 휴대폰과 안내 책자, 약병이 소지품의 전부였다. 과연 빈손으로 왔다가 빈손으로 떠난다는 말은 사실이었다.

성민이 가져다준 과자는 고급스러운 흰색 한지로 포장돼 있었다. 포장지를 열어보니 '명인제과'라고 적힌 상자 안에 한과 세트가 들어 있었다. 혹시 필요하면 전기포트로 차라도 끓여 마시라며 생수와 티백도 가져다주었다. 생수에는 '수다삼'이라는 이름이 적혀 있었다.

"왜 어떤 건 이승 브랜드를 거꾸로 읽는 거죠?"

주현은 저승에 다녀온 직후 가장 궁금했던 것을 물어보았다. 성민의 말에 따르면 평범한 브랜드는 저승에서 자체적으로 만든 상품이고, 이승의 브랜드를 뒤집은 것은 생전에 해당 기업에서 일하던 사람들이 저승에 와서 만든 상품이라고 했다. 이승의 상품과 동일한 기술과 퀄리티로 만들었다는 점을 강조하기 위해서 이승의 이름을 거꾸로 붙였다고 한다.

"주현 씨도 생전에 대기업 직원이었으니, 저승에 가시면 같은 기업 사람들과 함께 일하셔도 좋겠어요. 이승 재직 경력이 있으면 우대되는 모양이니까, 경력직으로 원서를 내면 입사가 이승만큼 어렵지는 않을 거예요."

즐거운 목소리로 말하는 성민에게 주현은 자신은 영업직이기 때문에 특별한 기술이 없어서 어려울 것 같다며 정중히 사양했다. 죽은 뒤에도 같은 회사에서 일하고 싶지는 않다는 게 솔직한 심정이었다. 물론 저승의 취업난이 심각하다면 생각이 바뀔 수도 있지만 말이다.

주현은 과자와 차를 먹으며 텔레비전에서 나오는 골프 방송을 멍하니 보았다. 텔레비전은 생전 주현이 일하던 회사에서 만든 제품이었다. 지난주까지만 해도 저런 텔레비전을 한 대라도 더 팔려고 마트와 대리점을 이리저리 돌아다녔다. 힘든 부분이 많았지만, 상황이 이렇게 되니 기억이 미화되는 건지 이상하게도 즐거운 추억처럼 느껴졌다.

8시가 조금 넘었을 때였다. 강인이 문을 두드리더니 잠시 1층으로 내려오라고 했다. 계단을 내려가자 1층 거실 소파에 성민과 윤진이 앉아 있었다.

윤진은 주현이 오자 조사 내용을 이야기하기 시작했다.

"원룸 CCTV를 보고 왔어요. 사건 당일 저녁, 주현 씨는 집에 돌아왔다가 곧 다시 나갔어요. 나갈 때는 주황색 상자를 들고 있었고요. 밤인데다 화질도 좋지 않아 표정까지 확인할 수는 없었지만, 어딘가 서두르는 기색이었어요."

윤진은 삼겹살집에서 나온 뒤 한동안 근처 가게들을 돌며 차를 타고 나간 주현의 행방이 찍힌 CCTV가 있는지 찾아보았다. 그러나 그다지 소득은 없었다. CCTV 공개 자체를 거부하는 가게도 있었고, 보여준 곳에서도 쓸 만한 것이 찍혀 있지는 않았다.

윤진에 이어 바로 성민이 말했다.

"주황색 상자 안에 든 것이 주현 씨 방에서 사라진 에르메스 넥타이 아닐까요? 퇴근 후 주현 씨는 방에 돌아와서 넥타이를 찾았고, 급하게 찾다 보니 방이 어질러지지 않았을까요?"

주현도 고개를 끄덕여 성민의 말에 동의했다. 예전에 선물을 돌려주려고 할 때, 방 안을 한참 찾았었지만 넥타이는 나오지 않았다. 어디 두었는지 전혀 기억에 없었다. 퇴근 후 방에 돌아왔을 때도 비슷한 상태였을 거고, 넥타이를 찾기 위해 방을 전부 뒤집어엎었을 것이다.

이제 주현이 왜 갑자기 넥타이를 찾았는지, 넥타이를 들고 어디로 갔는지를 알아내야 한다. 자동차의 현재 위치를 알아낸다면 진전이 있을 텐데, 주변 CCTV에서도 답을 찾을 수 없다고 하니 어려운 상황이다.

윤진이 목소리 톤을 바꾸어 말했다.

"새로운 소식도 있어요! 하나는 경찰이 주현 씨 실종에 관심을 가지기 시작했다는 거고, 다른 하나는 실종 사실이 지인들에게 알려졌다는 거예요."

이영우 형사가 원룸 집주인이 운영하는 삼겹살집에 모습을 드러냈다. 윤진이 주현의 실종신고 접수에 대해 물어본 지 하루도 지나지 않은 시점이었다. 고기를 먹으러 왔다고 하기에는 경찰서에서 꽤 먼 거리였다. 아무리 생각해도 우연 같지 않았다. 혹시나 싶어서 주현의 SNS에 들어가보니 대체 지금 어디 있냐고, 연락 좀 해달라는 댓글이 여러 개 달려 있었고, 소식이 퍼지는 중인지 실시간으로 계속 댓글이 늘어나고 있었다.

"가족들도 이미 주현 씨의 실종 사실을 알고 있다고 보아도 좋겠죠. 가족과 지인이 아는데 경찰이 모를 리 없고요. 그래도 혹시 모르니 내일 경찰 쪽에 있는 다른 인맥을 통해 상황을 확인해볼게요."

다행이었다. 경찰의 수사력은 주현이 뛰어다니는 것보다 월등할 테니 어쩌면 손쉽게 범인을 잡을 수도 있다. 동시에 조급함이 깊어졌다. 가족들이 주현의 신변에 이상이 생겼다는 것을 알게 되었기 때문이다.

아마 지금 가족들은 큰 충격을 받아 어쩔 줄 몰라 하고 있을 것이다. 동시에 어딘가에 주현이 살아 있을 거라고, 곧 건강하게 돌아올 거라고 믿고 있을지도 모른다. 자식이 죽었을 때 부모는 그 사실을 아는 것이 좋을까, 아니면 어딘가에 살아 있으리라는 희망을 품은 채 살아가는 것이 좋을까.

주현은 자식이 없기 때문에 부모의 마음은 잘 모른다. 그러나 희망보다는 진실이 나을 것 같았다. 지금 주현이 가족에게 해줄 수 있는 것은 진실을 알리는 일, 그리고 그들의 슬픔이 조금이라도 누그러지도록 범인을 잡아 벌을 받게 하는 일이었다.

윤진이 떠난 후 주현은 방으로 올라왔다. 텔레비전도 켜지 않고 조용한 방에 멍하니 앉아 있다가 침대에 누웠다. 빨리 자고 일어나서어서 범인을 찾으러 가고 싶었다. 그러나 좀처럼 잠이 오지 않았다. 빨리 자야 한다고 속으로 재촉했지만 그럴수록 더 잠이 오지 않았다.

결국 한 시간도 되지 않아 주현은 침대에서 상체를 일으켰다. 10시가 넘었는데도 정신은 말똥말똥하고 깨어 있어도 할 일이 없어 한동안 우두커니 앉아 있었다. 그러던 중 방 밖에서 들려오는 작은 노랫소리를 눈치챘다. 유명한 여자 가수의 옛 노래였다. 분명 익숙한 목소리인데 가수 이름도, 노래 제목도 잘 떠오르지 않았다.

죽으면 생전의 기억이 지워진다는 게 이런 것일까. 주현은 답답한 마음에 방문을 열었다. 좀더 선명하게 들으면 이름이 떠오르지 않을까 싶었다. 홀린 듯 노랫소리가 들려오는 1층으로 다리가 움직였다.

1층은 어두웠다. 소파 옆에 놓인 스탠드 등 하나만이 은은하게 주변을 밝히고 있었다. 다들 자나 싶었는데 아니었나 보다. 성민이 테이블 위에 쌓인 종이들을 들여다보고 있었다. 그는 소파와 테이블 사이의 좁은 틈에 앉은 채 진지한 표정으로 종이를 하나하나 살펴보고 있었다. 깊게 집중한 듯 주현이 테이블 바로 앞으로 다가갈 때까지 눈치채지 못했다.

"무슨 일이세요?"

주현이 가만히 옆에 쭈그리고 앉자 성민이 고개를 들며 물었다. 주현은 다소 머쓱한 표정으로 답했다.

"잠이 오지 않아서 내려와봤습니다."

"벌써 그러시면 안 되는데."

"왜죠?"

"아직은 밤에 자고 아침에 일어나야 할 때거든요."

죽어서 귀신이 되었다 해도 인간은 원래 가지고 살던 인간의 상식에서 쉽게 벗어나지 못한다. 잠을 잘 필요가 없지만 자고, 먹을 필요가 없지만 먹고, 걸어 다닐 필요가 없지만 걷는다. 육체의 제약에서 벗어났음에도 관성적으로 스스로 제약 속에 남는 길을 선택한다.

"시간이 흐르면 차츰 상식이 흐려져 제약에서 벗어날 수 있게 돼요. 하지만 주현 씨는 죽은 지 일주일도 되지 않았으니 아직 자야 할 때죠."

성민의 말을 들은 주현은 우진에게서도 비슷한 이야기를 들었던 기억이 났다. 그러고 보니 어제는 평범히 잠을 잤다. 귀신이 잠을 자야 할 필요가 있을까 하는 의문도 가지지 않고 그냥 잤다. 그런데 오늘은 왜 졸리지 않은 걸까.

성민이 소파에 등을 기대며 물었다.

"혹시 뭔가 고민이라도 있으세요?"

"고민이라니요?"

"인간다운 이유로 잠을 설치는 게 아닐까 싶어서요."

고민이라면 많다. 주현은 지금 이곳에 자신이 존재하는 것 자체가 고민이었다. 어제는 처한 상황을 제대로 인식하지 못해서 텅 빈 머리로 잠을 잤지만, 하룻밤 지나고 나니 현재 자신이 얼마나 빌어먹을 상황에 놓여 있는지 알 수 있었다. 그래서 잠이 오지 않는 것일지도 모른다.

그렇지만 주현은 딱히 성민에게 고민을 상담하고 싶은 마음은 없었다. 주현을 도와주고는 있지만 성민은 어디까지나 감시자다. 업무로 엮인 사람에게 속마음을 털어놓을 생각은 없었다. 하지만 잠들지 못하는 밤, 말 상대는 필요했다.

"글쎄요. 지금 고민은 이 노래가 누구 노래인지 궁금하다는 것 정도네요."

주현의 질문에 성민은 노래가 흘러나오는 거실장 위 턴테이블을 바라보며 답했다.

"심수봉이 부른 노래예요. '백만 송이 장미'라는 제목이고요."

아, 맞다. 드디어 떠올랐다. 주현의 머릿속에 있던 고민 하나가 마침내 사라졌다. 물론 여러 고민들 중 가장 사소한 고민이었지만 말이다.

"심수봉 노래를 좋아하십니까?"

"네, 좋아하는 편이에요. 주현 씨는요? 세대가 좀 안 맞을 것 같은데."

"유명한 노래 몇 곡 정도는 압니다."

"'남자는 배 여자는 항구' 같은 거 말인가요?"

"그렇죠."

"저는 '백만 송이 장미'를 가장 좋아해요."

속삭이는 듯한 목소리가 스피커를 울리고 있었다. 어딘가에 있는 머나먼 세계를 그리워하는 듯했다. 언젠가 백만 송이의 꽃이 핀다면, 그리운 별나라로 되돌아갈 수 있을 것이라는 내용의 가사가 계속 반복되고 있었다.

성민은 노래 가사에 자신을 겹쳐 보는 듯했다.

"흡혈귀는 사실 다른 차원에 있는 세계에서 온 존재라는 가설이 있어요. 그래서 이 세계에 있는 이승과 저승의 구분이 우리들에게는 별로 의미가 없다는 거죠. 저는 그 가설을 믿어요. 이승이든 저승이든 흡혈귀들을 위한 장소는 없으니까요."

주현은 노래를 들으며 성민의 말을 곱씹었다. 한동안 거실에는 구슬픈 노랫소리만이 흘렀다. 곧 '백만 송이 장미'가 끝나고 새로운 노래가 시작되었다. 역시 같은 가수의 노래였다.

"노래라도 듣고 가세요. 밤에 듣기 좋은 목소리라 듣다 보면 잠이 올지도 모르죠."

주현은 성민과 테이블을 사이에 둔 채 맞은편 거실 바닥에 앉았다.

"무슨 일을 하던 중이신가요?"

"채점이에요. 오늘 기말고사가 있었거든요."

성민이 들여다보던 종이들은 시험지였다. 종이마다 화학식으로 보이는 글자와 그림들이 각기 다른 글씨체로 적혀 있었다.

"혹시 교수님이신가요?"

"교수가 아니라 강사예요. 작년에 박사학위를 따고 연구소에서 일하다 이번 학기에 처음으로 강의를 맡게 됐어요."

"젊어 보이셔서 당연히 학생일 거라고 생각했습니다."

"그건 그럴 거예요. 대학 입학할 때 만들었던 외모에서 거의 변화를 주지 않았으니까요."

성민은 죽지 않고 긴 시간을 살기 때문에 하나의 외모만으로 살아갈 수는 없다. 몇십 년 단위로 새로운 주민등록을 만들고, 평범한 인간이 성장하는 것처럼 외모를 바꿔간다. 새로운 외모를 만드는 것보다 자연스럽게 늙어가도록 바꾸는 일이 더 어렵다. 그간 10년 넘게 외모를 바꾸지 않고 적당히 버텨왔는데 슬슬 변화를 줄 때가 왔는지도 모른다.

"교수가 되려고 하시나요?"

"아니에요. 어쩌다 보니 맡게 됐어요."

성민은 강의를 맡고 싶은 생각이 없었다. 굳이 직업을 가지고 일하지 않아도 돈이 아쉬운 상황은 아니었다. 그러나 지도교수가 연구소에 이름을 올려서 명함이라도 파두는 게 낫지 않냐고 제안해왔다. 어딘가에 적을 두고 있는 것도 나쁘지 않다는 생각에 그렇게 하기로 했는데, 교수는 슬금슬금 성민에게 맡기는 연구를 늘리더니 이번 학기에는 아예 강의까지 떠넘겼다. 돌이켜보면 석사 과정에 진학할 때도, 박사 과정에 진학할 때도 지도교수는 항상 좋은 말로 구슬렸다가 말을 뒤집었다. 선배와 동기들은 석사만 마치고 잽싸게 탈출했는데, 성민만 박사까지 붙잡혔고, 지금도 대학에 남았다.

"채점만 해서 넘기면 이번 학기도 끝나니 이제 정말 모든 걸 다 그만두려고요."

"공부한 게 아깝지 않으십니까?"

"원래 대학에 갈 생각도 없었어요. 고등학교를 두 번씩 다니다 보니 성적이 좋았는데, 특별한 이유도 없이 대학에 안 가겠다고 하면 선생님이 잔소리를 해댈 것 같았거든요. 뭐, 일생에 한 번쯤은 대학이라는 곳에 가보는 것도 나쁘지 않겠다 싶기도 했고요. 공부한 게 아까운 건 주현 씨 같은데요. 정말 열심히 공부하셨을 텐데."

"글쎄요. 그다지 열심히 살아왔던 것 같지는 않습니다."

"그런데도 좋은 대학에 가고 좋은 기업에 들어갈 수 있나요?"

"열심히 산다는 건 싫고 귀찮은 일도 참고 해낸다는 소리인데 저는 그렇게 살아오지는 않았습니다. 단지 해야 하는 과제를 하지 않고 있으면 마음이 불편해지는 성격이라서 제게 맡겨진 일들을 그때그때 해온 것뿐이죠. 제 마음이 더 편해지는 쪽으로 살아온 것뿐인데, 열심히 살아왔다고는 할 수 없지요."

"열심히가 아니라, 성실히 살아왔다는 건가요? 저는 그 차이는 잘 모르겠지만, 주현 씨가 어떤 이야기를 하는 건지 알 것 같네요."

열심히 살아왔든 성실히 살아왔든 이승에서 쌓아온 기반은 저승에서 그다지 큰 도움이 되지는 않는 듯했다. 이럴 줄 알았으면 공부할 시간에 아르바이트라도 해서 노잣돈이라도 두둑하게 챙겨올 걸 그랬다.

"노잣돈이 많았다면 좀더 쉽게 범인을 찾을 방법이 있었을까요?"

"당연하죠. 전국에 깔린 CCTV보다 더 많은 눈으로 나라 전체를 살살이 살펴볼 수 있었을 테니 지금쯤 자동차의 행방은 물론, 주현 씨가 죽은 샤워장 위치도 알아낼 수 있었을 거예요."

"어떻게 그런 일을 하실 수 있지요?"

"제가 하는 게 아니라 주변에 맡기죠. 저는 지금 사용할 수 있는 능력이 많지 않아서요."

이야기를 듣고 생각해보니 오늘 성민이 직접 알아낸 것은 아무것도 없었다. 전부 주변 사람들에게 조사를 맡겼다. 물론 필요한 순간에 적절하게 동원할 수 있는 인맥이 있다는 것 또한 능력이다. 주현은 가장 큰 돈을 들여 맡긴 조사가 어떻게 되어가는지 궁금해졌다.

"홍인철강 조사는 어떻게 되고 있죠? 반나절이면 결과가 나올 거라고 하셨는데."

"아, 깜빡했네요. 조사가 좀 지연되었다는 연락이 왔었어요. 내일 아침에는 결과가 도착해 있지 않을까요? 만약 주현 씨의 시체를 처리한 남자가 입었던 옷과 같은 점퍼를 입는 회사가 있다고 하면, 내일 바로 그곳으로 출발하죠."

"그 조사는 누구에게 맡기신 겁니까?"

"몽마예요."

"몽마가 뭐죠?"

"사람의 꿈속에 나타나는 귀신 같은 거라고 생각하시면 돼요."

저승은 이승의 일에 관여하지 못한다. 여러모로 불편했던지, 저승의 일부 연구자들이 경계인을 통하지 않고 직접 이승에 관여할 방법을 찾기 위해 자체적으로 연구를 시작했다. 오랜 연구 끝에 찾아낸 방법 중 하나가 바로 살아 있는 사람의 꿈속에 들어가는 것이었다.

요즘 이 방법은 주로 망자를 저승에 데려올 때 사용된다. 옛날에는 가족과 지인들에게 미처 하지 못한 말이 있다며, 이대로 저승에는 갈 수 없다고 버티는 경우가 많았는데, '꿈속에서라도 이야기를 전하게 해주겠다'고 달랠 수 있게 되어, 보다 수월하게 망자를 저승으로 데려갈 수 있게 되었다. 하지만 여기에는 엄격한 규칙이 적용된다. 꿈속에 들어갈 수 있는 시간이나 전할 수 있는 내용의 범위가 사전에 정해져 있다. 이승에 대한 과도한 관여는 오히려 저승의 업무를 복잡하게 만들 수 있기 때문이다.

그러나 규칙에 따르려 하지 않는 사람은 어디에나 있다. 모든 규칙을 무시하고 꿈에 적극적으로 접촉해서 이승의 인간들을 자신들의 마음대로 통제하려 하는 집단이 있다.

바로 몽마다.

"저승에서는 몽마들을 반저승단체로 규정하지만 그런 것치고는 단속을 적극적으로 하지는 않아요. 이유는 잘 모르겠지만요."

몽마들은 자신들만의 규칙에 따라 정해진 이승 구역을 각자 관리한다. 몽마는 자신이 속한 구역 내에 있는 사람들의 꿈에만 들어갈 수 있고, 구역 내 자치 규칙에 따라 움직여야 한다. 몽마들이 사람들의 꿈속에 들어가지 않을 때에는, 구역 안을 이리저리 떠돌아다니기 때문에 저승사자들과 만나는 일도 있을 것이다. 그러나 저승사자가 몽마를 체포했다는 이야기는 들어본 적이 없다. 눈앞에 반저승단체의 일원이 어슬렁거리는데도 방치한다는 것은 비상식적인 일이다. 그러나 그런 비상식적인 일이 벌어지고 있다.

흡혈귀는 저승 소속이 아니기 때문에 몽마들과 사이가 나쁠 이유가 없다. 오히려 우호적인 관계를 유지 중이다.

"흡혈귀들에게도 나름 협회가 있거든요. 협회장인 흡혈귀가 수천 년 전에 몽마들과 내기였나 대결이었나 하여튼 뭔가를 했는데 몽마쪽이 저서, 일종의 산하단체 같은 형식으로 들어오기로 했대요. 필요할 때마다 도와주기로 돼 있죠. 협회 차원의 일이 아니라면 실비 정도는 내야 하지만요."

"산하단체가 아니라 협력기관이에요."

낯선 목소리가 성민의 말을 반박하며 끼어들었다. 성민의 등 뒤로 펼쳐진 어둠 속에서 불쑥 나타난 하얀 얼굴과 눈이 마주친 주현은 반사적으로 엉거주춤 뒤로 물러났다.

아이돌과 호스트 사이 그 어딘가에 있을 듯한 화려한 남자였다. 왁스를 발라 고정한 머리는 번쩍이는 금발이었고, 눈에는 짙은 쌍꺼풀이 있었다. 번화가에서 흔히 볼 수 있는, 품이 큰 보라색 후드티와 진청색 청바지를 입었다. 남자는 마당 쪽으로 난 창문을 유유히 통과해 걸어 들어오더니 성민에게 봉투 하나를 내밀었다. 성민은 난데없이 나타난 존재에 그다지 놀라는 기색도 없이 봉투를 받아 내용물을 살펴보았다.

남자는 테이블 너머에 앉아 있는 주현을 유심히 바라보더니 말했다.

"혹시 지금 승정님께 신세를 지고 있다는 귀신이 당신인가요?"

주현은 승정님이 누구인지 몰라서 답변하지 못했다. 성민을 말하는 건가 싶었지만 확신이 없었다. 남자는 주현이 입을 열 시간을 기다려주지 않고 이어 말했다.

"잘생긴 분이신데 안타깝네요. 그래도 죽었다고 인생이 끝나는 건 아니니까 실망하지 마세요. 이건 제 명함인데요, 혹시 저승에 가기 싫으시면 연락 주세요. 언제까지나 이승에 남아서 하고 싶은 일들을 마음껏 하며 살아갈 수 있어요."

명함에는 미스티나이트코리아 서울지점장 지원일이라고 적혀 있었다. 성민은 원일의 후드티에 달린 모자를 끌어당겨 주현으로부터 떼어냈다.

"스카우트는 나중에 해."

원일이 준 봉투에는 사진 몇 장과 종이 한 장이 들어 있었다. 성민은 주현에게 사진을 보여주며 이 옷이 맞느냐고 물었다. 사진에는 철가루 날리는 공장에서 일하는 사람들이 찍혀 있었다. 사람들은 남색 점퍼 차림이었다. 점퍼 왼쪽 가슴 부분에는 '홍인철강'이라는 노란색 글자가 새겨져 있었다.

주현은 사진에서 눈을 떼지 못했다.

"네, 맞습니다."

원일은 성민이 기댄 소파에 걸터앉으며 말했다.

"인천에서 찾았어요. 주소와 위치는 종이에 적어뒀고요."

성민이 홍인철강이라는 상호로 등록된 업체 주소들을 보내주자, 해당 지역의 몽마들은 각자 조사를 시작했다. 낮에는 점퍼를 입은 사람들이 보이지 않았지만, 해가 떨어지며 주변이 쌀쌀해지자 인천 쪽 업체에서 몇몇 직원들이 점퍼 차림으로 일하는 모습이 발견되었다.

성민은 주현에게 물었다.

"혹시 인천 쪽에 연고가 있나요?"

"네, 그렇습니다."

주현은 그제야 사진에서 눈을 떼더니 힘없는 목소리로 답하며 고개를 끄덕였다.

하필 인천이라니.

13

주현은 도로 방으로 올라와 침대에 누웠다. 불을 켜지 않아 캄캄한 어둠 속에서 그는 눈을 뜬 채 인천에서의 기억을 떠올렸다. 주현은 중학교 때까지 인천에 살았다. 인천을 떠난 지 10년이 넘었지만, 여전히 중학교 때 친구들과 연락하고 지내기 때문에 친숙했다.

인천에서 홍인철강 점퍼를 찾았다는 이야기를 들었을 때 주현은 어딘가 마음이 무거워졌다. 연고가 전혀 없는 대구나 부산이었다면 살인범과의 거리도 그만큼 멀게 느껴졌을 텐데, 고향에 있다고 하니 찜찜했다.

혹시 인천에 살 때 홍인철강에 대해 들어본 적이 있었던가 곰곰이 생각해보았다. 그러나 아무리 생각해도 처음 듣는 이름이었다. 정말 들어보지 못했는지, 들었지만 잊어버렸는지 고민하기 시작하자 머릿속이 뒤엉키는 듯했다.

그때 창문을 두드리는 소리가 났다. 놀란 주현은 반사적으로 창문 쪽으로 고개를 돌렸다. 창문에 쳐진 커튼 너머로 사람 그림자가 일렁였다. 주현은 순간적으로 두려움에 휩싸였다. 지금 이곳이 2층이라는 사실이 떠올랐기 때문이다. 주현은 이불 밖으로 나갈 생각조차 하지 못한 채 창밖의 그림자를 응시했다.

똑똑.

창문 밖의 그림자는 다시 한번 창문을 두드렸다.

"잠깐 문 좀 열어주세요."

속삭이는 듯한 목소리가 창밖에서 들려왔다. 어딘가 들어본 듯한 목소리였다. 주현은 천천히 침대에서 일어나 창문 쪽으로 다가갔다. 커튼을 살짝 올리고 밖을 살피자 한 남자가 보였다.

아까 1층에서 만난 원일이라는 이름의 몽마였다.

"무슨 일이시죠?"

주현은 경계심에 가득 차 물었다. 원일은 시원스럽게 뻗은 입술을 한층 더 길게 만들며 웃었다.

"대화를 하고 싶어서요."

"저와 대화를요?"

"네, 듣자 하니 갑자기 명을 달리해 경황이 없으실 텐데, 궁금한 게 많으시죠? 선배로서 이것저것 알려드리면 어떨까 싶더라고요."

원일은 넉살 좋게 말했지만 주현은 여전히 경계심을 풀지 않았다. 그러나 거절할 핑계도 애매했고, 궁금한 점이 많은 것도 사실이었다. 망설이던 주현은 창문의 잠금장치를 풀었다.

하늘에서 날아 들어온 원일은 권하지도 않았는데 제집처럼 방바닥에 앉으며 물었다.

"제 이름은 아시죠? 그쪽은 성함이 어떻게 되시죠?"

가볍다 못해 무례함마저 느껴지는 말투였다. 주현은 불쾌함을 느꼈지만 내색하지 않고 이름을 밝혔다.

"박주현입니다."

"생년월일은요?"

"생년월일은 왜 물어보시죠?"

통성명까지는 넘어갔지만 초면에 생년월일까지 묻자 불편함이 말투에서 묻어났다. 그러나 원일은 태연하게 말했다.

"위아래는 알아둬야죠. 동방예의지국의 오랜 전통이잖아요."

주현은 마지못해 답했다.

"1991년 11월 4일생입니다."

"그렇군요. 저는 1543년 4월 3일생이에요. 제가 형이네요."

1543년생이라면 굳이 나이를 확인해 위아래를 따질 필요가 있었을까.

원일은 잠시 침묵했다. 눈을 가늘게 뜨고 뭔가 생각하는 듯했다. 그러나 잠시 후 아무렇지 않게 다시 가벼운 말투로 돌아와 말했다.

"혹시 형한테 뭔가 묻고 싶은 거 없어?"

궁금한 게 많았는데 정작 물어보려니 생각이 나지 않았다. 결국 주현은 두루뭉술한 질문을 던졌다.

"저승은 어떤 곳입니까?"

저승사자들의 사무실로 보이는 곳까지는 가보았지만 그곳이 저승의 전부는 아닐 것이다. 주현은 진짜 저승이 어떤 곳인지 궁금했다.

원일은 깔깔 웃으며 답했다.

"그건 나도 몰라. 안 가봤으니까."

"안 가보셨다고요?"

"저승에 가기 싫어서 남은 귀신들이 몽마거든."

몽마가 반저승단체라는 이야기를 듣기는 했다. 하지만 아예 저승에 가본 적조차 없을 줄이야. 그럼 딱히 물어보고 싶은 게 없다. 이승에 대해서는 주현도 안다. 몽마의 삶에 대해서는 그다지 궁금하지 않다.

그냥 돌려보낼까 생각할 때 원일이 물었다.

"승정님은 안 궁금해?"

원일은 성민을 승정이라 부르고 있었다. 성민에 대해 궁금한 게 있기는 했다. 하지만 성민에게 직접 물어보기가 쉽지는 않은 것이 사실이었다. 성민은 친절한 듯 보이지만 어디까지나 감시자다. 주현이 붙임성 있게 이것저것 물어보며 친분을 다지는 일을 성민이 좋아할지 알 수 없었다. 어디까지나 비즈니스 관계로 만난 사이니 말이다.

주현은 슬쩍 가벼운 질문부터 던졌다.

"왜 승정님이라고 부르십니까?"

"아, 조선에 왔을 때 관직명이 승정(承政)이었거든. 수부타라고 부르면 별로 안 좋아하는 것 같아서 선배 몽마들이 눈치껏 관직명으로 부르기 시작했는데, 그게 우리 몽마들 사이에서 별칭처럼 정착된 거야. 모르고 들으면 꼭 이름 같잖아?"

성민은 직위가 올라간 뒤에도 승정님이라고 불리는 것을 그다지 개의치 않았다고 한다. 수부타만 아니면 정말 어떻게 불리든 상관없는 모양이다.

"중국……출신인 거죠?"

"그렇게 볼 수도 있지. 청나라 관리로 조선을 드나들다 정착한 거니까. 근데 태어난 곳은 몽골 쪽이랬어. 흡혈귀에게 태어난 곳이 중요한지는 모르겠지만. 아무튼 정체성은 그쪽이 아닐까. 게임 닉네임이 늘 몽골식이거든. 타리아트던가 뭔가."

성민은 주현의 짐작보다 훨씬 더 다사다난한 삶을 살아온 듯했다. 놀랍기도 하고 부럽기도 했다. 주현은 30년도 채 살지 못하고 죽은 탓에 빈말로도 다채롭다고는 볼 수 없는 인생이었기 때문이다. 인천과 서울 언저리만 맴돌다 죽었다. 주현은 성민이 청나라 소속이었다는 말을 듣자 짚이는 데가 있어 물어보았다.

"그럼 병자호란 때 온 겁니까?"

주현의 물음에 원일은 기다렸다는 듯 신나서 말했다.

"정답! 혹시 용골대라고 들어봤어? 사극에도 종종 나오는데."

주현도 알고 있었다. 용골대는 병자호란 당시 청나라 군대의 지휘관이었다.

"적장(敵將)이었군요."

주현의 중얼거림에 원일은 고개를 끄덕였다.

"그래서 저승의 그 선글라스 아저씨, 아니, 조우진 부장님이랑 승정님 사이가 나쁜 거야. 부장님은 조선 출신이거든. 동포를 죽이고 왕에게 치욕을 준 적을 곱게 봐줄 수 있겠어?"

주현은 우진과 성민의 사이가 그런 줄은 몰랐다. 오히려 사이가 좋기 때문에 자신이 이승에 머무는 동안 성민에게 감시를 맡긴 것이라고 여겼었다.

'왜 사이가 나쁜 상대에게 감시를 맡겼을까?'

주현의 마음속에 작은 의문이 생겨났다.

생각에 잠긴 주현을 내버려둔 채 원일은 자기가 하고 싶은 이야기를 줄줄이 늘어놓았다.

"하지만 승정님이라고 해서 딱히 조선에 악감정이 있던 건 아니야. 흡혈귀들은 피를 따라 전쟁터로 모여들거든. 조만간 전쟁이 일어날 거라는 소식을 듣고 진짜 용골대를 죽인 뒤 외모만 바꾸어 자리를 가로챈 거지. 조선에 오기 전까지는 계속 그렇게 살았으니까."

조선에 온 뒤에는 상황이 달라졌다는 듯한 뉘앙스였다. 어떻게 달라진 것인지 물어보지 않으면 원일이 섭섭해할 것 같아서 물어보기로 했다.

"조선에 온 다음에는요?"

"그 후론 부쩍 얌전해졌지. 말로는 조선에 더 이상 전쟁이 나지 않으니 어쩔 수 없지 않냐고 했는데, 정작 한국전쟁 때 보니까 살생 자체를 꺼리는 것 같더라고. 평화에 너무 길들여졌나 싶었는데 그게 아닌 것 같아. 암튼 아주 이상해졌어."

어디가 이상해졌는지 물어봐달라는 듯한 눈치였다. 유도에 말려드는 느낌이 들었지만 일단 물어보았다.

"어떤 부분이 이상해졌다는 겁니까?"

"그게 말이지……."

원일은 자리에서 엉덩이를 슬쩍 떼며 주현이 앉은 곳으로 반쯤 기
듯 다가오더니 귓가에 넌지시 속삭였다.

"얼마 전에 죽은 사람을 되살리려고 했어."

주현의 눈이 커졌다. 원일은 혼자만 알고 있으라며, 계속해서 반쯤
귓속말로 말했다.

흡혈귀로서 성민은 워낙 많은 사람을 죽이며 살아왔기에, 사람이
죽는 것에 대해서는 대수롭지 않게 생각하는 편이었다. 친한 사람들
이 죽을 때에는 마음 아파하기도 했지만, 사람이 태어난 이상 죽는
것은 어쩔 수 없는 일이라는 걸 알고 있으니 며칠 만에 툭툭 털어내
고 별일 없었다는 듯 살아갔다.

그런데 얼마 전에 성민의 친구가 죽었다. 성민이 흡혈귀라는 것을
알 만큼 가까운 사이였다. 성민은 평소 그답지 않게 무척이나 슬퍼했
다. 이전에 다른 지인이 죽었을 때보다 훨씬 더 깊게 또 오랫동안 슬
퍼하는 것 같았다.

"장례식장에 다녀온 뒤 승정님은 걱정스러울 만큼 정신이 반쯤 나
가 있었어. 왜 저러나 싶었지. 예전에도 친한 친구나 애인을 여러 번
떠나보냈지만 이번처럼 힘들어하는 건 처음 봤거든. 그런데 나중에
저승사자들 사이에서 도는 소문을 들어보니, 승정님이 그 사람을 되
살리려고 했다는 거야."

성민은 저승에 갈 수 있다. 마음만 먹으면 죽은 지인을 저승에서도
만나볼 수 있다. 그러나 그동안 성민은 죽은 지인들을 절대 저승에서

다시 만나지 않았다. 어차피 떠난 사람인데 왜 괜히 얼굴을 봐서 안타까움만 깊게 하냐는 것이었다.

하지만 이번은 달랐다. 친구가 심판 구역으로 향하는 저승 문을 넘기 전, 성민은 저승에 갔다. 성민이 친구와 만나 나누는 대화를, 한 저승사자가 엿들었다. 저승사자가 말하길, 성민은 친구에게 이승으로 돌아올 방법이 적힌 쪽지를 건네주려 했다고 한다.

주현은 당혹스러워하며 물었다.

"정말 죽은 사람을 되살릴 방법이 있습니까?"

"그럼. 흡혈귀들만 아는 방법이 있어. 우리 몽마들처럼 영혼만 이승에 남아 떠도는 게 아니라 살아 있는 사람과 유사한 몸을 가지고 이승의 삶을 누리며 살아갈 수 있는 방법이야."

서양 전설 속의 흡혈귀는 이미 죽은 자다. 이미 죽었기 때문에 어지간한 방법으로는 죽일 수 없다. 흡혈귀를 죽이는 가장 유명한 방법은 흡혈귀가 머무는 관을 찾아 심장에 말뚝을 박은 다음 태워서 그 재를 강물에 흘려보내는 것이다. 그렇게 하지 않으면 흡혈귀는 몇 번이든 되살아난다.

하지만 실제 흡혈귀는 전설과는 상당히 다르다. 피를 먹으며 산다는 것 외에는 공통점이 없다시피 하다. 그러나 흡혈귀에게 피를 빨려 죽은 자가 흡혈귀로 되살아난다는 전설은 아무 근거 없이 생겨난 것이 아닐지도 모른다. '흡혈귀는 죽은 자를 되살릴 수 있다.' 이는 저승사자와 몽마들 사이에서 수천 년 전부터 떠돌던 이야기다.

주현은 잠긴 듯한 목소리로 물었다.

"그래서 그 사람은 되살아났습니까?"

"아니. 그냥 저승으로 갔대."

성민의 친구는 정상적으로 심판 구역 입경 절차를 밟았다. 왜 되살아나는 일을 거절하고 죽음을 택했는지, 두 사람의 대화를 엿들은 저승사자도 거기까지는 주워듣지 못했다고 한다.

"그렇다면 그 방법이란 게 확인되지 않은 게 아닙니까?"

원일은 고개를 저으며 점점 목소리가 커지는 주현을 자제시켰다.

"아니, 실제로 되살아난 사람이 있어."

"어디에요?"

"아마 외국?"

"외국 어디요?"

"먼 나라?"

주현은 어이가 없었다. 대체 이걸 믿으라는 건지 어쩌란 건지 알 수 없었다. 원일은 슬금슬금 주현의 눈치를 보며 말했다.

"흡혈귀들이 자기들끼리만 방법을 공유하고, 철저히 비밀에 부치고 있어. 되살아난 사람에게도 입단속을 한다는군. 그러니까 누군지 정확히 밝힐 수는 없지만 어쨌든 그런 방법이 있다는 건 틀림없어."

"근거도 없이 믿으란 말씀이십니까?"

"정 못 믿겠으면 재밌는 소문 하나 들었다고 생각해."

원일은 그렇게 말하며 키득거렸다. 그러나 주현은 도저히 웃을 기분이 아니었다. 죽은 지 사흘도 채 지나지 않아 이승에 대한 미련이 덕지덕지 남아 있는 사람에게 되살아날 방법이 있다고 속삭이는 것은 대체 무슨 심보인가.

주현은 오늘 하루 종일 순간순간 자신이 살아 있다고 착각했다. 살아 있을 때와 조금도 다르지 않게 차를 타고, 커피와 과자를 먹고, 텔레비전을 보았다. 그러나 사람들이 주현의 몸을 통과해 가고, 만지고 싶은 물건을 만질 수 없을 때마다 자신이 죽었다는 사실을 새삼스럽게 자각했다. 하늘에서 내려온 눈이 몸을 그대로 지나쳐 검은 바닥에 떨어질 때마다 주현도 함께 땅에 꺼져 가라앉는 것만 같았다.

몹시 나쁜 꿈을 꾸는 듯했다. 눈을 감았다 뜨면 알람과 함께 잠에서 깨어나 출근을 준비해야 할 것 같았다. 하지만 그런 일은 일어나지 않았다. 주현은 죽었다. 그런데 만약 정말로 지금의 상황을 나쁜 꿈으로 만들 수 있다면 어떨까. 다시 살아나서 평범한 생활을 되찾을 수만 있다면. 친구들과 함께 홍대 거리를 걸으며 즐거운 연말을 보낼 수 있다면.

물론 그런 일은 없을 것이다. 원일이 하는 말은 확인되지도 않은 헛소리다. 설령 그런 방법이 있다 해도 성민이 친구도 아닌 자신을 되살려줄 것 같지는 않았다. 원일은 이런 이야기로 주현의 마음을 어지럽히려고 일부러 창문을 두드린 것이 틀림없다. 되살아날 방법이 있다고 속삭여서, 주현에게 헛된 희망을 심어주고, 실망하는 모습을 보고 즐기려는 것이다.

악질이다. 처음부터 이야기에 귀를 기울이면 안 됐다. 주현은 원일을 향해 노골적으로 적대적인 표정을 지어 보였다. 이제 그만 나가달라고 말하려고 할 때 원일이 먼저 입을 열었다. 변함없이 웃음기 섞인 목소리로.

"명함 갖고 있지? 승정님과 함께 다니다가 되살아나는 방법을 알게 되면 바로 연락 줘. 이래 봬도 내가 돈과 인맥이 꽤 돼. 쓸 만한 정보만 가져와준다면 주현 동생이 되살아나도록 힘써줄게."

아마 이것이 원일의 본론인 모양이었다. 성민의 곁에 있으면서 되살아날 방법에 대해 알아 오라는 것. 주현은 피식 웃으며 물었다.

"되살아나고 싶으십니까? 돌아가신 지 500년이나 되셨으면서."

"천 년이 지나도 난 다시 살아나고 싶을 거야."

원일의 눈가에는 장난기가 가득했다. 그러나 눈동자만큼은 흔들리지 않고 주현을 똑바로 바라보고 있었다. 어쩌면 원일은 주현을 놀리기 위해서가 아니라, 진심으로 되살아날 방법을 알고 싶기 때문에 지푸라기라도 잡아보려는 심정으로 온 것일지도 모른다. 하지만 원일의 진심이 어느 쪽이든 현실적으로 무의미하다. 그런 방법이 있을 리도 없고, 있다 해도 얻어내기 어려울 것이며, 얻어냈다 하더라도 원일이 주현에게 약속한 대가를 주리라는 보장도 없다.

원일이 떠나가자 가뜩이나 심란하던 마음이 한층 더 심란해졌다. 애초에 창문을 열어주는 게 아니었다. 주현은 홀로 침대 위에 앉아 한참을 생각에 잠겼다.

주현은 결론을 내렸다. 원일의 이야기는 무시하기로. 주현은 저승의 호의로 이승에 있다. 살인범을 찾는 일 외에 엉뚱한 일을 시작했다가는 자칫 큰 페널티가 돌아올 수 있다. 정말 그런 방법이 있는지 확실하지도 않은데 이승에 머무는 귀한 시간을 소비하는 것도 탐탁지 않았다.

그러나 어느새 주현의 손가락은 휴대폰에 원일의 연락처를 저장하고 있었다.

12월 21일 목요일, D-4

1

눈을 뜨자 창문으로 쏟아지는 빛이 보였다. 아침이다. 시계를 보니 이미 10시가 훌쩍 지나 있었다. 어젯밤에 잠을 설쳐서 늦잠을 잔 모양이었다. 귀신의 늦잠이라니. 주현은 자신에게 아직 인간의 상식이 남아 있다는 사실이 조금 우스웠다.

오늘은 성민과 인천에 가기로 했다. 서둘러 1층으로 내려가보니 분위기가 어수선했다. 강인과 검은 옷을 입은 호리호리한 여자가 주방에서 상자에 뭔가를 담고 있었다. 뭔가 싶어서 상자 안을 슬쩍 들여다보니 혈액 팩이었다.

그 순간 여자와 눈이 마주쳤다. 여자는 말없이 슬쩍 눈인사를 했다. 주현도 같이 눈인사했다. 다소 어색한 공기가 흐를 때 다행히 강인이 두 사람을 서로 소개해줬다.

"주현 씨. 이쪽은 하르라고 합니다."

"아, 처음 뵙겠습니다."

주현이 인사하자 하르는 작게 웃으며 혼잣말처럼 말했다.

"어제도 뵈었는데요."

"아, 혹시 어제 제 차를 찾으러……."

"네. 저예요."

어제 만난 까마귀였다. 성민은 하르가 경계수라고 했다. 사람의 말을 알아듣는다니 특이한 까마귀다 싶었지만 설마 인간으로 변할 수 있을 거라고는 생각하지 못했다.

하르는 냉장고 안의 혈액 팩을 상자에 채우는 일로 돌아갔다. 냉장고 안을 슬쩍 보니 큰 냉장고 하나가 전부 다 소 피로 채워져 있었다.

비슷한 크기의 냉장고가 두 개 더 있었는데, 아마 다른 냉장고의 상황도 그리 다를 것 같지는 않았다.

주현은 강인에게 물었다.

"어디서 가져오시는 건가요?"

"성민 님께서 운영하시는 농장에서 가져옵니다. 닷새에 한 번꼴로 배송을 받죠."

"양이 상당한데요."

"부족한 것보다 과한 편이 나으니까요."

집 밖에 있다가 피가 부족하면 큰일이라 만일의 상황을 대비해 항상 이틀치 이상을 차에 실어둔다고 한다. 강인과 하르는 여러 번 해봐서 익숙하다는 듯 척척 손발을 맞춰 혈액 팩을 준비했다.

출발 전에 주현은 우진에게서 받은 약을 먹기로 했다.

"뭘 드시나요?"

방에서 나오던 성민이 주현을 발견하고 물었다. 주현은 강인이 건네준 물로 서둘러 알약을 삼킨 뒤 답했다.

"부장님이 주신 약입니다. 기억을 잃는 속도를 늦춰준다고 했습니다."

"기억을 잃는 속도를 늦춘다고요?"

성민은 주현으로부터 약병을 받아 들었다. 숫자가 적힌 알약이 병에 부딪히며 잘그락거리는 소리를 냈다.

"매일 한 알씩 드시는 건가요? 숫자대로?"

"네, 이승에 머무는 동안 매일 먹으라고 하시더군요."

약병을 바라보던 성민의 미간에는 작은 주름이 잡혔다. 뭔가 문제가 있나 싶어서 주현은 긴장했다. 그러나 성민은 곧 평소의 얼굴로 돌아와 주현에게 약병을 돌려주었다.

"요즘은 이런 약도 생겼나 보네요. 부디 효과가 있었으면 좋겠네요."

그사이에 혈액 팩으로 상자 두 개를 가득 채운 강인과 하르는 각자 상자를 하나씩 들고 마당으로 나갔다. 대형 SUV의 커다란 트렁크에 있는 냉장고에 혈액 팩을 옮겨 담으니 빈자리 없이 꽉 찼다.

잠시 후 출발 준비가 끝났다는 소리에 주현은 몇 안 되는 소지품을 들고 차에 올라탔다. 조수석 뒤에 앉은 성민의 옆자리였다. 그사이 하르는 다시 까마귀로 돌아가 먼저 3열 좌석에 앉아 있었다. 인천까지 날아가는 것보다 차를 타고 가는 편이 체력 소모가 덜하기 때문이라고 했다.

차가 출발하자 성민이 크로스백 하나를 내밀었다.

"이거 빌려드릴게요. 손에 들고 다니면 잃어버리실 수도 있잖아요."

주현은 고맙다고 인사하면서, 크로스백에 휴대폰과 약병, 안내 책자를 넣었다. 그때 책자 사이에서 어제 원일로부터 받은 명함이 떨어졌다. 명함을 주워 가방 안에 넣으려고 하자 성민이 주현의 손에서 명함을 가로챘다.

"이건 필요 없으시죠?"

주현이 대답하기도 전에 성민은 명함을 찢어서 바닥에 버렸다.

"몽마와는 너무 깊이 엮이지 않는 편이 좋아요. 몽마가 저승의 규칙을 따르지 않는다고 한 거 기억하죠? 저는 저승 소속이 아니니 상관없지만, 주현 씨는 몽마와 알고 지내는 게 저승에 알려지면 좋을 게 하나 없어요. 혹여라도 몽마가 될 생각은 절대 하지 마시고요."

"몽마가 되면 어떻게 되는 거죠?"

"영원히 저승에 갈 수 없게 돼요."

몽마가 되어 반저승단체에 속하게 되면 결코 저승에 갈 수 없다. 이승에 남아서 사람들의 꿈속을 넘나들며 마음대로 사는 삶은 언뜻 즐겁고 근사해 보이나, 천 년이든 만 년이든 그렇게 살아야 한다면 이야기가 달라진다.

"주현 씨는 아깝게 죽었으니 아직 이승에서 하고 싶은 일이 많을 거고, 저승으로 가는 게 싫겠지만, 죽어서 저승에 갈 수 있다는 것도 복이에요. 저승에 가고 싶어도 가지 못한다면 그 또한 큰 불행이죠."

"그럴 수도 있겠네요."

저승에 가는 것은 두려웠다. 대체 무슨 일이 기다리고 있을지 짐작되지 않았기 때문이다. 그러나 이승에 영원히 남고 싶은 것도 아니었다. 가족이나 친한 친구들이 모두 죽어 저승에 갔는데도 혼자 이승에 남아 있어야 한다면 좋을 것이 없어 보였다.

"이승의 삶을 대단히 사랑하지 않으면 몽마가 되는 것은 어렵겠네요."

"이승이 좋아 몽마가 되는 경우도 있죠. 하지만 대부분은 저승이 두려워서 몽마가 돼요. 특히 저승에 가면 중형이 예비된 귀신들이 몽마가 되는 길을 선택하곤 하죠."

"저승에서 중형을 받는다면…… 범죄자들 말씀이십니까?"

"네, 그런데 정말 악질 범죄자들은 몽마들도 거절해요. 누가 연쇄살인범을 동료로 두고 싶겠어요. 주로 본성은 나쁘지 않지만 부득이하게 범죄를 저지르게 된 영혼들이 몽마가 돼요."

악의는 없었지만 운 나쁘게 범죄를 저지르게 되는 경우는 생각보다 드물지 않다. 본의 아니게 범죄자가 된 것도 억울한데 이승에서 충분히 처벌을 받았음에도 저승까지 가서 또 중형을 받아야 한다니. 그런 것에 불만을 품은 영혼들이 주로 몽마가 된다.

"개인적으로는 그래도 몽마가 되느니 저승에 가는 편이 낫다고 생각해요. 저승에서도 설마 죽은 사람 또 죽이기야 하겠어요? 넌 저승에 갈 일이 없으니 그런 말을 하는 거 아니냐고 따진다면 할 말은 없지만."

"범죄자가 저승에서 어떤 벌을 받는지 모르십니까?"

"네, 제가 갈 수 있는 저승은 저승사자들의 영역 정도예요. 환승 구역이라고 하는데, 저승사자들이 거주하며 업무를 하고, 저승에 도착한 영혼들이 심판 구역의 입경 절차를 밟는 곳이죠. 아, 주현 씨도 잠깐 다녀오셔서 아시겠네요. 우진이 일하던 사무실이 있던 구역을 말하는 거예요. 그 너머에 있는 심판 구역은 물리적으로 막혀 있어서 못 가요."

저승사자들의 영역, 환승 구역은 저승의 입구에 불과하다. 망자가 심판을 받는 진짜 저승은 그 너머에 있다. 끝없는 벽이 두 공간을 구분하고 있다. 끝없는 벽에는 하나의 거대한 문이 있는데, 저승사자들의 업무는 죽은 자의 영혼을 그 문 너머로 떠나보내며 끝이 난다. 저승의 문은 경계가 삼엄하여 저승사자들과 입경 절차를 마친 영혼밖에 지나가지 못한다. 주현도 이승에서 허락된 시간이 지나면 조만간 그 문 앞에 서게 될 것이다.

주현은 바닥에 떨어진 새하얀 명함 조각들을 물끄러미 바라보았다. 명함은 사라졌다. 그러나 원일의 연락처는 아직 휴대폰에 남아 있다. 성민은 주현이 몽마가 되어서라도 이승에 남겠다며 고집을 부리지는 않을까 걱정할 뿐 어젯밤 원일이 주현의 머릿속을 어떻게 들쑤셔놓고 갔는지는 모르는 듯했다.

'정말 흡혈귀는 죽은 자를 살리는 법을 알까? 혹시 내게도 알려줄 수 있을까?'

태연한 표정으로 혈액 팩을 하나 꺼내 마시는 성민의 옆모습을 바라보며 주현은 멍하니 그런 생각에 빠져들었다. 하지만 곧 주현은 퍼뜩 정신을 차렸다. 이런 허황된 생각에 빠져 있을 시간이 없다. 눈앞의 문제에 집중해야 한다.

그사이 자동차는 영등포역에 왔다. 성민이 사정을 설명했다.

"윤진이와 여기서 만나기로 했어요. 같이 인천에 가고 싶다고 해서요."

윤진은 오전에 광화문에서 지인과 약속이 있다고 했다. 성민의 차로 광화문까지 갔다가 인천으로 가면 너무 돌아가게 되니, 역에서 만나 같이 가기로 했다는 이야기였다. 역 근처에 차를 세우고 잠시 기다리자 윤진이 올라탔다.

"나 점심 좀 먹어도 되지?"

윤진은 조수석에 타자마자 편의점 샌드위치 포장을 뜯으며 물었다.

성민은 물었다.

"오전에 만난 사람과 뭐 안 먹었어?"

"응. 일 때문에 만난 거라 일 얘기만 했어. 커피 한 잔 마신 게 전부야."

"미리 말을 하지. 뭐라도 먹을 걸 사뒀을 텐데."

"괜찮아. 신경 쓰지 마."

샌드위치는 순식간에 사라졌고, 같이 사 온 우유 팩도 곧 텅 비었

다. 성민은 변변찮은 음식으로 끼니를 때우는 윤진의 뒷모습을 안타
깝다는 듯 지켜보았다. 얼마 전 죽은 성민의 친구도 기자였다. 밤을
새우거나 급하게 식사를 해치우는 일이 잦았다. 어쩌면 젊은 시절을
그렇게 보내다 보니 일찍 죽은 게 아닐까 싶은 생각도 들었다.

윤진도 그 친구를 동경해서 기자가 됐다. 혹시 윤진마저 일찍 세
상을 떠나면 어떡하나 하는 불안감이 가끔 든다. 기자 일을 관두라고
할 수는 없지만, 성민은 밥도 제대로 못 먹는 윤진을 볼 때마다 안쓰
러웠다.

그때 성민의 휴대폰에 메시지가 도착했다. 윤진이었다.

나중에 주현 씨가 없는 곳에서 얘기 좀 할 수 있을까?

성민은 주현의 시선이 닿지 않도록 서둘러 휴대폰을 주머니에 넣
었다.

2

윤진은 어제 밤늦게까지 잠들지 못했다. 집에 돌아온 뒤 테이블에
이번 사건과 관련된 자료와 노트북을 펼쳐둔 채 정보를 정리하며 시
간을 보냈다. 주현의 실종이 경찰과 가족에게 알려졌다. 조만간 수사
가 시작될 것이고 기사화될 수도 있다. 그러나 주현이 죽었다는 것을
아는 사람은 아직 성민과 윤진, 그리고 살인범밖에 없다.

평범하게 살아온 사람이 갑자기 토막살인을 당해 시체를 유기당

할 확률이 얼마나 될까. 그것도 본인의 이야기로는 일면식도 없는 사람에게 말이다. 윤진이 볼 때, 이번 사건에는 분명 내막이 있다. 누구보다 먼저 사건의 실체를 파악해서 보도하고 싶었다. 기왕이면 경찰보다도 먼저.

살인 사건은 흔하진 않지만 드물지도 않다. 대검찰청의 통계에 의하면 2015년에 발생한 살인 사건은 353건이다. 평균적으로 하루에 한 명이 살인 사건으로 사망한다고 보아도 좋다. 그러나 모든 사건이 기사화되지는 않고, 기사화되었다 해도 대중적으로 관심을 끌며 후속 보도가 이어지는 사건은 드물다.

인간이라면 어떤 살인 사건이든 안타까워해야 마땅하지만, 기자의 마음은 다르다. 사회적으로 관심을 끌 만한 사건에 더 시선이 간다. 잔인하다면 잔인한 이야기지만 어쩔 수 없다. 산 사람은 살아야 하고, 살려면 밥을 먹어야 한다. 기자는 여론을 들끓게 할 사건을 기사화해야만 입에 밥을 밀어넣을 수 있는 존재다. 윤진도 다르지 않다. 쓰고 싶은 기사를 쓰려고 신문사를 관뒀다는 이야기는, 내가 좋다는 이유로 아무도 관심 없는 기사를 쓰다 굶어 죽고 싶다는 뜻이 아니다. 대중의 관심을 모으고 사회적으로 영향을 줄 수 있는 사건 중에서 쓰고 싶은 기사를 고르고 싶다는 의미다.

윤진은 살인 피해자로부터 직접 기사를 써도 된다는 허락을 받았다. 특종을 위해 이번 사건에 달려든다 하더라도 자신의 잔인함에 죄책감을 느낄 필요는 없다. 오히려 더 진지하게 매달려 범인을 찾고 죽음의 경위를 알리는 기사를 쓰는 것이 피해자를 위한 길이다. 그래서 윤진은 잠도 줄이며 이번 사건에 매달렸다.

윤진의 조사 대상은 전 여자친구 한소영, 아니 김지수였다.

윤진은 이 이름이 신경 쓰였다. 최근에 어딘가에서 들어본 적이 있었다. 흔한 이름이기는 하다. 인터넷에서 검색하자 수많은 동명이인이 나왔을 정도다. 대체 어디서 들었나 싶어서 자료를 뒤적이던 중 한 사람을 찾았다. 2주 전에 잠깐 취재했던 사건 자료였다. 홍제동에서 발생한 살인 사건이었다.

하루에 한 건 정도 발생하는 살인 사건 중에서도 이 사건은 유독 대중의 관심을 끌었다. 복합적인 이유가 있겠지만, 아마 피해자인 김지수라는 사람이 젊고 예쁜 여자 모델이었다는 점도 한몫했을 것이다. 대중들이 상상의 나래를 펼치며 흥밋거리로 소비할 만한 스토리를 뚝딱 지어내기 쉬운 소재다. 이런 사건에 기자들이 빠질 수 없다. 사건이 알려지자마자 기자들은 성범죄 운운하는 망상에 기초한 기사를 써대며 대중들이 지핀 불 속에 장작을 넣었다.

경찰에서 성범죄 흔적은 발견되지 않았다고 발표하자, 기자들은 피해자가 혼인 빙자 사기로 기소된 이력이 있다며 꽃뱀 짓을 한 여자에 대한 보복 살인이나 치정 살인일 것이라는 기사를 쏟아냈다. 근거는 없었다. 냉철한 분석을 가장한 상상에 기초한 기사들이었다. 그래도 소재가 좋다 보니 그런 시나리오도 대중적으로 화제가 되기는 했다.

범인이 잡히지 않았고, 살인 현장에 뚜렷한 흔적도 없어서 수사가 지체되자 기사는 점차 줄어들어갔고, 대중들의 관심은 다른 사건으로 옮겨갔다. 몇 주가 지난 지금, 기자든 대중이든 이 사건에 대해 더 이상 관심이 없을 것이다.

윤진은 애초에 그 사건에 관심이 없었다. 다른 기자들이 모두 관심을 보이는 사건에서는 새로운 뭔가를 잡아내서 보도하는 일이 어럽다. 경찰도 뚜렷하게 수사 방향을 못 잡는 어려운 사건이라면 더욱 그러하다. 신문사에 있었을 때라면 우라까이(다른 기자가 쓴 기사를 적당히 바꾸어 자신의 기사로 만드는 행위)라도 하며 기사를 내보냈을지도 모르지만, 윤진은 그런 일이 하기 싫어서 신문사를 나온 것이다. 윤진은 자신만이 쓸 수 있는 기사를 쓰고 싶었다.

그래도 조사는 했다. 기사로 쓸 생각이 없더라도 사회를 떠들썩하게 했던 사건은 훗날을 생각해서라도 자료를 모아둬야 한다. 그렇게 모아둔 자료 중에 있었다. 김지수라는 이름이. 피해자의 이름도, 성별도, 나이도, 결혼을 핑계로 돈을 뜯어낸 일이 있다는 점도 주현의 전 여자친구와 겹쳤다.

혹시나 싶어서 주현이 알려준 전 여자친구의 SNS에 들어가보았다. 약 한 달 전에 올라온 게시물이 마지막이었다. 홍제동 살인 사건의 피해자가 사망한 것으로 추정되는 시기와 일치했다. 그래서 더 의심이 깊어졌다. 주현의 전 여자친구가 혹시 홍제동 살인 사건의 피해자가 아닐까. 그러나 확신을 갖기에는 근거가 아직 부족했다.

결국 윤진은 새벽 2시에 휴대폰을 들었다. 연락한 사람은 세종일보 사회부 후배 정은철이었다. 은철은 윤진보다 두 살 어리지만 경력은 5년 짧았다. 잔바리 시절부터 윤진이 데리고 다니며 가르쳐 친하기도 친할뿐더러 믿을 만한 상대였다. 다른 부서에 갔다가도 사회부가 좋다며 다시 돌아왔다는 점에서 윤진과 닮은 면도 있었다.

"네, 선배."

새벽 2시는 기자들에게 그리 늦은 시각이 아니다. 은철은 몇 번 전화벨이 울리지도 않았는데 쌩쌩한 목소리로 전화를 받았다.

"요즘 잘 지내?"

"항상 똑같죠. 선배는 어떻게 지내십니까?"

"내일 오전에 커피라도 한잔하면서 얘기해보는 건 어때?"

"커피만 하나요?"

윤진은 은철의 질문이 무슨 의미인가 싶어서 쉽게 답변하지 못했다. 내일 은철은 출근을 할 테니 오전에 만난다면 잠깐의 짬밖에 나지 않을 것이다. 30분도 안 되는 시간이라면 커피나 마셔야지 무슨 일을 하겠는가. 혹시 커피가 끌리지 않는다는 이야기를 돌려 말하는 건가 싶어서 윤진은 고민 끝에 입을 열었다.

"음, 오전에 시간이 안 되면 점심을 같이 먹어도 좋고."

이번에는 은철이 잠시 말이 없다가 답했다.

"오전에 보는 걸로 하죠. 커피는 제가 살 테니 대신 회사 근처로 와주세요. 내일은 오후까지 회사 주변에서 일정이 있어서 멀리 가기 어려울 것 같거든요."

윤진은 오전 10시에 은철과 회사 근처 카페에서 만나기로 약속을 잡았다. 은철은 광화문과 종각역 중간쯤에 새로 생긴 카페의 위치를 알려주었다. 커피 맛도 괜찮고 조용해서 이야기 나누기 좋을 거라고 덧붙였다.

윤진은 거의 날을 새우다시피 하고 카페 앞에 도착했다. 윤진은 뻥한 눈을 수차례 깜박이고는 기운차게 카페 문을 열었다. 생각지도 않은 화이트 톤의 깔끔한 공간이 눈앞에 펼쳐졌다. 기자와는 어울리지 않는 공간이다. 1500원에 1리터 아이스 아메리카노를 파는 테이크아웃 카페나 구석에 죽치고 앉아 기사를 써도 눈치를 주지 않는 대형 프랜차이즈 카페가 기자에게는 적격이다. 이런 카페는 젊은이들이 데이트하러나 오는 곳이 아닌가.

카페 안에 들어서자 회색 코트를 걸친 채 테이블에 앉아 있는 은철이 보였다. 은철은 윤진과 눈이 마주치자 검은 뿔테안경 너머로 밝은 미소를 지어 보였다. 윤진은 낯선 분위기의 카페 안에서 은철과 마주 앉았다. 아직 오전이었지만 카페는 만석에 가까워 여기저기서 대화 소리가 오갔다. 커피 한 모금을 마신 윤진은 은철에게 말했다.

"커피 맛은 괜찮은데 조용하지는 않네."

"조용하다는 건, 회사 사람들이 잘 안 온다는 의미였어요."

회사 근처 프랜차이즈 카페에 가면 오전부터 좀비 같은 얼굴로 와서 커피를 사 들고 가는 옛 동료들의 모습이 보이곤 한다. 커피와 기자는 떼놓을 수 없는 관계다. 기자의 우심방은 카페인으로 뛰고 좌심방은 알코올로 뛴다며 우스갯소리를 하던 선배도 있었다. 하지만 이 카페는 회사에서 그리 멀지 않음에도 살짝 비싼 커피를 파는 탓인지, 데이트하는 연인들의 분위기가 낯선 탓인지 회사 사람들의 모습은 찾아볼 수 없었다.

회사 사람들도 없다면 더 꺼릴 것이 없었다. 윤진은 은철과 적당히 근황을 나누다 본론으로 들어갔다.

"예전에 홍제역 쪽에, 공사 중단된 호텔 건물에서 여자 시신이 발견된 사건 있었잖아? 윤지영인가 하는 신입이 관련 기사를 몇 번 쓴 것 같던데."

"네, 선배 나가고 우리 쪽으로 온 기자입니다."

"혹시 피해자 신원에 대해 알고 있어?"

은철은 웃으면서 어딘가 아쉬움이 묻어나는 목소리로 말했다.

"역시 커피만 하자고 연락한 건 아니네요."

윤진은 당황했다. 커피만 할 거냐던 은철의 물음이 무슨 의미였는지 비로소 깨달았다. 취재 정보를 빼내가려는 의도적인 접근이었다는 점이 들통날까봐, 윤진은 변명하듯 말했다.

"나는 그 사건에 관심 없어. 기사로 쓸 생각도 없고. 단지 피해자가 아는 사람이 아닌가 싶어서 확인하고 싶을 뿐이야."

다행스럽게도 은철은 윤진을 바라보며 웃을 뿐 사정을 캐묻지는 않았다. 은철은 잠시 휴대폰으로 자료를 찾아보더니 입을 열었다.

"이름은 김지수고 1988년생이네요."

"피팅모델 일을 하지 않았어?"

"네, 그렇네요."

윤진은 주현의 전 여자친구 SNS를 보여주었다.

"혹시 이 사람 맞아?"

은철은 그렇다고 했다. 윤진은 남몰래 숨을 삼켰다. 주현의 전 여자친구는 주현을 죽이지 않았다. 오히려 주현보다 일찍 죽었다. 그것도 누군가의 손에 살해당해서.

"고마워. 자주 가던 쇼핑몰 모델이었는데 죽었다는 소식이 돌아서 확인하고 싶더라고."

"선배도 그런 거에 관심이 있었나요?"

"그런 거라니?"

"음, 아니에요."

"아니라니. 대충 얼버무리려고 하지 마."

"아니, 정말 아무것도 아니에요. 저는 지금까지 선배가 SNS를 한다는 것도 몰랐으니까요. 그런 면이 좀 새롭다 싶었을 뿐이에요."

윤진은 당황스러워하며 말했다.

"나도 SNS 해! 자주 글을 쓰지는 않지만. 기자니까 제보도 받고 인맥 관리도 하려면 SNS는 당연히 해야지!"

"그런데 왜 저한테는 안 알려주신 겁니까?"

"사적인 얘기도 가끔 쓰니까 아무래도 회사 사람한테 알려주긴 좀 그렇잖아."

"그럼 지금은 같은 회사 사람이 아니니 알려줄 수 있겠네요."

윤진은 그다지 알려주고 싶지 않았다. 퇴직했다고 해도 회사 사람은 회사 사람이다. 하지만 눈앞에서 너는 나와 사적인 이야기를 공유할 만한 사이가 아니라며 선을 긋기도 뭣했다. 결국 윤진은 은철의 폰으로 SNS 계정을 링크해주었다.

주현을 살해한 범인으로 의심되던 전 여자친구가 죽었다는 사실이 확실해졌다. 윤진은 바로 성민을 만나 새로 얻은 정보를 전해주고 싶었다. 그러나 듣고 싶은 이야기만 듣고 자리에서 일어나는 건 예의가 아니기에, 은철과 적당히 커피를 마시며 대화를 나누었다. 은철은 오전 업무가 별로 없는지 자리에서 일어날 생각을 하지 않았다. 그러다 보니 시간이 지체되었다. 12시에 성민과 영등포역에서 만나기로 했는데, 어느새 11시 30분이 넘어 있었다.

윤진은 서둘러 인사를 마치고 종각역으로 향했다. 은철이 종각역까지 데려다주겠다며 따라왔다. 종각역은 회사가 있는 광화문과 정반대 방향이다. 윤진은 배웅해주지 않아도 되니 그냥 돌아가라고 말했지만, 은철은 회사에 빨리 들어가봐야 기다리는 게 일밖에 더 있냐며 계속 따라 걸었다.

"아까 그 사건 말이에요, 쇼핑몰 피팅모델이 살해당한."

"그게 왜?"

"하리꼬미(수습 기자가 경찰서에서 숙식하면서 취재하는 것)하던 윤지영 말로는 어제 다시 수사가 시작된 것 같다고 하던데요."

윤진은 자신도 모르게 걸음을 멈췄다.

"누가 담당하고 있지?"

"이영우 형사님이오."

윤진은 최대한 자연스럽게 다시 앞으로 걸어갔다. 그러나 머릿속에는 오만 생각이 다 들었다. 어제 삼겹살집에서 마주쳤던 영우의 시선이 뇌리에 박혀 떨어지지 않았다.

'어제 형사님은 주현 씨 실종 사건을 조사하던 게 아니었나?'

복잡하게 꼬여가는 머릿속에 은철의 목소리가 들려왔다.

"그러고 보니 선배와 이영우 형사님은 사이가 괜찮으셨죠? 다른 기자들에게 안 주는 정보도 선배한테는 슬쩍 흘려주곤 했는데. 요즘도 연락하고 지내시나요?"

"오고 가다 얼굴 마주치면 인사하는 정도야."

"아, 그런가요?"

은철은 웃음기 담긴 눈으로 안경 너머에서 윤진을 바라보고 있었지만, 목소리에는 어딘가 기자다움이 묻어났다. 원하는 이야기를 듣기 위해서 판을 까는 느낌이었다.

눈치챈 모양이다. 취재를 목적으로 만나자고 한 것이라는 사실을. 지지부진하던 홍제동 살인 사건 수사에 영우가 다시 손을 댔고, 바로 다음 날 윤진이 찾아와 같은 사건의 피해자에 대해 물어보았다. 은철 입장에서는 홍제동 살인 사건에 진전이 있다는 생각을 가질 수밖에 없을 것이다. 이러다 은철이 취재를 시작해서 주현의 실종 사건을 알게 된다면, 순식간에 다른 언론사 기자들에게도 소문이 퍼질 것이다.

주현의 전 여자친구가 살해당한 사건은 기자들이 꽤 군침 흘리던 소재다. 한동안 후속 보도가 잠잠했는데, 전 남자친구가 뒤이어 사라졌다는 정보가 퍼진다면 너도나도 취재를 시작할 것이고, 상상력에 기반한 기사들이 쏟아질 것이다.

윤진은 초조해졌다. 다른 기자들이 냄새를 맡기 전에 더 빨리 움직여야 했다. 그러나 그런 마음을 겉으로 드러낼 수는 없었다. 속도를 유지하며 침착하게 걸음을 옮기는 윤진에게 은철이 물었다.

"정말 홍제동 사건을 취재하실 생각은 없으신 거죠?"

"그렇다니까."

거짓말은 아니다. 윤진이 취재하려는 것은 주현이 살해당한 사건이다. 주현의 전 여자친구와 관련된 부분은 곁가지일 뿐이다.

윤진이 단호히 답하자 은철은 넌지시 속마음을 털어놓았다.

"솔직히 저는 선배가 분명 뭔가 잡고 움직이는 거라고 생각했습니다. 다른 사람도 아닌 선배잖습니까. 저를 만나러 온 것도 관련 조사 때문이고요."

"그런 거라면 내가 왜 널 만나러 왔겠어? 이젠 경쟁자나 마찬가진데."

"경쟁자라니 좀 슬프네요. 저는 계속 동료로 있고 싶었는데요."

"그러면 SNS 친구는 될 수 없었겠지. 하나를 잃고 하나를 얻었다고 생각해."

윤진의 말에 은철은 맞는 말이라며 소리 내어 웃었다.

"다행이네요."

"뭐가?"

"선배가 일 때문에 저를 만나러 온 게 아니어서요."

"취재 경쟁을 안 해도 되니까?"

"그것도 있죠. 꼭 그런 것만은 아니지만요."

은철은 연신 웃고 있었다. 윤진이 작별인사를 건네고 지하철 계단을 내려가려 할 때까지 웃음은 사라지지 않았다. 은철의 웃음은 오늘 어딘가 달라 보였다. 평소 선배를 향해 보이던 습관적인 웃음이 아니었다. 어딘가 낯선 감정을 감추고 있는 듯한 은철의 웃음에 윤진은 서둘러 등을 돌려 걸음을 재촉했다.

3

"혹시 너는 알고 있었어?"

성민과 윤진은 샐러드 가게 테이블을 사이에 두고 마주 앉아 있었다. 인천으로 가던 중 도로변에 샐러드를 파는 프랜차이즈점이 나오자, 성민이 윤진에게 제대로 된 요깃거리를 사줘야겠다며 차를 세웠다. 포장해서 바로 가지고 나올 테니 주현에게는 강인과 함께 차 안에 있으라고 했다.

물론 요깃거리는 핑계였다. 주현이 없는 곳에서 대화하고 싶다는 윤진의 메시지 때문에 자리를 마련한 것이었다. 테이블에 앉아 주문한 샐러드를 기다리는 동안 윤진은 성민에게 주현의 전 여자친구가 이미 죽었다는 사실을 아느냐고 물었다. 성민은 고개를 끄덕였다.

"응. 알고 있었어."

"주현 씨도 알아?"

"글쎄."

성민도 궁금했다. 주현의 머릿속이.

"말하는 것만 들어보면 모르는 거 같아."

주현의 전 여자친구가 죽었다는 사실은 조사를 해보면 어렵지 않게 밝혀질 일이었다. 기사화까지 된 사건이라면 더욱 그러하다. 만약 주현이 죽였다면 소영의 이야기를 쉽게 입에 담지 않았을 것이다. 자신이 생전에 지은 죄로 시선을 돌리게 해봐야 좋을 것이 없을 테니말이다. 그러나 주현은 소영의 존재를 숨길 생각이 없어 보였고, 오히려 소영이 자신을 죽였을 가능성을 제기했다.

"거짓말하는 느낌이 없긴 해. 하지만 진실을 말한다고 단정할 수도 없지. 자신의 결백함을 가장하려고 아무것도 모르는 척하는 걸 수도 있으니까."

성민은 사람을 잘 믿지 못하는 편이다. 사람의 속마음을 읽어보면, 세상에는 생각보다 뻔뻔하게 거짓말을 잘하는 사람들이 많다는 걸 알게 된다. 주현이 그런 부류가 아닐 거라고 확신하기에는 아직 알고 지낸 시간이 길지 않다. 소영을 죽인 범인은 아직 밝혀지지 않았다. 만약 주현이 소영을 죽인 것이 사실이라면 이승의 경찰들을 잘 속여 넘겼다고 봐야 한다. 그리고 지금 주현은 소영의 죽음을 모르는 척하는 것으로 저승까지 속일 수 있을 것이라 생각하는지도 모른다.

"일단 저승사자들은 주현 씨가 죽였다고 생각하는 것 같아."

저승사자들이 성민에게 홍제동 장미를 처리해달라며 건넨 자료에는 그렇게 적혀 있었다. 악귀가 된 원인은 아마 전 남자친구의 손에 살해당했기 때문일 거라고.

그리고 이번에 주현의 감시를 의뢰할 때도 비슷한 이야기를 했다.

갑자기 사고 귀신 감시를 의뢰할 때부터 내막이 있겠다 싶기는 했다. 성민이 저승의 꿍꿍이를 확인한 것은 어제 오전, 우진이 걸어온 전화에서였다.

* * *

"어이, 오늘 시간 비워놨지? 사고 귀신은 어디로 보내면 되나?"

성민은 기말고사 시험 준비를 위해 차를 타고 학교로 가던 중 우진의 전화를 받았다. 언제 어디로 사고 귀신을 보낼지는 메신저로 이야기해도 될 텐데 왜 군이 전화를 걸어오는지 모르겠다. 이른 아침부터 우진의 목소리를 듣다니 일진이 사납게 느껴졌다.

"학교로 오게 해. 11시 30분에 시험이 끝날 테니 그쯤 오면 될 거야. 답안지 걷고 학생들 질문을 받다 보면 좀 늦을 수도 있는데, 연락처를 알려주면 강인이에게 시간 맞춰 만나게 할게."

성민의 답변을 들은 우진은 소리 내어 웃었다.

"네놈이 대학에서 학생을 가르치다니 말세로군, 말세야."

"비웃지 마. 네가 존재한다는 사실만으로도 나는 이미 기분 나쁘니까 군이 더 내 기분을 나쁘게 하려고 노력하지 않아도 돼."

"아니, 웃겨서 웃는 것도 잘못인가? 이걸 비웃음으로 느낀다니 대체 속이 얼마나 꼬여먹은 건가? 나이 들었으면 마음이라도 곱게 쓰게나."

"웃는 건 잘못이 아니지. 잘못이 있다면 널 수정시킨 네 부모 아닐까."

"부모도 없는 놈이 남의 부모를 건드리네?"

가뜩이나 차도 밀리는데 우진 때문에 성민은 더 기분이 나빠졌다. 성민이 우진과 알게 된 것은 400년 전이다. 긴 세월 동안 정말 한결 같이 재수가 없었다. 마음 같아서는 연을 끊고 싶지만, 다른 나라로 떠나지 않는 이상 불가능하다.

우진은 성민이 조선에 온 지 얼마 지나지 않았을 때부터 전담으로 관리해왔다. 400년 전에는 성민을 관리하던 저승사자팀에서 가장 직위가 낮은 신참이었는데, 어느새 최고참 대우를 받는 모양이다. 직급도 꽤 올라 이제는 실무를 뛰지 않아도 될 텐데, 후배들에게 넘기지 않고 아직도 본인이 성민을 직접 관리 중이다.

우리는 서로를 싫어하니 이렇게 지내지 말고 후배에게 관리를 넘기면 안 되겠냐고 물어보았지만 거절당했다. 성민이 이 나라를 떠나기 전까지는 직접 관리할 거라고 했다. 그러니 이 나라를 떠나주면 바랄 게 없을 것 같다고도 했다. 같은 나라에 있고 싶지 않을 정도로 싫어한다니, 유일하게 마음이 통하는 부분이다.

그러나 성민은 우진을 위해 이 나라를 떠날 생각은 없다. 어차피 우진은 곧 실무에서 완전히 손을 떼야 하는 연차가 된다. 그럼 싫어도 다른 저승사자에게 성민의 관리를 넘겨야 한다. 성민은 그날만 기다리며 하루하루 버티고 있다.

이만 전화를 끊고 싶었다. 그러나 우진의 말이 귀를 붙들었다.

"미리 말해두는데 혹시 같이 다니다가 귀신이 통제에 따르지 않고 문제를 일으키려 한다면 네 선에서 알아서 처리하도록 해. 먹고 싶으면 먹어도 돼. 허가는 받아뒀으니까."

"대체 어떤 귀신이기에 그러지?"

전날 우진의 부하 직원이 전화로 간단하게 설명하긴 했다. 원래 G4 비자를 받은 사고 귀신이었는데, 우진이 직접 G2로 비자를 변경해가며 이승 체류를 허락했다고 했다. 이승에 머무는 동안 귀신이 일탈하지 않도록 지켜보며, 원하는 일을 할 수 있게 도와주면 되는 모양이었다. 귀신과 동행하며 드는 실비는 귀신의 노잣돈에서 받기로 했다. 그 외 정보는 아직 없었다.

귀신의 비자를 변경해주는 것은 지극히 이례적인 케이스다. 우진도 이제 나이가 들어, 젊은 나이에 죽은 귀신을 보고 마음이 약해진 건가 싶었는데 아무래도 그런 건 아닌 모양이었다. 우진이 이렇게까지 경고를 한다면 귀신에 대한 정보를 좀더 모아둘 필요가 있었다.

"홍제동 장미를 기억하나? 네가 처리에 실패했던 악귀."

"누가 실패했다는 거야!"

성민의 목소리가 거칠어졌다. 홍제동 장미는 저승사자들이 찾아갔을 때 이미 악귀화되어 사망 현장을 벗어나 있었다. 성민과 저승사자들이 행방을 찾아내서 처리하기는 했는데, 그 과정에서 악귀의 일부가 분리되었다. 작은 조각에 불과했기 때문에 굳이 찾아 처리할 것까지는 없다고 판단하여 일을 마무리했는데, 최근 그때 떨어져나간 악귀의 크기가 커지고 불안정해졌다고 한다. 아직 특별한 문제를 일으키고 있지는 않아서 본격적으로 수색해서 처리할 단계는 아니지만, 내버려두기에는 문제를 일으킬 가능성이 높아 골치 아픈 상황이었다.

문제를 일으키기 전에 미리 처리해두면 좋겠지만, 좀처럼 소재를 파악하기 힘들었다. 치안관리과 저승사자의 탐지에 일시적으로 확인되기는 하지만, 수색과가 가서 찾아보면 이미 행방을 감춘 지 오래였다. 모습을 드러내도록 유도할 방법이 필요했다.

"살해당한 사람이 악귀가 된다면 십중팔구 자신을 죽인 사람에게 원한이 남아 있기 때문이지. 아마 홍제동 장미도 마찬가지일 거야. 만약 자신을 죽인 전 남자친구가 죽어서 눈앞에 나타나면 어떻게 될까?"

지난번에 홍제동 장미를 아현역에서 잡았다. 이번에 알게 된 바로는 전 남자친구 집이 아현역 부근이었다. 원한인지 사랑인지 몰라도, 홍제동 장미는 죽은 뒤에도 여전히 전 남자친구의 주변을 배회하며 집착하는 듯했다. 전 남자친구가 근처에 있다면 다시 모습을 드러낼 것 같다는 게 우진의 판단이었다.

성민은 다소 날카로워진 목소리로 물었다.

"미끼로 쓰겠다는 거야?"

"미끼는 어감이 좀 나쁜 것 같구먼. 하루아침에 몸이 찢겨 살해당해 죽은 귀신이야. 게다가 홍제동 장미를 죽인 범인일 수도 있지. 이런 귀신은 억지로 데려가려고 하면 악귀화될 수도 있어. 당장 별일은 벌이지 않을 것 같으니 소원풀이를 해주며 잘 달래서 저승으로 데려갈 수만 있다면 귀신도 좋고 저승도 나쁠 게 없지 않겠나. 다만 기왕이면 다른 문제도 겸사겸사 해결하면 좋을 것 같다는 거지."

말은 좋은 게 좋은 거 아니냐였지만, 성민이 보았을 때 우진의 계획은 위험했다.

"지금 악귀가 된 영혼과 악귀가 될 가능성이 높은 영혼을 만나게 하겠다는 거야? 만나자마자 싸움 붙을 게 뻔히 보이는데 뒷감당을 어떻게 할 생각이야?"

"그건 네놈이 알아서 잘 처리해야지."

"내가 왜?"

"지난번에 홍제동 장미 처리에 실패했으니 마무리를 지어야 할 거 아냐."

성민의 목소리가 다시 커졌다.

"실패한 게 아니라고! 네가 지정한 영혼을 지정한 시간에 지정한 방법대로 없애줬잖아! 악귀가 분리된 걸 확인하지 못한 건 저승 잘못이지. 너희 실수를 어디서 나한테 떠넘기려는 거야? 추가로 일을 의뢰하는 거면 그만큼 대가를 줘."

"뭐, 실비 정도는 챙겨주겠네."

인심 쓰듯 말하는 우진에게 성민은 똑부러지게 말했다.

"거절하겠어. 그렇게 나온다면 홍제동 장미뿐만 아니라 오늘 보내겠다던 사고 귀신 감시도 맡지 않을 테니까 저승에서 알아서 해. 앞으로 관련된 연락도 하지 마. 기왕이면 영원히 연락하지 않으면 더 좋고."

성민은 답변을 기다리지 않고 전화를 끊었다. 전화를 끊자마자 막혀 있던 도로도 갑자기 뚫려 차가 앞으로 시원하게 달리기 시작했다. 우진의 메시지가 도착한 것은 3분 후였다.

— 홍제동 장미를 유인해 없앴다면 영혼 세 개를 추가로 주지.

성민은 잠시 생각하다 답신을 보냈다.

— 다섯 개는 줘야 하는 거 아닌가?

— 남은 건 악귀 일부분에 불과하니 그렇게는 못 줘. 만약 전 연인의 사랑싸움이 생각보다 커진다면 그때 가서 보너스 차원으로 좀더 얹어줄 테니 일단 시작해.

성민은 고민 끝에 알겠다고 회신했다. 일이 늘어났다. 하지만 어쩔 수 없었다.

먹고는 살아야 하니까.

* * *

흡혈귀에게 먹힌 영혼은 저승에 가지 못한다. 즉 '먹어도 좋다'는 이야기는 '저승에서도 데려갈 생각이 없다'는 의미다. 저승은 주현을 포기한 것이나 마찬가지다.

왜 그런 생각을 했는지는 알 것 같았다. 살인자일 가능성이 높은 살인 피해자라니. 저승이 처음부터 주현을 '로스 분'으로 넣어두었다 해도 이상할 것 없기는 하다. 이야기만 들어도 아직 악귀가 되지 않은 게 용하다 싶을 정도니까. 불필요한 영혼으로 또 다른 불필요한 영혼을 유인해 처리할 수 있다면 나쁠 것 없다는 게 저승의 생각인 듯했다.

어제 우진과의 통화 내용을 되새겨본 성민은 윤진에게 저승에서도 주현을 살인자로 보는 듯하다고 말해주었다. 물론 저승이 주현을 이용하려 한다는 이야기는 비밀로 했다. 그런 이야기까지 윤진과 공유할 필요는 없다.

윤진은 심각한 얼굴로 물었다.

"저승에서 그렇게 생각한다면 정말 살인자 아니야?"

"아니. 꼭 그렇지만은 않아."

이승 사람들은 저승에 가면 생전의 모든 행적이 파악되고 상벌이 내려진다고 믿는다. 그러나 저승사자들에게는 그런 능력이 없다. 저승 상부에서 내려보낸 간단한 신상정보를 바탕으로 죽은 영혼들을 모아서 데려가는 하급 공무원일 뿐이다. 주현을 살인자라고 생각하는 것도 어디까지나 여러 정황을 보고 저승사자들이 자체적으로 판단한 결과다. 사실과 다를 가능성도 있다.

윤진이 말했다.

"나는 주현 씨가 먼저 전 여자친구 이야기를 꺼냈으니 살인범이 아닐 것 같아. 굳이 자신의 범행에 눈을 돌리게 할 필요는 없잖아."

"그렇게 단정할 수는 없어. 연기하는 걸 수도 있지. 의도적으로 짠 시나리오일 수 있단 뜻이야. 단순히 기억을 잃어버린 걸 수도 있고."

사고로 죽은 영혼이 죽기 직전의 기억을 잊어버리는 경우는 흔하다. 고통스럽게 죽던 순간을 떠올려봐야 좋을 게 없으니 일종의 방어기제가 작동하는 듯하다. 방어기제는 사고 순간만 지우는 것이 아니다. 때로는 생전에 경험한 사건도 잊게 한다. 범죄에 관한 기억 자체가 날아가버렸을 가능성도 배제할 수는 없다. 현재로서는 어느 쪽이든 확신할 수 없다.

윤진은 어제 삼겹살집에서 만난 영우의 표정을 떠올렸다. 저승뿐만 아니라 경찰도 주현이 살인범일 가능성이 높다고 보는 듯했다. 주현에게는 좋지 않은 상황이다.

"너는 어떻게 생각해?"

윤진은 성민에게 물었다.

"별생각 없어. 난 저승에서 의뢰받은 일만 끝내고 보수를 받으면 그만이니까."

"한동안 같이 다녀야 하잖아. 살인범일 수도 있는데 찜찜하지 않아?"

"나를 죽일 일은 없을 텐데 찜찜할 게 어디 있어."

"그런 문제가 아니잖아."

"그럼 뭐가 문젠데? 살인범이 아니라면 아무 문제 없고, 살인범이라 해도 나를 해칠 일이 없다면 역시 아무 문제 없는 거 아냐?"

윤진은 선뜻 받아치지 못했다. 사상 최악의 살인마가 눈앞에 있다 하더라도 성민은 두려워하지 않을 것이다. 칼에 찔리면 죽을 수밖에 없는 평범한 인간인 윤진이 살인범이라는 존재에 대해서 느끼는 어딘지 모를 찜찜함을 흡혈귀인 성민이 공감해줄 일은 없다.

"주현 씨가 얌전히 지내다 떠나준다면 나는 편하게 보수를 받을 수 있고, 주현 씨가 문제를 일으키면 더 큰 보수를 받을 수 있으니 좋아. 어느 쪽이든 내가 손해볼 건 없어."

맞는 말이기는 하지만 윤진은 성민의 이런 태도가 단순히 손해볼 일이 없다는 계산에서 나온 것만이 아님을 알았다. 성민은 원래 이런 성격이다. 정말 좋거나 정말 싫은 것이 아니라면 굳이 말하지 않는다. 상대하기 편한 성격이라고 볼 수도 있다. 하지만 사실 이런 성격은 친해질수록 주변 사람들을 골치 아프게 한다. 특히 윤진처럼 똑부러진 성격을 가진 사람은 답답하게 느껴질 때가 많다.

성민은 잠시 생각하다 말했다.

"찜찜한 게 있다면 주현 씨의 거짓말일까?"

"거짓말이라니?"

"경찰이 내사 중인 사건이 있다면서? 내가 그 말을 할 때 주현 씨 표정이 어땠는지 알아? 벌벌 떨며 당황하는 기색이 역력했다고."

그전까지 주현은 감정 표현이 거의 없었다. 그래서 주현의 변화가 더 눈에 띄었다. 주현은 경찰을 두려워하는 게 틀림없었다. 하지만 생전 지은 죄를 말해보라고 하자, 주현은 자신은 평범하게 살아왔다며 딱 잡아떼었다.

"주현 씨가 진실을 이야기해주면 좋겠어. 그래도 며칠간 같이 다녀야 하는데 거짓말 속에서 이리 갔다 저리 갔다 하며 무의미한 고생을 하고 싶지는 않거든."

성민은 주현을 믿지 않는다. 그래서 훗날 주현이 한 말들이 거짓이었음이 드러난다 해도 딱히 상처받을 일은 없다. 이건 업무의 효율성 문제다. 기왕 같이 다녀야 한다면 솔직하게 상황을 공유해서 손발이 맞아야 일이 쉽게 끝난다.

하지만 여전히 주현은 뭔가를 숨기는 듯한 느낌이 든다.

성민은 윤진에게 물었다.

"너는 주현 씨에 대해 어떻게 생각해?"

윤진은 잠시 고민하다 답했다.

"나는 주현 씨가 살인범이 아니라고 생각해."

"왜?"

"다들 살인범이라고 생각하니까."

단순한 청개구리 심리일지도 모른다. 그러나 기자는 남들이 그렇다고 할 때 아니라고 생각해야만 한다. 다수가 옳다고 생각하는 게 때로는 잘못되었을 수도 있다. 기자는 그 순간 누구보다 큰 목소리로 잘못됐다고 외치기 위해 존재한다. 기자가 아무 고민 없이 다수의 흐름에 따르는 순간, 진실은 자취를 감춘다.

'기자는 세상에서 누구보다 삐딱한 존재여야 한다.'

윤진이 가장 존경하던 선배 기자가 생전에 그렇게 가르쳐주었다. 이승의 경찰도 저승의 사자도 주현을 살인범이라고 생각한다. 아마 이를 뒷받침할 만한 증거는 윤진이 현재 아는 것보다 더 많을 것이다. 기자의 삐딱함을 발휘하기에 적격인 타이밍이다.

성민은 그런 윤진에게 말했다.

"적당히 믿어."

"적당히 믿는 게 뭐야?"

"일단 믿되 배신당했을 때 상처받지 않을 정도?"

그게 대체 뭐냐며 윤진은 깔깔 웃으며 말했다.

"믿음이 배신당하면 상처받을 수밖에 없지. 사람을 믿는다는 것은 상처받을 걸 각오했다는 소리나 마찬가지야. 상처받을 각오도 없이 믿음을 입에 담아서는 안 된다고 생각해."

기사를 쓸 때 마지막 한 줄만 쓰면 끝나는 상황이라고 해도 반대되는 근거가 나왔다면 기사 전체를 버려야 한다. 윤진은 믿음이 상처를 가져다줄 수 있다는 점을 충분히 각오하고 있다.

맑은 목소리로 자신의 가치관을 이야기하는 윤진을 보며 성민은 불편한 표정이 되었다.

"나는 네가 상처받는 걸 보고 싶지 않으니까 하는 소리야."

성민의 입에서 나온 단호한 이야기에 윤진의 볼이 붉어졌다.

"알았어. 노력해볼게."

성민은 항상 윤진에게 다정하다. 불필요할 정도로.

4

홍인철강은 주물공장으로, 유사한 중소 제조업 공장들이 모인 공업단지에 위치해 있었다. 차 두 대가량이 나란히 지나갈 만한 그리 넓지 않은 길 양옆으로 공장들이 늘어서 있었다. 홍인철강 입구의 철문은 활짝 열려 있었다. 그러나 그 옆 경비실에서 낯선 차를 바라보는 경비원의 시선은 꽉 막혀 있었다.

"안녕하세요. 오늘뉴스 김윤진 기자입니다. 최근 해외 제조업체와의 경쟁이 심화되는 가운데 제조업에 종사하는 분들이 실제로 느끼시는 고충이나 애로사항에는 무엇이 있을지에 대해 취재를 진행하고 있습니다."

차에서 내린 윤진은 경비실에 명함을 내밀며 말했다. 경비원은 안경을 이마 위로 올리며 명함을 살펴보더니, 잠시 기다리라고 한 뒤 전화기를 들었다.

"부장님, 기자가 찾아왔는데요."

경비원은 윤진을 들여보내 취재를 하게 해도 좋을지 물어보았다. 윤진은 얌전히 서서 답변을 기다렸다. 윤진의 곁에는 강인만이 함께 하고 있었다. 하르를 포함해 총 다섯의 인원이 있으니, 효율을 높이기 위해 조사 업무를 분담하기로 했다. 하르는 공장 주변을 돌아보며 수상한 점이 없는지 살펴보기로 했고, 윤진은 취재를 핑계 삼아 공장 직원들을 정면으로 인터뷰하기로 했다. 강인은 윤진의 수습인 척 따라다니며 뒤에서 도와주기로 했다.

주현과 성민은 이미 공장 안에 들어와 있었다. 귀신인 주현에게 이승의 규칙은 적용될 수 없었고, 성민도 저승으로 이동한 상태였다. 두 사람은 이승 사람에게 보이지도, 들리지도 않았다.

경비원의 눈앞을 유유히 지나친 두 사람은 자유롭게 공장 안을 둘러보기로 했다. 공장은 예상보다 규모가 컸다. 소음과 분진 사이에서 여덟 명 내외의 사람들이 한창 일하는 중이었다.

"혹시 안면이 있는 직원이 있나요?"

성민의 물음에 주현은 고개를 저었다. 공장 안에는 낯선 얼굴들뿐이었다. 스쳐 지나간 기억이 남아 있는 사람들조차 없었다. 그래도 한 직원이 걸친 홍인철강 점퍼만은 눈에 익었다. 틀림없이 샤워장에서 보았던 바로 그 점퍼다.

살인범은 직원들 중에 있거나, 그들의 점퍼를 함께 입을 만한 측근 중에 있을 확률이 높다. 훔쳐 입었거나 버린 것을 주워 입었을 가능성도 배제할 수는 없지만, 일단 직원들과의 관련성을 전제로 조사를 진행하는 게 나을 듯했다.

"인천에 연고가 있다고 하셨죠?"

"네, 여기서 태어나 중학교 때까지 살았습니다."

주현의 아버지는 회계사다. 고향인 인천에서 회계사 일을 하다가 주현이 중학교를 졸업할 때쯤 사업을 하던 친척을 돕기 위해 수원으로 이사했다.

"혹시 이 근처에 집이 있었나요?"

"아닙니다. 중앙공원 쪽이었으니 여기서 차로 30분 정도는 가야 할 겁니다."

같은 인천이라지만 생활권이 다소 달랐다. 게다가 어린 소년이 연고도 없이 이런 공업단지를 드나들 일은 없다. 성민은 곰곰이 생각하더니 말했다.

"혹시 교대근무를 한다면 지금 일하는 직원들 말고 다른 직원들이 더 있을 거예요. 휴직자나 퇴사자도 있을 거고요. 직원 명단을 확인해 보죠."

공장 안쪽으로 사무실이 보였다. 철제 책상 위에 컴퓨터와 서류들이 놓여 있는 평범한 사무실이었다. 벽 한쪽에는 상패와 트로피가 전시된 진열장이 있었고, 다른 쪽에는 서류들이 빼곡하게 꽂힌 책장이 있었다. 사무실 안쪽에는 별도의 방이 두 개 있었는데, 하나는 회의실, 다른 하나는 대표이사실인 듯했다.

사무실 책상은 총 일곱 개였지만, 앉아 있는 직원은 세 명뿐이었다. 50대 남자가 가장 안쪽 자리에 앉아 휴대폰을 만지작거리고 있었고, 30대로 보이는 남자와 여자가 표정 없는 얼굴로 컴퓨터를 들여다보고 있었다.

책장을 살펴보던 성민이 주현을 불렀다. 성민이 가리키는 곳에는 '직원명부'라고 적힌 노란 파일이 있었다.

"직원들이 있는데 어떡하죠?"

성민은 주현과 달리 이승의 물건을 만질 수 있었다. 문제는 지금 성민이 직원명부를 건드린다면, 이승 사람들 눈에는 파일이 멋대로 움직이는 것처럼 보일 거라는 사실이었다. 이렇게 작고 조용한 사무실이라면 사람들 눈을 피해 몰래 파일을 보고 도로 가져다두는 게 쉽지 않아 보였다. 게다가 천장에는 책장 쪽을 향해 CCTV가 달려 있었다. 50대 남자 뒤에는 공장 안팎의 CCTV들이 찍는 장면이 실시간으로 나오는 모니터가 있었다. 직원들의 눈은 피해도, CCTV만큼은 피하기 어려울 듯했다.

걱정하는 주현에게 성민은 편안한 미소를 지어 보이며 말했다.

"이럴 때를 대비해서 팀을 나눈 거예요."

성민은 사무실 밖을 바라보았다. 용접 불꽃이 빛나는 공간에 윤진과 강인의 모습이 보였다. 무사히 안으로 들어온 듯했다.

성민은 사무실을 나가 공장 안을 둘러보는 두 사람에게 다가가 말했다.

"사무실에서 직원명부를 찾았어. 내용을 보고 싶으니 사람들을 데리고 나가줄 수 있을까?"

윤진은 성민의 목소리를 들을 수 없었다. 그러나 강인은 성민의 모습을 볼 수 있고 목소리도 들을 수 있었기 때문에 성민의 말을 대신 윤진에게 전해주었다. 성민은 먼저 사무실로 돌아왔고, 윤진과 강인은 공장에서 잠시 작전을 짰다.

잠시 후 윤진과 강인이 사무실에 들어왔다. 두 사람이 들어오자 가장 안쪽에 있던 50대 남자가 자리에서 일어났다.

"어이구, 안녕하십니까. 조금 전에 연락받았습니다. 취재를 오셨다고요?"

"안녕하세요, 부장님. 처음 뵙겠습니다. 오늘뉴스 김윤진 기자입니다."

윤진이 명함을 내밀며 인사하자, 부장도 자신의 명함을 건네주었다. 윤진은 강인을 가리키며 수습기자인데, 아직 입사한 지 얼마 되지 않아 명함이 나오지 않았다고 소개했다. 강인이 꾸벅 인사하자 부장은 의심하는 기색 없이 그러냐며 고개를 끄덕였다.

"죄송하지만 오늘뉴스는 처음 듣는 방송사네요."

"방송사가 아니라 신문사입니다. 저는 세종일보에서 10년간 기자로 일했는데, 구시대의 언론매체보다 새로운 플랫폼에서 기사를 쓰고 싶다는 생각에 얼마 전에 이직했습니다. 요즘 같은 4차 산업혁명 시대에는 한 명의 인터넷 인플루언서가 수백만 부의 종이신문보다 사회적으로 더 큰 파급력을 발휘하니, 언론도 변화할 필요가 있지 않겠습니까?"

"아, 네. 그러시군요."

부장은 들도 보도 못한 매체의 기자에게 보이던 경계심을 다소 누그러뜨렸다. 4차 산업혁명이 뭔지 윤진은 잘 모른다. 기자인 윤진이 잘 모르면 보통 사람들은 더 모른다. 그렇기 때문에 대화에 적당히 '4차 산업혁명'이라는 단어를 섞어서 말해주면 상대방의 태도가 유해진다. '클라우드'나 '빅데이터', '블록체인' 같은 단어도 괜찮다.

뭐가 뭔지 잘 모르겠지만 여기서 모르겠다고 하면 체면이 서지 않고, 상대방은 내가 모르는 것을 잘 아는 듯 말하고 있으니 아마 똑똑한 사람일 것이고, 여기서 적당히 대화를 맞춰주면 나도 똑똑한 사람으로 보일 것이라는 심리 때문이 아닐까 싶다. 물론 세종일보라는 구시대의 언론매체가 가진 명성도 한몫 톡톡히 했을 것이다.

윤진은 부장에게 말했다.

"부장님, 지금 인터뷰를 할 수 있을까요?"

"지금 바로요?"

"네, 바쁘지 않으시다면 좀 조용한 곳에서 말씀을 나누었으면 하는데요. 기왕이면 직원 분들도 함께해주시면 더 좋고요."

"그러시죠. 회의실로 가실까요? 정 대리도 같이 가지."

일어난 것은 남자 직원뿐이었다. 여자 직원은 여전히 표정 없는 얼굴로 모니터를 보고 있었다. 성민은 여자 직원도 어떻게 좀 해달라고 강인에게 신호를 보냈다.

강인은 부장에게 말했다.

"부장님, 인터뷰하시는 동안 저는 기사에 넣을 만한 공장 안 사진을 좀 찍고 바깥에서 일하시는 분들의 이야기도 들었으면 하는데요. 물론 일에 방해가 되지 않는 범위에서 하겠습니다."

"좋으실 대로 하세요. 위험하니까 일하는 곳에 너무 가까이 가지 마시고."

"네, 혹시 가능하다면 공장 안내를 좀 받아볼 수 있을까요? 제가 혼자 멋대로 돌아다니는 것도 실례가 될 것 같아서요."

강인은 여자 직원의 뒷모습을 슬쩍 바라보며 부장에게 물었다. 부장은 강인이 주는 신호를 눈치챘는지 여자 직원에게 말했다.

"이 주임, 기자님 공장 안내 좀 해주겠나?"

그제야 여자 직원은 자리에서 일어났다. 윤진은 부장과 남자 직원을 데리고 회의실로 들어갔고, 강인은 여자 직원과 함께 작업장 쪽으로 나갔다. 사무실 안에는 성민과 주현만이 남았다.

성민은 부장 뒷자리에 있던 CCTV 모니터를 살펴보더니 옆에 있는 녹화 버튼을 조작하기 시작했다. 처음에는 아무거나 이것저것 눌러보는 듯했지만, 곧 사무실을 찍는 CCTV를 찾아내 녹화를 정지시켰다. 능숙한 솜씨였다.

"많이 해보신 것 같네요."

"요즘은 사람 눈만 피한다고 되는 게 아니니까요. 이렇게 대놓고 있는 CCTV는 쉬운 편이에요. 언뜻 평범한 컴퓨터로 보여도 구석에 웹캠이 달려서 CCTV 역할을 하기도 하고, 심지어 로봇청소기에 CCTV를 달아놓기도 하는 시대잖아요."

"4차 산업혁명 시대니까요."

"네, 뭔지는 몰라도 대단한 거 같아요."

책장에 가서 직원명부를 펼쳐보니 증명사진과 함께 주소와 학력 같은 개인정보를 정리해둔 서류가 프린트되어 꽂혀 있었다. 약 스무 명 정도였다.

"살인 범죄는 일반적으로 아는 사이에서 발생해요. 샤워장에서 본 사람이 살인청부업자거나 잭 더 리퍼 같은 연쇄살인마일 수도 있겠지만, 가능성은 낮죠. 일단 직원 중에 주현 씨와 어떤 식으로든 안면이 있을 만한 사람부터 찾아보도록 하죠."

주현은 명부를 넘겨가며 직원들을 한 명씩 살펴보았다. 그러나 알 것 같은 사람은 없었다. 연령대든 주거지든 국적이든 모든 것이 주현의 삶과 동떨어진 사람들뿐이었다.

"외모는요? 혹시 비슷하게 생긴 사람은 없나요?"

주현은 사진을 위주로 살펴보며 한 장씩 다시 넘겨보았다.

"이 사람이 제가 본 범인과 비슷하네요."

"아까 저기 앉아 있던 사람 아니에요?"

주현이 멈춘 페이지에는 흰 블라우스 위에 검은 상의를 걸친 채 인위적인 미소를 띤 여자가 한 명 보였다. 강인에게 공장을 안내해주기 위해 함께 나간 여자 직원이었다. 사무실에 앉아 있을 때의 표정과는 다르지만 틀림없이 동일 인물이다.

"그나마 다른 사람들보다는 비슷하다는 이야기일 뿐입니다. 제가 본 건 살인범의 눈뿐이지만, 눈가에 주름이 없을 정도로 젊었고 쌍꺼풀이 짙었습니다. 연령대와 외모를 고려한다면 이 사람 정도고 다른 직원들은 가능성이 낮아 보입니다."

주물공장에서 일하는 것은 쉽지 않은 일이다. 요즘 같은 시대에 20대 젊은 청년이 뜨겁고 시끄럽고 공기가 탁한 공장에서 일하고 싶어 하는 경우는 드물 것이다. 홍인철강의 직원들도 40대 이상이 대부분이었다.

"외국인일 가능성도 있지 않나요?"

외국인 직원 중에는 30대에 쌍꺼풀이 짙은 사람들이 있었다. 주현은 고개를 저었다.

"살인범이 외국인일 가능성이 없는 것은 아닙니다만, 그렇다면 아마 대다수의 한국인과 외모가 비슷한 나라 사람일 겁니다. 하지만 명부에 있는 직원들은 그렇지 않은 것 같네요."

혼혈이나 귀화자도 많지만, 여전히 한국인이라고 하면 떠오르는 보편적이고 전통적인 외모의 범주가 있는 것이 사실이다. 주현이 본 살인범도 그런 범주 내에 있는 외모였다. 하지만 홍인철강에서 일하는 외국인 직원들은 그렇지 않았다.

나이 많은 직원들과 외국인 직원들을 제외하면 아까 본 여자 직원 한 명밖에 남지 않는다. 마침 여자 직원은 쌍꺼풀이 짙은 편이었다. 그런 이유에서 그나마 여자 직원의 외모가 살인범과 비슷하다고 말한 것뿐이었다.

"살인범은 남자였으니, 아마 이 직원도 배제되어야 하겠죠."

살인범은 두툼한 점퍼 차림이라 몸 선을 확인하기는 어려웠다. 그러나 행동이나 걸음걸이에서 남자라는 것이 느껴졌다.

"휘적휘적 걷는다고 할지, 일반적인 여자들 걸음걸이와는 달랐습니다. 물론 여자도 사람에 따라서는 휘적휘적 걸을 수 있겠지만, 그래도 사람의 직감이라는 것이 있지 않습니까. 동작도 크고 힘도 셌습니다. 시신이 담긴 봉투를 거뜬히 들고 옮겼으니까요."

"결국 직원명부에 있는 사람 중에는 주현 씨가 본 살인범이 없다는 거네요."

"그렇습니다."

성민은 직원명부를 도로 책장에 꽂았다. 그리고 부장의 책상으로 가서 앉더니 컴퓨터를 만지기 시작했다. 전체 검색창에 쓴 검색어는 '직원명부'였다.

"어쩌면 퇴사자일 수도 있어요. 아마 컴퓨터에 과거 직원명부 파일이 있을 거예요."

성민의 예상대로 '직원명부'라는 제목의 문서 파일들이 검색되었다. 문제는 수가 제법 된다는 점이었다. 단기 근무하고 퇴사한 사람이 꽤 많은지 파일 수가 150개 이상은 되어 보였다.

성민은 자리에서 일어났다.

"일단 보고 계세요. 강인이에게 좀더 시간을 끌어보라고 말하고 올게요."

"마우스를 만질 수 없는데요."

"아, 맞다. 그럼 주현 씨가 가셔야겠네요. 30분만 버티라고 해주세요. 윤진이에게도 같은 내용으로 연락해달라고 해주시고요. 저는 30대 이하 남자 직원들이 과거 이곳에서 근무한 적이 있는지 확인해보고 있을게요."

성민은 말을 마치자마자 파일을 하나씩 열어보기 시작했다. 주현은 바로 사무실에서 나가 강인을 찾았다. 강인을 발견한 곳은 공장 뒤편에 있는 흡연 장소였다. 강인은 담배를 피우러 나온 직원들과 대화를 나누고 있었다. 여자 직원도 함께였다. 무슨 대화 중인지 다들 얼굴에 웃음이 가득했다. 강인을 불러내면 분위기가 깨질 것 같아서 주현은 저승 휴대폰의 메모장을 켰다.

— 시간을 30분만 더 끌어주실 수 있나요? 윤진 씨에게도 말씀을 전해주시면 감사하겠습니다.

주현이 쓴 메모를 본 강인은 곤혹스러웠다. 사진은 이미 대충 다 찍었다. 설명까지 들어가며 천천히 찍었는데, 큰 공장이 아니라 10분도 채 되지 않아 어지간한 곳은 전부 돌아볼 수 있었다. 직원들의 이야기를 듣고 싶다는 핑계로 흡연 장소로 와서 대화를 나누고는 있지만, 소재가 끊겨가고 있었다.

애초에 강인은 기자가 아니다. 성민의 지인 중에 기자들이 있어서 강인도 교류를 하며 지내왔다. 그러다 보니 기자들의 말투나 행동을 대충 흉내 낼 수는 있었다. 그러나 한계가 있다. 강인은 단 한 번도 현재 대한민국의 풀뿌리 제조업 종사자들이 느끼는 고충이 무엇인지 진지하게 생각해본 적이 없었다.

게다가 업무 중에 시간을 낸 직원들을 30분 이상 붙잡아두는 것도 쉬운 일이 아니다. 이만 일하러 돌아가야 한다고 하면 붙잡을 핑계가 마땅치 않다. 강인은 일단 윤진에게 메신저로 연락했다.

― 30분 더 시간을 끌어달라고 하십니다.

― 오케이.

윤진의 답장은 빨랐다. 윤진은 말과 글로 먹고살고, 제조업 문제와 같은 사회 이슈에 대해서도 기본 지식이 풍부하다. 인터뷰로 시간을 끄는 일이 그다지 어렵지 않을 것이다. 강인이 문제였다. 주현은 그가 무슨 말로 시간을 끌어야 할지 난감해한다는 것을 눈치챘다. 주현은 문득 떠오른 이야깃거리를 메모장에 적었다.

― 퇴사한 직원 중에 30대 이하인 젊은 사람은 없었는지 여쭤봐주시겠습니까?

메모를 본 강인은 고개를 끄덕이더니 바로 직원들에게 질문을 던졌다.

"요즘 인력 수급 문제는 어떻습니까? 아무래도 젊은 사람들은 제조업 분야에서 근무하지 않으려고 할 것 같은데요."

재떨이 옆 의자에 앉은 남자가 손을 내저으며 말했다.

"아무래도 그렇죠. 젊은이들을 떠나 요즘 한국 사람들 자체가 고된 일을 안 하려고 해요. 우리 회사뿐만 아니라 이쪽 동네 공장들이 모두 외국인 없으면 안 돌아간다니까."

"2, 30대들 중에 짧게라도 근무한 사례는 없습니까?"

"이 주임 같은 사무직 직원 말고는 없죠."

그때 옆에 서 있던 희끗한 머리의 남자가 말했다.

"아니, 최근에 한 명 있지 않았나?"

"누구 말인가?"

"그때 그 최 부장 조카……."

"아아……!"

앉아 있던 남자는 간신히 떠올렸다는 듯 말했다.

"작년에 부장님 조카가 나이가 서른이 다 되어가는데 변변찮은 대학을 나와 아직 취업도 못 하고 있다고 해서 잠깐 일한 적이 있습니다. 사무직으로 일할 줄 알고 온 모양인데, 부장님이 현장 업무부터 시켰죠. 첫날 입이 댓 발로 나와 출근했었는데. 허허."

"지금은 다니지 않습니까?"

"뭐, 그렇죠."

"오래 일하지는 않았던 모양이네요."

"그래도 처음 생각했던 것보다는 오래 일하긴 했는데……."

직원들 사이에서 오가는 시선과 분위기가 묘했다. 강인은 물었다.

"어쩌다 그만뒀습니까?"

직원들은 한동안 쉽사리 답변하지 않았다. 옆에 있던 여자 직원이 입을 열었다.

"사고를 당했어요."

"교통사고 같은 건가요?"

"아뇨. 범죄요."

강인의 미간에 주름이 잡혔다.

"직장을 그만둬야 할 정도의 범죄라면……?"

여자 직원은 목소리를 낮추며 답했다.

"살인이에요."

예상치 못한 이야기에 강인은 당황했다. 괜한 걸 물어봤다 싶었다. 그러나 화제를 바꿀 수는 없었다. 강인은 어떻게든 30분 동안 여자 직원을 이 자리에 잡아두어야 했다. 어떤 주제든 계속 대화를 이어가야 했다. 강인은 손에 든 녹음기를 여자 직원에게 내밀었다. 그리고 마치 새로운 기삿거리를 우연히 발견한 기자처럼 물었다.

"어쩌다 그렇게 되었나요?"

"잘 몰라요. 부평에 놀러 갔다가 죽어서 발견됐어요. 허름한 여인숙 같은 곳에 묵었다는데, 그러다 보니 CCTV가 없어서 누가 죽였는지도 모른다고 해요."

토요일 저녁에 부평에 친구를 만나러 간다고 하고 집을 나갔다. 그리고 다음 날 부평 뒷골목 여인숙에서 시신으로 발견됐다. 집을 나간 뒤 시신으로 발견될 때까지의 과정은 아무도 모른다. 친구를 만나러 간다고 했지만 휴대폰에는 통화나 문자 따위의 흔적이 없었다. 집이 인천이니 밤이 늦었어도 택시를 타고 돌아오면 됐을 텐데, 굳이 여인숙에 묵었다. 여인숙에 설치된 CCTV는 카운터 근처에 설치된 것 하나뿐이었는데, 진작 고장 나서 아무것도 찍히지 않았다.

여인숙 주인은 죽은 손님이 혼자 왔다고 했다. 그러나 여인숙에는 음식 배달원이나 출장 안마사 같은 사람들이 수시로 드나든다. 주인은 어떠한 통제도 하지 않았다. 몇 호실로 가냐고 물어보지도 않았고, 심지어 얼굴을 확인하지도 않았다. 누구나 자유롭게 드나들 수 있었고, 범인 또한 마찬가지였다. 결국 아직까지 범인이 잡히지 않았다고 한다.

이야기를 들은 강인은 뭔가 꺼림칙했다. 주현을 죽인 사람은 흥인철강 점퍼를 입고 있었다. 그런데 바로 그 흥인철강 직원 중에도 1년 전 살인 피해자가 있었다. 단순한 우연에 불과하다고 생각하고 넘기기에는 마음에 걸리는 부분이 있었다.

강인은 함께 이야기를 듣던 주현에게 확인해볼 만한 이야기가 아니냐는 눈빛을 보냈다. 주현도 놀란 모양이었다. 얼굴이 질린 채 몸을 살짝 떨고 있었다.

강인은 여자 직원에게 물었다.

"혹시 사망한 분 성함을 알 수 있을까요?"

"최형철이에요."

"나이는요?"

"저보다 두 살 어렸으니 91년생이겠죠."

여자 직원이 사망한 직원의 이름과 나이를 말한 순간, 주현은 돌연 몸을 돌려 걷기 시작했다. 강인은 주현이 갑자기 왜 저러나 싶었다. 주현도 관심을 가질 만한 이야기가 아닌가 생각했기 때문이다. 주현의 분위기는 어딘가 심상찮아 보였다. 하지만 강인은 주현을 따라가 사정을 물어볼 수 없었다. 강인에게는 무슨 수를 쓰든 꼼짝없이 이곳에서 시간을 끌어야 하는 임무가 있었기 때문이다.

다행히 직원들은 새로운 화제에 관심이 있는 모양이었다. 여자 직원도 이만 들어가겠다는 말을 꺼내지 않았고, 두 명의 남자 직원도 진작 담배를 다 태웠지만 들어갈 생각이 없어 보였다. 의자에 앉은 남자 직원이 말했다.

"아마 여자가 죽였을 겁니다."

"여자요?"

"사실 그림이 딱 그려지지 않습니까? 친구와 약속도 없는데 나가서는, 집이 멀지도 않은데 굳이 여인숙에 방을 잡았다는 건……."

"그곳으로 여자를 불렀을 수 있다는 말씀이군요."

정확히 말하자면, 성매매를 목적으로 여자를 불렀을 거라는 소리인 듯했다. 머리가 희끗한 남자 직원이 말했다.

"그쪽 거리가 그런 걸로 좀 유명합니다만, 그 여인숙이 유독 더 유별났던 모양입니다. 저도 소문을 들었어요. CCTV도 하나밖에 없고, 드나드는 사람들을 까다롭게 확인하지도 않아서 남들 눈에 띄고 싶지 않을 때 간다더군요. 아, 물론 제가 갔다는 건 아닙니다. 사건이 난 다음에 이야기를 들었어요. 아마 주인이 의도적으로 그런 분위기를 만들어 손님을 모은 거겠죠."

"아예 성매매 목적으로 방을 사용할 수 있게 했다는 말씀이군요. CCTV 고장도 우연이 아니라 의도적인 걸 수도 있겠네요."

"그렇죠. 주인이 다 늙은 꼬부랑 할망구인데 아주 여우 같다니까요."

가보지 않았다면서 꽤 잘 아는 듯했다. 아무튼 가능성은 높은 추측이었다. 여인숙 방에 혼자 있었다면 자살이나 사고가 아닌 이상 죽을 일이 없다. 그러나 형철이라는 남자는 칼에 찔려 죽었다. 누군가와 함께 여인숙 방에 있었다는 소리다. 휴대폰에 약속을 잡은 기록이 없었으니 공중전화나 대포폰 등으로 연락했다고 봐야 한다. 평범한 상대방은 아닐 가능성이 컸다. 만남이 주변에 알려지면 안 되는 비밀스러운 상대, 바로 그런 상대에게 살해당한 것이다.

의자에 앉은 남자 직원은 말했다.

"우리는 경찰에게 성매매 업소 쪽을 조사해보라고 했는데 경찰은 듣는 둥 마는 둥 하며 조사를 안 하더라고요. 아마 뒷돈 받아먹은 게 있겠지. 아직도 범인은 못 찾았어요. 죽은 놈만 안됐지요."

강인은 직원들과 대화를 이어나갔다. 시간을 잘 끌고 있다고 안심하던 순간, 여자 직원이 말했다.

"저는 이제 들어가볼게요. 혹시 필요하신 게 있으면 말씀해주세요."

그러자 함께 수다를 떨던 남자 직원들도 자리를 정리했다. 남자 직원들은 공장에서 일하니 바로 사무실에 갈 일은 없을 듯하지만, 여자 직원은 이곳을 떠나면 사무실로 직행할 것이다. 어떻게든 막아야 했다. 당황한 강인은 사무실로 돌아가려는 여자 직원을 불러 세웠다.

"혹시 주변에 카페가 있나요?"

"5분 정도 거리에 있어요."

"도와주신 게 고마워서요. 한잔 사드릴게요."

"너무 오래 자리 비우면 좀 그런데……."

"제가 다른 공장 사진도 찍고 싶다고 해서 잠깐 안내해주신 걸로 하면 되죠."

다행히 여자 직원은 강인을 따라나섰다. 카페까지 왕복 10분이니 주문 시간까지 포함하면 넉넉히 시간을 채울 수 있을 듯했다.

공장 정문을 나설 때 강인은 공장 앞길에 우두커니 선 주현을 발견했다. 주현은 강인에게 눈길을 주지 않았다. 그저 고개를 든 채 홍인철강의 지붕 부근을 빤히 바라볼 뿐이었다. 아무것도 없는 허공에서 뭔가를 찾는 듯한 시선이었다. 주현의 기색이 다소 이상하긴 했지만 악귀화가 된 것 같지는 않았다. 옆에 여자 직원이 있어서 다가가 무슨 일 있냐고 물어보기는 어려웠다. 성민이 어떤 일을 시킨 게 아닐까 생각하며 강인은 걸음을 옮겼다.

모퉁이를 돌 때쯤 혹시나 하고 뒤를 돌아보았다. 여전히 주현은 그곳에 서 있었다.

미동도 없이.

5

성민은 컴퓨터에 있는 문서 파일을 전부 열어보았다. 한국인이거나 한국인과 유사한 외모를 지닌 외국인이면서 연령대가 30대 이하인 남자만 추려내니 여섯 명이 나왔다. 이들 중 혹시 아는 사람이 있는지, 알지 못하더라도 범인과 인상이 유사한 사람은 없는지 주현에게 확인해보아야 했다.

그러나 주현이 돌아오지 않고 있었다. 강인에게 말만 전하고 바로 올 줄 알았는데 30분이 거의 다 되어가는데도 모습을 드러내지 않았다. 회의실 쪽에서 윤진의 인터뷰가 이어지고 있고, 강인과 함께 떠난 여자 직원도 돌아올 기미가 없는 것을 보면 시간을 끌어달라는 말은 제대로 전해진 듯했지만, 정작 주현마저 돌아오지 않으면 다음 단계로 넘어갈 수가 없다.

곧 사람들이 사무실로 들어올 것이다. 그럼 부장의 컴퓨터를 사용할 수 없게 된다. 성민은 저승 휴대폰으로 주현에게 전화를 걸었다. 신호만 갈 뿐 전화를 받지 않았다. 연달아 두 번 다시 걸었지만 소용없었다. 뭔가 이상하다는 생각에 성민은 강인에게 문자를 보냈다.

— 혹시 주현 씨 어디 있는지 알아?

잠시 후 회신이 돌아왔다.

— 아까 정문 앞에 있는 걸 봤습니다.

— 주현 씨 혼자? 거기서 뭐 하고 있었지? 지금 주현 씨와 계속 연락이 닿지 않고 있어.

강인은 한동안 답신이 없다가 전화를 걸어왔다.

"주현 씨에게 일을 맡기셨던 것 아닙니까?"

"내가 부탁한 건 시간 끌어달라는 말을 네게 전해달라는 것뿐이었어."

휴대폰 너머에서 강인이 당혹스러워하는 기색이 느껴졌다. 강인은 시간을 끌기 위해 여자 직원을 데리고 공장 밖으로 나온 상태라고 했다. 그러다 보니 주현이 아직도 정문 앞에 머물러 있는지는 확인이 어려운 듯했다.

성민은 침착하게 상황을 확인했다.

"주현 씨는 정문 앞에 혼자 있었어?"

"네, 혼자 있었습니다."

"정확히 언제 봤지?"

"약 10분 전이니 2시 25분경일 겁니다."

"알았어. 이쪽 일은 적당히 끝났으니까 너도 최대한 빨리 돌아와."

"알겠습니다."

성민은 강인과의 전화를 끊고 여섯 명의 직원명부를 출력했다. 프린터에서 나온 종이들을 바로 옆에 있는 이면지 보관함에 뒤집어서 엎어놓은 뒤 정지시켜두었던 CCTV 녹화를 재개했다. 그러곤 사무실에서 나와 바로 정문 밖으로 향했다.

그러나 그곳에는 아무도 없었다. 공장 안팎을 빠르게 둘러보았지만 주현의 모습은 보이지 않았다. 혹시 하르가 하늘에서 주현이 이동하는 모습을 보지 않았나 싶어서 불러보았지만, 하르는 성민의 부름에 응답하지 않았다. 아마 성민의 목소리가 들리지 않을 정도로 멀리 떨어진 곳을 수색하고 있는 모양이었다. 주현은 어디에 있는 걸까? 만일 하르까지 주현을 보지 못했다면 현재 주현의 행방을 아무도 모른다는 소리다.

큰일이다. 주현이 성민과 일정 거리 이상 떨어지면, 저승사자들이 주현을 찾아오게 된다. 경우에 따라서 주현은 당장 저승으로 끌려갈 수도 있다. 물론 성민에게도 좋은 상황은 아니다. 주현이 도중에 저승으로 끌려가면 성민도 처음 약속한 보수를 받지 못하게 된다. 우진의 비웃음은 덤이다. 어떻게든 주현을 찾아야 했다.

성민은 정문 앞에 주차해둔 차에 올라타 강인에게 문자를 보냈다.

— 사무실 이면지 보관함 위에 직원명부를 출력해서 뒤집어놨어. 직원들 눈에 띄지 않게 챙긴 다음 윤진이와 먼저 떠나. 나는 주현 씨를 찾으러 갈 테니까 나중에 연락하자.

성민은 냉장고를 열어 혈액 팩을 하나 꺼냈다. 이번에는 인간 피였다. 이런 일로 쓰기에는 아깝지만, 어쩔 수 없다. 나중에 주현에게 추가비용을 받을 것이다. 성민은 단번에 피를 들이켠 뒤 다시 차에서 내렸다. 그리고 하늘로 날아올랐다.

차가 발아래로 멀어지고, 흥인철강 건물이 발아래로 멀어지고, 이내 공업단지 한 블록이 발아래로 멀어졌다. 성민은 하늘을 날아다니며 주현을 찾았다. 그러나 공장들이 빽빽하게 들어선 탓에 육안으로는 주현의 모습이 보이지 않았다.

성민은 잠시 눈을 감았다 떴다. 곧 눈동자가 검붉게 변하더니 강렬하게 빛나기 시작했다. 흡혈귀는 인간의 피를 마시면 마실수록 강해진다. 만약 피를 충분히 마셨다면 성민은 앉은자리에서 주현의 위치를 찾아내는 것은 물론, 손쉽게 눈앞에 끌고 올 수도 있었을 것이다. 하지만 한 팩만으로는 직접 위치를 탐색할 수밖에 없다. 강한 힘을 쓰면 쓸수록 약발이 빨리 떨어진다. 힘을 효율적으로 사용하면서 체력을 유지해야 했다. 완전히 방전된다 하더라도 죽지는 않지만, 여러모로 불편해지니까 말이다.

흡혈귀의 눈으로 둘러보자 유독 빛나는 지점들이 보였다. 저승에 소속된 존재들과 그들이 이용하는 시설들이었다. 주현도 한 점 빛으로 성민의 시야에 들어올 것이다. 아직 인간의 상식에 얽매여 있는 초보 귀신이니 그리 멀리 가지는 않았을 것이다. 강인이 주현을 목격했다는 때로부터 15분이 지났다. 아마 걸어서 15분이면 닿을 수 있는 곳에 주현은 있을 것이다.

성민은 밝게 빛나는 장소들을 빠르게 훑으며 주변을 살펴보았다. 예상대로였다. 흥인철강에서 얼마 떨어지지 않은 바닷가 근처 유수지에서 작은 빛이 깜박이고 있었다.

다가가 보니 주현이 유수지 주변 산책로에 선 채 잔잔한 수면을 바라보고 있었다. 문제는 혼자가 아니었다는 점이다. 바지정장을 입고 긴 머리를 묶어 동글게 말아올린 20대 중반의 젊은 여자와 함께였다. 성민도 아는 얼굴이었다. 유민아. 주현이 이승에 머무는 동안 관리를 담당하는 저승사자다.

민아는 주현의 자리 이탈을 알아채고 찾아온 모양이었다. 일이 귀찮아졌다. 성민은 천천히 유수지를 향해 하강했다. 두 사람은 아무런 대화도 나누고 있지 않았다. 주현은 유수지의 수면을, 민아는 그런 주현을 가만히 바라보고 있을 뿐이었다. 마치 물가에 심어진 나무 두 그루처럼 미동도 없었다.

성민이 땅에 내려앉은 뒤에야 민아의 시선이 움직였다.

"수부타 님!"

"응, 오랜만이네. 무슨 일이야?"

민아는 주현을 가리키며 말했다.

"사고 귀신이 도주하려는 것 같아서 확인하러 왔어요."

"도주라니?"

"수부타 님과 떨어져 혼자 여기까지 왔잖아요. 왜 단독 행동을 하느냐고 물어봤는데 대답이 없어요, 수상하게."

성민은 주현의 뒷모습을 잠깐 바라보았다. 성민이 온 걸 알았을 텐데도 주현은 돌아보지 않았다. 성민이 민아에게 웃으며 말했다.

"아니야. 내가 일을 부탁해서 여기까지 온 거야. 신경 쓰지 않아도 돼."

"무슨 일이요?"

"그런 게 있어."

"정확히 말씀해주셔야 해요. 위에 보고해야 해서."

역시 신참내기일수록 까다로운 법이다. 민아는 저승사자가 된 지 반년밖에 되지 않았다. 대학 졸업 후 취업이 되지 않아 힘들어하던 와중에 교통사고로 죽었다. 나중에 부모님이 저승에 오면, 취업도 못하고 죽은 딸이 열심히 일하는 모습을 보여드리고 싶다는 생각에 저승사자가 되기로 했다. 기특한 마음가짐이다. 하지만 열정이 넘치는 나머지 융통성이 없다. 적당히 넘어가도 될 문제를 도통 적당히 넘어가지 않는다.

"위라면 우진이를 말하는 거야?"

"오르고 올라가면, 네, 뭐, 부장님까지 보고가 되겠죠."

"그럼 내가 대신 말해줄게."

"아니, 그 사이에도 결재 라인이 있어서⋯⋯."

민아는 어쩔 줄 몰라 했다. 대충 넘겼다가 나중에 책잡힐 게 걱정되는 듯했다. 하지만 성민이 대충 넘겨도 된다고 말한 일은 정말 대충 넘겨도 된다. 성민의 결정에 토를 달 수 있는 저승사자는 없다. 기껏해야 우진 정도만 시끄럽게 굴 뿐이다. 하지만 민아는 신입으로 몸에 잡힌 각이 아직 빠지지 않은 것 같았다.

"보고서 서식 같은 거 있지 않아?"

"네, 있어요."

"잠깐 보여줄래?"

민아는 크로스백에서 노란색 종이 파일을 하나 꺼냈다. 열어보니 '보고서'라는 제목 밑에 시간대별로 관찰 대상의 행적을 기록하는 표가 있었다. 오후 1시경 주현이 홍인철강에 도착한 것까지 적혀 있었다.

"요즘 세상에 아직도 수기로 보고서를 쓰나? 컴퓨터로 작성해야 하지 않아?"

"노트북이나 태블릿은 이동할 때 무겁기도 하고 분실이나 파손 위험이 있다고 해서⋯⋯."

"예산 부족이면서 핑계가 좋네. 그럼 볼펜도 줘봐."

민아는 어리둥절해하며 볼펜을 내밀었다. 성민은 보고서 위에 이렇게 적었다.

오늘 뭐 했는지 궁금하면 나한테 직접 연락하세요. 전화번호 모르면 우진이에게 물어보시고요. 速不台.

글을 다 쓴 성민은 파일과 볼펜을 민아에게 돌려줬다.

"됐지? 그리고 회사에 말해서 볼펜 좀 좋은 걸로 바꿔달라고 해. 미나모에서도 요즘 괜찮은 볼펜이 얼마나 많이 나오는데. 아직도 351을 사내 지급품으로 주다니 너무하잖아."

여전히 어쩔 줄 몰라 하는 민아에게 성민은 이만 가보라고 했다. 민아는 한참을 머뭇거리다 당혹스러워하는 표정 그대로 떠나갔다.

민아는 기분이 안 좋을지도 모르겠다. 위에서 시킨 대로 한 것뿐인데, 성민에게서 끼어들지 말라는 눈치를 받았으니 말이다. 하지만 정말로 현재 민아가 하는 업무는 불필요하다. 사고 귀신이라 해도 성민과 함께 있는 한 문제를 일으킬 리 없다. 설령 문제를 일으킨다 하더라도 저승사자들이 도착하기 전에 성민이 수습한다. 굳이 또 한 명의 감시자를 붙여가며 지켜볼 필요가 없다. 그런데도 성민이 저승 일을 맡을 때마다 항상 신입 저승사자 한 명이 따라다닌다. 솔직히 기분 나쁘다. 마치 망자가 아니라 성민을 감시하는 것 같은 느낌이 든다.

갑자기 힘을 써서인지 컨디션이 떨어지기 시작했다. 하지만 앉아서 쉬기에는 아직 해야 할 일이 남아 있었다. 성민은 피곤한 기색을 감춘 뒤, 아직도 유수지를 물끄러미 바라보는 주현의 옆으로 다가갔다.

"무슨 일 있으세요?"

대체 주현이 왜 갑자기 혼자 움직이는지 알 수 없었다. 성민과 함께 직원명부를 볼 때만 해도 괜찮아 보였다. 그사이 무슨 심경의 변화가 있었던 것일까. 바람을 좀 쐬려는 거라면 상관없다. 하지만 그런

게 아니라면? 성민은 주현이 대답할 때까지 기다렸다.

주현이 입을 연 것은 유수지 건너편 고층 아파트 단지에 해가 걸릴 때쯤이었다.

"만약에."

주현은 그 한마디를 던진 뒤에도 한참을 침묵하다 뒷말을 이었다.

"만약에 제가 살인범이라면 어떻게 합니까?"

성민은 주현의 옆모습을 바라보았다. 어딘가 슬퍼 보이는 표정이었다.

"뭐, 이미 죽인 걸 어떡하나요?"

성민의 간결한 답변에 주현은 드디어 고개를 돌렸다. 성민은 잔잔하게 고인 물을 바라보며 주머니에서 담배를 꺼내 입에 물었다. 연기가 훅 하고 허공에 퍼져 나갔다.

"저승에 가면 생전에 피해를 끼친 사람들의 명복을 빌어줄 수 있다는 향을 판대요. 노점에서도 팔고, 편의점에서도 팔고. 정 찝찝하면 그거라도 하나 사서 태워주세요."

"효과가 있습니까?"

"그럴 리가 있나요? 다 상술이죠. 돈을 주고 마음의 안정을 사는 거예요."

성민은 웃으며 말을 이었다.

"살아 있을 때 저지른 잘못이 죽는다고 사라지지 않아요. 살아 있을 때는 나 몰라라 하며 살다가 죽어서 벌 받는다니 그제야 사과하고 싶다는 건 염치없는 거죠. 그것도 고작 다섯 개 묶음에 천 원 하는 향으로? 말도 안 되죠. 죄를 지었다면 그보다 가혹한 벌을 받을 각오로 저승 문을 넘어가세요."

"그러겠죠."

주현의 간단한 대답에서 복잡한 감정들이 묻어났다.

성민의 말은 흠잡을 데 없이 모두 옳았다. 주현은 두려웠다. 평범하게 살아온 자신이 살인이라는 심각한 범죄를 저질렀을지도 모른다는 두려움. 그 때문에 상상할 수도 없을 만큼 지독한 형벌을 받게 될 거라는 두려움. 온갖 두려움이 주현의 주변에 휘몰아치고 있었다. 하지만 가장 주현을 힘들게 하는 두려움은 결국 형벌에 대한 두려움이었다. 자신의 치졸함을 깨닫자 부끄러움이 몰려왔다.

다시 침묵에 잠긴 주현에게 성민이 물었다.

"어쩌다 죽이셨어요?"

"네?"

"말했잖아요. 솔직하게 털어놓는다면 감형받을 방법을 찾아주겠다고. 빈말인 줄 알았어요?"

성민의 미소에는 장난기가 가득했다. 정말 성민은 나를 도와줄 수 있을까. 고민하던 주현은 성민을 믿어보기로 결심했다. 만난 지 얼마 되지 않았지만, 현재 성민은 주현이 의지할 수 있는 유일한 존재였다. 주현은 입을 열었다.

6

주현은 죽이지 않았다. 그러나 그때 경찰은 네가 죽인 게 아니냐는 식으로 질문을 던져댔다.

인천에 산 것은 중학교 때까지다. 좋은 기억이 많다. 평일에는 친구들과 어울려 놀았고 주말에는 가족들과 맛있는 걸 먹으며 시간을 보냈다. 단 하루도 재미있지 않은 날이 없었다. 인천을 떠난 뒤에도 친구들을 보기 위해 자주 놀러 왔다. 대학생이 되어서도, 직장인이 된 뒤에도 어릴 때 친구들을 만나기 위해 인천에 왔다.

그날도 주말을 틈타 친구들을 만나러 왔다. 부평역에 도착하니 중학교 동창들이 13명이나 나와 있었다. 평소에는 이렇게까지 많이 모이지 않는데, 연말을 맞아 다들 송년회 겸 나온 듯했다. 분위기에 취해 신나게 마시다 보니 어느새 새벽 2시가 넘었다. 술자리를 예상하고 차는 두고 나왔고, 지하철은 진작 끊겼다. 마지막까지 남은 친구들과 와인 바를 나오면서 택시를 타고 돌아갈지, 부평역 근처 모텔에서 자고 갈지, PC방에 가서 게임이나 하며 첫차를 기다릴지 고민했다.

그리고 그 후 필름이 끊겼다. 다음 날 눈을 떠보니 부평역 근처 모텔이었다. 주현은 역 근처 순댓국집에서 아침 겸 해장으로 순댓국을 사 먹고 지하철을 타고 집으로 돌아왔다. 그게 그날에 관한 주현의 기억이다.

경찰서에서 연락이 온 건 그날로부터 열흘이 지났을 때였다.

"박주현 씨 맞죠? 경찰입니다."

처음에는 보이스피싱인가 싶어서 끊으려고 했다. 하지만 아니었다.

"12월 3일에 부평역 쪽에 가지 않으셨습니까?"

"네, 그런데요."

"그날 부평역 근처에서 사건이 일어났는데요."

"무슨 사건을 말씀하시는 거죠?"

"살인입니다."

주현이 전혀 상상하지 못한 대답이었다. 당혹스럽지 않은 것은 아니었다. 그러나 동요가 크지도 않았다. 주현은 그날 친구들과 술을 마셨을 뿐이다. 그러니 별문제가 아닐 것 같았다.

"그런데 왜 저에게 전화를 하신 거죠?"

"피해자가 최형철 씨입니다."

낯선 이름이었다. 누구냐고 물어보기도 전에 경찰이 말했다.

"그 사건과 관련해서 박주현 씨 이야기를 좀 듣고 싶어서 연락드렸습니다. 참고인 조사에 응해주실 수 있겠습니까?"

"저는 살인 같은 건 목격하지 못했는데요."

"그래도 수사에 협조 좀 해주시면 감사하겠습니다."

경찰의 거듭되는 요구에 주현은 알겠다고 답할 수밖에 없었다. 전화는 인천 쪽 경찰서에서 온 것이었는데, 회사 때문에 멀리 가기 어렵다고 하니 경찰은 그럼 자신이 직접 주현의 집 근처 경찰서로 찾아가겠다고 했다. 뭐 이렇게까지 적극적인가 싶었다. 주현이 그날 부평에 가서 한 일이라고는 친구들과 술 마시고 잔 것뿐이라 괜찮은 정보를 줄 수 있을 것 같지 않았다. 애초에 피해자가 누군지도 몰랐다. 그래도 오지 말라고 할 수는 없었으므로 인근 경찰서로 찾아갔다.

경찰은 30대 후반의 남자로 인상이 별로 좋아 보이지 않았다. 가만히 있어도 묘하게 찡그린 듯한 표정이었다. 그래도 목소리는 친절했다.

"그날 부평에 무슨 일로 오셨습니까?"

"중학교 동창 모임이 있었습니다."

"몇 학년 때 친구들이죠?"

"3학년 때입니다. 그런 것도 아셔야 하나요?"

주현은 사소한 질문에 어떤 의도가 있는 것 같아 마음이 불편했다.

"자세히 말씀해주시면 좋죠. 서로 자주 만나나요?"

"1년에 서너 번은 보는 것 같습니다."

"서울에서 인천까지 번거롭겠네요."

"지하철을 타면 되니 그렇지 않습니다. 친구들이 서울로 오기도 하고요."

"그날 약속은 어떻게 잡았죠?"

"메신저에 단체 대화방이 있습니다."

경찰은 잠시 뜸을 들이더니 아무렇지 않게 말을 이었다.

"그렇군요. 혹시 제가 한번 봐도 되겠습니까?"

차분하게 응대하던 주현의 목소리가 예민하게 변했다.

"제가 왜 보여드려야 하죠? 사건과 무슨 관련이 있다는 겁니까?"

주현은 별일 없을 거라고 생각했지만 정작 경찰 앞에 앉자 긴장이 됐다. 그래도 서울까지 찾아온 경찰에게 최대한 성실히 대답해주었다. 그런데 갑자기 친구들과 주고받은 사적인 대화를 확인하고 싶다고 하니, 기분이 나빠졌다. 불편하다는 티를 내자 경찰은 한 발 물러났다.

"어렵다면 보여주지 않으셔도 괜찮습니다. 하나 확인하고 싶은 게 있었을 뿐입니다."

"뭘 확인하고 싶으신 거죠?"

"혹시 그 안에 최형철 씨도 있습니까?"

최형철은 경찰이 조사 중인 살인 사건의 피해자 이름이었다.

"왜 그 사람이 제 친구들이랑 만든 단체 채팅방에 있겠습니까? 대체 최형철이 누군데요?"

원래 찡그린 표정이었던 경찰의 얼굴이 한층 더 일그러졌다.

"중학교 3학년 때 같은 반 아니었습니까?"

그 말을 듣자 갑자기 기억 속에 묻혀 있던 이름이 떠올랐다. 이름은 떠올렸지만 얼굴까지 기억나지는 않았다. 1년 내내 말도 몇 마디 나눠보지 않은 사이였기 때문이다. 서른 명의 학생들이 모여 있으면 성격도, 취향도 각기 다를 수밖에 없다. 형철과 주현은 자연스럽게 다른 무리에 속했다.

형철은 다른 학생들과도 그리 잘 지내지 못했다. 따돌림이나 괴롭힘이 있었던 것은 아니지만, 친구라고 할 만한 사람은 성격과 취향이 맞는 두세 명이 전부였던 것으로 기억한다. 그렇게 주현과 형철은 대화도 제대로 나눠보지 못한 채 졸업을 했고, 주현은 수원으로 이사를 갔다. 중학교 3학년 때 친구들과는 계속 연락을 주고받았다. 스마트폰이 생긴 뒤에는 함께 단체 대화방도 만들었다. 그러나 그 '친구'의 범위에 형철은 없었다. 그러다 보니 기억 속에서 차츰 희미해져갔다.

"기억납니다. 하지만 형철이는 대화방에 없습니다."

"안 친하셨나요?"

"그런 편이었죠."

"마지막으로 만난 게 언제죠?"

"중학교 졸업식일 겁니다."

"그 뒤로는 못 보셨고요?"

"네."

"동창회 모임이 있지 않나요?"

"글쎄요. 동창회 연락 같은 건 받아본 적이 없습니다. 단체 대화방에 있는 친구들과 약속을 잡아 만나는 게 동창회라면 동창회겠지만, 형철이와는 전혀 교류가 없었습니다."

경찰은 이마를 긁적였다. 난감하다는 듯한 기색이었다. 이번엔 주현이 물었다.

"어떻게 목숨을 잃었기에 저를 참고인으로 부르신 겁니까?"

"잘 때 누가 흉기로 찔렀는데요."

"그렇군요."

"자던 곳이 부평역 근처 여인숙이었습니다."

경찰은 그렇게 말하면서 주현의 얼굴을 집요하게 바라보았다.

"주현 씨가 12월 3일에 묵었던 모텔 바로 옆에 있던 여인숙이오."

주현의 얼굴이 굳어갔다. 어쩌면 경찰이 단순한 참고인 자격으로 부른 게 아닐지도 모른다는 생각이 들었다. 이윽고 경찰은 덤덤한 목소리로 주현의 생각을 확인해줬다.

"사망 추정 시각은 12월 4일 새벽 3시 전후, 그러니까 박주현 씨가 부평 모텔에 머물던 때와 일치하죠."

주현이 격앙된 목소리로 물었다.

"지금 혹시 저를 의심하시는 겁니까?"

"아닙니다. 어디까지나 확인 차 만나 뵙자고 한 것뿐입니다."

정말 확인 차일까. 경찰과 만난다는 것만으로도 부담스러웠는데, 이런 이야기가 나올 것이라고는 상상도 하지 못했다. 주현은 마음 같아서는 변호사를 불러올 테니 나중에 다시 얘기하자고 말하고 싶었지만, 긁어 부스럼이 될 것 같아서 참았다. 아닌 것은 아니라고 말하면 충분할 것 같았다.

"저는 그날 친구들과 만나 술을 마시고 시간이 늦어 근처 모텔에서 잔 것뿐입니다. 중학교 3학년 때 잠시 같은 반이었을 뿐 전혀 친하지 않았고 졸업 후에도 연락한 적 없는 동창이 근처 숙박업소에서 살해당한 게 저와 무슨 관계가 있는지 모르겠습니다."

"정말 연락한 적 없는 거죠?"

"그렇습니다. 원한다면 지금이라도 확인해보시죠."

주현은 경찰에게 휴대폰을 내밀었다. 주현은 맹세코 형철과 단 한 번도 따로 연락을 취한 적이 없다. 기타 사적인 대화에도 범법행위가 될 만한 부분이 전혀 없다는 것을 확신할 수 있었다. 사적인 영역이 담긴 휴대폰을 보여준다는 게 찝찝하긴 했지만, 괜히 나중에 또 연락을 받느니 이번에 털어버리고 가고 싶었다.

그러나 경찰은 휴대폰에 손을 대지 않았다.

"아닙니다. 뭐, 통신 내역은 나중에 따로 알아보면 되는 거니까요."

경찰의 태도는 다시금 주현을 불쾌하게 했다. 경찰이라 해도 사건과 전혀 관계없는 일반인의 통신 내역은 조사하지 못한다. 결국 경찰이 주현에게 혐의를 두고 있음을 은연중에 내보인 게 아닌가 싶었다.

주현은 불편한 기색을 내보이며 물었다.

"혹시 더 궁금하신 것 있으십니까? 회사 때문에 항상 시간을 낼 수 있는 건 아니어서, 혹시 추가로 확인하고 싶은 게 있으시다면 오늘 다 끝냈으면 합니다."

경찰은 허허 웃었다. 사람 좋은 웃음인 척했지만, 은연중에 어이없어하는 기색이 엿보였다. 경찰은 주현이 앉은 쪽으로 몸을 기울이며 말했다. 돌연 목소리가 낮아져 있었다.

"사실 현장에서 박주현 씨 지갑이 발견됐습니다."

"제 지갑이오?"

"네, 주민등록증과 신용카드가 들어 있던데요."

경찰은 지갑과 내용물 사진이 컬러로 프린트된 종이를 들어 보이며 말했다. '증거물'이라고 적혀 있는 종이에 자신의 주민등록증과 신용카드가 있는 것을 보고 주현은 당황했다. 하지만 최대한 침착하게 말했다.

"지갑은 처음 보는 겁니다. 그리고 주민등록증과 신용카드는 예전에 분실한 것들입니다."

"증명할 수 있습니까?"

"재발급 기록을 확인해보면 나오겠죠."

"그렇겠죠. 근데 이게 왜 연락도 안 하고 지내던 동창에게 있었을까……."

경찰은 혼잣말하듯 중얼거렸다. 그러나 주현은 그것이 혼잣말이 아니라는 걸 알았다.

주현은 더는 참지 못하고 화를 냈다.

"저를 피의자라고 생각하시면 제대로 말씀을 하세요! 그래야 저도 변호사를 불러오든 말든 할 것 아닙니까!"

경찰은 아니라며 주현을 진정시켰다.

"기분 나쁘셨다면 죄송합니다. 상황이 이러다 보니 확인은 해둬야 할 거 같아서 만나 뵙자고 한 것뿐입니다. 의견도 안 들어보고 바로 피의자 취급하는 게 더 문제 아니겠습니까. 설마 제가 참고인 조사를 핑계로 변호권을 침해하려고 이럴까요. 신분증과 신용카드를 분실 신고하거나 재발급한 내역 정도만 보내주세요."

주현은 여전히 찝찝했지만 경찰이 사과를 하는데 더 따질 수는 없었다.

경찰서를 나온 주현은 주민등록증과 신용카드 재발급 기록을 찾아 보내주었다. 혹시 몰라서 그날 마지막까지 함께 술을 마신 친구

두 명에게 형철과 중학교 졸업 후 어울린 적이 없으며, 12월 3일에 주현은 새벽까지 자신들과 술을 마셨고 모텔에 들어갈 때는 만취해서 몸도 제대로 가누지 못할 정도였다는 확인서도 받아서 같이 제출했다.

서류가 제대로 도착했는지 경찰서에 확인 전화를 한 번 걸었던 게 끝이다. 그 후 경찰서에서는 아무런 연락도 오지 않았다. 언제 피의자 신문을 받으러 오라고 부를지 모른다는 생각에, 어쩌면 바로 체포영장을 들고 올지 모른다는 생각에 주현은 몇 개월간 불안에 떨어야 했다. 그러나 그때마다 주현은 아무 죄도 짓지 않았으니 괜찮을 거라고 스스로를 다독였고, 실제로 상상하던 흉흉한 일은 벌어지지 않았다. 주현도 곧 평범한 일상으로 돌아왔다.

* * *

성민은 왜 주현이 참고인이나 내사 같은 단어에 민감하게 반응했는지 알게 되었다. 이미 주현은 다른 살인 사건 참고인으로 경찰을 만난 적이 있었던 것이다. 말이 참고인이지 경찰은 주현에게 내심 혐의를 두고 있었던 모양이다.

주현은 씁쓸하게 말했다.

"헤어진 뒤에 소영이가 주거침입까지 하며 심하게 집착했는데도 경찰에 신고하지 못한 건, 경찰과 만났던 일이 안 좋은 기억으로 남아 있었기 때문일지도 모릅니다."

"괜히 신고해서 경찰서에 드나들다가 간신히 잊은 기억이 떠오를까봐서요?"

"그렇습니다. 경찰이 저를 알아보고 예전 사건을 다시 꺼낼지 모른다는 불안감이 내심 남아 있었던 것 같습니다."

생전 애써 억눌러오던 불안이 죽은 뒤 다시 떠올랐다. 만약 자신이 정말 형철을 죽인 거라면 저승에서 어떤 벌을 받게 될까, 그런 의문이 들기 시작했다.

"어쩌면, 정말 어쩌면, 제가 죽였을지도 모른다는 생각이 듭니다."

그러나 주현은 그날 밤 일이 기억나지 않았다. 살아 있을 때에도 몇 번이나 떠올려보려고 했는데 쉽지 않았다. 친구들과 와인 바를 나오던 순간과 다음 날 아침 모텔에서 눈을 뜨던 순간 사이가 연기처럼 날아가버린 듯했다. 물론 주현은 자신이 사람을 죽일 만한 사람이 아니라는 것을 안다. 게다가 상대가 말도 몇 마디 안 해본 중학교 동창 사이라면 죽일 이유조차 없다. 그러나 기억이 없으니 도저히 확신할 수가 없었다.

"술에 취했거나 필름이 끊겼다고 사람을 죽일 수 없는 건 아니지 않습니까? 모텔에 일단 들어갔다가 새벽에 나가서 죽였을지도 몰라요. 그러니 저조차 저를 믿을 수 없습니다."

"그랬다면 모텔 CCTV에 찍혀 있겠죠?"

"안 그래도 모텔에 가서 CCTV를 보여달라고 했었습니다. 그런데 고장이었다고 하더군요."

"마침 그날이오?"

"네, 모텔 주인 말로는 그날 새벽에 나간 사람은 없었던 것 같다고, 만약 경찰이 물어보면 그렇게 말해주겠다고 했습니다. 그런데 잠깐 한눈판 사이 나갔을지도 모르니, 과연 경찰이 신뢰해줄지는 알 수 없죠."

아까 홍인철강 직원들 말로는 형철이 발견된 여인숙의 CCTV도 고장 나 있었다고 했다. 누군가 일부러 그랬을 수도 있지만, 그저 그쪽 거리의 관행일 수도 있다. 형철이 묵었던 방에 누가 들어갔는지, 주현이 언제 모텔에 들어왔다가 나갔는지 아무것도 알 수 없다. 주현이 형철을 죽였다는 증거는 없다. 그러나 죽이지 않았다는 증거도 없다.

주현은 자신이 결백하다고 믿고 싶었다. 죽일 만한 이유도, 그랬다는 기억도 없으니 저승의 심판대 앞에 아무렇지 않게 설 수 있다고 생각했다. 그래서 성민에게도 떳떳하게 결백을 주장해왔다.

그러나 홍인철강에서 형철의 이름을 듣는 순간 도저히 태연할 수 없었다. 주현을 죽인 사람은 홍인철강 점퍼를 입고 있었다. 그런데 형철이 바로 홍인철강의 직원이었다. 우연이든 필연이든, 이런 기막힌 상황에서 어떻게 평온할 수 있단 말인가. 주현은 속이 탄 나머지 더는 홍인철강에 남아 있을 수 없었다. 감시자인 성민의 곁에서 떨어지면 안 된다는 규칙도 잊은 채 무작정 걸었고, 정신을 차려보니 유수지 앞이었다.

주현은 두 손으로 머리를 감싸쥐었다.

"이승과 달리 저승에서는 증거가 없더라도 진실을 알 수 있을 테니 차라리 다행입니다. 아무것도 기억하지 못한다는 것은 너무 힘들어요. 죄를 지었다면 죗값을 받고, 죄를 짓지 않았다면 당당하게 살면 되는데, 기억이 없으면 그저 불안하기만 할 뿐이니까요."

물론 잊는 편이 나은 기억도 있다. 살해당하기 직전의 기억처럼. 범인을 모르는 것은 억울하지만, 만약 기억이 남아 있었다면 여전히 죽음에 대한 공포와 범인에 대한 분노에 휩싸여 있었을 것이다.

그러나 잊어서는 안 될 일을 잊는 것은 달갑지 않은 일이다. 형철이 죽은 날 주현이 술에 취해 있지만 않았다면, 보다 선명한 기억 속에서 자기 자신의 무죄를 주장할 수 있었을 것이다.

"어쩌면 제가 정말 형철을 죽여서 누군가가 복수를 한 것이 아닐까요?"

어제 만난 인도 마니아 남자는 주현이 업보 속에 있다고 했다. 어쩌면 주현의 죽음은 생전에 저지른 일의 업보인지도 모른다. 살인의 업보를 갚으려면 자신의 목숨 정도는 내어줘야 간신히 균형이 맞을 것이다.

"그건 아닐 거예요."

성민은 주현이 제기한 가능성을 간단히 부정했다.

"피해자는 흉기에 찔려 죽었잖아요. 사람을 흉기로 찌르면 아무리 조심해도 피가 튀어요. 주현 씨가 모텔에서 깨어났을 때 옷이나 몸에 피가 묻어 있지 않았고, 옷을 갈아입은 흔적도 없다면 주현 씨가 죽였을 가능성은 낮아요."

성민은 그동안 감정 표현을 거의 하지 않던 주현이 왜 이따금 예민해졌는지 알게 되었다. 지금이라도 말해줘서 다행이었다. 성민은 사람을 잘 믿지 않을뿐더러 상대방이 자신을 믿는 것 또한 불편해한다. 그렇기 때문에 오히려 소통이 진실하게 이루어지기를 바랐다. 서로 의심하고 거짓말만 늘어놓아선 일이 도통 진행되지 않는다.

"주현 씨가 하도 불안해하시기에 저도 혹시나 했는데, 말씀을 들어보니 주현 씨가 형철 씨를 죽인 건 아닌 것 같아요. 물론 제게 거짓말을 한 거라면 이야기가 달라지지만 아마 그러시진 않았을 거라 믿어요."

"거짓말은 하지 않았습니다. 정말로."

믿지 못할 기억이지만, 주현은 기억하는 대로 말했다. 성민은 자신을 바라보는 주현을 향해 웃으며 말했다.

"하지만 살인범이 주현 씨가 형철 씨를 죽인 걸로 오해해서 복수했을 가능성은 있을 것 같아요. 살인자가 입은 홍인철강 점퍼, 그리고 형철 씨가 홍인철강에서 근무했다는 것. 이걸 우연이라고 보긴 어려워요."

"그럼 홍인철강 직원 중에 형철이와 친했던 사람이 범인일까요?"

"글쎄요, 직원이 아니어도 점퍼를 입을 순 있으니 그렇게 단정 짓긴 어려워요. 또 동기가 복수가 아닐 수도 있고요. 누군지도 모르는데 동기까지 추측하는 건 너무 이르죠."

12월 3일 밤, 주현이 무엇을 했고, 형철이 왜 죽었는지 정확히 알지 못하는 한 답을 내기는 어렵다. 모든 가능성을 열어둔 채, 두 사건의 연결고리를 찾아야 했다.

"그래도 범인이 직원일 확률이 높아 보여요. 직원명부를 확인해보죠. 최근 근무한 직원들 중 30대 이하 남자를 추려보니 여섯이더라고요. 그중 한 명이 형철 씨일 테니, 나머지 사람들 중에서 친분이 있을 만한 사람을 찾아봐요. 그다음에 형철 씨의 가족이나 가까운 친구들을 알아보고요."

성민은 휴대폰을 꺼냈다. 강인에게 전화를 걸어 직원명부를 챙겼는지 확인할 생각이었다. 그러나 번호를 누르려 할 때 마침 강인에게서 메시지가 왔다.

— 성민 님, 주현 씨 찾으셨습니까?

성민이 그렇다고 답장을 보내자 강인이 바로 전화를 걸어왔다.

강인은 평소답지 않게 다소 들뜬 목소리로 바로 본론을 말했다.

"하르가 주현 씨의 차를 찾았다고 합니다."

"어디서?"

"여기서 멀지 않은 산속인 것 같습니다."

"멀지 않다고?"

차가 근처에 있다는 것은 주현이 죽기 전 차를 타고 인천에 왔다는 소리다. 주현의 죽음과 인천 사이에는 정말 뭔가 연결점이 있는 듯했다.

7

강인과 윤진은 차 안에 있었다. 성민이 주현을 찾았다는 연락을 해올 때까지 대기 중이었다. 차는 공단에서 가장 가까운 지하철역 근처에 세워둔 참이다. 그래야 성민에게 위치를 설명해주기 쉬울 것 같았기 때문이다.

윤진은 강인이 챙겨온 직원명부만 뒤적였다. 직원명부를 들여다보아도 뾰족한 답이 나오는 것은 아니었지만 달리 할 게 없었다. 강인은 운전석에 앉아 오가는 사람들만 멍하니 관찰하고 있었다. 윤진이 강인에게 물었다.

"성민이가 뽑아둔 직원명부는 이게 다야?"

"네. 총 여섯 명입니다."

"주현 씨도 30대 이하 직원이 있는지 확인해달라고 했댔지?"

"그렇습니다. 그러다 이 사람 이야기가 나왔죠. 1년 전 살해당했다고요."

강인은 형철의 이력서를 가리켜 보이며 말했다.

"주현 씨가 죽은 게 이 사람과 관계가 있을까?"

"그렇지 않을까요? 둘 다 살해당한 피해자고, 주현 씨 태도가 갑자기 이상해진 게 이 사람 이야기가 나온 직후였거든요."

윤진은 다시 직원명부로 눈을 돌렸다. 형철은 고등학교 졸업 후 그다지 알려지지 않은 2년제 전문대를 졸업했다. 경력란에 쓴 내용이라고는 3개월 남짓한 수습과 아르바이트 경험뿐이었다. 의지가 없었던 것인지, 취업난 때문인지는 알 수 없지만, 어쨌든 홍인철강에 오기 전까지 긴 방황을 한 듯했다.

주현과는 걸어온 길이 많이 다르다. 한 사람을 특징 짓는 객관적 조건뿐만 아니라 인생의 방향 자체가 달랐다. 직접적으로 원한 관계가 있을 것 같지는 않았다.

"두 사람을 죽인 범인이 같을까?"

범인은 연쇄살인마일 수도 있다. 그렇다면 윤진에게는 긍정적인 상황이다. 처음으로 사건을 보도한다면 오늘뉴스 창업 이래 최대 조회수는 확보한 것이나 마찬가지다. 윤진에게 떨어질 인센티브도 상당할 것이다. 충분히 가능성이 있다. 살인범은 주현을 대담한 방법으로 죽였다. 게다가 단 하루 만에 시신 처리까지 완벽히 끝낸 것을 보면 이미 사람을 죽여본 경험이 있는 자의 계획 살인일 수 있었다.

윤진은 나머지 다섯 명의 직원명부를 살펴보며 말했다.

"지금은 다들 홍인철강에서 근무하지 않고 있네. 그런데 주현 씨를 죽인 범인은 홍인철강 점퍼를 입고 있었다고 했지. 퇴사자가 전 회사 점퍼를 입고 돌아다닐까? 보통 버리거나 처박아두지 않아?"

"일이 끝나면 바로 버릴 수 있는 옷을 찾아 입었을 수도 있지요. 피가 묻어도 바로 눈에 띄지 않을 어두운 색 점퍼잖아요."

"그렇다고 하기에는 옷에 소속이 적혀 있잖아. 전 직원이든 현 직원이든 정말 홍인철강에서 일했다면, 자신의 신원이 드러날 수도 있으니 오히려 피해야 하는 옷 아닐까?"

"그것도 맞는 말이네요."

"그렇지? 사실 홍인철강과 전혀 관계없는데 혹시 점퍼가 발견되거나 목격자가 있을 때 혼란을 주려고 의도적으로 입은 건 아닐까?"

"혼란을 주려면 어디서나 구할 수 있고, 너도나도 입는 흔한 점퍼를 입을 것 같은데요. 홍인철강으로 주목을 끄느니 전국 모든 의류 매장으로 눈을 돌리게 하는 게 더 낫지 않나요? 홍인철강 정도의 규모라면 점퍼를 많이 만들지도 않았을 거고, 누구에게 줬는지 기록도 남아 있을 테니 추적했을 때 밝혀질 가능성이 있잖아요."

강인의 말도 일리가 있었다. 단순히 사건을 혼란스럽게 할 의도라면 더 좋은 선택도 있을 텐데, 굳이 금방 들통날 방법을 택하는 건 부자연스럽다. 무슨 의도로 홍인철강 점퍼를 입었는지는 모르겠지만, 범인은 적어도 윤진의 머릿속만큼은 혼란스럽게 하고 있었다.

"주현 씨를 찾은 다음에 생각해보면 어떨까요? 뭔가 짚이는 구석이 있을지도 모르니까요."

"주현 씨는 대체 어디로 간 거지?"

"멀리는 못 갔을 겁니다. 성민 님이라면 벌써 찾으셨을 것 같은데요."

"그런 것치고는 좀 늦네. 연락 한번 해보면 안 돼?"

"일하시는 데 방해될 수도 있으니 좀더 기다려보죠."

다시 대화가 끊겼다. 5분 정도 흘렀을 때 차 앞에 까마귀 한 마리가 지나갔다. 하르였다.

강인이 뒤쪽 차창을 열자 하르는 차 안으로 날아 들어왔다.

"어디 다녀왔어?"

강인의 물음에 하르는 작게 꾸룩거리는 소리를 냈다. 윤진은 알아들을 수 없었다. 그러나 강인의 표정은 심각해졌다.

"하르가 주현 씨 차를 찾았다고 합니다."

"뭐라고? 어디서?"

"산기슭에 흰색 K5가 있는 걸 발견해서 확인해보니 번호판이 동일했다고 합니다."

윤진이 빠르게 안전벨트를 매며 강인에게 말했다.

"좋아! 빨리 가자!"

그러나 강인은 시동을 걸지 않았다.

"너무 멀리 가면 성민 님과 만나기가 어렵습니다."

"택시나 지하철 타고 그쪽으로 오라고 하면 되잖아!"

"이동 중에 배가 꺼지시면 어떡합니까? 안 그래도 주현 씨 찾느라 힘을 쓰셨는데요."

"어른이니까 그 정도는 잠깐 참으라고 해!"

"무엇보다 성민 님의 건강이 최우선입니다."

윤진은 화를 낸다고 해서 강인의 마음이 바뀌지 않을 것임을 알았다. 윤진은 두 사람을 오랫동안 지켜봐왔다. 적어도 요즘 같은 자유, 평등, 인권을 중시하는 민주주의 사회에서 흔히 볼 수 있는 관계는 아니었다.

고용인과 피고용인의 계약관계를 뛰어넘는, 주인과 종의 관계에 가깝다. 수백 년간 봉건적 상하관계에 익숙하게 살아온 강인이, 우리는 사건을 조사하러 이동할 테니 알아서 찾아오라는 말을 뻔뻔스럽게 성민에게 할 수 있을 리 없다.

윤진은 도로 안전벨트를 풀었다.

"차가 있는 곳은 여기서 얼마나 떨어져 있대?"

강인은 하르에게 정확한 위치를 확인한 뒤 윤진에게 답했다.

"차로 15분에서 20분 정도 걸릴 것 같네요."

"그럼 정말 가깝잖아! 인천 안이야?"

"인천대공원 근처라니까 아마 행정구역상 그렇지 않을까 싶네요."

"그럼 주현 씨가 죽기 전에 인천 쪽으로 차를 운전해왔다는 소리네?"

"그럴 가능성이 높겠죠."

윤진은 좀이 쑤셨다. 살인범이 입고 있던 흥인철강 점퍼, 부평에서 살해당한 남자, 인천 산에서 발견된 주현의 차. 모든 게 이어져 있는 듯 보였다. 차를 확인해보면 모든 걸 꿰맞출 추가적인 단서가 나올 것 같았다. 소지품이나 블랙박스 같은 것 말이다.

"그럼 메시지라도 보내줘. 주현 씨를 찾았으면 연락 달라고."

강인은 좀 고민하는 듯하더니 성민에게 메시지를 보냈다. 정확히 말하자면 보내는 것처럼 보였다. 저승 휴대폰으로 연락을 취했기 때문이다. 강인의 손가락은 아무것도 없는 허공 중에서 휴대폰을 쥐고 만지는 듯 부지런히 움직이고 있었다. 메시지를 보내자 바로 성민으로부터 답장이 온 모양이었다.

이제 강인은 통화하는 것처럼 고개를 한쪽으로 기울이고 전화 받는 시늉을 했다. 아무리 봐도 신기하다. 전화를 하고 메시지를 보내는 척 팬터마임이라도 하는 것 같은데, 실제로 연락이 닿다니.

"주현 씨를 찾으셨다고 하네요."

강인은 차에 시동을 걸었고 윤진은 서둘러 안전벨트를 맸다.

윤진은 핸들을 잡은 강인의 손을 보며 어린 시절을 떠올렸다. 지금은 여기저기 자유롭게 돌아다니지만 성민과 강인은 그때 집 밖으로 좀처럼 나가지 않았다. 당시 성민은 인간의 피를 지금의 절반도 채 마시지 못해 항상 몸 상태가 안 좋았고, 강인은 주민등록이 없어서 제대로 된 사회활동을 할 수 없었다.

윤진은 그때 그런 사정을 알지 못했다. 항상 잘 놀아주는 외삼촌의 친구들일 뿐이었다. 동네에 놀 사람이 없으면 항상 성민의 집으로 갔다. 마당이 있다는 점도 좋았고, 텔레비전을 아무리 봐도 혼내지 않는다는 점도 좋았다.

그러다 가끔 두 사람이 갑자기 사라져버리거나, 방금 전까지는 없던 물건을 허공 중에서 꺼내는 모습을 목격하게 되었다. 어린 윤진은 그저 두 사람이 장난을 치는 거라고만 생각했다. 시간이 흐른 후에야 두 사람이 다른 세계를 보고 들을 수 있다는 것을 알게 되었다.

강인은 성민이 어느 세계에 있는지 모든 것을 안다. 하지만 윤진은 절반밖에 모른다.

언제나 곁에서 그가 아는 모든 것을 알 수 있는 길은 없을까.

윤진은 성민을 생각할 때면, 늘 보이지 않는 벽이 눈앞을 막는 듯했다.

* * *

"주현 씨, 혹시 도움이 필요하면 말씀하세요. 혼자 고민하시지 말고요."

윤진은 주현의 대답을 듣지 못했다. 두 사람은 같은 차에 타고 있었지만 다른 세계에 있었기 때문이다. 그러나 설령 두 사람이 같은 세계에 있었더라도 윤진은 주현의 대답을 듣지 못했을 것이다. 주현은 실제로도 윤진의 이야기에 아무런 대답도 하지 않았으니 말이다.

주현은 차창 밖으로 스쳐 지나가는 인천 거리를 바라보며 미동 없이 앉아 있었다. 차가 인천에서 발견되었다는 이야기를 들은 순간부터 주현은 다시 얼굴이 굳었다.

'왜 또 인천일까.'

심란하고 두려웠다. 그러나 아까 전처럼 홀로 어디론가 사라지지는 않았다. 주현은 성민의 차에 타고 하르가 안내해주는 방향으로 향했다. 차는 도시를 벗어나 산길로 들어갔다. 내비게이션에 나오지 않는 길을 한참 올라간 뒤에야 하르가 멈췄다.

그곳에는 삼계탕을 파는 식당이 하나 있었다. 이런 곳에 있는 식당이 장사가 될까 싶었는데, 안내판을 보아하니 근처에 절이 있는 모양이었다. 절에 참배하러 가는 사람들이나 등산객들을 상대로 장사를 하는 듯했다.

식당 대문 앞에는 열 대 정도의 차가 들어설 만한 넓이의 주차장이 있었다. 하지만 주차된 차는 단 두 대뿐이었다. 중앙의 검은 SUV와 구석자리의 흰색 세단이었다.

"저 차가 맞나요?"

흰색 세단을 가리키며 묻는 성민을 향해 주현은 고개를 끄덕였다. 윤진은 바로 차에서 내려 흰색 세단으로 다가갔다. 주현도 성민과 함께 뒤따라 내렸다.

성민은 주현에게 물었다.

"혹시 이상한 점이 있나요? 달라진 점이라든가."

주현은 고개를 저었다. 딱히 위화감이 느껴지는 부분은 없었다. 윤진은 차창에 얼굴을 바짝 들이민 채 안을 살펴보며 중얼거렸다.

"자췻집 CCTV에 찍혔던 주황색 상자는 안 보이는데. 혹시 안에 휴대폰이 있을까?"

"내가 들어가서 확인해볼게."

성민은 주변에 보는 눈이 없는지 확인한 후 모습을 감추었다. 의자 아래는 물론, 트렁크 속까지 샅샅이 살펴봤지만 휴대폰은 보이지 않았다. 범죄가 일어난 듯한 흔적도 없었다. 그래도 쓸 만한 증거를 하나 찾았다. 블랙박스 안에 메모리카드가 그대로 남아 있었다. 성민은 메모리카드를 들고 다시 윤진의 앞에 모습을 드러냈다.

"노트북 가지고 있지?"

"당연하지!"

윤진은 메모리카드를 보자 얼굴이 밝아졌다. 시간은 이미 5시가 넘어 있었다. 1년 중 해가 가장 짧은 시기였기에 벌써 하늘이 어둑했다. 주현의 차에서 추가로 얻을 수 있는 정보는 없을 듯했기에 탐색을 멈추고 일단 서울로 돌아가기로 했다.

서울로 가는 길, 윤진은 노트북에 메모리카드를 연결하여 저장된 동영상을 확인했다. 영상은 월요일 밤 9시 20분까지 찍혀 있었다. 주현이 회사를 나온 월요일 저녁 6시 30분경의 영상부터 보기 시작했다. 성민의 차가 영등포에 도착할 때쯤에는, 주현의 차가 회사를 출발하여 집에 도착하기 직전까지의 영상을 살펴볼 수 있었다.

특별한 내용은 아직 없었다. 다만 새롭게 확인된 사실 하나는 주현이 운전 도중에 누군가로부터 문자를 받은 듯하다는 점이었다. 블랙박스에는 차내 영상은 찍히지 않았지만, 소리가 녹음되어 있었다.

주현은 음악을 들으며 차를 운전하고 있었다. 빨간불에 걸려 차를 멈췄을 때 갑자기 음악이 끊겼고, 이어서 작게 툭툭 하는 소리가 났다. 휴대폰 액정을 두드리는 게 아닌가 싶었다. 신호가 파란불로 바뀌면 툭툭거리는 소리가 사라지고 다시 빨간불에서 소리가 이어졌다. 그런 일이 몇 번 반복되더니 문득 낯선 목소리가 들려왔다.

— 씨발!

남자의 외마디 욕설이었다. 윤진은 놀라서 동영상을 멈추었다. 뒷좌석에 앉은 성민을 바라보자 그는 주현 씨 목소리라고 알려주었다.

"원래 욕을 자주 하세요?"

윤진의 질문에 주현은 당황하며 고개를 저었다.

"전혀 안 하는 건 아니지만…… 자주 하는 편도 아닙니다."

중고등학생 때라면 모를까, 사회인이 된 뒤에는 욕을 할 일도, 욕을 할 상대도 없었다. 허물없는 중고등학교 동창들을 만났을 때나 추임새처럼 한두 마디 섞어 쓰는 정도였다. 아마 욕을 하지 않으면 화가 풀리지 않을 정도로 기분 나쁜 문자를 받은 듯했다.

주현은 말했다.

"혹시 소영이가 제게 문자를 보냈던 걸까요? 선물로 줬던 넥타이를 돌려달라고요. 번호를 차단해두긴 했지만 다른 휴대폰으로 연락했을 수도 있잖습니까."

지긋지긋한 전 여자친구에게서 다시 연락이 오니 화가 나서 욕을 한 걸지도 모른다는 게 주현의 추측이었다. 사건 당일, 주현은 집에 도착한 뒤 뜬금없이 넥타이를 챙겨 나와 다시 차에 탄 듯하니, 이런 사정만 보면 그러한 추측도 일리가 있다.

그러나 성민과 윤진은 주현의 말에 별다른 반응을 보이지 않았다.

두 사람은 알고 있었다.

주현에게 연락한 사람은 소영이 아니다.

소영은 이미 한 달 전 목숨을 잃었기 때문이다.

8

윤진은 성민의 집에 도착한 뒤에도 1층 소파에 기대앉아 계속 블랙박스 동영상을 살펴봤다. 성민은 주현을 찾느라 힘을 써서 몸 상태가 좋지 않다며, 동영상에서 뭔가 나오면 나중에 말해달라는 말만 남긴 채 방으로 들어갔다.

강인은 집안일과 뒷정리를 하기 위해 집 안팎을 분주하게 오갔다. 윤진만 혼자 남아 계속 동영상을 봤다. 도중에 강인이 뭐라도 먹으면서 보라고 김밥을 사다줬는데, 윤진은 먹는 둥 마는 둥 하며 영상에서 눈을 떼지 않았다.

살해당한 당일, 주현은 차를 끌고 원룸 건물에 도착했다. 주차장에 차를 세우고 시동을 끄자 블랙박스 녹화도 꺼졌다. 잠시 후 영상 녹화가 다시 시작되며 차가 출발했다. 공백 사이에는 30분가량이 비어 있었다. 아마 원룸 CCTV에서 본 것처럼 저녁 7시 20분부터 7시 50분까지, 주현은 자신의 원룸 방에 올라갔다가 주황색 상자를 들고 내려왔을 것이다.

차는 인천으로 향했다. 가는 내내 주현은 누군가에게 스피커폰으로 계속 전화를 걸었다. 그러나 상대방은 받지 않았다. 전화가 연결되지 않는다는 자동 응답 메시지가 들릴 때마다 주현은 불쑥불쑥 욕설을 내뱉었다. 전화가 걸리지 않으면 다시 문자를 보냈고, 한참 문자를 보내는 듯하다 다시 전화를 걸었다. 인천에 가며 그런 일을 수도 없이 반복했다.

주현이 연락하는 상대방과 문제가 있었던 것은 맞는 것 같다. 그러나 상대방이 누구인지, 무슨 문제였는지는 아직 알 수 없었다. 상대방은 살인범이거나 살인범의 공범일 가능성이 높았다. 상대방이 누군지만 알아내면 모든 문제가 풀린다.

경찰이라면 통화와 문자 내역을 조회해서 간단히 알아낼 수 있을 것이다. 주현의 실종신고가 들어간 상태니 통화와 문자 내역을 조사하기 위한 영장을 청구할 명분도 있다. 영상을 보는 동안 윤진은 점점 더 초조해졌다.

경찰이 영장을 청구하고, 통신사가 내역을 보내주기까지 시간이 얼마나 걸릴까. 어쩌면 윤진보다 더 빨리 경찰이 사건의 진상을 파악할지도 모른다.

경찰이 살인범을 찾는 게 나쁘다는 소리는 아니다. 윤진이 경계하는 것은 경찰이 주현의 죽음을 눈치채고 살인범을 추적해 검거하는 과정에서, 경찰서에 드나드는 다른 기자들이 윤진보다 먼저 사건을 보도할지도 모른다는 점이었다.

윤진은 현재 주현의 죽음에 대해 누구보다 많은 정보를 알고 있고, 살해당한 피해자 본인과도 간접적이나마 대화를 나눌 수 있다. 이런 메리트를 잃어버려서는 안 된다.

누구보다 더 빨리, 더 많이 사건에 대해 알아가야 한다. 그것이 영상을 보는 내내 윤진이 초조한 이유였다. 윤진은 상대방을 파악할 수 있을 만한 단서가 없을지 블랙박스 영상을 한 컷도 빼놓지 않고 집중해서 보았다.

영상은 후반부에 접어들었다. 주현이 탄 차가 산길을 오르기 시작했다. 혹시 뭔가 놓칠까 싶어서 동영상 속도도 높이지 않았고, 수시로 일시 정지와 되감기를 해가며 보다 보니 영상 시간은 두 시간 정도밖에 되지 않았는데, 실제 시간은 다섯 시간이 넘게 지나 있었다. 곧 자정이 될 터였다.

성민과 강인은 벌써 잠들었는지 한참 전부터 1층 거실에 모습을 드러내지 않았다. 윤진은 혼자서 어두운 산길을 달리는 블랙박스 영상을 지켜보았다.

그때 영상 안에서 주현이 한 시간 가까이 집요하게 걸어대던 전화를 누군가가 받았다.

— 너 누구야!

윤진은 귀를 때리는 큰 목소리에 놀라서 동영상을 정지시켰다. 심장이 뛰었다. 드디어 살인범이 전화를 받았다. 윤진은 조마조마해하며 다시 재생 버튼을 눌렀다.

살인범의 목소리를 들을 수 있을 거라고 생각했는데, 들리지 않았다. 누구냐는 주현의 질문에 상대방은 침묵으로 일관했다. 주현은 고함을 쳤다.

— 야, 너 그 여자 아니잖아. 어디서 장난질이야! 만나기만 해봐, 넌 죽었어!

주현이 고함을 치는 중에 상대방의 전화는 끊어진 듯했다. 주현은 더는 전화를 걸지 않았다. 다만 화를 참을 수 없는지 간헐적으로 계속 욕설을 내뱉었다. 윤진은 귀가 다 얼얼해졌다.

차는 산길을 달리다 삼계탕집 주차장에 멈췄다. 시동이 꺼지자 영상도 꺼졌다. 아마 주현은 이곳에 차를 대고, 휴대폰과 주황색 상자를 들고 어디론가 떠났을 것이다.

윤진은 다시 인천에 가봐야겠다는 생각을 했다. 차량 주변을 탐문해봐야 할 것 같았다. 삼계탕집과 근처 절에서 주현을 목격한 사람이 있을지도 모른다.

겸사겸사 메모리카드도 돌려놓기로 했다. 경찰도 주현의 실종을 수사하다 보면 차부터 수색할 것이고, 차를 발견하면 자연스럽게 블랙박스 영상부터 확인하려 할 것이다. 그때 메모리카드가 없어졌다는 것을 알면 일이 커진다.

주현을 죽인 범인을 찾는 일은 결국 경찰의 몫이다. 수사를 방해하면서까지 기사를 쓸 수는 없었다. 게다가 메모리카드를 빼 온 사실을 들키면 절도죄로 처벌받을 수 있었다. 주인인 주현의 허락을 받은 것이지만, 귀신이 허락했다는 이야기를 법원에서 믿어줄 것 같지는 않았다.

윤진은 메모리카드를 돌려놓기 전에 영상을 노트북에 복사했다. 그리고 중요한 장면들은 나중에 바로 볼 수 있도록 잘라서 편집해두기로 했다. 가장 중요한 장면은 주현이 살인범과 통화한 부분이었다. 윤진은 편집을 위해 그 부분을 돌려보다 주현의 욕설과 고함에 다시 놀랐다.

"욕을 잘 안 한다더니 입이 험하네."

별생각 없이 혼잣말처럼 중얼거리고는 편집을 이어나가는데, 잠시 후 윤진의 눈앞에 수첩 하나가 불쑥 내밀어졌다.

— 정말 잘 안 합니다.

깜짝 놀란 윤진은 무릎 위에 올려둔 노트북을 떨어뜨릴 뻔했다. 주현이 쓰는 수첩이었다.

"주, 주현 씨?"

— 놀라게 해드려서 죄송합니다.

"언제부터 계셨어요?"

— 집에 온 뒤부터 계속 옆에 있었습니다.

주현도 블랙박스에 무엇이 찍혀 있는지 궁금해서 계속 옆에서 같이 보고 있었다고 했다. 윤진이 깊게 집중한 듯해서 방해하지 않으려고 했지만, 오해를 받고 싶지는 않아서 말을 걸었다고.

— 저 때 화가 많이 났던 것 같습니다.

주현은 원래 화를 잘 내지 않는다. 어릴 때부터 그랬다. 쉽게 감동하거나 기뻐하지도 않지만, 반대로 어지간한 일에도 화를 내지 않았다. 그렇다고 분노라는 감정 자체를 느끼지 않는다는 소리는 아니다. 화가 날 때는 화를 낸다.

그러나 악에 받쳐 욕을 할 만큼의 분노는 거의 느껴본 적이 없었다. 철없던 시절에도 그랬지만, 어느 정도 나이를 먹고 세상 경험을 한 뒤에는 더욱 그러했다.

그러나 블랙박스에 찍힌 주현은, 지금의 주현이 봐도 놀라울 만큼 속 깊은 곳에서 분노하고 있었다. 이유는 모른다. 하지만 적어도 주현은 저게 절대 평소의 모습이 아니라는 걸 윤진에게 알리고 싶었다. 생전 모습이 저런 꼴로 기억되는 건 원치 않았다.

윤진은 알겠다며 고개를 끄덕였다.

"상대방이 문자를 이용해 도발을 했나 보네요. 주현 씨가 화를 참지 못하고 인천까지 가게 할 정도로요."

— 그런 것 같습니다.

"차를 주차해둔 식당은 아는 곳인가요?"

— 처음 보는 곳입니다.

"그럼 휴대폰 문자를 이용해 여기로 오라고 지시했을 가능성이 크겠네요."

윤진은 곰곰이 생각한 후 말했다.

"주현 씨를 잘 아는 사람이 살인범일 거 같아요."

평소 차분한 주현을 극도로 흥분시켰다는 건, 주현의 심리를 잘 아는 사람이라는 소리다. 주현이 무엇을 좋아하고 싫어하는지 잘 알고, 싫어하는 쪽을 찔러 들어왔을 것이다. 주현과 친분이 깊은 누군가가 계획적으로 접근해 일으킨 범죄가 아닐까 싶었다.

— 역시 소영일까요?

주현은 계속 그쪽을 의심하는 듯했다. 정말 전 여자친구가 죽었다는 것을 모르는 모양이었다.

'말을 해줘야 할까.'

윤진은 잠시 고민했다. 이대로 사건을 끌고 가다 보면 조만간 주현도 알게 될 사실이었다. 괜히 헛다리를 짚게 하느니 얼른 사실을 말해주는 게 낫지 않을까 싶었다. 하지만 소영의 죽음을 이야기하면 괜히 주현을 더 심란하게 만들 것 같기도 했다.

주현이 소영을 죽인 살인범이라고 이승과 저승 양쪽에서 의심받는 상황이라면 더욱 그렇다. 소영이 진작 죽었다고 말을 해주는 게 낫다 해도, 어떤 방식으로 언제 말을 해줘야 좋을지 망설여졌다.

윤진은 적어도 지금은 때가 아니라고 생각했다.

"그건 아닐 거 같아요. 상대방에게 '그 여자 아니잖아' 하고 말하는데, 아마 여기서 '그 여자'가 소영 씨를 가리키는 게 아닐까요? 제 생각에는 누가 소영 씨인 척하고 주현 씨를 유인한 게 아닌가 싶어요. 주현 씨의 성격을 잘 알 만큼 친한 사이였으면 소영 씨와의 관계도 알았을 테니까요. 주현 씨는 전화를 걸고 문자를 주고받던 중에, 소영 씨가 아니라는 것을 눈치챘지만, 화가 나서 오라는 곳까지 차를 몰고 간 거고요."

— 그럴 수도 있겠네요.

주현은 양손으로 머리를 싸맸다. 블랙박스를 보면 기억이 돌아올 줄 알았는데 역시 여전히 기억나지 않는다. 휴대폰 너머의 누군가가 인천으로 주현을 불러냈다. 범행 장소로 인천을 골랐다는 것은 그만큼 인천을 잘 아는 사람이라는 소리다. 인천을 잘 알고 동시에 주현도 잘 아는 사람이 누가 있을까.

주현은 조심스럽게 볼펜을 움직였다.

— 중학교 동창들은 아닐까요?

친구들은 의심하고 싶지 않았다. 그러나 만약 동창이 범인이라면 많은 부분이 설명된다.

"그럴 수도 있겠네요. 인천에서 함께 학교를 다녔고, 주현 씨에 대해서 잘 알 테니까요."

— 그런데 동창이라면 제가 못 알아봤을 리 없습니다.

"공범이 있을 수도 있잖아요."

범죄 계획은 동창 중의 누군가가 짜고, 실제 살인은 다른 사람이 했을 수도 있다는 소리였다.

윤진은 주현에게 말했다.

"내일 다시 인천에 가봐야겠어요. 메모리카드를 돌려놓고 주변 탐문도 해볼 필요가 있을 거 같아요. 그때 주현 씨의 동창들도 만나볼게요. 만날 수 있는 만큼 만나보고 올 테니 최대한 여러 명을 알려주세요. 트러블이 있었던 상대방이면 더 좋아요."

주현은 한숨을 쉬며 중학교 동창들의 이름과 주소, 직장 등을 적어 내려가기 시작했다. 생각해보니 알고 지낸 기간이 오래된 만큼 트러블이 있던 상대도 많았다.

주현은 한 번에 괜찮은 대학에 합격했지만, 지훈이라는 녀석은 삼수를 하고도 마음에 드는 대학에 가지 못했다. 그 후 한동안 술자리에서 별것도 아닌 일로 계속 트집을 잡아대서 싸움 직전까지 갔던 일이 있었다.

현석이라는 녀석은 주현이 예전에 사귀었던 여자친구에 대한 험담을 다른 동창들에게 하다가 들통 난 적이 있었다. 그때는 연을 끊을 뻔했는데 주현이 그 여자친구와 헤어지며 어물쩍 다시 어울려 놀기 시작했다.

정우라는 녀석은 돈을 잘 갚지 않았다. 예전부터 뭘 먹고 난 뒤 돈을 나눌 때면 지금 현금이 없다며 나중에 주겠다고 했다가 은근슬쩍 떼먹곤 했다. 몇 만 원 정도였고, 말을 하면 일부라도 갚곤 했기 때문에 다들 참아왔는데 언젠가 술자리에서 싸움이 크게 터졌다. 그 뒤로 정우는 모임에 잘 나오지 않는다.

요즘 세상에 중학교 동창이 열 명 넘게 어울려 다니는 건 드문 일이라며 우정을 자부하곤 했지만, 생각해보면 모두 아름다운 관계만 맺고 있던 것은 아니었다. 살인을 할 정도의 문제가 터진 적은 없었지만, 작은 트러블이 쌓이며 누군가가 살인을 꿈꿀 정도로 주현을 증오하고 있었을 수 있다.

— 어쩌면 제가 기억하지 못하는 문제가 있었을지도 모릅니다.

주현은 생전의 기억에 대해 점점 확신을 잃어가고 있었다. 죽고 난 뒤에는 점차 기억이 사라진다고 했다. 약을 먹고 있기는 하지만 얼마나 더 오래 기억을 유지할 수 있을지 알 수 없다. 동창 중 누군가와 크게 다툼이 있었지만 단순히 주현이 기억하지 못하는 것일지도 모른다.

주현은 잠시 망설인 끝에 1년 전 경찰서에 갔던 일을 윤진에게도 말해주었다. 홍인철강에서 일하던 중학교 동창의 살인범으로 의심받은 적이 있다는 내용이었다. 그때도 결국 기억이 문제였다.

기억이 없으니 주현조차 자기 자신을 믿을 수 없었다. 지금도 주현은 자신에 대한 의심을 놓지 않고 있었다. 기억의 빈자리에 무슨 일이 있었던 것인지 도무지 알 수 없기 때문이다.

— 혹시 나중에 제가 살인범이거나, 그렇지 않더라도 죽어 마땅한 일을 한 사람이라는 게 밝혀진다면, 사실대로 기사를 적으셔도 됩니다. 윤진 씨를 원망하지 않을게요. 기자로서 당연히 해야 하는 일을 하신 것뿐이니까요.

주현이 과거에 살인범으로 의심받은 적이 있다는 이야기는 윤진도 처음 듣는 것이었다. 어쩌면 이런 사건들이 쌓여서 경찰과 저승사자들이 주현을 전 여자친구의 살인범으로 의심하는 것일지 모른다.

윤진이 주현과의 관계나 죽은 자의 저주가 두려워 사실과 다른 기사를 쓸 일은 없다. 다만 윤진은 주현이 이런 걱정을 하는 것이 안타까울 뿐이었다.

"기억하지 못한다면 그냥 없었던 일이라고 여겨요."

살면서 모든 것을 기억할 수는 없는 일이다. 비율로 따진다면 기억하는 일보다 그렇지 못한 일들이 훨씬 더 많을 것이다. 기억에 없는 일을 걱정하기 시작하면 인생은 걱정밖에 남지 않는다.

죽은 뒤의 인생이라 해도 다르지 않다.

"저는 주현 씨를 믿어요. 적어도 주현 씨가 생전에 나쁜 일을 했다는 확실한 증거가 나오기 전까지는 무죄를 믿어줄게요."

정확히 말하자면 윤진은 주현을 믿는다기보다 주현을 살인범이라고 생각하는 경찰과 저승사자들을 의심하는 쪽에 가까웠다. 경찰과 저승사자들이 주현의 죄를 입증할 어떤 증거를 쥐고 있는지는 모른다. 하지만 현재 윤진의 손에 증거가 없는 이상 주현의 무죄를 믿을 수밖에 없었다.

— 믿어주신다니 감사합니다.

주현은 윤진이 고마웠다. 자신을 믿을 수 없는 상황에서, 누군가 믿어준다는 말을 해주는 것이 이렇게나 고마운 일일지 몰랐다. 주현은 순순히 저승에 가지 않고 남기로 한 건 좋은 선택이었다는 생각이 들었다.

그냥 잊힐 수도 있었던 자신의 죽음을 밝히기 위해 누군가가 고민하고 노력해준다는 것은 그 자체만으로도 깊은 위안이 되었다.

윤진은 별말 없이 미소짓더니 노트북을 정리하며 소파에서 일어났다.

"이제 주무세요. 저도 자야겠어요."

윤진은 주방 옆에 있는 강인의 방문을 열고 들어가더니 안에서 이불을 꺼내왔다. 방 안의 불이 꺼져 있는 것을 보니 강인은 진작 잠이 든 것 같았지만, 윤진은 개의치 않고 자연스럽게 방을 드나들었다.

소파 위에 이불을 깔고 쿠션을 머리맡에 둬서 잠자리를 만든 뒤 누우려는 윤진에게 주현은 다시 수첩을 내밀었다.

— 제가 소파에서 잘 테니 윤진 씨가 제 침대에서 주무세요.

요즘 시대에 고리타분한 생각이라는 소리를 들을 수도 있지만, 주현은 여자를 소파에서 재우고 자신이 침대에서 자는 것이 어딘지 불편했다.

애초에 주현은 이미 죽어서 이론적으로는 잠을 잘 필요가 없다고 했다. 그럼 그냥 주현이 소파에서 쪽잠을 자고 윤진을 침대에서 편히 자게 하는 편이 나았다.

그러나 윤진은 괜찮다고 했다.

"주현 씨가 손님이니까 편하게 주무세요. 전 괜찮아요."

— 윤진 씨도 손님 아닌가요?

"저는 급이 낮은 손님이죠. 제가 자고 가든 말든 신경도 안 쓰고 다들 먼저 자는 걸 보세요."

윤진은 돌도 지나지 않았을 때부터 이 집에 드나들었다. 하루가 멀다 하고 드나든 지 30년이 지났으니, 다들 윤진을 손님이라고 인식하는 것이 희미했다. 윤진도 손님 대접을 받아야 한다는 생각이 별로 없었다. 손님방에 머무는 사람이 없다면 모르겠지만, 이미 있는데 방을 빼앗을 수는 없었다.

윤진의 이야기를 들은 주현은 수첩을 내밀었다.

— 가족 같은 사이신가 보네요.

"그런 이야기도 들어요. 성민이와 강인 아저씨도 자주 말하고요. 우린 가족 같은 거라고. 좋은 건진 모르겠지만요."

— 좋은 거 아닐까요?

"좋은 거라면 좋은 거겠지만, 글쎄요."

윤진의 태도가 애매모호했다. 주현은 자신이 말실수를 한 게 아닌가 싶어서 당황했다.

윤진은 이어 말했다.

"저는 아버지가 없어요. 어머니가 혼자 저를 키우셨죠. 집안에 남자 어른이 필요할 때에는 외삼촌이 아버지 역할을 대신했어요. 하지만 어머니가 일찍 돌아가시고, 외삼촌이 결혼해서 자기 가정이 생기니까 저는 붕 떠버렸죠."

초등학교 3학년 때 어머니가 돌아가신 뒤 맡아줄 어른이 없자 외삼촌의 신혼집에 얹혀살게 되었다. 외숙모는 외삼촌과 풋풋한 신혼 생활을 꿈꿨을 텐데, 갑자기 피도 안 섞인 다 큰 조카를 떠맡게 된 것이다.

그래도 인생은 드라마 같지는 않은 법이다. 드라마라면 눈꼴신 조카에게 찬밥을 주거나 화장실 청소를 시키며 냉대할 텐데, 외숙모는 친자식만큼은 아니더라도 친조카 정도로는 성심성의껏 윤진을 돌봐주었다. 부모 없는 고아에게 방을 내주고 밥을 챙겨주고 용돈을 주고 학원을 보내주는 것만으로도 외삼촌과 외숙모는 해줄 수 있는 모든 것을 다 해준 것이나 마찬가지다. 그런 상황에서 뭔가 결핍을 느꼈다면, 그것은 오로지 윤진의 잘못이다.

"외사촌 동생이 태어난 뒤에 외삼촌과 외숙모가 동생을 챙기는 걸 보면 너무 서운하더라고요. 당연히 친자식이 더 예쁠 수밖에 없고, 설령 같은 친자식이라도 갓 태어난 아이를 더 챙겨주는 것은 어쩔 수 없는 건데 왠지 그게 너무 슬프고 싫었어요. 사춘기라 그랬던 건지."

집에 가기 싫어 학교가 끝나면 밖을 돌아다니다 밤늦게 들어갔다.

대단한 방황을 했던 것은 아니다. 보통 성민의 집에 와서 밥을 먹고 텔레비전을 보고 숙제를 하고 집으로 갔다. 성민의 집에 오면 편안했다. 집에 가면 동생이 있으니 어른들의 관심이 분산되는데, 성민의 집에선 오로지 윤진만 관심을 받을 수 있었다.

어머니가 살아계실 때부터 윤진이 자주 성민의 집에 들락거렸다는 것을 외삼촌도 알았기 때문에 성민의 집에서 놀다 왔다고 하면 밤늦게 돌아가도 혼나지 않았다. 본격적으로 대학 입시를 준비하며 공부를 시작한 고등학교 전까지는 거의 매일 그렇게 살았다.

그렇게 보면 어머니가 돌아가신 뒤 절반은 외삼촌과 외숙모가 키워줬지만, 절반은 성민이 키워줬다고 해도 이상할 것 없다.

"지금 생각해보면 외삼촌은 그래도 조카고 피가 섞였으니 돌봐줄 수 있었을 텐데, 성민이는 피도 한 방울 안 섞인 남의 집 애를 신기할 정도로 싫은 소리 한마디 안 하고 돌봐줬어요. 원래 싫은 소리를 안 하는 성격이긴 하지만요."

어른이 된 뒤 윤진은 성민에게 물어본 적이 있었다. 어렸을 때 자신이 매일같이 찾아오는 게 싫지 않았냐고. 그때 성민은 나는 너를 가족같이 생각한다고, 가족이 오는데 싫어할 리 있냐고 답했다. 고마운 이야기였다. 그러나 그다지 기쁘지는 않았다. 윤진도 성민과 가족이 되고 싶기는 했다. 하지만 기왕이면 부모 자식 사이가 아니라 부부 사이가 되고 싶었다.

— 결혼하고 싶다는 의미인가요?

"뭐, 그렇죠."

윤진은 태연해 보였다. 당황한 것은 주현뿐이었다.

윤진은 말했다.

"아주 어릴 때부터 좋아했어요. 고백도 여러 번 했는데 어려서 뭘 몰라서 그러는 거라고 하더니, 커서는 가족이나 다름없는데 어떻게 사귀냐고 하더라고요."

성민은 좋고 싫은 것이 딱히 없는 성격이다. 어지간한 것은 그러려니 하고 넘긴다. 그런 성민이 싫다고 하는 것은 정말 싫은 것이다. 성민이 윤진과 사귀기 싫다고 하는 것은 정말 사귀고 싶지 않기 때문이다. 그 점을 잘 아니까 윤진은 거절당할 때마다 더욱 마음이 아팠다.

— 나이 차이 때문에 그런 게 아닐까요?

"수백 년을 살았잖아요. 누구와 사귀든 나이 차이는 많이 날 수밖에 없죠."

나이 문제가 아니다. 성민은 그저 정말 윤진을 가족처럼, 동생이나 딸처럼 생각하고 있을 뿐이다. 외모나 성격이 마음에 들지 않는다는 이유였다면 차라리 나았을 것이다. 진짜 피가 섞인 것도 아닌데 단지 어릴 때부터 오래 알아왔다는 이유만으로 후보에도 들지 못한다니. 윤진은 더욱 미련이 남았다.

"싫다는데 억지로 사귈 수도 없으니 마음을 정리하려고 해요. 하지만 그렇게 마음먹었다 해도 하루아침에 마음을 접을 수는 없어요. 그렇게 간단히 마음을 컨트롤할 수 있다면 이러고 있을 게 아니라 절에라도 들어가 열반을 노려봐야죠."

노력하고는 있다. 하지만 노력은 만능열쇠가 아니기 때문에 언제나 원하는 결과를 바로바로 내어주지는 않는다. 윤진은 10년 넘게 노력하고 있지만, 아직도 마음이 전부 지워지지 않았다. 그래도 반드시 사귀고 싶다는 마음은 예전보다 옅어졌다. 이러다 보면 언젠가는 전부 사라지는 날도 올 것이다. 다만 그전까지는 계속 좋아하고 싶었다.

"평생 서로 사랑하며 살 수 있는 운명의 상대가 아니라면 애초에 사랑에 빠지지 않는 시스템이면 좋겠어요. 왜 어느 한쪽이 먼저 사랑에 빠지고, 어느 한쪽이 먼저 마음이 떠날 수밖에 없는 걸까요?"

윤진에게 있어서 짝사랑은 수십 년간 앓아온 만성질환 같은 거라 이제 와서 새삼스럽게 힘들지는 않았다. 하지만 가끔 제 맘대로 움직이지 않는 마음을 자각할 때마다 자못 철학적이 되었다.

"쓸데없는 이야기를 했네요. 주현 씨가 눈에 안 보이니 혼잣말하듯 너무 주절주절 떠들었어요."

— 괜찮습니다.

"주현 씨는 다정한 분 같아요. 그러니 전 여자친구 분도 쉽게 잊지 못했겠죠. 원래 자기를 짝사랑하는 상대에게는 다정하게 대해주면 안 돼요. 괜한 희망 때문에 더 잊기 힘들어지니까."

성민도 다정하다. 정말 할 수 없는 것이나 하고 싶지 않은 것만 아니면 윤진이 아무리 제멋대로 굴어도 받아준다. 만사에 이러든 저러든 상관없다는 태도를 취하는 천성 때문이라는 것을 알지만, 윤진은 가끔 성민이 자신에게 호감이 있어서 저러는 게 아닌지 착각하곤 한다. 그래서 더 구질구질하게 감정을 이어가게 된다.

"아, 그렇다고 전 여자친구 분이 스토킹한 게 주현 씨 잘못이라는 뜻은 아니에요. 혼자 좋아하는 걸 넘어서서 스토킹까지 하게 됐다면 그쪽 잘못이죠. 원래 짝사랑하는 사람의 미덕은 상대방에게 부담을 주지 않는 거니까요."

왜 이런 이야기까지 하는지 모르겠다며 윤진은 큰 소리로 웃었다. 웃음기 가득한 눈동자가 시원스럽게 빛났다. 그러나 곧 잔잔한 우울감이 얼굴에 퍼져갔다.

"예전에 성민이에게 고백했을 때, 제가 가족에 대한 애정과 이성적인 사랑을 착각하는 거라고 하더라고요. 그러니까 제가 어릴 때 부모를 잃은 탓에 가족 같은 애정을 주는 사람에게 친밀감과 편안함을 느낀다는 소리였죠. 말도 안 돼요! 제가 바보도 아니고 가족 간의 사랑과 이성 간의 사랑을 혼동할 리 있나요?"

윤진은 어이없다는 듯 목소리를 높였지만 차츰 힘이 빠졌다.

"물론 성민이를 좋아하게 된 계기 중 하나는 어머니가 돌아가셨을 때의 슬픔을 채워줬기 때문이기도 해요. 그때 성민이가 알려줬어요. 죽은 뒤에도 삶은 끝나지 않는다고, 영혼이 가족들을 만나러 온다고요. 어머니의 영혼만은 내 곁에 있다고 생각하니 위안이 됐어요."

깊은 슬픔과 빈자리를 채워준 다정한 사람이었기 때문에 사랑에 빠졌을 수 있다고, 그렇게 생각하면 성민의 말도 틀린 건 아닐 수 있다고 윤진은 말했다. 다만 그렇게 인정하면 10년 넘게 품어온 소중한 감정이 단순한 착각으로 격하될 것 같아서 인정하고 싶지 않은 걸지도 모르겠다고.

깊은 생각이 가져다준 우울감을 털어내려는 듯 윤진은 밝은 목소리로 화제를 바꾸었다.

"주현 씨도 가족들을 만나러 가실 거죠?"

9

윤진과 헤어진 주현은 오늘 밤도 쉽게 잠들지 못했다.

주현은 침대에 걸터앉아 생각에 잠겼다.

'나는 왜 죽는 날 인천으로 갔을까. 누가 나를 그곳으로 불러냈을까. 나는 정말 형철을 죽였을까. 살인범은 왜 홍인철강 점퍼를 입고 있었을까.'

쉽게 답이 나오지 않을 문제들이 주현의 머릿속을 끝도 없이 맴돌았다. 그런데 이상하게도 그중에서 주현을 가장 괴롭히는 것은 조금 전 윤진이 던진 질문이었다.

'주현 씨도 가족들을 만나러 가실 거죠?'

죽은 귀신이 가족들을 만나러 온다는 건 흔한 이야기다. 저승에서 망자에게 이승에 체류하도록 비자를 주는 까닭도 자신의 장례식에 참석해 가족들과 작별인사를 하라는 취지라고 했다. 그러나 주현은 아직 가족과 만나지 않았다.

주현은 윤진에게 답했다.

— 만나러 가야죠.

저승에 가기 전에 가족들을 한번 보기는 해야 할 것 같았다. 문제는 이승에 머물 시간이 한정되어 있다는 것이었다. 살인범을 찾아야 하는데 가족들 만날 시간이 날지 모르겠다고 주현이 말하자 윤진은 커다란 눈을 동그랗게 뜨며 물었다.

'살인범을 찾지 못해도 가족은 만나야 하는 거 아닌가요?'

덩달아 주현의 눈도 커졌다. 찾아간다 해도 가족들은 주현이 옆에 있는지 모른다. 꿈속에 들어가 대화를 나눈다 해도 꿈은 꿈일 뿐이다. 그러다 보니 주현은 내심 가족을 꼭 만나러 가야 하나 싶기도 했다. 하지만 기일마다 정성껏 제사를 지내는 것처럼, 떠난 사람이 귀신이 되어서라도 찾아와주기를 바라는 게 남겨진 이들의 통상적인 심리라고 하니 만나러 가긴 해야겠다고 생각했을 뿐이다. 그러나 다른 급한 일을 미뤄두더라도 반드시 만나야 하는 줄은 몰랐다.

— 그럼 저승에 돌아가기 전날쯤 시간을 내봐야겠네요.

주현의 답변을 읽은 윤진은 입가에 애써 작은 미소를 지으며 말했다.

'제 생각과는 다르네요. 저는 사람이 죽으면 바로 가족들 곁으로 와서 오랫동안 함께 있고 싶어할 거라 생각했거든요.'

주현은 수첩에 볼펜으로 무의미한 낙서를 끄적이다 이렇게 적었다.

— 그게 '일반적'인 귀신의 모습인가요?

윤진은 당황스러운 목소리로 답했다.

'그저 제 생각이에요. 저도 몰라요. 안 죽어봤으니까요.'

주현도 죽어본 것은 처음이었다. 그래서 어떻게 행동하는 게 귀신으로서 일반적인 것인지 잘 몰랐다. 일단 마음이 끌리는 대로 움직이고 있지만, 어쩌면 주현의 행동은 평범한 귀신들과 크게 다를지도 모른다. 불안해졌다. 주현은 이승에서 평범한 삶을 추구해왔던 것처럼, 저승에서도 평범한 귀신으로 살아가고 싶었다.

혹시 이승 여행 가이드북에는 나와 있지 않을까. 귀신으로서 평범하게 행동하는 방법 같은 것 말이다. 주현은 가방에서 가이드북을 꺼내어 목차를 살펴보았다.

그런데, 진짜로 있었다.

002. 무난하게 이승 여행을 마치는 방법 _9쪽

주현은 바로 9쪽을 열어보았다. 그곳에는 이런 내용이 적혀 있었다.

비자를 발급받고 이승에 머무는 동안, 생전 하지 않던 비상식적인 행동을 하는 경우가 있습니다. 평범하고 상식적인 기준에 맞추어 행동합시다. 저승의 상식은 이승의 상식과 크게 다르지 않습니다.

주현은 침대에 주저앉으며 실망스러운 속마음을 입 밖으로 내뱉었다.

"아니, 그래서 상식이 대체 뭐라는 거야."

상식이 뭔지 궁금해서 찾아본 건데, 상식은 상식이라고 설명하면 전혀 답이 되지 않는다. 아무리 얇은 가이드북이라지만 너무 부실하다. 그때 주현의 귓가에 한 남자의 목소리가 들려왔다.

"예를 들면 남자는 여탕에 들어가지 말 것 같은 거지."

주현은 가이드북을 떨어뜨리며 침대에서 벌떡 일어났다. 비명을 참은 게 기적 같은 일이다. 놀란 주현은 한동안 제대로 말을 하지 못했다. 만약 살아 있었다면 몇 초쯤 심장이 멎었을지도 모른다.

몽마 원일이었다. 어제와 마찬가지로 뺀질뺀질해 보이는 슬림한 검은 재킷을 걸친 채 주현의 침대 위에 앉아 히죽대고 있었다. 문제는 어제와 달리 창문을 두드리지 않고 멋대로 들어왔다는 점이다.

"타인의 집에 무단 침입해서는 안 된다는 상식은 없으십니까?"

어이없는 상황에 놀란 주현의 목소리가 크고 높아졌다. 원일은 진정하라는 듯 손짓하며 말했다.

"잠깐 얼굴이라도 볼까 해서 왔어. 지나가는 길에 우연히 마주쳐서 안부 인사를 나누는 상황이라 생각하라고."

죽어서 저승 소속이 되는 순간 이승의 제약은 사라지기 때문에 귀신은 이승의 건물을 자유롭게 넘나들 수 있다. 그러다 보니 성민의 집 주변에는 항상 결계가 쳐져 있다. 출입이 허락된 귀신이 아니면 집에 들어올 수 없도록 하는 일종의 경비장치로 성민은 이를 '모기장'이라 부른다. 평상시라면 원일은 모기장 때문에 성민의 집에 들어올 수 없다.

어제 원일은 조사 결과를 보고해야 했기에 잠시 출입이 허가되었을 뿐, 일이 끝나자마자 바로 통제되었다. 하지만 안에서 문을 열어주면 들어올 수 있기에 원일은 어젯밤 주현의 방 창문을 두드렸던 것이다.

그러나 오늘은 굳이 그럴 필요가 없었다. 가끔 모기장에는 구멍이 생기곤 한다. 성민의 힘이 약해졌을 때다. 오늘 구멍을 발견한 원일은 몰래 집 안에 들어와 주현의 방에 숨어 있었다.

원일은 주현에게 물었다.

"왜 갑자기 상식에 대해 궁금해하는 거야?"

주현은 대답을 해줘야 할지 망설였다. 하지만 자신보다는 원일이 저승의 상식에 대해 잘 알 것 같다는 생각에 입을 열었다.

"비자를 받은 귀신들이 일반적으로 어떻게 행동하는지 궁금해졌기 때문입니다."

원일은 고개를 갸웃거렸다.

"그게 왜?"

"알아둬야 때에 따라 적절히 행동할 수 있으니까요."

원일은 더 이해할 수 없다는 표정이 되었다.

"그냥 자연스럽게 행동하면 되잖아?"

"자연스럽게 행동한다 하더라도 그게 상식에서 너무 벗어나면 안 되지 않습니까? 일반적인 상식을 알아두고 그 안에서 행동해야죠."

원일은 장난스러운 말투로 타이르듯 말했다.

"상식에서 벗어나도 나쁠 건 없어. 상식 속에서만 살면 인생이 재미없잖아? 그딴 건 생각하지 말고 그냥 편하게 살아. 나 좀 보라고. 죽은 자는 저승에 가야 한다는 상식을 깨고 이승에 남아서 나름대로 재밌게 잘살고 있잖아?"

주현은 원일의 말에 반박했다.

"특정한 상황에서 일반적인 사람들이 취할 법한 태도에서 벗어나면 보통 안 좋은 결과가 생겨요. 원일 씨가 지금 생활에 만족하신다면 다행이지만, 일반적인 사람들과 다른 길을 선택하셨기 때문에 저승과 대립하게 되신 것 아닙니까?"

"아, 그건 그렇지만, 그것도 다 해결책이 있지."

"어떤 해결책입니까?"

"적절한 뇌물과 접대."

저승사자들이 반저승단체인 몽마들의 단속에 소홀한 데에는 역시 끈끈하고 더러운 유착관계가 숨어 있었던 모양이다. 원일은 별거 아니라는 듯 가벼운 목소리로 말했지만, 주현의 표정은 불편해졌다. 주현은 퉁명스러운 목소리로 말했다.

"저는 그냥 대다수의 사람들이 걷는 길로 가고 싶습니다."

"정직한 성격이신가 봐."

"딱히 그렇지는 않습니다. 단지 저는 이 사회가 규칙을 따르는 사람에게 더 큰 보상을 주는 구조로 되어 있다고 생각할 뿐입니다. 사회지도층이나 부유층 중 일반적인 루트를 벗어나 성공한 경우는 극히 드물지 않습니까?"

가정이나 학교, 회사에서 이탈하면 순간적으로는 자유로움을 느낄

지 모르지만, 곧 심리적으로나 경제적으로 결핍이 생기기 마련이다. 그러나 그때 다시 원래 루트로 돌아가는 것은 지극히 어렵다. 처음부터 정해진 루트를 따라가야 결과적으로는 가장 멀리 갈 수 있으며, 가장 많은 보상을 얻을 수 있다.

그러니 테두리 안에 있어야 한다. 밀려나면 밀려날수록 인생의 부하가 커진다. 평범하게, 무난하게 살아야 한다. 이것이 주현의 생각이었다.

주현의 이야기에 원일은 고개를 저었다.

"하지만 성공한 사람 중에는 감옥에 가는 사람들도 많잖아? 겉보기에만 모범적일 뿐 사실 뒤에서 위법이나 편법을 쓰는 경우가 비일비재하다고."

"겉으로라도 따라가는 게 중요한 겁니다. 가라는 길을 가면서 추가적인 이익을 얻기 위해서 위법과 편법을 쓰는 것과 처음부터 이탈하는 것은 전혀 다릅니다. 전자는 사회적으로 성공한 정치가나 기업가로 불릴 수도 있지만, 후자는 단순한 범죄자일 뿐이지요. 전자는 운이 좋으면 범죄 사실을 감춘 채 살아갈 수도 있지만, 후자는 아예 그럴 여지가 없어요."

주현은 또박또박 자신의 생각을 이야기했다. 원일은 잠시 생각에 잠기더니 곧 뭔가를 깨달았다는 듯 고개를 끄덕였다.

"그러니까 동생 말은, 범죄 사실이 들킬 확률을 낮추기 위해서는 겉으로라도 평범한 사람을 연기해야 하고, 그러려면 일반적인 상식을 알아두어야 한다는 거네? 맞아, 그런 면에서는 상식도 중요하지."

"아니, 그런 말은 아닙니다만."

주현은 당황하며 수습하려 했지만 말을 주워 담는 일은 쉽지 않았다. 원일은 웃음기 가득한 목소리로 말했다.

"인생 별거 있나? 살았든 죽었든 내가 갖고 싶은 걸 갖고, 즐기고 싶은 걸 즐기며 살아가면 되지. 동생 말대로 평범한 루트를 따라가서 뭔가 얻을 수 있다면 그렇게 하면 되지만, 더 많은 걸 얻고자 한다면 거기서 살짝 벗어나는 것도 나쁘지 않아. 그런 의미에서, 혹시 되살아나는 방법에 대해 좀 들은 건 없어?"

역시 원일이 찾아온 까닭은 어제 주현에게 넌지시 부탁한 일의 진척도가 궁금해서였다. 주현은 어제 자신이 내린 결론을 말하기로 했다.

"되살아나는 방법에 대해서는 조사하지 않기로 했습니다."

"아니 왜?"

"저승이 붙인 감시자로부터 저승의 규칙에 반하는 방법을 얻어내려고 시도하는 것은 리스크가 큽니다. 성민 님과의 관계가 틀어지기라도 하면 저를 죽인 살인범을 찾는 일에도 지장이 가고요. 그런 방법이 있다는 것이 확실하지도 않은 상황에서 위험을 감수하고 싶지는 않습니다."

원일은 고개를 크게 끄덕이며 말했다.

"이해해. 내가 동생한테 너무 무리한 이야기를 꺼냈네. 잊어버려."

생각보다 원일은 쉽게 물러났다. 깨끗하게 포기하는 모습이 수상하다 싶더니, 역시나 다른 꿍꿍이가 있었다. 갑자기 윤진의 이야기를 꺼낸 것이다.

"그러고 보니 1층에서 자는 여자 말인데, 이름이 윤진이던가?"

이 집에 자주 드나들어서 얼굴은 아는데 소개를 정식으로 받지 못해서 이름이 헷갈린다며 원일은 고개를 절레절레 저었다. 주현이 그렇다고 하자 원일은 밝은 목소리로 돌아와 물었다.

"윤진 씨 말인데, 어릴 때 어머니가 돌아가신 거 알고 있지?"

"알고 있습니다."

"악귀가 되었다는 건?"

처음 듣는 이야기였다. 주현은 입을 다문 채 답하지 않았다. 원일은 말을 계속 이어갔다.

"그때 정말 어마어마했지. 어마어마한 악귀여서 모기장까지 뚫고 들어와 이 집을 엉망으로 만들었다고. 나도 옆에서 싸움을 지켜봤었는데 정말 볼 만했어. 승정님이 원래 모습을 드러낼 정도로 고전했거든. 물론 승정님이 오랫동안 피를 먹지 못한데다 아는 사람이다 보니 제대로 싸우지 못한 탓도 있지만, 악귀의 힘 자체가 대단했어. 엄청난 원념이 있었던 거지."

성민은 윤진에게 사람이 죽으면 영혼이 되어서 가족들을 만나러 온다고 했다고 한다. 악귀가 되어 돌아왔다는 말까지는 하지 않았던 것 같지만 말이다. 왜 이런 이야기를 하느냐고 물어보려 할 때 원일이 먼저 주현의 앞으로 다가오며 속삭였다.

"그때 악귀가 승정님께 하는 말을 들었지. 딸을 남겨두고 갈 수 없으니, 나를 되살려달라고."

악귀가 성민의 집을 공격한 것은 성민에게 원한이 있어서가 아니라, 성민이 죽은 자를 되살리는 방법을 가지고 있다는 것을 어디선가 들었기 때문이었다.

그때 성민은 이렇게 답했다고 한다.

'악귀가 된 이상 되살아날 수는 없다.'

"이 말은 곧 악귀가 아니라면 되살아나는 방법이 있다는 소리 아닐까?"

천진하게 말하는 원일에게 주현은 부정적으로 답했다.

"그것만으로는 되살아나는 방법이 있다고 확신할 수 없습니다."

"그건 그래. 참고 삼아 알아두라는 것뿐이야."

원일은 치아를 내보이며 씩 웃었다.

주현은 화가 났다. 말로는 '되살아나는 방법을 조사하지 않겠다'고 했지만, 아직 망설임 하나 없이 완벽하게 마음을 정리한 건 아니었다. 살해당한 순간, 주현은 이승에서 필사적으로 노력해 손에 넣은 모든 것들을 잃어버리게 되었다. 다시 살아나서 아무 일도 없었던 것처럼 만들 수 있다면 얼마나 좋을까. 그런 생각을 할 수밖에 없는 상황이다.

원일은 주현의 그런 심리가 훤히 들여다보인다는 듯 계속 흔들어 댔다. 그러나 주현을 더 화나게 하는 것은 흔들어댄다고 흔들리는 자신의 마음이었다.

내일 성민에게 모기장 관리를 제대로 해달라고 말해야 할 것 같았다.

12월 22일 금요일, D-3

1

성민은 배가 고파 새벽부터 눈을 떴다. 어제 주현을 찾을 때 잠깐 힘을 쓴 것만으로 하루치 체력이 전부 소진되었다. 서울에 돌아올 때 쯤에는 몸에 힘이 하나도 없고 소 피와 영양제를 아무리 먹어도 도저히 채워지지 않을 정도로 허기가 졌다. 마음 같아서는 집에 오자마자 아껴둔 인간 피를 꺼내 먹고 싶었지만 참아야 했다.

성민이 공식적인 루트로 얻을 수 있는 인간의 혈액은 일주일에 네 팩이다. 성민의 사정을 아는 지인들이 지정 헌혈을 해줄 때는 여유분이 늘어나기는 하지만, 항상 있는 것은 아니다.

이틀에 한 팩이면 그럭저럭 일상생활이 가능하다. 역으로 말하자면, 그럭저럭 일상생활을 하려면 이틀에 한 팩은 반드시 먹어줘야 한다. 어제 이미 주현을 찾느라 비상용으로 남겨두었던 인간 피를 먹었는데, 배가 고프다고 더 먹으면 나중에 피가 부족할 수 있었다. 잠을 자며 어떻게든 오전까지 버티기로 했다. 다행히 오늘 오전은 인간 피를 먹는 날이었다.

해가 뜨자마자 기어 나와 피를 꺼내 마실 때 성민은 소파 위에 누워 자는 윤진을 발견했다. 어제 집에 돌아가지 않은 모양이었다. 몸을 구부려 불편하게 자는 모습을 보니 안쓰러웠다.

성민은 부모도 형제도 없다. 물론 다른 흡혈귀들이 있었지만, 감정적으로 가족 같은 연대감이 느껴지지는 않는다. 다른 흡혈귀들은 처음부터 가족이 없었으니 소중함도 몰랐을 것이다.

그러나 성민은 과거 가족이 있었다. 사막에서 깨어난 성민을 어느 유목민 가족이 데려가 자식처럼 돌봐주었다. 그때 성민은 자신이 흡혈귀라는 사실을 몰랐다. 성민을 돌보던 유목민 가족도 몰랐다. 다소 외모가 특이하고, 동물 젖이나 피밖에 먹지 못하는 아이로 생각하고 주운 듯하다.

항상 배가 고프고 침대에서 거의 일어나지도 못했다. 하지만 평화로운 생활이었다. 아버지가 있고, 어머니가 있고, 형제들이 있었다. 평범한 인간 아이처럼 사랑받았다.

그러던 어느 날 성민이 있던 유목 민족과 다른 유목 민족 사이에서 전쟁이 일어났다. 당시 전쟁은 군인과 민간인의 구분도 없이, 다른 민족이 눈앞에 보이면 말살하는 방식이었다. 그때 성민의 부모님과 형제들은 목숨을 잃었다. 성민도 칼에 찔려 큰 부상을 입었다.

하지만 주변에 흐르던 가족들의 피를 먹고 목숨을 구했다. 그때 처음으로 사람 피를 먹었다. 처음으로 배가 부르다는 느낌을 느껴보았다.

800년이 지났지만, 가족들과 함께하던 나날은 지금도 떠올릴 수 있다. 성민의 인생에서 어떤 집단의 테두리 안에서 보호받으며 있을 수 있었던 짧지만 유일한 시기였다.

오래 살다 보면 처음의 가족만큼은 아니더라도 그와 비슷한 사람들과 만나게 된다.

윤진은 그런 사람 중에 한 명이다. 소중한 인연이다.

부스럭거리는 소리에 선잠에서 깨어난 윤진은 성민의 얼굴을 보았다. 성민은 소파 앞에 서서 윤진을 빤히 내려다보고 있었다. 깜짝 놀란 윤진은 소파에서 반쯤 상체를 일으켰다.

자는 동안 얼굴이 붓지는 않았을까. 침은 흘리지 않았을까.

윤진의 뺨과 귀가 물감으로 칠한 듯 빈틈없이 새빨개졌다.

"어제 안 돌아갔어?"

"응, 너무 늦어서."

윤진은 손가락으로 머리카락을 빗어 내리며 성민의 질문에 태연한 척 답했다. 성민은 소파 테이블에 엎드리듯 기대앉았다. 기운이 없어 보였다.

"아직도 몸이 안 좋아?"

"배가 고파서."

윤진의 눈에 성민의 손에 들린 혈액 팩이 들어왔다. 인간 피였다. 성민은 소 피를 마실 때와는 달리 매우 천천히 마시고 있었다. 맛을 음미하려는 건지, 사라지는 게 아깝기 때문인지는 알 수 없다. 성민은 소파에 앉은 윤진을 보고 말했다.

"내 침대에 가서 자. 나는 많이 잤으니까."

"괜찮아. 나도 다 깼어."

"침대를 하나 더 놓을까? 서재에 자리를 만들 수 있을 것 같은데."

"여기서 자주 자는 것도 아닌데 그럴 필요가 어디 있어."

윤진은 자신의 목소리가 살짝 날카로워졌다는 것을 느꼈다. 배려는 고맙다. 하지만 성민의 배려는 윤진을 어린아이 취급하기 때문에 나오는 것이다. 윤진이 정말 원하는 배려는 그런 게 아니었다.

성민은 그런 마음을 아는지 모르는지, 여전히 얼굴에 잠이 묻은 윤진을 안쓰럽게 바라보며 말했다.

"어제 늦게까지 블랙박스를 봤나 보네."

"응."

"뭔가 나온 게 있어?"

윤진은 말 대신 노트북을 켜서 어제 자기 전 편집해둔 동영상을 보여주었다.

"범인은 소영 씨인 척하며 주현 씨를 유인한 게 아닐까 싶어. 그렇다면 주현 씨와 친하게 지내는 지인이면서, 인천 지리를 잘 아는 사람이 범인이 아닐까? 주현 씨의 동창들을 한번 만나볼 필요가 있을 것 같아."

윤진은 오늘 인천에 갈 거라고 했다. 겸사겸사 주현의 차에 메모리 카드도 돌려놓고, 주차장을 중심으로 사건 당일 수상한 사람을 목격한 사람이 없는지도 조사해볼 예정이라고 했다. 윤진은 성민에게 넌지시 물었다.

"같이 갈래?"

그러나 성민은 고개를 저었다.

"같이 가주고 싶기는 한데, 나는 오늘 주현 씨와 함께 서울 쪽을 돌아보려고."

이렇게까지 모든 증거가 인천을 향하고 있다면 성민도 같이 갈 거라고 생각하고 꺼낸 말이었는데 실망스러웠다. 윤진은 아쉬움을 감추며 물어보았다.

"서울에 뭔가 짚이는 게 있어?"

"아니. 저승에서 따로 부탁한 일 때문에 서울 쪽을 돌아다녀야 할 거 같아."

저승이 요청한 업무 중에는 주현을 이용해 홍제동 장미를 끌어내 처리해달라는 것도 있었다. 홍제동 장미는 서울에 있을 가능성이 높으니 인천만 돌아볼 수는 없다. 주현을 잘 설득해 서울 쪽을 돌아볼 생각이었다.

성민은 윤진이 혼자 가는 게 불안했는지 하르를 데려가라고 제안했다. 까마귀가 동행인 것이 불편해서 윤진은 괜찮다고 사양했다. 하지만 곧 자신의 힘만으로는 닫힌 차창을 뚫고 메모리카드를 도로 돌려놓을 방법이 없다는 것을 깨닫고, 별수 없이 하르와 함께 가기로 했다.

윤진은 문득 떠오른 이야기를 꺼냈다.

"참, 어제 주현 씨가 살해당한 홍인철강 전 직원과 동창 사이라고 하던데."

성민도 안다는 듯 고개를 끄덕였다.

"맞아. 너도 이야기 들었어?"

"동창의 살인범으로 의심받아 경찰 조사를 받았다는 이야기를 했어. 필담이라 자세한 이야기는 못 들었지만. 그래서 어제 주현 씨 태도가 갑자기 이상해졌던 걸까?"

성민은 어제 주현에게서 들은 참고인 조사 당시의 이야기를 윤진에게 해주었다.

"주현 씨는 자신을 동창의 살인범이라고 오해한 누군가의 복수극 때문에 살해당한 게 아닐까 생각하는 모양이야."

윤진은 주현의 추측에 대해 곰곰이 생각한 뒤 이렇게 말했다.

"나는 복수라기보다 동창과 주현 씨에게 동시에 원한을 가진 한 사람이 순차적으로 일을 저지른 게 아닐까 싶었어."

"어째서?"

"주현 씨를 죽인 범인은 어쩐지 한두 번 살인을 해본 사람 같지 않거든."

성민의 생각으로도 범인은 초범이 아닐 듯했다. 한 사람 주변에서 두 명이 살해당했고, 두 번째 살인이 보다 정교하게 이루어졌다면 연쇄살인범의 존재도 의심해볼 만하다.

그러나 윤진의 추측을 선뜻 온전한 진실로 받아들이기는 어려웠다. 주현이 살인범이 아닐 가능성을 아직 완전히 배제할 수 없을뿐더러, 연쇄살인범의 존재는 그리 흔하지 않기 때문이다.

복수극일까 연쇄살인일까.

답을 찾으려면 일단 두 사람의 관계를 정확히 알 필요가 있을 듯했다.

"인천에 가서 주현 씨 동창들을 만날 거라고 했지? 중학교 때 두 사람의 사이가 어땠는지도 한번 물어보는 게 어때?"

성민의 제안에 윤진은 고개를 끄덕이며 서둘러 노트북을 정리했다.

"나는 일단 집에 갈게. 씻고 옷도 좀 갈아입은 다음에 인천에 가야겠어."

"강인이 일어나면 집까지 태워주라고 할 테니까 좀더 쉬다가 차 타고 가."

"아냐. 지하철 타고 가면 돼."

"그럼 택시 타고 가. 돈 줄 테니까."

"지하철 타면 금방 가는데 택시를 왜 타?"

"위험하잖아."

성민은 걱정스럽다는 듯 말했다. 네가 뭔데 나를 걱정하느냐는 말이 윤진의 턱 끝까지 올라왔다.

사귀어줄 것도 아니라면 걱정해주면 안 된다. 집 밖까지 나와 배웅해줘도 안 되고, 택시를 잡을 때까지 같이 기다려줘도 안 된다. 무슨일 있으면 연락하라며 다정한 눈으로 바라보는 것은 더욱 하면 안 된다. 그럴 때마다 마음이 아파지니까. 하지만 내 마음이 아프니 다정

276

하게 대하지 말라고 말하는 순간, 상대방의 마음도 아파질 것을 알기 때문에 결국 아무 말도 하지 못한다.

그냥 나 혼자 아픈 게 낫다.

허락도 받지 않고 상대방을 좋아하려면 벌을 받을 각오를 해야 하는 법이다.

2

잠에서 깨어난 주현은 1층으로 내려왔다.

성민은 소파에서 신문을 읽고 있었고 강인은 마당에 주차된 차를 닦고 있었다.

"안녕하세요."

주현을 보고 인사하는 성민의 얼굴은 밝아 보였다. 어젯밤 집에 돌아올 때쯤에는 기운이 없어 보였는데, 다행히 회복된 모양이다.

성민을 보자 원일의 이야기가 떠올랐다. 성민은 정말 죽은 사람을 살리는 방법을 아는 걸까. 알면서도 모르는 척하며 나를 이대로 저승으로 보내려는 걸까. 그런 생각이 들자 원일에게 짜증이 치밀었다.

원일 본인도 죽은 사람을 되살릴 방법이 존재하는지 확신을 못하면서 무책임하게 사람 마음을 뒤집어놓았다. 주현은 할 일이 많다. 이런 생각에 빠져 있을 시간이 없다. 하지만 이야기를 들은 이상 쉽게 잊어버릴 수도 없다.

주현은 소파 끄트머리에 걸터앉으며 성민에게 물었다.

"원일이라는 몽마 말인데요, 왜 몽마가 된 건가요?"

성민은 신문에서 눈을 돌려 주현을 바라보았다. 성민의 대답이 늦어지자 주현은 잘못이라도 한 듯 찔려서 변명처럼 말했다.

"궁금해서 여쭤보는 겁니다. 제가 몽마가 되고 싶다는 의미는 아니고요, 무슨 이유로 남다른 길을 걷게 되었는지 궁금할 뿐입니다."

성민은 신문을 접으며 천천히 입을 열었다.

"천성 아닐까 싶은데요."

"천성이라니요?"

"살아 있을 때부터 꽤 멋대로 살았던 것 같아요."

몽마는 외모를 마음대로 바꿀 수 있다. 원일의 지금 모습도 실제 외모가 아니다. 원일은 원래 적갈색 머리카락과 크고 새파란 눈동자를 가졌다. 원일의 출생지는 지구 반대편 유럽이었다.

성민은 오래전 원일로부터 들은 이야기를 곰곰이 떠올리며 말했다.

"생전에 바다에서 해적질을 하며 살았대요."

"해적이라고요?"

주현의 목소리가 높아졌다. 상상하지 못한 경력이었다.

성민은 고개를 가볍게 끄덕이며 말했다.

"네, 예나 지금이나 평범한 사람들은 선택하기 어려운 직업이에요. 생전에도 멋대로 살다 보니 죽은 뒤에 얌전히 저승사자들의 말에 따르는 게 성에 안 찼던 거 아닐까 싶어요."

"몽마는 악질 범죄자는 동료로 받지 않는다고 하지 않으셨습니까? 해적이라면 꽤 죄질이 나쁜데요."

"악질의 개념은 어디까지나 시대에 따라 상대적인 거예요. 몽마들의 도덕 기준도 시대에 따라 달라지고요. 해적이 그다지 악질 범죄자로 취급받지 않았던 시대와 지역에서 살다 죽었다면 당시 몽마들 입장에서는 동료로 못 받아줄 것도 없죠."

"해적이 악질 범죄자로 취급받지 않았던 시대가 있습니까?"

"옛날 영국에선 작위를 받은 해적도 있었다잖아요. 프랜시스 드레이크처럼."

주현은 자신도 모르게 얼굴을 찌푸리며 물었다.

"혹시 원일과 프랜시스 드레이크가 관련이 있는 건 아니겠죠?"

"있어요. 본인 말로는 바다에서 만나 우호를 다지는 의미에서 거북이 등껍질에 와인을 담아 나누어 마신 적이 있다고 하던데요?"

"그게 정말입니까?"

주현이 당황해서 묻자 성민은 웃으며 고개를 저었다.

"아마 거짓말일 거예요. 원일이는 원래 생전 자신의 활약에 대해 허풍이 많아요. 듣는 사람이 사실인지 거짓인지 확인할 방법이 없으니까요. 프랜시스 드레이크 본인이라고 하고 다니지 않는 게 어디예요."

그러나 거짓이 아닌 부분도 있다. 원일은 해적 일을 시작한 뒤 죽기 전까지 대부분의 기간을 선장으로 살았다. 선원으로 남 밑에서 일하는 게 끔찍하게 싫었다고 한다. 기껏 자유롭게 살기 위해 해적이 됐는데 남의 배에 타서 명령을 받는 것도 싫고, 원하는 곳에 가지 못하는 것도 싫었다. 그래서 젊은 나이에 무리하게 배를 마련해 바다를 돌아다녔다.

얽매이는 것을 싫어하는 원일의 성격은 몽마가 된 뒤에도 달라지지 않았다. 산하단체니 협력단체니 하는 것은 번드르르한 꾸밈말일 뿐이다. 흡혈귀와 몽마 사이에는 사실상 상명하복의 상하관계가 존재한다. 흡혈귀가 지배하는 영역 내의 몽마는 흡혈귀의 명령에 따라야 한다. 원일은 흡혈귀의 명령을 받는 것조차 싫다며 흡혈귀가 없는 땅을 찾아 헤맸다. 그러다 지구 반대편에 있는 조선에까지 오게 된 것이다.

원일이 오기 전부터 조선은 흡혈귀가 없는 땅으로 몽마들 사이에서 입소문이 돌았다. 원일이 왔을 때는 이미 열 명 내외의 몽마들이 조선에 있었다. 몽마 수도 적고 흡혈귀도 없다 보니 원일은 제 세상처럼 몇십 년간 즐겁게 살았다. 성민이 조선에 오기 전까지 말이다.

그나마 성민은 몽마들에게 거의 명령을 내리지 않는 성격이었다. 필요한 일이 있을 때만 연락을 하고, 평소에는 마음대로 살라며 몽마들을 풀어두기 때문에 원일도 성민 정도면 모시고 살기 나쁘지 않다고 생각한 모양이었다. 그렇게 약 400년을 서로 알고 지냈다.

주현은 원일이 왜 몽마가 되었는지 알게 되었다. 그러나 원일이 몽마가 된 이유는 정말 단순히 '자유롭기 위해서'일까. 죽은 지 천 년이 지났더라도 되살아나고 싶을 거라고 단언할 정도라면, 원일을 붙들어놓는 '무엇인가'가 이승에 있을 것이고, 원일은 그것 때문에 몽마가 되는 길을 선택했을지도 모른다. 주현은 깊은 생각에 잠겼다.

잠시 후 주현의 입에선 다른 화제가 나왔다.

"윤진 씨는 돌아가셨습니까?"

"네. 일단 집에 들렀다가 인천에 간다고 했어요."

"우리도 같이 가나요?"

"아뇨. 윤진이만 가기로 했어요. 혹시 같이 가고 싶으세요?"

주현은 그렇지는 않다며 고개를 저었다.

"혹시 소영의 행방을 찾는 일은 어떻게 되어가고 있습니까?"

성민은 신문으로 향하던 눈을 들어 주현을 바라보았다.

"안 그래도 저도 그게 궁금해서 기찬이에게 메시지를 보내났어요. 그런데 아직 확인을 안 하네요."

다행히 주현은 인천에 가고 싶은 마음이 강하지는 않은 듯했다. 오히려 전 여자친구, 홍제동 장미에게 더 관심을 보였다. 성민으로서는 나쁘지 않은 상황이었다.

"혹시 전 여자친구와 관련된 장소를 아시나요? 나고 자란 곳이라든가 살던 곳이오. 대충 추측되는 장소라도 좋아요."

"노원에 산다고 말하기는 했지만, 아닐 것 같습니다. 아무것도 모르겠습니다."

성민은 잠시 생각하다 말했다.

"일단 기찬이를 만나보죠. 짐을 챙겨서 내려오세요."

주현이 2층으로 올라가자 성민은 휴대폰을 꺼냈다. 연락처에서 기찬의 전화번호를 찾아 눌렀다. 신호가 몇 번 가더니 기찬의 목소리가 들렸다.

"여보세요."

성민은 기찬에게 다소 높아진 목소리로 물었다.

"왜 메신저 확인을 안 해? 자는 줄 알았네."

"저는 요하네의 신전에서 수련하기 바쁩니다. 잘 시간이 어디 있습니까?"

요하네의 신전은 〈홀리스피어〉라는 온라인 RPG 게임의 던전 이름이었다. 요즘 성민의 지인들 사이에서 꽤 유행하는 게임으로 성민은 기찬과 같은 길드에 들어가 있다.

"게임할 시간이 있는 걸 보니 부탁한 정보는 찾은 모양이네."

"그야 진작 찾았죠."

"그런데 왜 연락을 안 해!"

"연락하려던 차에 세라의 부름을 받았거든요."

세라는 〈홀리스피어〉의 공지사항을 올려주는 게임 매니저의 닉네임이다. 그러고 보니 어제가 크리스마스 이벤트 업데이트 날짜였다. 길드원들이 모여 있는 메신저 대화방이 유난히 말이 많다 싶기는 했다. 성민은 인천에 다녀오느라 게임은 생각도 하지 못했다.

"게임하다 잊어버린 거야?"

"잊어버리지 않았습니다. 사마르가 그랜드랜드에 오면 귓속말로 연락하려고 생각 중이었죠. 어제 왜 안 오셨습니까? 길드 퀘스트 기여도 순으로 한정 아이템이 나가는 건 아십니까? 지금부터라도 빡세게 달리셔야 상위권에 들 수 있을 것 같은데요. 1위는 어렵겠지만요."

"지금 누가 1위인데?"

"비크람입니다. 시작하자마자 이벤트 뽑기에서 한정 5성 레이나 카드를 뽑았거든요……."

기찬에게 말려서 게임 이야기로 빠질 뻔하던 성민은 간신히 정신을 차렸다.

"지금 그게 중요한 게 아냐. 빨리 정보를 넘겨줘."

"알겠습니다. 주소를 보내드릴 테니 제가 있는 PC방으로 오세요."

"조사 결과만 메일로 보내줘."

"저는 인터넷 보안 시스템을 신뢰하지 않습니다."

기찬은 그 말을 끝으로 전화를 끊었다.

잠시 후 홍대에 있는 한 PC방 주소가 메신저로 도착했다.

귀찮지만 어쩔 수 없다. 잠깐 들러야 할 것 같았다.

* * *

성민은 주현에게 사정을 말하고 우선 홍대에 가기로 했다. 기찬이 알려준 PC방은 예전에 가본 적이 있어서 어렵지 않게 찾을 수 있었다. 기찬의 가게가 있는 놀이터 근처 골목 2층에 있었다.

"조사 결과만 받아서 바로 나올 테니까 차에서 기다리세요."

주현에게 말한 것과 전혀 다른 내용을 조사해달라고 한 상황이라 함께 들어갈 수는 없었다. 다행히 주현은 굳이 같이 가야겠다고 고집을 부리지는 않았다.

성민은 PC방에 들어가 기찬을 찾았다. 들어가자마자 늘어선 모니터들 사이로 태닝한 민머리가 보여 어렵지 않게 찾을 수 있었다. 성민은 기찬의 옆자리에 앉았다.

기찬은 〈홀리스피어〉의 광활한 초원에서 산타 모자를 쓴 채 뛰어다니는 이벤트 몹들을 잡고 있었다. 성민이 옆에 앉은 것을 눈치챘을 텐데 인사도 제대로 하지 않고 모니터에서 눈을 떼지도 않았다. 성민도 멀뚱히 앉아 있기는 뭐해서 바탕화면에서 〈홀리스피어〉를 찾아 접속했다.

그때 기찬이 헤드셋을 벗으며 물었다.

"주현 씨도 지금 함께 계신가요?"

"아니."

"그럼 편하게 말해도 되겠네요."

기찬은 옆자리에 앉은 성민에게만 들릴 목소리로 말했다.

"남자는 죽었습니다."

크리스마스 이벤트 기념 접속 보상 화면이 모니터 안에서 화려한 이펙트와 함께 터져 나왔다. 그래서인지 기찬의 목소리가 한층 더 무겁게 느껴졌다.

"남자라면, 조사를 부탁한 남자 말이야? 주현 씨가 아르바이트하던 곳의 매니저?"

"네. 그렇죠."

기찬은 투명 파일에 담긴 A4 프린트 더미를 주현에게 내밀었다. 조사 결과인 듯했다. 성민이 프린트를 꺼내려 할 때 기찬이 말했다.

"그리고 아마 살인범은 주현 씨일 수도 있을 것 같습니다."

성민은 기찬을 바라보았다. 기찬은 여전히 모니터에서 눈을 떼지 않은 채 조사 내용을 설명했다.

성민은 기찬에게 김정규라는 이름의 남자를 찾아달라고 했다. 사전에 주어진 정보가 많지는 않았다. 이름, 나이, 출신지, 그리고 수원 영통 쪽 패밀리 레스토랑에서 매니저로 일한 적이 있다는 것 정도가 전부였다.

그러나 개인정보만 있으면 자주 사용하는 인터넷 아이디와 비밀번호를 알아낼 수 있다. 아이디와 비밀번호를 알면 개인의 모든 행적을 파악할 수 있다. 메일 계정에만 들어가보아도, 그 사람의 거주지, 취향, 식성, 직장, 교우관계까지 알아낼 수 있다. SNS를 즐겨 쓰는 사람이라면 더 많은 정보를 알아낼 수 있다.

기찬은 메일과 SNS를 보고, 정규가 죽었다는 것을 알았다. 죽음의 원인이 사고가 아니라 범죄라는 사실도.

"정규 씨에게는 생전에 동거하던 애인이 있는데, 그 사람이 자기 SNS에 구구절절 호소문을 써놨더라고요. 내용을 알아보기 어려웠는데, 정규 씨가 도박을 하느라 사채업자에게 돈을 빌렸고, 돈을 못 갚자 살해당했다고 보는 것 같았습니다. 그런데 경찰이 제대로 수사하지 않고 있으니 도와달라는 내용이었죠."

기찬이 준 프린트 더미에는 이 호소문도 프린트되어 있었다. 정규의 애인이 올린 호소문은 글이 정갈하게 쓰여 있지 않았다.

정말 어굴합.니다. 경찰은이야기를 들어주지.않고보고 싶어 죽겠는데. 어굴하고 눈을감지 못하겠습니다. 죽인놈은 잘 산느데, 죽은 사람만 불쌍하게.

앞에서 한 말을 다시 하기도 하고, 앞뒤가 모순되는 말을 하기도 했다. 띄어쓰기도 정확하지 않았고, 주어 술어도 맞지 않았고, 발음 나는 대로 적은 단어도 있었다. 기찬의 말로는 정규의 애인이 SNS에 올린 글은 대부분이 이런 식이라고 했다.

"조사해보니 중학교까지밖에 나오지 않았더군요. 학벌의 문제라기보다 경계성 지능장애라고 하던가요, 일상생활은 하지만 읽고 쓰기 같은 부분에 다소 어려움을 겪는 사람 같았습니다. 제대로 교육을 받았다면 어느 정도 나아졌겠지만, 가정 형편 때문인지 못 받고 자란 거죠."

요즘 세상에 웬만하면 고등학교까지는 보낼 텐데, 중학교에서 멈췄다는 것은 어지간한 집이라고 볼 수도 없는 환경에서 자랐다는 소리다. 제대로 된 교육도 받지 못했고, 말이나 글도 조리 있게 하지 못하니 변변한 직장을 가질 수 있을 리 없다. 그래도 작은 화장품 공장에서 제품 포장 아르바이트를 하며 적당히 밥벌이는 하며 살았는데, 마침 공장으로 이직한 정규와 눈이 맞아 사귀고 동거하게 되었다.

정규는 사설 도박에 빠져 있었다. 최저시급보다 약간 더 높은 패밀리 레스토랑 매니저 월급으로는 도박 비용을 감당할 수 없으니 공장으로 이직했다. 애인과 동거를 시작한 이유도 집 보증금을 빼서 도박에 쓰는 바람에 오갈 데가 없어지자 얹혀살기로 한 것이다. 자신이 버는 돈뿐만 아니라 애인의 돈까지 전부 도박에 쏟아부으며 살았다. 여기저기 대출을 받다 사채까지 끌어 썼지만, 다시 도박에 써버리니 감당할 수 없는 수준까지 빚이 늘어났다.

"메일함이 어마어마하더군요. 금융기관에서 보낸 메일뿐만이 아니라 주변 지인들이 내 돈 내놔라, 안 주면 목 따버린다 뭐 한다 하는 흉흉한 메일이 가득했습니다. 버티지 못하고 고향인 제주도로 간 겁니다."

일종의 도피였다. 바다를 건너가면 빚쟁이들도 찾지 못할 것이라고 생각한 모양이다. 애인도 함께 제주도로 갔다. 정규는 밖에 나가면 빚쟁이들과 만날 수 있다며 집 안에서 빈둥빈둥 놀기만 했고, 애인이 혼자 아르바이트를 하며 월세와 생활비를 감당했다.

그러던 어느 날 정규가 죽었다. 바다에 빠져 죽은 시체로 떠올랐다. 단순한 사고사는 아니었다. 칼에 찔린 상처가 있었기 때문이다. 그런데 경찰은 정규의 죽음을 제대로 수사하지 않았다. 애인은 억울함을 참지 못하고 자신의 SNS에 수사를 촉구하는 호소문을 올렸다.

그러나 그다지 반응을 얻지는 못했다. 횡설수설하는 글이라 신뢰도가 떨어진 탓이다. 기찬도 배경을 아는 상태로 꼼꼼히 읽은 끝에 뭘 말하고 싶은지 파악한 것이지, 처음에 그냥 보았을 때는 무슨 말인지 알지 못했다.

"조금 이상했습니다. 사마르는 주현 씨를 죽인 사람을 찾고 계신 것 아닙니까? 그런데 정작 그 인물이 이미 살해당한 겁니다."

성민이 기찬에게 부탁한 것은 정규의 행방이었다. 정규가 이미 죽었다는 것을 안 순간 기찬이 맡은 일은 끝났다. 그러나 기찬은 추가 조사를 하기로 했다. 정말 빚쟁이들이 정규를 죽였는지, 아니라면 대체 누가 죽였는지 알아보기로 했다. 자주 일을 맡겨주는 고객인 성민에 대한 서비스 차원이자, 지극히 개인적인 호기심 충족이 목적이었다.

애인은 범인들 모습이라며 CCTV를 캡처한 흐릿한 사진을 호소문에 올려두었다. 한 쌍의 남녀가 찍혀 있었다. 여자 쪽에 선 남자가 혼자 선 남자에게 주먹을 휘두르고 있었다. 아마 혼자 있는 쪽이 정규인 듯했다. 화질이 좋지 않아 얼굴까지는 확인되지 않았다. 그러나 녹화 날짜와 시간이 함께 캡처되어 있었고, 배경이 주차장이라는 것도 알 수 있었다.

녹화 날짜는 올해 8월 7일이었다. 그 날짜를 중심으로 검색하니 제주 바다에서 30대 남자의 변사체가 발견되었다는 기사가 나왔다. 변사체가 발견된 바다 주변을 위성사진으로 확인해보자 바닷가에 주차장이 하나 보였다. 여행객들이 인터넷에 올린 후기들을 찾아서 주차장 모습을 확인해보니 CCTV가 녹화된 곳은 그 주차장이 맞는 것 같았다.

"호소문에 따르면, 정규 씨는 죽기 전 커플로 보이는 남녀와 시비가 붙었습니다. 바로 그 장면이 주차장 CCTV에 고스란히 찍혀 있는데, 경찰이 그 커플을 불러서 조사하지 않는 게 이상하다는 게 정규 씨 애인이 하는 주장의 핵심입니다."

성민의 머릿속에 주현이 들려주었던 이야기가 떠올랐다. 여자친구와 제주도에 놀러 갔다가 정규를 만나 싸움이 붙었다고. 하지만 주먹을 휘둘렀다는 말은 하지 않았다. 거짓말을 한 것인가. 성민은 손에 든 종이 위에 인쇄된 CCTV 캡처에서 눈을 떼지 못했다.

"너는 이 남자를 주현 씨라고 본 거야? 정규 씨와 시비가 붙자 죽인 거라고?"

"현재로서는 그렇게 보고 있습니다."

"하지만 이 캡처만으로 어떻게 신원을 파악할 수 있어? 얼굴이 전혀 보이지 않잖아."

성민의 눈에도 남자의 실루엣은 주현과 유사해 보이기는 했다. 그러나 얼굴 부분에 노이즈가 심해 장담하기 어려웠다.

"그야 그렇죠. 저도 처음에는 이 남자가 누군지 몰랐습니다."

기찬은 주현의 얼굴은 물론 실루엣조차 알지 못하던 상황이라 CCTV 캡처를 보았을 때 바로 주현을 떠올리지는 못했다. 그저 이상하다 생각했다. 정규의 애인은 사채업자의 부하가 와서 정규를 죽인 거라고 했다. 그러나 사진 속에는 애인처럼 보이는 젊은 남녀가 찍혀 있었다. 돈을 떼먹고 달아난 사람을 죽이려고 남녀를 보내는 경우는 상식적으로 드물지 않을까 싶었다.

기찬은 왜 정규의 애인이 죽음의 배후에 사채업자가 있다고 생각한 것인지 궁금했다.

"그래서 SNS 메시지를 보내 통화를 하고 싶다고 했습니다."

"전화? 혹시 정규 씨 애인에게?"

"네, 궁금한 걸 물어보니 친절하게 대답해주시더군요."

SNS에 쓴 글처럼 말도 횡설수설하면 어쩌나 걱정도 됐는데 정규의 애인은 생각보다 대화에는 큰 문제가 없었다. 덕분에 호소문을 통해 말하고 싶어하는 게 뭔지 정확히 알 수 있었다.

"캡처한 CCTV 화면에 있는 여자가 사채업자 부하라고 하더군요."

기찬에게는 의식하지 못한 선입견이 있었다. 사채업자의 부하라면 당연히 남자 쪽일 거라고 생각했고, 여자는 남자를 따라온 애인이라 생각했다. 애인을 옆에 끼고 사람을 죽이러 오는 경우가 어디 있냐 싶었기 때문에 이상하다고 생각했던 것이다. 그러나 정규의 애인 말로는 사채업자의 부하는 여자 쪽이라고 했다. 남자는 여자가 정규를 죽이기 위해 데려온 사람이라고 주장했다.

정규의 애인이 그런 확신을 갖는 이유는 CCTV에 찍힌 여자가 아는 사람이었기 때문이다.

"예전에 정규 씨가 사채업자에게 돈을 빌릴 때 따라갔었는데, 그때 사채업자와 동행한 여자였다고 합니다. 보자마자 워낙 예뻐서 연예인인가 싶었는데, 피팅모델이라는 소리를 듣고 SNS를 찾아 팔로해둔 뒤 가끔 구경해왔다고 하네요. 그래서 CCTV를 보자마자 흐릿한 윤곽만으로도 바로 눈치챘다고 합니다."

정규의 애인은 기찬에게도 여자의 SNS를 알려줬다. 알려준 SNS에 접속하자마자 소름이 끼쳤다. 성민이 처음 찾아달라고 했던 한소영이라는 여자의 SNS였다.

"그럼 주현 씨의 전 여자친구와 정규 씨가 구면이었단 소리야?"

"그렇습니다."

성민은 일이 어떻게 돌아가는 건지 도통 알 수 없었다. 주현이 말한 것과 다른 정황이 계속 나오고 있다. 당혹스러워하는 성민에게 기찬은 이어 말했다.

"소영 씨의 SNS에 접속해보니, 올해 제주도로 휴가를 갔을 때 주현 씨와 찍은 사진이 비공개로 올라와 있었는데, 8월 7일 밤바다에서

맥주를 마시는 셀카가 있었고, 그때 두 사람이 입었던 옷이 CCTV에
찍힌 것과 같았습니다. 두 사람이 제주도에서 정규 씨와 시비가 붙었
다는 것과, 같은 날 정규 씨가 칼에 찔려 살해당했다는 것은 사실로
보아야 할 것 같습니다. 이 두 가지 사실이 별개일지, 서로 연관되어
있을지는 아직 알 수 없지만요."

"경찰은 두 사람과 정규 씨가 다퉜다는 걸 확인하고도 두 사람을
조사하지 않았다고 했지? 그래서 정규 씨 애인이 호소문을 올리게
된 거고. 경찰이 조사를 하지 않았다는 것은 두 사람을 살인범으로
보지는 않고 있다는 소리 아닌가?"

"글쎄요. 정규 씨 애인의 말로는 정규 씨가 동네에 아주 미운털이
박혀 있어서 지역 경찰들도 수사를 제대로 하지 않는 것이라고 합니
다. 잘 죽었다 이거죠. 제 생각으로는 경찰이 고작 그런 이유로 수사
를 안 하겠나 싶기는 한데, 어쨌든 경찰이 두 사람을 살인범으로 보
지 않는다고 쉽게 단정할 수는 없지 않을까 싶습니다. 여러 내부 사
정이 있었을지도 모르죠."

"경찰 내부 사정을 알아볼 수는 없을까?"

"60만 루피는 될 텐데 괜찮으신가요?"

"돈 받으려고?"

"지금까지 말씀드린 수준의 조사는 서비스로 해드릴 수 있어도, 정
부기관과 관련된 조사라면 돈을 받을 수밖에 없습니다. 어렵기도 하
고 위험도 크니까요. 아무리 사마르의 부탁이라지만 어쩔 수 없습니
다. 60만 루피도 정가보다 많이 싸게 해드린 겁니다."

60만 루피면 천만 원 정도 된다. 주현은 천만 원을 낼 여력이 없을
거고, 성민도 대신 내줄 의리가 없다. 성민은 기찬에게 추가 조사를

맡기는 것은 포기하기로 했다.

자리에서 일어나며 성민은 마지막으로 물었다.

"네가 어제 주현 씨에게 타로를 봐주면서 주현 씨가 업보 속에 있다고 했잖아. 그건 혹시 주현 씨가 살인을 저질렀고, 그 죄 때문에 죽게 되었다는 의미야?"

질문을 받은 기찬은 마우스와 키보드에서 처음으로 손을 뗐다. 그리고 성민을 똑바로 올려다보며 말했다.

"많이들 오해하는데 업보란 죄로 인한 것만을 의미하지 않습니다."

보통 현재의 불행을 논할 때 인과응보라 하여 업보라는 개념을 끌어오니 죄와 연관 짓기 쉽지만, 거기에 한정할 수만은 없다. 죄일 수도 있고 선행일 수도 있고, 어쩌면 선과 악으로 가릴 수조차 없는 과거의 행적과 만남이 업(業)이 되어 현재 내가 가지고, 누리고, 느끼는 과보(果報)에 영향을 미친다는 것이 업보(業報)의 개념이다.

"현재 경험하는 것에 무의미한 것은 없습니다. 주현 씨도 마찬가지겠지요. 타로에서 수레바퀴가 나오지 않았더라도 현재 주현 씨의 죽음과 고통은 결국 주현 씨가 과거에 쌓은 업으로 인한 것입니다. 무엇이 업이 되었을지는 저도 알 수 없지요."

용서받을 수 없는 거대한 과실일 수도 있고, 그저 사소한 행적일 수도 있다. 어쩌면 특정할 수 없는 여러 업이 쌓여 죽음이라는 과보로 이어졌을지도 모른다.

"지금은 아무것도 알 수 없습니다. 다만 현재 죽음이라는 불행한 결과를 맞이했다고 해서, 무조건 하나의 거대한 죄로 인한 것이라고 단정할 수는 없습니다. 천 한 장을 만들기 위해서는 씨실과 날실 수만 개가 빈틈없이 이어져야 하는 법이지요."

말을 끝낸 기찬은 잘 가라는 말도 없이 다시 게임에 집중하기 시작했다.

성민은 생각이 깊어진 채 PC방을 나왔다.

* * *

PC방 근처 골목에 주차해둔 차로 돌아오자, 주현은 왜 이렇게 늦게 왔냐는 시선으로 성민을 맞이했다. 성민은 적당히 둘러댔다.

"기찬이가 게임을 하고 있어서 이야기가 길어졌어요."

"게임이오?"

"네, 〈홀리스피어〉라고 아세요?"

주현은 해보지 않은 게임이다. 하지만 무슨 게임인지는 안다. 손꼽힐 정도로 유저가 많은 게임은 아니지만, 전통적인 온라인 RPG 게임 스타일이라 두터운 마니아층이 있는 게임이라고 들었다.

"기찬 씨는 그런 건 좋아하지 않으실 듯한 이미지였는데요. 시간이 남으면 요가와 명상을 하며 보낼 거라고 생각했습니다."

"아, 전혀 아니에요. 요가와 명상도 하긴 하지만, 저놈은 기본적으로 세속에 찌들어 있어요. 종교가 뭐냐고 물으면 힌두교라고 말하지만, 정작 고깃집에 가면 등심에 안창살을 싸먹는 것만 봐도 알 수 있죠. 그렇게 인도가 좋으면 인도 가서 살지 왜 홍대 한복판에 살겠어요?"

성민이 돌아왔지만 차는 움직이지 않았다. 아직 성민이 어디로 가라는 지시를 내리지 않았기 때문이다. 주현은 기찬에게서 무슨 정보를 받아왔느냐고 물어보고 싶었다. 하지만 성민이 생각에 잠긴 듯한 표정을 지은 채 좀처럼 입을 열지 않아서 선뜻 묻지 못했다.

그때 성민의 휴대폰이 울렸다. 휴대폰 화면에는 김윤진이라는 이름이 떠 있었다.

"여보세요?"

성민은 전화를 받았다. 윤진이 성민에게 뭔가 이야기를 했고, 성민은 담담한 표정으로 들었다.

"알았어. 확인해볼게. 고마워."

전화를 끊은 성민은 휴대폰으로 메일을 확인하는 듯했다. 긴 텍스트가 적힌 메일 내용을 빠르게 훑어간 성민은 인터넷에 들어가 뭔가를 찾아보며 생각에 잠긴 끝에 주현에게 말했다.

"주현 씨, 잠시 드릴 말씀이 있는데요."

성민은 생각에 잠긴 듯하던 표정을 지우고 미소 짓고 있었다.

밝은 목소리였지만 주현은 직감적으로 그리 좋은 내용이 아닐 것이라는 걸 알았다.

3

윤진은 인천으로 향했다. 오랜만에 운전하는 거라 조금 어색했다. 조수석에는 하르가 앉아 있었다. 잠을 자는 듯 얌전하기는 한데, 조수석에 까마귀를 태우고 가는 것은 아무래도 이상하기는 했다. 까마귀용 안전벨트가 없기 때문에 혹시 떨어지지 않을까 걱정하며 조심스럽게 핸들을 돌렸다.

가는 길에 주현의 친구들에게 전화를 돌리며 만날 약속을 잡았다.

다들 주현이 실종되었다는 연락을 받았는지, 기자라고 밝히며 사건을 조사하고 싶다고 하니 선뜻 시간을 내주겠다고 했다. 기사화되면 주현을 찾기 쉬울 거라고 생각하는 모양이었다. 주현이 이미 죽었다는 것과 당신들이 살인범일 가능성이 있어서 만나고 싶다는 말은 뒤에 숨겼다.

계속 전화를 돌리는데 메일이 한 통 도착하더니 뒤이어 전화가 걸려왔다. 은철이었다.

전화를 받자 은철은 시원스러운 목소리로 말했다.

"선배, 지금 뭐 하세요?"

"항상 똑같지. 취재 중이야."

"역시 그렇군요. 방금 메일 하나 보냈는데 읽어보세요. 관심 있으신 내용 같아서요."

"무슨 내용인데?"

"읽어보시면 알아요."

은철은 좋은 하루 되라는 말을 남긴 채 전화를 끊었다.

운전 중이라 메일을 확인할 수 없어서 차를 세울 만한 곳을 찾아보다 전면에 주차장이 있는 패스트푸드 가게를 발견했다. 11시를 지나고 있었고, 인천에 도착하면 따로 식사할 시간이 없을 것 같아서 겸사겸사 이른 점심을 먹으며 메일을 확인해보기로 했다.

윤진은 햄버거 세트를 주문한 뒤 자리에 앉아 메일을 열었다. 제목은 '홍제역 호텔 변사체 관련 조사 사항'이었다. 첨부 파일을 열어보니 홍제역 근처 호텔 공사장에서 발견되었던 여성 변사체, 즉 소영이 살해당한 사건에 대해 누군가가 취재한 내용이 정리되어 있었다. 보도된 내용도 있었지만, 새로운 내용도 상당한 듯했다.

윤진은 다소 당황한 상태로 은철에게 메시지를 보냈다.

— 이런 걸 그냥 줘도 돼?

— 어차피 기사 안 쓰신다면서요? 그럼 상관없죠. 재미 삼아 읽어 보세요.

은철의 답장을 받자 양심이 찔렸다. 윤진이 소영의 죽음에 대해 기사를 쓸 생각이 없는 것은 맞았다. 그러나 나중에 주현의 죽음에 대해 기사를 쓰게 된다면 어떻게든 소영에 대해서도 언급하게 될 터였다. 하지만 그건 나중에 실제로 기사를 쓸 때 고민하기로 했다. 지금은 귀중한 정보를 얻은 것만으로도 기뻤다.

윤진은 은철에게 고맙다고 인사했다.

— 고마우시다면 조만간 다시 커피나 한잔 사주세요. 술이면 더 좋고요.

마음으로는 커피보다 더한 것도 사줄 수 있을 것 같았다. 하지만 너무 좋아하는 티를 내지 않도록 연말에 만나자는 말로 대화를 마무리했다.

윤진은 은철에게 받은 메일을 그대로 성민에게 전송했다. 그리고 성민에게 전화를 걸었다.

"성민아, 아는 기자가 소영 씨에 대해 취재한 내용을 보내줬어. 오늘 서울에서 소영 씨와 관련된 장소를 조사할 거라고 했지? 나도 아직 꼼꼼히 읽어보지는 못했는데 꽤 도움이 될 만한 내용이 있는 것 같으니까 한번 확인해봐."

"알았어, 확인해볼게. 고마워."

전화를 끊은 윤진은 들뜬 기분으로 햄버거를 입에 넣었다. 성민에게 고맙다는 이야기를 들었다. 특별한 일을 하지 않고도 오전부터 한 건 올린 듯한 느낌이었다.

이 여세를 몰아 인천에서도 뭔가 좋은 정보를 건져보기로 했다.

* * *

성민은 주현에게 조용한 데서 이야기하자며 근처 공원에 가자고 했다. 주현도 아는 공원이었다. 홍대와 신촌 중간쯤에 있는 작은 산을 공원으로 조성한 것이라 대학 다닐 때 오다가다 자주 보았다. 하지만 신기하게도 들어와본 적은 한 번도 없었다. 한 번쯤은 와볼 법도 했는데 말이다.

공원 앞에서 내리자 강인은 차를 끌고 어디론가 떠났고 주현과 성민만이 공원을 걷게 되었다. 공원은 생각보다 조성이 잘되어 있었다. 평일 오전이고 날도 쌀쌀한 탓인지 공원에는 사람이 없었다. 벤치도 운동기구도 텅 비어 있었다. 고요한 공원을 걸으며 성민은 말했다.

"어제 찾은 블랙박스 영상을 봤어요."

주현은 조금 부끄러워졌다. 욕을 하던 장면이 떠올랐기 때문이다.

"윤진이는 살인범이 소영 씨인 척 메시지를 보내 주현 씨를 유인했다고 생각하더라고요."

"저도 그렇게 생각합니다."

성민은 손으로 턱을 몇 번 긁더니 주현에게 물었다.

"주현 씨, 혹시 주현 씨를 유인한 사람이 소영 씨 본인일 가능성은 없을까요?"

"본인이오?"

"네."

"글쎄요. 정확한 정황은 기억나지 않습니다만, 적어도 블랙박스 영상 속 저는 전화 상대방을 소영이 아닐 거라고 생각했던 것 같습니다. 당시의 제가 그렇게 판단했다면 저를 유인한 사람은 소영이 아닐 가능성이 더 높지 않을까요?"

"정말 블랙박스 영상만으로 그렇게 생각하시는 건가요?"

"블랙박스 외에도 참고해야 할 자료가 있습니까?"

"혹시 소영 씨가 메시지를 주고받을 수 없는 상황이라는 것을 알고 계셨던 것은 아닌가 싶어서요."

주현은 성민의 말에 담긴 의도를 이해하지 못했다. 요즘 같은 세상에 메시지를 주고받을 수 없는 상황이라는 것이 무엇일까. 휴대폰을 잃어버렸거나, 병원에 입원했거나, 해외로 나갔다는 소리일까.

주현의 대답이 돌아오지 않자 성민은 말했다.

"소영 씨는 죽었어요. 주현 씨가 죽기 한 달 전에요."

주현은 당혹감에 휩싸인 채 성민을 바라보았다.

소영이가 죽었다니. 그것도 한 달 전에. 한 번도 생각해보지 못한 상황이었다. 막연히 서울 어딘가에서 잘살고 있을 거라고만 생각해왔다. 한참 후에야 주현은 간신히 입을 열어 물었다.

"기찬 씨의 조사 결과가 그렇게 나온 것입니까?"

"그래요."

성민은 태연하게 거짓말을 했다.

주현은 묵직한 숨을 내쉬듯 물어보았다.

"어쩌다가 죽은 거죠?"

주현의 물음에 성민은 대답하지 않았다. 대신 이렇게 되물었다.

"소영 씨가 죽은 걸 모르셨나요?"

"그렇습니다."

"정말로요?"

성민의 어투에서는 주현을 떠보는 듯한 느낌이 느껴졌다. 의도적으로 감췄다고 생각하는 것인가.

주현의 목소리가 거칠어졌다.

"당연합니다! 알았다면 진작 말씀드렸을 겁니다!"

"혹시 알았는데 기억을 잃어버리셨을 수도 있지 않을까요?"

"그건 제가 알 수 없지요. 기억에 없는 것을 어떻게 알겠습니까?"

"남은 기억 중에라도 알았다는 흔적이 있을 수도 있지 않을까 싶어서요."

"없습니다."

주현은 딱 잘라 말했다. 정말 없었기 때문이다. 기억 속 어딘가에 약간이라도 그런 느낌이 있었다면 지금까지 주현이 소영의 죽음을 인지하지 못했을 리 없다.

"제가 주현 씨의 말을 믿어도 될까요?"

성민의 물음은, 결국 지금 성민이 주현을 믿지 못한다는 소리였다. 혼란스러웠다. 소영이 이미 죽었다는 사실을 안 것만으로도 충격적인데 성민에게 자신이 거짓말을 하는 게 아니라는 것을 증명까지 해야 하는 상황이었다.

"믿지 못하시겠다면, 어쩔 수 없지요."

결국 주현은 그렇게 말할 수밖에 없었다.

믿음을 구걸할 수는 없다.

"저는 저를 도와주시겠다고 한 성민 씨를 믿었습니다. 그래서 제가 기억하는 모든 것을 말씀드렸습니다. 하지만 이제 와서 성민 씨가 저를 믿지 못하겠다고 하시면, 그건 정말 어쩔 수 없는 일이지요."

주현의 대답을 들은 성민은 생각에 잠겼다. 주현의 태도만 보면 정말 소영이 죽은 것을 몰랐던 것 같기는 하다. 성민도 주현이 솔직하게 말하고 있다고 믿고 싶다. 그러나 겉모습만 보아서는 알 수 없다. 세상에는 정말 놀라울 정도로 능숙하게 연기를 잘하는 사람이 많다.

성민이 주현을 공원에 데려와 정말 묻고 싶었던 것은 소영의 죽음을 아느냐가 아니었다. 제주도에서 정확히 무슨 일이 있었는지를 묻고 싶었다. 주현은 정규와 말다툼이 있었지만, 중간에 자리를 피했다는 식으로 대수롭지 않게 이야기했었다. 그러나 CCTV에는 두 사람 사이에 신체접촉이 있었던 것 같은 장면이 나오며, 바로 그날 정규는 누군가의 손에 목숨을 잃었다.

우연일까. 주현은 모든 것을 말했다고 하지만, 의심스러운 부분이 계속 생겨난다. 주현이 기억하지 못하는 것일 수도 있지만, 일부러 숨기고 있을 가능성도 완전히 배제할 수는 없다.

성민은 제주도에서 있었던 일을 다시 한번 확인해야 하나 고민했다. 하지만 결국 물어보지 않기로 했다. 주현은 악귀가 될 우려가 높은 귀신이니 조심히 다루어야 한다.

특히 주현은 예전에 경찰로부터 살인 사건의 참고인으로 조사를 받았던 경험을 안 좋게 간직하고 있다. 그런데 다른 살인 사건의 범인으로 의심받고 있다는 이야기를 꺼낸다면 괜히 주현의 감정만 자극할 것 같았다.

성민도 주현이 살인범이 아니라 평범한 사람이면 더 좋을 것 같았다. 지금까지 성민이 본 주현은 말이나 행동이 다소 특이하기는 하지만 크게 엇나가 있는 사람은 아닌 듯했다. 오히려 평범한 사람의 궤

도에서 벗어나지 않기 위해 노력해온 듯했다. 올곧게, 열심히 살아온 사람이 아닌가 싶었다.

하지만 성민은 윤진처럼 상처받을 것조차 각오하고 완전히 주현을 믿을 수는 없었다. 정규의 애인이 쓴 호소문에 적혀 있던 것처럼 당시 주현에게는 여러모로 의심스러운 정황이 있기 때문이다. 살인범일 가능성을 완전히 닫을 수는 없는 만큼, 일단 주현의 이야기를 적당히 믿기로 했다.

성민은 주현에게도 충고했다.

"주현 씨는 저를 믿으시는군요."

"그렇습니다."

"저를 완전히 믿지는 마세요."

"네?"

"그렇다고 완전히 의심하지도 마시고요. 적당히 믿어주세요."

주현은 성민이 무슨 이야기를 하는지 이해할 수 없었다.

"적당히 믿는다는 게 무슨 의미지요?"

"일단 믿되 배신당했을 때 상처받지 않을 정도로만 믿어주시면 좋겠다는 의미예요."

"배신하시겠다는 뜻입니까?"

"그럴 수도 있고 아닐 수도 있죠."

배신 예고라니. 주현은 처음 경험하는 일이었다. 선뜻 네, 준비되어 있으니 배신하시죠, 라고 답할 수도 없었다. 주현은 고개를 갸웃거리며 물었다.

"혹시 크게 배신당해보신 적 있으십니까?"

"아뇨. 배신당하기 전에 제가 먼저 배신하는 타입이거든요. 그러니까 미리 충고해두는 편이 서로 좋을 것 같아서요. 대신 저도 주현 씨를 적당히 믿을게요. 주현 씨도 저를 배신해도 좋아요. 그럼 공평하죠?"

성민은 서로 신뢰가 확실하게 구축되지 않았다는 이야기를 하는 것 같았다. 주현은 씁쓸해졌다.

성민은 산책로 옆 정자를 가리키며 말했다.

"춥지는 않으시죠? 일단 앉아서 이야기할까요?"

주현은 성민이 가리킨 정자에 말없이 앉았다. 성민은 맞은편 자리에 앉아 품에 안은 서류를 탁자에 올리며 담배를 입에 물었다.

"보통 이런 공원은 금연 아닌가요?"

"괜찮아요. 저승 담배라 이승 사람들 눈에는 안 보여요."

정말 괜찮은가 싶었지만 주현은 경찰이 아니니 넘어가기로 했다.

성민은 흰 연기를 내뿜으며 주현에게 말했다.

"소영 씨의 죽음에 대해 기억이 없다는 주현 씨의 이야기를 적당히 믿는다면, 꽤 많이 놀라셨을 것 같네요. 좀더 다정하게 말씀드릴 걸 그랬어요."

"말씀만으로도 감사합니다."

"어쨌든 그날 밤 주현 씨를 인천으로 끌어낸 사람은 소영 씨가 아닐 거예요. 하지만 소영 씨를 잘 아는 사람이겠지요. 그렇다면 주현 씨의 지인이 아니라 소영 씨의 지인일 수도 있지 않을까요? 소영 씨의 지인 중에도 인천에 대해 잘 아는 사람이 있을지도 모르잖아요."

"그럴 수도 있겠지요."

성민은 홍제동 장미 건을 해결하면 추가 보수를 받게 되어 있는 상황이었다. 그래서 주현이 소영에 대해 관심을 갖도록 살살 유도했다.

"윤진이가 인천에 주현 씨의 지인들을 조사하러 갔으니까 우리는 소영 씨의 지인들을 조사해보는 건 어떨까요?"

"나쁘지는 않은 생각인 것 같습니다. 하지만 소영이의 지인들과 어떻게 만날 수 있을까요? 저는 소영이의 개인사는 잘 모릅니다. 아무것도 모른다고 해도 좋습니다."

"윤진이가 소영 씨에 대해 조사한 자료를 보내주기는 했어요."

"어떻게 조사하신 거죠?"

"글쎄요. 지인을 통해 조사한 것 같아요. 하지만 신뢰도가 낮지는 않을 거예요. 윤진이가 못 믿을 정보를 제게 건네주지는 않았을 테니까요."

윤진이 보내준 자료는 보아하니 홍제역에서 발견된 변사체의 신원이 파악되자, 기자들이 조사해둔 내용 같았다. 그러나 이런 내용을 주현에게 솔직하게 털어놓을 수는 없었다. 소영이 죽었다는 이야기는 해도, 살해당했다는 이야기까지는 현 단계에서 주현에게 하고 싶지 않았다.

주현이 소영을 죽였든, 죽였지만 기억하지 못하든, 죽이지 않았든 굳이 말할 필요 없는 내용 같았다. 괜히 주현의 마음을 흔들고 싶지 않았다.

주현은 깊게 묻지 않았다. 적당히 믿기로 한 모양이었다.

성민은 윤진이 보내준 메일에 첨부되어 있던 내용을 주현에게 이야기해주었다.

* * *

소영은 서울 외곽의 비닐하우스촌에서 자랐다. 그때 이름은 지수였다. 그곳에서 태어난 것은 아니다. 어릴 때는 전세이기는 해도 번듯한 벽돌로 지은 다세대주택에서 살았다. 건설업체에서 일하던 아버지가 IMF로 실직하고 빚쟁이에 쫓겨 사라진 뒤 어머니와 함께 비닐하우스촌으로 왔다.

살다 보면 누구에게나 역경이 있기 마련이다. 인생을 좌우하는 것은 역경 자체가 아니라 역경이 찾아오는 시기다. 역경이 극복할 시간을 충분히 주고 다시 찾아온다면 그나마 타격이 덜하지만, 극복할 시간을 주지 않고 연달아 찾아오면 헤어 나오기 어렵다.

소영에게는 극복할 시간 없이 역경이 몰려 들어왔다. 식당에서 일을 하며 자식을 키우던 어머니는 새로운 남자를 만나서 재혼을 했다. 처음에는 괜찮은 사람인 줄 알았지만 시간이 지날수록 본색을 드러냈다. 매일같이 술을 마시고 고함을 지르고 주먹을 휘둘렀다. 어머니가 참으며 살았기 때문에 소영도 참으며 살려고 했다.

그러나 새아버지가 잠든 소영의 이불 속에 들어와 엉덩이를 만진 날, 더는 참아서는 안 된다는 것을 깨달았고, 다음 날 바로 집을 떠났다.

중학생 여자아이가 가출해서 혼자 먹고사는 일은 어렵다. 결국 비슷한 처지의 아이들끼리 모여 다니며 간신히 하루하루를 살아냈다. 돈을 벌어 먹고살고 잠을 잘 수 있다면 무슨 일이든 했다. 익명 채팅방에서 남자를 불러내 돈을 받고 잠을 자다, 더 큰 돈을 안정적으로 벌 수 있다는 이야기에 유흥업소로 갔다.

10대 후반과 20대 초반을 유흥업소를 전전하며 보냈다. 열심히 일해서 돈을 모아 그만두고 싶었다. 하지만 아무리 일을 해도 돈이 모이지 않았다. 빚을 갚고 옷을 사고 성형을 하면 남는 돈이 없었다.

부자 손님 중 한 명이 일을 그만두고 자기와 살자고 제안했을 때 긴 고민 없이 응한 것은 정착하지 못한 채 가난에 찌들어 사는 삶이 싫었기 때문이다. 부자 손님은 결혼을 한 상황이라 소영은 첩이나 마찬가지였다.

그러나 제대로 된 집에서 제대로 된 요리를 해 먹으며 하루하루 살 수 있다는 것만으로도 좋았다. 잠시 평온했던 시간은 반년 후 손님의 부인이 집에 들이닥치며 끝났다.

당장 먹고살 돈도 없고 학력도 중학교 중퇴인 상황에서 할 수 있는 일이라고는 다시 유흥업소로 돌아가는 일밖에 없었다. 하지만 잠시나마 평범한 삶을 경험하고 나니 매일 밤 술을 마시며 재미있지도 않은 이야기에 억지로 웃어주어야 하는 일이 너무나도 싫었다. 손님 관리가 안 되니 돈이 벌리지 않았고 돈이 벌리지 않으니 더 하기 싫어졌다.

우울증 같은 것이 온 듯했다. 만사가 귀찮고 짜증 났다. 이런 삶을 앞으로 수십 년이나 더 살아야 한다는 것이 싫었다. 그나마 젊으니까 강남의 화려한 유흥업소에서 부자 손님들을 상대하고 비싼 양주를 마실 수 있는 거지, 나이가 들어갈수록 업소와 손님의 질도 떨어질 수밖에 없다.

어쩌면 현재의 삶이 자신의 인생에서 가장 나은 상황일지도 모른다는 생각을 하자 왜 살아야 하는지 의미를 알 수 없게 되었다. 하루하루 버티며 언제 죽어야 가장 적절할지만을 고민했다.

상황이 달라진 것은 태일동자를 소개받은 뒤부터였다.

태일동자를 만난 뒤 소영은 다시 태어났다.

* * *

이것은 기자들이 과거 소영과 같이 유흥업소에서 일하던 지인을 찾아서 들은 내용이었다. 그러나 지인이 아는 소영의 과거는 소영이 태일동자라는 사람을 만난 순간 끊겼다.

소영은 지인에게 자신은 태일동자를 만나 새로 태어난 듯하다는 이야기를 했다. 그리고 지인의 이야기로는 실제로 소영은 우울증을 완전히 극복한 것처럼 보였다고 한다. 그러나 그 후 소영은 곧 유흥업소 일을 관두고 사라졌다. 지인과 연락도 끊겼다. 몇 년 뒤 소영이 어느 인터넷 쇼핑몰에서 피팅모델을 한다는 소문을 들은 것이 지인이 아는 소영의 마지막 소식이었다.

성민은 말했다.

"아마 태일동자라는 사람을 만나면 유흥업소를 나온 뒤 소영 씨의 행적에 대해서 알 수 있을 것 같아요. 만약 주현 씨를 만날 때도 소영 씨와 태일동자의 관계가 계속되었다면, 주현 씨가 소영 씨와 헤어진 뒤 소영 씨가 어떻게 지냈는지에 대해서도 알 수 있을 거 같고요. 소영 씨가 우울증을 극복할 정도로 정신적으로 많이 의지했던 사람 같으니 관계를 쉽게 끊지는 않았을 거라는 생각이 들어요."

주현의 블랙박스에 녹화된 영상을 보면, 상대방은 소영을 가장해서 주현을 자신이 원하는 장소까지 불러낸 듯했다. 주현과 소영의 관계를 잘 아는 사람이라고 생각할 수밖에 없다. 소영은 친구가 거의 없어 보였다. 그래서 더욱 소영이 마음을 터놓던 상대가 있었다면 만나볼 만했다.

주현은 물었다.

"태일동자가 어디 있는지 아십니까?"

"자료에는 나와 있지 않아요. 이름만 보면 무속인이 아닐까 싶은데, 인터넷에서 검색해봐도 나오지 않아요."

"그럼 어떻게 찾는 게 좋을까요?"

"소영 씨의 다른 지인을 만나서 정보를 얻는 게 좋을 거 같아요. 평소 소영 씨가 의지하던 사람이라면 길든 짧든 태일동자에 대해 이야기를 했을 가능성이 있어요."

"하지만 다른 지인들은 어떻게 만나죠?"

산 넘어 산이었다. 태일동자를 찾는 일도, 태일동자를 찾기 위해 소영의 지인을 찾는 일도 쉽지 않아 보였다.

성민은 손가락 세 개를 들어 보였다.

"일단 세 명은 신원과 위치를 알 수 있을 것 같아요."

"세 명이나요?"

"네, 일단 첫 번째는 주현 씨예요. 혹시 소영 씨가 무속인에 대해 이야기한 기억은 없나요?"

주현은 잠깐 생각해보고 말했다.

"사주나 점술 같은 걸 좋아하기는 했습니다. 저와 궁합을 보고 싶다며 제 생년월일과 태어난 시를 물어봤던 기억이 있습니다."

"같이 보러 가지는 않으셨고요?"

"네, 저도 냉담자이기는 하지만 일단은 천주교라 같이 보러 가는 것까지는 조금 꺼려지더군요. 그래도 소영이 혼자 재미 삼아 보는 것까지 막을 필요는 없을 것 같아서 알아서 하라고 두었습니다."

"궁합은 좋게 나왔나요?"

"당장 식장을 잡아야 하는 궁합으로 나왔다고 하더군요."

306

"그때 안 잡으셔서 다행이네요."

"네, 정말로요."

주현은 진심을 담아 고개를 끄덕였다.

"그 궁합을 태일동자인가 하는 사람에게 본 걸까요?"

"그것까지는 모르겠습니다."

성민은 곰곰이 생각하다 말했다.

"소영 씨는 주현 씨를 자신의 인생을 바꿔줄 운명의 남자라고 말했다고 했잖아요. 어쩌면 그게 태일동자의 점괘에서 비롯된 게 아닐까요? 소영 씨가 태일동자를 깊게 신뢰했다면, 그 말을 믿고 주현 씨를 자신의 인생을 구원해줄 사람처럼 생각했을지 몰라요. 그래서 주현 씨가 헤어지자는 말을 한 뒤에도 계속 집착했고요."

"그렇게 볼 수도 있을 것 같습니다."

헤어진 뒤 소영이 주현의 집에 들어왔던 사건도 태일동자와 관련이 있을지 모른다. 한밤중에 허락 없이 남의 집에 숨어드는 것은 일반적인 행동이 아니다. 게다가 소영은 알 수 없는 주문을 외우고 있었다.

어쩌면 그 주문도 태일동자가 외우라고 한 것일 수 있다. 방에 숨어 들어가 주문을 외우면 다시 사귈 수 있다는 이야기로 꼬드겼을 수 있다.

"만약 정말 소영의 배후에 무속인이 있었다면, 왜 제게 집착하도록 유도한 것일까요?"

"유도한 게 아니라 정말 점괘가 천생연분으로 나왔던 걸지도 모르죠."

"별로 생각하고 싶지 않은 가정이로군요."

"아니면 소영 씨가 주현 씨와 잘되고 싶어하는 걸 아니까 적당히 듣고 싶은 말을 해준 걸 수도 있어요. 태일동자는 약 하나 안 쓰고 소영 씨의 우울증도 고쳐줄 만큼 심리 상담을 잘해줬던 것 같은데, 불안한 마음을 위로해주려면 입에 발린 말의 달인이 되어야 하지 않을까요?"

"이쪽이 좀더 마음에 드는 가정이네요."

주현은 소영의 말이나 행동 중에 무속인을 연상케 하던 것을 더 이상 떠올리지 못했다. 그래도 기억 속 어딘가에 남아 있을지도 모르니 좀더 시간을 두고 천천히 생각해보기로 했다. 그전에 소영의 다른 지인들도 만나봐야 할 듯했다.

"다른 두 명은 누구인가요?"

"한 명은 소영 씨가 일하던 쇼핑몰 사장이에요. 주소와 연락처는 모르지만 A&K 사무실로 찾아가면 만나볼 수 있지 않을까 싶어요. 다른 한 명은 소영 씨가 주현 씨와 사귀는 동안에 바람을 피웠던 상대예요. 이쪽은 만나는 일이 꺼려지실 수 있을 것 같기는 한데, 일단 주소와 연락처는 알고 있어요. 아까 보여드린 자료에 있거든요."

주현의 얼굴이 다소 굳었다. 쇼핑몰 사장은 그렇다 쳐도 소영의 바람 상대와 만나는 것은 불편했다. 하지만 성민이 왜 만나자고 하는지는 알 것 같았다. 바람 상대였던 남자는 소영에게 돈을 뜯겨 원한이 있는 듯하기는 하나, 그래도 한때 소영과 사귄 사이기는 하다. 주현이 듣지 못한 이야기를 들었을지도 모른다. 진심이었는지 아니었는지 모르겠지만 결혼 이야기까지 오갔다니 어쩌면 주현보다 더 깊게 사귀었을지도 모른다.

주현은 조금 고민하다 말했다.

"알겠습니다. 두 사람 다 만나보지요."

"혹시 소영 씨의 바람 상대와 만나는 게 껄끄러우시다면, 주현 씨는 밖에 있고 저만 남자와 만나서 대화할 수도 있어요."

"괜찮습니다. 직접 만나 물어봐야 알고 싶은 것을 정확히 알 수 있을 테니까요. 어떻게 보면 저도 그 남자도 피해자인데, 만나기를 꺼릴 이유는 없을 것 같습니다."

만난다 해도 상대방은 주현의 표정을 보거나 목소리를 들을 수 없다.

부담을 가질 필요는 없을 것이다.

4

소영이 바람을 피웠던 남자의 이름은 서남수였다. 엄밀히 말하면 남수가 소영의 바람 상대가 아니라 주현이 소영의 바람 상대다. 소영은 남수와 사귀던 도중에 주현과 만나 사귀기 시작했기 때문이다.

남수는 사회적으로 성공한 남자인 듯했다. 컴퓨터 소프트웨어를 만드는 중소기업의 대표였다. 성민이 용건을 밝히고 만나자고 했을 때도 일이 바빠 따로 시간을 내기 어렵다고 거절했다. 어쩌면 단순히 소영의 문제로 누군가를 만나는 것이 싫어서 핑계를 댄 걸지도 모르지만.

그러나 성민이 잘 구슬리자 결국 30분 정도 시간을 내기로 했다. 대신 회사 건물 1층 커피숍까지 와달라고 했다.

남수의 회사는 구로에 있었다. 홍대에서 차로 가면 그리 멀지 않은 곳이어서 바로 가겠다고 했다.

남수가 말해준 회사 빌딩 1층 로비에는 커피숍이 하나 있었다. 저렴한 커피를 파는 테이크아웃 위주의 커피숍이었지만 마시고 갈 수 있는 테이블도 몇 개 있었다. 성민은 자릿값으로 커피 한 잔을 시켜 앉고는 남수에게 도착했다고 연락했다.

잠시 후 남수가 내려왔다. 평범한 40대 직장인처럼 보였다. 회사 대표라지만 직종의 특성인지 개인적 스타일인지, 짧은 길이의 검은 패딩 점퍼와 청바지를 입은 채 슬리퍼를 끌며 나타났다. 제대로 빗지 않은 머리에 두꺼운 뿔테안경을 쓰고 피곤한 표정으로 걸어온 남수는 성민의 맞은편에 털썩 앉았다.

"무슨 용건이십니까?"

호의적이지 않은 것을 넘어서서 공격적인 태도였다.

"전화로 말씀드렸다시피 저는 기자인데요, 간단히 여쭤보고 싶은 게 있습니다."

성민은 남수에게 명함을 내밀었다. 명함은 윤진의 것이었다. 명함에는 성별까지 적혀 있지는 않기 때문에 남수는 대수롭지 않게 명함을 한번 보고 별말 없이 내려놓았다.

"제가 취재 중인 건 소영 씨가 아니라 사이비 무당 쪽입니다. 굿을 해야 한다든지 부적을 써야 한다면서 비싼 금액을 불러서 돈을 뜯어내는 무당이 있는데 소영 씨가 그 피해자였다는 제보가 들어왔습니다."

적당히 갖다 붙인 이야기였다. 그런데 예상 외로 남수는 이야기를 덥석 물었다.

"호, 혹시 제게서 돈을 가져간 게 그 무당 때문일까요?"

성민은 남수의 뒤에 서 있는 주현을 힐끗 쳐다보더니 남수에게 말했다.

"그렇지 않을까 싶습니다. 하지만 이제 와서 소영 씨에게 확인할 수도 없고, 가족도 없으니 가장 가깝게 지내던 사람을 찾다가 사장님을 만나뵈어야겠다는 생각이 들었습니다."

"역시 그랬군요!"

"뭔가 짐작 가는 게 있으신가요?"

"물론입니다. 안 그래도 이상하게 사주 같은 걸 좋아한다 싶었는데 ······."

남수는 양손으로 머리를 싸매고 한참 말이 없더니 자리를 옮기자고 했다. 로비는 보는 눈이 많아 이야기하기 어렵다는 이유에서였다.

엘리베이터를 타고 3층으로 올라가자 빌딩에 입주한 회사들이 공동으로 사용하는 듯한 휴식 공간이 있었다. 넓은 공간에 아기자기한 의자와 테이블이 군데군데 놓여 개방감 있게 꾸며져 있었다. 남수는 파티션으로 가려지는 구석자리에 앉아서 말했다.

"사실 소영이는 제게도 가끔 용한 효험이 있다며 부적을 살 생각이 없느냐고 물어보곤 했습니다. 100만 원이 넘는 부적을요."

"고가의 부적을 판매하고 다녔다는 말씀이시네요."

"그렇습니다."

"구매하신 적도 있으십니까?"

"몇 장 사기는 샀죠. 사업이 잘된다는 부적 같은 것은 몰랐으면 모를까, 있는 걸 알았는데 안 사고 무시하기에도 찜찜하지 않습니까. 게다가 그때는 저도 소영이와 사귀는 사이였으니, 저를 위해 특별히 알아온 부적이라는 소리에 고마운 마음도 있었고요."

"혹시 구매하신 부적들을 한 무당이 만든 것 같다는 생각은 안 드셨습니까?"

"네, 전부 한 무당한테서 사오는 것 같더군요."

"무당의 이름과 거처는 아십니까?"

"아니요. 제가 소영이에게 돈을 보내주면 며칠 뒤 소영이가 제게 부적을 가져다주었습니다."

"같이 무당에게 점을 보러 가자는 이야기는 한 적 없고요?"

"네, 그런 이야기까지는 하지 않았습니다."

남수는 힘들게 다시 말을 이어갔다.

"제가 소영이를 사기로 고소했을 때 소영이가 통장 내역을 제출했습니다. 내용을 보니까 제가 목돈을 보내주면 며칠 안에 현찰로 출금을 했더군요. 명품 같은 사치품을 사는 데 썼다면 굳이 현금으로 뽑아 쓸 이유가 없지 않겠습니까? 대체 어디에 썼나 싶었는데…… 혹시 무속인에게 갖다 바치던 것이었을까요?"

"일단 저는 그렇지 않을까 생각하고 있습니다."

"아, 사실이라면 어쩌죠?"

"사실이라고 해도 이제 와서 돈을 돌려받기는 어려우실 테지만 추가적인 피해자가 발생하는 것은 막을 수 있겠지요."

"아니요. 돈이 문제가 아니라 소영이가 불쌍해서 어쩌냐는 말입니다."

성민은 귀를 의심했다. 그러나 남수는 진지한 것 같았다.

"결국 소영이가 제게서 돈을 가져간 건 사이비 무당에게 사기를 당해서가 아닙니까? 가족도 없이 혼자 힘들게 살던 아이라 그런 데 속아넘어간 거 같은데 불쌍해서 어떡합니까."

성민은 남수에게 뭐라고 말해줘야 할지 알 수 없었다. 농담이 아니라 진심인 듯해서 더 곤란했다. 피해자가 가해자를 동정하는 이런 상황에 어떻게 반응하면 좋을지 성민은 고민 끝에 입을 열었다.

"음, 소영 씨에게 돈을 뜯어간 사이비 무당을 잡아서 벌을 주면 소영 씨도 저승에서나마 위로를 받으시지 않겠습니까? 혹시 그 무당이 누군지 알아낼 만한 정보가 있으시다면 제게 알려주셨으면 합니다."

"일단 부적을 가져오겠습니다. 사업이 번창한다는 부적을 사무실에 놓아두었던 것 같습니다."

남수는 엘리베이터를 타고 사무실로 올라갔다.

성민은 주현에게 작은 목소리로 말했다.

"피해자에게 이런 말을 하는 것도 미안하기는 한데, 가끔 있기는 한 것 같아요. 저렇게 유독 마음이 약해서 사기에 잘 걸리는 사람들이."

주현은 아무 대답도 하지 않았다. 하지만 만약 지금 소영이 살아 있다면, 남수에게 얼마든지 다시 한번 사기를 칠 수 있을 듯하다는 생각이 들긴 했다.

불우한 처지 끝에 사이비 무당에게 속아넘어간 소영의 처지에도 동정의 여지가 없는 것은 아니다. 그러나 소영으로부터 사기 피해를 당한 사람이 소영을 동정한다는 것은 특이했다.

어쩌면 남수는 돈을 잃었다는 사실보다 결혼까지 생각한 사랑하는 여자에게 다른 남자가 생겼다는 사실에 배신감을 느꼈던 것이 아닐까 싶었다.

소영의 '바람 상대'였던 주현으로서는 미안한 일이었다. 주현은 만약 소영에게 다른 남자가 있다는 것을 알았다면 절대로 사귀지 않았을 것이다.

소영을 소개한 사람은 대체 왜 애인이 있는 여자를 주현에게 소개해준 것일까. 몰랐을 수도 있다. 대학 동기가 소영이 피팅모델을 하던 A&K의 사장인 희선과 사귀었고, 소영이 희선에게 남자친구를 찾는다고 해서 대학 동기가 주현과 다리를 놓아주었다. 대학 동기도 소영을 직접 알진 못했으니 몰랐을 수 있다.

희선은 알았을까. 소영이 양다리를 걸치는 바람에 남수가 A&K 사무실에 뛰어 들어가 난동을 피웠다고 하니, 희선도 잘 몰랐을 것 같기도 하다. 나중에 뻔히 욕먹을 걸 알면서 애인 있는 여자를 다른 남자에게 소개해주는 사람은 그다지 많지 않을 것이다. 남수가 난동을 피운 뒤 바로 소영을 해고했다는 점만 봐도 몰랐을 가능성이 높다.

그런데 그 난리가 벌어졌는데도 희선은 소영과 계속 SNS상에서 연락을 하고 지냈다. 그걸 보면 주변 직원들이나 고객들에게 이야기가 퍼질 것을 경계해서지, 소영에게 개인적인 감정이 있어서 해고한 것은 아닌 듯하기도 했다.

게다가 희선은 소영이 남수에게서 받은 돈을 바탕으로 A&K를 시작했다. 어쩌면 두 사람은 주현의 생각보다 더 친한 사이여서, 소영이 남수에게 마음이 떠났다는 사실을 알고 희선이 양다리 상대를 찾아줬을지도 모른다.

희선도 만나봐야 할 것 같았다. 소영을 소개해준 대학 동기라면 연락처를 알 것 같다는 생각이 들었다. 하지만 주현의 휴대폰이 사라진 터라 동창의 연락처를 알 방법이 없었다. 고민하던 주현은 문득 대학 동문회 앱을 떠올렸다. 동문회 앱에 접속하면 동문들의 정보를 찾아볼 수 있었다.

저승 휴대폰을 꺼내 대학 동문회 앱을 검색했다. 이승 앱도 쓸 수 있다고 해서 혹시나 하고 검색해보았는데 정상적으로 검색되었고 다운로드도 되었다. 대학 동기의 이름은 박원국이었다. 학번과 이름으로 조회해보니 결과가 뜨긴 했지만 연락처와 같은 개인정보는 올라와 있지 않았다.

앱에는 동문회가 가진 개인정보가 일괄 입력되나, 추후 본인이 원한다면 삭제하거나 수정할 수 있었다. 원국은 아마 입력된 정보를 지운 모양이었다. 그래도 원국과 친하던 동기들의 연락처는 남아 있어서 물어물어 알아낼 수 있을 것 같았다.

그때 남수가 부적을 가지고 돌아왔다. 노란색 종이에 빨간색으로 그림 같은 글자가 적혀 있었다.

"이겁니다."

성민은 부적을 살펴보더니 물었다.

"혹시 태일동자라는 이름을 들은 적은 없으십니까?"

"태일동자요?"

"네, 지금 저희가 조사 중인 사이비 무당인데, 아마 이 부적을 만든 사람이 맞는 것 같네요."

성민은 부적의 오른쪽 위를 손가락으로 가리켰다. 그곳에는 한자로 '태일(泰壹)'이라고 적혀 있었다. 남수는 눈이 휘둥그레지더니 잠시 생각에 잠겼다 말했다.

"아, 그러고 보니 예전에 소영이가 한번 친구와 약속이 있다고 해서 차를 태워준 적이 있습니다. 그때 친구와 같이 점을 보러 갈 거라고 했던 것 같습니다."

"어디로 태워다주셨죠?"

"이태원 쪽이었습니다. 역 주변에 내려줘서 정확한 위치는 모르겠습니다."

성민은 주현을 향해 바로 가보자는 신호를 보냈다.

5

빌딩 지하주차장에 세워둔 차에 올라탔을 때 성민의 휴대폰이 울렸다. 지옥 휴대폰이었다. 이 휴대폰이 울리면 십중팔구 별로 좋은 일이 없다. 이번에도 마찬가지였다. 메시지를 보낸 사람의 이름을 확인하자마자 성민의 얼굴이 저절로 찌푸려졌다.

— 일은 잘되고 있나?

우진이었다. 무시할까 했는데 괜히 전화가 걸려오면 더 귀찮아질 거 같아서 답장을 보냈다.

— 알아서 하는 중이니 신경 꺼.

답장을 보내자마자 우진에게서 전화가 걸려왔다. 성민은 전화를 끊고 메시지를 보냈다.

— 문자로 말해.

— 전화를 받지 못할 상황인가?

— 아니. 목소리 듣기 싫어서.

— 그럼 제대로 대답해. 오늘 뭐 했는지 궁금하면 직접 연락하라면서?

우진의 목소리를 듣기 싫은 것도 있었지만, 우진과 나누는 수상한 대화를 주현에게 들려주기 싫은 마음이 더 컸다. 성민은 옆에 앉은 주현에게 보이지 않도록 휴대폰 키패드를 두드렸다.

— 주현 씨와 같이 서울을 돌아다니는 중이야. 아직 홍제동 장미의 기운은 안 느껴져.

— 어제는 인천에 갔다던데?

— 주현 씨를 죽인 범인을 찾다가 가게 됐어. 어제 조사해보니 아마 주현 씨 죽음과 홍제동 장미가 관계가 있는 것 같아. 겸사겸사 잘됐지. 홍제동 장미의 행적을 찾아다니다 보면 주현 씨 죽음의 이유도 알 수 있고 악귀도 잡을 수 있을 테니까.

— 주현이 홍제동 장미를 죽인 것과도 관련이 있나?

성민은 잠시 생각하다 메시지를 보냈다.

— 주현 씨 주변에서는 이상하게 많은 사람들이 죽은 것 같아.

— 홍제동 장미 외에 또 있나?

— 중학교 동창과 옛날 아르바이트하던 곳 상사. 그런데 모두 주현 씨가 의심받았거나, 의심받을 만한 행적이 있어.

— 연쇄살인범이라는 소린가?

— 몰라. 더 조사해봐야지. 주현 씨 기억이 완벽하지 않은 것 같아. 그런 척하는 걸 수도 있지만. 어쨌든 골치 아파. 어디까지 믿어야 할지 모르겠어.

— 민아 말로는 둘이 사이가 좋아 보인다는데 그것도 아닌가 보군.

어제 파일을 손에 들고 당황하던 민아의 모습이 떠올랐다. 아마 민아는 지금도 그리 멀지 않은 곳에서 성민과 주현의 위치를 실시간으로 확인하고 있을 것이다. 성민은 한층 더 표정을 찌푸리며 메시지를 적었다.

— 언제부터 저승사자 업무 중에 고자질이 있었지?

— 나쁜 소리를 한 것도 아니잖아. 나쁜 소리는 자네가 민아에게 했지.

— 언제?

— 어제 민아가 자네 때문에 하루 종일 우울해했다던데?

— 내가 뭘 했다고?

— 신입이니 좀더 다정하게 대해주지 그러나.

— 다정하게 대해주길 원한다면 신입한테 그런 일을 시키지 마.

— 좀더 고참을 보내기를 원하나?

성민은 이를 악물고 우진의 휴대폰 번호를 찾아 전화를 걸었다. 몇 번 신호가 가고 전화가 연결되자마자 성민은 외쳤다.

"나를 감시하지 말라고!"

"자네를 감시하는 게 아니라 주현을 감시하는 거야."

"닥쳐!"

성민은 전화를 끊고 휴대폰을 바닥에 내던졌다. 그래도 화가 풀리지 않는지 앞좌석을 발로 걷어찼다. 살기 어린 성민의 태도에 차 안의 분위기가 싸늘해졌다. 주현은 무슨 일이냐고 물어볼 생각도 하지 못한 채 숨죽이고 있었다. 도저히 말을 걸 분위기가 아니었다.

화난 표정으로 소 피를 몇 팩이나 연속으로 비운 성민은 이태원에 거의 다 도착해서야 입을 열었다. 평소보다 다소 딱딱했지만, 날카롭지는 않은 목소리였다.

"도착하면 태일동자를 찾아봐요."

"어떻게 찾는 게 좋을까요?"

"이태원 근방에 상주하는 사람에게 물어보면 알 수도 있지 않을까 싶어요."

아는 지인이 있는 모양이었다. 아직 성민의 기분이 다 풀리지 않은 듯해서 주현은 자세히 물어보지는 않았다. 곧 차가 이태원역 근처에서 멈췄다.

성민은 차가 멈추자마자 내려 담배부터 입에 물었다. 주현은 성민의 뒷모습을 잠깐 지켜본 뒤 운전석에 앉은 강인에게 물었다.

"강인 씨, 우리가 돌아올 때까지 혹시 특별한 일정이 있으신가요?"

"특별한 일정은 없습니다. 근처에 차를 대어놓을 만한 곳을 찾아서 대기해야죠."

"혹시 그럼 부탁 하나만 드려도 되겠습니까?"

주현은 자신의 휴대폰에서 대학 동문회 앱을 켜고 강인에게 보여주었다.

"여기 있는 박원국이라는 이름의 동기가 예전에 A&K 사장인 희선 씨와 사귀어서 연락처를 알 것 같은데, 정작 제가 휴대폰을 잃어버려 원국이의 번호를 알지 못하는 상황입니다. 원국이와 친하던 동문들에게 전화를 걸어 연락처를 확인해주실 수 있으십니까?"

이미 죽은 주현은 살아 있는 사람에게 전화를 걸 수 없다. 원래 성민에게 부탁하려고 했지만 기분이 안 좋은 듯해서 쉽게 입이 떨어지지 않았다. 강인에게 이런 부탁을 해도 되나 싶었는데, 다행히 강인은 흔쾌히 받아주었다. 하는 김에 원국에게 연락해서 희선의 전화번호도 알아봐주겠다고 했다. 주현은 강인의 휴대폰 메모장에 원국과 친하던 동문들의 이름과 연락처를 적어준 뒤 차에서 내렸다.

"무슨 이야기를 하셨어요?"

바깥바람을 쐬니 기분이 나아졌는지 성민은 평소대로 돌아와 있었다.

"희선 씨의 연락처를 찾는 일을 부탁했습니다."

"강인이에게 일을 부탁하려면 추가 비용을 내셔야 하는데요."

"그렇습니까?"

"농담이에요. 어려운 걸 부탁하신 것도 아닌 것 같고. 나중에 강인이에게 사과라도 사주세요."

"사과요?"

"네, 사과를 좋아해요. 마침 근처에 저승 편의점이 있는데 가볼까요? 낱개로 파는 사과가 있을 거예요. 저도 마침 담배가 다 떨어졌거든요."

사과를 먹는다니, 강인은 아마 흡혈귀는 아닌 모양이었다. 주현과 성민은 이태원역에서 음식점이 즐비한 골목으로 들어갔다. 음식점들이 저녁 시간을 준비하며 휴식하는 시간대라 길거리는 차분한 분위기였다.

골목을 따라 조금 걸으니 'SG편의점'이라고 적힌 간판이 보였다. 편의점에서는 유난히 밝고 선명한 빛이 뿜어져 나왔다. 안으로 들어가자 발랄한 편의점 광고 음악이 온갖 종류의 제품이 나열된 선반 사이를 흐르고 있었다.

"어서 오세요. SG편의점입니다."

입구 근처 카운터에 있는 아르바이트생이 건강한 목소리로 인사했다. 아마 살아 있는 사람들 눈에는 폐점한 후 버려진 가게처럼 보일 것이다. 그러나 주현의 눈에는 밝은 분위기가 가득 찬 익숙한 느낌의 편의점이었다.

주현은 이승과 비슷한 듯 다른 편의점 제품들을 천천히 구경하다 도시락 코너 근처에서 낱개 포장된 사과를 발견했다. 사과만 사서 나가기엔 허전해서 페트병에 담긴 이온음료와 초콜릿도 손에 들었다. 카운터 쪽으로 가니 성민은 담배를 계산하고 있었다. 주현이 전혀 알지 못하는 브랜드의 담배밖에 없었다.

"요즘 이승 사람들은 담배 피우는 걸 싫어하니 눈에 보이지 않도록 저승 담배를 사서 피워요. 제가 담배라는 걸 처음 봤을 때는 건강에 좋다고 서로 권장했었는데 격세지감이 드네요. 주현 씨도 기왕 죽은 거 한번 피워보시는 게 어때요?"

우진도 비슷한 권유를 했었다. 하지만 주현은 담배의 유해성이 알려진 시기에 태어난 세대다. 이제 와서 건강을 챙길 필요가 없는 것은 맞지만, 여전히 심리적 거부감이 있다.

"담배라도 피우지 않으면 버티기 어려운 순간을 위해 아껴두겠습니다."

주현은 그렇게 대답하며 카운터 위에 물건들을 올려놓았다. 한 남자가 편의점에 들어온 것은 그때였다. 검은 정장을 깔끔하게 차려입은 남자는 성민을 보자마자 반가워하며 말했다.

"승정님 아니십니까?"

20대 초반으로 보이는 잘생긴 남자였다. 성민도 아는 얼굴인 모양이었다.

"오랜만이네. 안 그래도 가게에 가려고 했어."

"어쩐 일이십니까?"

"사람을 찾고 있거든. 도와줬으면 하는데."

"지금 맡으신 사건 때문입니까?"

"그래."

남자는 주현을 바라보았다.

"혹시 주현 씨?"

"네, 그렇습니다."

"반갑습니다. 저는 지석이라고 합니다. 주현 씨 이야기 많이 들었습니다."

"제 이야기를요?"

"요즘 몽마들 사이에서 주현 씨 이야기가 자주 나오고 있거든요."

몽마 운운하는 것을 보면 지석도 몽마인 모양이었다.

"왜 제 이야기를……."

"저승에서 망자의 비자를 바꿔주는 일은 드무니까요. 주현 씨는 지금 유명인이에요. 지부장님이 어제 가게에 오셔서 주현 씨 이야기를 한참 동안 하고 가시기도 했고요."

"지부장님이라뇨?"

의아해하며 묻는 주현에게 지석은 씩씩한 말투로 답했다.

"원일 님이오! 얼마 전에 만나셨죠?"

주현의 표정이 순간적으로 어두워졌다. 듣고 싶지 않은 이름이 튀어나왔다.

지석은 유유자적 담배를 고르며 성민에게 물었다.

"누구를 찾으십니까?"

"태일동자라고 들어본 적 있어? 아마 이 근처에서 활동하는 무당 같은데."

"태일동자요?"

지석은 고개를 갸웃하더니 말했다.

"저는 들어본 적 없는 것 같네요. 그래도 가게의 다른 직원들은 알지도 몰라요."

성민이 말한 '이태원에 상주하는 사람'은 몽마들인 모양이었다. 이 승의 번화가는 저승에서도 번화가다. 살아 있을 때 자주 드나들던 동네인데 죽었다고 해서 바로 발길을 끊지는 못하는 법이다. 이태원에도 몽마들의 거점이 있었다.

지석은 성민과 주현을 몽마들이 거점으로 활용 중인 가게로 안내했다. 가게는 편의점에서 그리 멀지 않았다. 주점이 있는 상가 건물에 철문이 하나 있었는데, 철문을 열고 안으로 들어가자 어둡고 긴 통로가 나왔다. 통로 끝에는 엘리베이터가 있었는데 내려가는 버튼밖에 없었다.

셋은 엘리베이터를 타고 지하로 내려갔다. 꽤 깊이 내려간다 싶었는데, 문이 열리자 상상 이상으로 넓은 공간이 펼쳐졌다. 어두침침한 조명 아래 탁 트인 원형 바닥이 있었고, 바닥 주변으로 높고 낮은 테이블들이 보였다. 한쪽 벽에는 온갖 종류의 술병으로 장식된 바가 있었고, 반대쪽 벽에는 네온으로 만들어진 간판을 등지고 만들어진 무대가 있었다. 무대 위에는 디제이가 사용하는 컨트롤러와 대형 스피커가 놓여 있었다. 네온 간판에 적힌 글자는 꾸밈이 많이 들어간 흘림체라 잘 알아볼 수 없었지만, 아마도 'Seize the day'라고 적힌 듯했다.

클럽이었다.

테이블을 닦던 남자 한 명이 성민을 발견하고는 서둘러 달려왔다. 지석과 같은 디자인의 정장을 차려입은 20대 중후반의 남자로 왼쪽 가슴에 '정진영'이라는 은색 이름표를 달고 있었다.

"승정님, 어서 오십시오."

정중히 인사를 마친 진영은 죄송스럽다는 듯 말했다.

"실은 지금 VVIP룸에 손님이 계신데요."

"아직 오픈 안 했잖아."

"김원석 소장님이 조용히 식사를 하고 싶다고 하셔서……."

"지금 저승사자들 근무 시간 아니야?"

번화가에는 저승에 속한 존재들도 많이 모여든다. 그러다 보니 혹시 일어날지 모를 불상사를 막기 위해 경찰 비슷한 역할을 하는 치안관리과 소속 저승사자들이 상주한다. 원석은 이태원 쪽을 담당하는 치안관리과 저승사자 중에서도 가장 지위가 높다. 저승사자가 근무 시간에 오픈도 안 한 클럽에 와서 VVIP룸을 잡고 노는 것도 웃긴데, 저승에서 반저승단체로 규정한 몽마들이 운영하는 클럽이라는 점을 생각하면 더 기가 찬 상황이었다.

하지만 성민에게는 저승사자들의 해이한 기강을 지적해줄 의무가 없었다. 대충 넘어가기로 했다.

"놀러 온 것도 아니니 어디든 상관없어. 용식이는 어디 있어?"

"사장님은 김원석 소장님과 함께…… 있습니다."

옆에서 비위 맞춰주는 중이라는 소리인 듯했다. 저승사자와 몽마들의 비밀스러운 커넥션이야 어찌되든 상관없지만, 당장 내 일이 급한데 사정을 봐줄 수는 없었다.

"불러와."

성민은 주현을 데리고 2층으로 올라가 계단에서 가장 가까운 방에 들어갔다. 테이블을 사이에 두고 여섯 명 정도가 앉을 수 있을 만한 소파가 있었다.

주현은 대학 신입생 때 선배들을 따라 호기심으로 한번 가본 것 말고는 클럽에 발을 들여본 적이 없었다. 익숙하지 않은 곳에 발을 들여놓으니 괜히 목이 타서 이온음료를 가방에서 꺼내 마셨다.

그때 커다란 은색 쟁반 위에 위스키와 스낵 세트를 받쳐든 진영이 들어왔다. 테이블을 세팅하는 진영 뒤로 훤칠하게 생긴 남자가 들어오더니 성민에게 꾸벅 인사를 했다.

"오랜만에 뵙습니다."

남자는 가슴에 '사장 제이든'이라고 쓴 금색 이름표를 달고 있었다. 그러나 왠지 모르게 성민은 제이든을 용식이라고 불렀다.

"용식아, 부탁할 게 있는데."

"태일동자라는 무당을 찾으신다고 들었습니다."

"그래. 혹시 알아?"

"처음 듣는 이름입니다."

"혹시 직원 중에 아는 사람은 없을까?"

"연락을 돌려볼 테니 잠시 기다려주십시오."

용식은 방을 나가며 밖에서 대기하던 지석에게 뭔가를 지시했다.

성민은 주현에게 말했다.

"드세요. 공짜니까요."

클럽의 이름은 '세이즈', 몽마 협회의 한국 지부인 미스티나이트코리아에서 직영으로 운영하는 곳이라 성민은 클럽 이용이 공짜라고 했다. 클럽뿐만 아니라 몽마들이 운영하는 호텔이나 전시장 같은 곳도 전부 공짜다. 미스티나이트 본사에 흡혈귀 협회가 지분을 가지고 있기 때문이다.

"무료라고는 해도 저는 잘 이용을 안 해요. 아무리 협약에 따른 거라지만 남의 사업장에 와서 공짜로 놀고먹는 게 좋아 보이지 않잖아요? 돈이 없는 것도 아닌데. 그래도 가끔 손님 접대를 할 때는 이용하기도 해요. 주현 씨도 손님이니 편하게 드셔도 돼요."

"감사합니다."

주현은 백조 모양을 한 투명한 유리그릇에서 스낵 몇 개를 주워 먹었다.

그때 방에 한 남자가 들어왔다. 30대 후반의 남자로 술에 상당히 취해 있었다. 풀어헤친 넥타이를 손에 든 채 비틀거리며 걸어온 남자는 기운차게 인사했다.

"수부타 님! 안녕하십니까!"

성민의 얼굴이 찌푸려졌다.

"낮부터 팔자 좋네."

"오랜만에 뵙는데 건강해 보이시니 다행입니다!"

"고마워. 가서 술이나 더 마셔."

"제가 한 잔 따라드리겠습니다!"

남자는 술냄새를 풍기며 성민의 바로 옆에 앉더니 테이블 위의 위스키 병을 멋대로 땄다. 성민의 표정은 더 안 좋아졌다.

"나는 술을 안 마셔."

"받기만 하십시오! 제 마음입니다!"

필요 없다는 말이 턱까지 나왔지만 성민은 일단 술을 받았다. 술을 받으면 갈 줄 알았는데 남자는 빈 잔을 들었다.

"저도 한 잔 따라주십시오!"

가라는 시선을 노골적으로 보내는 성민과 눈이 마주쳤지만 남자는 막무가내였다. 할 수 없이 성민은 남자의 빈 잔을 채웠다. 남자는 위스키 병을 들고 이번에는 주현에게 내밀었다.

"주현 씨이십니까?"

"아, 네. 그렇습니다."

"한 잔 받으시죠."

주현은 술 생각은 전혀 없었지만 분위기상 잔을 들었다. 잔이 채워지자 남자는 자신의 술잔을 들고 말했다.

"이렇게 만난 것도 인연인데 건배 한번 하죠."

"됐으니까 그만둬."

"자, 건배!"

해달라는 대로 해줘야 떠날 것 같아서 적당히 잔을 부딪쳐줬다. 성민과 주현은 잔을 입에 가져가는 흉내도 내지 않고 바로 내려놓았지만, 남자는 원샷으로 위스키를 들이켰다. 크아 하는 소리를 내는 남자의 모습을 보는 성민의 시선은 룸에 때아닌 에어컨이라도 튼 듯 싸늘했다. 주현조차 괜히 눈치를 볼 지경이었다.

그러나 남자의 눈치는 진작 알코올에 용해된 듯했다.

"아, 내 소개를 안 했네. 전 김원석이라고 합니다. 치안관리과 소속 저승사자로 이태원 일대에서만 50년을 일했거든. 편하게 형 동생으로 지내자고. 괜찮지?"

업무 시간에 클럽 룸에서 놀고 있다는 바로 그 저승사자인 모양이었다. 형으로 모실 생각은 전혀 없었고, 애초에 알고 지내고 싶지도 않았다. 하지만 괜히 저승사자와 척지고 싶지도 않았기 때문에 주현은 적당히 웃음으로 넘기며 말을 아꼈다.

원석은 혼자 주절주절 입을 나불댔다.

"참 젊은 친구가 안타깝게 됐다니까. 아니, 뭐 생전에 어떻게 살았는지 잘잘못 같은 걸 떠나서 내 나이쯤 되면 젊은 사람들이 일찍 죽는 게 안타까워져. 이승이 훨씬 즐겁잖아. 놀 것도 많고 먹을 것도 많고. 클럽에 가도 이런 짝퉁이 아니라 진짜 위스키가 나오겠지."

"어쩔 수 없죠."

"이승은 매년 휙휙 바뀌는 거 같아. 이태원 쪽도 내가 처음 왔을 때는 코쟁이들과 양공주들의 땅이어서 영 재미가 없었지. 그런데 요즘은 젊은 친구들이 데이트도 하고 클럽도 다니고 분위기가 아주 좋아졌어. 다닐 맛이 난다니까. 이런 걸 더 못 즐기다니 아쉽겠네."

"원래 클럽 같은 곳을 좋아하지는 않아서…… 괜찮습니다."

누구보다 주현을 아쉽고 안타깝게 생각하는 사람은 주현 본인이었다. 주현은 슬슬 원석을 상대해주는 것이 힘들어지기 시작했다.

그러나 원석은 입을 멈추지 않았다.

"클럽을 안 좋아했다고? 잘생겨서 클럽 갔으면 홈런 엄청 쳐댔을 거 같은데."

"홈런을 치려면 야구 클럽에 가야죠."

"크하하하! 그것도 맞는 말이지. 생각보다 모범생이었나 보네? 공부만 하고 그랬던 건가?"

클럽에 안 다니면 모범생이라는 이분법은 어디서 튀어나왔는지 모르겠지만, 저런 남자와 논쟁을 벌이기도 피곤한지라 얌전히 듣기만 했다.

"이야기만 들었을 때는 좀더 날티 나는 양아치 같은 사람일 거라고 생각했는데 주현 씨는 생각보다 꽤 착실한 사람인가 봐. 아니면 착실한 척하는 건가 싶기도 하고."

"이제 와서 태도를 꾸밀 이유가 어디 있습니까?"

"그건 또 모르지."

주현은 이렇게 기분 나쁜 말만 골라 하는 사람이 처음이었다. 회사에서 꼰대 소리 들으며 모든 직원들의 공적이었던 팀장도 원석보다는 예의가 있었다. 바로 밑에서 일하는 저승사자들이 괜히 불쌍해졌다.

원석은 자신의 잔에 다시 위스키를 따르며 말했다.

"주현 씨가 착실히 산 사람이라면 더 안타깝네. 하필 그런 여자를 만나가지고."

애써 억누르던 불편한 심경이 주현의 얼굴에 나타났다. 표정 관리가 되지 않을 만큼 기분이 나빠졌다.

"나라면 안 만났을 거야. 아, 주현 씨는 잘 모르나? 모를 수도 있겠지. 그런 여자인지 알았다면 어떻게 만났겠어. 나는 원래 홍제동 장미를 알고 있었거든. 이태원 클럽 죽순이. 주말 저녁에 순찰 삼아 갈 때마다 보이는데 모를 수가 없지. 술 마시고 놀다가 자정 넘을 때쯤 남자 하나 딱 팔짱 끼고 가는 게 일이었다니까. 자고로 문신한 여자는 만나면 안 된다는 말이 괜히 나온 게 아니…… 윽!"

주현이 그만하라고 말하려 할 때 원석의 말이 끊겼다. 성민의 손이 원석의 입을 막았다. 정확히 말하자면 입을 막았다기보다 손으로 얼굴을 쥐어짜는 듯했다. 원석은 비명도 지르지 못한 채 고통스러운 표정으로 성민을 바라보았다. 성민은 자리에서 일어나 문밖으로 나갔다. 얼굴을 붙잡힌 원석은 끄윽 끅 하는 소리를 내며 질질 끌려갔다.

밖에 나간 성민은 한 손으로 원석을 들어올렸다. 원석은 성민보다 키와 덩치가 커 보였지만 제대로 맥을 못 추고 그저 고통스러워할 뿐이었다. 제대로 균형도 잡지 못하고 비실거리며 선 원석을 성민은 2층 발코니에서 1층 홀로 그대로 밀어 떨어뜨렸다.

"으아아아악!"

원석의 비명이 들렸다. 클럽 점원들이 웅성거리며 1층으로 뛰어갔다. 성민은 1층을 잠시 내려다보며 문 옆에 선 진영에게 말했다.

"클럽 물관리가 잘 안 되는 거 같네."

원석이 사라지자 방은 순식간에 고요해졌다. 문을 닫고 자리에 앉은 성민은 속 시원해 보이는 표정이었다. 그러나 주현은 쉽게 얼굴이 펴지지 않았다. 걱정스러운 표정으로 변해 있었다.

"괜찮을까요?"

"걱정 마세요. 이미 한 번 죽어서 두 번 죽지는 않아요. 저 정도로 다치지도 않고요. 죽거나 다친다면 더 좋을 텐데 아쉬운 부분이죠."

성민은 진심으로 아쉬운 표정이었다. 성민은 저승을 싫어한다. 저렇게 기본적인 예의조차 없는 저승사자들은 더욱 싫어한다. 주현은 성민의 동행이다. 눈앞에서 무례하게 행동하는 것을 내버려둘 수는 없었다.

원석이 사라지자 불편해하던 주현의 얼굴이 약간 풀렸다. 주현의 표정이 나아지자 성민도 마음이 놓였다.

"힘이 세시네요."

별로 힘을 준 것 같지도 않았는데 원석을 쉽게 끌고 가서 내던지는 모습이 인상 깊었다.

성민은 별것 아니라는 듯 말했다.

"피만 제대로 먹는다면 소 한 마리는 가볍게 들어올릴 수 있기는 해요. 잘 못 먹으니 힘을 못 쓰는 거죠."

성민은 가방에서 소 피가 담긴 팩을 하나 꺼내 마셨다. 이번에는 피만 마신 게 아니라 약병에서 알약도 한 알 꺼내 피와 함께 먹었다.

"그 약은 뭔가요?"

"아, 이건 저승에서 흡혈귀를 위해 개발한 약이에요."

성민은 흡혈귀 협회가 하는 일에 별로 관심이 없다. 애초에 그런 협회가 있다는 걸 안 것도 100년밖에 되지 않았다. 매년 총회가 열리면 참석하곤 하지만 공짜로 갈 수 있는 해외여행 이벤트 정도로밖에 생각하지 않는다. 그래도 일부 흡혈귀는 열심히 활동하는 듯하다. 협회라는 이름에 걸맞게 흡혈귀들을 위한 여러 정책을 세우고 예산을 투자한다.

흡혈귀들의 가장 큰 고민은 먹을거리다. 흡혈귀들은 사람의 피나 영혼을 먹으며 산다. 그러나 피는 상하기 쉽고 영혼은 들고 다니기 어렵다. 흡혈귀들은 좀더 간편하게 식사를 할 수 있게 피나 영혼을 알약이나 물약 같은 형태로 바꾸기 위한 연구를 해왔다. 이승과 저승을 가리지 않고 막대한 연구비를 투자한 결과, 성과를 보인 게 바로 이 알약이다. 저승의 연구자들이 영혼을 정제해서 만들었다.

"일시적으로 힘을 썼을 때 기력 회복에 도움이 돼요. 인간으로 따지자면 일종의 홍삼 같은 거죠. 가격도 홍삼만큼이나 비싸고 효력이 장기간 지속되지도 않아서 많이 먹지는 못하지만 혹시 모르니 상비약처럼 가지고 다녀요."

"영혼을 어떻게 알약으로 만드는 거죠?"

"글쎄요. 평범한 사람들의 머리로는 따라가지 못하는 저승만의 기술이 있겠죠. 이승에서 유명했던 천재 과학자 대부분이 지금은 저승에 있으니까요."

그때 용식이 돌아왔다. 용식은 문 바로 앞에 놓인 낮고 둥근 의자에 걸터앉아 정중한 목소리로 말했다.

"승정님, 태일동자를 찾았습니다."

"어떻게?"

"직원 중에 무당에게 빙의해서 신인 척 계시를 내리는 게 취미인 몽마가 있습니다. 태일동자라는 이름을 쓰는 무당도 몇 번 만나봤다고 하더군요."

"별 취미가 다 있네."

"생전에 가족이 사이비 무당에게 걸려서 고역을 치른 적이 있다고 합니다. 소소한 복수 같은 것으로 생각해주십시오."

성민은 물었다. 태일동자는 '진짜' 무당이냐고. 용식은 고개를 저었다.

"아뇨. 그럴싸한 말로 사람들을 속여 돈을 뜯어내는 전형적인 사이비 무당이라고 합니다."

원석은 소영이 과거 이태원 클럽에 자주 드나들었다고 했다. 그러다 태일동자라는 무당을 알게 된 것일지도 모른다.

"만나러 가볼게. 주소를 알려줘."

"네, 알겠습니다."

"그리고 위스키값은 원석이에게 받아내. 그놈이 먹은 거니까."

"알겠습니다."

아직 클럽이 오픈하기도 전인데 용식은 지쳐 보였다. 몽마들에게도 여러 고충이 있는 듯했다.

6

클럽을 나와 용식이 알려준 주소로 향했다. 번화가에서 꽤 떨어진 평범한 다세대주택 2층 창문에 점집 표시가 되어 있었다. 성민은 계단을 올라 문을 두드렸다.

"계십니까?"

몇 번 두드리자 문이 열렸다. 화려한 색의 한복을 입고 짙은 화장을 한 무속인이 나올 거라고 생각했는데, 목이 늘어난 러닝셔츠에 운동복 바지를 입은 40대 초반 남자가 걸어 나왔다. 불뚝 나온 배와 빗지 않은 머리가 자기관리를 잘하는 것처럼 보이진 않았다.

성민은 남자에게 물었다.

"혹시 태일동자님이신가요?"

"그런데."

대체 어딜 봐서 동자라고 해야 할지는 모르겠지만, 아무튼 제대로 찾아온 모양이었다.

"점을 좀 보고 싶은데 예약 없이 가능한가요?"

"아, 들어오쇼."

낡은 신발들이 가득 찬 현관을 지나 들어가자 피자와 치킨 박스가 겹겹이 쌓여 있었고, 온갖 잡동사니들이 빈틈 없이 올려진 식탁과 설거지 더미가 쌓인 싱크대가 보였다. 바닥에 바퀴벌레 한 마리가 기어가도 이상하지 않을 듯한 거실이었다.

태일동자는 안방으로 보이는 방에 들어가 앉았다. 안방 벽에는 불교 탱화 같은 것이 걸려 있었고 탱화 앞에는 제단이 있었다. 방바닥도 옷가지와 배달 음식의 흔적으로 앉을 자리도 마땅치 않게 지저분했지만, 그래도 무당이랍시고 제단만큼은 향로 하나만 올려진 채 깨끗했다.

태일동자는 탱화 앞자리에 떡하니 앉아 말했다.

"어떻게 알고 왔소?"

성민은 도저히 앉고 싶지 않을 만큼 지저분한 방석 위에 눈 딱 감고 앉으며 말했다.

"친구 소개로요."

"친구 누구?"

"소영이요. 한소영."

혹시 놀라거나 당황하는 티를 내지 않을까 싶었는데 태일동자는 태연하게 웃었다.

"좀 옛날에 소개받은 모양이네. 걔 죽은 지 좀 되지 않았나?"

"소식 들으셨나요?"

"들었지. 단골이었는데 안타까워. 얼굴도 예뻤는데."

태일동자는 낄낄대다 성민의 얼굴을 훑어보며 말했다.

"소영이에게 소개받았다는 건, 그쪽도 혹시 그런 쪽에서 일하나?"

"그런 쪽이라뇨?"

"호스트바나 트랜스젠더바 말이야. 소영이가 아는 남자들은 다 그쪽이던데?"

성민은 뭐라고 반응해야 할지 조금 고민하다 답했다.

"아니요. 저는 그냥 회사원입니다. 지금까지 소영이가 소개해준 손님들 중에 그런 업종에서 일하는 사람들이 많았나 보네요."

"그렇지 뭐. 혹시 아나? 소영이도 호스티스였다는 거."

"이야기 들었습니다. 강남 쪽에서 일했는데 태일동자님이 워낙 용하다 보니 여기까지 점을 보러 왔다던데요."

"겸사겸사."

"네?"

"겸사겸사라고. 님도 보고 뽕도 따고 뭐 그런 거 있잖아."

강남 쪽 호스티스들은 버는 만큼 쓴다. 태일동자는 자신 같은 점쟁이를 찾아다니며 점을 보는 건 그나마 호스티스들이 하는 소비 중 유익한 축에 속한다고 생각한다. 호스트바나 트랜스젠더바에 드나들며 하룻밤 유흥에 수백만 원에서 수천만 원을 쏟아붓는 것보다는 말이다.

"소영이 같은 경우는 강남 쪽에서는 놀 거 다 놀아 질렸던 모양이야. 뭐, 같은 동네에서 일하며 건너 건너 아는 사이에 얼굴 팔리는 게 싫었을지도 모르고. 그러다 보니 이태원 쪽에 와서 자주 놀았지. 애초에 나한테 소영이를 소개해준 사람도 트랜스젠더바에서 일하던 놈이었어."

소영은 이태원에 와서 클럽에서만 놀았던 게 아닌 듯했다. 어쩌면 호스티스로 일할 때는 유흥업소 쪽에서 놀다 그만두고 소득이 줄어드니 클럽을 드나들었던 걸지도 모른다.

"뭘 알고 싶은 건데?"

"연애운이오. 그런 걸 잘 보신다던데요?"

"전문이지, 전문. 이름하고 생년월일을 말해봐."

"이름은 박주현이고요."

"박주현?"

"생년월일은 1991년 11월 4일."

태일동자의 얼굴에서 웃음기가 사라졌다. 입술이 미세하게 떨리기 시작했다.

"혹시 태어난 시도 필요하신가요? 오전 5시 42분……."

"너 누구야!"

태일동자는 자리에서 반쯤 일어나며 성민에게 삿대질을 했다.

"어디서 구라를 쳐! 그건 죽은 사람의 사주잖아!"

"아시나요?"

"나는 모르는 게 없어!"

"경찰도 아직 실종 상태인 걸로만 아는데."

태일동자의 입술 색이 새파래졌다. 성민은 자리에서 일어나 태일동자를 내려다봤다.

"정말 신기가 있으신 건지, 아니면 죽었다는 확신이 있으신 건지 궁금하네요."

신기는 없다. 성민의 뒤에 계속 주현이 서 있는데 전혀 인지하지 못하고 있으니 말이다. 눈앞의 귀신도 눈치채지 못하는데 신을 모실 수 있을 리가 없다.

태일동자는 반쯤 앉은 채 뒤로 물러나며 외쳤다.

"너 이 자식! 장난치지 말고 꺼져! 내가 누군지 알아?"

성민은 태일동자의 멱살을 잡고 팔로 목을 찍어 눌렀다.

"장난치고 싶지 않은 건 나야. 주현이 죽었다는 걸 어떻게 알았지?"

"으아악!"

태일동자는 고함을 치며 버둥거렸다. 성민은 태일동자가 도망가지 못하도록 압박했지만, 어느 순간 힘이 빠졌다. 태일동자는 성민의 가슴을 밀쳤고, 성민은 뒤로 나뒹굴었다. 태일동자는 그 틈을 타서 자리에서 일어나 거실로 나가 주방 옆 뒷문을 열고 밖으로 달려나갔다.

죽음을 밝힐 단서가 도망가려 한다. 마음이 급해진 주현은 태일동자를 뒤쫓아가려고 했다. 그러나 뒷문을 벗어나려 할 때 뒤에서 성민의 목소리가 들렸다.

"기다리세요!"

걸음을 멈추고 뒤돌아보니 성민은 태일동자가 밀친 가슴 부분을 붙들고 바닥에 앉아 있었다. 성민은 주현에게 말했다.

"어차피 주현 씨가 따라가봐야 잡지 못해요. 제가 가야 하는데…….
잠깐만 시간을 주세요."

성민은 가방에서 알약을 꺼내 먹었다. 이번에는 물도 피도 없이 그냥 삼켰다.

주현은 마음 같아서는 성민을 놓고 혼자서라도 태일동자를 따라가고 싶었다. 단독 행동을 해서는 안 된다는 것은 알지만, 주현이 단순 실종된 게 아니라 살해당했다는 것을 아는 사람을 드디어 만났는데 그냥 보내고 싶지는 않았다.

하지만 힘들어 보이는 성민을 내버려두고 혼자 갈 수는 없었다. 결국 주현은 도로 돌아와 성민의 옆에 앉았다. 성민은 이상하게 힘들어보였다. 알약을 먹었는데도 도저히 일어나지를 못했다.

"마음을 읽어보려고 했는데…… 힘이 부족했어요."

성급했다. 현재 성민의 체력으로는 독심술을 쓸 수 없는데 마음이 급해 자신도 모르게 무리를 했다. 결국 마음을 읽지도 못한 채 쓸데없이 힘만 뺐다.

"걱정 마세요. 굳이 직접 안 따라가도 어디로 가는지 지켜본 사람이 있을 거예요."

성민은 주현에게 휴대폰을 달라고 했다. 휴대폰을 건네주자 성민은 연락처에서 '담당 저승사자 유민아'라는 이름을 찾았다. 성민은 민아에게 스피커폰으로 전화를 걸었다.

민아는 바로 전화를 받았다.

"여보세요."

"우리가 들어간 집 뒷문으로 방금 뛰어나간 남자 있지? 러닝셔츠만 입은 남자."

"앗? 수부타 님? 네, 네에."

"그 남자 위치 추적해서 알려줘."

민아는 잠시 대답이 없다가 말했다.

"제 업무 범위가 아닌 것 같은데요."

"네 업무가 뭔데?"

"주현 씨가 수부타 님으로부터 멀어지는지 지켜보는 일입니다."

성민은 어이없다는 표정으로 휴대폰을 내려다보았다.

"민아 씨, 왜 주현 씨가 나한테서 멀어지면 안 되는 걸까요?"

"악귀가 될 수 있으니까요."

"그래. 네 일은 주현 씨가 악귀가 되지 않도록 하는 거고, 나한테서 멀어지지 않도록 지켜보라는 것도 결국 악귀가 되지 않도록 지켜보라는 거야. 네 업무는 주현 씨가 이승에 남은 목적을 수월하게 달성할 수 있도록 하는 거지, 주현 씨를 감시하는 게 아니라고."

성민은 민아에게 방금 뛰어나간 남자는 주현이 왜 죽었는지 알 수도 있는 유력한 증인이고, 만약 남자를 놓치면 범인을 잡지 못할 수도 있다고 설명했다.

"주현 씨는 내 옆에서 안 떨어지도록 내가 지켜볼 테니까, 너는 남자를 추적해."

"하지만 이승 일에 간섭하면 안 되는데……."

"간섭하는 게 아니라 어디 있는지 알아두는 것뿐이잖아. 네가 생전에 좋아하던 아이돌을 마킹해두고 휴일마다 쫓아다니는 일과 다를 게 없어."

"네? 그걸 어떻게 아셨……."

당황해서 말을 잇지 못하는 민아에게 성민은 이 일로 나중에 윗사람들에게 혼날 일도 없겠지만, 혼난다 해도 막아줄 테니까 걱정하지 말라며 달랬다.

휴대폰 너머에서 민아는 다시 잠시 침묵을 지키다 말했다.

"알겠습니다."

전화를 끊은 성민은 주현에게 말했다.

"민아는 수색과 소속이라 어렵지 않게 찾을 거예요. 체력도 안 좋아 보이던데, 아무리 뛰어봐야 여기서 얼마나 멀어졌겠어요? 기껏해야 몇백 미터 정도겠죠. 민아가 태일동자를 찾으면 위치를 마킹하고 연락할 테니까 그전까지는 조금만 쉬어요."

주현은 쉴 정도로 체력이 떨어지지 않았다. 그러나 성민은 체력을 전부 소진한 듯했다. 땀내 나는 옷가지와 머리카락이 엉겨붙은 바닥을 대충 치우고 눕더니 주현의 휴대폰에 누군가의 번호를 입력했다.

"여보세요."

전화를 받은 목소리를 들어보니 강인 같았다. 성민은 강인에게 말했다.

"난데. 주소를 보낼 테니 차를 가지고 와줘. 차가 골목을 들어올 수 있을지 모르겠지만, 아무튼 어떻게든 와줘."

전화를 끊고 주소를 보낸 성민은 눈을 감았다. 잠든 것 같았다. 주현은 강인이 오길 기다리며 시간을 보냈다. 이승 체류 비자를 바꿔주는 대신 행동이 제약받는다는 것은 알았지만, 중요한 순간에 마음대로 행동하지 못한다는 것은 생각보다 더 답답한 일이었다.

민아에게 부탁해두었다고는 하지만, 민아가 태일동자를 찾지 못하면 어떻게 해야 할지 불안했다. 하지만 어쩔 수 없었다. 원하는 대로 행동하지 못해서 답답한 것은 성민도 마찬가지일 것이다.

10분 후에 강인이 도착했다. 성민은 강인의 부축을 받아 차에 탄 후 소 피를 연달아 세 팩 정도 마신 뒤에야 간신히 살겠다는 표정이 되었다. 그러나 평소보다는 다소 기운이 없어 보였다. 그때 민아가 주현의 휴대폰으로 전화를 걸었다.

주현 대신 성민이 전화를 받았다.

"수부타 님, 남자를 찾았어요."

"마킹은 해뒀어?"

"네! 이제 계속 위치를 파악할 수 있어요."

"고마워. 곧 다시 연락할게."

성민은 전화를 끊었다.

수색과 소속 저승사자는 원하는 타깃에 마킹을 해두고 위치를 추적할 수 있다고 했다. 주현에게도, 정확히 말하자면 주현의 휴대폰에도 마킹이 되어 있기 때문에 민아가 주현의 위치를 알 수 있다. 마킹을 한 저승사자가 직접 풀지 않으면 마킹은 언제까지나 유지된다.

"바로 쫓아가지 않는 편이 낫겠죠?"

주현도 성민의 말에 동의했다. 지금은 태일동자를 추궁할 만한 증거가 빈약하다. 신기가 있어서 알 수 있었다고 하거나, 말실수를 한 것뿐이라고 우기면 결국 다시 풀어줘야 한다. 인간의 피를 마셔 체력을 채운 다음에 태일동자의 마음이라도 읽어낸다면 모르겠지만, 그런 목적으로 사용하기에는 피가 부족하다. 이번 주 여분으로 남겨두었던 피를 어제 마셔버렸다.

　태일동자는 주현의 죽음과 관련이 있다. 주현이 본 범인과는 키나 체형이 전혀 다르니 아마 공범이거나 범인과 친분이 깊은 사이일 것이다. 일단 위치를 파악해두고 좀더 관련성을 입증할 만한 증거를 찾아낸 뒤에 만나는 편이 나을 듯했다.

　그때 성민의 휴대폰이 울렸다.

　윤진이었다.

7

　윤진은 다시 인천에 왔다. 주현의 차에 메모리카드를 돌려놓는 일부터 했다. 하르에게 메모리카드를 주자 하르와 메모리카드가 갑자기 눈앞에서 사라졌다. 그리고 차 안쪽 블랙박스 카메라 주변이 잠시 덜컹거렸다. 잠시 후 하르가 다시 나타났을 때 부리에 물고 있던 메모리카드는 보이지 않았다. 차 안에 들어가 돌려놓고 온 모양이었다.

　중요한 일은 끝났으니 이제 본격적인 조사를 시작할 시간이었다. 윤진은 하르에게 주변 산에 주현의 흔적이 없는지 살펴봐달라고 부탁하고 자신은 식당으로 들어갔다. 식당 주인으로 보이는 중년 남자를 붙잡고 물었다.

　"혹시 저 앞에 주차된 차 주인 아세요?"

　"글쎄요. 며칠 전부터 있던데."

　식당 주차장은 10대가 들어갈 규모인데 꽉 차는 경우는 드물다. 다른 손님이 차를 가져왔다 자리가 없어서 돌아가는 일이 있었다면 진작 어떻게든 조치를 취했겠지만, 그런 상황은 아니었기에 일단 내버려두고 있었다.

"차 안에 휴대폰 번호가 남겨져 있어서 전화를 걸어봤는데 휴대폰이 꺼져 있더라고요. 맘대로 견인했다가는 나중에 문제가 생길 수도 있을 것 같고……. 안 그래도 슬슬 경찰에 연락해봐야 하지 않나 생각하고 있었습니다."

"경찰에요?"

"그래야죠. 주차장 자리를 차지하고 있는 걸 떠나서, 하루이틀 정도면 모를까 거의 일주일이 다 되어가는데 연락도 안 되는 걸 보니 혹시 차 주인에게 무슨 일이 생겼을 수도 있잖습니까?"

식당 주인의 직감은 정확했다. 윤진이 주현의 차 블랙박스를 확인하기 전에 경찰에 신고하지 않은 것이 고마울 뿐이었다.

윤진은 식당 주인에게 말했다.

"네, 가급적 빨리 경찰에 신고해주시는 게 좋을 것 같아요. 사실 저는 기자인데, 저 차 주인이 실종됐다는 이야기를 듣고 찾는 중이에요. 이렇게 생긴 20대 후반 남자인데, 혹시 보신 적 없나요?"

윤진은 식당 주인에게 자신의 명함을 건네준 뒤 주현의 SNS에 접속해 사진을 보여주었다.

식당 주인은 고개를 저었다.

"아뇨. 기억에 없네요."

"이 식당은 월요일 몇 시에 문을 닫죠?"

"월요일에는 영업을 안 합니다. 정기 휴일이에요."

그렇다면 주현도 차에서 내려 식당에 오지는 않았을 것이다. 윤진은 혹시 주차장 쪽을 찍는 CCTV가 있냐고 물어봤다. 주인은 식당 손님들의 편의를 위해 공터에 적당히 칸을 나눠둔 것뿐이지 엄격히 관리하는 주차장은 아니어서 따로 CCTV를 설치해두지는 않았다고 했다.

"차를 타고 온 사람이 이 앞 주차장에서 차를 세우고 내렸는데 식당에는 오지 않았다면 어디로 갔을까요?"

"아마 절에 가지 않았겠습니까?"

식당 옆길을 따라 쭉 올라가면 절이 있다. 절 근처에도 주차장이 있는데, 잘 모르는 사람들이 식당 앞 주차장에 주차하고 걸어서 올라가는 경우가 간혹 있다고 했다.

"절은 밤늦게까지 개방하나요?"

"한 10시까지는 정문을 열어두는 것 같긴 합니다."

윤진은 고맙다고 하고 식당을 떠났다. 절에 가서 신원을 밝히고 실종자를 찾는 중이라고 하며 주현의 사진을 보여주고 다녔다. 그러나 아무도 봤다는 사람이 없었다. 절에는 정문 앞을 24시간 찍는 CCTV가 있다고 해서 월요일 저녁 영상을 빠르게 돌려 확인해보았다. 그러나 저녁 8시가 넘은 시간부터 다음 날 새벽 5시까지 아무도 절의 정문 근처에 접근하지 않았다.

주현이 식당 주차장에 차를 세운 것은 월요일 밤 9시 20분경이었다. 그 후 주현이 어디로 갔는지는 모르겠지만, 적어도 절에는 오지 않은 것 같았다. 식당에서 절로 올라오는 길 중간에서 실종되었거나, 식당에서 산 아래로 내려가는 길 중간에서 실종된 듯했다. 어쩌면 식당 주차장에서 바로 실종되었을 수도 있다.

주현처럼 건장한 남자를 다른 장소로 이동시키려면 차가 필수적이다. 식당 주차장 근처 어느 장소에 차를 대어두고, 그곳으로 오도록 주현을 유인해서 죽이거나 기절시킨 뒤 차를 타고 다른 장소로 이동한 것이 아닐까. 윤진은 그런 상상을 하며 다시 절에서 식당 근처로 내려왔다.

하르는 윤진의 차 근처에서 기다리고 있었다.

"뭔가 찾았어?"

하르는 고개를 저었다. 별수 없이 윤진은 하르와 함께 산을 내려왔다. 주현의 친구들과 약속을 잡아둬서 더 오랜 시간 둘러볼 수도 없었다.

오후 3시쯤 윤진은 부평역으로 갔다. 일부러 부평 쪽으로 약속을 잡은 것은 아니다. 동선상 산에서 내려와 갈 수 있는 가장 큰 번화가가 부평이었고, 주현의 친구들도 직장 위치상 부평이 가장 모이기 쉽다고 했다.

원래는 친구들을 각각 만나려고 했고, 약속도 따로 잡았다. 그래야 이야기를 끌어내기 쉬울 것 같았기 때문이다. 그러나 주현의 친구들끼리 기자를 만나기로 했다는 이야기를 공유하다 모두 함께 만나는 게 어떠냐는 쪽으로 의견을 모은 듯했다. 무조건 한 명씩 봐야 한다고 고집을 부릴 수도 없었기에 결국 오늘 퇴근 후 시간이 된다는 친구 네 명과 부평에서 보기로 했다.

약속 시간은 6시 30분이라 윤진은 카페에서 자료를 정리하며 시간을 보냈다. 주현의 친구들은 10분 전부터 하나둘 모여들었다. 친구들이 모두 모이자 윤진은 일단 식사를 하러 가자고 했다. 이야기를 나눌 만한 조용한 한식집을 미리 찾아둔 참이었다.

음식을 주문한 뒤 주현이 어떤 사람이었는지부터 물어보았다. 다들 나무랄 데 없는 사람이라고 답했다. 오랜 친구라서 하는 말이 아니라 객관적으로 보아도, 외모든 머리든 성격이든 단점이 없는 것이 단점이라고 할 만한 사람이라고 했다.

윤진이 보아도 그랬다. 주현은 완벽한 사람이라고는 할 수 없지만, 내적으로나 외적으로나 딱히 부족한 면을 찾을 수 없는 삶을 살아 온 듯했다. 주현이 빨리 돌아왔으면 좋겠다고 말하는 친구들의 목소리에는 진심이 담겨 있었다. 적어도 오늘 나온 사람들 중에는 주현을 죽인 살인범이 없지 않을까 싶었다.

"혹시 주현 씨를 평소 마음에 들어하지 않았던 사람을 아시나요? 저도 단순 실종이라고 생각하지만, 혹시 범죄에 연루되었을 가능성도 배제할 수는 없으니 확인 차 여쭤보아요."

"주현이를 싫어하는 사람이 있을까요?"

친구들은 주현이 얼마나 좋은 사람이었는지 입을 모아 말했다. 다른 사람들에게 피해를 줄 만한 친구가 아니다. 항상 예의 바르고 배려심이 있다. 학교 다닐 때도 선생님이든 동기들이든 주현에 대해 나쁜 소리를 하는 사람은 한 명도 보지 못했다고 했다.

집도 잘살고, 외모도 잘생기고, 공부도 잘하니 은근히 열등감을 느끼는 사람도 없었던 것은 아니지만, 주현 본인은 자신이 가진 것으로 잘난 척하는 일이 없었다. 그래서 열등감이 미움으로 이어지기는 어려웠을 것이다.

오랜 친구에 대한 애정이 묻어나는 이야기를 들으니 한층 더 여기 모인 사람 중에는 범인이 없을 것 같았다.

"그럼 혹시 최근 주현 씨에게 안 좋은 일이라도 있었나요?"

윤진의 물음에 친구들은 하나같이 고개를 저었다. 지난번 여자친구와 안 좋게 헤어지기는 했지만, 헤어진 지 몇 달 지났는데 이제 와서 그 문제로 극단적인 선택을 했을 것 같지는 않다고 했다.

"작년에 주현 씨의 동창 중 한 분이 안타까운 일을 당하셨다고 들었는데요. 마침 여기 부평에서요. 그런데 주현 씨가 그 사건 때문에 경찰로부터 안 좋은 의심을 받으셨다는 이야기를 들었습니다."

친구들은 윤진이 말하는 안타까운 일이 뭔지 아는 것 같았다. 친하든 친하지 않았든 함께 중학교를 다닌 동창이 살해당했다는 소식은 빠르게 퍼진다. 그러나 주현이 받은 '안 좋은 의심'이 무엇인지 아는 친구는 두 명뿐이었다.

경찰로부터 조사를 받았다는 이야기는 주현 입장에서도 여기저기 떠벌리고 다닐 만한 것이 아니다. 그러다 보니 무죄를 입증해줄 만한 확인서를 써줄 친한 친구 두 명에게만 사정을 이야기했다.

친구 두 명은 적극적으로 주현을 옹호했다.

"그건 정말 운 나쁘게 우연이 겹친 겁니다. 경찰도 확인해본 뒤 오해가 풀렸는지 주현이에게 더 이상 연락하지 않았던 것으로 압니다."

윤진도 우연이라고 생각한다. 그러나 아무리 윤진이 주현의 무죄를 믿어주기로 했다고 해서 모든 것을 다 그러려니 하고 넘겨서는 안된다.

"혹시 사망한 형철 씨와 주현 씨 사이에 중학교 때 문제가 있었나요?"

"아니요. 같이 대화를 나누는 것도 본 적 없는데요."

"친하지 않았다는 소리네요. 혹시 여기 계신 분 중에 형철 씨와 친했던 분 있으신가요?"

주현의 친구들은 서로 눈치만 보더니 안경을 쓴 점잖은 인상의 친구가 입을 열었다.

"형철이는 같은 반에 친구가 많이 없었습니다."

"혹시 따돌림 같은 게 있었나요?"

"아뇨. 그건 아닙니다. 주변 친구들에게 말을 걸지도 않고, 말을 걸어도 답변이 시원찮고, 쉬는 시간에도 엎드리고만 있다 보니 자연스럽게 친구라고 할 만한 아이가 반에 없었지요."

검은색 패딩을 입은 다른 친구가 덧붙여 말했다.

"제가 알기로는 중학교 1학년 때 형철이가 따돌림을 당했던 걸로 압니다. 저희가 중학교 다닐 때는 뭐, 소위 일진이라고 불리던 놈들이 있지 않았습니까? 그런 아이들 중에서도 질이 나쁜 무리와 같은 반이 되는 바람에 1년 내내 호되게 당했다는 이야기가 있었습니다. 사춘기 때 그런 일을 당했으니 학년이 바뀌어 다른 반이 되어도 새로 친구를 사귀는 일을 어렵게 느꼈던 게 아닌가 싶습니다."

어떤 상황인지 알 것 같았다. 한번 따돌림을 당한 아이들은 새로 친구를 사귀는 데 방어적인 태도를 보이게 된다. 호의를 가지고 꾸준히 다가가면 마음을 열지만, 안타깝게도 중고등학교 학생들 중에는 마음을 열지 않는 친구에게 여러 번 다가갈 만큼 참을성을 가진 아이들이 드물다.

마음이 잘 맞는 친구들과 어울려 놀기에도 바쁘다. 결국 따돌림을 당하는 것은 아니나 친구도 없는 상태로 학교를 졸업하게 되곤 한다.

"그럼 형철 씨는 친한 친구 분이 없었나요?"

"한 명 있기는 했습니다."

주현의 친구 중 형철과 중학교 2학년부터 3학년까지 계속 같은 반이었다던 사람이 말했다.

"형철이가 준비물 같은 걸 놓고 왔을 때 항상 가서 빌리는 다른 반

친구가 있었습니다. 그 친구와 같이 하교하는 것도 본 적 있고요."

"같은 반에는 없었지만 다른 반에는 친구가 있었다는 거네요."

"네, 제가 알기로는 그 친구도 1학년 때 형철이와 같은 반이었는데 둘이 함께 일진들 표적이 됐다고 들었습니다. 서로 비슷한 처지다 보니 의지하게 됐던 것 같습니다."

"혹시 그 친구 분 성함을 알 수 있을까요?"

주현의 실종에 대해 취재하고 싶다고 해서 만났는데, 갑자기 형철의 친구에 대해 묻는 것은 이상했을 것이다. 그러나 주현의 친구들은 성실히 대답해주었다.

"이름이 아마 동혁이었을 겁니다."

"연락처는 아시나요?"

누구도 선뜻 대답하지 못했다.

"그럼 혹시 동혁 씨 연락처를 알 만한 분은 아시나요?"

윤진의 질문에 검은색 패딩을 입은 친구가 자신이 동혁과 2학년 때 같은 반이었다며 말했다.

"동혁이도 형철이처럼 주변에 친한 친구가 없었습니다. 아마 형철이보다 더 친구가 없었을지도 모릅니다. 형철이는 2학년 때부터는 괴롭힘에서 벗어났는데, 동혁이는 일진 무리에 계속 시달렸거든요."

주현의 친구는 동혁이가 1년 내내 괴롭힘 당하는 걸 보며 안타까운 생각도 들었다고 한다. 하지만 그 아이를 도와주면 일진들에게 자신마저 괴롭힘을 당할지 모른다는 불안감이 더 컸다. 다른 아이들도 비슷한 마음이었던지 결국 동혁이에게는 다른 반에 있던 형철이 말고는 변변한 친구가 없었다고 한다.

"결국 고등학교 때인가 학교를 아예 관뒀다고 들었습니다."

그 뒤로는 아무도 소식을 듣지 못했다. 이야기를 들은 윤진은 동혁을 만나보고 싶어졌다. 유일하게 버팀목이 되어주었던 친구라면 인생에서 무척 소중한 존재일 것이다. 만약 형철과 동혁이 중학교 졸업 후에도 계속 좋은 관계를 유지해왔다면, 형철이 죽었을 때 동혁이 복수를 마음먹었을 가능성이 있다.

"혹시 동혁 씨는 주현 씨와 친한 사이, 아니, 적어도 서로 아는 사이였나요?"

친구들은 서로 대화하며 기억을 되짚기 시작했다.

"모르지 않을까? 주현이 1, 2학년 때 몇 반이었지?"

"반이 달라도 알 수 있을 것 같은데."

"나도 동혁이랑 같은 반이었던 적은 없는데 알긴 아니까."

"동혁이가 유명하긴 했지."

"주현이는 알 수도 있을 거 같다. 근데 동혁이가 주현이를 모를 거 같은데."

동혁은 일진 무리에 찍혀 괴롭힘 당하는 아이로 학교에서 은근히 유명했던 모양이다. 특히 동혁은 가끔 형철을 만나러 주현의 반에 들렀기 때문에 주현은 동혁을 알 가능성이 있었다. 반면 동혁의 눈에 주현은 수많은 학생 중 한 명에 불과했을 것이다. 둘이 서로 알았을 가능성은 낮다는 것이 동창들의 추측이었다.

"어쨌든 두 사람에게 직접적인 접점은 없었을 거란 말씀이시네요."

"네, 아마 그럴 겁니다."

동혁이 주현과 접점이 없다면 주현을 죽인 살인범일 것 같지는 않았다. 주현이 퇴근 후 피곤한 몸을 이끌고 욕설을 내뱉으며 인천까지 장거리 운전을 했다는 것은 상대방이 보낸 메시지에 대단히 자극을 받았다는 소리다. 이 정도로 주현의 심리를 조종하려면, 주현에 대해 잘 아는 사람이 아니면 어렵다.

가족을 제외하고 주현과 인천에 대해 잘 아는 사람은 동창들이 아닐까 싶어서 여기까지 왔는데, 적어도 이곳에 모인 동창 중에는 살인범이 없는 듯했다. 윤진의 머리가 복잡해졌다. 윤진은 주현의 친구들에게 잠시 양해를 구하고 화장실에 가서 성민에게 전화를 걸었다.

"난데, 지금 주현 씨와 같이 있어?"

"응."

"혹시 주현 씨에게 고등학교나 대학교 동창 중에는 인천 출신이 없는지 물어봐줄 수 있어?"

휴대폰 너머의 목소리는 잠시 침묵하다가 답했다.

"친한 사람들 중에는 없었던 모양이야."

"그렇구나."

"그런 걸 묻는 걸 보면 중학교 동창 중에는 범인 같은 사람이 없었나 보네?"

"오늘 만난 사람들 중에는 없는 것 같아."

성과를 내지 못했다고 말하는 게 민망했다. 그래도 뭔가 일을 했다는 것을 보여주고 싶어서 윤진은 성민에게 물었다.

"주현 씨에게 중학교 때 동혁이라는 친구를 기억하느냐고 물어봐줄래?"

휴대폰 너머의 목소리가 다시 침묵했다. 잠시 후 성민은 말했다.

"잘 모르겠다고 하네."

"정말? 일진 무리에게 3년 내내 괴롭힘을 당해서 학교에서는 꽤 유명했다던데."

성민은 침묵했다. 주현에게 다시 한번 확인하는 듯했다. 잠시 후 휴대폰 너머에서 성민의 목소리가 들려왔다.

"기억났대. 가끔 형철 씨를 만나러 반에 찾아왔던 것 같다고 해."

이제야 떠올렸다는 것은 주현은 동혁을 잘 몰랐다는 소리다.

"동혁 씨는 형철 씨와 사이가 좋았나 봐. 두 사람 모두 중학교 시절 친구가 많지 않아서 서로 의지하고 지냈던 것 같아. 그런 사이라면 형철 씨의 사망으로 원한을 품지 않았을까?"

"그럴 수도 있겠네."

성민은 윤진에게 멀리서 고생이 많다고, 고맙다고 했다. 칭찬을 받은 윤진은 조금 들뜬 기분으로 전화를 끊었다. 인천에서 조사할 수 있을 만한 것들을 최대한 조사해보기로 했다.

화장실에서 나온 윤진은 자리로 돌아가려고 했다. 그때 카운터 앞에 선 한 남자를 목격했다. 영우였다. 영우는 경찰로 보이는 남자와 계산을 하고 있었다. 윤진은 도로 화장실로 돌아갔다.

영우가 벌써 여기까지 사건을 뒤쫓아왔다.

8

윤진과 통화를 마친 성민은 주현에게 물었다.

"혹시 동혁 씨에 대해서 기억나는 게 있어요?"

"글쎄요."

얼굴도 잘 기억나지 않는다. 같은 반이었던 적도 없다. 그래도 동혁이라는 아이가 학교에 있었다는 것은 기억한다. 형철의 친구로 반을 종종 드나들었기 때문이다. 동혁이 형철을 만나기 위해 주현의 반에 들를 때마다, 일진 무리에게 괴롭힘을 당하는 아이라며 친구들이 수군대는 소리가 들렸다.

지금 생각해보면 형철은 꽤 용감한 아이였다. 형철도 친구를 잘 사귀지 못하는 성격이어서 이미 친해진 친구를 쉽게 버릴 수 없었을지도 모른다. 하지만 당시 동혁이 처한 상황을 생각해보면, 형철도 상당한 용기를 품고 동혁과 관계를 유지했을 것이다. 학교에는 늘 일진 무리의 시선이 있었을 텐데, 형철은 단 한 번도 동혁과 친하게 지낸다는 것을 감추려 하지 않았다.

"형철이와 동혁이가 계속해서 가까운 사이였다면, 형철이가 죽었다는 소식을 들었을 때 동혁이가 복수를 생각했을 가능성도 없을 것 같지는 않습니다."

"주현 씨가 형철 씨를 죽였다고 생각해서요?"

"그렇죠."

"하지만 살인범은 주현 씨를 잘 알고, 주현 씨와 소영 씨의 관계에 대해서도 잘 아는 사람일 가능성이 높잖아요. 주현 씨는 중학교를 졸업한 후 동혁 씨와는 만난 적이 없고요."

"그렇습니다. 중학교를 졸업한 후뿐만 아니라 졸업하기 전에도 만난 적이 없습니다. 가끔 복도 같은 데서 오다가다 스쳐 지나간 정도입니다."

동혁은 학교에서 유명했다. 안타깝게도 좋은 의미로 유명하지는 않았다.

일진 무리에게 괴롭힘 당하는 아이, 친해져서는 안 되는 아이로 유명했다. 복도에 동혁이 지나갈 때마다 수군거림을 몰고 다녔기 때문에 주현도 동혁을 알 수밖에 없었다.

"주현 씨는 중학교 때 유명했나요?"

성민의 물음에 주현은 고개를 저었다. 성적은 좋은 편이었지만 전교 1, 2등 수준은 아니었고, 친구가 적은 것은 아니었지만 앞에 나서는 일을 좋아하지 않아 반장 같은 감투를 써본 적도 없다. 동혁에게 주현은 수백 명의 동급생 중 한 명에 불과했을 것이다.

"아, 그래도 어쩌면 동혁이도 저를 알았을지 모릅니다."

주현은 문득 잊었던 기억을 떠올렸다.

"중학교 3학년 때 수련회를 갔었습니다."

수련회라는 제도가 학교 내에서 왜 운영되는지 모르겠다. 학생 때는 어른이 되면 이유를 알게 될 줄 알았는데 어른이 되고 다시 생각해봐도 이유를 모르겠다. 이름은 수련회지만 실제로 몸이나 마음을 수련하고 돌아오는 학생은 아무도 없다.

하는 거라고는 의미 없는 기합과 체조, 장기자랑, 캠프파이어뿐인데 그런 걸 2박 3일 한다 해서 몸과 마음이 수련되어 돌아올 만큼 인간은 단순한 존재가 아니다. 수련회의 의의라면, 불합리한 일이라도 사회에서 요구한다면 따를 수밖에 없다는 것을 익히는 것 정도가 아닐까 싶다.

어쨌든 주현이 다니던 중학교에도 3학년 학생들을 대상으로 한 교육 커리큘럼에 수련회가 있었다. 버스를 타고 공기 좋은 산속 어딘가로 가서 한 반 서른 명이 방 하나에 이불을 깔고 자고, 급식보다 맛없는 음식을 먹고, 별것도 아닌 일로 트집 잡혀서 단체기합을 받고, 그러다가도 장기자랑 시간이 되면 뭐가 그리 좋은지 낄낄거리면서 첫날을 보냈다.

이튿날도 비슷한 하루를 보냈다. 대신 저녁에 장기자랑이 아니라 캠프파이어를 했다. 수련회의 캠프파이어는 언제나 비슷하다. 운동장에 학생들을 모아놓고 촛불을 하나씩 들게 한 다음에 모닥불에 불을 피우고 부모님의 은혜에 감사해야 한다고 설교한다. 그러면 이상하게도 한두 명씩 울기 시작하다가 어느 순간 눈물바다가 된다. 앞으로는 효도를 해야겠다고 한 시간 정도 다짐하다가 잠을 자며 잊어버린다.

주현은 캠프파이어 시간에 울지 않는 드문 학생이었다. 아무리 수련회장 조교가 부모님을 언급하며 분위기를 잡아도 주현은 눈물이 나지 않았다. 이유는 잘 모르겠다. 원래 눈물이 없는 성격일지도 모른다. 굳이 그때뿐만 아니라 어릴 때부터 그다지 울어본 기억이 없다.

부모님을 싫어하는 건 아니었고, 부모님이 주현을 싫어하는 건 더욱 아니었다. 여느 집과 비교해도 화목하다고 자부할 만한 집안에서 자랐는데, 이상하게 캠프파이어 시간에는 눈물이 나오지 않았다. 조교의 이야기도 남 이야기 같았고, 눈앞에서 우는 친구들을 봐도 남일 같았다.

초반에는 모닥불을 보는 것이 재밌어서 멍하니 앉아 있었지만 주변이 눈물바다가 되자 불편해져서 혼자 뒤로 빠져나왔다. 캠프파이어 시간은 선생님과 조교들의 감시가 느슨해져서 돌아다녀도 혼나지 않는다. 적당히 밤바람이나 쐬며 수련원 안을 걷다가 캠프파이어 시간이 끝날 때쯤 돌아갈 생각이었다.

이리저리 걷다가 건물과 건물 사이를 잇는 구름다리를 발견했다. 구름다리 건너편에 음료수 자판기가 보여서 음료수라도 한 잔 뽑아 먹을 생각에 다리를 건너기 시작했다. 그때 주현의 귀에 거친 욕설과 누군가를 때리는 소리가 들려왔다.

구름다리 아래쪽에서 여러 명이 싸움을 하고 있었다. 슬쩍 내려다보니 학교 일진 무리들의 얼굴이 보였다. 자기들끼리 싸움이 붙었나 보다 하고 못 본 척하고 조용히 지나가려고 했다.

그러나 그때 이상한 느낌이 들었다. 다리를 건너기 시작할 때부터 거의 다 지나갈 때까지 한 사람의 비명밖에 들리지 않았다. 이상한 느낌에 다리 아래를 다시 한번 내려다보았다. 다시 보니 싸움이 아니라 일방적인 폭행이었다.

한 학생이 바닥에 무릎이 꿇린 채 얻어맞고 있었다. 일진들이 저렇게 모여서 때릴 만한 사람은 한 사람밖에 생각나지 않았다. 불안한 마음에 피해자 얼굴을 확인하고 싶어서 아래쪽을 좀더 유심히 지켜보았다.

예상대로였다. 얻어맞는 사람은 동혁이었다.

어떻게 해야 하나 싶었다. 일진들끼리 싸우는 거라면 그냥 내버려 두면 될 테지만, 한 사람이 일방적으로 얻어맞는 것은 두고 보아선 안 될 것 같았다. 그렇다고 선생님이나 조교에게 알리면, 주현이 혼자 돌아다녔다는 것이 들통 나서 같이 혼날지도 모른다. 주현은 이러지도 저러지도 못한 채 1, 2분 정도 구름다리 아래만 지켜보고 있었다.

그때 동혁이 갑자기 고개를 들었다. 주현과 눈이 마주쳤다. 동혁도 주현을 발견한 듯했다. 주현은 놀라서 한 걸음 뒤로 물러났다. 보고 있었다는 것이 알려진 이상 선택의 여지가 없었다. 도와줘야 했다. 주현은 선생님을 찾아서 뛰었다.

담임 선생님을 만나 구름다리 아래에서 한 학생이 맞고 있다고 하자, 담임 선생님은 다른 선생님들 몇 명과 함께 서둘러 달려갔다. 선생님들이 오자 일진 무리들은 동혁만 남겨두고 어디론가 도망갔다.

그러나 선생님들도 누가 동혁을 때렸는지 뻔히 아는 듯했다. 교사들이 학교폭력의 현장을 목격한 탓에 사건이 생각보다 커졌다. 일진 무리가 폭력 사건으로 전원 징계를 받게 되었다는 소식에 학교가 한동안 떠들썩했다.

그러나 안타깝게도 징계는 단기간의 정학에 그쳤다. 일진 무리들은 다시 학교를 활보했다. 반면 동혁은 수련회가 끝난 후 졸업 때까지 거의 학교를 나오지 않았다.

"어쨌든 그때 눈이 마주쳤으니, 선생님들에게 말해서 일진들을 쫓아준 사람이 저라는 것도 알지 않겠습니까? 물론 주변이 어두워서 구름다리 아래쪽에서는 제 얼굴이 보이지 않았을지도 모르지만요."

"고맙다는 인사는 듣지 못하셨나 보네요."

"네, 저도 고맙다는 인사를 듣고 싶어서 한 일은 아니었습니다. 인사를 들을 만한 일도 아니라고 생각하고요. 대수롭지 않은 일이지요. 실제로 지금까지 그런 일이 있었다는 것도 잊어버리고 살지 않았습니까?"

주현이 착한 사람이었다면 그 일을 기억했을지 모른다. 그러나 주현은 보통 사람이다. 주현은 동혁을 도와줄지 말지 고민했다. 귀찮은 일에 엮이기도 싫었고, 자신이 캠프파이어를 몰래 빠져나왔다는 것을 선생님들에게 알리기도 싫었다.

동혁이 주현의 존재를 인식한 뒤에야 동혁을 도와주기로 마음먹었다. 보고도 도와주지 않는다면 나중에 원망을 살 것 같았기 때문이다. 진심으로, 자발적으로 동혁을 도와주고 싶어서가 아니었다.

괴롭힘 당하는 아이를 도와줬다고 주변에 생색을 낼 수 있는 것은 자발적으로 선행을 한 착한 사람들뿐이다. 주현은 자신의 행동이 생색을 낼 만한 대단한 일이라고 생각되지 않았다. 그래서 쉽게 잊어버렸다.

"어쨌든 형철의 복수를 살해 동기로 본다면 동혁이도 후보로 올릴 수 있을 것 같습니다. 그러나 저는 동혁이가 저에 대해 잘 알 것 같지 않습니다. 저도 동혁이에 대해서 아무것도 모르니까요. 우리의 유일한 접점은 수련회 캠프파이어 시간에 잠시 눈이 마주쳤던 것뿐입니다. 그마저도 어두워서 정말 저를 보았는지도 정확하지 않고요."

"그렇군요. 일단 그 내용을 윤진이에게도 전해둘게요."

성민은 휴대폰으로 윤진에게 메시지를 보냈다.

"참, 아까 주현 씨가 연락처를 찾아달라고 부탁했던 게 있다던데 그건 어떻게 됐어?"

강인은 고개를 끄덕이며 말했다.

"네, 주현 씨가 말씀하신 대로 원국 씨 친구 분들을 통해 원국 씨 연락처를 알아냈고, 원국 씨에게 전화를 걸어 희선 씨 연락처를 받았습니다."

"순순히 연락처를 줬어?"

"쉽지는 않았습니다. 원국 씨가 희선 씨와 헤어진 다음에 연락처를 아예 지워버렸다며 안 보내주려고 했습니다. 그래도 어떻게든 받아내긴 받아냈지만요."

"뭐라고 하면서 달라고 했어?"

"희선 씨에게 돈 받을 게 있는데 연락처를 바꾼 것 같다고 하며 달라고 했죠."

강인의 답변에 성민은 낄낄 웃었다.

"너 정말 거짓말 잘하는구나?"

"그동안 보고 배운 게 있으니까요."

강인은 희선의 연락처를 주현의 휴대폰으로 보내주었다.

"희선 씨도 평범하게 살아온 사람은 아닌 것 같던데요?"

"왜?"

"원래 원국 씨는 제게 연락처를 안 주려던 눈치였거든요. 연락처 지운 지 오래라고, 왜 연락처를 찾느냐고 이유를 밝히라고 해서 문득 떠오른 핑계가 돈을 빌려줬다는 거였는데, 그때부터 태도가 갑자기 달라지더라고요."

원국은 갑자기 정중해지고 태도가 적극적으로 변했다. '희선은 누군가에게서 돈을 빌릴 만한 사람'이고, '희선이 돈을 빌린 상대는 정중히 대해야 한다'는 두 가지 전제가 깔려 있어야 나올 만한 행동 같았다. 희선의 연락처를 받은 뒤 뭔가 수상하다는 생각이 들어 몇 가지를 더 물어보았다. 강인은 직접 들어보시라며 통화 내용을 녹음한 것을 틀어주었다.

— 요즘도 희선 씨 그렇게 사십니까?

— 네?

— 돈 빌리고 연락 끊고 그러고 다니냐고요.

— 아, 저는 헤어진 지 좀 돼서 잘 모르겠습니다. 저와 사귈 때는 돈 회수 잘해서 상납도 잘하는 것 같았는데. 요즘 경제 형편이 안 좋아졌나 봅니다.

— 우리 쪽엔 상납이 자주 밀렸는데, 우리 말고 다른 거래처가 또 있으신가 보네요?

— 잘 모르겠습니다. 저는 그런 쪽은 전혀 몰라요. 앱에서 만나 잠깐 사귀었던 것뿐이고, 저는 그냥 평범한 직장인입니다.

— 그럼 원국 씨는 돈 받거나 그런 거 없으시다는 거네요?

— 당연하죠! 저한테도 사이트 몇 개 알려주기는 했는데, 저는 돈 따는 데 관심도 없고 희선이도 저한테 하라고 강요하지 않았습니다. 돈 오간 건 전혀 없습니다!

— 알겠습니다. 일단 믿겠습니다.

여기서 녹음이 끝났다.

"어떻게 생각하십니까?"

성민과 주현은 침묵했다. 그러나 머릿속으로는 대충 그림을 그리고 있었다. 아마 강인이 원국과 통화하며 그렸던 그림과 같은 그림일 터였다.

잠시 후에 주현이 넌지시 말했다.

"조직폭력배나 사채업자 같은 사람에게 돈을 빌려서, 빌린 돈을 다른 사람에게 다시 빌려주고 회수해서 수수료를 받는 일을 한 걸까요?"

"아무래도 그런 것 같지요?"

단순한 쇼핑몰 사장은 아닌 것 같았다.

"사이트를 알려줬다는 건 뭘까요? 거기서 돈이 오간다는 소리 같은데."

강인의 물음에 턱을 괴고 생각에 잠겨 있던 성민이 답했다.

"아마 불법 도박 사이트가 아닐까?"

"불법 도박 사이트요?"

"그래. 아마 불법 도박 사이트를 운영하면서 거기 이용자들에게 돈을 빌려주는 거 같아."

불법 도박 사이트를 운영하면서 이용하는 사람들에게 돈을 빌려주면, 이용자들은 빌려간 돈 대부분을 다시 불법 도박 사이트에 쏟아붓게 된다. 이로써 원금은 바로 회수가 되고, 돈을 빌려간 사람들에게 높은 이율의 이자를 받아내면 그것이 바로 수익이다. 아마 희선은 그런 사업을 뒤에서 하고 있었던 모양이다.

주현은 작은 목소리로 혼잣말처럼 물었다.

"만약 희선 씨가 그런 일에 손을 대고 있었다면, 희선 씨와 친분이 있던 소영이도 연루되어 있었을까요? 가령 도박에 빠져서 큰돈을 빌린 상태였다든지……."

성민은 고개를 저었다.

"글쎄요. 소영 씨가 결혼을 이야기하던 남자에게서 돈을 빌리고 갚지 않은 건 맞지만, 그 돈을 도박에 쓴 거라면 티가 나지 않았을까요? 도박하는 사람은 팔다리가 잘려도 입으로 한다는 이야기가 있잖아요. 주현 씨가 눈치채지 못했을 정도라면 소영 씨는 도박 중독자는 아니었을 것 같아요."

"네, 도박을 하는 낌새는 전혀 느껴본 적이 없습니다."

"A&K의 직원 분들도 별 탈 없이 근무하고 계시던 걸 보면 쇼핑몰 관련자들 쪽에는 도박 사이트 운영을 숨겼을 수도 있을 것 같아요. 표면상 멀쩡한 사업을 운영하는 사장님 행세를 하기 위해서요. 희선 씨가 A&K를 세울 때 소영 씨로부터 돈을 빌렸다고 하던데, 돈이 부족했다기보다 설립 자금을 투명하게 마련하려던 목적 아닐까요?"

A&K를 설립할 때 불법적인 자금이 들어가면 추후 A&K 쪽을 통해 불법 도박 사이트의 존재가 드러날 수도 있다. 그것을 경계해서 출처가 확실한 돈으로 A&K를 설립한 것이 아니냐는 추측이었다. 게다가 희선은 여러 직원을 두고 오프라인 매장까지 운영할 정도로 의

욕 있게 A&K를 키워왔다. 단순히 명함 파기 용도가 아니라 애착을 갖고 운영하는 사업이라면, 더욱 불법적인 자금으로 설립하고 싶지 않았을 것이다.

"소영 씨도 A&K의 모델이었던 만큼, 불법 도박 사이트 쪽 일은 잘 알지 못했을 것 같아요."

성민의 말에 주현은 안심하는 기색이었다. 그러나 사실 성민은 거짓말을 했다. 소영은 불법 도박 사이트의 존재나 희선이 하는 돈놀이에 대해 알고 있었을 가능성이 높아 보였다.

오전에 기찬이 주현이 아르바이트를 하던 곳의 매니저였던 정규에 대해 조사한 결과를 말해주었다. 정규의 애인은 소영이 사채업자의 부하라고 했다. 정규는 불법 도박에 빠져 있었고, 도박 자금을 마련하기 위해 누군가에게서 돈을 빌렸는데, 그때 사채업자와 소영이 동행했다는 이유에서였다.

지금까지 불법 도박 사이트와 사채업자, 소영의 관계가 명백하지 않았는데, 중간에 희선을 놓는다면 연결고리가 생기게 된다.

그러나 성민은 이런 내용을 주현에게 말하지 못했다. 주현은 기찬이 정규에 대해서 조사했다는 사실을 모른다는 것이 첫 번째 이유였고, 아직 정규와 소영, 희선의 관계와 사정이 확실하지 않다는 것이 두 번째 이유였고, 성민이 주현을 완전히 믿지 못한다는 것이 세 번째 이유였다.

사실 세 번째 이유가 가장 컸다. 오컴의 면도날이라는 이론이 있다. 단순한 것이 진실이다. 형철의 죽음도, 정규의 죽음도, 소영의 죽음도 주현이 한 일이라고 하면 설명이 간단해진다.

주현은 세 사람 모두를 죽일 수 있었다. 정규와 소영에 대해서는 살해 동기도 있다. 형철에 대한 살해 동기도 아직 드러나지 않은 것일 뿐 감춰진 사정이 있을지도 모른다.

그러나 현재 성민은 주현을 '적당히' 믿는 중이다. 일련의 사건을 '주현이 한 일이 아니다'라는 전제하에 조사하다 보니 일이 어려워지고 있었다. 어쨌든 희선은 소영을 잘 알고, 소영과 주현의 관계에 대해서도 잘 아는 사람이었다. 소영 흉내를 내며 주현을 유인하는 것이 그리 어렵지 않았을 것 같았다. 만나봐야 할 것 같았다. 하지만 오늘은 시간이 너무 늦었다.

"일단 집으로 돌아가서 쉬고 내일 오전에 희선 씨에게 연락을 해볼까요?"

주현은 좀더 조사하고 싶었다. 그러나 이미 저녁 8시가 가까워지고 있었다. 성민의 몸 상태도 아직 좋지 않은 것 같으니 일단 쉬는 편이 나을 것 같았다.

"네, 알겠습니다."

강인은 차에 시동을 걸었다. 이태원 거리는 추운 날씨에도 크리스마스 시즌을 즐기려는 인파로 붐비고 있었다. 삼삼오오 모여 다니는 사람들 얼굴에는 웃음이 가득했고, 크리스마스 장식이 눈부시게 빛났다. 주현은 잠시 그 모습을 바라보다 시선을 돌리며 눈을 감았다. 차라리 보지 않는 편이 마음 편할 것 같았다.

'되살아나는 방법이—'

갑자기 원일의 목소리가 귓가에서 들리는 듯했다. 주현은 손바닥으로 귀를 막았다. 그러나 원일의 목소리는 손바닥을 뚫고 주현의 머릿속에서 직접 울리는 듯했다.

주현은 번화가를 벗어날 때까지 차마 눈을 뜨고 창밖을 보지 못했다.

이승은 왜 이렇게 아름다울까.

9

영우는 화장실 쪽에서 걸어 나왔다가 자신을 보고 몸을 숨기는 윤진을 눈치챘다. 알은척하려다가 그만두었다. 윤진도 이번 사건 취재를 꽤 열심히 하는 모양이다.

경찰의 수사력은 기자에 비해 우월하다. 우리나라 시민들은 준법정신이 높고 성실한 편이라 자신이 범인으로 의심받는 상황만 아니라면 경찰이 협조를 요청했을 때 최대한 응해주려고 하는 편이다. 경찰은 수사에 필요한 여러 기관들의 협력을 구하기도 쉽고, 정 안 되면 영장을 받아와 강제로 수사할 수도 있다.

기자들은 경찰에 비해서는 취재에 활용할 수 있는 방법이 제한적이다. 대부분의 기자들이 경찰의 보도자료를 받아 기사를 쓰는 안전하고 편리한 방법을 선택하는 이유도 기자 명함 한 장만으로는 접근할 수 있는 자료에 한계가 있기 때문이다. 그러나 가끔 기자들은 경찰들이 잡아내지 못하는 부분을 잡아내기도 한다. 윤진은 특히 그런 경우가 잦다. 예전에도 몇 번 같은 사건을 손댄 적이 있다. 영우는 범인을 잡기 위해 뛰고, 윤진은 기사를 쓰기 위해 뛰었다.

일반적으로는 경찰이 기자보다 먼저 진상에 도달한다. 그러나 윤진은 신기하게도 영우와 비슷한 속도로, 그리고 가끔 영우보다 더 빨리 진상에 도달했다. 경찰로서는 자존심이 구겨지는 일이다.

그러나 자존심 때문에 윤진의 취재 활동을 방해하고 싶은 마음은 없었다. 윤진에게도 기자의 자존심이 있다. 영우는 윤진이 기자로서 얼마나 강한 자존심을 갖고 발로 뛰는지 잘 안다. 경찰의 자존심을 지키려면 윤진보다 더 빨리 뛸 방법을 찾아야지, 열심히 뛰는 다른 사람의 다리를 걸려고 해서는 안 된다.

만약 윤진이 속도 경쟁을 하며 경찰의 수사를 방해할 만한 무리한 보도를 하는 기자라면 이야기가 달라지겠지만, 윤진은 아니다. 윤진의 외삼촌도 경찰이었다. 경찰의 사정을 이해하고 수사에도 협조해 주는 편이니 더욱 막을 이유가 없다.

이번에도 윤진은 영우와 비슷하게, 어쩌면 조금 더 빠르게 사건을 조사하고 있는 모양이었다. 일단은 내버려둘 생각이다. 영우는 경찰의 자존심을 걸고 윤진보다 더 빨리 뛰면 된다.

영우는 주현의 실종 사건 수사에 착수했다. 원룸 주인에게 부탁해서 CCTV를 돌려보고, 일대 가게들이 운영하는 CCTV도 여력이 되는 대로 확인해보았다.

그 결과 주현이 월요일에 집에 잠시 들렀다가 서쪽 방향으로 차를 타고 떠나갔다는 것을 알 수 있었다. 휴대폰 위치추적도 신청했다. 결과가 나온 것은 오늘 오전이었다. 월요일 저녁 9시 30분경 인천 쪽에서 마지막으로 신호가 끊겼다고 했다.

인천.

점점 더 수상했다. 주현이 전 여자친구를 살해한 범인일지도 모른다는 의혹을 가진 뒤 영우는 주현이 다른 살인 사건의 참고인으로 경찰 조사를 받은 적이 있다는 사실을 알아냈다. 그 살인 사건이 일어난 장소가 바로 인천이었다.

당시 참고인 진술조서는 확인했지만 사건을 수사한 형사에게 좀 더 자세한 상황을 물어보고 싶던 참이었다. 마침 주현이 인천으로 차를 몰고 갔다가 실종되었으니, 인천에 가서 주현의 행방을 찾으며 겸사겸사 인천 쪽 형사도 만나고 오면 좋을 것 같다는 생각이 들었다.

영우는 바로 인천으로 향했다. 주현의 휴대폰 위치가 마지막으로 잡힌 곳은 인천에 있는 작은 산이었다. 정확한 위치는 나오지 않았지만, 서울에서 인천까지 차를 타고 이동했으니 일단 산에 난 차도를 쭉 따라가보기로 했다.

차를 몰다 보니 식당 하나가 있었고, 식당 앞에 주차장이 보였다. 주차장에는 주현의 차와 비슷한 흰색 차가 주차되어 있었다. 일단 차를 멈추고 내려 흰색 차의 번호판을 확인했다.

주현의 차와 번호가 일치했다. 차 안을 들여다보니 특별한 범죄 흔적은 없어 보였다. 블랙박스가 설치되어 있는 듯했는데, 현재로서는 마음대로 차문을 열고 확인할 수는 없었다. 영우는 식당에 들어가 주인을 찾았다.

"경찰입니다. 저 앞에 주차된 흰색 승용차 주인 못 봤습니까?"

"이렇게 빨리 오셨습니까?"

"빨리 오다니요?"

"아니, 30분 전에 경찰에 전화를 넣었는데 벌써 오셔서 하는 말입니다."

식당 주인의 말로는 며칠 전부터 승용차가 주차장에 주차되어 있었고, 승용차에 있는 연락처로 전화를 해보아도 받지 않는 상황이라고 했다. 주인이 찾으러 올지도 모르니 일단 놔뒀지만, 며칠이 지나도록 그대로였다.

그런데 아까 기자가 한 명 와서 승용차 주인이 실종된 상황이라며 경찰에 차가 여기 있다고 제보하는 편이 좋을 것 같다고 했다. 점심시간이라 식당에 손님들이 있는데 경찰이 드나들면 좀 껄끄러울 것 같아서, 점심 장사가 끝나고 손님들이 빠졌을 때 경찰에 전화를 했다. 곧 오겠다고 하긴 했는데 이렇게 빨리 올 줄은 몰랐다.

"전 신고를 받고 온 건 아니고, 저 차 주인 실종 건을 조사하다 여기까지 왔습니다."

"허허, 그러시군요."

"기자가 한 명 왔었다고요?"

"네. 실종 사건을 조사 중이라고 했습니다."

"혹시 여자 기자였습니까?"

"잠시만요. 명함을 받아뒀는데……."

식당 주인은 카운터로 가더니 명함 하나를 찾아 내밀었다. 명함에는 김윤진이라는 이름이 적혀 있었다. 영우는 명함을 보고 피식 웃었다. 역시 벌써 여기까지 왔다 간 모양이었다.

주현의 자동차가 발견된 장소와 주현이 참고인으로 조사를 받은 살인 사건의 발생지인 부평은 동일한 경찰서 관할이었다. 우연인지 의도인지, 다행인지 불행인지는 알 수 없다.

영우는 관할 경찰서로 갔다. 실종 사건을 담당하는 부서로 가서, 산에서 실종자 차량이 발견됐다고, 주변 산을 수색해야 할 것 같으니 빨리 인원을 보내달라고 했다. 관할 경찰서 담당자는 떨떠름한 반응이었다. 조사는 해보겠지만 많은 인력을 보내기는 어려울 것 같다고 했다.

태도가 바뀐 것은 실종자가 누구인지 말했을 때다.

"실종자가 예전에 인천 부평에서 있었던 살인 사건에서도 참고인 조사를 받은 적이 있던 사람입니다. 서울에서 있었던 살인 사건 피의자로 수사를 시작하려 할 때 돌연 실종되었습니다."

담당자는 그제야 단순 실종 사건이 아니라는 것을 인식한 모양이었다. 곧 수색 인력을 구성해 보내겠다고 했다. 뒤이어 영우는 경찰서에서 1년 전 부평 살인 사건으로 주현을 조사한 적이 있다는 형사와 만났다. 형사에게 당시 사건에 대해 물어보았다.

"주현이 부평에서 있었던 살인 사건의 범인일 가능성에 대해서 어떻게 보십니까?"

형사는 곤혹스러운 표정으로 답했다.

"정황증거는 있는데 직접증거가 없어서 뭐라 말할 수 없는 상황입니다."

피해자는 친구를 만나러 간다며 나갔고, 피해자 시신 곁에서는 피해자와 중학교 3학년 때 같은 반이었던 사람의 신분증이 나왔다. 그리고 그 사람은 피해자가 죽은 그날, 피해자가 묵은 여인숙 바로 옆에 있는 모텔에 묵었다.

서울에 살아서 부평에 자주 오지 않는 사람인데 피해자가 죽은 그날 마침 부평에 왔다. 술을 마셨다 해도 부평에서 서울 집까지 택시비를 계산해보면 모텔비와 크게 다르지 않은데 굳이 모텔에 묵었다.

그리고 그 모텔과 여인숙은 '우연히도' 모두 CCTV에 이상이 있어서 흔적을 남기지 않고 이동하기에 최적의 조건이었다.

"술에 취했다는 핑계로 모텔에 묵고, 모종의 유인책으로 피해자를 옆 여인숙에 묵도록 유도한 뒤 몰래 살인을 하고 돌아올 수 있는 상황 아닙니까?"

문제는 확실한 증거가 없다는 점이다. 증거라고는 현장에서 발견된 주현의 신분증과 신용카드뿐이었다. 그러나 둘 다 사건 전에 분실 신고가 되어 있었다. 형사는 주현의 통신 내역을 조회하기 위해 영장 신청을 했다. 그러나 받아들여지지 않았다. 사건과의 관련성이 입증되지 않았으니 어쩔 수 없는 일이었다.

"주현이 아니면 정말 범인으로 짐작 가는 사람이 없습니다. 현장에서는 흉기도 발견되지 않았고 지문이나 체액 같은 흔적도 나오지 않았습니다. 피해자는 잠을 자다 찔린 듯 반항한 흔적도 없었고요."

"피해자 쪽 통신 내역은 조회해보셨습니까?"

"네, 하지만 별다른 부분은 찾아볼 수 없었습니다."

사망 당일 피해자는 부모에게 전화 한 통을 하고, 광고 문자 두 개를 받은 것이 전부였다. 몇 달치 통신 내역을 살펴봤지만 친구라고 할 만한 사람과 연락을 한 내용은 없었고, 그나마 아는 지인들과 연락한 내용도 모두 사건과 관련이 없었다.

"피해자는 친구를 만나러 간다고 하고 나갔는데, 약속을 잡은 흔적이 없었습니다. 휴대폰뿐 아니라 확인할 수 있는 이메일이나 메신저도 전부 조사해봤는데 흔적을 찾을 수가 없어요."

"그럼 피해자가 친구를 만나러 간다고 한 것은 단순한 핑계였고, 다른 개인적인 일정으로 부평에 왔을 수도 있겠군요."

"그래도 여인숙에서 누군가를 만났을 것 같기는 합니다."

여인숙에는 CCTV가 없지만, 부평 거리에는 수많은 CCTV가 있다. 형사는 피해자가 집에서 나온 순간부터 여인숙에 도착할 때까지의 동선을 확인할 수 있는 모든 CCTV를 돌려 봤다. 피해자는 부평 분식집에서 혼자 식사를 하고, 서점에 들러 신간 소설 코너를 둘러보고, 편의점에 들른 뒤 여인숙 방향으로 향했다. 누군가와 만나는 기색은 없었다.

그러나 형사는 피해자가 여인숙에 도착한 뒤에는 누군가를 만났을 거라고 확신했다.

"편의점에서 소주를 샀는데 혼자 마시기에는 좀 많은 양이었죠. 세 병이요. 평소 피해자의 주량이 한 병 반 정도 되었다고 하니, 아마 두 사람이 마실 걸 생각하고 산 것 같습니다. 그리고 피해자는 편의점에서 콘돔도 샀습니다."

"콘돔이오?"

"그렇습니다."

콘돔은 사용하지 않은 상태로 사건 현장에서 그대로 발견되었다. 피해자는 애인이 없었기 때문에 나중을 위해 미리 사두었을 것 같지는 않았다. 아마 당일에 사용하기 위해 샀지만, 사용하지 못하고 죽은 게 아닌가 싶었다.

"여인숙 CCTV가 망가져 있던 이유가 있다고 합니다. 성매매를 하거나 불륜을 하는 사람들이 흔적을 남길 걱정 없이 편하게 들어오게 하기 위해서라더군요."

"피해자가 성매매를 하려고 여인숙에 갔다는 겁니까?"

"그렇습니다. 저는 처음에 전화로 불러내는 것만 생각했는데, 요즘에는 앱으로도 성매매 상대를 찾는다고 하더군요. 지역이나 조건 같은 것을 입력하면 앱 회원 중에서 적합한 사람이 찾아지고, 앱 내 채팅으로 대화를 나누며 조건을 맞추고 만나는 겁니다. 통신 내역을 아무리 조회해봐도 뭐가 안 나올 수밖에 없죠."

"앱 회사에 연락해서 채팅 내용을 알아보면 되겠군요."

"그게 쉽지가 않습니다. 피해자가 다운로드받은 앱 중에는 성매매를 하기 위한 목적으로 만든 듯한 데이팅 앱이 몇 개 있었습니다만, 본사와 서버를 외국에 둔 회사들이고 그나마도 일정 시간이 경과되면 대화 내용이 자동으로 삭제되는 시스템이더군요. 앱 회사에 협조 공문을 보내보았지만 대화 내용이 삭제되어 보내줄 수 없으며, 설령 남아 있다 하더라도 고객의 개인적인 대화를 보내줄 수는 없다는 답변이 돌아왔습니다."

수사는 여기서 막혔다. 피해자는 누군가의 손에 살해당했다. 피해자가 살해당한 방 입구에는 잠금을 강제로 연 흔적이 없었으니, 아마 피해자는 자신을 살해한 누군가에게 자발적으로 문을 열어주었을 것이다.

그리고 누군가와는 아마 일반적인 전화나 문자, 메신저 앱이 아니라 채팅 기능이 있는 데이팅 앱으로 만났을 것이다. 그러나 데이팅 앱에서 누구와 무슨 대화를 나누었는지 도저히 알 수 없는 상황이다.

결국 수사는 1년 가까이 지체되는 중이었다. 이대로라면 미제가 될 가능성이 높았다.

영우는 말했다.

"그래도 피해자가 당일에 성매매를 하려고 한 정황이 있다면 주현과는 만나지 않았을 가능성이 높지 않겠습니까? 주현이 설령 살인을 계획했다 하더라도 피해자가 성매매 여성과 함께 있었다면 범행을 실행할 타이밍을 잡기 어려웠을 거고요."

"그게 꼭 그렇게 단언할 수는 없습니다."

"어째섭니까?"

"피해자가 다운로드받은 데이팅 앱은 동성애자를 대상으로 한 거였거든요."

무슨 말인지는 귀에 들렸지만 무슨 의미인지 해석하는 데 시간이 걸렸다. 간신히 의미를 이해한 영우는 당황한 기색을 내비치며 말했다.

"그렇다면 두 사람이 동성애자 데이팅 앱으로 만났을 거란 말씀이십니까? 주현은 여자 애인이 있었는데요? 제가 조사 중인 살인 사건의 피해자 말입니다."

"단정할 수 있는 건 아닙니다. 반대로 사건 당일 두 사람이 그런 방식으로 만나지 않았을 거라고 단정해서도 안 된다고 말씀드리고 싶을 뿐입니다. 피해자가 사건 당일 성매매를 위해 여인숙에 갔고, 성매매 상대가 남성이라면, 결론적으로 피해자가 그날 만난 사람은 남성일 수밖에 없지 않겠습니까?"

영우는 형사가 무슨 이야기를 하려는 것인지 이해했다. 주현이 살인범이라는 명백한 증거는 없다. 그러나 정황상 심증을 완전히 배제할 수도 없다. 어쨌든 한 사람 주변에서 사람이 죽어나가는 것이 흔한 일은 아니다. 영우는 형사와 서로 사건 자료를 공유하고 연락을 취하기로 한 뒤 경찰서를 나왔다.

저녁을 먹을 시간이라 동행한 경찰과 근처에서 유명하다는 한식집에 가서 밥을 먹었다. 그러다 화장실에서 나오는 윤진을 발견한 것이다. 영우는 못 본 척하고 계산을 마친 뒤 한식집을 나왔다.

10

윤진은 잠시 후 화장실에서 나와 카운터 쪽을 들여다보았다. 다행히 영우의 모습은 보이지 않았다.

"죄송해요. 갑자기 전화가 와서 받느라 늦어졌어요."

윤진은 주현의 친구들에게 사과하며 자리에 앉았다. 친구들의 표정은 편해 보이지만은 않았다.

"무슨 이야기 중이셨어요?"

넌지시 물어보니 친구 중 한 명이 답했다.

"그냥…… 옛날이야기 중이었습니다."

"주현 씨에 대한 이야기인가요?"

"네, 뭐. 그렇습니다."

"생각나는 게 있으시면 말씀해주세요. 주현 씨를 찾는 데 도움이 될지도 몰라요."

"아닙니다. 지나가는 이야기일 뿐입니다."

친구들은 이야기를 피했다. 갑자기 왜 이러는지 알 수 없었다. 좀 더 대화를 나누었지만 쓸 만한 정보는 얻어낼 수 없었다. 결국 이쯤에서 대화를 마무리 짓기로 하고 식사를 마친 뒤 주현의 친구들과 헤어졌다. 하지만 이것은 전략상 일시적으로 물러난 것뿐이었다. 윤진은 끈질기다. 상대방이 뭔가를 감추는 게 눈에 보이는데 그냥 넘어간다면 기자 자격이 없다.

윤진은 친구 중 한 명인 현석을 타깃으로 삼았다. 현석은 주현이 예전에 사귀었던 여자친구에 대한 험담을 하고 다녀서 크게 싸운 적이 있다는 친구였다. 다른 친구들보다는 주현에 대한 우정이 옅을 수도 있다는 생각이 들었다.

　음식점을 나온 윤진은 지하철역으로 돌아가는 현석에게 방향이 같으니 함께 가자며 따라붙었다. 친구들과 함께 있을 때는 말 못할 이야기여도 혼자 있으면 말할 수도 있다.

　"아까 주현 씨에 대해서 무슨 이야기를 하셨어요?"

　"아니, 별 이야기 안 했습니다."

　"수상한데요?"

　"수상하다니요?"

　"제가 없는 자리에서만 나눌 수 있는 대화라면 수상할 수밖에 없죠. 별 이야기가 아니라면 편하게 말씀해주셔도 괜찮잖아요. 친한 친구가 아닌 사람 앞에서는 할 수 없는 대화라면 절대 별거 아닌 이야기일 수 없죠."

　현석은 걸음을 멈추고 윤진을 바라보았다. 끈질기게 달라붙는 윤진이 귀찮다는 듯한 시선이었다. 그러나 윤진은 이런 시선에 익숙하다. 아무렇지도 않다.

　"주현 씨를 찾는 데 도움이 안 될 이야기는 없어요. 사소한 이야기라도 좋으니 들려주세요."

　현석은 망설임이 완전히 사라지지 않은 목소리로 입을 열었다.

　"정말 별거 아닌 이야기입니다."

　윤진이 한식집에서 잠시 화장실에 다녀오겠다고 떠난 후 친구들은 이런저런 대화를 나누었다. 그러다 중학교 시절의 주현이가 어떤 학생이었는지에 대해서도 화제가 흘러갔다.

　"주현이는 정말 흠잡을 데 없는 아이였습니다."

　외면적으로든 내면적으로든 이건 좀 아쉽다 싶을 만한 부분이 없었다. 그렇다고 완벽한 것은 아니었다. 완벽한 것은 완벽한 것 자체가 흠이 될 수 있는데 주현은 완벽하지 않았다. 그래서 더 흠이 없이 느껴졌다.

"주현이는 공부를 제법 했습니다. 그런데 항상 반에서 2등이나 3등 정도만 했어요. 학교에서 1등만 하는 학생은 괜히 주변 학생들에게 질투를 살 수도 있지 않습니까? 반면 2등이나 3등은 공부를 잘한다는 칭찬은 받지만 질투를 사는 일은 없지요. 주현이는 운동도 제법 했어요. 축구팀을 나누면 어느 팀이든 우선적으로 데려가고 싶어했죠. 그런데 에이스라고 불릴 정도는 또 아니었어요."

어느 한 면이 대단히 특출 난 것은 아니었다. 동시에 어느 한 면이 대단히 부족한 것도 아니었다. 모든 면이 두루두루 상위권에 속했다. 이런 사람은 의외로 드물다. 어쩌면 어느 한 부분에서 뛰어난 두각을 발휘하는 사람보다 더 드물지도 모른다.

그런데 가끔 현석은 모든 사람에게 사랑받는 주현의 모습이 노력의 산물일지 모른다는 생각을 하곤 했다. 공부나 운동을 계획적으로 2등만 했다는 소리가 아니다. 현석이 생각하는 주현의 노력은 사람을 대하는 태도와 관련되어 있었다.

"어릴 때 저는 주변 사람들에게 관심 받는 걸 좋아했어요. 삼형제 중 둘째였는데 부모님이 형과 동생에게만 애정을 준다고 생각하며 자라났거든요. 집에서 다른 형제들에 비해 소외받는다고 생각하며 살다 보니 밖에서라도 관심을 받고 싶었습니다. 긍정적인 관심을 받으려면 상대방을 즐겁게 해주는 게 가장 좋은 방법이지요. 실없는 농담을 하며 주변 사람들을 웃기는 일을 좋아했습니다."

현석은 장난꾸러기나 개구쟁이라는 평을 받는 것을 좋아했다. 의도적으로 그렇게 행동하려고 노력했다. 그러나 그런 행동을 하면서도 늘 상대방의 반응을 신경 썼다. 저 사람이 내 농담과 우스꽝스러운 언행에 웃나 안 웃나 눈치를 보며 행동했다. 그러던 중 어느 순간 눈치챘다.

주현은 늘 다른 아이들보다 반 박자 늦게 웃었다. 웃기지 않은데, 다른 아이들이 웃으니 자신도 웃어야 한다고 생각하고 웃는 것 같았다. 한두 번 그랬다면 이번 농담은 취향이 아니었나 보다 할 텐데, 주현은 항상 그랬다.

뿐만 아니라 슬픈 순간에도 잘 울지 않았다. 기말시험이 끝나고 방학을 하기 전까지 잠깐의 기간에는 수업이 없고 교실에서 영화를 보곤 했다. 그런데 누가 코믹영화라고 생각하고 튼 영화가 후반부에 갑자기 신파로 흘렀다. 소리 내서 우는 아이도 있었고, 조용히 눈물만 훔치는 아이도 있었고, 억지로 눈물을 참는 아이도 있었다. 현석은 옆에 앉은 짝에게 실없는 농담을 하며 억지로 눈물을 참는 쪽이었다.

그런데 주현은 눈물을 참는 기색조차 보이지 않았다. 덤덤한 표정으로 화면만 보고 있었다.

영화가 끝난 뒤 주현에게 어떻게 보았느냐고 물어보았다. 주현은 초반에는 재밌었는데 후반에는 슬펐다고 했다. 어떤 부분이 슬펐냐고 묻자 제대로 대답하지 않고 말을 돌렸다.

감정이 없는 것 같지는 않았다. 다만 일반적인 사람들보다 기복이 적은 것 같았다. 거의 변화하지 않는 감정을, 주변 사람들의 모습을 보며 이럴 때는 이렇게 즐거워해야 하는 거구나, 저럴 때는 저렇게 슬퍼해야 하는 거구나, 라고 생각하고 흉내만 내는 것에 가까워 보였다.

나쁜 아이는 아니었다. 주변 사람에게 해를 끼치는 모습도 본 적 없고, 오히려 호감을 살 만한 말이나 행동을 많이 했다. 자신의 감정이 오르내리지 않더라도, 노력하면서 주변 사람들에게 맞춰주고 있으니 어떤 면에서는 대단하다고 볼 수도 있었다.

하지만 상대방의 감정을 헤아릴 수 없다는 것은 때론 꺼림칙할 때가 있었다. 정말 지금 기뻐서 웃는 것일까, 정말 지금 건네는 위로의 말에 진심이 담겨 있을까. 주현과 함께 지내다 보면 종종 그런 의문이 드는 순간이 있었다.

현석은 이런 의문이 자신에게만 찾아오는 게 아닐까 싶었다. 현석은 주현과 오래 알고 지냈지만 단둘이 따로 만나는 사이는 아니었다. 한번 싸운 뒤로는 모임에서 근처에 앉을 때마다 다소 불편한 감정마저 느꼈다. 절친한 사이가 아니다 보니 속과 겉이 다른 주현의 감정 표현이 유독 거슬리는 게 아닌가 생각했다.

하지만 오늘 현석은 생각보다 많은 동창들이 비슷한 생각을 하고 있었다는 걸 알게 되었다.

윤진이 잠시 자리를 비웠을 때 동창들은 작년에 주현이 경찰로부터 받은 의심에 대해 이야기를 나누었다. 확인서를 써줬던 친구 두 명이 사정을 잘 모르는 다른 친구들에게 당시 있었던 일을 설명해주었다.

처음 듣는 이야기여서 현석은 많이 놀랐다. 그러나 현석을 더 놀라게 한 것은 자신의 마음속 어느 한편에 맴도는 생각이었다.

"이야기를 들으며 저도 모르게 정말 주현이가 죽인 건 아닐까, 그런 생각을 하고 있더군요."

주현과 형철 사이에 살인으로 이어질 만한 숨겨진 관계가 있었는지는 현석도 모른다. 단지 현석이 봐온 주현은 '절대 사람을 죽이지 못할 사람'은 아닌 듯했다. 아무리 겉으로 울고 웃더라도 주현의 눈동자 뒤편에는 늘 싸늘한 감정이 맴돌았다.

친구를 믿어주지는 못할망정 살인범으로 의심하는 자신의 생각에 놀라 현석은 서둘러 머릿속을 비웠다. 그러나 현석의 노력을 무색하게 하듯 다른 친구 한 명이 이런 질문을 던졌다.

'주현이가 형철이를 죽이지 않은 건 확실하겠지?'

그런데 어느 누구도 딱 부러지게 주현이는 절대 그럴 리 없다고 단언하지 못했다. 경찰이 여태 잡아가지 않은 걸 보면 설마 그랬겠냐는 미적지근한 반응 정도였다. 질문을 던진 친구는 자신의 속을 털어놓았다.

'이런 말을 하면 어떻게 생각할지 모르겠는데, 주현이는 좀 무심한 듯한 느낌이 있지 않았어? 다른 사람에게 큰 관심이 없는 느낌이라고 해야 할지. 아니, 뭐, 그냥 내 생각인데, 주현이가 갑자기 사라진 건 역시 범죄에 관련된 게 아닌가 싶어서. 피해자든 가해자든.'

다른 친구들은 주현을 두둔했다. 피해자일 수는 있어도 설마 가해자겠냐는 이야기였다. 그러나 주현이 평소 무심하고 다른 사람에게 관심이 없어 보였다는 점에 대해서는 딱히 반박하는 친구가 없었다.

주현은 주변 사람들과 동화되기 위해 많은 노력을 해왔고, 훌륭하게 연기를 성공해왔다. 그러나 오래 알고 지낸 친구들에게는 느껴지는 모양이었다. 순간순간 바뀌는 표정 뒤에 언뜻 비치는 진짜 주현의 모습이.

현석은 조심스러운 목소리로 윤진에게 말했다.

"괜히 뒤에서 험담하는 것 같아서 말씀드리고 싶지 않았습니다. 주현이와 직접 만나보지도 않은 사람에게 괜히 안 좋은 선입견을 심어주고 싶지도 않았고요. 주현이를 찾아달라는 기사를 부탁하기 위해 만난 자리인데 주현이에 대해 조금이라도 안 좋은 이야기를 할 필요는 없지 않습니까? 정말 이런 이야기가 주현이를 찾는 데 도움이 될까요?"

윤진은 주현에 대해 잘 모른다. 하지만 친구들이 모두 비슷하게 느껴왔다면, 그것이 진정한 주현의 모습이 아닐까 싶었다. 주현은 감정 변화가 크지 않고 다른 사람에게도 관심이 많지 않지만, 지금껏 그런 모습을 능숙하게 숨기며 살아온 모양이다. 윤진은 생전의 주현에 대해 한 발짝 더 다가간 느낌을 받았다. 이런 작은 정보가 나중에 어떻게 쓰일지는 모르는 법이다.

"주현 씨가 어떤 사람이었는지 아는 건 중요해요. 어떤 사람인지도 정확히 모른 채 기사를 쓸 수는 없고, 후속 제보를 받을 때도 필요하니까요. 말씀하신 내용은 비밀로 할게요. 당연히 선입견을 갖고 기사를 적지도 않을 거고요."

"네, 저도 기자님께서 잘 써주실 거라고 믿습니다."

현석은 멋쩍게 웃었다. 윤진은 현석과 함께 역에 들어가 개찰구 안에서 헤어졌다. 현석이 떠나가는 것을 보고 잠시 후에 다시 개찰구에서 빠져나왔다. 현석을 쫓아가기 위해 지하철을 타고 돌아간다는 핑계를 댔지만, 사실 윤진은 차를 가지고 왔다.

윤진은 차를 주차해둔 장소에 돌아갔다. 윤진이 돌아온 것을 보고 어디선가 하르가 날아왔다. 하르를 조수석에 태우고 짐을 뒷좌석에 실으며 서울로 돌아갈 준비를 했다. 시동을 걸자마자 휴대폰이 울렸다. 모르는 번호였다.

전화를 받자 낯선 여자의 목소리가 들렸다.

"저어, 안녕하세요. 전 주현이 친구인데요. 오늘 친구들이 기자님을 만난다고 했는데, 제가 일이 있어서…… 오늘 못 갔거든요."

"네, 무슨 일이시죠?"

"혹시 시간 되시면 내일 만나뵐 수 있을까요?"

윤진은 선뜻 괜찮다고 했다. 오히려 없는 시간도 쪼개 만나야 할 듯했다. 여자는 윤진을 따로 만나서 하고 싶은 이야기가 있는 것 같았다. 다른 친구들에게는 알릴 수 없는 자신만이 아는 어떤 이야기 말이다.

근거는 윤진의 직감이다.

"몇 시쯤 볼까요?"

"제가 오후 4시쯤에는 엄마가 입원해 계신 병원에 문병을 가야 할 거 같아서…… 괜찮으시면 그보다 이른 시간에 부평에서 만났으면 하는데요."

"음, 네. 알았어요. 오후 1시 괜찮으세요?"

윤진은 전화를 끊는 것과 함께 자동차 시동을 껐다. 아무래도 하루 더 인천에 머물러야 할 것 같았다.

"하르, 내일 오전 부평에서 취재 일정이 잡혀서 나는 하룻밤 이 근처에서 자야 할 거 같아. 너는 먼저 돌아가도 괜찮아."

인천에서 서울까지 날아가는 일은 체력 소모가 컸지만 하르의 날개로 못할 일은 아니다. 하르는 머리가 좋기 때문에 서울로 가는 화물차를 찾아 지붕에 앉아 이동하기도 한다. 굳이 윤진과 함께 있을 이유는 없었다. 그러나 하르는 남아 있겠다는 듯 고개를 저었다.

"좋아. 그럼 취재가 끝나면 우리 둘이 인천에서 데이트라도 하다 돌아갈까?"

하르가 얼마나 도움이 될지는 모르겠지만 혼자 있는 것보다는 나을 것 같았다.

크리스마스가 코앞인데 까마귀와 데이트라니.

조금 서글픈 마음도 들었다.

11

집에 돌아온 성민은 소파에 앉아 텔레비전 드라마를 보았다. 코믹한 요소가 들어간 드라마라 키득거리며 재미있게 보는 듯했다. 주현도 소파에 앉아 같이 봤다. 하지만 그다지 웃을 기분은 아니었다. 드라마를 별로 좋아하지 않기 때문이기도 했지만, 마음이 초조한 것이 더 컸다. 성민이야 남의 일이니 드라마를 보며 웃을 수 있다. 그러나 주현은 앉아 있는 시간조차 낭비 같았다.

해가 지면 이승은 잠이 든다. 밤에 사람을 만나고 문을 두드리며 돌아다닐 수 없다는 것은 안다. 뭘 해야 할지 뚜렷한 방향도 서지 않았다. 지금은 거실에 앉아 텔레비전을 보는 것밖에 할 수 없다는 것은 알지만, 답답한 마음은 쉽게 누그러지지 않았다. 빨리 날이 밝았으면 했다. 그러나 날이 밝으면 이승에 남아 있을 시간이 그만큼 줄어들었다는 소리기에, 차라리 날이 영원히 밝지 않았으면 싶은 마음도 있었다.

강인은 부엌과 거실을 청소하고, 성민에게 소 피를 가져다주는 등 바쁘게 움직였다. 뭔가 일을 하면 불안을 잊을 수 있지 않을까 싶었다. 주현은 자리에서 일어나 부엌에서 채소를 다듬고 있는 강인에게

다가갔다.

"도와드릴 일이 있을까요?"

"괜찮습니다. 이건 제 식사거든요."

조리대 위에는 다양한 종류의 채소와 과일이 놓여 있었다. 강인은 능숙한 칼솜씨로 먹기 좋은 크기로 채소와 과일을 다듬어서 밀폐용기에 담았다. 양이 상당했다. 한 끼에 한 통씩 먹는다 쳐도 사나흘은 먹을 수 있을 것 같았다.

"미리 잘라두시면 신선도가 떨어지지 않을까요?"

"이 정도는 내일 하루면 다 먹습니다."

강인은 웃으며 말했다. 차에 있는 냉장고에 넣어서 가지고 다니며 틈틈이 먹는다고 했다.

"채소를 좋아하시나 보네요."

"좋아한다기보다 채소 말고는 먹을 수가 없습니다."

"채식주의자이신가요?"

"그렇다고 봐야죠. 저는 말이거든요."

"말이오?"

"네."

강인도 하르와 비슷하다. 짐승이지만 죽지 않는 짐승이다. 강인은 주민등록을 하며 지은 이름이고, 원래 이름은 살리흐다. 800년 가까이 성민의 밑에서 일했다.

경계인은 스스로 이승에 살지, 저승에 살지 결정한다. 그러나 경계수는 자의와 관계없이 저승으로 끌려가 저승 사람들의 일을 돕게 된다. 짐승도 죽으면 저승에 가지만 인간과는 다른 루트를 타게 된다.

인간은 만약 원한다면 심사를 거쳐 저승에서 일하며 윤회에서 일시적으로 벗어나게 되지만, 짐승은 그런 기회 없이 바로 윤회 절차를 밟게 된다. 그래서 저승에는 짐승이 없다.

문제는 저승에도 짐승의 힘이 필요한 경우가 있다는 사실이다. 소나 말은 말할 것도 없고, 하다못해 개나 고양이도 죽어서 불안해하는 영혼들을 달래는 데 필요하다. 그래서 저승은 이승에서 죽지 않는 짐승을 발견하면 무조건 확보해서 저승에 데려가려 한다. 워낙 수가 적다 보니 저승에 가면 경계수는 아주 귀한 대접을 받으므로 이승에 사는 것보다 나을 수 있다.

그러나 저승도 이승에 주인이 있는 짐승은 마음대로 데려갈 수 없다. 이승에 있는 경계수들의 주인은 대부분 경계인들이다. 강인이나 하르가 이런 경우다.

주현은 왜 성민이 강인에게 사과를 사주면 좋아할 거라고 말했는지 알았다. 몇 개 더 사올걸 그랬다. 생각난 김에 아까 편의점에서 산 사과라도 줘야겠다 싶었는데 어디에 뒀는지 떠올릴 수 없었다. 사과뿐만 아니라 사과를 넣어두었던 크로스백도 어디에 뒀는지 기억나지 않았다. 차에 탔을 때는 크로스백을 가지고 있었던 것 같았다.

주현은 강인에게 조심스럽게 물었다.

"혹시 차 문 좀 열어주실 수 있을까요? 가방을 놓고 내린 것 같아서 확인해보고 싶은데요."

"네, 그러세요."

강인은 식탁 위에 올려둔 자동차 열쇠를 가져가라고 했다. 주현은 마당에 주차해둔 차로 가서 뒷문을 열었다. 다행히 가방은 자동차 안에 있었다. 바닥에 내려놓았다가 깜빡 잊고 내린 듯했다.

차 안에 들어가 가방을 꺼내 오던 주현은 항상 성민이 앉는 자리

바닥에서 뭔가 반짝이는 것을 발견했다. 자세히 보니 성민이 오후에 화내며 던졌던 바로 그 휴대폰이었다. 성민도 휴대폰을 주워 내리는 것을 잊어버린 모양이었다.

어쨌든 주현은 일단 성민의 휴대폰도 챙겨서 들어가기로 했다. 주현은 성민의 자리에서 휴대폰을 주우려 했다. 휴대폰은 앞좌석 의자 틈새에 일부분이 꽂혀 있어서 한 번에 잡히지 않았다. 몇 번 시도하며 휴대폰을 줍다가 실수로 홈 버튼을 눌렀다.

다른 사람 휴대폰이었으면 별문제 없었을 것이다. 홈 버튼을 눌러봐야 생체인식을 하거나 비밀번호를 입력하지 않으면 휴대폰이 완전히 켜지지 않는다. 그러나 성민의 휴대폰에는 어떤 잠금장치도 되어 있지 않았다. 홈 버튼이 눌리자 바로 휴대폰이 켜졌다.

마지막으로 한 작업이 메신저였던지 누군가와의 대화창이 나왔다. 평소라면 바로 화면을 껐을 것이다. 그러나 이번에는 끌 수 없었다. 눈앞에 이런 대화가 보였기 때문이다.

— 연쇄살인범이라는 소린가?

연쇄살인범. 이 단어만으로도 눈앞이 확 뜨거워졌다. 성민과 메신저로 대화를 나눈 상대방의 이름을 확인하자 몸이 떨리기 시작했다. 조우진. 주현의 이승 체류 비자를 바꿔준 저승사자의 이름이다. 손이 떨렸다. 함부로 보면 안 된다는 것은 알았지만 도저히 보지 않을 수 없었다.

주현은 스크롤을 올리며 두 사람이 나눈 대화를 확인했다.

— 주현이 홍제동 장미를 죽인 것과도 관련이 있나?

— 주현 씨 주변에서는 이상하게 많은 사람들이 죽은 것 같아.

— 모두 주현 씨가 의심받았거나, 의심받을 만한 행적이 있어.

— 주현 씨 기억이 완벽하지 않은 것 같아. 그런 척하는 걸 수도 있지만.

— 골치 아파. 어디까지 믿어야 할지 모르겠어.

주현은 휴대폰을 들고 거실로 돌아갔다. 텔레비전에서는 광고가 나오고 있었다. 드라마는 끝났지만 성민은 여전히 텔레비전 앞에 앉아 있었다.

주현은 성민 옆에 섰다.

"무슨 일이에요?"

성민은 주현의 표정을 살피며 텔레비전을 음소거로 바꿨다. 심상 찮은 분위기를 읽은 모양이었다.

주현은 성민에게 휴대폰을 내밀었다.

"휴대폰 차에 떨어뜨리고 가셨던데요?"

"아, 네. 고맙습니다."

성민은 주현에게서 휴대폰을 받으려 했다. 그러나 주현은 휴대폰을 놓지 않았다. 싸늘한 눈으로 성민을 내려다볼 뿐이었다.

"왜 그러시죠?"

성민은 휴대폰에서 손을 떼며 물었다. 주현은 휴대폰 화면을 켜서 대화창을 보여주었다. 성민은 주현이 왜 기분이 나빠졌는지 눈치챈 듯했다.

"주현 씨는 다른 사람 휴대폰을 마음대로 보시는 분이셨나요?"

"비밀번호가 걸려 있지 않던데 마음대로 보라고 안 걸어두신 거 아닌가요?"

"딱히 그런 건 아닌데요."

주현은 성민을 향해 외쳤다.

"저를 살인범이라고 생각하고 계셨던 겁니까!"

성민은 주현을 가만히 올려다보더니 텔레비전을 끄고 말했다.

"살인범이라고 생각했던 건 아니에요. 단지 가능성을 배제할 수는 없다고 생각했을 뿐이죠."

"그게 뭐가 다릅니까!"

"제가 신도 아닌데 살인범이다 아니다 단정할 수는 없는 거잖아요. 당연히 모든 가능성을 염두에 둬야죠."

성민은 태연해 보였다. 주현이 얼마나 화가 났는지 모르거나, 알면서도 대수롭지 않은 분노라고 생각하는 듯했다. 그런 성민의 태도가 더 화를 돋웠다.

"제가 말씀드렸잖아요. 저를 완전히 믿지 말라고."

"네. 말씀하셨죠. 그렇다고 저를 살인범으로 의심하고 계신 줄은 몰랐습니다!"

주현은 참지 못하고 고함을 쳤다.

"완전히 믿지는 않았다 하더라도 어느 정도는, 말씀하신 대로 적당히는 믿었습니다! 적어도 어느 정도는 중립적인 입장에 서 계실 줄 알았죠! 그래서 뭐든 다 말씀드렸던 겁니다. 저를 살인범으로 의심하신다면 말씀드리지 않았을 내용까지도요! 저를 도와주신다고 하지 않으셨습니까? 저를 도와주시려는 게 아니라 제가 살인범인 증거를 찾으려고 하셨던 게 아닙니까?"

"주현 씨가 솔직하게 말씀해주신다면 도와드리려고 했던 게 맞아요."

"저는 솔직하게 말씀드렸습니다!"

"정말로요?"

성민은 소파에서 일어나 주현의 앞에 섰다. 차분하던 성민의 목소리도 다소 날카롭게 변해 있었다.

"그런데 왜 제주도에서 정규 씨와 만났을 때 싸웠다는 말씀을 안 하셨던 거죠?"

"말씀드렸지 않습니까? 해변에서 만나서 트러블이 있었다고요."

"정규 씨에게 주먹을 휘둘렀다는 건 말씀하지 않으셨잖아요."

"제가 때렸다고요?"

주현은 정규를 만났을 때를 떠올려봤다. 시간이 흘러 모든 것을 완벽히 기억하지는 못했다. 아무리 그래도 사람을 때렸다면 기억이 날 텐데 기억이 나지 않았다.

"저는 그런 일을 한 적이 없습니다."

주현의 답변을 들은 성민은 소파 위에 던져두었던 자신의 가방에서 투명 파일을 꺼내더니 속에 있던 종이 중 한 페이지를 꺼내 보여주었다. 누군가의 SNS 글을 출력한 듯한 페이지였다. 그곳에는 사진이 있었는데 화질이 안 좋고 날짜가 적힌 것으로 보아 CCTV 영상을 캡처한 것 같았다.

"바닷가 주차장 CCTV에 찍혀 있었어요. 이 사람 주현 씨 맞죠?"

CCTV 영상에는 두 남자와 한 여자가 찍혀 있었다. 그리고 한 남자가 다른 남자에게 주먹을 휘두르는 듯한 장면이 있었다. 성민이 가리킨 남자는 주먹을 휘두르는 쪽이었다. 주현은 자신이 아니라고 하고 싶었다. 그러나 그럴 수 없었다.

주현이 보아도 영상 속 남자는 자신이었기 때문이다.

"네, 맞습니다. 하지만 이런 일을 한 기억은 없습니다."

"기억이 나지 않는 건가요, 아니면 나지 않는 척하시는 건가요?"

"정말 기억나지 않습니다! 저는 이런 행동을 한 기억이 없어요!"

이상한 기분이었다. CCTV에는 분명히 주먹을 휘두르는 장면이 찍혀 있었다. 그러나 주현의 머릿속에는 이런 일을 한 기억이 전혀 남아 있지 않았다.

해변에서 호텔로 돌아올 때 바닷가 옆 주차장을 거쳐 갔던 기억은 난다. 하지만 그냥 편의점 앞 도로로 나가기 위해서 잠시 스쳐 지나간 정도로만 기억났다. 그곳에서 정규와 문제가 생겼던 기억은 나지 않았다. 그러나 CCTV에는 틀림없이 주현의 모습이 찍혀 있었다. 얼굴은 명확하지 않았지만, 자신의 모습을 알아보지 못할 리 없다.

"죽어서 기억이 사라진 걸까요?"

"불리한 기억만 편리하게 사라졌나 보네요."

성민의 목소리에는 빈정거림이 담겨 있었다.

주현은 다시 목소리를 높였다.

"기억이 나지 않는 것을 어떡합니까! 그리고 제가 제주도에서 정규를 때린 것을 말하지 않았다 하더라도 뭐가 달라진단 말입니까?"

"이날 정규 씨가 죽었으니까요."

"네?"

"바다에서 시신으로 발견됐어요. 사망 추정 시간은 주현 씨와 헤어진 다음이고요."

"제가 이날 정규를 죽였다는 말씀이십니까?"

"아니에요. 그렇게 단정할 수는 없죠. 반대로 죽이지 않았다고 단정할 수도 없을 뿐이에요. 주현 씨는 정규 씨를 그다지 좋게 생각하지 않았으니, 휴가를 방해하는 정규 씨를 보고 쌓아뒀던 화가 터져서 극단적인 행동을 했을 수도 있잖아요."

"저는……!"

주현은 강하게 반박하려다 참았다. 최대한 침착하게 목소리를 억누르며 차분히 말했다.

"저는 정규를 죽이지 않았습니다."

"때린 적은 있으시고요?"

"때린 적도 없습니다."

"그런데 여기선 때리셨잖아요."

성민은 다시 CCTV 캡처를 내밀었다. 주현은 눈앞에 들이밀린 종이를 반사적으로 손으로 밀쳤다. 손에 든 종이 뭉치가 떨어졌지만 성민은 주울 생각도 하지 않고 계속 빈정댔다.

"때린 적 없다고 하시지만 실제로는 때린 적이 있으니, 어쩌면 죽인 적도 있지 않을까요?"

"그랬다면 진작 잡혀갔겠죠!"

주현은 계속 화를 자제하려고 했다. 하지만 결국 터져 나왔다. 정규와 접촉이 있었던 것은 사실인 듯하다. CCTV에 찍혔다면 부정할 수만은 없다. 그러나 주현은 기억이 없었다. 죽으면서 사라진 것일 수도 있고, 의식적으로 한 행동이 아니었을 수도 있다. 어쨌든 현재로선 저런 행동을 한 기억이 없다.

이런 말을 듣는 것이 억울한 느낌마저 들어서 참을 수가 없었다.

"저는 혼자 있지도 않고 소영이와 함께 있지 않았습니까! 보는 눈이 있는데 사람을 죽였다고요? 소영이가 아니더라도 주변에는 바닷가에 놀러 온 사람들도 많이 있었고, 편의점에 드나드는 사람들도 많았어요! 저 동네 지리도 잘 모르는 제가 그런 사람들을 피해서 어떻게 들키지 않게 사람을 죽입니까? 호텔 경비라도 찾아 물어보세요!

제가 그날 사람을 죽이고 온 것처럼 보였는지!"

"진정하세요. 저는 주현 씨가 살인범이든 아니든 전혀 신경 쓰지 않아요. 살인범이어도 혼내지 않을 거고 살인범이 아니어도 칭찬해주지 않아요. 제게 화내실 필요는 없어요."

"저는 그런 의심을 받는 것 자체가 싫습니다!"

"살인범이 아니라는 게 확실해지면 당연히 의심하지 않지요. 하지만 지금으로서는 아니라고 단정할 수 없는 상황이라는 것을 받아들이셔야죠. 저도 아닐 거라고 생각하고 싶지만, 아니라고 단정 짓고 주현 씨를 죽인 범인을 찾는다면 잘못된 길로 빠질 수도 있다고 생각해요. 저는 단지 객관적으로 상황을 보고 싶은 것뿐이에요."

성민은 주현이 살인범일 거라는 확신이 있는 것은 아니다. 다만 확실히 살인범이 아닐 거란 확신이 생기기 전까지 가능성을 열어두고 있을 뿐이다.

성민은 주현을 바라보며 물었다.

"주현 씨는 제가 주현 씨를 무조건 옹호해주기를 바라시나요? 아니면 주현 씨를 죽인 범인을 찾아내기를 바라시나요?"

주현은 몸에서 갑자기 힘이 빠지는 것을 느꼈다.

답이 정해진 질문이었다.

"저는…… 저를 죽인 범인을 알고 싶습니다."

주현은 소파에 주저앉았다.

"저도 저를 믿지 못하겠습니다. 그래서 의심받을 때마다 불안한 것일지도 모릅니다."

생전에 한 번 살인범으로 의심받아본 경험이 있다. 경찰은 참고 삼아 이야기를 듣는 것뿐이라고 했지만, 주현은 경찰의 시선과 태도에서 내심 자신을 살인범으로 의심 중이라는 사실을 눈치챘다. 기분 나쁜 경험이었다. 잊고 살려고 했는데 죽고 나니 자꾸 그때 그 일이 떠올랐다.

정말 내가 살인범이면 어떻게 하나 싶은 불안이 머릿속 한구석에 남아 있다가 불쑥불쑥 튀어나온다. 평범하게 살다가 운 나쁘게 미친놈과 만나 죽는 경우도 많다. 그러나 그보다는 원한 관계에서 비롯되는 살인이 더 많다.

주현은 자신이 왜 죽었는지 모른다. 내가 정상인인데 미친놈을 만나 죽은 것인지, 내가 미친놈이라 정상인이 참지 못해 죽인 것인지 알지 못한다는 소리다. 불안했다. 주현이 이승에 남아 살인범을 찾기로 한 데에는, 내가 죽은 것은 전적으로 살인범의 잘못이고, 나는 무고하다는 걸 인정받고 싶었던 심리가 있었을지도 모른다.

지금도 마찬가지다. 여전히 주현은 기억이 없고, 여전히 자신을 착한 놈이라고 믿고 싶다. 만약 자신이 살인범이라는 것이 확인되어도 받아들일 각오는 되어 있었다. 저승에서 있을 처벌을 피하지 않고, 지은 죄를 속죄할 것이라고 다짐했다.

그러나 기왕이면 살인범이 아닌 쪽이 좋았다. 저승길을 걷다 만난 사람들로부터 생전 어떻게 살아왔냐는 질문을 받았을 때 남에게 폐 끼치지 않으며 그냥 성실하고 평범하게 살다 죽었다고 말하고 싶었다. 죽은 뒤 이승으로 돌아왔을 때 처음 만났던 노부부처럼 말이다.

빈말이라도 믿는다는 말을 듣고 싶었다. 성민은 주현에게 서로 적당히 믿자고 했지만, 주현은 자신도 모르는 사이에 성민을 깊게 믿고 있었을지도 모른다. 어쩔 수 없다. 귀신이 된 자신과 동행하며 도와주는 사람인데, 신뢰하지 말라는 것이 오히려 무리한 부탁이다.

"저를 살인범이라고 의심하실 만한 정황이 있었다면 말이라도 해주시지요. 그럼 저도 저를 변호할 만한 길을 찾았을 텐데요."

"죄송해요. 괜히 불편하게 생각하실 것 같아서요."

주현은 계속 성민의 의견과 지시에 따라주었다. 저승 부탁으로 성민이 맡았던 귀신들 중에서도 손에 꼽을 만큼 얌전한 편이다. 그러나 주현은 단 한 번 성민의 통제에서 벗어났다. 흥인철강에서 자신이 살인범으로 의심받았던 기억을 떠올렸을 때다.

성민은 주현이 뭘 불안해하는지 알았다. 주현은 죽음의 원인을 찾아가는 동안 자신이 죽어 마땅한 놈이었다는 사실과 대면하게 될지 모른다는 것을 두려워하고 있었다. 그래서 성민은 주현에게 많은 것을 숨겼다. 괜히 더 불안하게 만들 필요가 없었을 것 같았기 때문이다.

물론 주현이 의도적으로 진실을 숨기고 있을 때를 대비한 것이기도 했다. 주현이 정말 살인을 했으면서 의심받지 않도록 연기를 하는 거라면 굳이 이쪽이 가진 정보를 넘겨줄 이유가 없었다.

주현이 살인을 했든 하지 않았든, 기억을 하든 하지 못하든, 비밀로 하는 편이 나았다. 그래서 비밀로 했다.

"비밀로 했다는 걸 알게 되니 그 자체만으로도 기분이 나쁜데요."

"이해해요."

그래서 성민은 자신을 적당히 믿으라고 했다. 나중에 주현이 조금이라도 상처를 덜 받으라고. 하지만 미리 충고했다 하더라도 상처를 받지 않을 수는 없을 것이다. 하지만 상대방이 상처받을 게 두려워 배려하며 자신의 이익을 포기할 수는 없다. 성민은 늘 배신당할 것을 각오하되, 늘 배신할 준비가 되어 있는 사람이다.

성민이 배신하지 않는 것은 상대방도 자신을 배신하지 않을 것이라는 굳은 확신을 가졌을 때뿐이다. 아직 주현은 그런 확신을 주는 수준에는 이르지 못했다. 만난 지 일주일도 되지 않았는데 믿는 것이 더 이상하다.

그래도 이제 하나는 믿을 수 있을 것 같았다.

주현이 의도적으로 살인 사실을 숨기지는 않고 있다는 점이다. 정말 살인을 하지 않아서인지, 살인한 기억을 잃어서인지는 두고 봐야 하겠지만, 적어도 살인을 했고 기억도 있으면서 의도적으로 시치미를 떼는 상황은 아닌 듯했다. 주현은 자신이 살인을 하지 않았다고 진심으로 생각하는 중이며, 다른 사람들도 그렇게 자신을 보아주기를 바라는 것 같았다.

성민은 복잡한 가정들을 정리하고 좀더 주현의 입장에 서보기로 했다.

소파에 앉은 채 고개를 숙인 주현이 성민에게 물었다.

"혹시 다른 이야기도 알고 계십니까?"

"무슨 이야기요?"

"제가 더 기분이 나빠질 만한 이야기들 말입니다."

성민은 잠시 망설이다 고개를 끄덕였다.

주현은 물었다.

"홍제동 장미가 소영이를 말하는 겁니까?"

"네."

"혹시 소영이가 죽은 것도 살해당해서고, 그 범인도 저로 의심받는 상황입니까?"

"네, 그래요."

"저승에서도 그렇게 생각하나요?"

바로 답변하지 않고 침묵하던 성민은 결국 고개를 끄덕였다.

주현은 다시 머리를 감싸쥐며 고개를 숙였다. 성민이 대화방에서 대화한 상대방의 이름은 조우진이었다. 혹시나 했는데 역시 주현이 생각한 사람이 맞았다.

역시 저승은 뭔가 다른 목적이 있어서 주현을 이승에 남긴 것이다.

"저승에서 그렇게 생각한다면 정말로 제가 죽인 걸까요?"

"아니. 아니에요."

성민은 도로 소파에 앉으며 말했다.

"저승사자들은 아는 것도 없고 무능해요. 제가 괜히 싫어하는 게 아니라고요."

저승사자들은 저승에서도 낮은 직급의 공무원이고, 이승에서 저승의 문 앞까지 죽은 이의 영혼을 데려가는 업무만을 맡고 있다. 개개인이 생전에 어떻게 살았고, 어쩌다 죽었는지는 저승사자들이 알 수 있는 정보가 아니다.

보다 수월하게 영혼을 회수하기 위해 자체적으로 조사를 진행하는 경우도 있지만, 그래 봐야 여러 정보를 종합해 끌어내는 추측일 뿐 절대적인 진실을 알 수 있는 것은 아니라고 성민은 설명했다.

"걱정 마세요. 정말 주현 씨가 결백하다고 주장하고 싶으면 아니라는 증거를 찾아내면 돼요."

"아니면 아닌 거지 아니라는 증거를 어떻게 찾아냅니까? 그런 증거가 있다 쳐도 이제 와서 어떻게 찾아냅니까?"

주현은 성민의 말을 반박했다. 그러나 기세는 많이 누그러져 있었다. 서서히 평정심을 되찾는 듯했다.

"제 생각이지만, 주현 씨를 죽인 범인을 찾으면 될 거 같아요."

"어째서죠?"

"살해당하는 경우도 드문데, 주변 사람 중에도 살해당한 사람들이 여러 명 있다면 모든 사건이 무관하다고는 볼 수 없지 않을까요? 분명 그중 적어도 한두 사건은 주현 씨의 죽음과 관계가 있을 거예요. 어쩌면 전부 다 관계가 있을 수도 있고요."

지금까지와 마찬가지로 주현의 살인범을 찾는 일을 하다 보면 다른 사건들의 진상을 알게 될 수도 있고, 그러면 주현이 다른 사건들과 무관하다는 증거를 찾아낼 수 있을 거라는 이야기였다.

주현도 동의했다. 주현은 자신이 평범하게 살아왔다고 생각했다. 한번 경찰과 만나 살인 사건과 관련된 조사를 받은 적이 있기는 하지만, 단순한 오해였고 별 탈 없이 마무리 지어졌다고 생각했다.

그러나 아니었다. 주현이 아는 사람 중에는 살해당한 사람이 많았다. 이렇게 한 사람 주변에 범죄 피해자가 많은 것은 드문 사례일 것이다. 모든 사건과 크든 작든 연관이 있는 주현이 살인범으로 의심받는 것도 이상한 일이 아닐지 모른다.

어떻게든 사건 뒤에 숨은 다른 연결고리를 찾아야 했다. 그게 주현의 결백을 입증할 유일한 방법이었다.

문제는 이제 시간이 얼마 남지 않았다는 점이었다.

불안해하는 주현에게 성민이 말했다.

"그럼 다시 한번 사건들을 살펴볼까요?"

12

성민은 강인을 불러 바닥에 떨어진 종이를 정리하게 했다. 기찬이 조사해준 정규에 관한 기록이 대부분이었지만 다른 자료들도 포함되어 있었다. 자료 중에는 홍인철강에서 출력해온 직원명부도 있었다.

성민은 형철의 직원명부를 가장 먼저 내밀었다.

"일단 시간상으로 가장 앞선 형철 씨의 죽음부터 보죠. 이 사건이 주현 씨가 경찰로부터 가장 의심받았던 사건이지만, 저는 이 사건이야말로 주현 씨가 범인일 가능성이 가장 낮다고 생각해요. 가장 큰 이유는 지난번에 말씀드렸다시피, 주현 씨의 몸에 피가 튀어 있지 않았다는 점이죠. 물론 정말 계획적인 범행이었다면 여벌 옷 같은 것을 준비해뒀을 수도 있겠지만요."

"저는 그날 저녁 내내 친구들과 함께 있었습니다. 여벌 옷 같은 것을 들고 다니지 않았다는 것을 증언해줄 사람은 많습니다."

"네, 주현 씨가 만약 여벌 옷을 준비해뒀다 갈아입을 정도로 치밀한 계획을 세워서 형철 씨를 죽인 살인범이라고 본다면, 현장 상황과도 모순이 생겨요. 그렇게 철저한 살인범이면 현장에 자신의 신분증을 놓고 오는 일은 하지 않았을 테니까요."

"오히려 현장에서 발견된 신분증이야말로 제가 범인이 아니라는 증거 아니겠습니까?"

주현은 바보가 아니다. 살인을 한 장소에 자신의 신분증을 떨어뜨리고 올 리 없다. 누군가가 주현의 신분증을 훔치거나 주워서 의도적으로 놓고 온 것 같았다.

"아마 형철을 죽인 살인범은 제게 누명을 씌우려던 게 아닐까 싶습니다."

"저도 그렇게 생각해요. 다른 사람에게 시선을 돌리고 싶었던 거겠죠. 정말 주현 씨를 살인범으로 만들 의도였을 수도 있고 아닐 수도 있지만, 주현 씨 수사에 혼선이 발생할수록 진범은 증거를 지우고 도망갈 시간이 늘어나니까 그것만으로도 충분히 메리트가 있는 행동이죠. 중요한 건 왜 주현 씨에게 누명을 씌우려고 했냐는 거예요."

"제게 뭔가 악감정이 있었기 때문일까요?"

"그랬을 가능성이 크죠."

자신이 지은 죄를 다른 사람에게 뒤집어씌워야겠다, 혹은 다른 사람에게로 경찰들의 눈을 돌아가게 하고 자신은 그사이에 빠져나가야겠다, 살인범이 이런 생각을 할 때 희생자가 될 다른 사람을 고르는 기준은 무엇일까?

적어도 가족이나 친한 친구를 고르지는 않을 것이다. 아무리 살인범이라지만 그 정도의 분별력은 있다. 가족이나 친한 친구가 소중해서만은 아니다.

자신과 가까운 사람에게 누명을 씌운다면 그만큼 자신이 발각될 가능성도 높아진다는 현실적인 이유도 있다. 결국 자신과는 전혀 관계없는 사람이거나, 자신과 친하지 않은 사람을 희생자로 고를 가능성이 커진다.

형철을 죽인 살인범이 주현과 전혀 관계없는 사람일 가능성은 낮다. 주현이 오래전에 분실한 신분증과 신용카드를 가지고 있었기 때문이다. 주현이 흘린 것을 주웠거나, 직접 훔친 것이라고 보아야 한다. 이 말은 곧 예전부터 주현과 어느 정도는 관계를 맺어온 사람이라는 소리다. 다만 좋은 관계는 아니었을 것이다. 결과적으로 주현에게 살인 누명을 씌웠으니 말이다. 주현을 오래 알아왔지만 평소 아니꼽게 보아오던 사람이지 않을까 싶었다.

"결국 주현 씨의 물건을 가져가거나 주현 씨의 동선을 파악할 정도로는 친분이 있지만, 주현 씨에게 살인 누명을 씌워도 큰 죄책감을 느끼지 못할 정도로 주현 씨를 싫어하고, 그러면서도 형철 씨를 잘 아는 사람이 형철 씨를 죽인 살인범이라는 소리예요."

성민의 이야기를 들은 주현은 자신의 인간관계를 돌아보았다. 물건을 가져가거나 동선을 파악할 정도로 친하다. 하지만 주현을 싫어한다. 동시에 형철과 아는 사이다. 이 세 조건을 모두 만족하는 사람은 도저히 떠오르지 않았다.

성민은 말했다.

"만약 그런 사람이 있다면 아마 그 사람이 주현 씨를 죽인 사람일 거예요."

"왜 그렇게 생각하십니까?"

"주현 씨를 죽인 살인범은 철저히 계획을 세우고 차분히 단계를 밟았으니, 아무래도 예전에 사람을 죽여본 경험이 있지 않을까요? 살인 누명을 씌울 정도로 주현 씨를 싫어하는 연쇄살인마가 주현 씨를 죽인 범인이 아닐까 싶어요."

주현은 더 고민에 빠졌다.

"그런 사람이 없다면 어떻게 하죠?"

"한 사람이 아닐 수도 있어요."

"여러 명이 협력해서 저를 죽였다는 겁니까?"

그렇게 많은 사람들에게 미움을 살 정도로 막 산 기억은 없었다.

"모두 함께 힘을 합쳐 주현 씨를 죽여보자고 의기투합했다기보다,

누군가가 중간에서 이 사람 저 사람을 조종하며 일을 꾸몄을 가능성이 있지 않을까요? 예를 들어서 자신이 직접 물건을 가져오거나 동선을 파악할 수 있을 정도로 주현 씨와 친하지 않더라도, 주현 씨와 그런 관계에 있는 누군가와 친하다면 간접적으로 목적을 달성할 수 있을 거예요."

"물건을 가져올 수 있거나 동선을 파악할 수 있는 사람……."

주현의 머릿속에 문득 한 사람의 얼굴이 떠올랐다. 소영의 모습이었다. 정확히 말하자면, 주현이 자고 있을 때 방에 몰래 들어와서 주현의 모습을 내려다보던 소영의 모습이었다.

소영은 주현과 사귈 때 주말은 거의 같이 보냈고 평일에도 자주 만났다. 헤어진 뒤에도 한동안 주현의 곁을 맴돌았다. 소영이라면 주현의 물건을 쉽게 가져갈 수 있었고, 주현의 동선도 어렵지 않게 알 수 있었을 것이다.

실제로 며칠 전 성민과 함께 주현의 집에 들렀을 때, 물건들이 많이 사라져 있었다. 도둑이 든 흔적은 없었다. 사라진 물건들도 도둑이 가져갔다고 하기에는 값어치 없는 자잘한 물건들이었다.

소영은 주현의 집에 자주 드나들었고, 몰래 열쇠까지 복사해뒀으니 주현의 집에서 물건들을 가지고 나가기에는 최상의 조건이었다. 사귈 때는 수시로 연락을 했으니 동선을 파악하기도 쉬웠다.

잘 기억나지는 않지만, 아마 부평에 갔을 때도 동창들과 술을 마시고 부평에서 자고 간다고 소영에게 연락을 했을 것이다. 주말에 다른 약속이 있어서 만나지 못하면 메신저로 하루 종일 시시콜콜한 대화를 나누곤 했으니 말이다.

"소영과 친한 누군가가 소영에게 부탁했다면…… 가능할 수 있겠네요."

소영을 이용했다면 살인범이 직접 주현과 친분을 가질 필요까지
는 없다. 그럼 조건 하나는 해결된다. 다만 소영과 친분이 깊어야 한
다는 새로운 조건이 추가된다.

"태일동자일까요? 소영은 그 남자의 점괘를 신뢰하고 따랐던 것
같으니 소영에게 제 물건을 가져오라는 주문도 할 수 있었을 것 같습
니다."

"태일동자도 수상하죠. 주현 씨가 죽었다는 것을 아는 걸 보면 어
떤 식으로든 이번 사건과 관련이 있을 거예요. 그런데 저는 그쪽보다
소영과 일하던 쇼핑몰 사장이 더 마음에 걸려요. 희선 씨라는 분 말
이에요."

"네, 아무래도 조금 위험한 사람들과 동업을 하는 모양이니까요."

쇼핑몰 운영만이 아니라 불법 도박 사이트 운영에도 손을 대는 듯
했다. 그런 사이트에 손을 대는 것은 아무나 할 수 있는 일이 아니다.
사채업자들뿐만 아니라 조직폭력배 쪽에 선이 있을지도 모른다는 생
각이 들었다. 조직폭력배라면 사람 한두 명 죽이는 것은 어렵게 생각
하지 않을 것이다. 적어도 주현이 생전에 본 영화나 드라마에서는 그
랬다.

성민은 테이블 위에서 서류를 뒤적이며 말했다.

"위험한 사람들과 동업을 한다는 점도 있지만, 그보다는 두 번째
사건 때문이에요."

성민은 정규의 애인이 쓴 SNS 글을 주현에게 보여주었다. 정규의
애인은 CCTV에 찍힌 남자, 즉 주현을 살인범이라고 주장했다.

"정규 씨가 죽기 전에 싸운 상대가 바로 범인이라는 이야기를 하

고 싶은 것 같아요."

"하지만 저는 이 사건으로는 경찰 조사를 받은 적이 없습니다."

"어디까지나 정규 씨 애인의 주장일 뿐이에요. 그래도 정규 씨 애인이 증언한 내용 중에 주목할 만한 부분이 하나 있어요. 아까 소영씨는 희선 씨가 운영하던 불법 도박 사이트에 대해 잘 모를 거라고 했었잖아요? 그건 거짓말이었어요."

"거짓말이라고요?"

"네, 정규 씨 애인은 영상에 찍힌 여자, 즉 소영 씨가 사채업자의 부하라고 주장했어요. 정규 씨가 불법 도박 사이트에 빠져서 돈을 빌릴 때 소영 씨가 동행했었다고 하네요."

"소영이 희선의 도박 사이트 운영에 관여했다는 말씀이십니까?"

"실제로 사업에 관여했는지는 모르겠지만, 어쨌든 소영 씨는 희선씨의 비밀스러운 부업의 존재를 알 만큼 친한 사이였던 것 같아요."

"그런데 왜 그걸 제게 거짓말하신 거죠?"

"이제 와서 그런 게 중요한가요?"

"중요할 수도 있죠."

"그럼 주현 씨가 괜히 신경 쓰실까봐 그랬던 걸로 해둘게요."

거짓말을 한 이유를 묻자 성민은 다른 거짓말로 적당히 때우고 넘어갔다. 주현은 찜찜했지만 일단 넘어가기로 했다.

성민은 말했다.

"주현 씨가 제주도에 갔는데 오래전에 알고 지냈던 정규 씨를 만났다는 것은 단순한 우연이라기에는 아무래도 수상해요. 정규 씨와 소영 씨가 과거에 만난 적이 있는데 서로 모른 척했다는 것도 수상하고요. 주현 씨와 헤어진 뒤 정규 씨가 살해당해 죽었다는 것까지 고려한다면 이렇게 수상할 데가 없죠. 뭔가 이유가 있지 않을까요?"

그러고 보니 제주도에 가자고 한 것은 소영이었다. 일정도 호텔도 전부 소영이 정했다. 만약 우연이 아니라 의도적인 행동이었다면, 대체 무슨 의도였는지가 문제다.

"혹시 제게 또 살인 누명을 씌우려는 거였단 말씀이십니까?"

"글쎄요. 제 생각에 그런 의도는 아닌 것 같아요. 사람을 제주도까지 불러냈을 정도라면 좀더 철저하게 누명을 씌우지 않았을까요? 주현 씨가 정규 씨를 때리는 CCTV까지 있고, 정규 씨의 애인이 주현 씨를 조사해달라고 호소하기도 했는데, 경찰이 주현 씨를 찾아와 이야기조차 들어보지 않았다면, 경찰은 주현 씨를 용의선상에서 배제할 만한 증거를 가지고 있다는 소리예요. 거창한 계획치고는 허술한 면이 많죠."

기찬은 지역 경찰이 정규에게 불만이 있어서 일부러 소홀히 수사를 했을 가능성을 제기했다. 그러나 성민은 자세한 내부 사정은 모르지만, 경찰이 CCTV까지 있는데 제대로 수사를 하지 않았다는 것은 뭔가 주현을 살인범이라고 볼 수 없는 정황이 있을 가능성이 높다고 봤다.

주현은 성민의 생각을 물었다.

"그럼 무슨 의도였다고 생각하십니까?"

"저는 주현 씨에게 해를 입힐 의도가 아니었을까 생각해요."

정규는 희선에게 빚이 있었다. 빚을 갚지 못해서 고향인 제주도까지 도망간 상황이었다. 하지만 결국 위치가 파악되어 붙잡혔다면 어떻게 될까.

"영화를 보면 남의 돈을 떼먹고 도망간 사람을 붙잡았을 때 거래를 하는 모습이 나오잖아요? 빚을 탕감해주는 대신 위험한 일을 시키는 장면 같은 것 말이에요."

"정규를 시켜 제게 해를 입히려 했다는 말씀이십니까?"

"네, 하지만 실패했으니까 죽인 거죠. 영화처럼요."

만약 누군가가 자신이 계획한 연극 무대에 빚을 미끼로 해서 정규를 출연시키기로 했다면, 섭외 대사로는 '주현에게 살인 누명을 씌워야 하니 네가 좀 죽어줘라'보다는 '돈을 못 갚겠다면 네가 죽거나 주현을 죽여라'가 좀더 어울리기는 한다.

주현은 성민의 추측에 대해 잠시 생각하다 말했다.

"제게 누명을 씌우려 했든, 저를 죽이려 했든, 당시 상황 자체가 의도적으로 꾸며진 것이라면 희선 씨나 소영이가 저를 그렇게까지 미워해야 한다는 소리 아닙니까? 하지만 두 사람 모두 그렇게까지 저를 미워할 이유가 없어요."

제주도에서 정규와 만난 상황에 이상한 부분이 많다는 것은 주현도 느낀다. 그러나 희선이나 소영이 굳이 그런 상황을 꾸며서까지 주현을 해하려 했을 것 같지는 않았다. 동기가 없어 보인다는 소리다.

성민은 말했다.

"두 사람이 직접적으로 주현 씨를 미워하지 않더라도, 두 사람 주변에 또 다른 누군가가 있을지 몰라요. 도박 사이트를 공동으로 운영하는 제3의 인물이 있을 수도 있잖아요."

"공범의 범위가 점점 늘어나는데 괜찮습니까?"

주현의 지적에 성민은 시선을 돌리며 씩 웃었다.

"어쨌든 소영 씨와 관련된 사람이 일련의 사건들의 범인일 가능성이 높고, 소영 씨도 거기에 어느 정도 조력했다는 게 제 생각이에요.

소영 씨가 죽은 것도 아마 동일한 범인의 소행일 거예요. 주현 씨와 헤어져서 쓸모가 없다고 생각하고 살해한 걸지도 모르죠. 단순한 내부 분열이거나 또 다른 사정이 있을 수도 있겠지만요."

"소영이 죽은 게 동일한 범인의 소행이라는 근거는요?"

"소영 씨가 죽은 장소 근처에서 주현 씨의 옷이 발견됐어요. 소영 씨의 피가 묻은 채로요."

"저는 소영이가 죽었는지도 모르고 있었는데요."

"네. 주현 씨의 말이 사실이라면 사건 현장에서 주현 씨의 옷이 발견된 건 누가 의도적으로 한 일이라는 소리가 돼요. 부평 사건과 같아요. 누군가가 주현 씨에게 소영 씨를 살해했다는 누명을 씌우려던 게 아닐까 싶어요."

주현이 범인일 가능성을 아직 배제할 수는 없다. 그러나 만약 주현이 범인이 아니라고 전제한다면, 주현의 주변에서 일어난 모든 살인 사건은 주현에게 살인자라는 누명을 씌우기 위해 저질러진 것으로 보이며, 그렇게까지 주현을 증오하는 사람이라면 결국 주현을 살해하는 데 이르렀을 가능성이 높다, 일련의 살인 사건을 저지른 범인을 찾는다면 주현을 죽인 범인을 찾을 수 있을 것이라는 게 성민의 결론이었다.

주현은 머릿속에 떠도는 수많은 생각을 정리하며 말했다.

"저는 평범하게 살아왔다고 자부합니다. 살인자라는 오명을 뒤집어씌우거나 아예 죽이고 싶을 만큼 저를 미워하는 사람이 여러 명 있을 것 같지는 않아요. 아마 주도자는 한 명이 아닐까 싶습니다. 그리고 아마 그리 멀지 않은 곳에 있는 인물이겠지요."

주현은 자신을 죽일 만큼 미워할 만한 사람으로 소영과 정규를 예상해왔다. 그러나 두 사람은 모두 주현보다 먼저 사망했다고 한다. 하지만 잘 생각해보면 주현의 추측이 완전히 틀린 것은 아닐지도 모른다. 두 사람이 직접적으로 주현을 죽인 것은 아니었지만, 주현을 죽인 살인범은 어떤 식으로든 두 사람과 관련되어 있는 듯했다. 두 사람의 생전 행적을 추적해가면 살인범을 찾을 수 있을 것 같았다.

주현은 성민에게 말했다.

"내일은 희선 씨에게 연락을 한 뒤, 태일동자를 추궁할 만한 정보를 찾아보기로 했었죠? 일단 원래 계획대로 진행하는 것이 좋을 것 같습니다."

"저도 그렇게 생각해요."

"하지만 두 사람 모두 제게 개인적인 원한이 있을 것 같지는 않습니다. 태일동자는 죽은 뒤에야 이름을 처음 들었고, 희선 씨는 이름은 알았지만 만나본 적이 없습니다. 두 사람 외에 주범이 따로 있지 않을까요?"

두 사람은 주현과 사적인 교류가 없었다. 주현의 목숨을 빼앗을 정도로 깊은 악의를 품을 이유가 좀처럼 짐작되지 않았다. 공범의 범위가 늘어나는 것은 탐탁지 않지만 성민의 말대로 아직 등장하지 않은 '제3의 인물'이 있을지도 모른다.

"두 사람 주변을 잘 캐다 보면 아는 얼굴이 나오지 않을까요?"

성민은 태연하게 말했지만 주현은 여유가 없었다. 좀더 빨리 범인을 찾고 싶었다. 그때 주현은 한 가지 생각이 떠올랐다.

"사람 피를 마시면 마음을 읽으실 수 있다고 하셨죠?"

"마음을 읽을 수도 있고, 마음을 조종할 수도 있고, 이것저것 할 수 있지요."

"혹시 남는 피가 있으시면 그걸 사용해서 태일동자나 희선 씨의 마음을 읽어주시면 안 되겠습니까? 비용은 지불할 테니까요."

성민은 잠시 생각하다 말했다.

"피는 수량이 부족한데 영혼은 남은 게 있어요."

"사람의 영혼 말씀이십니까?"

"네, 아까 보여드린 알약 있잖아요. 그것보다 좀더 농축해서 만들어진 게 있어요."

성민이 가지고 다니면서 먹는 알약은 영양제 수준이다. 효과나 가격도 좀 비싼 영양제 정도다. 그러나 한 알당 영혼 하나를 넣은 알약도 있다. 이건 확실히 식사 대용으로 먹을 만하다. 한 알당 인간의 피 몇 리터는 마신 효과가 있다.

"대신 가격도 그만큼 비싸요."

"얼마입니까?"

"한 알에 천만 원 정도 해요."

저승에는 하나의 유령이 떠돌고 있다. 자본주의라는 유령이다.

성민도 그럭저럭 먹고살 만한 편이지만, 다른 흡혈귀들에 비하면 가난하다. 외국에 있는 흡혈귀들은 대부분 정계나 재계에서 일한다. 다들 돈을 돈 같지도 않게 벌어들인다. 사람들의 마음을 조종할 수 있다는 것은 '전 재산을 내게 바쳐라' 같은 명령도 할 수 있다는 소리다. 천만 원을 벌어들이는 것은 흡혈귀에게 우스운 일이다. 저승도 흡혈귀들의 주머니 사정을 알기 때문에 그에 맞춰 시세를 정한다.

말을 잃은 주현에게 성민은 친절한 목소리로 말했다.

"그래도 주현 씨 사정이 딱하니까 원가보다 깎아드릴게요."

"얼마까지 가능하십니까?"

"500만 원으로 해드릴게요."

성민에게는 천만 원이 적지 않은 돈이기 때문에 저승의 약을 마음 껏 사들이지는 못한다. 주로 저승의 일을 도와준 뒤 보수로 돈 대신 에 약을 받는다. 실제로 돈을 주고 산 약이라면 절반까지 깎아주지는 못했겠지만, 그런 게 아니기 때문에 많이 깎아주었다.

주현은 잠시 생각하다 말했다.

"일단 두 사람 주변을 잘 캐보도록 하죠."

금액을 들으니 초조하던 마음에 갑자기 여유가 생겼다.

역시 스스로 노력해서 할 수 있을 만큼 해보는 편이 좋을 것 같았다.

13

방에 돌아간 주현은 마음이 불안해졌다. 오늘도 원일이 찾아오지 않을까 두려웠다. 원일이 오면 오늘도 '되살아나는 방법'에 대한 힌트 를 얻었는지 물을 것이다. 그럼 다시 혼란스러운 밤이 될 수밖에 없다.

주현도 다시 살아날 수 있다면 살아나고 싶었다. 그러나 어떻게든 방법을 찾으려고 애를 쓰고 싶지는 않았다. 되살아날 방법이 있는지 확실하지도 않고 방법이 있다 해도 주현에게 알려줄 것 같지 않았다. 불행은 가능성이 낮은 일에 집착하는 순간 시작되는 법이다. 그러나 주현이 아무리 미련을 버리려고 다짐해도 원일을 만나는 순간 다시 마음이 흔들릴 것 같았다.

창문 쪽을 바라보며 불안해하던 주현은 결국 방문을 열고 나왔다. 손에는 사과를 들고 있었다. 방에 혼자 있고 싶지 않았다. 선물로 산 사과를 핑계로 강인과 대화라도 나눌 생각이었다. 강인의 방은 1층 주방과 계단 사이에 있었다. 1층으로 내려와 조심스럽게 문을 두드렸다. 혹시 벌써 자나 싶었는데 다행히 안에서 인기척이 들렸다.

"무슨 일이십니까?"

문을 연 강인은 친절한 목소리로 맞아주었다. 주현은 사과를 내밀며 오후에 대신 전화를 해줘서 감사했다는 말을 전했다. 사과를 본 강인은 기쁜 듯한 표정이 되어 잘 먹겠다고 했다.

강인은 주현에게 말했다.

"잠이 안 오면 과일이라도 함께 드시겠습니까?"

주현은 거절하지 않았다. 강인이 함께 먹자는 제안을 하지 않았더라도 어떤 핑계를 대서든 함께 있었을 것이다. 강인은 부엌에서 칼과 다른 과일 몇 개를 더 가져왔다. 강인이 깎아준 사과는 생전 먹던 맛과 조금도 다르지 않았다. 사과를 먹는 주현에게 강인은 말했다.

"성민 님을 너무 나쁘게 생각하지 마십시오."

갑자기 무슨 말인가 싶어서 주현은 강인을 물끄러미 바라보기만 했다. 주현의 눈빛에 감도는 의문을 깨달았는지 강인은 몇 마디 말을 덧붙였다.

"악의가 있어서 숨기신 것이 아닐 겁니다. 괜히 주현 씨를 혼란스럽게 하고 싶지 않으셨던 게 아닐까요?"

강인은 아까 주현과 성민의 말다툼을 두고 기분을 달래주려는 듯했다. 성민의 휴대폰에 남겨진 대화를 읽었을 때 실망하고 섭섭했던 것은 사실이다. 그러나 그런 감정은 길게 이어지지 않았다.

"괜찮습니다. 성민 씨도 경고를 하셨는데 신중하게 생각하지 않은 제 잘못이죠."

"무슨 경고를 하셨습니까?"

"자신을 믿되 배신당했을 때 상처받지 않을 정도로만 적당히 믿으라고 하셨습니다."

강인의 미소가 난감한 빛을 띠었다. 주현은 사과를 먹던 포크를 내려놓으며 이어 말했다.

"이승에서 저를 도와주는 유일한 분이라고 생각했기 때문에 저도 모르게 심리적으로 의지하고 있었던 모양입니다. 하지만 애초에 해서는 안 될 기대였죠. 저는 잠시 스쳐 지나가는 인연일 뿐인데, 제가 기대하는 것만큼 저를 믿어주시기는 어려웠을 겁니다. 제가 봐도 저는 의심스러운 상황이기도 하고요."

주현은 침착하게 말하려 했지만 작은 떨림마저 지울 수는 없었다. 강인은 주현을 다독였다.

"아닙니다. 성민 님께서는 원래 다른 사람을 쉽게 믿지 않으시는 편이세요. 그리고 주현 씨도 잠시 스쳐 지나가는 인연 정도로 보지 않으신다고 생각합니다. 오늘 주현 씨를 위해 태일동자의 마음을 읽으려고 흡혈귀의 힘을 사용하셨을 정도니 말입니다."

피가 항상 부족하다 보니 성민은 흡혈귀의 힘을 사용하는 데 인색하다. 홍인철강에서 주현이 사라졌을 때처럼 여분의 피도 있고 힘을 사용하지 않으면 일 자체를 망칠 수 있는 부득이한 상황에서나 힘을 사용하는 편이다. 그러나 오늘 성민은 굳이 힘을 사용하지 않아도 되는 순간에 힘을 사용했다.

"성민 님은 주현 씨가 저승에 돌아갈 때까지 동행하셔야 합니다. 주현 씨는 살인범을 빨리 찾으시면 좋겠지만 성민 님께는 살인범을 빨리 찾는다 해도 어떤 이득도 없어요. 살인범을 찾기 위해 손해를 감수하고 태일동자의 마음을 읽으려 한 것은 오로지 주현 씨를 도와주기 위한 목적이셨죠. 성민 님 마음을 제가 알 수 있는 것은 아니지만, 주현 씨에 대해 어느 정도는 친근감을 느끼고 계시는 것 같습니다."

강인의 말을 들은 주현은 안도했다. 주현은 처음 만났을 때보다는 성민을 가깝게 느끼고 있었다. 배신감을 느낄 정도로 심리적으로 의지했다. 하지만 성민의 마음은 알 수 없었다. 성민은 처음 만났을 때부터 줄곧 주현에게 친절하게 대해주었다. 그래서 오히려 어느 정도 친분이 쌓였는지 짐작하기 어려웠다. 성민과 오랫동안 함께 지낸 강인이 저렇게 말해준다면, 적어도 스쳐 지나가는 타인의 단계는 벗어난 게 아닌가 싶었다.

"주현 씨도 좀더 성민 님을 편하게 대해주세요. 생각보다 대하기 어려운 분은 아니십니다. 아직 며칠은 함께 있어야 하는 사이 아닙니까?"

"저도 그렇게 생각합니다. 이승에서 생각하던 흡혈귀 이미지에 비하면 정말 신기할 정도예요."

"흡혈귀들이 모두 성민 님 같지는 않습니다. 오히려 이승 영화나 드라마에 나오는 흡혈귀 이미지에 가까운 분들이 많지 않을까 싶네요. 제가 봐도 비정하다 싶은 분들이 대부분이시니까요. 성민 님께서 정말 보기 드물게 인간다운 성품을 가지신 겁니다."

성민은 흡혈귀가 존재하지 않는 땅에서 홀로 태어나 어느 유목민 가족의 도움을 받아 자라났다. 성민의 인생에서 지극히 짧은 순간이었지만, 가장 행복하고 편안한 시간이었다고 지금도 종종 이야기한다. 강인이 보기에 성민은 지금까지 수백 년의 삶을 살아오는 동안 늘 다시 그런 가족과 만나기를 기원하는 듯했다. 완전하게 편안히 쉴 수 있는 장소를.

"하지만 쉽지 않은 일입니다. 인간은 언젠간 죽으니까요. 잠시 친분이 깊어졌다 해도 몇십 년이 지나면 헤어지게 됩니다. 그러면 다시 새로운 사람을 찾기 위해 오랜 시간을 헤매야 하고요."

쓸쓸한 표정으로 말하는 강인 앞에서 주현은 무심결에 이런 질문을 던질 뻔했다.

'그래서 친구를 되살리려 하셨던 건가요?'

주현은 혀끝까지 나온 말을 간신히 억눌렀다. 이런 걸 물어보려고 강인의 방에 온 것이 아니었다. 하지만 한번 터지기 시작한 궁금증은 도저히 주현의 의지로는 막을 수 없었다. 어느 정도로 친한 친구였을까? 얼마나 오래 알았고, 얼마나 많은 일을 함께 겪었을까? 매일 밤 주현의 마음을 휘젓고 가는 원일의 이야기가 정말 진실인지 거짓인지 확인하고 싶어서 참을 수 없었다. 무엇보다 정말 그런 방법이 있는지부터 궁금했다. 그런 방법이 애초에 존재하지 않는데 이런 고민을 하는 것은 무의미했기 때문이다. 주현은 조심스럽게 한마디씩 입을 열었다.

"윤진 씨 어머님 말인데요."

"네."

"돌아가신 뒤 악귀가 되셨다는 이야기가 있던데, 사실인가요?"

강인은 다소 놀라는 표정으로 주현을 바라보았다. 어디서 그런 이야기를 들었느냐는 눈치였다. 강인은 잠시 망설이는 듯하더니 깊게 캐묻지 않고 질문에 답해주었다.

"그렇습니다."

윤진의 어머니는 좋은 사람이었다. 과일가게에서 점원으로 일했는데, 항상 웃으며 손님을 맞이해서 동네 사람들 사이에서 평판이 좋았다. 그러나 아무리 착하고 좋은 사람이라 하더라도 예상치 못한 죽음은 이승에 대한 미련을 남기기 마련이다.

"갑작스럽기는 했습니다. 속이 안 좋고 몸에 기운이 없으니 약이나 좀 지어 먹어야겠다고 병원에 갔는데, 일주일도 되지 않아 목숨을 잃었어요. 심장 혈관 쪽에 문제가 있었는데, 의사도 발견하기 어려운 병이라 치료 시기를 놓쳤던 겁니다. 주변 사람들도 놀라고 당황했는데, 본인이야 말할 것도 없었겠지요."

강인도 성민과 함께 윤진의 어머니 장례식에 갔다. 강인은 장례식장에 가는 것을 좋아하지 않는다. 죽은 사람을 그리며 곡을 하는 유족과 문상객들의 모습을 보면 마음이 안 좋다는 것이 첫 번째 이유이며, 유족과 문상객들 옆에서 같이 우는 망자의 모습을 애써 못 본 척무시하는 것이 쉽지 않다는 것이 두 번째 이유다.

윤진의 어머니가 죽었을 때도 마찬가지였다. 귀신이 된 윤진의 어머니는 자신의 장례식에서 이승에 남겨둔 어린 딸을 붙들고 하염없이 울었다. 안타까운 마음에 달래주고 싶기도 했지만, 늘 그렇듯 두 사람은 못 본 척하며 조문을 마친 뒤 집으로 돌아왔다.

그런데 그날 밤 윤진의 어머니가 성민의 집을 찾아왔다.

"대체 어디서 어떻게 알았는지 모르겠지만, 저와 성민 님이 저승을 본다는 것을 알고 찾아왔더라고요. 알고 찾아왔는데 모른 척할 수도 없어서 맞아줬죠. 딸을 잘 부탁한다고 해서 알겠다고, 어른이 될 때까지 잘 돌봐주겠다고 말하고 달래서 담당 저승사자에게 인계했습니다."

그렇게 끝난 줄 알았다. 그러나 발인이 끝나고 이틀 후, 갑자기 동네에 악귀가 나타났다. 윤진의 어머니였다.

"이승에 속한 사람들조차 기운을 느낄 수 있을 만큼 아주 강한 악귀였습니다. 그래 봐야 이승 사람들은 돌연 강한 돌풍이 분다고만 느꼈겠지만, 저나 성민 님은 아주 골치가 아팠죠. 일이 끝난 뒤에도 부서진 집을 수리하느라 한 달 동안 남의 집에 더부살이를 해야 했던 것도 힘들었고요."

"피해를 많이 입으셨나 보군요."

"네, 이 주변에서는 저희 집이 가장 피해를 많이 입었습니다."

"피해가 컸던 이유는 악귀의 목표가 이 집이었기 때문이죠?"

강인은 그게 무슨 말이냐는 듯한 표정을 지었다. 주현의 입은 끝내 참지 못하고 직접적인 질문을 던졌다.

"악귀는 되살아나는 방법을 알고 싶어서 이 집에 찾아왔던 것 아닙니까?"

온화하던 강인의 표정이 굳어갔다. 온기 잃은 시선을 마주하자 주현은 자신이 주워담을 수 없는 말을 내뱉었다는 것을 알았다.

주현은 원일을 피해 강인의 방에 왔다. 원일이 찾아오는 것을 피하고 싶었던 까닭은 마음이 흔들리는 게 두려웠기 때문이다. 마음이 흔들리는 것이 두려웠던 이유는, 결국 마음을 완전히 비우지 못해서였다.

주현은 받아들이기로 했다.

자신이 이승에 남고 싶어한다는 것을.

회사에 출근하고, 가족과 친구들을 만나고, 퇴근 후 맥주 한 캔을 마시며 영화를 보던 삶으로 돌아가고 싶었다. 죽는다 해서 삶이 완전히 끝나는 게 아니라는 것은 알았다. 그러나 그 삶에는 주현이 지금껏 살아오며 즐기던 모든 것들이 빠져 있었다. 그런 삶에 무슨 의미가 있겠는가.

"누가 주현 씨에게 윤진 씨 어머님에 대한 이야기를 해주었습니까?"

강인은 심각한 목소리로 물었다. 주현은 답하지 않았다.

침묵이 흘렀다.

한참 후 강인은 한숨 섞인 듯한 목소리로 말했다.

"윤진 씨 어머님이 악귀가 되어 성민 님의 집을 습격한 이유는 말씀하신 대로 되살아나는 방법을 알고 싶어했기 때문입니다. 대체 누가 말해줬는지는 모르겠지만 성민 님이 죽은 사람을 살릴 수 있는 방법을 안다고 오해한 모양이었습니다."

"오해라고요?"

"네, 그런 방법은 없으니까요."

강인의 어조는 단호했다. 그런 방법이 있다면 저승에서 가만히 있었겠냐는 것이었다.

"누가 주현 씨에게 그런 이야기를 했는지는 깊게 묻지 않겠습니다. 잊어버리세요. 이승에서 저승으로 갈 수는 있어도 저승에서 이승으로 올 수는 없습니다. 괜히 주현 씨 마음만 힘들어질 뿐입니다."

안다. 하지만 이미 늦었다.

주현의 마음은 돌이킬 수 없을 정도로 힘들어졌다.

14

영우는 동료 형사와 함께 카페에 갔다. 오늘 조사한 사건 관련 이 야기를 나누고 결과를 정리하기 위해서였다. 서울로 돌아가면 다시 경찰서로 복귀하기도 뭐 하고, 퇴근하기도 애매한 시간이 될 것 같아 서 차라리 인천에서 업무를 마무리 짓기로 했다.

인천에서 조사한 사항들을 노트북으로 정리 중일 때 휴대폰이 울렸 다. 낮에 인천 경찰서에서 만난 형사였다. 영우는 바로 전화를 받았다.

"네, 형사님. 무슨 일이십니까?"

"실종 사건 수색 결과를 공유해드리려고 연락드렸습니다."

결과부터 말하자면, 특별한 소득은 아직 없었다. 오후부터 해가 질 때까지 몇 시간밖에 수색을 하지 못한 상황이다. 산이라 일몰 후에도 무리하게 진행할 수는 없었다. 실종자가 어린아이라면 모를까 성인 남자다 보니 아무리 강력사건 용의자라 하더라도 밤 수색까지 해가 며 적극적으로 찾아달라고 촉구하기가 어려웠다. 내일 다시 수색을 이어가기로 했으니 기다려달라고 했다.

"일단 차가 주차되어 있던 삼계탕집 주차장 근처 산속에서, 뭐, 산 속이라고 해도 막 나무가 무성한 그런 산은 아니고 잡초 좀 자라는 공터 같은 곳인데요, 거기서 소형 트럭 흔적을 찾기는 했습니다."

공터에는 눈이 쌓여 있었다. 그런데 눈이 고르지 않게 굴곡지어 쌓 여 있었다. 한 경찰이 그 자국을 보고 '트럭 같은 게 주차되어 있다 빠 져나온 자국이 아닌가?' 하는 의문을 제기했다. 공터 안쪽으로 사각 형의 굴곡이 져 있고, 산길과 이어지는 쪽으로 바퀴 무늬를 연상시키 는 선형 굴곡들이 여러 줄 이어져 있었다. 줄자로 재보니 정말 1톤 트력 크기와 유사했다.

"인천 쪽에 최근 눈이 몇 번 왔습니다. 월요일하고 수요일에요. 눈이 내리기 시작한 후 얼마 지나지 않은 시점에 차를 세워두었다가 눈이 쌓인 후 차를 빼면 가려져 있던 부분만 눈이 덜 쌓여 있지 않겠습니까? 그러다가 수요일 오후에 눈이 오면서 눈이 굴곡지게 쌓인 것처럼 보이게 된 거죠."

공터는 삼계탕집에서 멀지 않아 장사가 잘될 때 임시 주차장처럼 쓰는 곳이라고 했다. 그런데 삼계탕집 주인 말로는, 최근에는 날도 춥고 하다 보니 산에 찾아오는 사람들이 많이 줄어서 그쪽으로 차를 안 내한 일이 없었다고 했다.

"눈 아래에 바큇자국이 남아 있을 것 같은데 지금은 일단 주변에 폴리스라인만 쳐두었습니다. 눈 내리는 겨울밤에 산에 왔다가 차를 버리고 사라졌다면 산속 어딘가에서 얼어 죽었거나, 다른 차로 갈아타고 산을 내려갔을 두 가지 가능성이 가장 높지 않겠습니까? 산 주변 CCTV를 확인하면서 트럭이 빠져나가는 장면이 찍혔나 확인해보려고 합니다. CCTV가 없는 샛길 쪽으로 빠져나갔을 가능성도 물론 있지만 말입니다."

영우는 고맙다며 잘 부탁한다고 했다. 그러나 형사의 이야기는 아직 끝나지 않았다.

"그리고 실종자 가족에게 연락해서 동의를 받고 차 안을 수색해봤습니다. 블랙박스가 있으니 뭔가 정보가 있을까 싶어서 살펴봤던 건데, 메모리카드를 확인하니 영상이 없더군요."

"녹화가 안 된 겁니까?"

"아닙니다. 녹화 설정은 되어 있어요. 메모리카드가 비어 있는 겁니다."

"누가 건드렸다는 말씀이십니까?"

"그런 게 아닌가 싶습니다. 물론 단순 고장일 수도 있겠지만요. 실종자 차 주변에 수상한 여자가 돌아다니는 게 근처에 주차되어 있던 차 블랙박스에 찍히기는 했는데……."

"수상한 여자요?"

"혹시 모르니 일단 영상을 보내드리겠습니다. 그리고 블랙박스 메모리카드는 오늘 중에 복원해보고 결과가 나오면 말씀드리겠습니다."

형사는 오늘 수색과 관련된 자료는 곧 보내줄 거고, 내일 수색에도 뭔가 유의미한 성과가 있다면 연락을 주겠다고 했다. 영우는 거듭 고맙다고 하고 전화를 끊었다.

블랙박스에 내심 기대를 걸고 있었는데 다소 실망스러웠다. 그래도 어지간한 메모리카드 손상은 복구가 된다. 고장으로 녹화 자체가 되지 않은 케이스가 아니라면 조만간 살펴볼 수 있을 것이다.

잠시 기다리자 형사가 자료들을 보내왔다. 영우는 바로 근처에 있던 차 블랙박스에 찍혔다는 수상한 여자 영상부터 확인했다. 각도를 보니 삼계탕집 입구에 주차되어 있던 차에서 찍힌 블랙박스 영상인 듯했다. 그곳에는 한 여자가 주현의 차로 다가가더니 허리를 굽히고 운전석 쪽을 한참 들여다보다가 떠나는 장면이 찍혀 있었다.

예상한 얼굴이었다. 윤진이다.

영우는 형사에게 다시 전화를 걸어 말했다.

"형사님, 실종자 차 주변에서 찍혔다는 여자 말인데요, 제가 아는 기자입니다. 실종 사건을 취재 중인 걸로 압니다."

"아, 그렇습니까?"

"네, 뭐 특별히 건드린 게 없다면 내버려둬도 될 거 같습니다."

"그런데 잘 보시면 여자가 떠나기 전에 주황색 불이 깜빡깜빡거리지 않습니까?"

"네, 보입니다."

"그러다 여자가 떠나려 하니까 갑자기 파란색 불이 들어옵니다."

"그렇군요."

"블랙박스 업체 매뉴얼을 찾아보니까 주황색 불이 깜빡이는 건 메모리카드 장착이 제대로 되지 않았다는 소리라더군요."

주현의 차 블랙박스는 시동이 걸려 있을 때만 찍히도록 설정되어 있었지만, 시동이 꺼져 있을 때도 파란색 LED 램프가 깜빡이며 녹화 중인 것처럼 가장하는 방범 기능이 있었다. 그러나 메모리카드가 제대로 장착되어 있지 않거나, 용량이 부족한 상황이라면 주황색 불이 깜빡인다.

"그 여자가 왔다 가자 갑자기 LED 램프 색이 주황색에서 파란색으로 바뀌었다는 것은 블랙박스를 건드렸다는 소리 아닌가 싶은데요."

영우가 봐도 그랬다. 윤진의 움직임에 따라 타이밍 좋게 LED 램프 색이 바뀌었다.

"하지만 차문과 차창은 닫혀 있지 않았습니까?"

"영상 각도상 정말 저 때 차창이 닫혀 있었는지 확실하지 않아요."

주현의 차가 찍힌 블랙박스 영상은 삼계탕집에 채소를 납품하는 거래처 차량에서 나온 것이라고 했다. 채소를 납품하기 위해 잠시 삼계탕집 입구 앞에 차를 세웠을 때 우연히 찍혔다. 각도상 주현의 차가 선명하게 찍혀 있기는 했지만, 윤진의 행동이 잘 보이지는 않았다.

윤진은 운전석 쪽으로 걸어갔다가 허리를 굽히더니 한참 후에 폈다. 처음 영상을 봤을 때는 단순히 차창을 통해 운전석 쪽을 바라보는 것이라고 생각했다. 그러나 만약 저 때 차창이 열려 있었다면 윤진이 안으로 손을 넣어 메모리카드를 끼워넣었을 가능성도 있어 보였다.

"기자라면 무리한 취재를 할 수도 있지 않을까요?"

영우는 형사가 왜 윤진을 의심하는지 알 것 같았다. 오히려 실종 사건을 수사 중인 기자라는 정보를 준 것이 의심을 북돋웠을지도 모른다.

"어디까지나 추측 아닙니까? 확실하지 않으니 제가 기자를 만나 확인해보겠습니다."

형사는 알겠다며 전화를 끊었다.

영우는 다시 한번 윤진이 나온 영상을 돌려 보며 생각에 잠겼다. 윤진은 반드시 얻고 싶은 정보가 있다면 거짓말이든 편법이든 불사할 성격이기는 하다. 하지만 대놓고 불법을 저지를 만큼 멍청하지는 않다. 더구나 근처에 주차된 차에 블랙박스가 있는 걸 알았을 텐데 차창을 건드렸을 것 같지 않았다.

일단 윤진과 만나서 당시 상황을 들어볼 필요는 있을 것 같았다.

12월 23일 토요일, D-2

1

윤진은 부평역 근처 모텔에서 하룻밤을 보냈다. 주현이 묵었던 바로 그 모텔로, 이름은 페스티발 모텔이었다. 처음에는 좀더 깨끗하고 괜찮은 숙소가 없는지 이리저리 찾아보다가 결국 이곳으로 오게 되었다. 한번쯤 현장을 점검해보는 것도 필요할 것 같았다.

말이 모텔이지 여관과 다를 바 없는 시설이었다. 언제 도배했는지 모를 꽃무늬 벽지는 누렇게 떠 있었고 텔레비전 리모컨에는 먼지가 잔뜩 껴 있었다. 역에서 가깝고, 2인실 가격이 주말 1박에 3만 원으로 저렴한 것이 유일한 메리트였다.

윤진은 아침에 일어나 짐을 싸서 나갈 때 일부러 뒷문을 골랐다. 뒷문은 좁은 골목으로 이어져 있었다. 그리고 바로 옆에 그 여인숙이 보였다. 여인숙은 모텔보다 훨씬 더 시설이 안 좋아 보였다. 외관만 봐도 지어진 지 40년 이상은 되어 보였다. 뒷문 쪽 골목은 사람이 거의 지나다니지 않았다. 모텔 뒷문으로 나가서 여인숙 뒷문으로 들어가면 사람들 눈에 거의 띄지 않고 이동할 수 있을 것 같았다. 여인숙에서 살인 사건이 발생했을 때, 바로 옆 모텔에 묵은 사람들까지 용의선상에 오르는 것이 이상한 일은 아니었다.

윤진은 생각에 잠긴 채 영우와 만나기로 한 카페로 향했다. 영우에게서 만나자는 전화가 온 것은 어제 윤진이 모텔에 체크인한 뒤였다.

'내일 만날 수 있나?'

전화를 받은 윤진은 당황했다. 왜 갑자기 영우가 만나자고 하는지 불안했다. 하지만 형사님 명을 거절할 수는 없었다. 주현의 실종과 관련된 경찰 수사가 어디까지 진행되었는지 확인해보는 것도 나쁘지 않을 것 같았다.

문제는 윤진이 다음 날 인천에서 주현의 친구와 만나기로 했다는 점이었다.

'당연히 시간을 내야죠. 그런데 내일 제가 오후 2시에 인천에서 약속이 있는데, 오후 5시 이후에 만날 수 있을까요?'

'점심 먹기 전에 만나는 건 어떤가?'

'그것도 좋지만 하필이면 제가 지금 인천이라서요. 내일 약속 시간까지는 인천에 머물 생각입니다. 혹시 급한 용건이신가요? 그럼 오전 중에라도 제가 서울에 잠깐 다녀오는 걸로……'

'아, 그럴 필요 없네. 나도 인천이거든. 내일까지는 여기 있을 거야.'

윤진은 당연히 영우가 저녁을 먹고 서울로 돌아갔을 거라고 생각하고 있었다. 영우가 이곳에 온 것은 주현의 실종을 조사하기 위해서가 아닌가 싶었다. 그러나 영우는 윤진이 생각하는 것보다 더 열심히 실종 사건을 수사 중인 듯했다. 아마 주현을 전 여자친구를 죽인 살인범이라고 의심하고 있기 때문일 것이다.

어쨌든 윤진은 오전 10시에 부평 카페에서 영우와 만나기로 했다. 9시 50분쯤 카페에 도착해 앉아 있자 곧 영우가 카페 문을 열고 들어왔다.

"어이, 김 기자."

영우는 혼자였다. 성큼성큼 걸어온 영우는 윤진의 맞은편 자리에 앉았다.

"고생이 많네."

"형사님도 노고가 많으십니다. 실종 사건을 조사하시는 중입니까?"

"그렇지. 자네도 그거 취재하러 인천에 온 거 아닌가?"

"네, 그렇습니다."

윤진은 영우에게 커피를 권했다. 그러나 영우는 바로 떠날 거라며 거절했다.

"뭐 좀 성과가 있나?"

"그냥 여기저기 돌아다니는 중입니다. 형사님께서는 어떠십니까?"

"어제 인천에서 실종자 차를 발견했거든."

"아, 그러세요?"

"왜 놀라나? 자네도 어제 실종자 차가 있는 곳에 가지 않았나? 삼계탕집 앞."

윤진은 잠시 얼굴이 굳었지만 곧 웃으며 말했다.

"형사님은 모르는 게 없으시네요."

"블랙박스에 찍혔거든."

"네?"

"삼계탕집에 채소 납품하러 오는 차 블랙박스에 자네 모습이 찍혀 있었다고."

영우가 윤진이 실종자 차를 발견했다는 것을 안 것은 블랙박스를 확인했을 때가 아니다. 그보다 이른 시간에 삼계탕집을 직접 찾았을 때 알았다. 그러나 영우는 일부러 그렇게 말했다.

윤진은 당황했다. 어제 삼계탕집 앞에 차가 서 있는 것을 본 것 같기는 했다. 그런데 영우가 그 차 블랙박스까지 확인할 줄은 몰랐다. 하지만 설령 확인했다 해도 윤진이 한 일이라고는 차 안을 들여다본 것 정도다. 이상한 행동을 한 것은 하르다. 그러나 하르가 차 안에 들

어갔다 나오는 장면은 이승의 카메라에 찍히지 않았을 것이다. 윤진
의 눈에도 보이지 않았는데 카메라에 찍혔을 리 없다.

윤진은 당당하게 말했다.

"아, 네. 혹시 차 안에 실종자의 흔적이 있지 않을까 해서 살펴보
긴 했어요. 하지만 별다른 건 없던데요? 겨우 차를 찾았는데 좀 아쉬
웠죠. 형사님께서는 차 내부까지 확인해보셨겠지요? 뭐 좀 찾으셨나
요?"

"아니, 별다른 건 없었네."

"정말 사소한 내용이라도 좋아요. 뭔가 찾으셨다면 귀띔이라도 해
주세요."

"별거 없었다니까."

영우는 딱 잘라 말했다. 실제로도 별다른 게 없기는 했다. 영우는
윤진에게 되물었다.

"자네야말로 실종자의 차에서 뭔가 찾아내지 않았나?"

"아뇨, 특별한 건 없던데요."

"블랙박스 같은 것 말이네."

윤진은 다시 한번 당황했다. 하지만 윤진이 블랙박스를 봤다는 사
실을 영우가 알 리 없었으니, 윤진은 태연한 목소리로 말했다.

"블랙박스를 제가 어떻게 보나요? 차문이 잠겨 있었는데. 혹시 형
사님께서는 블랙박스를 확인하셨나요? 쓸 만한 내용이 있었다면 알
려주시면 안 되나요?"

"나도 확인 못했네."

"아, 아직 전부 돌려보지 못하신 건가요?"

"블랙박스 메모리카드가 삭제되어 있던데?"

"네?"

태연함을 가장하던 윤진이 처음으로 크게 흔들렸다. 윤진은 이틀 전 밤 기억을 필사적으로 떠올려봤다. 그러나 아무리 머리를 뒤져도 영상을 삭제한 기억은 없었다. 굳이 뒤져볼 필요도 없었다. 윤진이 증거를 훼손할 이유가 없다. 잠시 확인하고 그대로 되돌려놓으려고 생각했다. 심지어 주현 본인의 허락까지 받고 한 행동이다.

나중에 찾아보기 편하게 한다고 메모리카드 영상을 편집하기는 했다. 혹시 그 과정에서 실수로 지운 건가. 설마. 의도적으로 지운 기억은 없었지만 실수로 지웠을 가능성까지 부정할 수는 없었다. 윤진으로서는 매우 양심이 찔릴 수밖에 없는 상황이었다. 경찰이 보기 전에 증거물을 본데다 훼손까지 한 것이니 말이다.

그렇다고 복사해둔 파일을 수사에 참고하라며 건네줄 수도 없었다. 문이 닫힌 차에서 메모리카드를 꺼낸 과정을 솔직히 말해봐야 믿어주지 않을 거고, 적당히 둘러댈 만한 거짓말도 생각나지 않았다.

"복구되는 거죠?"

"해봐야 알지."

"잘될 거라고 믿습니다. 뭔가 나오면 말씀해주세요."

연기력을 최대한 끌어내는 윤진에게 영우는 슬쩍 물었다.

"혹시 자네가 건든 것은 아니지?"

"제가 어떻게 차 안에 있는 블랙박스를 건드리나요?"

자신은 차문을 따는 법을 모른다고 강하게 어필하는 윤진에게 영우는 블랙박스에 찍힌 상황을 말해주었다. 윤진이 왔다 간 뒤 때맞춰 블랙박스 LED 램프 색이 바뀌었다는 이야기였다. 윤진은 심장이 가슴을 쿵쿵 때리는 것을 느끼며 말했다.

"우연이겠죠. 제가 차 유리를 통과할 수 있을 리도 없고."

"당시 차창이 열려 있지는 않았나?"

"닫혀 있었습니다. 정 의심되시면 블랙박스 주변에 제 지문 같은 게 남아 있나 한번 봐보세요."

까마귀 깃털은 발견될지 몰라도 윤진의 흔적은 없을 것이다.

"정말 아무것도 만지지 않았지?"

"그렇다니까요."

"취재도 좋지만 아무거나 건드리고 다니지 말게."

"당연하죠!"

영우는 윤진이 진실을 말하는지 거짓을 말하는지 미심쩍었다. 그러나 윤진의 말대로였다. 차 안에서 윤진의 지문이나 DNA 정보라도 확인되지 않으면 추궁해봐야 의미가 없다. 지금은 일단 윤진의 입장을 확인한 것으로 만족하기로 했다. 제대로 추궁하는 것은 차 안을 조사한 다음으로 미뤄도 된다.

윤진은 말이 줄어든 영우에게 조심스럽게 물었다.

"형사님은 주현 씨를 살인범이라고 생각하시는 거죠?"

"주현 씨? 꽤 친한 사이인 것처럼 부르는군."

윤진은 자신도 모르게 평소 주현을 부르던 입버릇이 나온 걸 깨닫고 서둘러 수습했다.

"취재하다 보면 친분 있는 사이처럼 느껴지는 경우가 있더라고요. 형사님은 그런 경험 없으신가요?"

수상하다는 듯한 영우의 시선을 온몸에 받으며 윤진은 애써 다시 한번 물었다.

"어떤 이유로 살인범이라고 생각하시나요?"

"그 부분은 취재가 안 됐나?"

"이제부터 취재해보려고 하는 참입니다."

"아직 외부에 공개할 단계가 아냐."

"그래도 뭔가 확신이 들 만한 증거가 나온 것 아닙니까?"

"나중에 다시 이야기하지. 일이 많아서 나는 그만 가봐야겠네."

영우는 자리에서 일어났다. 블랙박스에 찍힌 윤진의 동작이 무슨 의미였는지 확인하고자 만난 자리지, 윤진에게 정보를 주기 위해 만난 자리가 아니었다.

윤진은 커피가 아직 많이 남았음에도 그대로 영우의 뒤를 따라왔다.

"사건 현장에서 증거물이 발견된 건가요? 예를 들어 주현 씨의 소지품 같은 거 말이에요."

윤진은 영우에게 뭐라도 정보를 끌어내기 위해 집요하게 물었다. 그러나 영우는 완고하게 입을 다물었고 마음이 급해진 윤진은 결국 보다 직접적으로 물어보았다.

"소지품 같은 건 누군가가 일부러 갖다놓았을 가능성도 있지 않을까요?"

거침없이 걷던 영우가 드디어 걸음을 멈추었다.

"진범이 누명을 씌웠다는 소린가?"

"그럴 가능성도 있죠."

"그런 부분은 우리가 알아서 하니 자네가 신경 쓸 게 아니네."

윤진은 침을 꿀꺽 삼키며 말했다.

"죄송합니다. 가능성 중 하나를 말씀드린 것뿐입니다. 그럼 혹시 CCTV나 DNA 정보 같은 보다 확실한 증거가 발견되었다고 생각해도 될까요?"

"나중에 때가 되면 공개하겠다니까."

"CCTV나 DNA 정보 같은 건 발견되지 않았지요? DNA 정보가 발견되었다 해도 머리카락처럼 누군가 가져다놓을 수 있는 것이 아니었습니까?"

질문의 의도를 영우는 어렵지 않게 파악했다. 영우도 윤진에게 직접적으로 물어보았다.

"자네는 박주현이 살인범이 아니라고 생각하나?"

"가능성을 열어두고 싶을 뿐입니다."

"근거는?"

"네?"

"누명을 썼다고 주장하려면 근거는 있어야 하지 않나?"

"저는 주장을 하려는 게 아니라 확실해지기 전까지 다양한 각도에서 취재를⋯⋯."

"단순히 취재를 하려는 게 아닌 거 같은데?"

영우는 가능성을 열어두려는 수준이 아니라 의도가 있는 질문처럼 여겨진다고 말했다. 윤진은 아무 답변도 하지 않았다. 실제로 의도가 있는 질문이었으니 말이다.

"살인 누명을 씌울 만큼 타인을 증오하는 경우가 어디 흔한가? 누명을 씌울 정도로 박주현에게 원한을 가진 사람이 있는지부터 취재하고 오게."

영우는 다소 귀찮다는 말투로 말한 뒤 인사도 없이 떠나갔다. 윤진도 더 이상 영우의 뒤를 쫓아가지 않았다.

"안 그래도 그렇게 하려고 했습니다."

떠나가는 영우의 뒤에 대고 그렇게 말했을 뿐이다.

들리지 않을 정도로 작은 목소리로.

2

늦게 잠들었지만 주현은 일찍 깨어났다. 오전 8시도 되지 않았는 데 눈이 떠졌다. 하지만 한동안 침대에서 몸을 일으키지 못한 채 누 워 있었다. 어젯밤 강인과 나눈 대화가 머릿속에서 지워지지 않았다. 주현도 죽은 사람을 되살릴 수 있는 방법이 있을 가능성은 낮다는 걸 알았다. 하지만 아예 없다는 이야기를 듣자 마음 어느 한 켠이 묵직 하게 내려앉는 느낌이었다.

침대에 늘어져 있던 주현은 어느 순간 단호한 마음을 먹으며 몸을 일으켰다. 빨리 조사를 시작해야 복잡한 생각을 지울 수 있을 것 같 았다.

1층에 내려가자 성민의 모습은 보이지 않았고 강인이 마당에서 세 차를 하고 있었다. 강인은 거의 매일 손세차를 하는 듯했다. 고급차 고, 요즘 곳곳의 눈 때문에 차가 더러워지기 쉽다지만, 매일 손세차를 하는 것은 차에 대한 애정이 어지간히 깊지 않으면 어려운 일이다.

강인의 일을 방해하고 싶지는 않았지만, 마음이 급하다 보니 주현 은 강인에게 다가갔다.

"언제쯤 출발할 수 있을까요?"

"오늘도 10시나 11시쯤 출발하시지 않을까요?"

강인은 평소와 같은 다정한 얼굴이었다. 어젯밤의 단호한 표정이 거짓말 같았다.

"좀더 일찍 출발할 수는 없을까요?"

"네, 성민 님께 한번 말씀드려보겠습니다."

강인은 세차를 마친 뒤 성민의 방에 갔다. 성민은 곤히 자고 있었다.

"성민 님."

깨우는 게 미안해서 강인은 옆에서 작게 이름만 불러보았다. 다행스럽게도 성민은 바로 눈을 떴다. 주현이 조금 일찍 출발하고 싶어한다는 말을 전했지만 성민은 말없이 눈만 깜빡였다. 눈만 떴지 아직 잠에서 다 깨어난 것 같지 않았다.

"많이 피곤하시죠?"

"응."

성민은 목구멍 깊은 곳에서 짜내듯 짧게 말했다. 강인은 성민을 바라보다 넌지시 말했다.

"어제 주현 씨가 제 방을 찾아와서 되살아나는 방법에 대하여 물어보았습니다."

강인은 밤새 고민했다. 주현이 자신을 찾아왔을 때 나눈 이야기를 성민에게 전해야 할지 전하지 않는 게 좋을지 망설여졌다. 하지만 주현은 이승에 남고 싶다는 미련 탓에 확인 차 한번 물어본 수준이 아닌 듯했다. 주현은 과거 윤진의 어머니가 되살아나는 방법을 찾기 위해 악귀가 되었다는 사실까지 정확히 알고 있었다. 틀림없이 누군가가 뒤에서 주현을 들쑤신 것이다.

주현은 위험도가 높은 귀신이다. 이승에 대한 집착은 악귀화로 이어지기 쉽다. 좋지 않은 상황이었다. 강인은 성민도 현 상황을 알아두는 편이 나을 것 같다고 판단해 입을 열었다.

이야기를 전해 들은 성민은 묵직하게 붙어 있던 잠이 사라지는 것을 느꼈다.

"주현 씨는 그 이야기를 누구한테 들은 거지?"

"그것까지는 잘 모르겠습니다."

성민은 한숨을 쉬며 침대에서 일어났다. 주현을 들쑤신 범인을 찾는 일은 의미 없다. 저승에서 이승으로 돌아오고 싶어하는 자들은 많이 있다. 어떻게든 성민의 주변 사람들을 꼬드겨서 되살아날 방법을 알아내고 싶어하는 망자들, 그런 꼬드김에 넘어가서 악귀가 되는 망자들, 이런 자들을 성민은 수도 없이 봐왔다. 한 명을 잡아내봐야 다른 놈이 나타날 뿐이다.

"역시 다들 이승에 남아 있고 싶어하는구나."

주현은 갑작스러운 죽음을 맞은 귀신이라는 것을 잊을 정도로 줄곧 침착한 표정으로 성민의 뒤를 따라다녔다. 그래서 성민은 주현이 이승에 대한 미련을 크게 두지 않고 있다고 생각했다. 그러나 주현역시 이승에 남고 싶었던 모양이다.

"그런데 왜 정훈이는 저승에 가겠다고 한 걸까?"

성민의 입에서 오랜 친구의 이름이 문득 흘러나왔다. 두 달 전 장례식장을 떠난 뒤 한 번도 입에 담지 않은 이름이었다. 많은 망자들이 이렇게나 이승에 남고 싶어하는데, 왜 가장 남아주길 바란 사람은 떠나갔을까?

* * *

오전 9시가 조금 넘은 시간, 성민은 준비를 마치고 차에 탔다.

"우선은 희선 씨에게 전화를 걸어볼까요?"

차를 움직이기 전에 성민이 그렇게 제안했고 주현도 동의했다. 성민은 어제 강인이 얻은 전화번호를 휴대폰에 입력한 뒤 전화를 걸었다. 그러나 신호만 갈 뿐 희선은 전화를 받지 않았다.

"일단 출발하죠."

결국 목적지도 정하지 않고 차가 출발했다.

성민은 시간 간격을 두고 두 번인가 더 희선에게 전화를 걸었다. 그래도 전화를 받지 않자 강인의 휴대폰으로 바꿔 걸었지만, 여전히 전화를 받지 않았다.

"주말 오전이니 아직 자는 중이어서 전화를 받지 못한 거면 좋을 텐데요."

성민은 덤덤하게 말했다. 주현도 단순히 전화를 받지 못하는 상황이기를 바랐다. 전화번호가 바뀌었거나 의도적으로 받지 않는 상황이면 골치가 아파진다.

"희선 씨의 전 애인을 만나볼까요?"

시간을 두고 다시 전화를 하면 희선이 받을지도 모른다. 그동안 가만히 기다리는 것보다 희선의 전 애인인 원국과 직접 만나서 이야기를 들어보는 게 어떠냐는 제안이었다. 희선이 어떤 사람인지 좀더 자세한 이야기를 들을 수 있을 것 같았다. 주현도 딱히 거절할 이유가 없어서 그렇게 하기로 했다.

갓길에 차를 세우고 강인이 원국에게 전화를 걸었다. 원국도 전화를 받지 않았다. 그러나 강인이 '신상에 좋지 않은 일이 생기실 수도 있으니 통화를 하고 싶다'는 메시지를 남기자 5분이 되지 않아 원국이 먼저 전화를 걸어왔다.

"죄송합니다! 주말이라 자느라 전화를 못 받았습니다."

기합이 들어간 목소리였다. 상대방이 평범한 운전기사라는 것을 알면 도리어 실망할 법한 태도였다.

"괜찮습니다. 혹시 오늘 시간 되시면 잠깐 뵐 수 있을까요?"

"네? 무슨 일로……."

"희선 씨에 대해 몇 가지 여쭤보고 싶은 게 있어서 그럽니다. 전화로는 묻기 곤란한 일이라."

원국은 전화 너머에서도 난감해하는 기색이 느껴질 만큼 몹시 망설였다. 그러나 결국 잠깐이라면 시간을 낼 수 있을 것 같다고 했다.

"갑자기 나오시기 어려울 테니 저희가 집 근처로 가겠습니다."

"괜찮습니다. 제가 가겠습니다."

"그럼 어디 사시는지 말씀해주시면 중간 지점쯤에서 보도록 하지요."

"아닙니다! 장소만 지정해주세요. 서울 시내 어디든 30분 안쪽으로 갈 수 있습니다!"

강인은 갑작스럽게 주말 외출 약속을 잡게 된 원국을 최대한 배려해서 장소를 잡으려 했으나, 원국은 강인의 배려를 완고하게 거절했다. 결국 한 시간 뒤에 신촌에 있는 프랜차이즈 카페에서 만나기로 했다. 강인이 현재 있는 장소에서도 멀지 않았고, 원국도 그쪽에 있는 대학을 나왔으니 지리가 익숙할 것 같았기 때문이다.

"강인이가 '신촌에 있는 대학을 나오신 걸로 아는데 그 근처에서 보자'고 했을 때 엄청 놀라는 거 같았죠? 조직폭력배에게 개인신상이 알려졌다고 생각하는 걸까요?"

성민은 어딘가 장난스러운 표정을 짓더니 휴대폰으로 검색을 시작했다. 조직폭력배가 나오는 영화들의 스틸컷이었다.

"강인아, 내 정장 가져온 거 있어?"

"네, 항상 한 벌은 가지고 다니죠."

"그럼 여기 있는 이 사람들 어때?"

성민은 스틸컷 중 하나를 강인에게 보여주었다. 조직폭력배 두 파가 맞대결을 하기 직전에 조직원들의 얼굴을 클로즈업해서 보여주는 장면이었다. 강인은 성민의 휴대폰에 나온 장면을 힐끗 보더니 킄킄 웃으며 괜찮을 것 같다고 답했다.

주현은 두 사람이 무슨 이야기를 하나 싶었다. 그러나 곧 알게 되었다. 어느 순간 주현의 옆자리에 영화 속 등장인물 중 한 명이 앉아 있었기 때문이다. 주연이 아니라 주연 옆에서 잭나이프를 들고 고함을 지르던 엑스트라 남자였다.

놀라는 주현에게 영화 속 등장인물이 말했다.

"원국 씨의 기대에 부응해드려야 할 것 같아서요. 평범한 사람들이 나와서 실망하면 재미없잖아요."

성민이었다. 외모뿐만 아니라 목소리도 조금 달라져 있었다. 강인도 성민이 보여준 스틸컷의 배우 중 한 명과 유사한 외모로 변해 있었다. 스포츠머리를 하고 턱에 칼자국이 나 있는 남자였다. 강인은 원국에게 자신이 조직폭력배라고 단 한마디도 말하지 않았다. 돈을 빌려준 적 있는 사람이라고 말했을 뿐이다. 그러나 원국은 머릿속으로 강인의 정체를 멋대로 상상하고 있는 것 같으니, 만났을 때 실망시켜주고 싶지 않았다. 물론 이런 외모를 하는 편이 이야기를 끌어내기 쉬울 것 같다고 판단한 면도 있다.

약속 장소 근처 주차장에 도착하자 성민은 정장 재킷을 걸쳐 입었다. 세미 정장을 입은 강인과 나란히 서자 누가 봐도 어엿한 건달로 보였다. 원국이 엑스트라 얼굴까지 기억할 정도의 조직폭력배 영화 마니아가 아니라면 들킬 일은 없어 보였다.

일부러 약속 시간에서 5분 정도 지났을 때 카페에 들어갔다. 모퉁이 구석 자리에 원국이 앉아 있었다. 원국은 두 사람이 들어오자마자 자리에서 벌떡 일어났다. 외모를 보자마자 직감적으로 만나기로 한 사람들이라는 것을 눈치챈 모양이었다.

"주말 오전부터 죄송합니다."

"아니, 아닙니다."

강인이 악수를 청하며 사과하자 원국은 허리 굽혀 인사하며 괜찮다고 했다. 아메리카노 세 잔을 사이에 둔 채 이야기를 시작했다.

"지금 하시는 일이 어떻게 되십니까?"

"그냥 회사원입니다."

"희선 씨와는 어떻게 만나게 되셨죠?"

"어쩌다 보니……."

자세한 이야기를 피하려는 기색이 역력한 원국에게 강인은 보다 직접적으로 물었다.

"지난번에 통화하셨을 때는 앱으로 만나셨다고 하셨는데요."

"아, 네."

"무슨 앱입니까?"

"소개팅 앱 같은 겁니다."

자신의 나이, 지역, 학교, 성격 등을 입력하고, 만나고 싶은 상대방의 정보를 입력하면 가장 잘 맞는 상대를 매칭해주는 앱이라고 했다. 사진을 보고 마음에 들면 앱 내 메신저로 말을 걸어서 만나면 된다.

강인은 요즘 젊은이들의 연애 문화에 대해서는 잘 모른다. 앱으로 사람을 만난다는 것이 특이하다 싶었지만, 잘 알지 못하는 분야에 대해 물어봐야 의미가 없을 것 같아서 일단 희선의 정보를 끌어내는 데 집중하기로 했다.

"희선 씨는 어떤 사람입니까?"

"예민한 성격이었습니다."

원국은 고민하는 기색 없이 바로 그렇게 말했다.

"어느 정도로 예민합니까?"

"마음에 들지 않는 일이 있으면 신경질을 잘 냈습니다. 기분이 좋을 때는 돈도 잘 쓰고 말도 나긋나긋하게 하고 웃기도 잘 웃는데 조금만 마음에 안 들면 고함을 질러대서 눈치껏 비위를 잘 맞춰줘야 했지요."

눈치를 보아하니 원국과 희선은 좋게 헤어진 것은 아닌 모양이었다. 원국은 희선의 성격이 얼마나 까다로운지에 대해 더 말하고 싶지만 애써 참는 눈치였다.

"도박 사이트를 운영한다는 것은 모르고 만나신 거죠?"

"당연합니다. 처음에는 평범한 의류 쇼핑몰 오너라고 알고 만났습니다."

희선은 원국과 같은 나이로 아직 20대였다. 그러나 개업한 지 2, 3년 만에 직원을 열 명 가까이 두고 안정적인 수익을 내는 쇼핑몰로 키워냈다. 원국이 보아도 희선은 트렌드를 읽어내고 마케팅을 기획하는 일에 확실히 수완이 있다 싶기는 했다.

"처음에는 운이 좋았다 싶었죠. 회사원인 저보다 네다섯 배는 많은 고소득을 올리는 애인을 만났으니까요. 비싼 차를 타고 데이트를 하고, 못 가보던 레스토랑에도 가보고, 명품 선물이라는 것도 받아보고 그랬습니다."

희선은 버는 만큼 돈을 썼다. 원국과 만날 때도 지갑을 열게 하는 일이 없었다. 희선의 비위를 맞춰주는 일은 상사의 비위를 맞춰주는 일 이상으로 힘들었지만, 돈 때문에 그나마 몇 개월이라도 버티며 사귈 수 있었던 것일지도 모른다.

"혹시 사귈 때 결혼 이야기 같은 것도 하셨습니까?"

"아니요. 그건 좀······."

원국은 말을 얼버무렸다. 혹시라도 이야기가 끊길까 싶어 강인은 화제를 바꿨다.

"소영 씨라고 아십니까? 쇼핑몰 모델이었는데."

"아, 네. 압니다."

"소영 씨와 희선 씨는 친한 사이였습니까?"

"네, 꽤 친했습니다."

원국도 희선의 회사에 찾아갔을 때 소영을 몇 번 보았다. 처음에는 아끼는 모델 정도로 생각했는데, 보면 볼수록 그보다 친한 것 같았다.

"대학 동기인 박주현 씨를 소영 씨에게 소개시켜주지 않으셨습니까?"

원국은 바로 답변하지 않았다. 조직폭력배가 어떻게 그런 내용까지 아나 싶은 눈치였다.

강인은 소영도 우리 돈을 떼먹고 잠적한 상태라서, 소영의 주변 관계에 대해서 확인하고 싶다는 말로 대충 넘겼다.

그제야 원국은 주현과 소영의 소개팅을 주선해준 적이 있다고 인정했다.

"왜 주현 씨를 소개하신 겁니까?"

원국은 변명이라도 하듯 구구절절 사연을 늘어놓았다.

원국은 주현과 그다지 친하지 않았다. 대학 동기라 얼굴은 알고 지냈지만, 동기 모임에서 만나더라도 서로 멀리 떨어진 자리에 앉아 끝날 때까지 한두 마디 나누는 것이 고작이었다. 딱히 트러블이 있는 것은 아니지만, 이상하게 서로 마주해도 할 말이 없는 상대가 있다. 원국에게 주현은 그런 상대였다.

원국이 소개팅을 주선한 것은 희선과 사귄 지 한 달 정도 됐을 때였다. 원국의 SNS를 구경하던 희선이 사진 속에 있는 주현을 꼭 찍어서 이 남자와 소영을 만나게 해주고 싶다고 했다.

원국은 소영에 대해서 잘 알지 못했고, 주현과도 그다지 친하지 않았다. 그러나 평소 누구에게 소개시켜줬을 때 욕먹을 사람들은 아니다 싶은 인상은 있었다. 마침 둘 다 애인이 없는 상황이라면 한번 만나게 해보는 것도 나쁘지 않겠다 싶었다. 그래서 두 사람이 만날 수 있는 자리를 마련했다.

원국의 이야기를 들은 강인이 말했다.

"소영 씨는 그때 애인이 있었습니다."

"애인이 있었다고요?"

"네, 그 일로 A&K가 한번 크게 뒤집어졌는데 모르십니까?"

"저는 전혀 몰랐습니다."

원국은 당혹스럽다는 말투였다. 소영이 양다리를 걸치던 상대가 A&K에 들이닥친 사건은 원국과 희선이 헤어진 다음에 발생해서 원국은 알지 못하는 모양이었다.

지금껏 조용히 있던 성민이 원국에게 물었다.

"희선 씨와 소영 씨는 서로 친했다고 하지 않으셨나요? 그렇게 친한 사이인데 소영 씨에게 이미 애인이 있었다는 걸 모를 수 있나요?"

"글쎄요. 둘이 서로 생각보다 친하지 않았을 수도 있고, 소영 씨가 희선이에게 애인이 없다고 거짓말을 했을 수도 있지 않을까요?"

원국은 자신은 정말 모르는 상황이라고 강조했다. 주현과 친하지는 않았지만 대학 동기 모임에서 계속 얼굴을 봐야 하는 상대인데 무슨 욕을 먹으려고 애인 있는 여자를 소개해주겠냐는 거였다.

"왜 희선 씨가 주현 씨를 소영 씨와 만나게 하자고 했을까요?"

원국은 곰곰이 생각하며 말했다.

"주현이는 꽤 잘생겼으니까…… 아마 사진에서 눈에 띄었던 게 아닐까요? 얼굴만 보고 소개해달라고 말한 건 아니고, 키나 직장 같은 것도 물어보고 난 다음에 소개해달라고 했습니다."

원국은 대수롭지 않은 일이라는 듯 말했다. 그러나 성민의 머릿속에서는 한 가지 가정이 떠올랐다.

"혹시 소개팅 앱에서 누가 먼저 말을 걸었습니까?"

"희선이가 먼저 말을 걸었던 것 같네요."

"당시 앱에 학교 이름하고 전공 같은 것을 적어두셨습니까?"

"네, 그래야 매칭이 잘되거든요."

성민이 볼 때 주현에게는 누군가의 악의가 드리워져 있는 것 같았다. 그 악의는 소영과 만난 뒤부터 위협을 드러냈다. 누군가 주현에게 소영을 의도적으로 접근시켰다면? 소개팅 앱에서 주현과 같은 학교, 같은 전공, 같은 학번인 사람을 찾아서 사귀기 시작하고, 친분과 신뢰를 쌓은 뒤 그 사람을 통해 주현에게 소영을 접근시킨 거라면? 누군가가 소영을 매개로 하여 주현을 곤경에 빠뜨릴 판을 짰을 수도 있을 것 같았다.

"희선 씨 주변에 험상궂은 사람들이 많지 않았습니까?"

원국은 적당히 웃으며 성민의 질문을 얼버무렸다. 험상궂은 사람들 앞에서 쉽게 대답하기 어려운 질문인 모양이었다. 웃음이 긍정적인 답변을 대신했다고 생각해서 성민은 보다 구체적으로 물었다.

"험상궂은 사람들과 희선 씨의 관계가 우리처럼 단순히 돈을 빌리고 빌려주는 관계였습니까? 아니면 혹시 사적으로도 친해 보이던가요?"

"사적으로 친한 듯했습니다."

원국이 언뜻 듣기로는 희선의 아버지도 험상궂은 사람들의 부류에 속한다고 했다. 서로 친한 사이는 아니라고 했지만, 그래도 핏줄은 핏줄인지 계속 선이 닿아 있는 듯했다. 아마 도박 사이트를 운영하게 된 것도 아버지 쪽을 통해서가 아닐까 싶었다.

성민은 원국을 보며 순수하게 감탄했다.

"용케 사귀셨네요."

"초반 서너 달은 멋모르고 버텼는데 아무래도 사는 세계가 너무 다르다 보니 관계를 이어나가는 게 점점 더 어려워지기는 하더군요."

"먼저 헤어지자고 하셨습니까?"

"네."

"희선 씨의 세계가 꽤 무서우셨나 보네요."

"복합적이었습니다. 결정적인 계기는 바람이었습니다."

"바람이오?"

"희선이가 저와 사귀는 중에도 앱으로 다른 남자들을 만나고 다녔거든요."

처음엔 비밀로 했지만 친분이 깊어지자 희선은 도박 사이트를 운영하며 돈놀이를 한다는 사실을 원국에게 밝혔다. 그 뒤로는 굳이 자신의 불법적 부업과 관련된 내용을 원국 앞에서 감추지 않았다. 그러다 보니 원국은 희선이 가진 세컨드 폰의 존재도 알게 되었다.

어느 날 원국은 우연히 희선의 세컨드 폰을 보게 되었는데, 거기에는 소개팅 앱이 여러 개 깔려 있었다. 앱에 접속하자 최근까지 계속 다른 남자들과 메시지를 주고받으며 연락하고 지낸 기록이 있었다. 안 그래도 희선과 헤어질까 말까 고민하던 중에 좋은 핑계가 되어주었다. 어떻게 바람을 피울 수 있느냐고, 헤어지자고 하자 희선은 원국이 상상하는 것보다 훨씬 더 깔끔하게 원국을 보내주었다. 너무 깔끔하게 보내주어서 원국이 괜히 아쉬움이 남을 정도였다.

강인은 아까 전부터 궁금하던 내용을 물어보기로 했다.

"요즘 젊은이들 사이에서는 앱으로 사람을 만나는 것이 흔합니까?"

강인도 휴대폰은 있지만 메신저나 내비게이션 앱 정도밖에 쓰지 않았다. 간단한 게임만 해도 눈이 어지러웠다. 강인은 전화기가 발명되기 전부터 살아온 옛날 사람이다. 신식 문물에 적응하는 일은 언제나 어렵다. 사건과는 관계없는 내용이었지만, 요즘은 앱을 통해 애인까지 만든다는 사실 자체가 신기해서 물어보았다.

원국이 대수롭지 않게 답했다.

"흔하지는 않지만 하는 사람은 하죠."

"하는 사람들이라면 어떤 사람들을 말씀하시는 겁니까?"

"주변에서 애인을 쉽게 만들기 어려운 사람들이오."

"아, 인기가 없는 사람들을 말씀하시는 겁니까?"

"아뇨. 인기가 없다기보다……."

강인은 별생각 없이 물어봤지만 원국은 꽤 당황했다. 원국도 앱으로 애인을 사귀는 사람이라는 것을 밝힌 상황이다 보니, 강인의 말을 수긍하면 원국도 현실에서 인기가 없는 사람이 되어버린다. 그렇다고 강인의 말을 부정하면 과연 어떤 사람들이 애인을 쉽게 만들기 어려운 사람이라는 것인지 추가 질문이 들어올 것이 뻔했다.

결국 원국은 솔직하게 털어놓기로 했다.

"사실은 특정 부류를 대상으로 하는…… 그런 앱이 있습니다."

주변에서 쉽게 만나기 어려운 희소한 타입과 사귀고 싶어하는 사람들이 있다면, 그런 사람들만을 모아서 찾아주는 앱을 이용하게 된다. 원국은 비밀로 해주었으면 한다고 말하며 자신의 이야기를 털어놓았다.

"저는 바이섹슈얼입니다."

"바이섹슈얼이오?"

"양성애자를 말하는 겁니다."

원국은 여자와 사귄 적도 있지만 남자와 사귄 적도 있다. 이성을 만나고 싶다면 주변에서 자연스럽게 친해지거나 소개를 받으면 되지만, 동성을 만나는 일은 쉽지 않다. 그러다 보니 동성애자를 대상으로 한 앱을 이용해서 만나게 된다. 앱을 통하면 자신이 선호하는 타입의 동성과 한결 수월하게 만날 수 있다.

원국의 설명을 듣자 자연스럽게 의문이 들 수밖에 없었다.

"혹시 희선 씨와 만난 앱도……."

"네, 맞습니다."

"희선 씨는 여자인데 왜……?"

"희선이는 트랜스젠더입니다. 모르셨습니까?"

얼떨결에 새로운 정보를 이끌어낸 강인은 당황한 표정으로 성민을 바라보았다. 성민은 어제 태일동자가 했던 말이 떠올랐다. 자신에게 소영을 소개해준 사람이 트랜스젠더바에서 일하던 사람이었다고 했다. 혹시 희선과 관계가 있지 않을까.

연결고리에서 녹슨 때가 서서히 벗겨지는 듯한 기분이 들었다.

3

영우는 윤진이 주현의 실종 사건에 대해 어떤 태도로 취재를 하고 있는지 알 것 같았다. 윤진은 경찰과 반대되는 위치에서 사건을 바라보고 있었다. 주현은 전 여자친구를 죽이지도 않았고, 이번 실종 사건도 전 여자친구가 살해당한 사건과는 무관하게 발생한 것이라고 보는 듯했다. 누군가가 주현의 소지품을 의도적으로 갖다두어 사건을 조작했을 가능성을 염두에 두는 것이다.

윤진의 생각에 근거가 없지는 않았다. 영우가 주현을 전 여자친구의 살인범이라고 생각하는 근거는 현장에서 발견된 주현의 티셔츠 때문이었다. 아무 증거도 남기지 않고 사라진 살인범의 유일한 증거라고 생각해서 무의식중에 집착하게 되었다. 그러나 사건 현장 근처에서 전 남자친구의 피 묻은 티셔츠가 발견되었다는 것은 의심할 만한 상황이기는 하지만, 그것만으로 모든 범행이 입증되었다고 볼 수는 없었다.

좀더 증거가 필요했다. 그러나 실종된 주현을 찾아서 자백을 받아낸다면 모를까, 그렇지 않으면 추가 증거를 기대하기는 어려울 듯했다.

영우는 부평에서 있었던 살인 사건을 다시 한번 조사해보기로 했다. 만약 부평 살인 사건과 홍제동 살인 사건의 범인이 주현이라면, 두 사건에는 공통점이 있을 것이다. 부평 살인 사건에서 주현이 범인이라는 증거를 찾아낼 수 있다면, 홍제동 살인 사건에도 진전이 있을지도 모른다는 생각이 들었다.

마침 아직 인천이었으니, 영우는 부평 살인 사건을 조사한 형사와 다시 만나보기로 했다. 토요일이었지만 예상대로 담당 형사는 출근해 있었다. 상황이 이러니 당시 사건 수사 자료를 확인하고 싶다고 하자, 담당 형사는 그러시라고 했다.

수사 자료 내용에는 별다를 게 없었다. 담당 형사가 구두로 설명한 내용과 영우가 기존에 확인한 내용들이 대부분이었다. 그런데 하나 새로운 게 있었다. 참고용으로 추가되어 있는 살인 사건이었다.

올해 여름에 제주도에서 발생한 사건으로, 30대 남자가 흉기에 찔려 살해당한 뒤 바다에 빠진 시신으로 발견되었다는 내용이었다. 전혀 별개로 보이는 사건 자료가 추가되어 있는 이유가 무엇인지 천천히 살펴보자, 피해자의 애인이 살인범이라고 지목한 사람이 다름 아닌 주현이라는 내용이 있었다.

"이 사건은 뭡니까?"

영우는 담당 형사를 불러 물어보았다. 주현이 제주도에 여행 갔을 때 숙소 근처에서 살인 사건이 발생했고, 살인 방법이 흉기를 사용한 것으로 부평 사건과 유사한데다 사건 발생 전에 주현으로 보이는 남자와 피해자가 싸우는 장면이 CCTV에 찍혔는데 왜 주현을 불러 제대로 조사하지 않았느냐고. 그러자 담당 형사가 답했다.

"저도 그 사건을 보고 이상하다고 생각했습니다. 하지만 제주도 쪽 관할 서에서는 박주현과는 관계없는 사건으로 보는 듯하더군요."

"어째섭니까?"

"피해자와 싸운 후 5분 정도 지났을 때 박주현이 호텔 로비로 들어오는 장면이 찍혔거든요."

바다 근처에서 흉기에 찔렸을 때 흘린 듯한 피해자의 혈흔이 다량 발견되었다. 주현과 피해자의 다툼이 있었던 주차장에서 피해자가 흉기에 찔린 장소로 갔다가 호텔 로비까지 가려면 아무리 빨리 이동해도 15분 이상이 소요되었다. 게다가 호텔 로비 CCTV에 찍힌 주현의 옷차림은 피 한 방울 없이 깨끗했다. 호텔로 돌아온 주현이 팔에 문신을 한 사람이 시비를 걸어왔다고, 혹시 뒤쫓아오면 경찰에 신고해달라고 말했다는 경비원의 증언도 있었다.

"피해자가 그 동네에서 나고 자랐는데 아주 유명한 양아치였다고 합니다. 어릴 때부터 동급생이나 후배들에게 돈을 빼앗거나 주먹을 휘두르기 일쑤였고, 결국 부모가 도망 보내다시피 육지로 올려보냈는데, 거기서도 자리를 못 잡고 문제를 일으킨 뒤 다시 고향으로 돌아왔다고 합니다. 제 버릇 개 못 주고 관광객에게 시비를 건 것뿐이라고, 피해자가 살해당한 사건과 박주현과의 트러블은 무관할 거라고 단언하더군요."

주현이 5분 만에 주차장에서 피해자가 흉기에 찔린 장소에 갔다가 호텔로 돌아가는 것이 물리적으로 불가능하다면, 주현이 범인일 가능성은 낮다. 그래서 제주도 쪽 경찰은 주현을 조사하지 않았다.

"하지만 여기 있는 CCTV 화면을 보면 싸움이 꽤 컸던 것 같은데요. 그래도 한번쯤은 이야기를 들어봤어야 하는 것이 아닌지……."

영우는 주현과 피해자의 다툼이 담긴 CCTV 캡처를 가리켰다.

담당 형사가 다시 설명했다.

"박주현이 피해자를 때린 것은 맞는데, 영상으로 보면 피해자가 먼저 앞서가는 박주현의 뒷덜미를 붙잡고, 박주현은 자신을 잡은 손을 뿌리치려고 팔을 휘두르다가 나온 동작이거든요. 폭행죄로 수사를 하려면 할 수도 있었겠지만, 피해자가 별다른 상처도 입지 않은 듯 보이고, 정당방위였다고 주장하면 처벌을 받지 않거나 받는다 해도 경미한 수준일 거라서 이런 문제로 육지 사람을 제주도까지 불러 조사하기가 현실적으로 쉽지 않았던 모양입니다."

이야기를 들어보니 영우도 주현이 제주도 사건과는 관계가 없지 않을까 싶은 생각이 커졌다. 그러나 선뜻 관계없다고 단언하고 잊어버리기에는 찜찜한 부분이 있는 것은 사실이었다. 주현은 두 건의 살인 사건에서 용의자로 의심받고 있다. 그런 사람이 우연히 떠난 제주도 여행에서, 우연히 누군가와 시비가 붙고, 우연히 바로 그 상대방이 당일 살해당했다. 이런 우연이 겹칠 확률이 어느 정도나 될까?

영우는 주현이 진범에게 누명을 썼을 가능성을 열어두는 윤진의 주장을 이해할 수 있었다. 주현이 진범이라면 이야기가 깔끔해진다. 그러나 어느 한 사건에서만이라도 진범이라는 명백한 증거가 나오지 않는 한, 주현이 무죄일 가능성은 열려 있고, 주현이 만약 무죄라면 누군가의 손에 의도적으로 누명을 쓰고 있을 가능성도 부정할 수만은 없다.

영우는 부평 사건의 피해자인 형철의 가족을 만나보기로 했다. 경찰 자료에 적히지 않은 내용이 없는지 물어보고 싶었다. 연락처로 전화를 걸어 형사라고 신분을 밝히고 이야기를 듣고 싶다고 하자 피해자의 부모는 언제든지 집에 와달라고 했다. 주말이라 실례가 아닐까 싶었는데, 오히려 주말이어서 가족들이 집에 모여 있으니 더 좋다는 대답이 돌아왔다.

형철의 집은 지어진 지 30년이 넘은 작은 주택이었다. 넉넉한 형편이라고는 할 수 없었지만 부부가 성실히 일하며 자식 둘을 키워온 집이었다. 큰아들을 잃은 뒤 아버지는 충격에 직장을 관두고 쉬다가 최근에야 간신히 일용직으로 일을 시작했다고 했다. 범인이 아직까지 잡히지 않았고 경찰 수사가 진전되는 기미도 없으니 더 가슴속의 한으로 남아 있는 것 같았다.

부모는 경찰이 아예 손을 놓아버린 줄 알았는데 계속 조사해주고 있었다니 고맙다고 했다. 영우는 혹시 범인으로 의심되는 사람이 있느냐고, 특히 아드님에게 원한 관계가 있는 사람이 있느냐고 물었다.

부모는 고개를 저었다.

"부모가 맞벌이를 하다 보니 공부에도 신경을 못 써주고 친구 관계에도 신경을 못 써줬습니다. 그래도 어디 가서 남에게 폐 끼치지 않을 사람으로는 키웠다고 생각했습니다. 그렇게 잔인하게 살해당할 정도로 못된 놈이 아닙니다."

대부분의 부모는 이렇게 말한다. 살인범의 부모든 피해자의 부모든 우리 자식은 그럴 아이가 아니라고 한다. 그러나 살인범은 말할 것도 없고, 피해자조차 주변에 원한을 쌓아온 사람이었던 경우가 드물지 않게 있다. 모든 걸 알면서 자식을 두둔하려는 부모도 있지만, 생각보다 자식을 잘 모르는 부모도 많다.

영우는 혹시 아들 방을 볼 수 있느냐고 물었다. 부모는 마음대로 보라고 했다. 정리한 물건 없이 살아생전 사용한 모습 그대로라고 했다.

형철의 방에는 싱글침대와 책상, 책장이 놓여 있었다. 책상은 초등학교나 중학교 때부터 쓴 듯 작고 낡은 상태였고, 책장에는 베스트셀러인 자기계발서 몇 권과 만화책이 꽂혀 있었다. 벽에 붙박이옷장이 있어서 열어보니 옷가지가 그대로 들어 있었다.

별다른 것이 없어 닫으려는데 옷장 바닥에 상자가 보여서 꺼내보았다. 생각보다 묵직하다 싶었는데 열어보니 앨범이 들어 있었다. 어릴 때 사진들은 많았지만 초등학교에 들어갈 무렵부터 사진 수가 크게 줄어들었다. 가세가 기울며 맞벌이를 하게 되다 보니 아이 사진을 많이 못 찍어줬고, 지금 생각해보면 그게 정말 아쉬운 부분이라며 형철의 어머니는 눈가에 손을 가져갔다. 중학교 때부터는 더욱 줄어들어 사진이 열 장밖에 없었다.

입학식 때 찍은 가족사진과 독사진을 제외하면 친구로 보이는 사람과 찍은 사진은 네 장뿐이었다. 모두 한 사람과 같이 찍었다. 짧게 자른 스포츠머리를 한 앳되어 보이는 인상의 소년이었다. 같은 교복 차림인 것을 보니 함께 중학교를 다닌 사이인 듯했다.

"이 학생은 누굽니까?"

"중학교 때 친하던 아이 같은데…… 아마 이름이 동혁인가 그럴 겁니다."

형철은 중학교에 올라간 후 늘 혼자 다니는 듯했다. 따돌림을 당하는 눈치도 있었지만 형철은 학교 이야기를 부모에게 하지 않았기 때문에 캐묻지 못했다. 그래도 친한 친구가 한 명 있었다. 바로 사진에 있는 동혁이라는 이름의 아이였다. 중학교 때는 친해서 집에도 종종 놀러 왔는데, 고등학교 때부터는 서로 다른 고등학교로 진학한 것인지 얼굴을 못 봤다고 했다.

사정을 잘 모르는 부모 대신에 형철의 남동생이 말했다.

"동혁이 형 집에 안 좋은 사고가 있어서 고등학교 자퇴하고 서울로 이사 갔을걸요."

"안 좋은 사고라니요?"

"집에 강도가 들어서 어머니가 돌아가셨댔나?"

형철이 고등학교에 들어간 지 얼마 되지 않았을 때였다. 형철은 학교에서 돌아오자마자 갑자기 장례식에 가야 한다며 부의금을 내야 하니 돈을 좀 빌려줄 수 있느냐고 물었다. 동생이 누구 장례식이냐고 묻자 동혁이네 어머님이 돌아가셨다고 했다. 동생이 비상금으로 숨겨뒀던 3만 원을 내어주자마자 허겁지겁 밖으로 뛰어나갔다.

며칠 후 형철이 3만 원을 돌려주었다. 동생이 돈을 받으며 동혁이 형 어머님께 무슨 일이 있었냐고 묻자, 형철은 집에 강도가 들어서 어머님이 칼에 맞아 돌아가셨다고 했다. 그러고는 조만간 동혁이가 어릴 때 이혼한 아버님이 살고 계신 서울로 이사 가게 될 거 같다고 하며 다소 쓸쓸한 목소리로 말했다.

"칼에 맞아 돌아가셨다고요?"

"네, 그렇게 들었어요."

"범인은 잡혔답니까?"

"글쎄요. 거기까지는 잘 모르겠습니다."

동혁이 서울로 떠난 뒤로 형철은 동혁의 이야기를 한 번도 꺼낸 적이 없다. 연락을 주고받는 것 같은 기미도 없었다. 초등학교나 중학교 때 친구는 눈에서 멀어지면 마음에서 멀어지는 경우도 많다. 아마 형철도 동혁과 그런 사이가 아닌가 싶었다.

그때 영우의 머릿속에 한 가지 생각이 스쳤다. 형철은 살해당한 날 친구를 만난다고 하며 집을 나섰다. 성매매를 하러 나가면서 친구를 보러 간다고 핑계를 댄 것에 불과할 수도 있지만, 혹시 정말 친구를 만나러 나간 것이라면 어떨까. 중학교 때 친하게 지내던 친구, 동혁 말이다.

우연일까. 동혁의 어머니도 칼에 맞아 사망했다고 한다. 형철이 죽은 것처럼.

영우는 서둘러 형철의 집을 떠났다.

확인해볼 일이 생겼다.

4

영우와 헤어진 윤진은 점심을 먹은 뒤 다시 카페로 갔다. 주현의 친구를 만나기로 한 카페였다. 약속 시간에서 10분쯤 지났을 때 베이지색 모직 코트를 입은 여자가 카페 문을 열고 들어왔다. 보자마자 윤진은 저 여자가 주현의 친구구나 싶었다. 카페에 들어오는 다른 손님들과 달리 유독 불안한 표정을 짓고 있었기 때문이다.

예상대로 여자는 카페 안을 이리저리 둘러보더니 윤진이 앉은 자리로 걸어왔다.

"혹시 김윤진 기자님이신가요?"

"네, 정소미 씨 되시나요?"

여자는 고개를 끄덕이며 윤진의 맞은편 자리에 앉았다. 얼굴이 동그래서 웃으면 귀여울 것 같은 인상이었지만, 소미의 얼굴에는 수심만 가득할 뿐 웃음은 흔적도 찾아볼 수 없었다.

윤진은 소미에게 자몽티를 사주었다. 따뜻한 차를 마시자 소미는 긴장이 다소 풀린 듯했다.

"어제 친구들을 만나서 이야기를 들으셨죠?"

"네."

"어떤 이야기를 들으셨나요?"

"주현 씨가 얼마나 좋은 분인지에 대해서 들을 수 있었어요. 그리고 혹시 주현 씨가 범죄에 휘말렸을 가능성도 배제할 수는 없는 상황이기 때문에, 주현 씨를 해할 만한 사람이 있는지에 대해서도 확인해 보았고요."

소미는 머그컵 손잡이를 만지작거리다 말했다.

"기자님은 주현이가 그냥 모습을 감춘 게 아니라 안 좋은 일을 당했을 가능성이 얼마나 된다고 생각하세요?"

확률로 이야기하자면 100퍼센트다. 안타까운 일이지만 주현은 이미 이 세상에 없다. 그러나 아직 솔직히 말할 수는 없었다. 주현의 귀신과 만났다고 하면 정신 나간 기자라고 생각할 것이다.

"저는 경찰도 아니고, 아직 주현 씨가 범죄에 연루되었다는 확실한 증거가 나온 것도 아니니 뭐라고 말할 수는 없어요. 하지만 개인적인 생각으로는 주현 씨처럼 행복한 가정과 안정적인 직장, 좋은 친구들을 가지신 분이 자발적으로 잠적했을 가능성은 높아 보이지 않는 것이 사실이에요."

소미는 작게 한숨을 쉬며 말했다.

"솔직히 말씀드리자면 저도 그렇게 생각해요. 주현이는 성실한 성격이거든요. 만약 마음에 안 드는 일이 있어서 현실에서 벗어나고 싶었다면, 회사에 사직서를 내고 떠나지 그냥 떠나지는 않았을 거예요."

소미는 주현이 돌아오고 싶어도 돌아올 수 없는 상황에 처해 있다고 확신하는 듯했다.

소미는 주현과 같은 아파트에 살아서 유치원 때부터 알고 지냈다. 어머니 말로는 아파트 내에 있던 어린이집도 같이 다녔다고 하지만, 거기까지는 기억나지 않는다. 주현과 함께한 기억 중에 가장 오래된 기억은 유치원 때다. 유치원 때와 초등학교 저학년 때는 같이 등하교를 할 만큼 친했지만, 초등학교 고학년이 되며 다소 서먹해졌다가 중학교 3학년 때 같은 반이 되면서 다시 친해졌다. 성별 차이가 있다 보니 어느 한쪽에 애인이 생기면 연락이 뜸해지는 일이 반복되었고, 그러다 보니 베스트 프렌드라고 할 수준의 관계까지는 아니었지만, 여전히 친하고, 서로 가장 오래된 친구 사이다.

소미는 주현을 오랫동안 알아오며 주현이 지각이나 결석을 하거나, 과제물을 제출하지 않는 모습을 한 번도 본 적이 없다. 선생님이나 어른들이 일을 시키면 군소리 없이 착실하게 해내는 성격이다.

윤진의 말대로 주현은 아쉬울 것이 없는 사람이기 때문에 자발적으로 잠적할 가능성이 낮은 것도 사실이다. 그러나 설령 주현에게 뭔가 안 좋은 일이 있어서 모든 것을 버리고 잠적해야겠다는 마음을 먹었더라도 주현의 성격상 회사를 그만두고, 부모님께도 사정을 말씀드리는 등 모든 절차를 제대로 밟은 후 떠났을 것이다.

주현이 절차를 무시하고 모습을 감췄다는 소리는, 절차를 밟고 싶어도 외부적 요인 때문에 부득이하게 밟지 못하는 상황인 게 틀림없다는 것이 소미의 생각이었다.

"일반적으로 성인이 실종되면 기사가 잘 안 뜨잖아요? 그런데 주현이가 실종되었다는 게 알려지자마자 기자님이 주현이의 실종에 대해 이야기를 듣고 싶어하신다는 소식을 듣고 혹시 기자님도 주현이의 실종이 범죄와 연관되어 있을 거라고 추측하시는 게 아닌가 싶었어요. 다행히 제 생각이 맞았네요."

단체 대화방에 있는 동창들도 주현에게 무슨 일이 생겼다는 것은 짐작하고 있었다. 그러나 근거도 없이 주현이 범죄에 휘말렸다고 확신할 수는 없었기 때문에 서로 눈치를 보며 부정적인 추측은 자제하는 중이었다. 소미는 다른 친구들과 함께 기자를 만나면 비슷한 분위기가 연출될 것이라고 생각했다. 그래서 윤진과 따로 만나기로 했다.

"기자님께서는 주현이에게 무슨 일이 있었다고 생각하세요?"

"아직은 모르겠어요. 주현 씨가 우연한 사고에 휘말렸을 가능성도 배제할 수는 없지만, 지금은 평소 주현 씨에게 원한을 가진 사람이 없는지 정보를 모아가는 중이에요."

"그런가요."

"소미 씨는 혹시 짐작 가는 사람이 있나요?"

"사실 그 이야기를 드리고 싶어서 만나뵙자고 한 거예요."

윤진은 허리를 세우며 소미를 향해 몸을 기울였다. 윤진의 직감이 맞았다. 역시 다른 사람들 앞에서는 할 수 없는 말이 있어서 따로 만나자고 한 거다.

소미가 조심스레 입을 열었다.

"확실한 게 아니라 경찰에 말하기는 조금 망설여져요. 괜히 부정확한 정보를 알렸다가 수사가 지체되면 안 되잖아요. 그렇다고 기자님께는 부정확한 정보를 드려도 된다는 말은 아니지만……."

"괜찮아요. 편하게 말씀해주세요."

소미는 심호흡을 하고 말했다.

"저희가 어릴 때 동네에 좀 이상한 아주머니가 있었어요."

초등학교에 입학하기 직전이었으니 일곱 살 때의 일일 것이다. 소미와 주현은 같은 아파트 같은 동에 살았다. 유치원도 같아서 매일 아침 같은 셔틀버스를 타고 유치원에 갔다. 소미의 어머니는 아침에는 항상 유치원 셔틀버스 타는 곳까지 손을 잡고 데려다줬지만, 오후에 유치원에서 돌아올 때는 마중을 나오지 않는 경우가 많았다. 유치원 셔틀버스는 아파트 단지 안쪽까지 들어와서 아이들을 내려줬고, 셔틀버스가 멈추는 곳에서 소미가 사는 동까지는 아이의 걸음으로도 2, 3분밖에 되지 않는 거리였다. 소미의 어머니는 어차피 아파트 단지 내겠다, 위험한 일이 있을 가능성이 낮아서 아이가 혼자 돌아와도 된다고 생각한 모양이었다.

주현의 어머니도 비슷했다. 오전에는 항상 셔틀버스 타는 곳까지 주현을 데려다줬지만 돌아올 때는 마중을 나오지 않았다. 그러다 보니 소미와 주현은 늘 같은 셔틀버스를 타고 와서 같은 곳에 내린 뒤 같은 엘리베이터를 타고 집에 돌아왔다.

그런데 어느 날부터인가 셔틀버스에서 내려 집으로 오는 그 짧은 시간 동안, 낯선 아주머니와 만나곤 했다. 유난히 화려한 화장을 한 아주머니였다. 향수를 어찌나 뿌리는지 그 아주머니가 있을 때는 모습을 보지 않아도 향으로 먼저 알 수 있을 정도였다.

셔틀버스에서 내릴 때마다 항상 그 아주머니가 서 있었다. 처음에는 셔틀버스에서 내려 아파트 엘리베이터에 탈 때까지 인사를 하고 말을 몇 마디 거는 정도였다. 소미와 주현은 같은 아파트에 사는 아주머니라고 생각하고 큰 경계심 없이 인사를 받아주었다.

가끔은 과자를 주기도 했다. 과자를 주면서 아주머니는 꼭 그 자리에서 먹고 가게 했다. 배가 불러서 먹기 싫다고 하면, 집에 가져가는 대신 '엄마한테는 유치원에서 줬다고 해라'라고 말했다. 어머니가 어디서 과자가 났냐고 물어보면 소미와 주현은 들은 대로 유치원에서 받아왔다고 말하곤 했다.

친해지고 나자 아주머니는 가끔 집에 돌아가려는 소미와 주현을 붙잡고 놀이터에 가서 놀다 가자거나 벤치에서 과자를 먹고 가자고 하기 시작했다. 소미와 주현의 머릿속에서는 아주머니에 대한 경계심이 거의 사라진 상태였기 때문에 그런 제안을 받을 때마다 별생각 없이 응했다. 하지만 귀가 시간이 20, 30분씩 점점 늦어지자, 어머니가 이상하게 생각하기 시작했다. 유치원 끝나고 어디 들렀다 오는 게 아니냐고 추궁했다.

"아주머니는 우리를 돌려보낼 때 부모님께는 유치원이 늦게 끝났다고 말하라고 했거든요. 저도 처음에는 그렇게 말했는데 유치원생이 엄마를 어떻게 속이겠어요. 바로 술술 입을 열었죠. 셔틀버스에서 내리면 같이 놀아주는 아주머니가 있다고 말했어요."

소미와 주현은 정말 별생각 없이 아주머니와 놀다 들어왔다. 그러나 두 사람의 어머니들은 문제를 심각하게 받아들인 모양이었다. 바로 다음 날부터 유치원을 졸업할 때까지 두 사람의 어머니는 매일 셔틀버스에서 내리는 시간에 맞춰 마중을 나오기 시작했다.

그러자 낯선 아주머니는 모습을 보이지 않았다.

"우리 엄마와 주현이 어머님이 예민하게 반응했던 게 지금은 이해가 가요. 애들에게 과자를 주고 놀아주며 접근하는 낯선 여자가 있다는 소리를 듣고 얼마나 놀랐겠어요. 하지만 그때 저나 주현이는 아무 생각이 없었죠. 엄마가 매일 마중 나와서 기쁘다는 생각 정도였고, 아주머니가 갑자기 모습을 감췄다는 점에 대해서 이상하게 느끼지도 못했어요."

아주머니와 다시 만난 것은 초등학교에 입학한 뒤였다. 학교가 끝난 뒤 주현과 아파트 놀이터에서 같이 놀았다. 소미는 초등학교 저학년 때까지는 어머니 보호하에서만 놀이터에서 놀았던 것 같은데, 그날은 하굣길에 몰래 들렀던 건지 뭔지 보호자 없이 주현과 둘이 놀고 있었다.

그때 그 아주머니가 나타났다. 아주머니는 두 사람에게 같이 놀자고 했다. 소미는 거의 1년 만에 아주머니를 다시 보는 거였기 때문에 다소 낯을 가렸다. 그러나 주현은 낯을 가리지도 않고 자연스럽게 같이 놀았다. 예전에도 몇 번 아주머니와 만나서 놀았다고 했다.

"주현이는 남자애다 보니 어머님 걱정도 덜했던 건지, 초등학교에 들어간 뒤에는 가끔 어머님 허락을 받고 혼자 놀이터에서 놀았대요. 그런데 그때마다 아주머니와 만났다고 해요."

주현이 아주머니와 잘 노니 소미도 경계를 풀고 아주머니와 같이 놀았다. 놀다 보니 낯가림도 사라져서 꽤 재밌게 놀았다. 그때 갑자기 경비원과 함께 주현의 어머니가 나타났다. 경비원은 아주머니를 난폭하게 끌어내며 화를 냈다. 그동안 몇 번이나 오지 말라고 하지 않았냐고, 외부인이 단지에 들어오면 안 된다는 이야기였다.

아주머니도 경비원에게 맞서서 화를 냈다. 네가 뭔데 들어오라 마라 하냐며 상스러운 욕설을 해댔다. 주현의 어머니는 크게 싸우는 경비원과 아주머니를 뒤로한 채 놀란 소미와 주현을 데리고 서둘러 집으로 돌아왔다. 주현의 어머니는 소미의 집으로 와서 소미의 어머니에게 하소연하듯 긴 이야기를 했다. 소미도 어머니 옆에 앉아 이야기를 들었다.

"예전부터 그 아주머니는 주현이가 혼자 있을 때마다 접근해서 같이 놀고, 과자를 주며, 호감을 샀다고 해요. 심지어 가끔은 아파트 단지 밖으로 데리고 나가서 분식 같은 것을 사주기도 했대요."

주현의 어머니가 눈치채지 못했을 리 없다. 주현의 어머니는 주현에게 학교가 끝나면 바로 집으로 오라고, 그 아주머니와 만나면 바로 엄마한테 얘기하라고 했다.

그러나 주현은 말을 잘 듣지 않았다. 재밌게 놀아주고 맛있는 것도 사주는 아주머니인데 왜 같이 못 놀게 하냐는 생각이 있었던 모양이다.

주현의 어머니는 가급적 등하교를 할 때 주현과 함께 가려고 했지만, 주현의 동생이 있다 보니 현실적으로 매일 그렇게 하는 것이 어려웠다. 아파트 경비원에게 아주머니의 인상착의를 말해주고 보일 때마다 내보내달라고 해두긴 했지만, 그 여자는 어떻게든 아파트로 숨어 들어왔다.

그나마 아파트에는 경비원이 있는데 학교나 하굣길에서 주현이에게 접근하면 어떻게 해야 할지 무섭다며 주현의 어머니는 오랫동안 소미의 어머니에게 하소연했다.

"그때 알았어요. 저는 아파트에 사는 아주머니 중 한 분이라고 생각했는데, 그 아주머니는 아파트 주민도 아니었고 신원이 확실한 사람도 아니었어요. 주현이를 목표로 삼고 끈질기게 접근해오던 이상한 아주머니였던 거예요."

한창 활동량이 좋을 나이의 남자아이를 집 안에만 둘 수도 없고,

유치원에 다니는 주현의 동생을 내버려두고 24시간 주현의 뒤만 따라다닐 수도 없었다. 몇 번이나 아주머니가 보이면 도망가라고 충고를 했지만 주현은 어머니의 걱정을 모르는 듯 계속 아주머니와 만나고 다녔다.

임산부가 어린이를 유괴해서 살해했던 사건으로 세상이 떠들썩했던 게 고작 1년 전이었다. 주현의 어머니는 낯선 여자가 아들에게 계속 접근한다는 점에 극도로 민감해져서 큰 스트레스를 받아왔던 모양이었다.

"그래도 제가 주현이보다는 어른이었나 봐요. 주현이 어머님이 울먹거리면서 말씀하시는데 도저히 가만히 있을 수가 없더라고요. 앞으로 제가 학교에서 집까지 주현이랑 같이 다니겠다고, 그 아주머니가 보이면 주현이랑 같이 손잡고 도망가겠다고 먼저 나서서 약속을 드렸죠."

주현의 어머니는 소미에게 고맙다고 했지만 정말 소미가 약속한 대로 행동할 거라고는 믿지 않았을지도 모른다. 아직 초등학교 1학년 아이였으니 말이다. 그러나 소미는 야무진 아이였다. 약속한 대로 늘 주현과 함께 등하교를 하며, 혹시나 아주머니가 주현에게 접근하지 않는지 경계하며 다녔다. 주현에게도 몇 번이나 그 아주머니와 놀지 말라고, 위험한 어른일 수도 있다고 충고했다.

"실제로 몇 번인가 하굣길에서 멀리 아주머니가 보인 적이 있어요. 그때마다 주현이 손을 붙잡고 다른 길로 도망갔죠. 몇 번 그러고 나니 아주머니가 접근하는 일은 없어졌는데, 그래도 초등학교 3학년까지는 거의 매일 주현이와 같이 학교에 다녔어요."

"주현 씨가 유괴당하지 않은 건 소미 씨 덕분일지도 모르겠네요."

"네, 정말 그래요. 주현이는 저한테 고마워해야 한다니까요."

"당연히 고마워하고 계실 거예요."

소미는 피식하고 웃었다. 그러나 어쩐지 눈에는 눈물이 고인 듯했다. 불안하다 싶었는데 결국 소미는 울기 시작했다. 윤진은 서둘러 티슈를 건네주었다. 주변에 앉은 손님들도 걱정스러운 시선을 보낼 만큼 큰 울음이었다.

소미는 한동안 훌쩍이다가 간신히 숨을 고르며 말했다.

"너무 불안해요. 정말로 주현이에게 무슨 일이 생겼을 것 같은 생각이 들어요."

윤진은 기운 내시라며 소미를 달랬다. 그러나 차마 주현 씨는 곧 건강하게 돌아올 거라는 위로만큼은 할 수 없었다.

소미는 눈물에 젖은 티슈를 만지작거리며 말했다.

"죄송해요. 아직 드릴 이야기가 더 남았는데 울어버려서. 옛날에 주현이와 놀던 생각을 하니까 저도 모르게 눈물이 나왔어요."

"괜찮으니까 천천히 해주세요."

소미는 흐르는 눈물을 닦으며 이야기를 이어갔다.

"그 아주머니 말인데요, 주현이에게 접근하려고 아파트에 올 때마다 혼자 온 게 아니라 우리 또래 남자아이 한 명을 데려오곤 했어요."

유치원 하굣길에 아주머니와 만나 대화를 나누고 과자를 받아먹을 때 항상 보이던 남자아이가 있었다. 처음에는 아주머니와 함께 온 아이인 줄 몰랐다. 저 멀리 10미터 이상 떨어진 곳에 혼자 서 있었기 때문이다. 그러나 아주머니가 올 때마다 그 아이가 보였다. 그런 일이 계속 반복되자 아주머니와 함께 다니는 아이라는 사실을 알게 되었다. 항상 함께 다니는 것을 보면 아주머니의 아들인가 싶기는 했다.

그러나 확신할 수는 없었다.

화려한 화장에 향수 냄새를 풍기는 아주머니와 달리 남자아이는 언제 빨았는지도 모를 흙과 먼지가 묻은 티셔츠와 바지를 입고 다녔기 때문이다. 아주머니 아들이냐고 물어볼 수도 없었다. 주현과 소미가 벤치에 앉아 아주머니가 준 과자를 먹을 때 남자아이는 늘 먼 곳에 혼자 꼼짝 않고 서 있었다. 남자아이는 비쩍 말라 있었다. 늘 배고파 보였다. 과자를 먹는 소미의 모습을 부럽게 바라본다 싶을 때는 부담스럽게 느껴지기도 했다.

한번은 아주머니에게 저 아이에게 과자를 나눠주면 안 되냐고 물어보았다. 그러자 아주머니는 저 아이는 이미 먹고 왔다며 소미가 많이 먹으라고 했다. 괜찮다고 하니 먹기는 했지만, 아무리 보아도 남자아이는 과자를 먹고 온 아이라고는 볼 수 없을 만큼 배고파 보였다.

아주머니와 만나지 않게 된 뒤에는 남자아이도 보지 못했다. 그런데 초등학교 2학년이 되었을 때 남자아이와 다시 만났다. 새 학년이 되어서 새로운 반에 가니 예전에 아주머니와 함께 다니던 남자아이가 교실에 앉아 있었다.

남자아이는 여전히 지저분한 옷을 입고 있었고, 심하게 말랐고, 몹시 배고파 보였다. 소미는 오지랖이 넓은 성격이다. 어릴 때부터 그런 기질이 있었다. 도움이 필요한 사람이 있으면 도와주고 싶었다. 소미는 남자아이를 많이 챙겨주었다. 어머니가 학교에 가서 나눠 먹으라고 과일이나 과자를 주면 꼭 남자아이를 불러서 같이 먹었고, 친구들과 어울려 놀 때도 겉도는 남자아이를 불러서 같이 놀았다.

남자아이는 말수가 많지 않았고 밝은 성격도 아니었다. 소미가 할 수 있는 한 열심히 챙겨줬지만, 남자아이는 고맙다는 말을 한 적이 없었고 소미에게 웃으며 인사한 적도 없었다. 하지만 소미가 음식을 주거나 같이 놀자고 했을 때 거절한 적도 없었다. 그것만으로도 충분했다. 고맙다는 말을 듣고 싶어서 챙겨준 것이 아니라 챙겨주고 싶어서 챙겨준 것뿐이었다. 거절하지 않는 것만으로도 오히려 소미가 고마움을 느꼈다.

그러던 어느 날 담임선생님이 소미를 불렀다. 선생님은 소미에게 남자아이에 대해 이것저것 물어보았다. 친구들과는 잘 지내냐, 다른 문제는 없느냐, 그런 이야기였다. 선생님은 대화를 마무리하며 앞으로도 남자아이를 잘 챙겨주라고 소미에게 부탁했다. 남자아이에게 우리 반에서 가장 친한 친구가 누구냐고 물어봤더니 소미라고 답했다는 말을 덧붙이며 말이다.

소미는 단순한 교우관계 상담이 아니라는 점을 눈치챘다. 담임선생님의 책상 위에 놓인 서류 한 장을 발견했기 때문이다. 서류 제목은 이렇게 되어 있었다.

학대 의심 아동 상담 보고서.

그리고 제목 아래에는 상담 대상 아동으로 남자아이의 이름이 적혀 있었다.

"저도 남자아이가 집에서 부모님이 잘 챙겨주시지 않는 편이라는 것은 알았어요. 남자아이는 초등학교 2학년인데 한글도 제대로 몰랐고 같은 옷을 사나흘씩 입고 오곤 했으니까요. 숙제를 해오거나 준비물을 챙겨오는 적도 없었어요. 아주머니는 저나 주현이에게는 친절했지만, 친아들인 남자아이에게는 전혀 친절하지 않았던 거예요."

소미는 담임선생님이 부탁한 것처럼 남자아이를 더 챙겨주려고 노력했다. 그러면서 조금씩 남자아이가 집에서 어떻게 지내는지도 들을 수 있었다. 집에서 남자아이가 당하던 학대는 단순히 밥을 안 주거나 학교생활을 챙겨주지 않는 방임 수준이 아니었던 것 같았다. 욕을 하고 때리는 일도 잦아 보였다. 그나마 이모가 근처에 살면서 남자아이를 가끔 챙겨주는 게 전부인 듯했다.

소미는 남자아이가 불쌍했다. 해줄 수 있는 일은 해주려 했다. 하지만 어디까지나 초등학교 2학년 학생이 해줄 수 있는 범위 안의 일들이었다. 특히 소미는 남자아이와만 친한 것이 아니었다. 소미는 2학년 때 반장을 할 만큼 모든 아이들과 두루두루 친했다. 간식을 나눠줄 때도 남자아이에게만 나눠준 것이 아니라 반의 다른 아이들과도 나눠먹었고, 집에 친구들을 초대해서 놀 때도 남자아이만 초대한 것이 아니라 반의 다른 아이들도 초대했다.

그러다 보니 어쩌면 우리 반에서 가장 친한 친구는 소미라고 생각하던 남자아이 입장에서는 아쉽거나 섭섭한 면이 있었을지도 모른다. 결정적으로 관계가 틀어진 것은 11월 주현의 생일날이었다.

유치원 때부터 소미는 주현의 생일마다 항상 파티에 초대를 받았다. 그해에도 당연히 생일 일주일 전에 주현이 직접 만든 초대장을 받았고, 학교 근처 문구점에서 주현이 갖고 싶다던 미니카 장난감도 선물로 골라났다.

그런데 주현의 생일 전날 남자아이가 소미에게 말했다. 내일 내 생일인데 와줄 수 있냐고.

"저는 전혀 몰랐는데 남자아이와 주현이가 생일이 같았던 거예요."

주현에게도 생일 파티에 가겠다고 말을 해두었고, 다른 친구들과도 몇 시에 어디서 만나 같이 주현의 집에 가자고 약속을 잡아둔 상태였다. 갑자기 약속을 어기고 남자아이의 생일 파티에 갈 수는 없었다. 소미는 내일 주현의 생일 파티에 가기로 약속을 해둔 상태라서 미안하지만 갈 수 없을 것 같다고 말했다. 남자아이는 크게 실망한 표정을 지었지만 알겠다고 하고 떠나갔다.

소미는 미안한 마음에 문구점에서 선물도 사고 축하 카드도 써서 다음 날 학교에 들고 갔다. 그런데 남자아이는 그날 학교에 오지 않았다. 같은 반 아이들에게 오늘 사실 남자아이의 생일이었다고 하자 모두 처음 듣는 눈치였다. 반에서 유일하게 소미만 남자아이의 생일에 초대받았던 것이다.

소미는 죄책감을 느꼈다. 주현의 생일 파티에는 스무 명에 가까운 아이들이 모였다. 키즈 레스토랑에서 룸 하나를 빌렸는데, 자리가 꽉 차서 아이를 따라온 어른들은 서 있어야 했을 정도다. 소미가 주현의 생일 파티에 가지 않았더라도 빈자리가 느껴지지는 않았을 듯했다.

그러나 남자아이의 생일 파티에는 소미의 빈자리가 너무나 컸다. 남자아이는 며칠간 결석을 하다 학교에 나왔다. 소미는 도저히 전처럼 남자아이를 대할 수 없었다. 어른이 된 지금이라면 아무렇지도 않게 다가가서 생일 파티에 못 가서 미안했다고, 내가 사줄 테니 같이 밥이나 먹으러 가자고 웃으며 말했을 것 같다. 약속이 겹쳤을 때 선약을 우선한 것뿐이니 소미의 잘못이라고 볼 수 없었고, 죄책감을 느낄 이유도 없었다.

그러나 그때는 소미도 어렸다. 남자아이를 볼 때마다 이상하게 죄책감이 느껴졌다. 마음이 무겁다 보니 바라보는 일도 힘들었다. 결국 소미와 남자아이는 데면데면한 상태로 3학년이 되어 반이 갈라지게 되었다.

그 뒤로는 쭉 같은 반이 된 적이 없다. 학교 복도에서 오다가다 스친 적은 있지만, 같이 어울린 적은 없다. 생일날 소미가 남자아이의 책상에 넣어두었던 선물과 축하 카드를 남자아이가 보았는지도 알 수 없다.

"남자아이와는 중학교 때까지 같이 학교를 다녔어요. 어울리지는 않았지만 동향은 계속 어딘가에서 들려왔어요. 특히 중학교 때는 괴롭힘을 심하게 당했던 모양이에요."

"괴롭힘이오?"

윤진은 소미의 이야기를 끊으며 물었다.

"혹시 말씀하시는 분 성함이 동혁 씨 아닌가요?"

"맞아요. 동혁이를 아시나요?"

"네, 어제 다른 친구 분들께 이야기를 들었어요."

소미는 눈을 동그랗게 뜨며 그러시냐고 말했다. 윤진은 머릿속을 정리했다. 주현은 동혁에 대해서 잘 모른다고 했다. 동혁도 자신을 잘 모를 거라고 했다. 어젯밤 성민이 보내준 메시지에 따르면 예전에 주현이 수련회에서 괴롭힘 당하던 동혁을 구해준 적이 있었다고 한다. 주현은 그것이 자신과 동혁의 유일한 접점이라고 했다. 그나마 주변이 어두워서 동혁이 자신의 얼굴을 인식하지 못했을 수도 있다고 덧붙였다.

하지만 소미의 이야기에 따르면 동혁은 주현을 인식할 기회가 여러 번 있어 보였다. 초등학교에 입학하기 전부터 동혁은 어머니를 따라 다니며 주현과 소미를 지켜봐왔고, 초등학교에 입학한 후에는 소미와 어울려 다니며 주현의 이야기를 들었을 법했다.

특히 소미가 주현의 생일 파티에 참석해야 해서 자신의 생일에 오지 못한다는 말을 했을 때, 며칠이나 결석을 했을 정도라면, 동혁의 머릿속에도 주현의 존재가 인식되었을 것 같았다.

반대로 주현도 동혁을 인식할 기회가 있었다.

"소미 씨 말씀대로라면 주현 씨도 동혁 씨를 아실 수 있겠네요. 어릴 때 먹을 것을 주며 접근해오던 아주머니와 항상 동행하던 아이였으니까요."

소미는 초등학교 2학년 때 동혁과 같은 반이어서 더 또렷하게 기억하는 면도 있을 것이다. 그러나 주현도 초등학교 입학 후 소미가 없는 곳에서 아주머니와 여러 번 만났다고 했다. 그때도 동혁이 함께 있었다면 주현도 동혁의 존재를 기억할 가능성이 충분히 있어 보였다.

그러나 소미는 고개를 저었다.

"주현이는 모를 수도 있을 것 같은데요. 다른 사람한테 관심이 없는 성격이라."

"아, 주현 씨가 그런 성격이신가요?"

"네, 좋은 말로 하면 쿨한 건데 나쁜 말로 하면 공감 능력이 떨어지는 편이에요. 저는 아주머니가 주시는 과자를 먹을 때 배고파 보이는 동혁이의 모습을 보면서 나도 모르게 미안해했지만, 주현이는 아무 생각 없이 잘 먹었으니까요."

남자아이는 공감 능력이 부족한 경향이 있다지만, 주현은 특이할 정도였다. 주현의 동생과 함께 셋이 놀이터에서 노는데 주현의 동생이 혼자 그물망 같은 곳을 오르다가 떨어져서 다쳤다. 주현과 같이 모래로 산을 만들며 놀던 소미는 울음소리를 듣자마자 달려가서 동생의 상처를 살폈다. 그러나 주현은 옆에서 울음소리가 들리는데도 돌아보지도 않고 혼자 계속 모래 산을 만들며 놀았다.

잠시 자리를 비웠던 주현의 어머니가 동생이 다쳤지만 아무 관심도 보이지 않는 주현을 보고 너는 왜 친동생이 다쳐서 우는데 괜찮으냐고 물어보며 달래지 않느냐고 혼을 냈다. 그러나 주현은 자신이 뭘 잘못했는지 이해하지 못하는 듯했다. 앞에서 사람이 울 때는 이유가 있다.

그러나 주현은 저 사람이 슬픈 것은 저 사람이 슬프기 때문이고, 내가 슬픈 것은 아닌데 왜 내가 저 사람의 감정에 동조하거나 동조하는 척해야 하는지를 이해하지 못하는 듯했다.

감정이 없는 것은 아니다. 주현도 슬프면 울었고 기쁘면 웃었다. 부당한 일에는 화를 냈고, 곤경에 처한 사람을 보면 안타깝게 여기기도 했다. 다만 그런 감정 변화가 일반인에 비해 크지 않은데다, 다른 사람의 감정에 쉽게 공감하지도 않으니 어릴 때는 꽤 무뚝뚝한 아이처럼 보였다. 주현의 어머니도 아이를 낳아 키우는 것은 주현이 처음이었던지라 남자아이는 원래 다 저런가 보다 하고 키웠던 모양이다.

주현의 어머니가 문제를 인식한 것은 애완견이 죽었을 때였다. 주현의 집에서는 어릴 때 몰티즈를 키웠다. 주현의 어머니가 결혼 전부터 키우던 개라서 나이가 많았다. 그러다 보니 어느 날 다소 갑작스럽게 노환으로 사망했다. 가족처럼 아끼던 개라서 주현의 어머니는 물론이고 가족 모두가 울면서 한동안 초상집 분위기였다. 하지만 이상하게 주현만 슬퍼하지 않았다. 태어났을 때부터 함께 지내온 개였는데 말이다.

주현의 어머니로서는 가족 같은 개가 죽었는데 슬퍼하지 않는 것도 이해가 되지 않았고, 만약 슬프지 않다 하더라도 부모님과 동생이 이렇게 슬퍼하는데 위로를 해주려는 시늉도 하지 않는 것도 이해가 되지 않았던 모양이다.

"주현이 어머님이 주현이의 공감 능력을 키워줘야겠다면서 한동안 숲속 체험이나 갯벌 체험 같은 것을 열심히 보내셨던 것 같아요. 주현이만 보내면 심심할 것 같았는지 저도 같이 가라고 하셔서 자주 따라가곤 했어요. 소풍 같고 재밌었는데."

"많이 나아졌나요?"

"많이 나아지기는 했어요. 체험 학습은 별로 효과가 없었던 것 같지만. 주현이와 함께 상담도 받으러 다니셨던 것 같은데 아마 그게 더 도움이 되지 않았을까요?"

"주현 씨는 무난하게 사회생활을 해오신 것 같으니 효과를 보시긴 한 것 같네요."

소미는 고개를 끄덕이며 말했다.

"주현이가 사회생활을 잘할 수 있었던 건 주현이 어머님의 교육 덕이 아니었을까 싶어요."

주현의 동생이 놀이터에서 떨어져 다쳤지만 주현이 관심도 보이지 않았던 사건이 있은 후 주현의 어머니는 주현에게 일종의 과제를 주었다. 주변에 다친 사람이 있으면 이유 불문하고 다가가서 괜찮으냐고 물어본 뒤 상처를 돌봐줄 것이라는 과제였다. 사람과 만나면 '안녕하세요'라고 인사하고 헤어지면 '안녕히 가세요'라고 인사하는 것처럼, 사람이 다치면 '괜찮으세요'라고 묻는 것이 사회적으로 따라야 하는 관습이라고 알려주었다.

그 후 주현은 신기하게도 주변에 사람이 다치면 괜찮으냐고 물어보며 상처를 돌봐주기 시작했다. 내가 상대방의 아픔에 공감하든 공감하지 못하든, 아픈 사람에게 관심을 보이고 돌봐주는 것은 특정한 상황에서 반드시 나와야 하는 과제라는 점을 배운 모양이었다.

이와 비슷하게 주현의 어머니는 주현에게 내가 슬프지 않더라도 상대방이 슬퍼하면 슬퍼하는 척이라도 해주고, 내가 재밌지 않더라도 상대방이 재밌어하면 재밌어하는 척이라도 해주고, 내가 기뻐도 상대방이 우울한 상황이면 너무 기뻐하지 말고, 내가 기분이 나빠도 상대방이 기분 좋으면 너무 기분 나빠하지 않는 것이 사회적 약속이라고 가르쳐주었다.

공감 능력을 쉽게 키울 수 없다면, 공감 능력이 있는 것처럼 말하고 행동하는 법이라도 배우라는 교육을 시킨 것이다. 주현은 윗사람이 시킨 일은 군말 없이 해내는 성격이다 보니 어머니가 가르쳐준 내용도 성실하게 따랐고, 무난하게 사회생활을 하는 아이로 자라났다. 오히려 눈치 빠르게 주변 상황을 파악하고 행동하니 대부분의 사람들은 주현의 태도에 호감을 가질 정도였다.

어차피 모든 사람은 어느 정도 자신의 감정을 속이고 주변 사람들의 감정에 맞춰주며 살아간다. 주현은 그런 상황이 남들보다 조금 더 많을 뿐이다.

"주현이는 다른 사람에게 쉽게 동조하지 않을 뿐 나쁜 사람은 아니에요. 사회적으로 옳다고 여겨지는 방향으로 행동하려고 노력하는 성격이에요. 뭐가 옳은 길인지 알려주고 그렇게 행동하라고 권유한다면 남들보다 더 성실하게 따를 준비가 되어 있어요. 다만 다른 사람보다 자기 자신에게 좀더 관심이 있을 뿐이라고 생각해요."

윤진은 내심 주현이 평범한 사람처럼 자라난 것에는 어릴 때 자주 함께 놀던 소미의 영향도 있지 않을까 싶었다. 만난 지 오래되지는 않았지만, 소미의 공감 능력과 다정함은 평균 이상이 아닐까 생각되었다. 바로 옆에 좋은 교본이 되어주는 또래 친구가 있다면 어떻게 행동하는 것이 사회적으로 더 선호되는지 배우기 쉬웠을 것이다.

"어쨌든 주현이는 주변 사람에게 그다지 관심이 없어요. 중학교 3학년 때 저와 같은 반이었는데, 친하지 않았던 아이들은 졸업 때까지 이름도 제대로 외우지 못했을 정도였으니까요. 어릴 때 저는 배고파하는 듯한 동혁이의 모습을 보고 불쌍하다고 생각했기 때문에 인상에 남았지만, 주현이는 그런 생각을 하지 못해서 동혁이가 인상에 남지 않았을 수도 있어요."

"같은 반 친구들 이름도 다 외우지 못할 정도라면 어떤 성격인지 알겠네요."

"그래도 친한 친구들은 잘 챙겨주니까요."

윤진은 주현이 어떤 성격인지 정확히 알지 못했다. 친구들이 많다고 들어서 평범한 성격일 거라고 생각했고, 필담으로 대화를 나눌 때도 무난한 성격인 것 같았는데, 그런 성격처럼 보이려고 본인도 꽤 노력을 해왔던 모양이다.

어쨌든 주현은 동혁의 존재를 의식하지 못했을 가능성도 있어 보였다. 그러나 동혁은 주현을 알고 있었을지도 모른다. 주현의 생각보다 훨씬 더 빨리, 자세하게.

윤진이 궁금한 것은 왜 소미가 자신을 만나 어릴 때 알던 이상한 아주머니와 동혁의 이야기를 하느냐였다. 그런 윤진의 궁금증을 눈치챘는지 소미는 이렇게 말했다.

"주현이가 실종되었다는 소식을 들었는데, 주현이 성격에 단순 잠적일 리는 없고 뭔가 나쁜 일이 생겼을 것 같더라고요. 교통사고 같은 우연한 사건에 휘말렸을 수도 있겠지만, 혹시 범죄에 연루됐을 가능성도 있잖아요. 그래서 주현이를 곤경에 처하게 할 만한 사람을 생각해봤는데, 갑자기 동혁이가 떠오르더라고요."

"왜 그렇게 생각하셨죠?"

확실한 이야기는 아니다. 애초에 주현이 단순 가출인지 정말 범죄에 휘말렸는지조차 확실하지 않다. 그래서 경찰에게는 말하기 어렵다.

"중학교 3학년 때 동혁이가 거의 학교를 나오지 않았어요. 그런데 그게 아마 수련회 때 있었던 사건 때문이었던 거 같아요. 정확히 말하면 수련회가 끝난 다음에 있었던 사건 때문이라고 해야 하나……."

윤진은 수련회에서 무슨 일이 있었는지 어제 성민의 메시지를 받아서 알고 있었다. 그러나 모르는 척 물었다.

"무슨 사건이었나요?"

"동혁이는 중학교 때 일진들에게 잘못 찍혀서 괴롭힘을 당했는데, 일진들이 수련회에서 동혁이를 때리던 걸 선생님들이 목격했어요. 수련회가 끝난 다음에 일진들이 징계를 받았는데, 몇 명은 정학 처분까지 받았거든요. 그러다 보니 학교가 그 일 때문에 한동안 떠들썩했죠."

그런데 일진들이 징계를 받았다는 사실보다 학교를 더 떠들썩하게 만든 화젯거리가 있었다. 동혁이 사실 동성애자라는 소문이었다. 일진들이 중학교 3년 내내 동혁을 괴롭혀온 까닭이 동혁의 성적 지향을 눈치채고 기분 나쁘다는 이유에서였다고 했다. 그런 소문이 돌며 동혁은 학교를 나오지 않기 시작했다.

"동혁이는 중학교 내내 괴롭힘을 당해왔지만 학교는 잘 나왔어요. 수련회 때 있었던 사건으로 일진들이 징계를 받아서 기가 죽었으니, 오히려 더 열심히 학교에 나와야 했는데 그렇지 않았던 건, 아마 학교에서 도는 소문이 너무나도 싫었기 때문이 아니었을까요?"

470

"잘못된 소문이었나요?"

"그것까지는 잘 모르겠어요."

동혁은 여성스러운 취향을 가진 아이기는 했다. 초등학교 시절 동혁은 두세 번 소미의 집에 놀러 왔다. 동혁은 소미의 방에 있는 여자아이를 위한 소품이나 장난감에 유독 흥미를 보였다. 소미의 어머니 화장대에서 화장품을 몰래 훔쳐 바르며 놀기도 했다. 소미가 동혁에게 생일선물로 줬던 것도 스티커로 옷을 갈아입히며 노는 책이었다. 집에 놀러 왔을 때 동혁이가 한참 동안 재미있게 가지고 놀던 것을 떠올려서 선물로 골랐다.

하지만 동성애자인지는 모르겠다. 남자아이라 하더라도 얼마든지 여성스러운 취향을 가질 수 있다. 본인이 동성애자라고 밝히지도 않았는데 단순히 취향이 여성스럽다는 이유만으로 동성애자라고 단정지을 수는 없다. 여성스러운 취향이지만 이성애자일 수 있고, 남성스러운 취향이지만 동성애자일 수도 있다.

동혁의 입으로 직접 들은 게 없으니 소미는 동혁의 성적 지향이 어떤지 단정할 수 없었다. 하지만 그렇게 생각하지 않는 사람도 있는 것이 사실이다. 남자가 여성스러운 취향을 가졌으면 동성애자일 거라고 단순하게 확신하는 사람도 많다. 아마 그런 사람이 동혁의 성적 지향에 대한 소문을 퍼뜨린 게 아닐까 싶다.

"학원에 가는 길에 골목에서 동혁이와 마주쳤어요. 정면으로 시선이 마주쳤으니 못 본 척할 수가 없겠더라고요. 그래서 인사를 했어요."

그래도 초등학교 때는 친했던 사이였다. 무시할 수는 없었다. 소심하게 인사하면 괜히 서로 더 민망할 거 같아서 소미는 친한 척하며 인사를 했다.

'잘 지내?'

다행스럽게도 동혁은 무시하지 않고 말을 받아주었다.

'응.'

'너 요즘 학교 안 나온다는 이야기가 있는데 정말이야?'

'맞아.'

'계속 안 나올 거야?'

'응.'

'그러다 졸업 못하면 어떡해?'

'최소 출석 일수는 채워서 졸업에는 문제가 없대.'

'다음 주 수요일에 졸업사진 찍는다는데 그날만이라도 학교에 나오는 건 어때?'

'별로 생각 없어.'

몇 년 만에 대화를 나누는 거였다. 하지만 생각보다 길게 대화가 이어졌다. 학교 안에서 봤던 동혁이는 늘 우울한 표정이었는데, 밖에서 보니 생각보다 잘 웃고 대화도 잘 받아줬다.

'왜 학교에 안 나오는 거야?'

'알면서 왜 물어?'

'내가 뭘 아는데?'

소미의 반응을 본 동혁은 키득거리더니 물었다.

'너 주현이랑 친하지?'

'같은 반이니까.'

'어릴 때부터 친했잖아.'

'그건 그래.'

'그 소문 주현이가 퍼트린 거지?'

'무슨 소문?'

소미는 모른 척하고 싶었던 것이 아니다. 정말 몰랐다. 주현은 남의 이야기를 함부로 하고 돌아다니는 성격이 아니다. 애초에 남에게 별로 관심이 없다. 그런 주현이 퍼트린 소문이라니 대체 뭘 말하는 건지 짚이는 게 없었다. 동혁은 그런 소미에게 말했다.

'주현이에게 전해. 나중에 다 돌려받을 거라고.'

그렇게 말하는 동혁의 시선은 싸늘했다. 분명히 웃으면서 말하고 있었는데, 눈에서는 전혀 웃음이 느껴지지 않았다. 소름 끼쳤다. 이유는 모르겠지만 갑자기 불안하고 무서워져서 서둘러 동혁과 헤어져 학원에 갔다. 그것이 동혁과 만난 마지막 순간이었다.

"아마 동혁이가 말한 소문은 성적 지향에 관한 소문이었던 거 같아요. 그렇게까지 화를 낼 만한 소문이라면 그것밖에 없으니까요. 동혁이가 왜 주현이가 그런 소문을 퍼트렸다고 생각하는지는 모르겠지만, 어쨌든 그때 동혁이의 눈빛은 정말 진심으로 주현이를 원망하는 듯한 눈빛이었어요."

"주현 씨에게 전하라는 말을 전하셨나요?"

"아니요. 괜히 주현이까지 기분이 안 좋아지게 만들 필요는 없으니까요."

주현은 소미나 다른 친구 앞에서 동혁의 이름조차 언급한 적이 없다. 가장 친한 친구들도 듣지 못했는데, 대체 주현이 어떤 식으로 소문을 퍼트렸다는 것인지 이해가 되지 않았다. 아무래도 동혁이 뭔가 오해를 하는 듯했다. 굳이 주현에게 경고를 전할 필요까지는 없어 보였다.

하지만 시간이 지난 다음에 조금 후회했다.

"고등학교 때 동혁이가 소년원에 갔다는 소문이 돌았어요."

동혁은 소미와 다른 고등학교에 진학했다. 멀리 떨어진 지역에 있는 공업고등학교였다. 소미의 중학교에서 동혁이 간 공업고등학교에 진학한 학생은 세 명이었다. 그중에는 소미와 친하던 친구도 한 명 있었다. 여름방학 때 그 친구와 연락이 닿아 만나기로 했다.

'너네 학교에 동혁이도 갔지? 요즘은 어떻게 지내?'

소미의 물음에 친구는 답했다.

'요즘 학교 안 나와.'

'왜?'

'선생님들은 서울로 전학 갔다고 하시는데, 소년원에 갔다는 소문이 있어.'

소미는 깜짝 놀라서 왜 그런 소문이 도느냐고 물었다. 친구의 말로는 동혁의 어머니가 강도를 당해 돌아가셨는데, 상을 치르고 며칠 후부터 동혁이가 학교에 나오지 않는다고 했다. 그러면서 사실은 동혁이가 어머니를 죽이고 소년원에 간 것이 아니냐는 소문이 돌기 시작했다.

어디까지나 소문이었다. 그러나 소미는 그 소문을 듣는 순간 마지막으로 보았던 동혁의 싸늘한 시선을 떠올렸다. 늦었지만 동혁의 경고를 주현에게 전해야 하나 싶었다. 그러나 주현도 고등학교에 진학할 무렵 아예 다른 동네로 이사를 가버렸기 때문에 어차피 주현이 동혁을 다시 만날 일은 없을 거 같았다. 그래서 결국 말을 전하지 못했다.

그런데 일이 이렇게 되자 다시 동혁의 시선이 떠올랐다. 정말 주현이가 돌려받은 거면 어떡하나 싶었다. 소미는 확신하지 못했다. 근거는 없고 직감뿐이었다. 그러나 윤진은 소미의 직감이 맞을지도 모른다는 생각이 들었다. 동혁이라면, 인천 지역에 대해 잘 알고, 형철과 친하고, 주현에게 원한이 있는 사람이라는 조건을 모두 충족한다.

"혹시 동혁 씨가 지금 어디 계시는지 아시나요?"

소미는 자신은 잘 모르지만 알 만한 사람을 안다고 했다.

"저희 어머니가 교통사고로 병원에 계세요."

소미의 어머니가 운전하던 차가 두 달 전 음주운전 차량과 부딪혔다. 크게 다쳐서 세 번 이상 전신마취를 하고 수술을 받아야 했다. 다행히 수술은 잘 끝났지만 후유증이 남아서 재활이 필요한 상황이라 아직도 병원에 입원 중이었다.

병원에는 현숙이라는 이름의 간호조무사가 있었다. 소미의 어머니와 비슷한 연배로 호탕하고 성격 좋은 여자다. 침대에서 잘 움직이지 못하는 어머니와 한두 마디씩 대화를 나누다 친해졌는지 요즘에는 휴식 시간에 종종 어머니 병실에 와서 꽤 길게 수다를 떨다 가곤 한다. 병실에서 어머니가 혼자 심심해하지 않게 말상대를 해주니 소미도 고마워서 과일이나 간식을 선물로 드리곤 했다. 그러다 보니 소미도 현숙과 친분이 생기게 되었다.

현숙은 소미의 이름과 나이를 듣더니 혹시 무슨 초등학교를 나왔느냐고 물었다. 소미가 학교 이름을 말하자, 현숙은 놀라며 그럼 동혁이를 아느냐고 물었다. 내 조카인데 초등학교 때 친하던 아이 이름이 소미였다고, 나이도 같고 학교도 같으니 혹시나 해서 물어본다고 했다.

"알고 봤더니 동혁이 이모시더라고요."

소미도 동혁이가 이모 이야기를 하던 것이 어렴풋이 기억났다. 동혁이의 어머니는 동혁이를 거의 돌보지 않아 사실상 근처에 사는 이모가 키워준 것과 마찬가지라고 했다.

"아마 그분은 지금 동혁이가 어디서 뭘 하는지 아실지도 모르겠어요."

윤진은 소미에게 고맙다고 인사했다.

동혁을 찾아서 만나봐야 할 것 같았다.

5

원국의 휴대폰을 빌려서 전화를 걸어도 희선은 받지 않았다. 어느새 정오가 가까워 오는 시간이라 아직까지 자고 있을 것 같지는 않았다. 의도적으로 연락을 피하는 게 아닌가 싶었다.

성민과 주현은 우선 태일동자를 다시 만나보기로 했다. 소영을 소개해줬다는 사람이 누구인지 확인할 필요가 있어 보였다. 민아를 불러 태일동자의 현재 위치를 묻자 성수 쪽이라고 했다. 주소를 받은 뒤 한강을 따라 서울의 동쪽으로 달렸다.

"일단 약을 가져왔어요."

성민은 투명한 유리병 하나를 꺼내 보여주었다.

열 개의 하얀 알약이 들어 있었다. 한 알마다 영혼 하나를 넣었다는 알약이다. 주현과 같은 영혼을 압축해 하나의 알약을 만든 것이니, 결국 저 약병 속에는 열 명의 인간이 들어 있다는 소리다. 그러나 주현으로서는 알약이 되어 흡혈귀에게 잡아먹힐 운명에 처한 열 명의 인간에 대한 동정심보다 돈이 없어 알약을 사지 못하는 자신의 현실에 대한 안타까움이 더 크게 느껴졌다.

사실 돈이 턱도 없이 부족한 것은 아니다. 성민이 할인해주겠다고 한 가격이면 남은 예산으로 한 알 정도는 살 수 있다. 하지만 저승에서 만났던 경범이 돈을 남겨오라고 했던 게 마음에 걸렸다. 큰돈을 남겨올 필요는 없다지만 돈은 많으면 많을수록 좋은 것이 당연하다. 알약을 사버려서 푼돈만 들고 저승에 갔다가 예상치 못한 곤경에 처하고 싶지는 않았다.

만약 알약을 산다 해도 예산상 한 알밖에 살 수 없는데 그것을 태일동자를 조사하는 일에 써도 될까 싶기도 했다. 태일동자가 진범이라면 모를까, 혹시 진범이 따로 있다면 진범의 마음을 읽어서 왜 주현을 죽였는지 알아내고, 경찰서에 자수하도록 하는 데 쓰는 편이 낫지 않을까 하는 생각도 들었다. 알약을 보고 고민하는 주현에게 성민이 말했다.

"주현 씨의 전 여자친구 분을 만난다면 좋을 텐데요."

"그게 무슨 말씀이시죠?"

"이제는 말씀드려도 되겠다 싶어서 말씀드리는 건데, 사실 소영 씨도 아직 이승에 있어요. 주현 씨와는 다른 방법으로요."

성민은 소영이 악귀가 되어 이승을 떠돌고 있으며, 저승에서 성민에게 소영의 처리를 부탁해둔 상황이라고 말해주었다. 물론 소영을 끌어내기 위한 미끼로 주현을 이승에 남겨두었다는 이야기는 하지 않았다.

"저승에서 악귀 처리를 부탁하면, 처리 과정에서 힘을 쓰기 위해 소모한 혈액이나 영혼은 나중에 저승이 보전해줘요. 만약 소영 씨와 만나게 된다면 필요한 만큼 알약을 먹을 수 있을 테고, 처리가 끝난 후 힘이 남았다면 그 힘을 주현 씨를 돕기 위해 사용할 수 있을 거예요."

"악귀를 처리한다는 게 무슨 의미입니까?"

"소멸시키는 거예요. 저는 보통 잡아먹는 방법을 사용하죠. 겸사겸사 식사를 하면 좋잖아요."

죽음은 끝이 아니라 저승에서 새롭게 태어나는 것과 마찬가지다. 그러나 소멸된 영혼은 이승에서도 저승에서도 영원히 끝이 난다. 성민이 가진 알약의 원료가 된 영혼도 소멸 처분이 내려진 영혼들이다. 소영은 성민과 만나면 영원히 세상에서 사라질 운명이었다. 이승에서든, 저승에서든.

그런 설명을 들으니 주현은 생각이 복잡해졌다.

죽었다는 이유로 이승의 관계를 다 잊고 소영과 귀신이 되어서 다시 친해져볼 생각 따윈 추호도 없었다. 귀신이 되었지만 어쩌다 스쳐 지나가는 일도 사양하고 싶을 정도로 주현은 소영과의 인연을 완전히 끊고 싶었다. 그러나 주현의 사건을 조사하기 위해서는 성민이 흡혈귀의 힘을 사용하는 편이 더 쉽고, 저렴하게 힘을 사용하기 위해서는 소영을 찾는 편이 나았다.

하지만 소영을 찾자고 선뜻 나서기에는 그 뒤에 소영이 겪게 될 운명이 안타깝게 여겨지기도 했다. 사귈 때 바람을 피웠다는 점과 헤어진 뒤 겪은 스토킹이 다소 짜증스러웠을 뿐, 이승에서든 저승에서든 완전히 소멸되기를 바랄 정도로 뿌리 깊은 원한이 있는 것은 아니었다. 소영이 어떻게 살아왔는지 알게 된 이상, 좀더 평화로운 가정에 다시 태어나서 평범하게 살아보기를 원하는 마음도 없지 않았다.

주현의 고민을 들은 성민은 말했다.

"소영 씨와의 만남이 주현 씨를 죽음으로 몰고 갔을 수도 있는데 아직도 정이 남아 있으신가 보네요. 저는 좀더 주현 씨가 소영 씨를 찾는 일에 도움을 주셨으면 해서 말씀드린 거였어요. 저는 제 일을 끝내고 주현 씨도 원하는 목적을 더 편하게 달성할 수 있으니 서로 좋잖아요."

"소영이 의도적으로 제게 접근했다는 게 확실해지면 도와드리겠습니다. 하지만 아직 그런 단계는 아니니까요. 저승으로 끌고 가서 벌을 주겠다는 것도 아니라 완전히 소멸시키는 거라면 선뜻 도와드리겠다고 말씀드리는 것이 편하지만은 않습니다. 물론 그전에라도 소영이와 우연찮게 마주쳤다면 방해할 생각까지는 없으니 맡으신 일은 편하게 하시면 될 것 같습니다."

"방해만 안 해주셔도 고맙기는 하지만요."

성민은 원하는 대답을 듣지 못해선지 개운치 않은 표정이었다.

주현이 죽기 전부터 저승사자들은 소영 때문에 고생을 해온 모양이었다. 저승에서 소영을 처리하는 업무를 부탁받은 성민이 주현의 감시자가 된 것은 우연일까. 의도적인 일일 수도 있다는 생각이 강하게 들기 시작했다.

동쪽으로 달리던 차가 어느새 성수에 도착했다. 작은 공장과 신발 가게와 디저트 카페가 나란히 있는 특이한 거리다. 차가 멈춘 곳은 3층짜리 상가 건물 앞이었다. 민아에게 들은 바로는 건물 지하에 태일 동자가 있다고 했다.

"어떻게 이야기를 들을 수 있을까요?"

어제처럼 도망가버리면 곤란하다. 아직 걱정이 남은 주현에게 성민이 가벼운 목소리로 말했다.

"어제 일을 정중히 사과하고 잘 구슬려서 이야기를 해달라고 하면 되지 않을까요?"

"과연 구슬려질까요? 만약 태일동자가 범인이라면 절대 순순히 실토할 것 같지 않은데요."

"태일동자가 범인 같나요?"

성민의 물음에 주현은 고개를 저었다. 태일동자는 그럴싸한 말솜씨로 화류계에서 일하는 사람들을 속여넘겨 돈을 버는 사기꾼에 가까워 보였다. 살인범 같지는 않았다. 애초에 주현을 죽일 정도로 원한 관계가 있지도 않고, 주현이 샤워장에서 봤던 살인범의 인상과도 전혀 달랐다. 사건과 어느 정도 관련이 있을 것 같기는 했지만, 주범일 가능성은 낮아 보였다.

"돈은 밝히지만 멍청해 보이던데, 그런 타입은 돈과 안전을 보장해준다고 하고 잘 달래면 넘어오지 않을까 싶어요. 살짝 위협도 해보고요."

민아가 마킹을 해둔 상태니 이승 어디로 도망가든 위치를 찾을 수 있고, 태일동자가 범행과 관련이 있다면 진범을 잡은 뒤 태일동자의 위치를 경찰에 제보해서 체포하면 된다. 그러니 일단 지금은 의도적으로 풀어줄 것을 전제로 해서, 범행을 감추고 잠적할 수 있도록 도와주겠다는 조건을 미끼로 이야기를 들어보자는 소리였다.

주현도 성민의 의견에 따르기로 했다. 마음을 읽을 수 없다면 마음을 털어놔달라고 부탁하는 수밖에 없다.

계단을 내려가자 지하실은 철문이 굳게 닫혀 있었다. 철문을 넘어 안으로 들어가자 폐점한 듯 보이는 라이브카페가 보였다. 아직 낮이었지만 천장에는 형광등이 켜져 있었다. 한쪽에는 작은 무대와 먼지 쌓인 드럼이 보였고, 반대쪽 벽에는 의자와 테이블이 겹겹이 쌓여 있었다. 가운데 빈 공간에는 펼쳐진 신문 위로 텅 비어 있는 중국요리집의 일회용 용기들이 보였다. 태일동자는 벽에 붙어 있는 먼지 쌓인 녹색 천 소파 위에 누워 휴대폰으로 게임을 하고 있었다.

주현과 강인을 입구 근처에서 기다리게 한 뒤 성민은 혼자 태일동자에게 모습을 드러냈다.

"안녕하세요. 실례지만 말씀 좀 여쭙고 싶은데요."

"뭐, 뭐야!"

태일동자는 손에 든 휴대폰을 방바닥에 내동댕이치듯 떨어뜨렸다. 문이 열리는 소리도 들리지 않았는데 갑자기 사람이 옆에 나타났으니 놀랄 수밖에 없다.

성민은 바닥에 굴러가는 휴대폰을 주워 태일동자에게 내밀었다.

"놀라게 해드려서 죄송합니다."

"너 뭐야! 여기까지 어떻게 들어왔어!"

고함을 지르는 태일동자에게 성민은 차분히 말했다.

"저는 저승에서 왔습니다."

"뭐?"

"태일동자님은 신기가 있으시니 아실 텐데요? 저는 사람이 아닙니다."

태일동자는 당황하는 듯했지만 생각보다 빨리 제정신을 되찾았다.

굳게 잠긴 철문. 갑자기 나타난 남자. 어떻게 보아도 평범한 사람이 아니라는 것을 알 수 있었다.

"그, 그래. 내가 모를 리 없잖아!"

목소리는 떨렸지만 다행히 다시 도망가지는 않고 대화를 받아주려는 듯했다.

성민은 차분하게 말했다.

"사실 저는 주현 씨가 사망하신 사건에 대해서 조사하는 중인데, 태일동자님께서 자세한 상황을 아신다는 첩보가 들어와서 어제 찾아뵌 겁니다. 미리 말씀드리지 않아서 놀라게 해드렸던 점 사과드립니다."

정중하게 고개 숙여 인사하는 성민에게 태일동자는 거만하게 말했다.

"이, 이미 다 알고 있었어! 내가 화가 난 건 뻔히 보이는데 사실을 숨긴다는 점이었지!"

"죄송합니다."

성민은 태일동자에게 아부를 하며 구슬리기 시작했다.

"태일동자님은 저승에서도 유명하십니다. 신기가 있는 무당인지 아닌지 저승 사람 눈에는 보이거든요. 이태원 쪽에 무당은 많지만 진짜 신기가 있는 무당은 태일동자님밖에 없다고 이야기되곤 하죠."

"그야 당연하지!"

태일동자는 자신이 얼마나 훌륭한 무당인지 자화자찬하며 이야기했다. 중학교 때 카드게임을 하면 상대방의 패가 훤히 보였고, 자려고 누우면 내일 있을 일이 눈앞에 떠올랐다. 고등학교 때 불운한 기운이 감돌던 친구가 교통사고로 크게 다쳤는데, 위험한 일이 생길 거라는 점을 알고도 미리 말해주지 못했던 것이 미안해서 사람들을 돕기 위해 무당 일을 시작했다고 했다.

성민은 이런 무당들의 이야기를 드물지 않게 듣는다. 감수성이 예민한 청소년기에 우연히 맞아떨어진 몇 번의 예지나 우연히 엿보게 된 저승의 모습을 확대해석하며 자신에게 정말 신이 내렸다고 착각하는 케이스다. 정말 신이라는 존재가 있는지는 성민도 잘 알지 못한다. 하지만 특이하다 싶을 만큼 영감이 강한 인간이 있는 것은 사실이다. 이승에 속하면서도 저승을 보고 들을 수 있는 무당들은 실제로도 있다. 그런 무당들은 저승에서도 명단을 만들어두고 필요할 때 접촉하기도 한다.

다만 태일동자는 아니다. 다른 사람들보다 다소 말발과 눈치가 좋을 뿐이었고, 영감 따위는 전혀 없이 편하게 돈을 벌기 위해 무당이 된 사람일 뿐이다. 그러나 태일동자가 자신을 100퍼센트 사기꾼이라고 생각해온 것은 아닌 듯했다. 자신에게는 특별한 능력이 있지만, 능력이 자주 발현되지 않을 뿐이라고 믿는 것처럼 보였다.

덕분에 성민은 편하게 이야기를 진행할 수 있었다.

"사주만 듣고 주현 씨가 죽은 줄 아신 건가요?"

"그래."

"제가 말씀드린 건 생년월일뿐이었는데요. 같은 날 태어난 사람이 수천 명은 될 텐데, 어떻게 생년월일만으로 사주를 아실 수 있지요?"

"예, 예전에 그 남자와 사귀던 여자가 여러 번 내게 사주를 봤어. 당연히 나는 그 남자의 운명을 다 알고 있었지!"

"언제, 어디서, 어떻게 죽을 운명이었지요?"

"일주일 전에 사고로, 아니, 범죄로 죽을 운명이었어."

"어떤 범죄였죠?"

"당연히 살인이지!"

성민은 태일동자를 향해 몸을 바싹 기울이며 물었다.

"좀더 자세한 이야기를 들을 수 있을까요?"

"뭐?"

"말씀드리지 않았습니까. 저는 주현 씨의 죽음에 대해 조사 중이에요. 하지만 저승에서도 모든 상황을 파악하지 못하니, 태일동자님의 능력을 믿고 여쭈어보려고 온 겁니다."

넉살 좋게 말하는 성민 앞에서 태일동자는 다소 기세가 죽은 채 말했다.

"나도 정확한 사정은 몰라. 일주일 전에 죽을 거라는 것만 알고 있었지."

"자세히는 말씀해주지 않으셔도 좋습니다. 대략적으로라도 말씀해주시면 안 되겠습니까?"

태일동자는 말이 없었다. 시선을 피하며 딴청을 피울 뿐이었다. 성민은 좀더 적극적으로 태일동자에게 이야기를 해달라고 부탁했다.

"저는 저승 사람입니다. 태일동자님을 이승의 경찰에 고발하지 않아요. 태일동자님처럼 훌륭한 영감을 가진 사람이 아니면 저를 볼 수도 없으니 고발하고 싶어도 할 수가 없습니다. 어디까지나 저승에서 참고용으로 사용하려는 자료이니 편하게 말씀해주시지요. 물론 상응하는 사례도 드리겠습니다."

성민은 코트 주머니에서 지갑을 꺼내 5만 원권 지폐 여섯 장을 보여주었다. 태일동자의 표정은 탐탁찮아 보였다. 성민은 네 장을 더 꺼냈다. 그제야 태일동자는 소파에 반쯤 늘어져 있던 몸을 세웠다. 주는 건 성민이지만 나중에 저 금액만큼이 주현의 노잣돈에서 까일 것이다. 태일동자의 입을 확실히 열 수 있다면 100만 원까지는 낼 수 있다고 했는데, 다행히 절반 값에 끝났다.

태일동자는 무거운 표정으로 입을 열었다.

"산에서 죽었어."

"무슨 산이죠?"

"그건 몰라."

"동쪽인지 서쪽인지라도 말씀해주시면 안 되겠습니까?"

"모른다니까!"

정말 모르는 게 아닌가 싶어서 다른 질문을 던졌다.

"범죄라면 범행을 저지른 사람은 누구입니까?"

"한 명."

"주현 씨는 꽤 키가 크고 체격 좋은 남성 분이셨는데 혼자 범행을 저지를 수 있다고요?"

"못할 건 없지."

못할 게 없기는 하다. 다소 번거로울 수는 있겠지만.

"살인범이 왜 주현 씨를 죽였을까요?"

"평소 행실이 안 좋아서지."

"구체적으로 어떤 행실이 안 좋았던 거죠?"

"그걸 내가 어떻게 알아! 아무튼 평소 여기저기 원한을 사고 다녔어! 특히 여자들에게!"

"소영 씨 말씀이신가요?"

소영의 이름이 나오자 태일동자는 입술이 잠시 굳었지만 곧 다시 말을 이었다.

"그래! 전 여자친구에게도 얼마나 원한을 샀겠어. 운명의 연인이라고 생각하며 사랑에 빠진 여자를 그렇게 매몰차게 버려버렸으니."

"저희가 입수한 정보에 따르면 소영 씨는 주현 씨를 운명의 연인이라고 생각한 것치고는 다른 남자와도 관계를 이어왔던 것 같은데

요."

"그건 물주."

"물주요?"

"그래. 사랑도 돈이 있어야 할 거 아냐."

주현도 대기업 직원이고 집안도 좋았지만, 사회초년생이라 모은 돈이 많지는 않았다. 괜히 주현에게 부담을 주느니 다른 남자를 물주로 삼아 지내는 게 낫지 않느냐는 생각이었을 것이라고 했다.

"성실히 일을 해서 돈을 벌 수도 있었을 텐데요."

"중졸 학벌로 어떻게 평범하게 돈을 벌어? 번다 쳐도 월급 몇백으로 그년 씀씀이가 감당이 되겠어?"

"그렇다고 외제차를 몰고 명품백을 사들였던 것 같지는 않은데요."

성민은 팔짱을 끼며 이어 말했다.

"확실히 물주라는 남자에게 돈을 많이 뜯어내기는 했는데요, 돈이 전부 어디로 흘러갔는지 알 수 없는 상황이에요. A&K를 만들 때 일부 돈을 보탠 것 같기는 한데, 그 외의 돈들은 행방이 묘연해요. 그런데 소영 씨 본인에게 쓴 정황은 별로 없단 말이죠. 소영 씨가 한 사치라고 해봐야 태일동자님이 만드신 부적을 장당 100만 원 이상의 가격을 주고 사들인 것 정도가 아닌가 싶은데요."

"그게 왜 사치야! 진짜 효험이 있는 부적이라고!"

"물론 그렇겠죠."

진지하게 변한 목소리로 성민은 태일동자에게 물었다.

"부적만 파셨나요? 굿 같은 건 하시지 않으셨고요?"

"하긴 했지. 잘되라는 뜻에서."

"무료로 하진 않으셨죠?"

486

"무료로 굿을 하면 효험이 없어! 진심을 담아야지 날로 먹으려 하면 신이 노하셔!"

태일동자는 삿대질을 하며 외쳤다. 부적 한 장을 100만 원이 넘는 가격에 팔았다면 굿은 더 비쌌을 것이다. 소영이야말로 태일동자의 물주가 아니었나 싶었다.

"혹시 주현 씨에게 접근하라고 한 것도 태일동자님이신가요?"

"그건 무슨 소리야, 또."

"소영 씨는 주현 씨를 자신의 인생을 바꿔줄 운명의 남자라고 말하고 다녔거든요. 궁합도 천생연분이라고 했고요. 소영 씨가 믿고 의지하던 역술가는 태일동자님뿐이었으니, 운명 운운하며 강한 확신을 가지고 사귄 사이라면 태일동자님의 조언이 있었던 것이 아닌가 싶어서요."

혀를 끌끌 차며 태일동자는 수긍했다.

"그래. 사귀어보라고 하긴 했지."

"그런데 태일동자님의 점이 잘못됐던 것 아닌가요? 결국 헤어졌으니까요."

"헤어지면 안 될 사인데 헤어졌으니 서로 불행해진 거야!"

"둘이 결국 헤어질 거라는 것까지는 점치지 못하셨던 건가요?"

"어떻게 모든 걸 다 알 수 있겠어?"

태일동자는 말을 살살 돌리며 거짓말을 하는 듯 보였다. 솔직하게 말하라는 의미에서 돈까지 주기로 했는데 답변이 만족스럽지 않다. 결국 살짝 위협을 해보기로 했다.

성민은 뒤에 서 있는 강인에게 손으로 미리 약속한 신호를 보냈다.

"지금 거짓말을 하시는 것 같은데요?"

"거짓말이라니?"

벽에 걸려 있던 작은 조화가 툭 하고 떨어졌다. 지하실이다 보니 생각보다 크게 울렸다. 태일동자는 놀란 눈동자로 바닥에 떨어진 조화를 바라보았다. 그게 시작이었다. 조화 다음에는 벽에 걸린 시계가, 찬장에 놓여 있던 작은 조각상들이, 카운터에 놓여 있던 빈 병과 컵들이 바닥으로 떨어졌다. 병과 컵이 제멋대로 떨어져 깨지면서 와장창 하는 소리가 울리자 태일동자는 히익 하며 비명을 죽이고 소파에서 벌떡 일어났다.

"뭐, 뭐야! 왜 이래!"

강인이 방을 돌아다니며 물건들을 떨어뜨리고 있을 뿐이었다. 그러나 강인이 눈에 보이지 않는 태일동자로서는 물건들이 제멋대로 움직이고 떨어지는 것처럼 보였다.

"보세요. 신이 노하셨잖아요. 신의 이름을 팔면서 날로 먹으려고 하시면 안 되죠."

성민은 걱정스럽다는 듯 말했다. 그러나 태일동자에게는 들리지 않는 모양이었다. 공포에 질린 눈으로 어쩔 줄 몰라 할 뿐 입을 열지 않았다.

태일동자가 계속 입을 열지 않자 강인은 안쪽 벽에 쌓아둔 의자와 테이블을 집어던지기 시작했다. 나무와 철로 된 무거운 의자와 테이블이 허공을 날아다니자 태일동자는 참지 못하겠다는 듯 비명을 지르며 출입구를 향해 달렸다.

"으아아악!"

그러나 잠금장치를 풀었지만 철문은 열리지 않았다. 온 힘을 줘서 밀고 당겨보았지만 꿈쩍도 하지 않았다. 강인이 문을 붙잡고 있었기 때문이다. 열었던 잠금장치가 스스로 잠기기까지 하자 태일동자는 얼굴이 하얗게 되어 주저앉았다.

성민은 태일동자의 어깨를 두드리며 다정한 목소리로 말했다.

"말씀드렸다시피 저는 저승에서 왔어요. 모르는 걸 모르신다고 하는 건 상관없지만, 거짓말을 하시면 바로 신의 귀에 들어갈 거고 벌을 내리실 거예요."

성민은 다시 태일동자를 소파로 데려와 앉혔다. 그리고 자신도 태일동자의 옆에 앉았다.

"진정하시고 말씀해주세요. 왜 소영 씨에게 주현 씨와 사귀라고 하신 거죠?"

태일동자는 바닥에 굴러다니는 반쯤 빈 생수병을 들고 물을 꿀꺽꿀꺽 마신 뒤 다소 진정된 듯한 기색으로 말했다.

"그건 점을 치고 조언해준 내용이 아니었어."

"그럼 왜 그런 조언을 하신 거죠?"

"괜찮은 남자가 있어서 소영이와 이어주고 싶은데 도와달라는 부탁을 받았을 뿐이야."

"누구한테서요?"

태일동자는 답변을 하지 않고 숨만 몰아쉬었다. 흔들리는 태일동자의 눈동자를 바라보며 성민은 작은 목소리로 물었다.

"혹시 희선 씨 아니었나요?"

태일동자의 눈동자는 더 흔들렸다. 과호흡이 오지 않을까 싶을 만큼 숨결이 빠르고 거칠어졌다. 한참을 기다리자 호흡이 차츰 고르게 변하더니 태일동자는 고개를 작게 끄덕였다.

성민은 질문 하나를 더 던졌다.

"처음 태일동자님께 소영 씨를 소개해준 사람도 희선 씨였죠?"

"그래."

태일동자의 목소리에는 체념 비슷한 것이 섞여 있었다.

"희선 씨와 소영 씨는 대체 어떤 관계였던 거죠?"

태일동자는 천천히 입을 열었다.

* * *

태일동자는 이태원에서 꽤 오래 신당을 운영했다. 벌이는 신통찮았다. 몇몇 단골로 먹고사는 정도였다. 상황이 달라진 것은 희선과 만나면서부터였다. 희선은 과거에 이태원에 있는 트랜스젠더바에서 일했다. 같은 바에서 일하던 사람 중 한 명이 태일동자를 찾아와 점을 보더니 잘 맞는 것 같다며 주변 사람들을 우르르 데려왔는데 그중에 희선이 있었다.

태일동자가 봐준 점괘를 들으면서 한마디도 안 하고 줄곧 앉아서 웃기만 했다. 말수가 없는 사람이구나 싶었다. 그런데 며칠 후 희선이 혼자 태일동자를 찾아왔다. 희선은 웃으면서 말했다.

"점이 하나도 안 맞던데요?"

자존심이 상했다. 하지만 그럴 것 같았다. 고등학교 때 신이 내렸다고 믿었다. 고등학교를 졸업하고 신내림을 받기 전 다른 무당 밑에서 일을 도와줄 때는 점이 잘 맞는다고, 용하다는 이야기도 자주 들었다. 하지만 정작 신내림을 받고 자기 신당을 차리자 영 뭐가 보이지 않았다. 적당히 말을 지어내는 걸로 때우는 경우가 잦아졌다. 희선에게 점을 봐줄 때도 감이 오는 대로 그럴싸하게 지어내 말했다. 점이 맞았다면 오히려 더 이상했을지도 모른다.

"복채 돌려달라고 온 거냐?"

"아니에요. 재미있었으니까 괜찮아요. 말씀을 잘하시던데요?"

희선의 말대로 태일동자는 말발에는 자신이 있었다. 적당히 지어내며 갖다 붙이는 것만으로도 단골이 생길 수 있었던 것은 거짓말을 하면서도 그럴싸하게 말할 수 있는 입담 때문이었다고 생각한다.

점을 보러 오는 사람들은 대부분 고민이 있다.

언제 애인이 생길까 정도의 가벼운 고민을 갖고 오는 사람들도 있지만, 가끔 인생이 걸린 기로에서 고민의 무게를 감당하지 못하고 찾아오는 사람도 있다. 그런 사람들은 그럴싸한 말솜씨로 점술이라며 조언을 해주면 엉엉 울며 감동하기도 한다. 그러고는 고맙다며 여기저기서 손님을 데려와준다. 사실상 태일동자는 점으로 돈을 벌어왔다기보다 말발과 눈치로 심리상담가 역할을 하며 돈을 벌어온 것이나 마찬가지였다.

그런 태일동자에게 희선은 한 가지 제안을 했다.

"우리 사업 한번 해볼래요?"

희선의 주변에는 인생에서 무엇인가가 결핍되어서 고민을 떠안고 있는 사람들이 많았다. 희선은 태일동자에게 그런 사람들을 소개해준다. 그리고 그 사람들의 개인적인 신상 정보를 사전에 넘겨준다.

희선의 소개를 받고 찾아온 손님에게 태일동자가 미리 넘겨받은 신상 정보를 마치 점술로 알아낸 것처럼 읊어준다. 과연 정말 용한 무당일까 경계심을 가지고 있던 손님은 태일동자가 자신의 개인적인 이야기를 술술 읊는 것을 보면 능력에 강한 신뢰가 생기게 된다. 그 뒤에는 적당히 말발로 구워삶으며 부적을 팔거나 굿을 해서 돈을 번다. 그 과정에서 희선은 일정 금액의 수수료를 받는다.

희선이 제안한 사업을 태일동자는 받아들이기로 했다. 월세가 밀리고 전기요금도 몇 개월간 제대로 내지 못하는 상황이었기 때문이다. 그리고 사업은 크게 성공했다. 이태원에 용한 무당이 있다는 소문이 화류계를 중심으로 순식간에 퍼져 나갔다. 소영은 그때 희선이 소개해준 고객 중 한 명이다.

소영은 다른 고객들보다 훨씬 더 태일동자를 신봉했다. 깊은 심리적 나락에 빠져 있던 상황이었기 때문에 태일동자의 상담에 다른 고객들보다 큰 위안을 받은 모양이었다.

태일동자는 왜 희선이 자신에게 사업을 제안했는지 다소 의아했다. 희선이 받아가는 수수료는 큰 금액이 아니었다. 소문이 퍼지며 희선을 거치지 않고 알음알음 찾아오는 사람들이 늘어나 희선이 데려오는 고객의 비중은 점점 줄어들었다. 희선에게는 손해를 볼 것도 없었지만 큰 이익을 볼 사업도 아니었다. 왜 이런 사업을 제안했는지 궁금했다.

이유를 알게 된 것은 소영이 단골 고객이 되면서였다.

"소영이가 지난번에 만난 남자와 사귈지 말지 고민하는 거 같은데."

"그 돈 많은 남자?"

"좋은 인연이니까 꼭 붙잡으라고 해줘."

희선으로부터 그런 연락을 받고 며칠 후 소영이 태일동자를 찾아와 별로 마음에 들지 않는 남자가 있는데 돈은 많은 거 같다고, 사귀어야 할지 말지 고민이라고 했다. 태일동자는 희선에게 들은 이야기대로 잘 만나보라고 했다.

몇 달 후 희선이 다시 태일동자에게 연락했다.

"조만간 소영이가 술집을 관둘지 말지 상담하러 갈 거야."

"관두고 뭐 한대?"

"희선 언니가 요즘 인터넷 쇼핑몰을 하나 열고 싶어하는데 투자금 좀 모아 가져가라고 해줘. 돈 없으면 남자친구한테 좀 달라고 하고."

그렇게 말하며 희선은 깔깔 웃었다. 희선의 웃음소리를 들으며 태일동자는 희선이 제안한 사업의 진정한 정체를 알았다. 희선은 점을 보러 가는 사람의 신상 정보를 사전에 넘겨주겠다는 핑계로 태일동자에게 연락하며, 태일동자에게 자신이 원하는 대로 점괘를 내도록 유도하고 있었다. 용한 점쟁이라며 태일동자를 믿으면 믿을수록 그들의 인생은 희선이 원하는 방향으로 흘러갔다.

소영은 특히 성공한 케이스였다. 소영은 태일동자를 자신의 인생을 구해준 사람이라며 맹신했고, 맹신하면 맹신할수록 희선의 수족처럼 움직이게 되었다. 찝찝하긴 했다. 마음이 불안한 사람들을 이용해서 자신의 이익을 추구하려는 희선을 왜 도와줘야 하나 싶었다. 그러나 태일동자는 발을 뺄 수 없었다. 희선을 거치지 않고 온 사람들은 한번 점을 보면 잘 맞지 않는 것 같다며 두 번 다시 오지 않았다. 희선을 거쳐 온 사람도 갑자기 방문하여 희선으로부터 사전 연락을 받지 못한 상황이면 예전에는 잘 맞혔는데 오늘은 좀 이상하다며 미심쩍은 시선을 보냈다.

태일동자도 돈을 벌어들이는 맛을 알아버렸다. 돈을 벌기 위해서는 희선의 역할이 필수적이었다. 어쩌면 태일동자도 희선에게 인생이 조종당한 것일지도 모른다.

희선은 돈을 버는 수완이 좋았다. 트랜스젠더바에서 일할 때도 가장 높은 수익을 올렸고, 갑자기 인터넷 쇼핑몰을 열더니 그것도 순식간에 자리를 잡았다. 하지만 가장 높은 소득을 올리는 것은 불법 도박 사이트 운영이었다.

희선의 아버지는 평생 교도소를 들락날락거리며 살아온 남자였다. 또다시 교도소에서 나왔더니, 아들이 난데없이 트랜스젠더바에서 일하고 있어서 당장 머리채 붙잡고 그만두게 했다. 희선은 성전환수술 비용을 벌기 위해 트랜스젠더바에서 일했던 거였는데, 아버지 때문에 목적을 이루지도 못하고 방구석에 처박히게 되었다.

희선의 아버지도 한심하게 살아온 남자였지만, 아들을 보니 자신보다 더 한심해 보인 모양이었다. 나이가 곧 서른인데 백수로 놔두기에는 뭐하다 싶었는지 조직이 운영하는 불법 도박 사이트 관리를 맡겼다. 서버와 관리팀은 해외에 있기 때문에 희선은 돈이 들어오고 나가는 것만 지켜보면 되었다.

여기서 희선은 아이디어를 냈다. 대부업체를 만들어 여기저기서 돈을 끌어온 다음에, 평소 도박 사이트에서 거액의 돈을 퍼붓다가 갑자기 돈을 적게 쓰는 사람에게 귓속말로 말을 걸어 돈을 빌려주겠다고 제안했다. 그 사람에게 돈을 빌려주면 돈은 고스란히 다시 도박 사이트로 들어왔다. 그러면 희선은 아버지와 일하는 험상궂은 청년들을 통해 원금과 이자를 추심하며 마지막 한푼까지 사람을 쥐어짜 냈다.

인터넷 쇼핑몰을 연 것은 그렇게 벌어들인 돈을 세탁하려는 목적이었는데, 생각보다 이 사업도 승승장구해서 큰돈을 벌어들였다. 신기할 정도로 재운(財運)이 따르는 사람이었다. 태일동자는 희선의 곁에서 떡고물을 받아먹으며 편하게 돈을 버는 인생을 택하기로 했다.

희선이 조금 이상해진 것은 1년 반 전부터였다.

희선은 태일동자를 찾아와 말했다.

"소영이한테 남자친구를 소개시켜주고 싶은데."

"지금 사귀는 사람 있잖아."

"물주?"

"더 돈 많은 남자라도 찾은 거야?"

"아니. 그냥 괜찮은 남자를 찾았어."

희선에게는 얼마 전 새로 사귄 남자친구가 있었다. 좋은 대학을 나와서 좋은 회사에서 일하는 번듯한 남자친구였다. 남자친구의 지인 중에 괜찮은 사람을 찾아서 소영이에게 소개시켜주고 싶다고 했다. 소영이에게서 물주가 떠나가면 부적은 누가 사주냐고 하자, 희선은 깔깔 웃으며 두 사람 다 만나면 되지 않겠느냐고 했다.

태일동자는 소영이 제안을 받아들이지 않을 거라고 생각했다. 지금 사귀는 남자는 생계를 위해 계속 만나면서 새로운 남자와도 사귀라는 제안은 제정신이라면 거절할 거라고 봤다.

예상대로 태일동자가 점을 봐주면서 새 남자를 만나야 운이 트일 것 같다, 하지만 지금 만나는 남자도 놓쳐서는 안 된다고 하자, 소영은 탐탁지 않아 하는 기색이었다. 그래도 태일동자님이 그렇게 말씀하신다면 새 남자를 한번 만나보기는 하겠다고 했다.

그리고 새 남자와 처음 만난 날 밤, 소영이 태일동자에게 호들갑스럽게 전화를 걸어왔다. 이렇게 완벽한 남자는 처음 봤다고, 말씀하신 대로 운명의 남자와 만난 것 같다고 했다. 그때 만난 남자가 바로 주현이었다.

소영의 반응을 보고, 태일동자는 희선이 정말 순수하게 두 사람이 잘 맞을 것 같아서 좋은 마음으로 소개해준 건가 싶었다.

그러나 아니었다.

희선에게는 뚜렷한 목적이 있는 듯했다.

* * *

태일동자는 고해성사라도 하듯 고개를 푹 숙인 채 말했다. 하지만 희선이 소영과 주현을 만나게 한 뒤의 이야기부터는 좀처럼 말을 잇지 못했다.

성민은 태일동자를 다독였다.

"걱정 마세요. 여기서 하신 말씀은 저만 듣고 끝날 거예요. 저는 들어야 하는 이야기를 듣고 나면 저승으로 돌아갈 거고요. 이번 기회에 평소 하고 싶었던 이야기가 있으면 해주세요."

태일동자는 머리를 감싸쥐며 고통스러운 목소리로 혼잣말처럼 말했다.

"나는 잘못한 게 없어. 명령한 건 희선이고 행동한 건 소영이잖아. 나는 중간에서 말만 전한 건데 그게 그렇게 잘못한 거야?"

"물론 잘못한 게 없으시죠. 신도 이해해주지 않으실까요?"

고뇌하는 태일동자 옆에서 성민은 다정한 목소리로 말했다.

태일동자는 웅얼거리는 목소리로 다시 입을 열었다. 소영과 주현이 사귀기 시작한 뒤부터 희선은 가끔 태일동자를 통해 이상한 일들을 소영에게 요청했다. 주현의 집 열쇠를 복사하라고 하거나, 특정 물건을 훔쳐 나오게 하라는 등의 요청이었다. 소영이 훔쳐 온 물건은 전부 희선이 가져갔다.

대체 남의 남자친구 물건들을 모아서 뭘 하려는 것인지 이해가 되지 않았다. 태일동자가 하는 말이라면 쉽게 수긍하고 명령대로 움직이는 소영의 모습을 보며 죄책감도 느꼈다. 하지만 태일동자도 희선의 말을 거절할 수 없는 상황이라 잠자코 시키는 대로 했다.

결정적으로 이상함을 느낀 것은 여름 휴가 때였다. 희선은 소영이 이번 여름에 남자친구와 제주도에 갈 거라고 했다. 그때 소영에게 둘째 날 저녁에 주현과 바닷가에 나가라고. 그때 아는 사람을 만나도 알은척하지 말고 그냥 돌아오라고 말하라고 했다. 곤경을 겪을지 몰라도 관계가 더 돈독해질 거라고 말하라며 적당한 핑계까지 만들어주었다.

아무리 생각해봐도 뭔가 일을 꾸미고 있었다. 태일동자는 참다못해 물었다. 대체 소영을 이용해 무슨 일을 하려는 거냐고. 희선은 답했다. 소영에게 해를 입힐 생각은 없다고. 그럼 소영의 남자친구에게 해를 입힐 생각이냐고 하자 답변을 하지 않았다. 태일동자는 그때 확신했다. 희선은 주현에게 뭔가 안 좋은 감정이 있고, 그것을 위해 소영을 이용하고 있다는 것을.

제주도에서 희선이 세웠던 계획은 잘 안 풀린 듯했다. 자세한 사정은 몰라도 희선은 한동안 매우 짜증스러워했다. 결국 그 일은 오히려 안 좋은 방향으로 흘러갔다.

제주도에서 무슨 일이 있었던 건지, 휴가에서 돌아온 뒤 얼마 지나지 않아 소영이 주현에게 차인 것이다. 소영은 거의 정신이 나갈 정도로 힘들어했고, 희선도 주현에게 접근할 방법이 사라지자 초조해진 것인지 소영에게 어떻게든 주현과 다시 사귀라고 부추겼다. 태일동자만 사이에 껴서 한동안 골치가 아팠다.

그러나 그것도 오래가지 않았다. 소영이 죽었기 때문이다. 자기가 매달려서 주현이 힘들어하는 것 같다고, 애초에 과분한 사람을 만났던 거니까 이젠 포기하고 보내줘야 할 거 같다며 태일동자 앞에서 밤새 울고 떠난 지 얼마 지나지 않아서였다. 버려진 건물 안에서 칼에 찔려 죽은 시신으로 발견되었다고 했다.

소영이 죽었다는 이야기를 듣자마자 태일동자는 희선이 죽인 게 아닐까 하는 생각이 들었다. 소영이 주현과 헤어진 뒤 희선은 매우 날카롭게 굴었기 때문이다. 희선은 소영을 이용해 주현을 공격하기 위한 어떤 계획을 꾸미고 있었는데, 주현과 헤어져버렸으니 소영의 이용 가치가 없어졌다고 생각한 게 아닐까 싶었다.

태일동자는 희선에게 전화해서 물어보았다. 혹시 네가 소영을 죽였냐고. 희선은 아무 답변 없이 전화를 끊었다. 그날을 마지막으로 희선과 연락이 끊겼다.

"나는 확신해. 희선이 소영이를 죽인 거야."

태일동자는 괜히 나만 사이에 껴서 곤란해졌다고, 희선과의 관계가 끝난 동시에 손님도 다 끊겨서 빈털터리라고, 돈도 못 벌고 괜히 덤터기 써서 감옥이라도 가면 내 인생은 어떻게 되는 거냐고 반쯤 잠긴 목소리로 불평을 늘어놓았다.

성민은 태일동자의 말을 한 귀로 흘리며 주현을 바라보았다. 주현은 표정 없는 얼굴로 묵묵히 태일동자를 내려다보고 있었다. 자신과 관련된 이야기인데 마치 다른 사람의 이야기를 듣는 듯 무관심한 표정이었다. 입을 다물면 정말로 대체 무슨 생각을 하는지 알 수 없는 사람이다.

성민은 다시 태일동자를 달래며 물었다.

"주현 씨가 죽었다고 하셨죠? 어떻게 알게 되셨죠?"

"지난주에 희선이 갑자기 전화를 했어."

거의 한 달 만에 온 연락이었다. 희선은 태일동자에게 혹시 트럭을 빌려줄 수 있느냐고 했다. 예전에 태일동자는 희선과 사업을 하며 번 돈으로 성수에 있는 라이브 카페를 인수했다. 오래된 가게라 리모델링을 해야 했는데 직접 해보겠다며 중고로 산 1톤 트럭으로 자재를 날랐다. 야심차게 개업했지만 장사도 해본 사람이 하는 것인지 1년 만에 문을 닫았다. 상가 계약 기간이 어중간하게 남아서 가게도 트럭도 방치 중이었다.

희선은 그때 산 트럭을 빌려달라는 소리였다. 쇼핑몰 사업을 하다 잠깐 필요한 일이 생겼다고 했다. 태일동자는 희선과 만나는 것이 찝찝했다. 하지만 전화 너머로 들려온 목소리가 예전에 알던 목소리처럼 밝아서 자신도 모르게 빌려가라고 했다. 만나서 트럭을 빌려줄 때 희선은 태일동자에게 물어보았다.

소영이 넥타이를 어디에 숨겼는지 아느냐고.

"소영이가 차여서 정신을 못 차릴 때 남자 소지품에 부적을 붙여두면 다시 사귈 수 있을지도 모른다고 말해준 적이 있어."

진짜 효과가 있는 부적은 아니었다. 다시 주현과 사귈 수 있게 해달라고 소영이 밤낮없이 태일동자에게 매달리다 보니, 안쓰러움 반 귀찮음 반에 적당히 그럴싸한 부적을 그려주기로 했을 뿐이다.

주현의 소지품을 하나 가져오라고 하자 소영은 에르메스 넥타이를 가져왔다. 예전에 주현에게 선물로 줬던 넥타이인데 헤어지면서 다른 선물은 다 돌려줬지만 이 넥타이는 돌려주지 않았다, 아마 주현도 이 넥타이만큼은 소중하게 생각하는 것 같다, 주현의 집에 가서 찾아왔으니 여기에 부적을 넣고 싶다고 했다.

헤어졌는데도 여전히 집 안을 드나들며 물건을 가져온다는 점이 어딘가 섬뜩했다. 태일동자는 주현을 알지 못했지만, 이상한 사람들에게 걸려 고생이 많겠다 싶은 생각마저 들었다. 태일동자는 부적을 그려서 넥타이 상자 안쪽에 넣어주고는, 주현의 집 어딘가에 주문을 외우며 숨겨두라고 했다. 만약 주현이 넥타이를 다시 찾는다면 그때 다시 만날 수 있을 거라고 하면서 말이다. 소영은 태일동자가 시키는 대로 했다. 밤에 숨어 들어갔다가 주현에게 들켜서 오히려 역효과가 났던 것 같기는 하지만 말이다.

희선도 그런 일이 있었다는 것을 알고 있었다. 그래서 그때 소영이 넥타이를 주현의 방 어디에 숨겼는지 아느냐고 묻는 것이었다. 태일동자는 찜찜함을 느꼈다. 방의 북쪽에 숨겨두라고 하긴 했는데 소영이 어디 숨겼는지는 정확히 모르겠다고 했다. 의도적으로 감춘 게 아니라 정말 몰랐다. 그러나 만약 위치를 알았더라도 희선에게 말해주지 않았을 것이다. 희선이 갑자기 주현과 관련된 일을 다시 입에 담는다는 것 자체가 마음에 걸렸다. 희선은 알겠다고 하며 떠나갔다.

며칠이 지났는데 트럭을 돌려주겠다는 연락이 없었다. 전화를 걸어봤지만 받지 않았다. 그러던 중 지난 목요일에 라이브 카페 건물 1층에 있는 신발가게 주인에게서 전화가 왔다. 가게 앞에 주차된 트럭을 보니 예전에 공사할 때 들락거리던 사장님 트럭 같은데, 영업에 방해가 되니 좀 치워달라는 전화였다. 성수에 가보니 트럭이 있었다. 신발가게 주인 말로는 오늘 새벽부터 계속 가게 앞에 주차되어 있었다고 했다. 키는 트럭 짐칸에 던져져 있었다.

이태원으로 돌아와서 트럭을 주차장에 세우고 여기저기를 살펴보왔다. 대체 트럭을 빌려 가 무슨 짓을 했나 싶었다. 트럭은 깨끗하게 치워져 있었다. 태일동자는 그다지 청결한 성격이 아니기 때문에 트럭도 수년간 쌓인 먼지와 쓰레기로 가득했었는데, 내부와 외부가 깨끗이 청소되어 있었다. 심지어 차체 밑과 바퀴까지 청소를 한 흔적이 있었다. 번호판만 아니면 이게 정말 내 트럭인가 싶을 정도였다.

불안했다. 불길한 예감에 주현의 SNS에 접속해보았다. 그리고 주현이 월요일부터 실종된 상태라는 사실을 알게 되었다. 주현을 찾는 수많은 친구와 지인들의 댓글을 보고 있으려니 심장이 쿵쾅거렸다. 영감이 거의 사라져 사기꾼 취급을 받지만 태일동자도 무당은 무당이다. 직감적으로 느껴졌다.

주현은 죽었고, 범인은 희선이라고.

"혹시 희선 씨 사진을 가지고 있으신가요?"

성민의 물음에 태일동자는 휴대폰 갤러리에서 사진 하나를 찾아주었다. 단발머리를 한 시원스러운 마스크의 여자가 술집에서 웃으며 술을 마시고 있었다. 성민은 사진을 확대해 주현이 볼 수 있도록 내밀었다. 주현은 손가락으로 여자의 얼굴 아래쪽을 가렸다.

짙은 쌍꺼풀이 진 눈만이 주현을 바라보며 웃고 있었다.

틀림없었다.

샤워장에서 보았던 그 눈이다.

* * *

라이브 카페에서 나와 차를 주차해둔 곳을 향해 걸어갔다. 주현은 기뻐하지도, 분노하지도 않는 듯한 표정 없는 얼굴로 성민의 옆을 걸었다.

참다못한 성민이 물어보았다.

"기분이 어떠세요?"

"제 기분이오?"

"네, 범인을 찾았잖아요. 소감이라도 들려주세요."

주현은 잠시 생각하더니 말했다.

"왜 그 사람은 그렇게까지 저를 싫어했던 것인지 궁금하네요."

"그것뿐인가요?"

"네."

주현이 생각해도 이상했다. 범인이 누군지 알면 화가 날 것 같았는데 생각보다 덤덤하다. 친구였다면 배신감이라도 느꼈을 테고, 전혀 모르는 사람이라면 억울한 감정이라도 느꼈을 테지만, 어중간한 누군가가 살인범이라고 하니 별다른 감정이 일지 않았다.

왜 죽였을까.

그런 의문만이 머릿속을 맴돌 뿐이었다.

"아, 그래도 기분 좋은 부분도 있습니다."

"어떤 점이오?"

"제가 소영이나 다른 사람들을 죽인 범인이 아닐 가능성이 높아졌으니까요. 저승에 가도 벌을 받을 일은 없지 않을까요?"

계속 불안했다. 혹시 내가 다른 사람을 해한 것이 아닌지.

주현은 중얼대듯 말했다.

"저는 평범하게 살기 위해 노력해왔습니다."

어릴 때부터 특이한 아이라는 이야기가 듣기 싫었다. 누구보다 평범하고 무난한 인생을 살기 위해 애썼다. 그건 어쩌면 사회 집단의 일원이 되고 싶었기 때문일지도 모른다. 사람은 혼자서 살아갈 때보다 집단의 테두리 안에 속해야 더 많은 것을 얻을 수 있다. 사회적인 보호를 받으며 살아가기 위해서는 자신의 감정이나 생각을 숨기고 사회적 관습을 따르며 평범한 삶을 추구하는 것이 합리적이다.

살인은 주현의 이러한 가치관에 정면으로 반하는 행동이다. 텅 빈 기억 속에, 혹시 내가 나도 모르는 사이에 누군가를 죽이지 않았나 싶어서 불안했다. 하지만 다행히 그럴 가능성이 낮아졌다. 그래서 기분이 좋아졌다. 주현은 진심으로 기쁜 듯 조금 웃었다.

주현의 이야기를 들은 성민은 말했다.

"저도 주현 씨의 마음을 알 것 같아요."

성민도 주현과 비슷하다. 흡혈귀는 인간에게 악의가 없다. 배를 채우기를 원할 뿐이다. 그러나 흡혈귀는 이승에도 저승에도 속하지 않는다. 이승은 흡혈귀의 존재 자체를 알지 못하니 어떤 테두리도 지원해주지 못하고, 저승은 흡혈귀의 존재를 알지만 거대한 장벽을 치고 문턱에서 밀어내려 한다. 사회 집단의 테두리 안에 속하지 않으면 먹고사는 간단한 문제마저 고민스러워진다.

주현은 특이한 사람이다. 성민이 보아도 그렇다. 사회적 테두리 안에 안착해서 살아오기 위해서 정말 많은 노력을 했을 것이다. 지금 성민이 하는 것처럼 말이다. 생전 주현의 노력이 무의미해지지 않아서 다행이다.

그러나 큰 부분이 해결되었지만 남은 문제도 여전히 많았다. 남아 있는 여러 문제 중 가장 큰 문제는 역시 '왜 죽였는가'다. 주현은 희선을 개인적으로 알지 못했다. 사진을 봐도 낯선 사람이었다. 왜 희선이 주현을 죽이고 싶을 만큼 싫어한 것인지 짚이는 부분이 없었다.

그 의문은 생각보다 빠르게 풀렸다. 태일동자를 만나러 갈 때 성민은 차에 휴대폰을 놓고 갔다. 대화 중에 전화가 오면 맥이 끊길 것 같아서였다. 좋은 선택이었다. 차에 타자 부재중 전화가 다섯 통이나 와 있었다. 확인해보니 다섯 통 모두 한 사람으로부터 걸려온 전화였다. 윤진이었다.

성민은 윤진에게 전화를 걸었다.

윤진은 바로 전화를 받았다. 그리고 호들갑스러운 목소리로 외쳤다.

"왜 전화를 안 받아!"

"미안, 대화 중이었어. 대신 좋은 정보를 얻어왔지."

"나도 새로운 정보가 있어!"

정보가 있다는 소리를 듣자 성민은 바로 스피커폰으로 바꾸어 주현도 통화 내용을 들을 수 있도록 했다. 윤진은 소미에게 들은 동혁에 대한 이야기를 전해주었다.

묵묵히 이야기를 듣던 성민은 윤진의 이야기가 끝나자 물었다.

"그럼 이제부터 동혁 씨를 찾아갈 거야?"

"그래. 소미 씨와 함께 병원에 가서 이모라는 분을 만나보려고."

"찾으면 연락해줘."

"당연하지. 그쪽은 어떻게 진행되고 있어?"

"우리는 희선 씨를 찾으러 갈 거야."

윤진은 잠시 텀을 두었다. 그리고 이내 희선이 누구인지 떠올린 듯 물었다.

"희선 씨라면 소영 씨와 일하던 쇼핑몰 사장을 말하는 거야?"

"그래. 그런데 어쩌면 곧 같은 장소에서 만날 수 있을지도 몰라."

"왜?"

"우리는 같은 사람을 찾고 있을지도 모르니까."

성민은 윤진에게 범인을 찾았다고 말했다. 단언할 수 있는 것은 아니다. 그러나 동혁이 희선이라고 생각하면 많은 의문이 풀린다.

성민은 윤진과 정보를 공유하고 전화를 끊었다. 통화를 옆에서 들은 주현은 오랜 시간 생각에 잠겼다. 동혁의 얼굴을 떠올려보려고 했다. 그러나 전혀 떠오르지 않았다. 주현의 인생에서 동혁은 중학교 수련회 때 괴롭힘 당하던 것을 보고 구해주었던 아이일 뿐이었다. 소미의 이야기가 사실이라면 유치원 때부터 얼굴을 보아왔고, 초등학교도 같이 나왔으며, 중학교 때에는 주현이 동혁으로부터 원망을 사고 있었던 것 같다.

하지만 주현은 전혀 몰랐다. 대체 자신이 무슨 일을 했기에 평생동안 미워해온 것인지 이해할 수 없었다.

침묵을 깨고 성민이 조심스럽게 물었다.

"중학교 때 혹시 주현 씨가 동혁 씨의 성적 지향에 대한 소문을 퍼트리고 다니셨나요? 아무래도 그게 결정적인 계기였던 것 같은데요."

"아니요. 퍼트린 적 없습니다."

"하지만 동혁 씨가 그렇게 믿는 이유가 있을 텐데요."

주현은 잠시 생각하다 말했다.

"수련회에서 제가 동혁이가 괴롭힘 당하는 장면을 보고 구해주었지 않습니까?"

"네, 그랬다고 하셨죠."

"그때 구름다리 위에서 아래를 내려다볼 때 일진들이 동혁이를 때리면서 욕을 하던 게 들려왔습니다. '이 게이 새끼야!'라고 하더군요."

일진들은 동혁이 동성애자라고 확신하는 듯 기분 나쁘다고 빈정

대며 상스러운 욕설을 내뱉었다. 구름다리 위에서 동혁을 도와줄까 말까 고민하던 몇 분의 시간 동안 주현도 동혁에게 쏟아지던 욕설을 고스란히 들었다.

수련회 전까지 일진 무리들도 동혁을 괴롭힐 때에만 그런 말을 내뱉었을 뿐 학교 안에 소문을 퍼트리고 다니지는 않았다. 소문이 돌 때 금시초문이라는 반응을 보이는 학생들이 많았다. 하지만 수련회를 기점으로 동혁이 동성애자라는 소문이 돌연 학교 전체에 퍼지게 되었으니 동혁 입장에서는 일진 무리가 아닌 제3의 인물을 의심할 수밖에 없었을 것이다.

그리고 구름다리 위에서 욕설을 듣던 주현이 타깃이 된 듯하다.

주현은 고개를 저으며 말했다.

"저는 말하지 않았습니다. 일진들을 징계하는 과정에서 흘러나오든지 했겠지요. 사실 수련회 일을 떠올렸을 때 동혁이가 왜 일진들에게 괴롭힘을 당하고 있었는지도 기억났어요. 하지만 그 부분은 말씀드리지 않았지요. 학교 안에 소문이 돌 때에도 동조한 적 없습니다. 다른 사람의 성적 지향에 대해서 함부로 말하고 다니면 안 된다는 것은 상식이니까요."

성민도 주현이 소문을 퍼트렸을 것 같지는 않았다. 그러나 동혁의 입장에서 생각하면 오해할 수도 있는 상황이었다. 주현은 동혁이 괴롭힘 당하는 모습을 빤히 지켜보다 떠나갔다. 사실 선생님에게 도움을 청하러 간 거였지만, 주현은 나중에 동혁에게 내가 널 도와준 것이라는 이야기도 하지 않았다. 동혁은 주현이 자신에게 쏟아지는 욕설을 엿듣고 주변에 소문을 퍼트린 거라고 생각했을지도 모른다.

성적 지향은 숨겨야 할 것은 아니지만 무조건 공개해야 하는 것도 아니다. 모든 사람에게는 자신이 원하는 때에 원하는 사람에게 원하는 선에서만 성적 지향을 공개할 권리가 있고, 타인은 그 권리를 침해하지 못한다.

청소년기에 원치 않는 아웃팅을 당했다면 상처가 컸을 것이다. 그러나 사람을 죽이는 것은 별개의 문제다. 아웃팅을 당했다고 사람을 죽인 것이 정당화될 수 없다. 게다가 10년 이상 원한을 가슴에 품고 있다가 사람을 죽이는 경우는 흔치 않다.

어쩌면 동혁은 주현으로부터 10년이 지나도 잊을 수 없을 정도로 깊은 상처를 입은 게 아닐까 싶었다. 주현이 고의적으로 입힌 상처인지, 모르고 입힌 상처인지는 좀더 확인해봐야 할 것 같지만 말이다.

"아!"

갑자기 주현이 소리를 냈다. 뭔가 떠올랐다는 표정이었다.

"왜 그러시죠?"

"기억났습니다."

"어떤 일이오?"

"수련회장 말입니다."

중학교 3학년 때 떠났던 산속 수련회장. 모든 학생들이 한데 모여 아침 체조를 하던 운동장의 모습이 갑자기 떠올랐다. 정면에는 단상이 있고, 왼쪽에는 숙소로 사용하는 큰 건물이 있고, 뒤쪽에는 웅장한 산이 펼쳐져 있고, 오른쪽에는 나무가 자라는 숲길 사이사이로 단층 건물들이 세워져 있었다.

"그때 운동장에서 보았던 풍경이 샤워장에서 내다보았던 풍경과 유사한 것 같습니다."

흐릿한 기억이다. 샤워장에서 내다보았던 거대한 건물의 모습과 안개 긴 기억 속 건물의 모습이 얼핏 유사하다 싶었을 뿐이다. 그러나 기억 속에서 작은 유사점을 가진 공간을 찾은 것만으로도 주현은 가슴이 뛰었다.

성민은 차를 출발시켰다.

기억 속 장소를 확인해보러 가기로 했다.

6

윤진은 소미와 병원에 갔다. 소독약 냄새가 풍기는 복도에 흰 가운을 입은 사람들과 병원 이름이 적힌 환자복을 입은 사람들이 오갔다. 이렇게 많은 사람들이 있었지만, 현숙의 모습은 어디에도 보이지 않았다. 소미는 어머니 병문안을 다니며 안면을 익힌 간호사에게 현숙이 지금 어디 있느냐고 물었다.

간호사는 현숙이 어제부터 휴가를 냈다고 했다. 언제 돌아오냐고 묻자, 올해 남은 연차를 거의 다 몰아 쓴 상황이라 다음 주 수요일까지는 출근을 하지 않을 것 같다는 답변이 돌아왔다. 혹시 현숙의 집 주소를 알려줄 수 없느냐고 물었지만 예상대로 개인정보라 알려줄 수 없다고 했다.

이걸 어떡하나 당황하고 있었는데 생각보다 일이 쉽게 풀렸다. 소미의 어머니가 현숙의 전화번호를 안다고 했다. 윤진은 현숙의 휴대폰으로 전화를 걸었다. 그러나 현숙은 전화를 받지 않았다. 소미의 어머니에게 양해를 구하고 어머니 휴대폰으로 현숙에게 메시지를 보내봤지만 한참을 기다려도 답이 돌아오지 않았다.

현숙의 메신저 프로필 사진은 십자가 형태의 교회 첨탑을 찍은 것이었다. 혹시 어떤 교회인지 아냐고 묻자 소미의 어머니는 공원 근처에 있는 믿음교회 같다고 답했다. 동네에 있는 교회라 오다가다 자주 본다고, 현숙은 신실한 기독교 신자이니 어쩌면 이 교회에 다닐지도 모른다고 했다.

동혁은 어릴 때 소미의 집 근처에 살았고, 동혁의 이모인 현숙도 동혁과 그리 멀지 않은 곳에 살았다. 현숙이 이사를 가지 않았다면 아직도 소미와 같은 동네에 살며, 동네 교회를 다닐 가능성이 높아 보였다. 설령 현숙이 그사이에 이사를 갔다 하더라도 교회는 그대로 다니지 않을까 싶었다. 교회를 다니는 사람들은 다소 거리가 멀어져도 쉽게 다른 교회로 옮기지 않기 때문이다. 설령 교회를 옮겼다 해도 기존 교회에는 현숙을 기억하는 사람이 많을 것이다.

윤진은 병원을 떠나 믿음교회로 향했다.

믿음교회는 수만 명의 신도를 거느린 대형 교회는 아니었지만 그렇다고 규모가 작은 교회도 아니었다. 건물 하나를 통째로 쓰고, 멋들어진 첨탑도 세우고, 수십 대의 차를 세울 수 있는 주차장도 마련해 둔 중간 규모의 교회였다.

토요일 오후라 교회에는 사람이 많지 않았다. 하지만 대문은 열려 있었기 때문에 들어가서 이리저리 돌아보다 중년 여성 두 명과 만났다. 윤진은 이현숙이라는 분이 믿음교회에 다니냐고 물었다.

다행히 아는 사이였는지 그렇다는 답변이 돌아왔다. 집주소를 알려줄 수 있느냐고 묻자 주소까지는 모른다고 하며, 만나고 싶으면 내일 교회에 나오라고 했다. 이현숙 집사님은 보통 오전 11시 예배를 드린다는 정보도 주었다.

윤진은 마음이 급했다. 하지만 모르는 주소를 털어놓으라고 할 수도 없었다. 교회 안을 좀더 돌아보았지만 사람을 더 만나지는 못했다. 밖에 나오자 어느새 해가 지며 날이 어두워지고 있었다. 윤진은 교회 주차장 나무 밑에 있는 벤치로 터덜터덜 걸어가 앉았다.

"하르. 이러다 하루 더 인천에 머물러야 할지도 모르는데 어떡하지?"

하르는 아무 말도 하지 않고 윤진을 빤히 바라보기만 했다. 윤진도 대답이 돌아올 것을 기대하고 말을 걸었던 것은 아니라 그저 한숨만 쉬었다. 성민과 주현은 범인을 찾았다. 이제 윤진은 범인으로 특정된 희선이라는 사람이 과연 동혁과 동일 인물인지 조사해야 했다. 동혁을 어릴 때 돌봐주었다는 현숙이라면, 지금도 연락을 취하고 있을 것 같았다. 주현에게 남은 시간을 고려하면 어떻게든 오늘내일 중에 현숙과 만나야 했다.

가장 확실한 방법은 내일 오전 11시에 예배에 참석하는 사람들의 얼굴을 확인하는 것이었다. 소미의 어머니로부터 현숙의 사진을 받아 왔으니 가장 닮은 사람을 찾아내면 된다. 만약 찾지 못하더라도 내일은 일요일이라 교회에 하루 종일 사람이 가득할 테니, 현숙의 집을 아는 사람이나 조사에 협조적인 사람을 만날 가능성이 높아 보였다.

윤진은 긴 고민 끝에 하루 더 인천에 머물기로 했다. 마음을 먹고 자리에서 일어났을 때 갑자기 휴대폰에 메시지가 도착했다.

— 선배, 저녁은 드셨어요?

은철이었다. 윤진은 도로 벤치에 앉아 답장을 보냈다.

— 취재 중이야.

— 많이 바쁘세요?

— 바쁘다기보다 조사가 막혀서 고민하고 있어. 너는 뭐 하고 있
어?

— 회사예요. 주말 출근도 슬픈데 야근까지 해야 할 거 같아요.

— 기자의 운명이려니 해.

은철은 슬픈 표정의 이모지를 보내왔다. 마침 연락이 왔으니 윤진
은 묻어뒀던 이야기를 꺼내기로 했다.

— 미안해.

— 왜요?

— 지난번에 준 홍제동 살인 사건 피해자에 대한 정보로 기사를 쓸
지도 몰라. 그 사건이 메인은 아닌데 이리저리 얽혀 있는 내용이라서.

— 괜찮아요.

— 정말?

— 네. 기사로 쓰실 거 알고 드린 정보니까요.

— 어떻게 알았어?

— 우리가 몇 년을 알고 지냈는데요.

— 고마워.

— 고마우면 지난번에 약속했던 술 사주세요.

— 언제?

— 내일은 어때요?

— 내일 바로?

— 네. 크리스마스이브잖아요. 기념으로 와인이라도 한잔해요.

윤진은 고개를 들었다. 교회 첨탑을 장식한 꼬마전구들이 반짝이
며 빛나는 모습이 보였다. 정신없이 사건을 뒤쫓아오느라 의식하지
못했지만, 벌써 크리스마스가 코앞이었다.

— 혹시 약속 있으세요?

어둑해진 하늘 밑에서 십자가를 감싼 전구의 빛이 무척이나 아름다웠다. 아무도 없는 고요한 주차장에서 잊었던 크리스마스를 되찾을 거라고는 생각지 못했다.

이미 대답은 정해져 있었지만, 윤진은 한동안 쉽사리 손가락을 움직일 수 없었다.

7

수련원에 도착한 것은 날이 어둑해질 무렵이었다. 주현도 정확히 수련원의 위치가 어디였는지 기억하지 못했고, 토요일이라선지 중학교도 전화를 받지 않아서 별수 없이 인터넷 검색 실력을 총동원해야 했다. 큰 산의 등줄기가 수련원 주변을 병풍처럼 두르고 있었다고 하니 일단 강원도 방향으로 차를 움직이면서, 주현과 성민이 한 시간 넘게 휴대폰을 붙들고 위치를 검색했다.

이리저리 검색한 끝에 다행히 주현의 후배인 듯한 누군가가 오래전 개인 블로그에 남긴 수련회 후기를 발견할 수 있었다. 주현과 같은 해에 간 수련회는 아니었지만, 사진으로 찍어서 올려둔 수련원의 모습이 주현의 기억 속 수련원의 모습과 유사했다.

학교 입장에서도 매번 새로운 수련원을 찾는 것은 번거로우니 특별한 문제가 없다면 주현의 후배들도 매년 계속 동일한 수련원을 이용해왔을 가능성이 있었다. 블로그에 적힌 수련원 이름을 바탕으로 검색을 계속한 결과 다행히 위치를 알아낼 수 있었다. 예상대로 수련원은 강원도에 있었다. 먼 길을 돌아가지 않아도 되어서 다행이었다.

수련원 이름이 내비게이션에서 검색되지 않아 이상하다 싶었는데, 도착해보니 이유를 알 수 있었다. 수련원은 영업을 그만둔 지 몇 년은 되어 보였다. 건물을 담 대신 둘러싼 철조망 주변에는 잡초가 자라고 있었고, 그 위로 두껍게 눈이 덮여 있었다.

철조망 입구는 열려 있었다. 차로 수련원 안쪽까지 들어갈 수 있었지만 일부러 차는 밖에 세우고 들어가기로 했다. 혹시 사건 현장이 맞는다면 내부에 차량 흔적을 남겼다가 괜한 오해를 살 수도 있었고, 현장에 남은 증거를 훼손하게 될 수도 있었기 때문이다. 혹시라도 눈 위에 발자국을 남기지 않도록 성민과 강인도 저승 쪽으로 넘어가서 이동하기로 했다.

버스 여러 대를 세울 수 있는 큰 주차장을 지나고, 건물 사이에 난 길을 걸어 수련원 부지 중앙에 있는 운동장에 도착했다. 그 순간 주현의 다리가 저절로 움직임을 멈추었다.

여기였다. 화요일에 주현은 틀림없이 이 운동장을 보았다. 좁고 어두운 샤워장에서.

운동장 한쪽에 있는 빨간 벽돌의 단층 건물이 보였다. 위치상 저곳이 샤워장인 듯했다. 주현은 다가가서 안쪽을 확인해보고 싶었다. 그러나 이상하게 다리가 움직이지 않았다. 한 걸음이라도 더 걸으면 떨려서 주저앉을 것만 같았다. 죽은 직후에도, 자신의 시신을 보았을 때에도 느끼지 못하던 감정이 주현의 몸을 뒤덮고 있었다. 슬픔이었다.

눈을 뜨자 어둡고 네모난 공간이 보였다. 한 번도 와보지 못한 장소였다. 처음 보는 샤워장에서 토막 난 자신의 시신을 바라본 순간, 마치 꿈을 꾸는 듯했다. 그때부터 지금까지 주현은 반쯤은 꿈속 가상

세계를 떠도는 듯한 느낌으로 움직여왔던 것 같다. 그런데 지금, 서울을 떠나, 산길을 올라, 수련원에 도착해서 그 공간을 외부에서 바라보자, 돌연 꿈이 현실로 변한 듯 느껴졌다.

운동장 너머로 멀리 보이는 저 작은 건물에서 무슨 일이 있었는지 머리가 멋대로 상상하기 시작했다. 피 흘린 자신의 시신이 트럭에 실려 샤워장 안에 들어가고, 여러 조각으로 토막 나고, 비닐봉투에 담기는 과정이 마치 직접 보는 것처럼 눈앞에 펼쳐졌다. 머리가 터질 것처럼 뜨거워졌다.

주현의 컨디션이 떨어진 걸 눈치챈 성민은 강인에게 주현을 데리고 조금 멀리 떨어져 있으라고 했다. 성민은 샤워장에 가서 철문을 열고 안쪽을 둘러본 뒤 두 사람이 있는 곳으로 돌아왔다.

"살인 현장은 이곳이 맞는 것 같아."

샤워장에 사람 피 냄새가 배어 있었다. 아무리 피를 씻어냈다 해도, 단 몇 방울의 피라도 남아 있다면 성민은 냄새를 맡을 수 있었다. 아마 경찰이 와서 현장을 조사한다면 증거를 찾을 수 있을 것이다.

"이만 돌아갈까요? 날도 곧 어두워질 것 같고요."

성민은 부쩍 기운 해를 핑계 댔지만, 사실 주현 때문이었다. 주현은 수련원에 남아 있는 것 자체를 힘거워하는 눈치였다. 나중에 경찰에게 말해줄 수 있도록 수련원의 위치를 다시 한번 확인한 뒤 세 사람은 차로 돌아갔다.

차는 산길을 내려와 서울로 향했다. 서울에 도착하면 저녁 8시가 넘을 것 같았다. 오늘도 이렇게 흘러갔다. 하지만 많은 성과가 있었다. 서서히 끝이 보인다는 생각 때문인지 주현은 오늘만큼은 밤이 다가오는 것이 초조하지 않았다.

고속도로를 달릴 때 차 안에는 거의 대화가 없었다. 너무 조용하니 지루했던지 강인이 라디오를 켰다. 클래식을 전문으로 틀어주는 라디오 방송국에 주파수를 맞췄다. 좋은 차라 그런지 스피커의 울림도 좋았다. 세 사람은 잔잔한 음악을 들으며 어둠에 잠긴 고속도로를 달렸다.

이론적으로 귀신은 잠을 잘 필요가 없다고 했다. 하지만 어둠 속에서 규칙적으로 뒤로 지나가는 가로등을 멍하니 보고 있자니 주현은 서서히 눈이 감겼다. 눈을 감자 오래된 이탈리아의 음악이 세상을 가득 채웠다.

죽은 뒤 처음으로 짧지만 긴 평온함을 느꼈다. 잠시 후 눈을 뜨자 주변에는 붉은 후미등이 가득했다. 서울이 가까워지며 정체가 생긴 모양이었다. 하늘에서는 비가 내리고 있었다. 많은 비는 아니었지만 와이퍼를 써야 할 정도로는 내렸다.

"내일은 오후까지 비가 온대요."

주현이 일어난 것을 눈치챘는지 옆에 앉은 성민이 보고 있던 휴대폰을 내리며 말했다.

"크리스마스이브인데 비가 와서 아쉬워하는 사람들이 많을 거 같네요. 기왕이면 눈이 오면 더 좋았을 거 같은데요."

"성민 씨도 내일 데이트가 있다고 하지 않으셨나요?"

"네, 하지만 저는 저녁에 호텔에서 놀 거라 상관없어요. 낮부터 만날 수 없냐고 연락이 오긴 했는데 일이 있다고 말해서 원래 약속한 대로 저녁에 보기로 했어요."

"일 때문에 못 만나는 걸 용서해준다니 관대한 여자친구 분이시네요."

"그러니까 오래 사귈 수 있는 거죠."

대학원에서 만나 3년을 사귀었다. 성민은 여자친구에게는 자신이 흡혈귀라는 사실을 숨기고 있다. 성민이 갑자기 약속이 생겼다거나 컨디션이 나쁘다고 말해도 깊게 묻지 않는다. 예전 여자친구들도 서로 프라이버시를 지켜주는 편이었다. 사소한 것까지 공유하길 원하거나, 만나지 못할 때 괜한 상상력을 부풀리는 타입과는 만나지 않았다. 성민은 인간이 아니기 때문에 비밀이 많을 수밖에 없다. 언젠가는 헤어질 여자친구에게 모든 것을 털어놓을 수는 없다.

"이미 흡혈귀라는 사실을 아는 분과 사귀시는 건 어떠십니까?"

주현이 그냥 묻는 건 아니었다. 염두에 둔 사람이 있었다. 성민은 주현의 마음을 아는지 모르는지 이렇게 답했다.

"제가 흡혈귀라는 사실을 아는 사람들은 제가 깊게 신뢰하는 사람들뿐이에요. 그런 사람들과는 사귈 수 없어요. 지금도 소중한 사람들인데 여기서 더 깊게 정이 들면 헤어질 때 너무 슬프거든요."

"헤어지지 않으면 되지 않습니까?"

"어떻게 안 헤어질 수 있지요?"

"결혼을 하시면 되죠."

"결혼을 한다 해도 죽으면 헤어지잖아요."

주현은 성민이 말하는 이별이 남녀가 만나고 헤어지는 상황이 아니라는 사실을 깨달았다. 인생에는 대부분의 사람들이 공통적으로 마주하는 순간이 있다. 처음으로 걸음을 떼는 순간, 학교에 입학하는 순간, 입시로 고생하는 순간, 성인이 되어 처음 술을 마시는 순간, 사랑하는 사람과 만나는 순간, 일자리를 찾는 순간, 결혼하고, 출산하고, 아이를 키우고, 키운 아이를 결혼시키고, 손주를 품에 안고, 노년에 인생의 마지막 여행을 떠나는 순간.

그러나 모든 사람이 저런 순간을 반드시 맞이하는 것은 아니다. 누군가는 학교에 가지 않기도 하고, 결혼을 하지 않기도 하고, 출산을 하지 않기도 한다. 언제나 예외가 존재한다. 하지만 어떤 사람이든 태어났으면 예외 없이 반드시 맞이하는 단 하나의 순간이 있다.

그것은 죽음이다. 아무리 피하려고 발버둥 쳐도 죽음은 누구에게나 반드시 온다. 도망가도, 울부짖어도, 절망해도, 죽음만은 모든 사람들이 반드시 마주할 수밖에 없다. 하지만 성민은 죽지 않는다. 소중한 사람들을 영원히 만날 수 없는 곳으로 떠나보낸 채 홀로 이승에 남을 수밖에 없는 운명이다.

"저는 저승이 싫어요. 함께 있고 싶은 사람들을 늘 빼앗아가거든요."

얼마 전에도 빼앗겼다. 40년 넘게 함께해온 친구를.

좋은 친구였다. 성민은 사람을 잘 믿지 않는다. 세상에는 속과 겉이 다른 사람이 너무나도 많다. 하지만 가끔 믿어도 좋은 사람과 만난다. 불안도 의심도 없이 상대방의 말과 행동이 진심임을 온전히 믿을 수 있는 사람을. 그 친구가 그런 사람이었다. 편했다. 함께 있으면 이런저런 생각을 버리고 함께 있는 시간만을 온전히 즐길 수 있는 친구였다. 영원히 함께할 수 있기를 바랐다. 하지만 이번에도 저승은 어김없이 빼앗아갔다.

성민은 쓸쓸한 목소리로 중얼거렸다.

"주현 씨도 곧 떠나시겠죠."

성민은 그동안 주현을 사무적으로만 대하려고 했다. 적당히 친절하게 대해주며 시간이 찼을 때 보내면 된다고 생각했다. 하지만 마음은 의지와 다르게 움직인다. 그새 조금은 정이 든 모양이다.

성민은 800년간 수많은 사람을 떠나보내왔다.

어쩌면 앞으로 수천, 수만 년간 사람들을 떠나보내야 할지도 모른다.

정든 사람들을 지금껏 수없이 떠나보내왔지만, 떠나보낼 때 느끼는 슬픔과 아쉬움은 좀처럼 가벼워지지 않는다.

"예전에는 별생각 없이 살았는데 몇십 년 전부터 갑자기 이런저런 생각이 들기 시작했어요. 아는 흡혈귀에게 상담하니까 사춘기라서 그러는 거래요."

"흡혈귀에게도 사춘기가 있나요?"

"그러니까 말이에요. 나이가 800살은 됐는데 이제 와서 사춘기라니 말이 되나요? 왜 나만 죽은 것도 산 것도 아닌 상태로 살아야 하는지, 이렇게 사는 것에는 대체 무슨 의미가 있는지 조금 고민스러운 것뿐이에요."

갑자기 그런 고민이 든다면 아마 사춘기가 맞을 것이다. 사춘기는 별다른 게 아니라, 인생에서 가장 깊게 철학적인 생각에 빠져드는 시기를 가리키는 단어일 뿐이다. 그러나 성민은 자신이 사춘기라는 것을 그다지 받아들이고 싶어하지 않는 듯 보였기 때문에 주현은 토를 달지 않고 잠자코 있었다.

성민이 다시 말을 이었다.

"대충 천 년을 살면 흡혈귀는 두 방향으로 나뉜대요. 어차피 죽을 사람이니 내가 죽여도 상관없지 않나 싶어서 예전보다 잔인해지는 흡혈귀와 어차피 죽을 사람인데 내가 죽여야 하나 싶어서 갑자기 사람을 죽이지 못하게 되는 흡혈귀로요. 저는 아마 두 번째인 모양이에

요."

몇백 년 동안 방황하다 보면, 난폭한 흡혈귀는 기세가 죽고 얌전한 흡혈귀는 기세가 되살아나서 결국 평균점에 맞춰지게 된다. 하지만 성민은 현재로서는 아무리 시간이 지나도 사람을 죽일 수 있을 것 같지 않았다. 생존을 위한 최소한의 피만 주어진다면, 다시는 전쟁터로 돌아가지 않고 지금처럼 평화롭게 살고 싶었다.

"이 이야기는 저승 사람들한테는 하지 마세요. 특히 우진이한테는요."

"왜 비밀로 하시려는 거죠?"

"저승 사람들과는 제 속마음을 공유하고 싶지 않으니까요."

문득 주현은 성민이 부모에게 비밀이 늘어나는 사춘기 소년 같다는 생각이 들었다. 물론 그런 생각을 입밖에 내뱉지는 않았다.

"이제 저도 저승 사람 아니었나요?"

주현의 질문을 받은 성민은 소리내어 웃었다. 잠깐 잊고 있었다고 했다.

"주현 씨에게 이런 말씀을 드리는 건 실례일지 모르겠네요. 하지만 저는 솔직히 저승이 나쁘지만은 않은 곳이라고 생각해요. 제가 아는 좋은 사람들 대부분은 저승에 있으니까요."

소중한 사람들과 이승에서 오래오래 함께 살아가는 것이 더 좋다는 것은 말할 필요도 없다. 하지만 피할 수 없는 죽음의 순간이 다가온다면 의연히 마주하는 것도 나쁘지만은 않다. 먼저 떠나간 소중한 사람들과 만나고, 나중에 찾아올 소중한 사람들을 맞이해줄 수 있는 기회를 얻은 것일지도 모른다고, 성민은 그렇게 말했다.

주현은 살짝 고개를 끄덕이며 말했다.

"머지 않은 시일에 범인을 체포할 수 있을 것 같다는 생각이 드니 마음이 편해진 것은 사실입니다. 가족과 친구 중에 저보다 먼저 죽은 사람은 없어서 저승에 가면 심심할 것 같기도 하지만, 말씀하신 대로 제가 먼저 가 있으면 가족과 친구들은 제가 저승에서 기다리고 있다는 것을 알고 조금 더 마음 편히 올 수 있을 테니, 그런 점에서는 제 죽음도 의미가 있을 것 같네요."

주현은 빗물이 흐르는 차창 밖을 바라보았다.

"하지만 과연 마지막 날이 왔을 때 의연할 수 있을지는 모르겠습니다."

이승에서 하고 싶은 일들은 아직 많이 있었다. 결혼도 해보고 싶었고, 아이도 낳아보고 싶었고, 상사 욕을 하면서도 회사에 다니며 한 푼 두 푼 모아 내 집도 가져보고 싶었다. 백발노인이 되었을 때 모든 일을 그만두고 사랑하는 사람과 함께 떠난 낯선 동네에서 차 한잔 마셔보고 싶기도 했다. 인생에서 누구나 필수적으로 경험해야 하는 일은 아니더라도, 경험해서 나쁠 일도 아니다.

죽고 싶지 않다. 살고 싶다. 남겨진 사람만 슬픈 것이 아니다. 떠나가는 사람도 슬프다. 원하지 않았지만 헤어져야 하는 건 똑같기 때문이다.

그때 성민이 주현을 향해 몸을 기울이며 물었다.

"주현 씨, 혹시 되살아나는 방법이 있다면 어떻게 하시겠어요?"

성민의 목소리를 들은 순간 이미 멈춘 심장이 다시 멈출 듯 가슴이 조여왔다. 가슴에서 시작된 떨림은 점차 온몸으로 퍼져갔다. 주현을 바라보는 성민의 눈동자는 유독 크고 검었다. 지금껏 성민과 함께한 어느 순간보다 더 가깝게 주현의 곁으로 다가와 있었기 때문이다.

"귀신이나 몽마가 되어 이승에 남는 게 아니에요. 인간과 크게 다르지 않은 실체를 갖고 이승에서 살아갈 수 있어요. 만약 그런 방법이 있다면, 주현 씨는 이승에 남으시겠나요?"

주현은 시선으로 어두운 허공만을 훑다 성민에게 되물었다.

"정말 그런 방법이 있습니까?"

성민은 대답하지 않았다. 주현을 바라보며 그저 대답을 기다릴 뿐이었다.

주현은 입을 열었다. 숨을 들이켰다. 빗소리가 들렸다. 점점 더 크게 귀를 때렸다. 고요 속에 가득 찬 빗소리를 들으며 짧은 순간 많은 생각을 했다. 이승과 저승. 그 사이에는 좁지만 한번 넘어가면 영원히 돌아올 수 없는 경계선이 있었다. 어디로 향해가야 할지 고민하며 주현은 몇 번이나 숨을 들이켰다.

어느 순간, 빗소리 사이로 주현의 목소리가 울려퍼졌다.

"저는 저승에 가겠습니다."

성민의 눈동자가 흔들렸다.

"어째서죠?"

주현은 대답할 수 없었다. 만약 주현이 이승에 남겠다고 했다면 성민은 방법을 알려줬을지도 모른다. 어쩌면 두 번 다시 오지 않을 상황에서 왜 저승을 선택한 것인지 주현도 자신의 마음을 알 수 없었다. 성민은 끝까지 캐묻지 않고 멀어져갔다. 고개를 숙이고 휴대폰 화면을 바라보는 성민의 옆모습은 왠지 모르게 무거워 보였다.

주현도 휴대폰을 꺼냈다. 휴대폰에는 몇 명의 연락처가 저장되어 있었다.

주현은 원일의 번호를 찾았다.

— 연락처를 삭제할까요?

주현은 눈을 감고 빗소리를 들었다. 이승의 빗소리를 기억해두고 싶었다. 도로에는 정체가 길게 이어지고 있었다. 움직이지 않는 바퀴처럼 시간도 흐르지 않았으면 좋겠다는 생각이 들었다.

이래서 비가 오는 밤에 드라이브를 하면 안 된다.

쓸데없이 사람을 감성적으로 만든다.

12월 24일 일요일, D-1

1

　윤진은 종교가 없다. 대부분의 종교는 죽은 뒤의 세계에 대해 논한다. 그러나 윤진은 어릴 때부터 저승 이야기를 들어왔다. 어떤 종교든 죽은 뒤 세계에 관한 교리를 들으면 모순점부터 보인다.

　하지만 어릴 때 친구 손에 이끌려 교회에 가본 적은 있다. 특히 부활절이나 크리스마스에 교회에 가면 맛있는 것도 먹고, 선물도 받고, 연극이나 합창도 볼 수 있어서 좋았다. 덕분에 크리스마스 시즌의 교회가 낯설지는 않았다.

　어제는 텅 비어 있던 교회인데 오늘은 사람이 많았다. 추적추적 비가 오는 날씨지만 비는 신앙심을 막을 수 없다는 듯 우산을 쓴 사람들이 쉬지 않고 들어왔다. 주차장이 꽉 차서 주변 골목까지 차가 들어찼다. 예배까지 30분 이상 남았는데도 1층 로비에는 수십 명의 사람들이 삼삼오오 모여서 서로 이야기를 나누고 있었다. 예배 시간이 가까워질수록 사람들이 늘어났다.

　윤진은 1층 입구 근처 로비에 서서 오가는 사람들을 살펴보았다. 현숙이 없는지 확인하는 중이었다. 혹시 엇갈릴까봐 일부러 일찍 와서 예배에 참가하는 사람들의 면면을 전부 확인했다. 하지만 예배 시간이 가까워오는데도 현숙은 보이지 않았다. 그러던 중 멀리서 익숙한 얼굴이 다가왔다. 검은 점퍼를 입고 우산을 든 채 어기적어기적 걸어오는 남자였다.

　"형사님?"

　영우였다. 윤진은 너무 놀라서 평소와 달리 과장된 친한 척도 하지 못했다. 어떻게 이런 곳에서 만날 수 있나 싶었다. 영우도 마찬가지였다. 윤진을 본 영우는 인사조차 제대로 하지 못했다. 윤진은 현숙을 찾는다는 목적을 잠시 미루어둔 채 영우를 데리고 로비 구석으로 갔다.

"형사님, 여긴 어쩐 일이세요?"

"뭐긴 뭐야. 수사 중이지."

어제 영우는 동혁의 어머니의 목숨을 앗아갔다는 강도 사건을 확인해보기로 했다. 인천 내에 있는 관할 경찰서에 가서 사정을 말하자 누렇게 변색된 먼지 낀 자료를 찾아주었다.

동혁의 어머니는 배우 지망생이었다. 엑스트라로 드라마에 몇 번인가 출연하기도 했다. 그러나 젊은 나이에 동혁의 아버지를 만나 결혼하게 되어서 꿈을 이루지는 못했다. 동혁의 아버지는 조직폭력배였다. 인천에서는 꽤 유명한 주먹으로 동혁의 어머니와 만났을 때 이미 여러 번 교도소에 다녀온 경험이 있었다. 결혼 생활은 순탄치 않았다. 동혁을 낳고 몇 년 되지 않아 이혼했다. 동혁의 어머니는 혼자 동혁을 키웠다.

주변에 평이 좋은 여자는 아니었다. 배우의 꿈을 이루지 못한 것이 한이 된 것인지, 항상 화려한 화장을 하고 드레스같이 현란한 옷을 입고 다녔다. 거만한 태도로 이웃들을 깔보고 다녔고, 하루가 멀다 하고 새로운 남자와 밤늦게까지 술판을 벌이며 소음을 퍼트렸다. 일은 하지 않았다. 돈이 떨어지면 사귀는 남자들에게 아양을 떨어 용돈을 받았다. 하루의 절반은 술에 취해 지냈다.

그런 어머니 밑에서 자랐으니 동혁의 성장 과정은 순탄치 않았을 것이다. 여러 번 경찰에 아동학대 신고가 들어왔으나 당시 경찰은 별다른 조치를 취하지 않았던 것으로 보인다.

동혁의 어머니가 죽은 것은 10년 전이다. 새벽에 집 안방에서 칼에 여러 번 찔려 죽은 시신으로 발견되었다. 대문이 열려 있었고, 현금과 패물이 사라져 있어서 돈을 노린 강도가 든 것으로 추정되었다.

그러나 존속살인 가능성도 배제할 수는 없었다. 집 안에서 일어난 살인 사건은 평소 한솥밥을 먹던 사람이 저지른 경우가 생각보다 많다. 겉으로 화목해 보이던 가정조차 그러한데, 수차례 학대 신고가 들어온 적이 있는 가정이라면 말할 것도 없다.

경찰은 동혁을 불러 물어보았다.

'어머니가 살해당한 시간에 어디에 있었습니까?'

동혁은 답했다.

'그날은 한동네에 사는 이모 집에 머물렀습니다.'

'왜 이모 집에 머물게 되었습니까?'

'어머니의 폭행 때문이었습니다.'

그날도 동혁의 어머니는 동혁에게 주먹을 휘둘렀다. 동혁은 유일한 피난처인 이모 집으로 도망갔고, 초저녁부터 집을 떠나 있었기 때문에 어머니를 살해한 강도는 목격하지 못했다고 했다. 동혁의 이모는 예전에도 동혁의 어머니가 술을 마시고 폭행이 심해지면 동혁이 자신의 집에 도망 와서 자고 가는 경우가 많았으며, 그날도 그런 날 중 하루였다고 진술했다.

결국 경찰은 동혁을 풀어주었고, 동혁은 바로 서울로 떠난 모양이었다.

동혁의 어머니를 죽인 강도는 아직도 붙잡히지 않았다. 당시의 부검 결과를 보니, 동혁의 어머니는 가장 먼저 둔기로 머리를 맞았다. 머리부터 발끝까지 이어진 폭행으로 피해자는 이미 목숨을 잃었는데, 가해자는 추가로 흉기로 배와 가슴을 수차례 찔렀다. 아마 감정이 격해져서 피해자를 죽을 정도로 폭행했지만, 폭행만으로는 과연 죽었는지 불안함을 느껴서 다시 한번 흉기로 신체의 여러 부위를 찌른 것으로 추정되었다.

머리를 때린 둔기는 집에 있던 금속제 장식품으로 밝혀졌다. 그러나 흉기는 발견되지 않았다. 과도보다는 크고 식칼보다는 작은 날붙이라는 점만 확인되었을 뿐이다.

영우는 자료에 실려 있는 피해자의 시신 사진을 유심히 지켜보았다. 어디서 많이 본 모습이었다. 소영이었다. 소영도 먼저 머리와 몸을 둔기로 맞아 숨이 끊어졌고, 그 후에 흉기로 여러 번 찔렸다.

형철도 크게 다르지 않았다. 형철은 잠들거나 심하게 취해 저항할 수 없는 상황에서 바로 흉기에 찔린 것으로 추정되나, 살인에 사용된 흉기가 과도보다는 크고 식칼보다는 작은 날붙이라는 점은 동혁의 어머니를 찌른 흉기와 동일했다.

주현은 형철과 거의 친분이 없었다. 죽이고 싶도록 감정을 쌓을 만큼 접점이 없었다. 설령 살해 동기가 있다 하더라도 약속을 잡아 만나는 일이 쉽지 않았을지 모른다. 반면 동혁은 형철과 사이가 좋았다. 동혁이 서울로 이사간 뒤 형철과 어떤 관계를 맺어왔는지는 정확히 알 수 없지만, 시간이 흘렀어도 만나자고 했을 때 어렵지 않게 만날 수 있었을 것 같았다.

아직 단정 지을 수는 없다. 그러나 한번쯤은 동혁과 만나서 이야기를 들어보고 싶었다.

문제는 경찰이라는 지위다. 정식 절차를 밟는다면 동혁을 찾는 것은 어렵지 않을지 모른다. 그러나 절차를 밟는 데에는 시간이 걸린다.

범인이라는 증거도 없이 이야기나 한번 들어보자는 목적이라면 더 오랜 시간이 걸린다.

다른 사건이었다면 당연히 절차를 밟았을 것이다. 그러나 이번 사건에는 경찰과 비슷하거나 더 빠른 속도로 취재를 진행 중인 기자가 있었다. 조급한 마음이 없다면 거짓말이다. 다른 기자면 모를까, 윤진은 무시할 수 없다. 제대로 된 절차를 밟기 위해 지체되는 며칠의 시간조차 아까웠다. 어떻게 할지 고민하다 방법을 하나 떠올렸다.

동혁의 어머니를 죽인 강도살인 사건 자료에는 동혁의 이모가 살던 집 주소가 나와 있었다. 여기 나온 주소로 가서 이모인 현숙을 만나보는 것이 어떨까 싶었다. 현숙은 동혁의 어머니 대신 동혁을 돌봐주다시피 했다고 하니, 지금도 동혁의 위치를 파악하고 있을 가능성이 높아 보였다. 10년 전 주소여서 아직 현숙이 같은 주소에 사는지는 알 수 없었지만, 일단 한번 집에 가보기로 했다. 손해볼 것은 없어 보였다.

현숙에게 동혁의 연락처를 강제로 내놓으라고 할 수는 없다. 그러나 사정을 말하고 정중하게 부탁한다면 현숙이 자발적으로 협력해서 연락처를 내어줄 수도 있다. 그러면 번거로운 정식 절차를 받지 않아도 된다.

그러나 자료를 보는 동안 날이 저물었다. 아무리 경찰이라 해도 해가 진 시간에 남의 집 문을 두드리는 데에는 신중해진다. 영우는 다음 날 아침에 현숙이 사는 집에 가보기로 했다. 현숙의 집은 인천이었으니 별수 없이 하루 더 인천에 묵었다.

9시가 넘은 시간에 현숙의 집을 찾았다. 오래된 빌라촌의 반지하 방이었다. 문을 두드렸다. 그러나 아무도 나오지 않았다. 인기척도 느켜지지 않았다. 헛걸음을 했나 싶었다. 그런데 그때 문에 붙어 있는 교회 명패가 보였다.

믿음교회.

그러고 보니 오늘은 일요일이었다. 집에 교회 명패를 붙일 정도면 꽤 신실한 신도다. 어쩌면 교회에 가서 집이 빈 게 아닌가 싶은 생각이 들었다. 영우는 믿음교회에 가보기로 했다. 영우는 현숙의 얼굴을 모르지만, 신도 중에는 현숙에 대해 아는 사람이 있을지 모른다.

그러나 믿음교회에 들어가자마자 아는 얼굴이 기다리고 있었다. 윤진이었다. 여긴 어쩐 일이냐고 묻는 윤진에게 영우는 쉽게 대답할 수 없었다. 놀란 마음을 겨우 추스른 영우는 낮은 목소리로 물었다.

"자네 혹시 교회를 다니나?"

"아니요."

"그럼 취재 때문에 왔겠군."

"형사님은 수사 때문에 오셨을 테고요."

누가 먼저라고 할 것 없이 윤진과 영우는 상대방이 어떤 목적으로 교회에 오게 되었는지 눈치챘다. 그리고 자신의 목적과 상대방의 목적이 동일하다는 점도 눈치챘다.

고민스러운 것은 영우 쪽이었다. 윤진이야 어찌되든 상관없겠지만, 영우는 경찰이었다. 주말에 특정 기자를 옆에 낀 채 참고인 이야기를 듣는 것은 그림이 좋지 않다. 경찰은 일반인보다 여러 권한이 주어져 있는 만큼, 행동에 제약도 많다. 괜한 문제를 일으킬 수는 없고, 윤진에게 빠지라고 할 수도 없으니, 결국 영우가 빠져야 할 듯했다. 늦어지더라도 절차를 제대로 밟아 진행하는 길을 택하기로 했다. 발을 돌리려 할 때 윤진이 말했다.

"형사님, 혹시 종교가 어떻게 되시나요?"

"불교라고 말하고 다니는 무교인데."

"그럼 아무리 오늘이 크리스마스라 해도 예배에 참석하실 필요는 없으시겠네요?"

영우는 윤진에게 왜 갑자기 그런 질문을 하느냐는 시선을 보냈다. 윤진은 웃으며 말했다.

"형사님께서 무슨 일 때문에 교회에 오신 건지는 모르겠지만, 교회 신도들 말에 의하면 마침 곧 예배가 시작될 시간이라고 하네요. 예배가 시작되면 수사를 진행하기 어렵지 않을까요? 예배가 끝날 때까지 어딘가에서 시간을 보내다 오시는 편이 나을 것 같은데요."

"자네는 예배 중에 취재를 하려고 하나?"

"예배 중에 취재를 하기는 어렵겠지만, 저는 원래 석가탄신일에는 절에 가고 크리스마스에는 교회에 가는 타입이라서 오늘 예배도 무척 기대하고 있습니다. 예배를 드리고 취재하려는 분과 만나 근처 카페에 가서 커피 한잔하며 대화를 나눌까 했지요."

윤진은 마침 떠올랐다는 듯 말했다.

"형사님께서도 그 카페에 가서 예배가 끝날 때까지 기다리시는 것은 어떠세요? 어제저녁에 잠깐 들러봤는데 아늑해서 커피 한잔하며 시간을 보내기 딱 좋더라고요. 옆자리 목소리가 들릴 정도로 테이블 간격이 좁은 게 단점이기는 하지만요."

윤진의 이야기에는 뚜렷한 의도가 엿보였다. 영우는 왜 윤진이 이런 의도 가득한 제안을 하는지 이해할 수 없었다. 그러나 며칠째 집에도 들어가지 못하고 인천을 돌아다니는 중인데, 도중에 중단하고 돌아가서 다시 수사가 지체되는 것은 그다지 달갑지 않았다. 영우는 윤진의 제안을 받아들이기로 했다. 물론 나중에 취재 내용을 엿듣기 위해 먼저 가서 자리를 잡고 앉아 있을 거라는 말은 하지 않았다. 어디까지나 예배가 끝날 때까지 시간을 좀 때우기 위해 카페에 가서 앉아 있기로 했다.

예배 시간이 되자 윤진은 본당에 들어갔다. 천 명은 되어 보이는 사람들로 본당 안이 꽉 차 있었다. 윤진은 뒤에서 세 번째 줄 구석 자리에 겨우 앉았다.

진중한 얼굴로 찬송가를 부르고 설교를 듣는 사람들 사이에서 윤진만 계속 주변을 두리번거렸다. 같은 공간에 현숙이 있을 텐데 사람이 많아서인지 좀처럼 보이지 않았다. 어제 만난 사람들은 현숙을 두고 집사님이라고 했다. 교회 내에서 직분을 맡은 사람이 크리스마스 예배에 빠질 것 같지는 않았다. 아무리 사람이 많다지만 이렇게까지 보이지 않을 수 있나 싶었다.

윤진은 아기 예수의 탄생에 대해 이야기하는 목사의 말을 한 귀로 흘리고는 있었지만, 마음속으로는 온 정성을 다해 기도를 드리고 있었다. 현숙이 제발 신심 깊은 여자이기를 기원하는 기도였다. 정 안 되면 교회에 다니고 싶다며 자신의 개인정보를 넘겨주고 현숙의 개인정보를 얻어내는 방법까지 고려했다. 뼈를 취할 수 있다면 살을 내어주는 것은 감수해야 한다.

"지금부터 성탄절 특별 찬양이 있겠습니다."

그때 그런 안내 멘트가 나오며 설교대 앞으로 성가대복을 입은 사람들이 걸어나왔다. 예배당에 울려퍼지는 성가를 들으며 윤진은 조금 신을 믿게 되었다. 성가대복을 입고 찬양을 하는 사람들 중에 현숙의 얼굴이 보였기 때문이다.

윤진은 자리에서 일어나 본당을 빠져나갔다. 안내를 담당하는 신도들에게 물어서 특별 찬양을 하는 사람들이 찬양을 마치고 나올 예정이라는 본당 뒤쪽 출입구를 찾아냈다. 좁은 통로에 서서 잠시 기다리자 나무로 된 출입구가 열리며 성가대복을 입은 사람들이 일렬로 걸어나왔다. 윤진은 마침내 현숙을 붙잡았다.

"이현숙 집사님?"

"네."

눈이 크고 표정이 밝았다. 중년에 들어선 나이였지만 미인 소리를 들을 법했다. 무슨 일이냐고 묻는 현숙에게 윤진은 노래 잘 들었다고 말하며 자신의 명함을 내밀었다.

"혹시 바쁘지 않으시면 잠시만 대화를 나눌 수 있을까요?"

기자 명함을 보자 현숙은 꺼리는 기색을 역력히 내보였다. 웃음을 얼굴에서 지우고 경계하는 눈초리로 물었다.

"저와 무슨 대화를 나누고 싶어하시는 거죠?"

"조카 분에 대한 이야기예요."

현숙은 큰 눈을 더 크게 뜨며 손으로 입을 가렸다. 같이 특별 찬양을 한 사람 중 몇 명이 무슨 일이냐는 듯 두 사람 곁으로 다가왔다. 현숙은 윤진의 명함을 손안에 감추며 말했다.

"옷을 갈아입어야 하니 잠시 후에 로비에서 뵈어요."

현숙은 그런 말만 남긴 채 다른 사람들과 섞여서 떠나갔다. 윤진은 로비에서 잠시 기다렸다. 진한 회색 코트를 입은 현숙이 계단에서 내려와 다가왔다. 왼쪽 가슴에 단 금색 꽃 모양 브로치가 우아해 보였다. 그러나 현숙의 표정에는 웃음이 없었다. 어딘가 비장함마저 감돌았다.

윤진은 현숙에게 근처 카페에 가서 이야기를 하자고 했다. 하얀 테이블이 놓인 깔끔한 카페에서 커피 한 잔씩을 앞에 둔 채 두 사람은 마주 앉았다. 밖은 비가 내렸지만 카페 안은 밝고 따듯했다. 윤진이 앉은 테이블 바로 옆에는 영우가 시사잡지를 보며 앉아 있었다.

영우를 부른 것은 윤진 입장에서도 더는 지체할 수 없기 때문이었다. 윤진은 범인이 누군지 어느 정도 윤곽을 잡은 상황이었다. 그러나 기자가 범인을 안다 해도 그 내용을 바로 기사로 쓸 수는 없다. 경찰이 범인의 신병을 확보하지 않은 상황에서 대대적으로 기사를 낸다는 것은 범인에게 한시라도 빨리 도망가달라는 말을 하는 것밖에 되지 않는다. 만약 오늘 현숙과의 대화를 통해 범인의 위치를 파악한다면 바로 경찰에 연락을 해서 범인을 붙잡으려고 하던 참이었다.

하지만 운 좋게도 영우와 만났다. 영우도 뭔가 짚이는 게 있는 모양이었다. 영우의 입장이 있으니 대놓고 협조 요청을 구할 수는 없었지만, 다행스럽게도 영우는 매우 눈치가 빠른 남자였다. 구구절절 설명하지 않아도 윤진의 의도를 눈치채고 행동해주었다. 윤진이 현숙과의 대화에서 뭔가를 끌어낸다면 영우가 바로 조치를 취할 것이다. 그러면 범인을 체포할 시간을 단축할 수 있다.

윤진은 현숙에게 물었다.

"조카 분이 신동혁 씨 맞으시죠?"

현숙은 커피를 마시며 떨리는 숨을 내뱉었다.

"왜 갑자기 동혁이에 대해 물으시는 건가요?"

"동혁 씨 동창 분이 얼마 전에 실종되었습니다. 저는 그 실종 사건에 대해 취재 중이고요."

"동창이라면 누구를 말씀하시는 건가요."

"박주현 씨라고 동혁 씨와 초등학교와 중학교 때 같은 학교를 다녔습니다."

"언제 실종되었나요?"

"지난 월요일입니다. 일주일이 다 되어가네요."

현숙은 깊은 한숨을 쉬었다. 눈을 감으며 떨리는 관자놀이에 손을 짚었다.

한참 동안 입을 열지 못하는 현숙에게 윤진이 물었다.

"혹시 동혁 씨가 어떤 분인지 이야기를 좀 들을 수 있을까요?"

자유롭게, 아무 말이나 편하게 해보라고 했다. 일단 현숙의 말문을 트이게 하는 것이 우선이었다.

현숙은 다시 긴 침묵 끝에 입을 열었다.

"우리 언니는 아주 못된 사람이었어요."

동혁의 이야기를 물어보았지만 현숙은 동혁의 어머니 이야기부터 꺼냈다.

현숙은 생각한다. 동혁의 인생은 언니에게 지배당해왔다고. 동혁뿐만이 아니었다. 동혁이 태어나기 전에는 현숙이 희생자였다. 10대 시절부터 일찌감치 안 좋은 무리와 어울려 다니다가, 어머니가 돌아가시고 아버지가 다른 여자와 결혼하며 자매를 버리다시피 하자 본격적으로 엇나갔다. 외박과 가출이 잦았고 그때마다 현숙의 돈과 물건을 훔쳐 가기 일쑤였다.

현숙의 인생에서 그나마 평화로웠던 시기는 고등학교를 졸업한 언니가 배우가 되겠다며 서울로 떠났던 2, 3년 정도의 기간이다. 영원히 돌아오지 않았으면 좋았을 텐데, 언니는 배가 산만큼 불러서 집에 돌아왔다.

언니는 동혁을 낳은 뒤 전혀 돌보지 않았다. 현숙은 언니와 따로 살며 다시는 만나고 싶지 않았지만, 태어난 지 백일도 되지 않은 아이가 젖을 못 먹어 굶어 죽어가는 모습을 보자 도저히 외면할 수 없었다. 결국 현숙이 수시로 언니 집에 드나들며 어린 동혁을 먹이고 씻기며 키웠다.

하지만 현숙도 항상 동혁의 곁에 있어줄 수는 없었다. 언니가 서울에 갔던 기간 동안 현숙은 간호조무사 자격을 따서 병원에서 일을 하고 있었다. 현숙이 당시 동거하던 애인은 사업을 한답시고 빚만 지고 돌아다니는 무능력하기 그지없던 남자여서, 현숙은 애인과 동혁에게 줄 생활비를 벌기 위해 병원 일을 그만둘 수가 없었다.

그러다 보니 며칠을 걸러 동혁을 보는 경우도 잦았다. 그때마다 동혁의 몸에는 못 보던 상처가 늘어 있었다.

"그래도 동혁이는 착한 아이였어요. 성격도 순하고 질 나쁜 애들하고 어울리지도 않았고. 엄마가 그렇게 욕하고 때리는데도, 엄마를 얼마나 따랐는지 몰라요."

힘들게 사는 동혁을 볼 때마다 너무 안타까워서 차라리 우리집에 데려가 돌보겠다고 한 적도 많았다. 그러나 그때마다 언니는 욕설을 퍼부으며 막았고, 동혁도 계속 엄마와 살고 싶다고 했다. 결국 현숙은 멀지도 가깝지도 않은 거리에서 동혁을 돌보아왔다.

"조금 답변하시기 어려운 질문일 수도 있는데, 혹시 동혁 씨가 어릴 때 정체성에 대한 고민 같은 것을 가지고 있지는 않았나요?"

윤진은 직접적으로 묻지는 않았다. 그러나 현숙은 무슨 질문인지 이해한 듯했다.

"어릴 때부터 동혁이는 자기를 여자아이라고 생각했어요. 머리를 자르는 것도 싫어했고, 제 화장품을 몰래 훔쳐 바르기도 했어요."

현숙은 옛날 사람이다. 남자아이가 왜 저런 식으로 행동하는지 잘 이해할 수 없었다. 싫다는 동혁을 강제로 미용실에 데려가 머리를 잘라주었고, 옷이나 장난감도 남자아이를 대상으로 한 것들만 사주었다. 유치원도 다니지 못하고 엄마와 이모만 보며 자랐으니, 머릿속에 남자와 여자의 구분이 모호한 상태일 뿐이라고 생각했다. 초등학교에 들어가면 또래 남자아이들과 어울려 놀며 자연스럽게 달라질 것이라고 기대했다.

그러나 동혁은 초등학교에 들어가고, 중학교에 들어간 뒤에도 별로 달라지지 않았다. 현숙이 버리려고 문 앞에 내놓았던 오래된 옷들이 몇 달 후 동혁의 방에서 발견된 일이 있었다. 왜 옷을 가져갔느냐고 묻자 동혁은 여자 옷이 갖고 싶어서 그랬다고 했다. 동혁이 중학교를 다닐 무렵의 일이었다. 마침 그때는 개념도 생소하던 트랜스젠더라는 단어가 방송을 통해 대중에게 알려지던 시기였다. 현숙은 동혁이 일반적인 남자아이와는 다소 다르게 스스로의 성 정체성을 인식하고 있다는 사실을 차츰 받아들이게 되었다.

동혁은 성인이 된 뒤에는 여자처럼 꾸미고 다녔고, 여성스러운 이름을 지은 뒤 그렇게 불러달라고 했다.

"혹시 새로 사용하시는 이름이 신희선 씨 아닌가요?"

"네, 그래요."

현숙은 어떻게 그런 것까지 아느냐고 놀란 듯한 기색이었다. 자신을 찾아온 기자가 생각보다 많은 것을 알고 있다는 것을 깨달은 것인지, 목소리에서 점점 기운이 빠져갔다.

"동혁 씨와 가장 마지막으로 만나신 것은 언제인가요?"

현숙은 답변이 없었다. 고개를 깊게 숙인 채 반쯤 빈 커피잔만 내려다볼 뿐이었다.

그때 윤진의 휴대폰에 메시지가 도착했다. 영우였다. 메시지에는 신문기사가 하나 링크돼 있었다. 인천의 한 주택가에서 40대 주부가 흉기에 찔려 사망한 채 발견되었다, 경찰은 함께 살던 아들을 유력한 용의자로 보고 조사했지만 아들은 사건 발생 시각 당시 근처에 사는 친척 집에 머무르고 있었다는 점이 확인되었다, 현장에서 귀금속이 사라졌기 때문에 경찰은 강도살인 쪽에 무게를 두고 수사하고 있다는 기사였다.

윤진은 영우가 왜 이 기사를 보냈는지 알 것 같았다. 소미도 동혁의 어머니가 강도 손에 목숨을 잃으셨는데, 주변 학생들 사이에서는 사실 동혁이 어머니를 죽인 것이라는 소문이 돌았다고 했다. 영우는 동혁의 어머니가 돌아가셨을 때의 상황을 확인해보라는 의도로 기사를 보낸 게 아닌가 싶었다. 윤진은 현숙에게 물었다.

"동혁 씨의 어머님께서 안 좋게 돌아가셨다고 알고 있는데요."

현숙은 여전히 아무 말도 하지 않았다. 윤진은 다시 물었다.

"당시 동혁 씨가 오해를 받으셨다는 이야기가 있는데 사실인가요?"

현숙은 숨을 크게 들이켜며 말했다.

"네, 경찰이 동혁이를 데려가 조사했어요."

"그 일에 대해 어떻게 생각하시나요?"

"경찰이 잘못 생각했던 거였어요. 그때 동혁이는 저희 집에 있었으니까요. 오해라는 것을 경찰도 인정했으니까 동혁이를 체포하지 않았던 거잖아요. 그렇죠? 그 일 때문에 동혁이가 얼마나 힘들어했는지 아세요?"

현숙의 목소리가 다소 날카로워졌다. 윤진은 직감적으로 현숙이
뭔가를 감추고 있다는 것을 눈치챘다. 동혁을 자식처럼 키운 사람이
니 당연히 감싸주고 싶을 것이다. 설령 소문대로 동혁이 어머니를 죽
인 것이 사실이라 해도 갓난아기 때부터 어머니에게 학대를 받으며
자랐다니 동정의 여지가 있는 것도 사실이다.

그러나 가엾다는 이유로 진실에 눈을 돌려서는 안 된다.

"말씀드렸다시피 저는 주현 씨라고 동혁 씨와 어릴 때 같이 학교
를 다녔던 분의 실종 사건을 취재 중입니다. 그런데 제가 왜 동혁 씨
에 대해서 여쭤보려고 이곳까지 왔을까요?"

현숙은 아무 대답도 하지 않았다. 윤진이 다시 말을 이었다.

"주현 씨와 동혁 씨의 관계에 대해 혹시 아시는 내용이 있나요?"

현숙이 입을 열기까지는 오랜 시간이 걸렸다. 눈을 감고 뭔가를 중
얼거리기 시작했다. 무슨 말을 하나 싶어서 잘 들어보니 윤진이 아니
라 하나님께 하는 말이었다. 현숙은 눈물을 흘리며 오랫동안 기도를
했다.

"동혁이가 태어날 때 저는 산부인과에서 일을 했어요."

눈물을 닦아내며 현숙은 그렇게 이야기를 시작했다.

2

저승에서 성민에게 연락이 온 것은 오전 9시가 좀 넘은 시간이었
다. 휴대폰 알람이라고 생각하고 눈을 떴는데, 저승사자가 건 전화라

는 것을 확인하고 성민은 얼굴을 찌푸렸다. 아침부터 기분이 나빠졌다. 어제 강원도까지 다녀오느라 피곤한데 왜 하필 저승 전화로 잠을 방해받아야 하나 싶었다.

그래도 일단 전화를 받았다.

"수부타 님! 수색1과장 정호연입니다!"

"어. 왜."

"홍제동 장미의 위치가 파악됐습니다!"

성민은 베개에 파묻혀 있던 머리를 조금 들어올렸다.

"어딘데?"

"양평 쪽입니다! 경기도 양평이오!"

홍제동 장미를 발견한 사람은 민아였다. 민아는 어제 감시 대상인 주현이 강원도에 다녀오는 동안 계속 뒤를 따라다녔다. 장거리를 이동했으니 힘들 법도 한데, 아직 기합이 덜 빠진 신입이라선지 뒤처지지 않고 성실하게 쫓아다닌 모양이다.

해가 진 뒤 돌아오는 길에 북한강 쪽을 지날 무렵이었다. 갑자기 고속도로에서 멀지 않은 곳에서 악귀의 기운이 느껴졌다. 민아는 주현을 추적해야 해서 어떤 악귀인지까지는 확인할 수 없었다. 수색과에 연락해서 북한강 근처 고속도로에서 악귀의 기운을 확인했다는 보고만 올렸다.

민아의 보고를 받은 수색과는 양평군을 담당하는 팀원 중 일이 없는 몇 명을 추려서 확인해보라고 보냈다. 그러나 팀원들은 접근조차 제대로 못하고 돌아왔다. 악귀는 민아가 악귀의 기운을 느낀 고속도로 주변에 있지 않았다. 그보다 훨씬 멀리, 산속 깊은 곳에 숨어 있었다. 악귀의 힘이 강하다 보니 고속도로에서도 기운을 느낄 수 있었던 것이다.

수색과만으로는 어려울 것 같아서 집행과에 연락했다. 집행과는 통제에서 벗어난 귀신들을 처리하는 업무를 담당한다. 그러나 집행과에 연락할 때도 집행과 차원에서 악귀를 해치울 수 있을 거라는 생각은 하지 않았다. 오랜만에 보는 강대한 힘을 가진 악귀였기 때문이다. 예상대로 집행과는 악귀를 처치하지 못했고, 수부타 님에게 연락해야 할 것 같다고 말했다.

그래도 집행과는 악귀와 싸운 경험이 많다 보니 악귀가 있는 장소까지 수색과보다 보다 근접하게 다가갔고, 악귀의 정체도 파악할 수 있었다.

D17-109T. 홍제동 장미였다.

서울에서 아무리 찾아도 발견되지 않았던 이유가 있었다.

홍제동 장미 건은 이미 성민이 담당 중이었다. 수색1과장 호연으로서는 다행스러운 일이었다. 이미 성민이 맡은 사건이라면 성민에게 일을 부탁하는 복잡한 절차를 생략할 수 있다. 악귀가 나타난 곳까지 와달라고 할 때 성민으로부터 불평불만을 듣기는 해야 하지만 말이다.

이번에도 어김없었다.

"어차피 조각만 남은 건데 너희 선에서 처리하면 안 돼? 양평이면 너무 멀잖아."

"예전보다 힘이 더 강해져 있어서……."

"내가 없을 때는 어떻게 했어? 원래 저승 일이잖아. 좀더 자립심을 키워봐."

성민은 한참을 투덜거렸다. 그러나 결국 꾸물거리며 침대에서 일

541

어났다.

거실로 나가자 강인이 혈액 팩을 가져다주었다. 소파에 앉아 아침 피를 마시고 있자 주현이 2층에서 내려왔다. 크로스백까지 메고 나갈 준비를 끝낸 상태였다. 성민은 주현에게 소파에 잠시 앉으라고 한 뒤 말했다.

"주현 씨, 좋은 소식인지 나쁜 소식인지 모르겠지만 어쨌든 한 가지 소식이 있어요."

주현은 소파에 앉았다. 성민은 마지막 남은 피 한 방울까지 전부 마신 뒤 말했다.

"어제 소영 씨가 악귀가 되었다고 말씀드렸죠?"

"네."

"방금 위치가 파악됐다는 연락이 왔어요."

생전의 지인이 죽은 뒤에도 이 세계에 있다는 것은 이상한 느낌이었다.

주현은 잠시 침묵하다 물었다.

"소영이를 처리하러 가셔야 하는 겁니까?"

"맞아요."

"그럼 제 일은 뒤로 밀리는 건가요?"

주현의 물음에 성민은 눈을 동그랗게 떴다. 혹시 자신이 떼를 쓰는 것처럼 느껴진 건가 싶어서 주현은 변명처럼 정정했다.

"말씀드렸다시피 일을 방해할 생각은 없습니다. 다만 제게 남은 시간이 얼마되지 않는다는 점을 고려해서 맡으신 일들의 선후관계를 파악해두고 싶은 것뿐입니다."

주현은 자신의 의도를 열심히 설명했지만 성민은 계속 눈을 크게 뜬 채 깜빡이기만 했다.

성민은 소영이 발견되었다는 소식을 전했을 때 주현이 무슨 반응을 보일지 몇 가지 상상을 해봤다. 하지만 상상한 반응 중 어떤 것과도 겹치지 않아서 다소 놀랐다.

"저승에서 악귀 처리가 급하니 바로 와달라고 한 상황이라 그쪽을 우선시해야 할 거 같아요. 하필 위치가 양평이라 빨라도 오늘 오후는 되어야 일이 끝나지 않을까 싶어요."

"그럼 저는 그동안 무슨 일을 하고 있으면 좋을까요?"

"저와 함께 가셔야 할 거 같아요. 주현 씨가 저승에 돌아가실 때까지는 제가 계속 동행하는 것이 원칙이니까요."

"하지만 오늘 저녁에는 여자친구 분과 약속이 있다고 하지 않으셨습니까?"

낮에 소영의 일을 처리하고 저녁에 개인적인 약속을 간다면 주현을 죽인 살인범을 찾는 일은 오늘 중에는 진행할 수 없게 된다는 이야기다. 살인범의 정체는 특정되었지만, 현재 위치는 파악되지 않고 있다.

어제 주현은 미련 없이 저승에 가기로 마음을 굳혔다. 어차피 갈 저승이라면 기왕이면 살인범을 찾아서, 경찰의 손에 체포되는 순간까지는 보고 저승에 가고 싶었다. 하루를 통째로 날린 탓에 살인범을 찾지 못한 채 가야 한다면, 저승에 간 뒤에도 계속 찝찝함이 남아 있을 것만 같았다.

성민은 말했다.

"악귀는 일반적으로 자신에게 의미 있는 장소에 머물러요. 소영 씨처럼 서울에서 나고 자란 악귀가 죽은 뒤 뜬금없이 부산에서 발견되는 일은 없다는 소리예요. 하지만 소영 씨는 지금 서울이 아닌 양평에서 발견되었지요. 만약 악귀가 연고 없는 장소에서 발견된다면 그건 자신에게 의미 있는 특정 인물의 뒤를 따라다니다가 거기까지 가게 된 경우가 많아요."

쉬운 말로 하면 귀신이 씐 것이다.

성민은 주현에게 물었다.

"지금 살아 있는 사람 중 소영 씨에게 의미가 있을 만한 사람은 누구일까요?"

주현은 잠시 생각한 뒤 답했다.

"희선 씨 아닐까요?"

"네, 저도 그렇게 생각해요."

현재 두 사람이 파악한 소영의 인간관계 내에서만 생각해보자면 희선이 가장 가능성이 높았다. 소영 곁에 희선이 있다면, 결국 양평에 가는 일은 주현의 사건 조사와도 무관하지 않다.

소영이 정말 희선의 뒤를 따라 양평에 간 것인지 저승사자들이 확인해주었다면 더 좋았을 텐데, 저승사자들은 그런 정보는 알지 못하는 듯했다. 무서워서 악귀 근처에도 못 갔다고 한다. 정말 무능한 놈들이라고 투덜거리는 성민에게 주현은 의아하다는 듯 물었다.

"악귀가 저승사자보다 더 강한 겁니까?"

"보통 저승사자들이 더 강하기는 한데, 힘을 키운 악귀에게 섣불리 접근했다가는 저승사자들도 피해를 입게 되니 몸을 사려요."

저승의 저승은 없다.

악귀와 싸우다 저승사자가 죽으면 그걸로 끝이다.

"그러다 보니 딱 봐서 위험하다 싶은 일은 죽여도 죽지 않는 경계인에게 떠넘기고 우리는 후방에서 떡이나 먹고 있자는 게 과거 집행 과장이었던 우진의 생각이었고, 지금까지 그런 기조가 이어져 내려오고 있어요. 요즘 저승사자들은 우진이 밑에서 과보호를 받다 보니 낌새가 조금만 이상해도 바로 제게 연락을 해요. 저는 죽지는 않지만 그래도 다치면 아프긴 하거든요? 내 새끼는 아프면 안 되니 남의 새끼가 대신 아프라는 게 말이 되나요? 제가 그런 말도 안 되는 양아치 짓에 당하며 살고 있다니까요?"

성민은 수백 년간 쌓인 게 많은 모양이었다. 저승 욕을 하며 흥분하던 성민은 애써 마음을 진정시키며 말했다.

"아무튼 소영 씨 주변에는 희선 씨가 있을 가능성이 있어요. 주현 씨도 남의 일에 괜히 시간 뺏긴다고만 생각하지 마시고 일단 함께 가보는 게 어떠세요? 그리고 말씀드렸다시피 악귀와 싸울 때는 저도 흡혈귀의 힘을 쓸 수 있으니까요. 만약 현장에 희선 씨가 있다면 쉽게 찾아낼 수 있을 거예요. 범인인지 아닌지도 확인할 수 있을 거고요."

"그렇게까지 말씀하신다면 한번 믿고 가보겠습니다."

주현과 성민은 강인이 운전하는 차에 타고 양평으로 향했다. 오늘도 어제에 이어 비가 왔다. 느릿하게 움직이는 차 안에서 밖을 바라보던 성민은 문득 주현에게 물었다.

"소영 씨를 만나러 가는 건데 기분이 어떠세요?"

주현은 잠시 생각하더니 말했다.

"좀더 무난한 집에서 자랐으면 이런 일도 없었을 텐데 싶은 기분과 아무리 어려운 환경에서 자랐어도 성실하게 일해서 자리 잡는 사람도 있으니 그렇게 하지 못한 것은 자업자득이다 싶은 기분이 반반 섞여 있는 것 같습니다. 사실 4 대 6 정도로 뒤쪽이 좀더 큽니다."

"그건 감상이지 기분이 아닌 것 같은데요."

"감상과 기분은 같은 것 아닙니까?"

"아니에요. 감상에는 평가가 들어가지만 기분은 순수한 감정이라고요."

주현은 좀더 깊게 생각하더니 말했다.

"사람을 신중하게 사귀지 못한 제 잘못도 있긴 하다는 기분도 듭니다."

"그렇군요."

"혹시 이것도 감상인가요?"

"아마도요."

기분을 말하라는데 고민한다는 것부터가 문제다. 어쨌든 주현은 소영을 소멸시키는 일을 방해할 생각은 없는 모양이었다. 어제까지만 해도 의도적으로 자신에게 접근한 게 확실하지 않은 상황에서 소영을 소멸시키는 것은 마음이 편치 않다고 했지만, 의도적으로 접근한 게 확인된 이상, 다소 남아 있던 편치 않은 마음도 사라진 모양이었다.

소영과 만났을 때 과거의 원한으로 치고받지는 않을 것 같아서 일이 수월하긴 할 듯했다. 감정에 휩싸여 돌발행동을 하거나 악귀화가 될 것 같은 기미가 있다면 소영을 처리하는 동안 주현을 저승사자들에게 맡겨둘 생각이었는데, 그럴 필요는 없을 듯하다.

호연이 말해준 위치에 도착했을 때에는 1시가 가까워져 있었다. 산에 난 비포장도로를 덜컹거리며 차로 올라가자 산기슭 평지 주변에 저승사자들이 캐노피 천막을 치고 임시 진지를 만들어둔 모습이 보였다.

차도 겸 산책로로 바로 옆이었지만 사람들 눈에는 눈과 낙엽이 쌓인 땅에 떡갈나무들이 자라나는 평화로운 자연 휴양림처럼 보일 뿐 바삐 움직이는 저승사자들의 모습은 보이지 않을 것이다. 애초에 춥고 비까지 오는 날씨라 사람들이 산길을 오가지도 않았다.

"수부타 님!"

차에서 내리자 안경 낀 남자가 다가왔다. 수색1과장 정호연이었다. 주변에는 악귀의 기운이 가득했다. 공기가 끈적이고 냄새가 좋지 않았다.

"여기서 500미터 떨어진 곳에 악귀가 있는 것으로 보입니다."

"집행과 애들은 어디 있어?"

"악귀가 혹시 도망갈지 모른다며 현재 위치를 중심으로 원형으로 진을 짜고 있습니다."

"이 주변에는 없네."

"아무리 저희가 수색과라지만 서른 명 정도는 와 있으니까 이쪽은 막을 수 있을 겁니다."

"못 막을 거 같은데."

성민은 의심스럽다는 듯 고개를 갸웃거렸다. 호연은 자존심이 다소 상한 듯했다.

"수부타 님께서 잘 처리해주시면 여기까지 올 일도 없지 않을까요?"

"모르는 일이지. 내 몸은 하나잖아. 집행과에서는 누가 와 있어?"

"3과장 민도환입니다."

성민과 호연은 천막 쪽으로 걸어가며 대화를 나누었다. 뭔가 전략을 세우고 있는 듯했다. 주현은 강인과 함께 차 주변에서 기다렸다. 하늘에서는 비가 내리고 있었지만 우산을 쓰지 않아도 젖지 않았다. 신기한 느낌이었다.

잠시 후 이야기가 끝났는지 성민이 주현에게 천막 쪽으로 오라는 듯한 손짓을 보냈다.

"여기서 기다리세요. 저는 잠깐 다녀올게요."

주현은 천막 밑에 놓인 의자에 앉았다. 성민은 강인이 떠다준 물로 알약 하나를 먹더니 혼자 산속으로 걸어갔다.

"커피나 차라도 드시겠습니까?"

강인은 주현에게 보온병을 보여주며 물었다. 주현이 차 한잔 달라고 하자 강인은 종이컵에 따뜻한 물을 담고 녹차 티백을 넣어주었다. 그리고 강인도 종이컵에 녹차 티백을 담아 주현의 옆자리에 앉았다. 주현은 성민이 떠나간 방향을 바라보며 물었다.

"정말 혼자 가도 괜찮을까요?"

"걱정 안 하셔도 됩니다."

강인은 전혀 걱정하지 않는 듯한 기색으로 녹차를 마셨다. 강인이 걱정하지 않는다면 걱정하지 않아도 될 것 같아서 주현도 걱정하지 않고 기다리기로 했다.

5분이 지났을 때 검은 옷을 입은 저승사자 세 명이 하늘에서 날아왔다. 가운데 선 남자는 길고 날이 두꺼운 장검을 등에 메고 있어서 눈에 띄었다. 풀면 어깨에 올 듯하게 기른 머리카락을 하나로 묶어 꽁지머리를 하고 있었다.

강인은 주현에게 작은 목소리로 저 사람이 집행3과장 민도환이라고 했다. 같이 온 저승사자 두 명도 같은 집행과 소속 직원이다. 집행과는 다른 저승사자들과 달리 재킷이 아니라 조끼를 입고 다니기 때문에 구분하기 쉽다는 팁도 알려주었다.

도환은 호연과 이야기를 나누더니 천막 쪽으로 걸어왔다. 눈이 마주쳐서 주현은 살짝 인사를 했지만 도환은 인사를 받아주지도 않고 근처 의자에 자리를 잡고 앉았다. 불친절한 남자였다. 저승사자 과장님이시라 잡귀신 따위에는 별 관심이 없는 모양이었다.

주현과 강인은 별 대화 없이 앉아 성민이 돌아오기만 기다렸다. 몇 분이 더 흘렀을 때 갑자기 강인이 앉은 쪽에서 휴대폰이 울렸다. 강인은 패딩 주머니에서 휴대폰을 꺼냈다. 강인의 휴대폰이 아니라 성민의 이승 휴대폰이었다. 발신인 이름은 윤진이었다.

강인은 대신 전화를 받았다.

"강인입니다."

강인이 스피커폰으로 하지 않아서 주현은 윤진이 무슨 이야기를 하는지 알 수 없었다. 웅웅거리는 목소리만으로 윤진이 뭔가 다급해한다는 것만 눈치챌 수 있었다.

윤진의 다소 긴 이야기를 묵묵히 들은 강인이 윤진에게 말했다.

"어쩌면 지금 저희가 있는 곳이 그 근처일 수도 있겠군요. 성민 님이 오시면 바로 말씀드리고 연락드리겠습니다만, 시간이 없으니 일단 녹음기부터 보내주십시오. 하르는 성민 님이 계신 곳을 아니까 그냥 맡기시면 됩니다."

윤진과 대화를 끝낸 강인은 주현을 바라보았다. 평소 강인은 주현을 바라볼 때 은은하게 미소 지었다. 그러나 지금 강인의 눈에서는 어떤 웃음기도 찾아볼 수 없었다.

주현은 물었다.

"혹시 안 좋은 소식입니까?"

강인은 고개를 저었다.

"나쁜 소식은 아닙니다만, 주현 씨가 들으셨을 때 좋아하실 만한 소식인지는 모르겠습니다."

"윤진 씨가 무슨 말씀을 하셨지요?"

"제 선에서 주현 씨에게 말씀드려도 좋을지 모르겠으니 성민 님께서 돌아오신 다음에 말씀드리도록 하겠습니다."

주현은 찝찝했다. 그러나 강인이 독단으로 무슨 행동을 할 수 있는 입장이 아니라는 것은 주현도 잘 알고 있었다. 성민이 돌아오는 것을 기다릴 수밖에 없을 듯했다.

다시 시간이 흘렀다. 갑자기 온몸에 열이 올랐다. 죽은 뒤 주현은 주변 온도 변화를 거의 느끼지 못했다. 이렇게 선명하게 온도 변화를 느낀 것은 오랜만이어서 깜짝 놀라 눈을 뜨고 주변을 둘러보았다. 주현뿐만이 아니었다. 군데군데 모여서 잡담을 나누거나 앉아 있던 저승사자들이 갑자기 자세를 바로잡았다.

뭔가 이변이 생긴 듯했다. 왜 갑자기 열이 오르는지 알 수 없었다. 모닥불이나 횃불 같은 불덩어리가 눈앞에서 타오르는 듯한 열기였다. 강인에게 사정을 물어보고 싶었지만 열기가 점점 심해져서 입조차 열 수 없었다. 몸이 녹아버릴 것 같았다.

열기가 강해지며 눈에 빛이 쏟아졌다. 간신히 눈을 뜨고 주변을 둘러보자 다른 저승사자들도 몸을 제대로 가누지 못했다. 허리를 펴지 못하거나 아예 주저앉은 저승사자도 있었다. 주현이 그나마 눈을 뜨고 주변을 볼 수 있었던 것은 도환이 빛과 열기를 막아주었기 때문이었다. 도환은 등에 맨 장검을 뽑아 든 채 주현의 앞에 홀로 흔들림 없이 서 있었다.

— 끼이이이이이이이!

칠판을 긁는 듯한 소리가 들려왔다. 소리가 점점 커져서 귀와 머리가 깨질 듯 아팠다. 귀를 막아도 소리가 들려왔다. 고통을 참지 못하고 비명을 질렀지만 날카로운 소리에 묻혀서 비명조차 들리지 않았다. 그 와중에 빛과 열기는 점차 커져갔다. 눈앞이 온통 새하얗게 변했고 몸이 불덩이 속에 빠진 듯했다. 죽은 뒤에도 다시 죽을 수 있다고 했다. 아마 지금 같은 상황을 말하는 게 아닐까 싶었다.

— 끼이이이이이이이이이이!

— 둥.

— 끼이이이이익!

— 두둥.

고막을 때리는 소리 사이로 돌연 북소리 비슷한 게 들렸다. 북소리가 울릴 때마다 긁는 소리는 잠시 줄어들었다가 다시 커지기를 반복했다.

— 우우웅.

어느 순간 막대기가 공기를 가르는 듯한 소리가 났다. 순간적으로 열기가 줄고 빛이 어두워졌다. 주현은 간신히 눈을 떴다. 앞에는 여전히 도환이 서 있었다. 도환은 장검을 들고 주현을 향해 다가오는 빛과 열기를 방패처럼 막아주었다.

끼이이, 하는 소음도 한결 작아졌다. 빛과 열기는 아직 사라지지 않았다. 도환의 장검을 파도처럼 때리며 커지고 작아지는 일을 반복했고, 장검은 그때마다 덜컥거리며 움직였다. 그러나 도환은 끝까지 버텨냈다.

빛 사이로 작은 어둠이 보였다. 해를 잡아먹는 늑대같이 어둠은 안개처럼 퍼지며 점점 빛을 잠식해갔다. 어둠이 커지자 빛이 사라졌다. 빛뿐만 아니라 소리와 시간도 전부 어둠에 먹혔다. 정적이 찾아왔다. 주현은 귀를 막은 손을 차츰 떼어냈다. 그러나 여전히 귀를 막은 듯 작은 소음조차 없는 완벽한 고요가 세상에 가득했다.

죽은 걸까. 이미 죽었지만.

다시 죽은 걸지도 모르겠다. 어둠의 끝을 헤아릴 수 없었다. 발아래에 있는 어둠이 땅인지 허공인지 구분되지 않았다. 어쩌면 영원한 낭떠러지로 떨어지고 있는 중인지도 알 수 없었다. 어둡고 조용한 공간 속에 혼자 있었다. 두려웠다. 동시에 안심됐다. 평화로운 이 순간이 영원히 이어지길 바랐다. 그러나 곧 다시 빛이 찾아왔다. 눈앞에 가득 찬 어둠이 열어지며 바람이 볼을 스쳤다.

눈을 뜨자 비 내리는 산이 보였다. 검은 옷을 입은 저승사자들이 비를 맞으며 산속을 걸어다녔다. 머리 위에는 캐노피 천막이 있었다. 비가 투둑투둑 하고 천막을 때리는 소리가 들려왔다. 아까 전에 앉아 있던 자리였다. 다행히 두 번 죽은 것은 아닌 모양이다.

열기와 마주치기 전과 다소 달라진 점은 주현의 몸이 축 처진 채 옆에 앉은 강인에게 반쯤 기대고 있었다는 점과 아까 도환이 앉아 있던 의자에 성민이 앉아 있다는 점이었다. 도환은 성민에게 의자를 뺏긴 채 뒤에 서서 주현을 내려다보고 있었다.

"일어나셨어요?"

성민의 물음에 주현은 슬금슬금 상체를 가누어 다시 똑바로 의자에 앉았다.

"끝났습니까?"

"네. 많이 놀라셨죠?"

"얼마나 잤죠?"

"한 30분 정도?"

다행히 침은 흘리지 않은 듯했다. 잠을 잤다기보다 잠깐 정신을 잃은 게 아닌가 싶기도 했다.

주현은 물었다.

"아까 전 빛은 무엇입니까?"

"소영 씨예요."

"악귀요?"

"네."

성민은 지난번에도 홍제동 장미와 만났다. 그때 완벽하게 해치웠다고 생각했는데 분열된 조각 일부가 살아남았다. 이번에도 일부분이 분열되어 도망갈 수 있을 것 같아서 저승사자들에게 후방을 지키게 했다. 예상대로 성민이 큰 조각을 해치우는 동안 일부분이 떨어져 나갔다. 도환이 분열된 조각을 막아주는 사이에 성민이 돌아와 조각을 처리했다.

"아까 이상한 소음을 내던 빛이 일부분에 불과하다고요?"

"네, 생각보다 힘을 꽤 키운 상태였더라고요. 속도도 빨라서 도환이가 중간에 막지 않았으면 지금쯤 서울까지 가 있었을걸요?"

주현은 악귀를 처음 보았다. 성민이 직접 나서야 할 만큼 유난히 힘이 강한 악귀였다고는 하지만, 일부분이 저 정도였다면 본체의 힘은 더 거대했을 것이다. 소영의 울분과 억울함이 그만큼 컸다는 소리일지도 모른다. 주현은 다행히 악귀화가 되지 않아서 이승에 남긴 아쉬움을 하나둘 지워갈 수 있었지만, 소영은 악귀가 되었으니 그럴 기회도 갖지 못한 채 분노만 키워갔을지도 모른다.

"마침 과장님이 계신 방향으로 악귀가 도망쳐와서 다행이었네요. 방어가 소홀한 방향으로 악귀가 도망쳤으면 놓쳐버릴 가능성도 있었으니까요."

"도환이가 있는 방향으로 악귀가 온 게 아니라 주현 씨가 있는 방향으로 악귀가 온 거예요."

"그게 무슨 말씀이시죠?"

"악귀는 생전 인연이 깊은 사람에게 달려드니까요. 주현 씨가 멀리 있다면 모를까 같은 산속에 있다면 떨어져 나간 악귀 조각은 당연히 주현 씨 방향으로 날아왔겠죠."

주현은 잠시 성민의 말이 품은 의미를 곱씹어보았다.

"혹시 악귀가 분열된다면 저를 공격해올 것을 아셨다는 소리네요?"

"뭐, 그렇긴 하죠."

"혹시 저를 여기 데려온 게 악귀가 분열되었을 때 미끼로 쓰려고 생각하셨던 건 아니겠죠?"

성민은 긍정도 부정도 하지 않았다. 대신 변명을 했다.

"그래서 도환이를 주현 씨 곁으로 오게 했잖아요. 만일의 상황에 대비해서 주현 씨를 옆에서 지켜주라고 말해뒀어요."

변명은 곧 긍정의 의미다. 주현의 목소리가 높아졌다.

"저를 지켜주기 위해 부른 게 아니라 미끼를 문 악귀를 붙들어두라고 부른 게 아닙니까?"

"좋게 생각하세요. 잘 끝났잖아요."

"아무리 잘 끝났어도 미리 말씀이라도 해주셨어야죠! 제가 설마 미끼 역할을 맡으라고 하면 거절하기라도 할 것이라고 생각하셨습니까? 아직도 저를 믿지 못하십니까?"

"적당히 믿죠."

"적당히요?"

"주현 씨께도 절 적당히 믿으라고 말씀드렸잖아요! 믿지도 말고, 믿지 않지도 말고!"

"그거 아직도 유효한 말입니까?"

"당연하죠! 기한은 없어요! 마지막까지 저를 완전히 믿지 마세요. 적당히만 믿으시라고요!"

이용해먹은 주제에 화를 낸다. 적반하장도 이 정도면 싸울 기력도 사라진다. 성민과 목소리를 높이자 주변 저승사자들이 움직임을 슬슬 늦추며 관심을 보이는 것이 느껴졌다. 구경거리가 되고 싶지 않았기 때문에 주현은 애써 마음을 가라앉혔다.

주현이 어느 정도 진정하자 성민이 말했다.

"그래도 주현 씨에게 좋은 소식이 있어요."

"무슨 소식입니까?"

"예상대로 악귀가 있던 곳에 살인범도 있었어요."

희선을 말하는 것 같았다. 악귀는 이곳에서 그리 멀리 떨어져 있지 않은 전원주택에 있다고 했다. 여기서 조금만 더 가면 골짜기가 나온다. 골짜기에는 개천이 흐르는데 개천 주변으로 펜션과 전원주택이 드문드문 서 있다. 겨울이라 펜션도 휴업 상태인 듯하고, 전원주택에도 대부분 인기척이 없다. 눈 덮인 고요하고 쓸쓸한 산속 마을의 어느 전원주택에 살인범과 악귀가 머무르고 있었다.

이제 성민은 희선 씨라 부르지 않고 살인범이라고 불렀다. 확신이 있는 듯했다. 주현은 물었다.

"확실한 증거가 나왔습니까?"

"윤진이가 중요한 증언을 얻어 왔어요."

아까 강인이 받은 전화와 관련된 내용이 아닐까 싶었다. 주현이 기절한 동안 성민은 이미 강인으로부터 이야기를 전해들은 모양이었다.

"인천에서 살인범의 이모를 만났다고 해요. 이모가 입을 열어줬어요. 아마 조카는 지금 별장에 있을 거라며 주소를 줘서 윤진이와 경찰들도 오고 있다고 해요. 이모가 말한 별장은 악귀가 있던 전원주택이에요. 현재로서는 우리가 가장 가까운 곳에 있다는 소리죠."

이제 곧 경찰들이 살인범을 체포할 것이다. 주현이 뭔가를 더 하지 않아도 된다. 하지만 만약 살인범이 체포되기 전에 만나보고 싶다면 지금 함께 가볼 수도 있다. 위치가 산속이다 보니 경찰이 아무리 빨리 온다 해도 몇십 분은 남았을 것이다.

"한번 만나보고 싶으세요?"

악귀를 잡기 위해 먹었던 약의 효력은 아직 남아 있다. 지금 성민은 살인범의 마음을 읽을 수 있다. 궁금한 것이 있다면 물어보고 솔직한 대답을 들을 수 있는 마지막 기회다.

성민의 제안에 주현은 답했다.

"네. 만나보고 싶습니다."

약간의 고민도 찾아볼 수 없는 시원스러운 답변이었다. 성민은 그럼 가보자며 자리에서 일어났다. 다른 저승사자들은 임시로 만든 진지를 정리해야 하고, 강인도 경찰들이 오기 전에 차를 빼야 한다며 둘이 가자고 했다. 주현도 자신의 죽음과 관련된 이야기를 여러 사람에게 들려주고 싶지는 않았기 때문에 그렇게 하기로 했다.

3

길을 따라 10분 정도 걷자 멀리 산 아래쪽에 개천과 마을이 보였다. 드문드문 서 있는 펜션과 전원주택 사이에 흰 눈이 가득 차 있었다. 한나절 내리는 비로는 녹지 않을 정도로 두껍게 눈이 쌓여 있는 듯했다.

마을로 내려가는 나무 계단을 찾아 한 걸음 두 걸음 나아갔다. 가슴 주변이 조금 뜨거워졌다. 불안인지 기대인지 이유를 알 수 없는 기분이 몸을 휘감았다. 이건 틀림없이 감상이 아니라 감정이었다. 머리로 느끼는 것이 아니라 가슴이 주는 신호였다.

'나를 죽인 살인범을 만나러 간다.'

생전 한 번도 상상하지 못한 상황이었기에 주현은 어떤 감정인지 이름을 붙일 수도 없었다. 주현은 눈과 비로 질척이는 계단을 바라보며 성민의 뒤를 따랐다. 감정을 억누르며 머리를 비우려 했다. 만나보고 싶었다. 아무리 기분이 불편하더라도 왜 나를 죽인 것인지 이야기라도 들어보고 싶었다.

성민은 주현을 한 전원주택으로 안내했다. 주변 건물들과 거리가 좀 떨어져 있는 이층집이었다. 현관문이 잠겨 있었지만 두 사람은 어렵지 않게 통과해 들어갔다. 내부는 어두웠다. 비가 와서 채광이 좋지 않은데 거실등도 켜지 않았다. 가구들은 사용감이 느껴지지 않았다. 식탁에는 먼지마저 쌓여 있었다. 마치 오랫동안 사람이 살지 않은 집 같았다.

그러나 성민은 어디에 누가 있는지 보이는 듯 이층으로 가자고 했다. 계단을 올라 복도 가장 안쪽에 있는 방에 들어갔다. 서재로 사용하는 듯한 넓은 방이었다. 지붕 모양을 그대로 천장으로 살린 듯 뾰족했지만, 층고가 높아서 한층 더 넓은 느낌을 주었다. 바닥에는 카펫이 깔려 있었고 벽에는 책장이 있었다. 가장 깊은 곳에는 책상이 있었고 책상 너머에는 발코니로 이어지는 큰 창이 있었다.

누군가가 책상 안쪽 의자에 앉아 있었다. 발코니 방향을 향해 앉은 채 비 내리는 창을 바라보고 있었다. 가까이 다가갔다. 책상 앞에 서자 갑자기 의자가 빙글 돌아갔다. 피부가 하얀 단발머리 여자가 앉아 있었다.

희선이다. 베이지색 오프숄더 니트를 입은 채 눈을 깜빡이며 두 사람을 올려다보았다. 샤워장에서 보았던 그 눈이었다.

"혹시 경찰이세요?"

주현은 흠칫 놀랐다. 귀신을 볼 줄 아는 건가 싶었다. 그러나 잘 보니 여자의 시선은 주현이 아닌 성민 쪽을 향해 있었다. 아마도 성민이 모습을 드러낸 듯했다.

성민은 고개를 저었다.

"경찰은 아니에요."

"그럼 혹시 저승 분들이세요?"

희선의 이번 질문에는 성민도 놀란 듯했다. 대답 없는 성민을 향해 희선은 눈웃음을 지으며 말했다.

"태일이가 어제 문자 메시지를 보냈어요. '저승 사람과 만났다. 정말이다. 갑자기 눈앞에 나타났다가 사라졌다. 너를 찾고 있는 것 같다. 넌 이제 큰일 났다.' 그렇게요."

희선은 재미있는 농담이라도 하는 듯 소리내어 웃었다.

"사기꾼 무당 주제에 예전부터 정말 자기에게는 신기가 있다고 착각하는 것 같기는 했지만, 이런 문자까지 보내다니 이게 미쳤나 싶었죠. 그런데 제 앞에도 이렇게 나타난 걸 보면 태일이가 미친 건 아니었던 모양이네요. 아니면 저도 같이 미친 걸까요?"

"아니에요. 이승에 모습을 드러낸 상태니까 누구든 볼 수 있어요."

성민은 책장 앞에 있던 의자를 허락 없이 끌어와 희선의 맞은편에 앉았다.

"혹시 미친 분이 아닐까 저도 조금 의심했는데 기대한 것 이상으로 멀쩡하시네요."

"멀쩡하면 안 되나요?"

"안 될 것은 없지요. 오히려 더 좋아요. 이야기를 들어볼 수 있으니까요."

"저승 분들이 왜 제 이야기를 듣고 싶어하시는 건가요?"

"저승의 인구밀도를 올리는 데 기여하고 계시니 이유를 들어보고 향후 저승의 사회정책에 반영할까 생각 중입니다."

"농담이시죠?"

"진담입니다. 절반 정도는."

"그럼 절반은 농담이라는 소리잖아요."

희선은 웃었다. 성민도 미소 지었다. 화기애애한 대화였다.

"왜 주현 씨를 죽이신 건가요?"

미소 지은 얼굴 그대로 성민은 물었다.

희선도 웃는 얼굴 그대로 답했다.

"없어도 되는 사람이라고 생각해서요."

"누가 그런 판단을 한 건가요?"

"제가 했어요."

"없어도 되는 사람이라고 개인적으로 판단했다는 이유로 사람을 죽여도 되는 걸까요?"

"일반적으로는 안 되겠지만 되는 경우도 있어요."

"어떤 경우죠?"

"그야 제가 주현이니까요."

주현은 희선을 바라보았다. 태연하게 웃는 얼굴로 대체 무슨 말을 하는 것인지 알 수 없었다. 주현은 나다. 저 사람이 아니다. 주현의 시선은 갈피를 잡지 못하고 흔들렸다. 성민은 그런 주현의 모습을 곁눈질로 힐끗 바라본 뒤 희선에게 침착하게 물었다.

"희선 씨가 주현 씨라니 그게 대체 무슨 말씀이시죠?"

"말 그대로예요. 저는 주현이니까 주현이의 운명을 결정할 수 있어요. 더 살아야 할 것 같으면 사는 거고 죽여야 할 것 같으면 죽이는 거예요. 자살과 같아요. 자살도 개인의 선택이잖아요. 저는 제 자신이 세상에 존재하지 않아도 된다고 생각해서 자살을 결심한 것뿐이에요."

"한층 더 이해가 안 되네요."

"저는 왜 이해를 못하시는 건지 모르겠어요."

헛소리다. 기가 찬 주현은 참다못해 희선을 향해 한 걸음 내디뎠다. 하지만 그 이상은 나가지 못했다. 성민이 뒤로 물러서라고 손으로 신호를 보냈기 때문이다.

성민은 희선에게 물었다.

"보통 사람의 몸과 마음은 하나인데, 희선 씨 말씀은 마치 한 사람이 두 개의 몸과 마음을 지녔다는 듯 들리는군요. 일반적이지 않은 주장이니만큼 근거에 대해서도 들어보고 싶습니다."

희선은 의자에 등을 기대며 답했다.

"제가 주현이에요. 제가 원래 주현이었어요."

희선은 눈을 감았다.

"엄마가 그렇게 말했어요."

눈을 감고 옛날 생각을 하면 늘 어머니의 모습이 떠오른다. 얼굴은 기억나지 않는다. 잊어버린 지 오래다. 그러나 목소리만큼은 아직도 기억난다. 소주 냄새가 풍기는 목소리로 어머니는 말했다.

'너는 주현이야. 내 아들이 아니야. 그러니까 나는 너를 때려도 돼.'

기억도 나지 않는 어린 시절부터 늘 그렇게 말해왔다.

"옛날이야기를 보면 계모는 항상 못됐잖아요. 그러니까 엄마에게 맞아도 괜찮았어요. 계모니까요. 화를 내며 괴롭히는 건 당연해요. 어떻게 보면 계모로서의 본분을 다한 거죠."

"어머님께서 친어머니가 아니셨나요?"

"그럼요. 본인이 직접 그렇게 말해왔으니까요."

"왜 어머님께서는 희선 씨를 주현 씨라고 말씀하신 건가요?"

"바꿔서 데려왔대요. 갓난아기 때."

어머니가 아이를 낳았을 때 같은 산부인과에서 같은 날 다른 아이가 태어났다. 어머니는 자신이 낳은 아이 대신 다른 아이를 데려오기로 했다. 그래서 데려왔다. 단지 그것뿐이다.

"그때 어머니가 실제로 낳았던 아이가 주현 씨인가요?"

"아니요. 주현이는 저고 동혁이가 실제로 낳았던 아이예요."

"다른 집 산모가 데려간 아이 말씀이시죠?"

"그래요."

주현은 희선이 늘어놓는 뜬구름잡는 이야기가 무슨 의미인지 차츰 알게 되었다. 희선은 이렇게 말하고 있었다. 산부인과에서 아이가 바뀌었다고. 원래 자신이 주현의 집에서 태어나 주현이라는 이름으로 불리며 살아야 했고, 주현이 자신의 집에서 태어나 동혁이라는 이름으로 살아야 했다. 하지만 어머니가 의도적으로 아이를 바꾸어서 두 사람의 운명이 뒤바뀌었다.

말도 안 되는 소리라고 생각했다. 주현은 주현이다. 부모님 자식으로 태어나서 부모님 자식으로 자라났다. 다른 여자의 자식일 리 없다. 주현은 성민에게 말하려 했다. 헛소리라고. 절대 귀담아듣지 말라고.

그러나 성민은 주현에게 다시 한번 가만히 있으라는 신호를 보내며 희선에게 물었다.

"아무리 아이를 바꿔 데려왔다지만 때릴 권리가 있을까요? 오히려 다른 집 아이를 탐내서 데려왔으면 더 잘 키워줘야 하는 것이 아닌가 싶은데요."

"저를 탐냈다기보다 친아들을 좋은 환경에서 키워주고 싶었던 거예요. 그쪽 집안 아버지가 전문직이고 중산층이라는 이야기를 들었나 봐요. 알코올중독자 홀어머니 밑에서 크는 것보다는 환경이 나을 거라는 건 바보도 알겠죠."

"좋은 집에 입양 보내는 개념이었군요."

"그랬던 것 같아요. 어쨌든 자기 아들한테는 친절했어요. 자주 만나러 가고 맛있는 것도 주고 선물도 주고. 그쪽 부모는 사정을 모르니 이상한 여자가 아이에게 접근한다고 생각해서 쫓아내곤 했는데,

그때마다 집에 돌아와 비련의 여주인공처럼 울곤 했죠."

"그렇게 자기 아들이 소중했다면 처음부터 그냥 키웠으면 좋았을 텐데요. 돈이 없더라도 사랑으로 키운다면 대부분의 아이들은 그럭저럭 좋은 어른으로 잘 자라거든요."

"저도 그렇게 생각해요. 그럼 정말 아무 문제도 없었을 텐데."

주현의 머릿속에 어릴 때 찾아오던 아주머니 얼굴이 어렴풋이 떠올랐다. 소미는 강한 향수 냄새를 풍기는 아주머니가 유치원 때 매일 찾아오던 것도 기억하고, 아주머니를 따라오던 어린 소년의 모습도 기억한다고 했다.

하지만 주현은 거의 기억나지 않았다. 놀이터에서 검은 레이스 원피스를 입은 아주머니와 놀던 장면만 희미하게 생각난다. 피부가 하얗고 목이 긴 우아한 아주머니라고 생각했다. 동네 친구의 어머니라고 생각해왔는데 어떤 동네 친구였는지는 모르겠다.

주현의 주변에는 어릴 때부터 잘 놀아주는 친절한 어른이 많았다. 일일이 누군지 기억하지 못한다. 하지만 희선에게는 꽤 선명한 기억인 듯했다. 얼굴을 기억해두는 편이 나았을까. 정말로 그 아주머니가 친어머니였을까. 주현은 머릿속이 혼란스러워졌다.

성민은 희선에게 물었다.

"혹시 그래서 어머니를 죽인 건가요?"

직접적인 질문이었다. 희선은 마스카라로 곱게 올린 속눈썹을 두세 번 위아래로 깜빡이더니 답했다.

"그래요. 정확히 말하면 어머니를 죽인 게 아니라 함께 살던 아줌마를 죽인 거예요. 어머니라면 죽이지 않았겠죠. 어머니라면 애초에 제가 어떤 모습이든 아끼고 사랑해줬을 거예요. 제가 다른 아이들과 다소 다르다고 해도, 이해하고, 아껴주며, 끊임없이 사랑해줬을 거예요. 그게 바로 어머니잖아요."

"아마 그렇겠죠. 저는 어머니가 없어서 잘 모르겠지만 다들 그렇다고들 하더군요."

적어도 주현의 어머니는 그랬다. 어릴 때 주현도 좀 특이한 아이라는 소리를 종종 들었다. 뭐라고 딱 꼬집어 말하긴 어렵지만 다른 아이들과는 생각이나 행동이 다르다고들 말했다. 주현도 어른들이 자신에 대해 뭐라고 수군대는지 알았다. 내가 정말 이상한 건가 하는 생각도 가끔 했다.

하지만 어머니는 그런 말에 신경 쓰지 말라고 가르쳐주었다. 사람들의 생각은 모두 다른 법이라고. 주현이 이상한 게 아니라고 말해주었다. 다만 사람들은 자신이 어떤 행동을 했을 때 상대방의 반응이 어떻게 돌아왔으면 좋겠다고 기대하는 경향이 있다고 알려주었다.

내가 상대방에게 인사를 했을 때 상대방도 나한테 인사해주기를 기대하는 것과 비슷한 거라면서, 내가 상대방에게 인사하고 싶은 기분이 아니어도 상대방이 먼저 인사하면 나도 인사해주는 것이 예의이듯, 내가 그런 기분이 아니어도 상대방이 뭔가 기대하는 반응이 있다면 그렇게 행동해주는 편이 좋다고 했다.

어려운 건 아니었다. 상대방이 인사하면 나도 인사하고, 상대방이 선물을 주면 나도 답례를 하듯, 사회적 규칙을 하나둘 배워가면 된다고 했다. 상대방이 어떤 행동을 했을 때 내가 어떻게 반응하는 게 좋을지 잘 모르겠다면, 주변에 있는 다른 사람들의 반응을 보며 눈치껏 행동하라고도 했다.

어머니가 말한 대로 행동하니 주변 어른들도 더 이상 수군거리지 않았고, 상대방이 어떤 성격의 사람이든 무난한 관계를 만들 수 있었다. 만약 어머니마저 다른 어른들처럼 주현을 이상한 아이 취급하며 손가락질했다면 주현은 자신에게 무슨 문제가 있고 어떻게 고쳐야 하는지도 모른 채 정말 이상한 어른으로 자라났을지 모른다. 네가 어떤 모습이든 사랑한다고 말해주며 부족한 부분을 하나둘 차근차근 가르쳐주었기 때문에 평범하고 무난하게 자라날 수 있었다.

주현은 희선이 다른 아이들과 어떻게 달랐는지, 무슨 고민을 가지고 있었는지 안다. 희선의 말대로 정말 희선이 어머니의 친아들이었다면, 아마 어머니는 처음에는 다소 놀랐을지 몰라도 곧 모든 것을 받아들여줬을 것이다. 주현이 30년 가까이 보고 듣고 느껴온 어머니는 주현이 어디서 어떤 모습으로 무슨 일을 하든 사랑하고 지지해주었을 사람이기 때문이다.

만약 정말 아이가 바뀌었다면, 희선은 최악의 패를 뽑은 것과 마찬가지다.

"주현 씨가 희선 씨의 모든 것을 빼앗아갔다고 생각하시나요?"

"네. 그래요."

"사실 주현 씨가 빼앗아간 것은 아니지 않나요? 아이가 뒤바뀌었을 때 주현 씨는 갓난아기였어요. 주현 씨의 의지로 희선 씨의 무엇인가를 빼앗아간 일은 없어요."

"아니에요. 제 인생을 의도적으로 빼앗아갔어요."

"왜 그렇게 생각하시죠?"

"제가 있으면 진짜 주현이가 되지 못하잖아요. 만약 부모님이 남의 아이를 키워왔다는 것을 알면 그 아이를 쫓아내고 저를 다시 데려갔겠죠. 그러니까 항상 불안했던 게 아닐까요? 처음에는 제게서 가장 친한 친구를 빼앗아갔고, 나중에는 아예 제가 학교에 발을 붙이지 못하게 만들었어요."

초등학교 2학년 때 난생처음 친구가 생겼다. 친구와 함께 생일 파티를 해보고 싶었다. 이모에게 생일날 친구를 초대하고 싶다고 하니, 이모도 기뻐하며 음식을 준비해줄 테니 데리고 오라고 했다. 하지만 주현이 그 사실을 미리 알았는지 친구를 자신의 생일 파티에 초대했다. 친구를 불러서 하는 생일 파티를 해보지 못하게 되었다는 것도 슬펐고, 음식을 준비해주겠다고 한 이모에게도 너무 미안했다. 그래도 악의적인 행동이 아니었을 거라고 믿고 싶었다.

애초에 주현은 좋은 부모를 가졌다. 좋은 부모를 빼앗기고 안 좋은 부모를 갖게 되어서 가난하고 배고프게 살아가는 자신을 악의적으로 미워할 이유는 없다고 생각했다. 하지만 중학교 3학년 때 알게 되었다. 주현에게는 명백히 악의가 있었다. 일진들에게 얻어맞는 모습을 보고 비웃더니, 개인적인 비밀로 하고 싶었던 이야기마저 전교생에게 퍼트렸다. 어떻게든 주변에 발을 붙이지 못하게 하려는 듯했다. 이미 많은 것을 가졌으면서, '주현'이라는 온전한 존재마저 탐을 냈다.

"저는 제가 죽이지 않았으면 언젠가 그쪽이 저를 죽였을 거라고 생각해요. 저를 세상에서 몰아내야 자신이 진정한 주현이 될 수 있다고 믿었던 것 같아요. 사실 제가 진짜 주현인데. 그쪽은 일종의 그림자 같은 거잖아요? 제가 만약 진짜 부모님 밑에서 자라났다면 가지고 누렸을 인생을 보여주는 존재일 뿐이잖아요. 그림자라면 그쪽이 사라져야 맞는 거예요. 본체가 사라져야 하는 게 아니라. 그래서 저는 그림자를 지우기로 한 거예요. 한쪽에서 비추던 전구를 다른 방향으로 바꾼 것뿐이죠. 별거 아니에요."

비는 계속 내리고 있었다. 겨울에 비까지 내리니 꽤 추울 것도 같았다. 난방이 제대로 되지 않는 듯 희선의 입에서는 입김이 나왔다. 그러나 희선의 몸은 전혀 떨리지 않았다. 편안하게 의자에 기대어 앉은 채 빗소리에 맞추어 잔잔한 노래처럼 이야기했다.

성민은 물었다.

"직접 죽이신 거죠? 인천 쪽 산속으로 불러내서, 사망 시간을 감안하면 아마 그때 바로 죽인 것 같지는 않고, 어떤 수를 써서 몸을 움직이지 못하게 한 후 트럭에 싣고 이동하신 것 같은데. 강원도에 있는 수련원으로 가신 건가요?"

"그래요."

"문을 닫은 걸 아셨나 보네요."

"네."

희선은 정말 저승에서 오신 게 맞나 보다고, 모르시는 게 없다며 신기해했다.

"어떻게 인천으로 불러내신 거죠?"

"예전에 소영이가 그 집에 넥타이를 하나 숨겨놨거든요. 소영이인 척하면서 숨겨둔 넥타이를 찾아서 인천으로 가져와주면 영원히 헤어져주겠다고 메시지를 보냈어요."

희선은 주현이 가끔 화가 나서 자제하지 못할 때가 있다는 것을 알았다. 소영이 다시 메시지를 보냈다는 것만으로도 화가 났을 텐데, 집 안에 숨겨둔 위치를 정확히 이야기하고, 찾은 넥타이 안에 부적까지 들어 있는 것을 확인했으니 기괴하다고 생각해 학을 뗐을 것이다. 예상대로 주현은 어렵지 않게 낚여왔다.

"이번에 처음으로 주현 씨 살해를 시도하신 건가요?"

"아니에요. 원래 다른 사람을 시켜서 제주도에서 죽이려고 했어요. 괜히 제가 의심받는 건 싫고 실제로 만나는 것도 싫으니까 최대한 먼 곳에서 다른 사람 손으로 죽이면 좋잖아요. 화를 내서 달려들도록 살 살 건드려보라고 했는데, 시비를 거는 도중에 그냥 도망가버렸대요. 역시 남을 시키는 건 믿을 게 못 되더라고요."

"주현 씨를 살해하는 일을 맡겼던 사람은 어떻게 하셨죠?"

"죽였죠. 괜히 소문을 퍼트리고 다니면 좋을 게 없으니까요."

희선은 당연하다는 듯이 말했다.

"소영 씨를 죽인 것도 제주도 일이 계기가 되지 않았습니까? 제주 도에 보내놨더니 일도 제대로 못 끝내고, 주현 씨에게 차이기까지 했 으니까요. 쓸모없다고 생각되어서 죽이셨나요?"

"그건 아니에요. 화가 나서 조금 때리려고 했는데 죽었더라고요."

희선은 소영을 죽일 정도로 싫어하지는 않았다. 게다가 희선은 태 일동자를 통해 소영의 모든 행동을 완벽히 조종할 수 있었다. 굳이 주현의 일이 아니더라도 이용 가치가 있었다. 다만 모든 행동을 용서 할 수 있을 만큼 좋아하는 건 아니었다. 살짝 위협하며 훈계하려고 했을 뿐이다. 하지만 생각보다 너무 쉽게 죽었다. 어머니를 죽였을 때 처럼.

"소영 씨의 죽음을 이용해 주현 씨에게 살인 누명을 씌우시려고 했죠. 피 묻은 티셔츠를 갖다두셨던가요?"

"하지만 경찰이 발견하지 못한 것 같아요. 무능하게도."

"죽이고 싶으면 직접 죽이시지 왜 살인 누명을 씌우려 했던 겁니 까?"

"살인죄로 감옥에 가면 최소 몇 년 이상은 제 눈앞에 나타나지 않을 거 아니에요. 사실 저는 그 정도로도 만족했어요. 우연이라도 제 주변에서 마주치지 않기를 바랄 뿐이었어요. 그쪽은 여전히 악의를 가지고 저를 위협하고 있었으니까요. 어지간한 조작으로는 누명을 씌우는 게 더 어렵다는 걸 알고 그냥 직접 죽이기로 한 거예요."

"주현 씨가 악의를 가지고 위협했다는 게 무슨 말씀이십니까?"

"저를 우연히 만난 뒤 계속 뒤쫓아왔어요."

"주현 씨가 희선 씨를 쫓아왔다고요?"

"중학교 때 친구였던 형철이와 부평에서 만나기로 했었어요."

형철은 중학교 때 만난 친구다. 인생에서 제대로 된 친구라고 불러도 되는 유일한 사람이었다. 취향도 비슷하고 말도 잘 통했다. 매일 어울리다 보니 정이 깊어졌다. 일진들에게 괴롭힘 당하기 일쑤였던 시절, 희선은 형철을 심적으로 의지하며 과거와 비밀을 하나둘 털어놓았다.

'나는 사실 여자애고 남자를 좋아해.'

이것은 희선의 가장 깊은 비밀이었다. 정말 오래 고민하고 털어놓았다. 그때부터 형철의 태도가 조금 서먹해졌다. 어쩔 수 없다고 생각했다. 그런데 며칠 후 형철이 말했다. 예전부터 계속 좋아해왔다고, 괜찮으면 자신과 사귀자고. 형철이 자신을 받아들여준 게 기뻤지만 당황스럽기도 했다. 희선은 형철을 친구로서 좋아할 뿐이었고 사랑하는 감정을 느끼지는 않았다. 게다가 남자와 사귄다는 것에 망설임도 있었다. 그래서 그냥 친구로 지내자고 했다. 형철은 알겠다고 했고, 희선이 고등학교 때 서울로 전학 가기 전까지 친구로 지냈다.

형철과 다시 만난 것은 지난해 초였다. 동성애자들이 교류하는 소개팅 앱에서 우연히 형철을 발견했다. 고민하다 말을 걸었다. 형철은 반가워하며 답변했고 이런저런 대화를 나누다가 만나기로 했다. 만나서 옛날이야기를 하며 술을 마시다 함께 잤다. 그리고 그날부터 주기적으로 만나게 되었다.

사귀는 건 아니었다. 형철은 희선과 달리 평범한 사회인으로 살고 있었다. 자신과 깊게 엮이게 하고 싶지는 않았다. 그렇다고 인연을 끊고 싶지도 않았다. 이도 저도 아닌 관계로 계속 만나왔다.

그날은 지난해 말로, 딱 이맘때였다. 형철과 부평에서 만나기로 했다. 남자 둘이 묵어도 아무도 신경 쓰지 않는 숙박업소는 생각보다 많지 않다. 하지만 소위 '잘 뚫리고' '프라이버시가 지켜지는' 숙박업소가 어디인지는 알음알음 소문이 퍼진다. 그날 가기로 한 여인숙도 그런 숙소 중 하나였다. 차를 운전해서 부평까지 갔는데, 여인숙에는 주차장이 없어서 근처 공용주차장에 차를 세워야 했다. 차에서 내려 여인숙까지 걸어갈 때였다. 멀리 시끄러운 사람들이 보였다. 자세히 보니 몇몇 눈에 익은 얼굴이 있었다. 같은 중학교를 나온 사람들이었다.

희선은 얼굴을 목도리로 가리고 지나가려 했다. 그때 주현이 보였다. 친구들과 떠들고 웃던 주현도 희선을 발견한 듯했다. 눈이 마주쳤다. 희선은 걸음을 멈췄다. 주현은 못 본 척하며 다시 친구들과 떠들기 시작했다. 희선은 빠른 걸음으로 그 장소를 지나갔다. 머릿속이 새하얘졌다.

주현의 동향은 알고 있었다. 소영과 주현을 만나게 한 것도 주현의 동향을 파악하기 위해서였다. 주현이 어디서 어떻게 살아가는지 알고 싶었다.

당연하다. 주현은 곧 희선이다. 만약 부모가 바뀌지 않았다면 자신이 살아갔을 인생이 어떤 것일지 궁금했다. 어떤 직업을 갖고, 어떤 사람들과 만나고, 어떤 취미를 가졌을지 알고 싶었다. 운명을 되찾지는 못하더라도 어쩌면 내 것이었을 운명을 상상해보는 것 정도는 해도 괜찮지 않을까 싶었다.

하지만 직접 만나고 싶지는 않았다. 만약 만난다면 주현은 다시 희선이 가진 것을 빼앗아가려 할 것이다. 이미 많은 것을 가졌으면서, 희선이 가진 얼마 안 되는 것마저 가져가려 할 것이다. 어쩌면 목숨마저 빼앗아갈지도 모른다. 희선은 두려움에 떨며 여인숙으로 피했다. 희선은 소영에게 주현이 지금 어디서 뭐 하는지 확인해서 알려달라고 했다.

소영은 주현과 연락하며 주현이 어디서 뭘 하는지 실시간으로 희선에게 보고했다. 아무 말도 하지 않고 구석에 앉아 휴대폰만 만지작거리는 희선을 보며 형철은 왜 그러냐고 물었다. 하지만 희선이 대답하지 않고 계속 휴대폰을 들여다보자 형철은 혼자 소주만 들이켰다.

새벽이 되었을 때 소영에게서 메시지가 왔다.

— 지금 바에서 나왔는데 늦어서 부평에서 자고 온대요.

— 부평 어디?

— 페스티발 모텔이래요.

모텔 위치를 찾아보았다. 희선이 묵은 여인숙 바로 옆에 있었다. 이 모텔도 CCTV가 돌아가지 않아 뒷일 걱정 없이 출입할 수 있다고 알려진 곳이었다. 틀림없었다. 주현은 희선을 죽이러 오고 있다. 이 넓은 부평에서, 이 많은 숙박업소 중에서 바로 옆 숙박업소에 묵고 있다니. 게다가 거기에 묵으면 희선이 묵은 여인숙까지 아무에게도 들키지 않고 출입할 수 있다.

이 모든 걸 우연이라고 할 수 있을까. 공포에 질린 희선에게 형철은 대체 오늘 왜 그러냐고 말해보라고 했다. 희선은 형철에게 말했다.

'지금 주현이 나를 죽이러 올 거야.'

형철은 황당하다는 듯한 반응이었다. 대체 주현이 왜 널 죽이냐고, 애초에 주현이 네가 여기 있는 것을 어떻게 아냐고, 주현과 연락은 하고 지내냐고 되물었다.

희선은 결국 다른 이야기들도 털어놓았다. 태어나자마자 주현과 바뀌었다는 이야기, 주현이 현재 위치를 지키기 위해 지속적으로 위협해왔다는 이야기들이었다. 이것도 희선의 오랜 비밀이었다. 희선은 형철을 믿었다. 중학교 때 그랬듯이 모든 걸 받아주고, 지켜줄 거라고 생각했다. 그래서 진실을 밝히고 도움을 요청한 것이다.

그런데 형철은 이상한 이야기를 듣는다는 듯한 눈빛으로 희선을 바라보았다. 상식적으로 생각해보라고, 그게 말이 되는 이야기냐고, 희선에게 짜증을 냈다. 그만하고 같이 잠이나 자자고 했다. 희선이 싫다고 하자 혼자 침대로 가서 코를 골며 자기 시작했다.

희선은 진심으로 실망했다. 눈물이 날 것만 같았다. 비밀을 받아줄 수 있는 유일한 친구라고 생각했다. 하지만 아니었다. 결국 형철도 다른 사람들과 다를 바 없었다.

희선은 언제나 칼을 가지고 다녔다. 태어난 직후부터 겪어야 했던 고통을 단번에 해결해준 무기였다. 고민하고 힘들어하는 것은 바보 같은 일이다. 간단한 해결책이 있다. 희선은 형철의 몸을 향해 칼을 휘둘렀다. 섣불리 믿음을 주었다는 수치스러움이 붉은 핏방울과 함께 흘러내려갔다.

희선은 자신의 짐을 챙기고 몸에 묻은 피를 감추기 위해 형철이 입고 온 회사 점퍼를 걸쳐 입었다. 떠나려고 할 때 문득 생각이 났다. 만약 내가 떠난 뒤 주현이 나를 죽이러 온다면, 그 상황을 역으로 이용해서 주현이 형철을 죽인 것처럼 꾸밀 수 있겠다는 생각이었다.

희선은 핸드백에서 지갑을 꺼냈다. 지갑에는 주현의 신분증과 신용카드가 들어 있었다. 지문을 깨끗하게 지운 뒤 방구석에 놓아두고 방을 떠났다.

"왜 주현 씨의 신분증을 가지고 다니셨던 거죠?"

"제 신분증이니까요."

사진만 다를 뿐이지 이름도, 주민등록번호도, 생년월일도 전부 원래 희선의 것이다. 가지고 다니는 게 뭐가 이상하냐는 거였다. 신분증뿐만이 아니다. 주현이 가진 모든 물건은 원래 희선이 가졌어야 했다. 부모님과 동생, 친구들까지. 주현은 그림자다. 허상처럼 희선 주변을 맴도는 그림자다.

"이제 겨우 저 자신을 찾은 것 같아요."

희선은 미소 지었다. 만족스러워 보이는 미소였다.

성민도 미소 지었다. 그리고 자리에서 일어났다.

"솔직하게 말씀해주셔서 감사합니다. 더 좋은 저승을 만드는 데 큰 도움이 될 것 같네요. 감사의 뜻으로 저도 솔직하게 하나 알려드릴게 있어요."

성민이 손을 뻗자 까마귀가 푸드덕거리며 나타났다. 창문이 열린 것도 아니다. 아무것도 없던 허공에서 까마귀가 나타나 검은 날개를 펄럭였다. 하르였다. 하르는 목에 주머니 하나를 걸고 있었다. 성민은 주머니를 풀어주고 안쪽에 손을 집어넣었다. 녹음기 하나가 성민의 손에 들려 나왔다. 성민은 녹음기를 귓가에 가져가 재생 버튼과 빨리 감기 버튼을 바꿔 누르며 위치를 확인한 뒤 말했다.

"여기부터 들으면 되겠네요."

볼륨을 높이고 재생 버튼을 눌렀다.

한 여자의 목소리가 흘러나왔다.

"동혁이가 태어날 때 저는 산부인과에서 일을 했어요."

익숙한 목소리에 희선의 눈이 커졌다.

4

언니는 현숙이 일하던 산부인과에서 아이를 낳았다. 새벽에 아이를 낳고 병실에 머물며 점심을 먹을 때 갑자기 언니가 현숙에게 말했다. 오늘 새벽에 다른 여자도 아이를 낳지 않았느냐고. 현숙이 일하던 산부인과는 규모가 크지 않았다. 새벽에는 출산을 담당하는 의사가 한 명밖에 없었다. 새벽 비슷한 시간에 두 산모가 아이를 낳게 되자 의사가 두 자리를 왔다 갔다 하게 되었고, 그러다 보니 언니도 다른 산모가 새벽에 아이를 낳았다는 것을 알게 된 모양이었다.

언니는 현숙에게 산모가 어떤 사람이냐고 물었다. 현숙은 별생각 없이 수다를 떨었다. 산모 나이는 몇 살이고, 남편은 뭐 하는 사람이고, 집은 어디에 있고 하는 이야기였다. 환자 개인정보를 밖에서 말하고 다니면 안 된다는 것은 알았지만, 상대방이 친언니이다 보니 긴장이 풀렸다. 민감한 개인정보도 아니니 그 정도는 말해도 될 것 같았다. 옆집 사람에 대해 수다를 떠는 것처럼 이런저런 이야기를 하게 되었다.

이야기를 들은 언니가 그 집도 남자아이를 낳았느냐고 물었다. 현숙은 그렇다고 답했다. 그러자 언니는 갑자기 이렇게 말했다. 내가 낳은 아이와 그 집 아이를 바꾸는 게 어떠냐고. 생각지도 못한 이야기에 현숙이 화들짝 놀라 그게 대체 무슨 소리냐고 하자 언니는 갓 태어난 아기는 잘 구분이 안 되지 않냐, 바꾼다 해도 저 집 부모는 눈치채지 못할 거다, 다른 직원 눈에 보이지 않게 태그만 바꿔 달면 되는 거다, 나중에 아이가 바뀌었다는 사실을 알아도 네가 했다는 사실은 모를 테니 병원만 욕을 먹고 마는 거 아니냐는 이야기를 했다.

현숙은 절대 못한다고 했다. 저 집한테도 못할 짓이고 언니도 자기 자식을 남에게 보낸다는 게 말이 되냐고 했다. 그러자 언니가 말했다.

'내가 아이를 키우면 아이가 행복해질 것 같니?'

배우가 되겠다고 서울에 가서 좋아하지도 않는 남자의 아이를 가지게 되었다. 아이 아버지도 마음에 안 들었고 아이 때문에 자신의 꿈이 전부 망가진 것도 싫었다. 하지만 9개월 넘게 배에 넣고 키우다 보니 정이 들었다. 낳아서 잘 키워보겠다고 몇 번이나 마음먹었다. 하지만 돈도 없고 직장도 없으니 아무래도 어려울 것 같았다.

내가 낳은 아이가 행복하려면 다른 부모가 키우는 수밖에 없다. 마침 비슷한 시간에 아이를 낳은 다른 부부가 돈도 많고 집안도 화목하다니 아이를 바꿔서 내 아이를 대신 키우게 하고 싶다고 했다.

현숙도 언니가 무슨 이야기를 하는지 알았다. 언니는 아이를 제대로 키울 수 있는 사람이 아니었다. 언니 밑에서 자라는 아이는 평생 불안과 공포 속에서 살아야 할 것이다. 예전에 언니와 함께 살 때 현숙이 그러했듯이 말이다.

그렇다고 아이를 바꾸는 것은 다른 문제였다. 다른 부부와 그 아이에게는 무슨 죄가 있단 말인가. 현숙은 언니에게 차라리 입양을 보내라고 했다. 그러나 언니는 다른 집에서 데려온 아이라는 것을 알면 부모도 사랑을 덜 줄 거고 아이도 눈치를 보면서 크게 될 것 같다며, 부모가 친자식이라고 생각하며 키워주기를 바란다고 했다.

언니는 막무가내였다. 고집을 전혀 꺾으려 하지 않았다. 그러나 현숙도 범죄에 협조해달라는 이야기에 선뜻 동의할 수 없었다.

그때 언니가 말했다.

'모아둔 돈이 있어. 나를 도와주면 그 돈을 전부 줄게.'

돈 이야기가 나오자 현숙은 갑자기 마음이 흔들렸다. 당시 동거하던 남자가 또 사업을 벌였다가 망했다. 사업이 성공해서 자리 잡으면 결혼하자고 했는데 이러다가 평생 결혼은커녕 남자 빚만 갚다 죽게 생겼다. 하지만 아직 정이 다 떨어지지 않아서 헤어질 수도 없었다. 현숙은 몇 푼 안 되는 월급을 쪼개 생활비로 쓰고 남자 빚까지 갚으며 허덕이는 중이었다.

넌지시 얼마 정도 가지고 있느냐고 물어보았다. 언니는 500만 원은 된다고 했다. 현숙이 1년을 일해도 도저히 모을 수 없는 돈이었다.

결국 현숙은 고개를 끄덕였다. 아이를 바꿔올 테니 돈을 달라고 했다.

"저도 나쁜 짓이라는 건 알았어요. 하지만 500만 원이 갑자기 어디서 굴러들어와요."

그렇게 말하는 현숙에게 윤진은 다소 가라앉은 목소리로 물었다.

"동혁 씨의 어머님이 동혁 씨를 학대한 데에는 남의 자식이라는 생각도 있었던 거군요."

"네, 제가 생각했던 것보다 더."

무리하게 바꾸겠다고 해서 바꾼 것이니 그래도 언니는 데려온 아이에게 최소한의 예의는 지켜줄 줄 알았다. 그러나 아니었다. 언니는 아이가 말을 알아듣기 전부터 너는 내 아이가 아니라고 화내고 욕하며 괴롭혔다. 쌓이고 쌓이다 결국 문제가 터진 것 같다.

동혁이 고등학교에 올라갔을 때, 어느 날 갑자기 동혁이 밤중에 현숙의 집 문을 두드렸다. 동혁은 몸이 차갑게 식은 채 벌벌 떨고 있었다. 또 언니한테 맞고 온 건가 싶었다. 현숙은 동혁을 따뜻한 이불 속에서 재우고는 진정하라고 토닥이며 찬송가를 불러줬다.

그러나 동혁은 밤새도록 떨림이 멎지 않았다.

'이모, 저 오늘 이모 집에서 잔 걸로 해주세요.'

동틀녘에 갑자기 동혁이 그런 말을 했다. 자고 갔으니 당연히 자고 간 거지 왜 그런 말을 하나 싶었다. 이유를 알게 된 것은 경찰이 현숙의 집을 찾아왔을 때였다. 경찰은 현숙에게 동혁이 어디 있냐고 했다. 현숙이 지금 우리집 안방에서 자고 있다며 왜 그러냐고 묻자, 경찰은 동혁이 언제 이 집에 왔느냐고 되물었다. 현숙은 어제저녁에 와서 쭉 잤다고 답했다.

경찰은 말했다. 어제 언니가 죽었다고. 흉기에 찔려 살해당한 듯하다고.

현숙은 동혁이 왜 그렇게 떨었는지 알게 되었다.

"어떻게 조카를 살인범으로 만들겠어요. 경찰에는 동혁이가 전날 이른 저녁부터 우리 집에 와서 자고 갔다고 거짓말을 했죠. 동혁이 겉옷에서 찾은 칼은 우리 집 주방에 숨겼고요."

그리고 며칠 전에도 동혁이 늦은 밤 현숙의 집 문을 두드렸다. 동혁은 몸이 차가웠고, 떨림이 멎지 않았다. 차를 내어줬지만 찻잔을 들어올리지 못할 정도로 손이 떨렸다.

동혁은 오늘 자고 가면 안 되겠냐고 물었다. 현숙은 그러라고 했다. 한 이불 속에 나란히 눕자 동혁이 찬송가를 불러달라고 했다. 현숙은 동혁을 토닥이며 찬송가를 불러주었다. 동혁은 새벽까지 떨며 잠을 자지 못하다 간신히 짧게 눈을 붙였다.

현숙은 10년 전 언니가 죽은 밤을 떠올렸다. 겉옷을 뒤지니 그날처럼 칼이 있었다. 현숙은 칼을 주방에 숨기고 동혁에게 아침밥을 차려주었다. 일어나서 밥을 먹는 동혁에게 어디로 갈 거냐고 물었다. 동혁은 조용한 곳에 가서 좀 쉬다 오고 싶다고 했다.

현숙은 동혁이 대체 무슨 일을 하고 다니는 것인지 상상되지 않아 마음이 무거웠다. 일이 손에 잡히지 않아 병원에 휴가를 내고 집에서 쉬었다. 현숙도 한동안 조용한 곳에서 좀 쉬고 싶었다. 하지만 오래전부터 준비해온 성탄절 찬양에는 참석해야 했다.

"오늘 예배가 끝나면 동혁이에게 가려고 했어요. 혹시 자수할 생각 없냐고 물어보려고요. 예전에 언니 사건도 있어서 설득이 쉽지는 않을 거라는 건 알고 있었지만, 동혁이는 원래 착한 아이니까 마음을 돌려주지 않을까 싶어서요."

"동혁 씨가 어디 계신지 아시나요?"

"조용한 곳이라고 했으니 아마 양평에 있는 별장을 말하는 걸 거예요."

현숙은 큰마음을 먹고 오랫동안 감춰온 진실을 이야기해주는 듯했다. 자신도 함께 처벌받을 것을 각오하고 단호한 마음을 먹었다는 것이 느껴졌다. 하지만 핵심을 건드지는 않았다.

윤진은 주현과 동혁의 관계에 대해 물어보았다. 이야기를 정리하기 위해 정확한 답변을 듣고 싶은 부분을 다시 한번 물어보았다.

"주현 씨의 실종에 동혁 씨가 관여되어 있다고 생각하시나요?"

"그래요."

"동혁 씨가 주현 씨를 살해한 거라고 생각하세요?"

현숙은 망설이다 고개를 끄덕였다.

"왜 그런 행동을 했는지 짐작 가시는 데가 없으신가요?"

"언니가 아이를 바꿨다고 했잖아요. 그때 바꾼 아이가 주현이에 요."

윤진은 말을 잊었다. 전혀 예상하지 못한 이야기였다.

현숙은 주현을 만난 적이 없다. 그러나 언니에게서 여러 번 이야기를 들었다. 언니는 언제나 주현의 주변을 맴돌았다. 내 아이가 얼마나 귀엽고 사랑스럽게 크고 있는지, 얼마나 좋은 옷을 입고 좋은 차를 타는지 수시로 현숙에게 이야기했다. 현숙은 한 귀로 듣고 흘렸다. 그러나 언니가 그런 이야기를 하는 자리에는 늘 동혁도 있었다. 동혁도 그 이야기를 한 귀로 듣고 흘릴 수 있었을지는 알 수 없다.

"동혁 씨는 주현 씨를 질투한 걸까요?"

"몰라요. 그럴 수도 있죠. 아닐 수도 있지만요."

두서없이 말하던 현숙은 눈을 감으며 짧게 '아멘'이라고 내뱉었다. 그러곤 고개를 강하게 저으며 말했다.

"아니, 아니에요. 이젠 솔직하게 말할 때가 된 것 같아요. 저는 바꾸지 않았어요."

"네?"

"어떻게 아이를 바꿔요. 그쪽 부모에게 미안하게. 게다가 혹시라도 들키면 저도 처벌을 받을 거고요. 자라면서 부모와 외모가 달라질 텐데 영원한 비밀이 어디 있나요. 언니에게는 아이를 바꿨다고 말했지

579

만 사실 바꾸지 않았어요."

"돈만 받고 바꾸지 않았다는 말씀이신가요?"

"네."

어차피 신생아 얼굴은 비슷하다. 언니도 갓 아이를 낳은 상태여서 아이 얼굴을 제대로 보지도 못했을 것이다. 돈도 벌고 죄책감도 느끼지 않을 수 있는 방법이었다. 두 사람의 운명은 서로 바뀌지 않았다. 타고난 핏줄 속에서 살았다. 그러나 운명이 전혀 달라지지 않은 것은 아니다.

"동혁 씨 어머님은 동혁 씨를 친자식이 아니라고 생각했고, 동혁 씨도 그렇게 생각하며 컸다고 하셨잖아요. 두 사람에게 진실을 말해 주셨나요?"

"아니요. 받은 돈이 있는데 언니한테 어떻게 말해요. 돈을 돌려달라고 할 텐데."

현숙의 답변에 윤진의 목소리가 커졌다.

"동혁 씨는 주워온 자식이라는 소리를 들으며 학대받았는데, 그 모습을 보면서 미안하지 않으셨나요? 진실을 말했다면 동혁 씨도 힘들어하지 않았을 거고, 동혁 씨 어머님도 돌아가지 않았을지도 몰라요!"

"그래서 저도 미안해서 많이 챙겨줬잖아요. 제가 동혁이한테 쓴 돈만 해도 500만 원은 훌쩍 넘을걸요. 거의 천만 원은 될 거 같은데."

돈이 문제가 아니다. 돈 때문에 한 거짓말로 대체 몇 사람의 운명이 달라졌는지 알 수 없다.

"이제 돈을 돌려달라고 할 언니도 이 세상에 없으니, 동혁 씨에게만이라도 진실을 밝히실 생각은 없나요?"

"일이 이렇게 됐으니 이제 말하려고요. 오늘이나 내일요. 크리스마스잖아요. 하나님이 우리를 사랑하셔서 독생자 아기 예수님을 보내주신 날이에요. 온 세상이 사랑으로 가득 찬 날이니 하나님과 동혁이도 저를 용서해주겠죠?"

맑은 목소리로 현숙은 말했다. 흔들림 없이 빛나는 눈동자를 보며 윤진은 아무 말도 할 수 없었다.

부모님과 소와 나귀, 먼 곳에서 찾아온 동방박사들, 그리고 수십억의 신도들까지. 지극한 축복과 기쁨에 둘러싸인 탄생도 있다.

그러나 동시에 세상에는 거짓과 증오로 둘러싸인 탄생도 있는 법이다.

5

땅에 쌓인 눈과 하늘에서 내리는 비를 뚫고 전원주택 주변으로 하나둘 차가 모여들었다. 사이렌과 무전기 소리가 빗소리 사이로 울려 퍼졌다. 성민과 주현은 경찰들이 흙탕물이 된 눈 위로 신발을 적시며 바쁘게 움직이는 모습을 지켜보았다.

가까운 곳에서 보지는 못했다. 나무 계단을 올라와 멀리 발아래로 보이는 장면을 내려다보았다. 주현은 굳은 얼굴로 말이 없었다.

성민은 물었다.

"지금 기분이 어떠세요?"

"왜 내가 고작 이런 일로 죽어야 했나 싶어서 그다지 기쁘지만은 않습니다. 범인이 잡혔다는 것은 그나마 긍정적이지만요."

차분하게 말한 주현은 잠시 뭔가 생각하더니 성민에게 물었다.

"이것도 감상인가요?"

"반반 정도인 것 같네요."

주현은 좀처럼 걸음을 옮기지 못했다. 나무처럼 미동 없이 선 채 저 멀리 아래에서 경찰들이 오가는 모습을 내려다볼 뿐이었다. 성민은 굳이 가자는 말을 하지 않았다. 서두를 것은 없다. 아직 시간이 남았다. 주현이 하고 싶은 일이 있다면 할 수 있도록 해주고 싶었다. 하지만 멍하니 아래만 보고 있으려니 점점 지루해졌다.

성민은 주현에게 심심풀이 삼아 물었다.

"주현 씨도 동혁 씨처럼 두 사람이 태어나자마자 바뀌었다고 생각하며 살아오셨나요?"

"네."

주현의 입에서 예상치 못한 답변이 나왔다. 성민은 당혹스럽다는 듯 미간을 찌푸리며 물었다.

"누가 그런 이야기를 해주었죠?"

"어릴 때 놀아주던 아주머니요."

"그럼 동혁 씨가 생각하던 대로 주현 씨가 부평에서 바로 옆 모텔에 묵은 게, 정말 동혁 씨를 죽이기 위한 주현 씨의 계획적인 행동이었나요? 동혁 씨가 사라져야 자기 자리가 확고해지니까요?"

"맞습니다."

"그랬군요. 혹시나 했는데."

성민은 고개를 끄덕이며 쓸쓸한 표정으로 한숨을 쉬었다.

그런 성민의 옆모습을 바라보던 주현은 어이없다는 듯 외쳤다.

"왜 순순히 믿으시는 거죠?"

"네?"

"저를 적당히 믿으신다면서요! 그런데 왜 이 말은 적당히 걸러 듣지 않으시는 겁니까? 저는 동혁이가 누구인지 아무 관심도 없었어요! 당연히 살인 계획을 세웠을 리도 없지요!"

"주현 씨가 믿어달라고 했잖아요. 그래서 이제부터 믿기로 했어요."

"왜 그게 하필 지금인 거죠?"

주현은 억울하다는 듯 따졌고, 성민은 웃으며 말했다.

"농담이에요. 사실 저는 지금 마음을 읽을 수 있어요. 희선 씨가 솔직하게 말해줘서 거의 힘을 쓰지 않았거든요. 주현 씨가 농담하신다는 것 정도는 쉽게 알 수 있어요."

주현의 대답이 사실과 다르다는 것은 처음부터 눈치챘다. 마음을 읽지 않아도 알 수 있었다. 동혁의 인생이 주현으로 가득 차 있던 것과 달리, 주현의 인생에서 동혁은 어떠한 존재도 아니었기 때문이다. 농담을 하며 성민의 신뢰도를 시험해볼 정도로 주현의 마음에 여유가 생겼다는 게 기뻐서 적당히 맞춰준 것뿐이다.

마음을 읽을 수 있다는 이야기를 들은 주현은 성민에게 문득 이런 질문을 했다.

"그럼 지금 제가 무슨 생각을 하는지도 보이십니까?"

성민은 대답 없이 주현의 눈동자를 바라보았다. 한동안 조용하고 흔들림 없는 시선으로 주현을 바라보던 성민은 미소 지으며 말했다.

"제가 정말로 주현 씨 마음을 읽지는 못할 거라고 생각하고 계시죠?"

"어떻게 아셨죠?"

"마음을 읽었다니까요."

성민은 소리내어 웃었고 주현은 연신 신기하다고 말했다.

하지만 두 사람은 알았다. 성민은 주현의 마음을 읽었지만 일부러 다른 말을 했고, 주현은 성민이 자신의 마음을 읽고는 일부러 말을 돌린다는 것을. 하지만 두 사람은 이 모든 걸 알면서도 모른 척했다.

마음은 마음속에 남겨두는 편이 가장 좋다. 입에 담으면 그 순간부터 낡아버리니까.

슬슬 시간이 다가왔다. 지금쯤 출발해야 성민의 저녁 약속에 시간을 맞출 수 있었다. 성민은 주현에게 가자고 했고, 주현은 고개를 끄덕이고 걸음을 옮기기 시작했다. 산을 조금 걸어 내려와 강인과 만났다. 차에 올라타며 성민이 물었다.

"주현 씨는 어디로 가실 건가요?"

마지막 남은 이승에서의 시간 동안 관광이라도 할 것인지, 가족을 만나러 갈 것인지 물었다. 가고 싶은 곳이 있다면 서울로 가는 길에 데려다주겠다고 했다.

주현은 노을 지는 하늘을 올려다보며 덤덤하게 말했다.

"글쎄요. 지금은 그냥 좀 쉬고 싶네요."

* * *

윤진은 카메라로 전원주택과 경찰들의 모습을 찍어댔다. 영우가 대충 찍었으면 가라고 손짓을 했지만 윤진은 개의치 않았다. 오늘 중에 다른 기자들도 다 알게 되겠지만, 윤진이 가장 먼저 알았고, 가장 먼저 자신을 찍었고, 가장 먼저 기사를 쓸 것이다.

신문사를 그만둔 지 몇 달 되지도 않아 이런 특종을 찾았다. 프리랜서 기자로서의 밝은 미래가 보이는 듯했다. 세상을 바꾸는 기사를 쓰고 싶다. 다른 어떤 기자도 쓸 수 없는 기사를 써서 읽는 사람들의 마음에 울림을 주고, 그런 울림 하나하나가 모여서 보다 나은 세상을 만들었으면 한다.

이번 사건이 독자들의 가슴에 어떤 울림을 줄지는 아직 알 수 없다. 단순히 흥밋거리로 읽고 넘기는 사람들이 많을지도 모른다. 그래도 이번 사건을 계기로 목표에 한 발 더 가까워진 것은 틀림없었다. 그것만으로도 행복했다. 연신 들려오는 카메라 셔터 소리가 마치 성대한 박수소리처럼 들렸다.

정신없이 셔터를 누를 때 메시지가 왔다.

은철이었다. 메시지에는 사진도 같이 있었다. 작은 케이크에 초를 꽂고 소주 한 병을 옆에 놓은 사진이었다. 배경으로 크리스마스 특집 방송이 틀어진 텔레비전 화면이 보이는 것을 보니 집인 것 같았다.

— 모처럼 크리스마스이브에 쉬는데 혼자니까 심심하네요.

은철은 그렇게 말하곤 윤진이 답장을 보내기도 전에 물어왔다.

— 선배는 아직 일하시는 중인가요?

— 응. 일하는 중.

— 차라리 선배 뒤를 따라다니는 게 더 재밌겠어요.

— 너도 회사 관두고 올래?

— 좀더 용기가 생기면요.

은철과 윤진은 서로 낄낄대며 웃었다.

잠시 텀을 두고 은철은 메시지를 보냈다.

— 정말 시간 안 되세요?

윤진도 잠시 팀을 두고 답변을 보냈다.

— 그래도 크리스마스 선물은 보내줄게.

— 뭔데요?

— 오늘 쓸 기사 링크.

윤진은 아주 공들인 작품이니까 자지 말고 기다리라고 신신당부를 했다.

은철은 체념하듯 웃었다.

— 올해 크리스마스를 선배만큼 낭만적으로 보내는 사람도 없을 거예요.

화이트 크리스마스를 기대하던 수많은 사람들을 배신하고 하루 종일 비가 내렸다. 하지만 추적추적 내리는 빗속에도 크리스마스의 낭만은 있다.

우비 속 옷이 흠뻑 젖어버린다 해도 결코 지치지 않는 마음이다.

* * *

성민의 차는 비 내리는 도로를 달려 다시 서울로 돌아왔다. 성민이 크리스마스이브를 보내기로 한 호텔은 잠실 쪽에 있었다. 민아가 휴대폰으로 주현의 위치를 추적 중이니, 성민은 주현에게 휴대폰만 자신에게 맡기고 마음대로 가고 싶은 곳에 가라고 했다. 주현은 차에서 내려 혼자 거리를 걸었다.

빗발이 약해졌지만 아직 하늘에선 비가 내렸다. 우산이 없었지만 상관없었다. 우산도 없이 비 내리는 크리스마스 거리를 걷다니, 이승을 떠나기 전에 받는 마지막 선물 같았다. 얼마 남지 않은 이승에서의 체류 기간, 그것도 오로지 혼자 보낼 수 있는 몇 시간 안 되는 자유였다.

뭘 해야 할지 고민스러웠다. 이승에서는 하고 싶은 것도 많고 가고 싶은 곳도 많았다. 가족들도 만나고 싶었고, 대학과 회사도 다시 한번 가보고 싶었고, 크리스마스 특집 방송도 보고 싶었고, 이승 여행 가이드북 추천 코스인 명동에도 가보고 싶었다. 손가락으로 셀 수 없을 정도로 많은 일들을 하고 싶은데 고작 몇 시간 만에 끝내라는 것은 무리한 요구였다.

결국 주현은 아무것도 결정하지 못한 채 무작정 앞으로 걷기만 했다.

걷다 보니 석촌호수가 나왔다. 석촌호수 주변에는 꽃무릇 마크가 번쩍이는 저승 매점과 귀신을 위한 벤치가 한쪽에 마련되어 있었다. 비가 와서 귀신들도 실내로 들어간 것인지 벤치는 텅 비어 있었다. 주현은 벤치에 앉아 비 내리는 호수를 보며 차분하게 생각을 정리하기로 했다.

그러나 벤치에 앉아 자세를 잡은 뒤 1분도 되지 않았을 때 누군가가 옆자리에 앉았다.

"커피 한잔하지?"

주현은 놀란 표정으로 고개를 돌렸다. 원일이었다. 원일은 뜨거운 아메리카노가 담긴 종이컵을 주현에게 내밀고 있었다. 주현은 떨떠름한 손으로 아메리카노를 받아 들었다.

"어떻게 제가 여기 있는지 아셨습니까?"

"그게 중요한가?"

원일은 히죽거리며 자신 몫의 아메리카노를 입으로 가져갔다.

주현도 한 모금 마셨다. 따뜻한 기운이 몸에 퍼져 나가는 것이 기분 좋았다. 원일은 조용히 커피를 마시며 호수를 바라보았다. 지난번에 만났을 때는 수다스럽게 주현의 마음을 가지고 놀았는데, 오늘은 웬일인지 말이 없었다.

주현은 먼저 입을 열었다.

"저는 내일 저승에 갑니다."

주현의 말은 단순히 비자 종료일이 언제인지 환기시켜주기 위한 것이 아니었다. '되살아나는 방법'에 대한 미련을 버리고 저승을 택했다는 사실을 알려주려는 것이었다.

원일은 종이컵을 입에 가져갔다. 여전히 별말이 없다. 원일의 눈가에는 옅은 웃음기가 감돌았다. 언뜻 장난스러운 듯한 웃음이었지만, 주현은 원일이 어딘가 쓸쓸해 보이는 걸 느꼈다.

주현은 원일에게 물었다.

"왜 되살아나고 싶으신 겁니까?"

원일은 되물었다.

"동생은 왜 순순히 저승에 가기로 한 거지?"

주현은 허리를 조금 굽히며 컵을 양손으로 쥐었다. 한동안 양손으로 온기를 느끼던 주현은 입을 열었다.

"잘 모르겠습니다."

복합적인 이유 같았다. 처음부터 이승에 남은 것이 예외적인 혜택에 불과했다는 것, 되살아날 방법이라는 게 존재하는지 확실하지 않다는 것, 저승에 가도 큰 벌을 받을 일은 없을 것 같다는 계산 등 여러 이유를 종합해보았을 때, 저승에 가는 것이 맞는다는 생각이 들었다.

평범하고 무난하게 살아야 한다. 특이한 것은 좋을 게 없다. 생전에 늘 그래왔듯 죽어서도 그렇게 해야 마땅할 것 같았다.

주현은 원일에게 다시 한번 물었다. 왜 그렇게까지 이승에 남고 싶어하냐고.

원일은 호수를 바라보며 웃었다.

"그야 이승이니까."

간결한 대답이었다. 하지만 충분했다.

빗방울이 호수 표면을 때리는 소리, 잎사귀가 떨어진 앙상한 나뭇가지들의 부딪힘, 비에 젖은 잡초의 축축한 풀내음, 크리스마스 조형물과 작게 들려오는 캐럴 소리, 그리고 이 모든 것과 함께하는 커피한 잔.

구구절절 이유를 생각할 게 없다. 이승이기 때문에 좋다.

주현은 다시 아메리카노 한 모금을 마셨다.

살아 있을 때 주현은 언제나 자신을 죽여왔다. 기쁘지 않을 때 웃고, 슬프지 않을 때 울었다. 당장은 힘들고 어려워도 그런 행동이 평범한 것이며, 결과적으로는 더 큰 이득이 되어 내게 돌아올 것이라고 믿어 의심치 않았다. 그러나 얼마나 의미 있는 노력이었는지는 의문이다. 결국 주현은 이승의 모든 것을 잃었다. 목숨까지 말이다.

이럴 줄 알았으면 좀더 자유롭게 살아보았으면 어땠을까. 거짓 울음과 거짓 눈물을 줄이고, 다소 손해를 보더라도 내 마음이 원하는 방향으로 걸어가보았으면 어땠을까. 죽은 뒤에도 마음이 울리는 곳이 아니라 상식에 따라 평범하게 살아가려고만 하는 자신의 모습이 애처롭게 느껴졌다.

과연 나는 단 한순간이라도 진정한 나 자신으로 살아본 적이 있을까?

주현의 의문에 하늘은 대답도 없이 빗물만 흘려보낼 뿐이었다.

12월 25일 월요일, D-day

다음 소식입니다. 지난달 홍제동에서 발생했던 살인 사건의 용의자가 어제 체포되었습니다. 경찰은 여죄가 있을 것으로 보고 수사를 진행하고…….

우진이 성민의 집을 찾은 것은 오후 1시쯤이었다. 함께 온 부하 직원 두 명은 차와 함께 마당에 남겨둔 채 혼자 거실로 들어왔다. 거실에 있는 텔레비전에서는 뉴스가 나오고 있었다. 어제 체포된 범인에 관한 뉴스였다.

아직 수사가 충분히 진행되지 않아 많은 정보가 공개되지 않은 듯 뉴스는 오전부터 했던 이야기만 반복하고 있었다. 하지만 성민은 주현과 함께 소파에 앉은 채 앵무새처럼 되풀이되는 아나운서의 목소리를 오전 내내 들었다.

"어이."

성민은 우진이 들어왔지만 신경도 쓰지 않았다. 참다못한 우진이 소리를 내어 부르자 성민이 그제야 고개를 돌렸다.

"주현 씨를 데려가려고 왔어?"

"그래."

"아직 약속한 시간이 남았잖아. 부지런도 하네."

"남아 있어봐야 의미가 있나?"

성민은 주현을 바라보았다. 주현은 뉴스만 볼 뿐 주변 상황에는 아무 흥미가 없어 보였다. 어쩌면 방 안에서 유일하게 움직이는 대상이라 바라보고 있을 뿐 뉴스에도 흥미가 없을지 모른다. 말을 걸어도 대답이 없고, 다른 채널로 돌려도 반응이 없었다. 아침에 약을 먹은 뒤부터 계속 이런 상태다.

성민은 우진에게 물었다.

"대체 무슨 약이야?"

주현은 매일 아침 약을 먹었다. 우진이 준 기억을 잃는 속도를 늦춰주는 약이라고 했다. 알약 표면에는 숫자가 적혀 있었다. 순서대로 먹으라는 의미다. 가장 마지막 숫자가 적힌 약은 유독 새빨간 색이었다. 다른 약을 먹을 때는 아무렇지 않았는데, 오늘 아침 마지막 약을 먹자 주현의 상태가 돌연 이상해졌다.

우진은 말했다.

"사고 귀신을 풀어두었다 문제가 생기면 내가 덤터기를 쓴단 말이지. 마지막 날에 저승으로 가기 싫다고 생떼를 부리면 입장이 곤란해지기 때문에 기억을 지우는 약을 넣어두었다네."

예상대로였다. 성민은 소파에서 일어나며 말했다.

"주현 씨는 생떼를 부릴 사람이 아니야. 일주일 내내 별문제 없이 다녔고, 시간이 차면 저승에 갈 수밖에 없다는 것도 이해하고 있었다고."

"어떤 사람이든 상관없네. 나는 작은 리스크도 감수하고 싶지 않을 뿐이야."

우진은 선글라스 너머에서 단호하게 말했다.

"보수나 받아가게."

우진은 성민에게 작은 병을 내밀었다. 보수로 주기로 한 알약이었다. 성민은 우진의 손에서 병을 거칠게 낚아챘다.

"화났나?"

성민의 불만스러운 태도를 눈치챈 우진은 빈정대듯 말했다.

"자네가 화를 낼 자격은 없지 않나? 자네는 주현이 먹는 약에 뭔가 함정이 마련되어 있다는 것을 알았을 거야. 약을 먹지 말라고 충고할 수도 있었겠지. 하지만 그렇게 하지 않은 것은 자네의 결정이야. 자네도 공범이라고."

틀린 말은 아니었다. 성민은 알고 있었다. 사람이 죽으면 일부 기억을 순간적으로 잊어버리는 경우는 드물지 않다. 그리고 시간이 흐르면 흐를수록 차츰 남은 기억들도 잊어간다. 그러나 속도는 매우 느리다. 죽어서 잊는 것이 아니라, 오랜 시간이 흘러서 기억이 까마득해지는 것이라고 보아도 될 정도다. 기억을 잃지 않기 위해 약을 먹어야 할 만큼 단기간에 기억을 잃는 경우는 없다.

하지만 주현은 약을 먹지 않으면 빠르게 생전 기억을 잃어갈 거라고 믿고 있었다. 그것은 아마도 주현이 고분고분 약을 먹게 하기 위한 유도책이었을 것이다.

성민은 우진이 약을 통해 뭔가를 꾸미고 있다는 점을 어렵지 않게 눈치챘다. 하지만 알면서도 주현에게 말하지 않았다. 말해줄 권리가 없었기 때문이다. 성민은 저승 소속이 아니었으니까. 저승이 생각하는 일에 쉽게 훼방을 놓을 수는 없다.

우진의 말대로다. 성민도 공범이다.

미안했다.

마지막까지 나를 적당히 믿으라는 성민의 말을 주현이 흘려듣지 않았기만을 바랄 뿐이었다.

우진이 창 너머로 손짓하자 대기하던 저승사자 두 명이 들어와 주현을 데리고 정원으로 이동했다. 짙은 선팅을 한 검은색 세단이었다.

저승사자들은 주현을 뒷좌석에 태우고 자신들은 운전석과 조수석에 앉았다.

뒷좌석에 타려는 우진에게 성민은 물었다.

"주현 씨는 어디로 가지?"

"자네가 알 필요는 없어. 여기부터는 저승의 영역이니까."

예상했던 답변이었다. 성민은 저승과 많은 일을 같이 하지만 결코 저승의 일원은 아니다. 그렇다고 이승에 속한 것도 아니다. 경계선 어딘가에 서서 하루하루를 흘려보낼 뿐이다.

다시 한 명, 저승이 성민의 주변인을 데려간다. 성민은 무력하게 그 뒷모습만 지켜볼 뿐이다. 저승에 가면 거대한 문이 있다. 1만 년 전 청동으로 만들었다는 문은 여전히 새것처럼 금빛을 머금은 채 빛난다. 3300명이 동시에 걸어 들어가도 넉넉할 만큼 너비가 넓고 어둠과 구름에 잠겨서 끝을 헤아릴 수 없을 정도로 높이가 높다.

문에는 인간, 소, 코끼리, 표범, 늑대, 낙타, 원숭이, 사자, 말과 같은 육지의 짐승과 독수리, 올빼미, 원앙, 두루미, 비둘기, 참새와 같은 하늘의 새, 여치, 잠자리, 나비, 말벌, 풍뎅이, 개미와 같은 들판의 곤충, 고래, 거북이, 연어, 상어, 해파리, 복어 같은 물속의 존재들까지 이승의 헤아릴 수 없을 만큼 수많은 생명체들이 전부 조각되어 있다. 어떤 생명체든 태어난 이상 필연적으로 언젠가는 이 문을 건너게 된다는 의미다.

그러나 그곳에 성민의 자리는 없다. 성민은 문을 건너지 못한 채 영원히 떠나가는 사람의 뒷모습을 보며 서글퍼하는 일밖에 할 수 없다.

우진과 함께 떠나가는 주현의 뒷모습에서 성민은 얼마 전 떠나보낸 친구의 뒷모습을 보았다. 친구는 성민이 붙잡는 것을 거절하고 시원스럽게 손을 흔들며 문을 넘어갔다. 어떻게 그럴 수 있었는지 모르겠다. 이승에 남을 수 있다는 이야기는 어떤 망자에게나 달콤한 유혹인데, 어떻게 한번 뒤도 돌아보지 않고 떠나갈 수 있었을까? 말하지 않아도 모든 마음을 알 수 있다고 믿어온 친구였는데, 마지막 순간만큼은 속을 알 수 없었다.

주현도 마찬가지다. 분명히 주현은 이승에 남고 싶어한다고 생각했다. 하지만 이승에 남고 싶으냐고 물어보자 떠나겠다고 했다. 이유도 말해주지 않았다.

모든 인연의 결론은 심장이 찢어질 듯한 이별뿐이다. 100년 후에도, 천 년 후에도 마찬가지일 것이다. 차라리 아무도 만나지 않고, 만난다 해도 정이 들지 않으면 좋을 텐데, 어째서 마음은 늘 누군가의 곁에 다가가고 싶은지 모르겠다.

성민은 잘 가라는 말도 없이 집으로 들어갔다. 그러나 차가 출발하기 전 성민은 다시 마당에 나와 주현이 앉은 쪽 차창을 두드렸다. 운전석에 앉은 저승사자가 창문을 내려주었다. 초점 없는 눈으로 앞을 바라보던 주현이 성민을 바라보았다. 선팅한 창문이 내려가며 빛이 들어오자 보인 반사적인 반응일지도 모르지만, 성민은 틀림없이 주현과 눈이 마주쳤다고 느꼈다.

성민은 주현의 손에 만 원짜리 한 장을 쥐여주었다.

"제가 주는 노잣돈이니 가져가세요."

창문이 올라가고 차에 시동이 걸렸다.

만나고 헤어지고, 다시 만나고 헤어진다. 잘 가라는 인사를 하는 것조차 지칠 정도로 수많은 사람들을 떠나보냈다. 헤어지는 것이 싫어 만나고 싶지도 않다고 도망쳐도 보았지만, 도망친 곳에서도 다시 만나고 다시 헤어지고 돌아와도 만나도 돌아와도 헤어진다.

운명이니 받아들이라는 말이 고깝게 들리는 것은 사춘기라서일지도 모른다. 홀로 떠났을 사람에게 손을 흔들어주고 홀로 남는다. 누구도 남은 이에게는 손을 흔들어주지 않는다.

연휴를 맞아 놀이공원에는 추위에도 불구하고 가족 단위 관람객들이 모여 즐거운 크리스마스를 보내며 추억을 만들고 있…….

거실에 돌아온 성민은 리모컨을 들고 텔레비전 전원을 껐다. 정적이 거실을 감쌌다. 성민은 휴대폰을 들고 전화를 걸었다. 잠시 신호가 가더니 연결되었다.

"무슨 일이야?"

아마 저쪽은 시차 때문에 새벽일 텐데, 누아다는 불편한 기색 없이 다정한 목소리로 성민을 반겨주었다. 성민은 소파에 파묻힌 채 휴대폰에 대고 말했다.

"누아다. 부탁할 일이 생길지도 모르겠어."

성민은 생각한다. 이승도 저승도 흡혈귀를 위한 땅이 아니라면, 아마 흡혈귀는 머나먼 별세계에서 온 것이 틀림없다고. 성민은 언젠가 그 세계로 돌아갈 날을 늘 기다리며 살아왔다.

하지만 언제 올지 모르는 그날만을 기다리며 하염없이 가슴을 태울 필요는 없을지도 모른다.

흡혈귀에게는 흡혈귀의 길이 있다.

* * *

주현은 손에 쥐어진 만 원짜리를 꼭 붙들었다. 귀신이라 땀이 나지 않기에 망정이지, 안 그랬다면 지폐가 축축하게 젖어 녹아버렸을지도 모른다. 시선 하나 미동 하나에도 긴장이 가득했다. 참다못해 한숨이 터져 나오려 할 때마다 주현은 어제 원일과 나누던 대화를 떠올리며 버텼다.

"혹시 몽마가 될 생각은 없어? 언제든지 환영이야."

어제 원일은 주현을 붙들고 몽마의 장점에 대해 시시덕댔다. 유급 휴가나 보너스 제도와 같은 복지가 얼마나 잘되어 있는지 신나게 이야기하는 원일의 제안을 완곡히 거절하기 위해 주현은 핑계 중 하나로 이런 이야기를 했다.

"몽마가 되어도 저는 별 도움이 되지 않을 겁니다. 죽은 뒤에 점점 기억이 사라지고 있으니까요. 조우진 부장님께서 기억을 잃는 속도를 늦추는 약을 주시기는 했지만 그것도 한 알밖에 남지 않은 상황입니다. 기억을 잃은 채 몽마가 되어봐야 별 의미가 없지 않을까요?"

"기억이 사라진다고?"

원일은 의아하다는 눈치로 묻더니 우진에게서 받았다는 약을 보여달라고 했다. 주현이 약병을 꺼내주자 원일은 약병 안에 하나 남은 알약을 이리저리 살펴보더니 말했다.

"역시 수를 썼구면."

"수요?"

"이거 기억을 잃지 않게 해주는 약이 아냐. 기억을 지우는 약이라고."

원일은 말했다. 사망 시 생전 기억 중 충격적인 부분을 일부 잃어버리는 경우가 있기는 하지만, 일상적인 기억은 생각보다 쉽게 사라지지 않는다고. 원일도 죽은 지 수백 년이 되었지만 생전 기억 중 중요한 내용은 전부 기억하고 있다.

"아마 불안감을 조장해서 네게 기억을 지우는 약을 먹게 할 생각이었던 것 같은데?"

"부장님께서 무슨 이유로 그러시겠습니까?"

"글쎄다. 체류 기간이 끝났는데 이승에 집착하면서 저승에 가지 않겠다고 하는 걸 방지하기 위해서가 아닐까? 정말 세상에 악귀가 따로 있는 게 아냐. 조우진 그 양반이야말로 악귀라고."

원일은 당혹스러워하는 주현에게 조언을 해주었다. 내일 오전에 알약을 먹는 척만 하고 기억을 잃은 행세를 하라고, 일단 얌전히 저승의 문을 넘은 뒤 해눌귀라는 귀신을 찾으면 몽마가 되어 다시 이승으로 돌아올 수 있다고 말이다.

주현은 원일의 이야기가 선뜻 믿기지 않았다. 하지만 오늘 아침, 결국 약을 먹지 못했다. 그런 이야기를 들은 이상 불안해서 마지막 남은 약을 쉽게 먹을 수는 없다. 저승에 가든 이승에 남든 기억만큼은 온전히 가져가고 싶었다. 그러다 보니 성민에게도 마지막 인사를 제대로 하지 못한 것이 아쉬웠다. 주현이 기억을 잃은 척하자 성민은 당황하고 슬퍼 보였다. 성민에게라도 사정을 밝히는 것이 좋았을까? 지난 일이니 후회해봐야 소용없겠지만 말이다. 어제 마음으로 전한 감사 인사가 잘 도착했기만을 바랄 뿐이었다.

주현이 탄 차는 성민의 집을 떠나 도로를 달렸다. 처음에는 성민의 집 앞 도로와 다를 바 없어 보였지만, 어느 순간부터 지나다니는 차량의 수가 줄어들더니 안내표지판에 적힌 글자가 처음 보는 지명으로 바뀌었다. 저승에 들어선 것이다.

차는 '중부종합청사'라고 적힌 방향으로 달려갔다.

주현의 주변에는 우진과 저승사자들이 앉아 있었다. 특히 주현의 바로 오른편에는 우진이 있었다. 자칫 기억이 남아 있다는 것을 들킬까봐 손가락 끝도 쉽게 움직이지 못했다.

하지만 부스럭거리는 소리조차 나지 않는 차 안에서 긴장한 상태로 앉아 있자 정신이 피로해져 당장이라도 쓰러져버릴 듯했다. 주현은 숨통을 틔우기 위해 조금씩 몸에서 힘을 뺐다. 만 원짜리를 쥔 손도 살짝 느슨해졌다. 그때 주현은 접힌 만 원 사이에 흰 종이가 한 장 끼워진 것을 발견했다.

'뭐지?'

주현의 몸이 다시 굳었다.

옆 좌석에 앉은 우진이 눈을 감고 살짝 졸 때 주현은 만 원 지폐에서 흰 종이를 조심스럽게 빼냈다. 얇은 종이에는 작은 글씨로 이렇게 적혀 있었다.

이승으로 돌아오는 방법에 대하여.

주현은 자신도 모르게 입으로 작은 신음소리를 내뱉었다. 우진이 눈을 뜨고 주현을 바라보았다. 주현은 서둘러 주먹을 쥐어 종이를 감추었다.

평탄한 도로를 따라 잠시 달리자 저 멀리 사뭇 웅장한 한옥 형태의 건물이 보였다. 저승사자들의 집무 청사였다. 청사는 점점 주현을 잡아먹을 듯 눈앞으로 다가왔다.

나아갈까.

되돌아갈까.

경계 위의 망설임은 아직 끝나지 않았다.

— 끝

境界人

경계인

초판 1쇄 발행 2021년 2월 3일

지은이 김민현

발행인 이진수
펴낸이 황현수
기획 이수현 황예인
출판신고 2010년 8월 16일 제2015-000037호

펴낸곳 ㈜타인의취향
기획실장 최지연
마케팅 김효원, 이유리, 김소현
디자인 데시그 윤여경
표지일러스트 강수정
제작 어진
주소 서울시 마포구 큰우물로75 성지빌딩 711호
전화 02-6949-6014 **팩스** 02-6919-9058
▶ youtube.com/c/타인의취향

ⓒ 김민현, 2021

ISBN 979-11-6509-828-5 03810